LETTRES AU CASTOR
et à quelques autres

LETTRES AU CASTOR

寄语海狸

LETTRES AU CASTOR

——给波伏瓦和好友的信

et à quelques autres

[法] 让-保尔·萨特 —— 著　　沈志明等 —— 译

人民文学出版社

著作权合同登记号　图字 01-2022-5065

Jean-Paul Sartre
LETTRES AU CASTOR et à quelques autres © Éditions Gallimard, Paris, 1983
Simplified Chinese translation copyright © People's Literature Publishing House 2023
All rights reserved

图书在版编目(CIP)数据

寄语海狸:给波伏瓦和好友的信/(法)让-保尔·萨特著;沈志明等译.—北京:人民文学出版社,2023
ISBN 978-7-02-018228-2

Ⅰ.①寄… Ⅱ.①让…②沈… Ⅲ.①书信集—法国—现代 Ⅳ.①I565.65

中国国家版本馆 CIP 数据核字(2023)第 172937 号

责任编辑　黄凌霞
装帧设计　黄云香
责任印制　任　祎

出版发行　人民文学出版社
社　　址　北京市朝内大街 166 号
邮政编码　100705

印　　刷　三河市延风印装有限公司
经　　销　全国新华书店等

字　　数　500 千字
开　　本　880 毫米×1230 毫米　1/32
印　　张　20.75　插页 3
印　　数　1—4000
版　　次　2005 年 5 月北京第 1 版
印　　次　2023 年 10 月第 1 次印刷

书　　号　978-7-02-018228-2
定　　价　90.00 元

如有印装质量问题,请与本社图书销售中心调换。电话:010-65233595

目　次

前言 …………………………………… 沈志明　1

写在前面 ………… 西蒙娜·德·波伏瓦 作　沈志明 译　1
1926 年 ……………………………………………　3
1927 年 ……………………………………………　25
1928 年（夏天）……………………………………　30
1929 年 ……………………………………………　32
1930 年 ……………………………………………　33
1931 年 ……………………………………………　36
1934 年 ……………………………………………　43
1935 年 ……………………………………………　47
1936 年 ……………………………………………　52
1937 年 ……………………………………………　80
1938 年 ……………………………………………　166
1939 年 ……………………………………………　207
1940 年 ……………………………………………　346
1941 年 ……………………………………………　602
1943 年 ……………………………………………　606
1944 年 ……………………………………………　616
1945 年 ……………………………………………　619
1946 年 ……………………………………………　628

1947 年 …………………………………………………… 634
1948 年 …………………………………………………… 635
1959 年 …………………………………………………… 641
1963 年 …………………………………………………… 648

前　言

　　法兰西文化的宽松氛围,造就了无数个性张扬、风格迥异的文学家、艺术家。对这些人中俊杰的诡异言行,崇尚自由的法国人自然不会过分苛求。即便如此,让-保尔·萨特(1905—1980)在同时代的作家中,依然算得上是个另类,他的诸多见解和生活方式,经常令那些见怪不怪的法国人瞠目结舌。这一点,读者从他的书信中,会比从他的创作中获得更深的印象。

　　恰如萨特本人所说,书信是他"直接的生活实录",是他"生活的一种见证"。本书收有一九二六至一九六三近四十年间萨特写给其终身伴侣西蒙娜·德·波伏瓦及几个好友的信(特别是"二战"期间,几乎每日一信)。这些信真实且不加掩饰地记述了作者当时的日常生活和他对生活的观察与思考,展示了他特立独行的价值观、婚恋观和哲学世界观。读者从这些秉笔直书的书简中,可以清晰地看到一个活生生的萨特如何度过他的每一天,乃至每一个小时,了解到他如何积累生活,如何读书、写作,如何面对世界的动荡和巨变。对那些有兴趣探究萨特其人、其思想的读者而言,这些信无疑是不可多得且无法替代的第一手资料。

　　让许多中国读者难以理解的,可能首先是萨特的婚姻生活和他的婚恋观。

　　众所周知,萨特和他的终身伴侣西蒙娜·德·波伏瓦不曾履行正式的结婚手续,而是奉行一种开放式的契约婚姻。这在最初也许是情势使然：一则他们二人都未能为对方的父母所接受；二则他们通过大中学校教师资格考试后，按制度先得分头到外省中学教书，所以两三年内不可能建立稳定的家庭。于是萨特提出契约婚姻的设想：云游四海，多配偶制，一切透明。契约为期两年，遵约则合，违约则散。所谓云游四海，是指没有固定的同居地点，随遇而安，从旅馆到旅馆云游；所谓多配偶制，是指双方保持性爱自由，各自可以另寻新欢，双方不得嫉妒，相反，一方的新偶应当成为另一方的朋友；所谓一切透明，是指一方不得向另一方隐瞒任何私情，任何情感，任何政治、思想、学术观点，任何经济来源，任何与他人的关系，任何所见所闻所为。双方别离时，保持通信联系，每日一信，第一时间向对方如实讲述所发生的一切。

很幸运，他们毕业后任教的城市一般相距不远，他们几乎每个周末都可相聚。契约两年期满，双方都恪守了承诺。他们情投意合，灵犀相通，乐于让契约继续生效；他们既是生活上的伴侣，又是事业上的伙伴，相处中既温馨缱绻，又相敬如宾，一生中始终以您相称；他们坦诚相待，相濡以沫，但各自仍保持性爱自由，且拥有随时中止契约的权利。

就这样，萨特和波伏瓦始终维持着这种开放式的婚姻关系，并行不悖地实践多元化的爱情观。正如萨特不是波伏瓦生活中唯一的男性，萨特的生活中，除西蒙娜·德·波伏瓦以外，也有过许许多多女性。西蒙娜·若利维是他认识波伏瓦之前爱上的第一个姑娘，后来两人虽然分手，却依然是亲密的朋友，萨特始终在文学艺术方面充当若利维的义务指导。之后，是柯萨凯维契（书信中称查佐里奇）姐妹。姐姐奥尔嘉是波伏瓦的学生，天生丽质，聪明伶俐，颇有艺术气质，但脆弱、任性，学习成绩差，常常考试不及格。波伏瓦疼爱和怜惜她，经常帮她复习功课。柯萨凯维契家是俄国移民，经济窘迫，波伏瓦主动负担奥尔嘉的生活费，让她和自己住在一起，在生活上、学业上照顾和培养她。于是萨特和波伏瓦的两口之"家"多了一个成员。不谙世事的奥尔嘉并未因他们苦口婆心的教导和情深意切的关怀而在学业上有所长进,反而在这个家庭中惹了不少是非。她同时诱惑和试图控制波伏瓦和萨特,只要他俩单独外出旅行,她就大闹情绪,怨愤难平。这种古怪的三角关系一直持续到萨特"家庭"增加了第四名成员:奥尔嘉的妹妹塔妮娅(即旺达)。塔妮娅金发碧眼,比姐姐更美貌、聪慧,无论艺术气质还是事业心都比姐姐强。萨特对她十分倾心,但不敢造次。因为这两位俄罗斯姑娘与生俱来的多愁善感、喜怒无常,常令萨特无所措手足。萨特和波伏瓦周旋于这两姐妹之间,平添了许多浪漫的缠绵和莫名的烦恼。这种局面直到第五位成员——萨特的学生博斯特出现才有所改变。雅克-洛朗·博斯特是萨特在勒阿弗尔高中哲学班任教时的学生,二十一岁来巴黎大学学哲学,与"萨特家庭"来往频繁。博斯特聪明英俊,体魄健壮,波伏瓦对他一见钟情。但当时萨特正与奥尔嘉闹感情危机,波伏瓦为了断萨特和奥尔嘉的纠葛,便促成奥尔嘉和博斯特同居。奥尔嘉这才容忍妹妹塔妮娅与萨特相好。博斯特既崇拜萨特的天才,又羡慕萨特的生活方式,自然乐于帮助萨特解决私生活上的难题,分享萨特生活方式的乐趣。作为回报,萨特悉心指导他写作,还像亲人般接济他的生活。后来,他成为萨特的得力助手,知名评论家和活动家,同时也获得了波伏瓦的爱情。

在萨特这个奇特的"家庭"中,毫无疑问,萨特是"男主人",波伏瓦是"女主人"。他们俩数十年间荣辱与共、相互扶持,切实做到了以坦诚为要,以宽容为纲。波伏瓦容忍萨特爱塔妮娅,萨特也容忍波伏瓦爱博斯特,而且双方还努力善待对方之所爱。

基于这种多元化的爱情观,萨特一生风流韵事不断。尽管他身材矮小,其貌不扬,还是独眼。然而他知识渊博,多才多艺(音乐舞蹈、编剧演戏无所不能),加之为人慷慨大度,乐于助人,谈话又幽默风趣,循循善诱,总能鼓起周围年轻人自强不息的信念和勇气,因而追随者、崇拜者甚众。尤其是文学女青年或文艺爱好者更是趋之若鹜,争相与他约会,膜拜他到了愿意以身相许的程度,诸如玛蒂娜·布丹、康克夫人、吕西尔、米歇尔、埃芙莉娜等等。萨特写戏剧从不忘记为心爱的女人设计重要角色,而且往往获得成功。在最后一部剧作《阿尔托纳的隐居者》中,他创造了势不两立的两个女性:一个由他的老情妇塔妮娅扮演,另一个则让他的新情侣埃芙莉娜·雷担任,两人都演得非常出色。总之,他的每部剧作都离不开个性鲜明的女性,可以说没有他喜爱的那些女性,他的戏剧创作将大失光彩。

这类爱情游戏,萨特并不认为是对波伏瓦不忠,他把与海狸之间的爱情定义为"必然的爱情",把与别的性爱对象之间的关系称作"偶然的爱情"。但也有例外,如多洛蕾丝·瓦内蒂。这位美国女性懂得尊重他、理解他、体贴他,萨特从心底里喜欢与她交谈和相处。他向海狸承认,多洛蕾丝是个不可多得的尤物,她实在太完美了,与她在纽约同居两个半月是他终生难忘的幸福。事实上她也的确是波伏瓦唯一的劲敌,萨特曾建议与她签订情侣契约,为她在巴黎购置一套公寓房,负担她一生的费用,终身保持往来。但多洛蕾丝谢绝了,决意独自留在美国。一九八〇年萨特去世,在秩序井然的数万人自发送葬队伍中,有一位风韵犹存的迟暮美人,隐姓埋名,孑然一身。她就是萨特曾真心爱过的女人多洛蕾丝。

由于波伏瓦几部精彩的回忆录和媒体的宣传报道,加上崇拜者的赞扬和模仿,萨特式契约婚姻居然成为一些青年男女的向往与追求,一时蔚为风气。从二十世纪五十年代到八十年代,在法国乃至整个西方,影响连绵三四十年之久。至八十年代,这种婚姻方式在某些国家甚至开始合法化、普遍化。但随着"萨特家庭"成员之间的隐私不断披露,越来越多的人对萨特式爱情提出批评或质疑。八十年代末九十年代初,萨特式的爱情神话已经破灭。因为,萨特和波伏瓦的多元化爱情毕竟给许多人带来痛苦和伤害,尽管受伤害者在某种程度上也是咎由自取,其中一个突出的例子即"布丹事件"(见一九四〇年二月二十三至二十四日书简)。

与另类婚恋观相联系,萨特的伦理道德观也是另类的。他曾想自创一套伦理学,但一直未能成书,仅在书信和札记中留下了许多片段。萨特认为:"精神健康,从外部来看,就是摆脱各种社会约束。首先摆脱道德,假如您是道德的,您就顺从社会;假如您是背德的,您就反叛社会,但在社会决斗场上反叛,您必败无疑。因此必须既不是道德的,又不是背德的,而是要置身于社会之上。"他还认为,伦理道德是目的系统,应集中研究人的实在。人类朝什么目的行动?只有一种答案,那就是,人的自身就是目的,唯一的目的。因此研究人的实在才是伦理学的基础。也就是说,人应为自己活着,应自己选择自己,塑造自己,而不应按社会的定见与习俗来塑造自己。他坚信,人是在选择自己的道德过程中创造自己的。要选择就要有勇气,于是他决心当个传统道德的叛逆者。他厌恶资产阶级的伦理观,和传统的家庭生活格格不入,他不愿遵守传统社会的游戏规则,不愿承担繁衍后代、振兴家业、光宗耀祖等义务。他不想积攒财富,不想生儿育女,甘心当个无后的"不孝"子孙。

萨特的确没有多少"财产意识",他不善理财,也不愿理财。他收入不菲(中学教师在法国是公务员,待遇优厚,还有稿费、演讲费、辅导学生等外快),却经常囊中羞涩,甚至囊空如洗,原因是他过度慷慨。他喜欢随身带一沓钞票,无论为自己,为情妇,为朋友,为他人,他都会不假思索地花掉。有些学生需要钱时,就到他常去的咖啡馆找他"借点小钱",他头也不抬就给了。他之所以讨女人喜欢,除了他本身的魅力之外,花钱慷慨也是原因之一。他负担塔妮娅一切费用,甚至爱屋及乌,连她的男友都包养起来。他把塔妮娅培养成知名的演员,在萨特一系列戏剧中扮演重要角色,还不断贴补她,一直养她养到去世。不管怎么说,西蒙娜·德·波伏瓦是萨特的最爱,他曾深情地写道:"我离不开您,因为有了您,才有我的形骸。"

萨特的财富观相当独特。他曾写信对海狸说:"我喜欢看见金钱从我的手指间流出去,烟消云散……"①有时,他领了工资,当天就花掉三分之一,过了几天,手头太紧了,这才慌张起来,一个个法郎精打细算。萨特大手大脚花钱的习惯,给他的事业带来不少麻烦。自他主持《现代》杂志,多次发生财政危机。到一九五七年实在维持不下去了,才专门聘任财务经理,严格把关。但谁也管不住萨特滥开支票的恶习。直到萨特去世,其间换了几任财务经理,最后清账仍是亏空。

不仅钱财方面如此,在知识方面,萨特同样乐于与人分享。他经常收到昔日同窗、旧友、学生或读者来信求教,他一概有问必答,耐心细致,甚至允许旁人使用他未发表的论著。在他的帮助下,不少青年都成就了自己的事业。卡伐耶成为哲学教师,且在抵抗运动中发挥了很大的作用;勒费弗尔-蓬迈里成为著名的心理学家;瓦格纳成为著名学者。一个文学青年读了《恶心》,转攻哲学,多次向萨特请教,居然发表一长篇论文,论述罗冈丹②的存在理论。此人后来成为萨特戏剧的优秀演员。本书信集中提到的许多学生,诸如博斯特、迪马丹、卡纳帕、波纳、哈奇贝利、若弗尔·列维、布朗舍、梅吉奥等,后来都颇有建树。至于尼赞、吉尔、马厄、阿隆、梅洛-庞蒂等老友,他们自学生时代便听惯了萨特滔滔不绝的宏

---

① 引自《奇怪战争的札记》第297—298页,加利马出版社。
② 罗冈丹,萨特的小说《恶心》的主人公。

论,即使有些人后来因政见和学术上的分歧而分道扬镳,萨特在朋友们的心目中依然是最杰出、最可敬的。

萨特晚年总结自己一生时说:"我一生唯一的目的就是写作。"①曾花去他大量时间和精力的书信,自然也是他文学生涯的重要组成部分。萨特的书简内容庞杂、涉猎面广,既有对日常生活的观察,也有对时政的研究分析;既有文学创作方面的思考和对作家作品的评说,也有人生观、价值观及哲学理论方面的探讨和阐述。当然,也少不了和母亲的亲情、对继父的厌恶,以及"萨特家族"成员间的纠葛与喜怒哀乐。总之,涉及萨特思想与生活的方方面面。

萨特认为写信应当像谈心,平实流畅,用日常的口头语言写作。所以他的书简往往是信笔写来,不假思索,一气呵成,但却如小说般生动有趣,引人入胜。许多真实的生活场景,以他质朴无华的书信体语言记录下来,俨然是文学作品的片断。举一个例子:一九三七年四月,博斯特去拉昂探望萨特,在下榻的旅馆咖啡厅目睹几个无赖调戏一个女子。博斯特疾恶如仇,几乎上前揍他们一顿。萨特在信中把此事描述得有声有色:有人物,有表情,有对话,有叙事,有分析,完全可以插入某部小说或剧本。萨特在漫长的岁月中,已有意无意地把他的书简置于生活真实和文学创作的契合点上。他周围的诸色人等,在他笔下亦如文学典型般个性鲜明、栩栩如生。例如佐罗、博斯特、气象兵皮特、保尔、凯勒、米斯特莱等,个个都写得鲜活生动、有血有肉,一言一动,跃然纸上。萨特写景状物的功夫亦不亚于人物刻画,如描写一九三五年的北欧之旅、一九三六年的那不勒斯之行的文章,都是绝妙的游记性散文。

---

① 引自《七十岁述怀》,见《处境种种》第十卷第134页,加利马出版社。

当然,在这部由书信构成的并非小说的创作中,色彩最丰富,形象最饱满,个性最突出,言行也最有趣的,仍是本书的作者和主人公——萨特。在某些时段,这些书信足可代替作者本人的自传。尤其是战争时期,由于萨特和波伏瓦难得见面,几乎每日的生活都有详细的记述。的确,这部书信集三分之二篇幅都是他战时的信件,最密集的是自一九三九年九月二十三日至一九四〇年六月二十一日被俘前,正好是他写下十五本《奇怪战争的札记》的时期。我们可以从中看到一九三八年"慕尼黑协定"签署前后,他对局势的分析和预测,可以看到他在命运难卜的艰难时刻,始终充满坚定乐观的情绪,千方百计地宽慰惦念他的亲人们。尤其给人以深刻印象的是,无论客观条件多么困难,自由的空间多么狭小,萨特从来不曾放弃对自我价值的追求。除了完成气象兵每日的任务,他一天也没有停止读书和写作,一刻也不曾中断思考和创造。无论是在炮声隆隆的前线,还是在消息闭塞的小村落,他始终勤奋地、不知疲倦地耕耘着自己,一分一秒都不轻易放过。也许正因意识到命运的偶然不由自己掌控,才更加珍惜每日的实在,更加关注自身潜力的挖掘。由此不难理解战时他在文学创作和哲学理论方面的建树,何以比平日有更快的进展。

总之,从萨特的书简,可以清楚地看到现实中的萨特如何身体力行地实践他的存在主义学说。他坚信人的一生就是"自我设计和自我实现"的过程,一个人的存在价值只能由他自身的行动来认定。于是他排斥多愁善感,蔑视怨天尤人,自始至终,他总是按自己的设计不倦不懈地行动着。这一点,是萨特的人生观、价值观中最富积极意义的因素,也是他个人魅力的重要组成部分。萨特所到之处,周围的人们往往深受吸引,很自然地将他奉为精神领袖(甚至战俘营里的神甫们也都团结在他的周围),除他渊博的知识令人敬佩外,这种永不止步的进取精神是一个最重要的原因。

萨特一生写下的书简不计其数，与波伏瓦的通信应当说是其中数量最大、内容也最丰富的。确实，波伏瓦在萨特的私人生活和文学活动中起着极其重要的作用，她是萨特生活和写作的见证人，是他大部分手稿的第一个读者，也是萨特学说及文学创作最有头脑的对话者、最坚定的支持者和直言不讳的批评者。比如，她对萨特早期的绝对自由观一直持怀疑态度，曾尖锐地提出质疑："穆斯林后宫的女人们有什么自由？"又如，萨特口口声声介入社会，介入生活，波伏瓦却指出他的介入仅限于思想上、创作上，而尼赞战死在比利时沙场，博斯特加入野战军受伤，那才是行动上真正的介入。这一批评对萨特触动很大，于是他从战俘营回来后积极参与抵抗运动，而且终其一生都不惧艰难险阻，义无反顾地介入社会，终于成为举世闻名的社会活动家。所以萨特赞赏波伏瓦："海狸，高贵的建筑师。"确实海狸是萨特这座大厦的建筑师，不是可有可无的女人，是不可或缺的爱。

萨特与波伏瓦的对话中，论及毕加索时说过这样一小段话："我们决不说某一艺术品没有目的。当我们谈论一幅毕加索的画时，我们决不说他的画是随意画的。我们非常明白，毕加索在绘画的同时也在塑造他自己……"对萨特而言也一样，他的全部作品（包括他的书简）和他的一生是融合在一起的，他在写作的同时，也在塑造他自己。萨特评说毕加索的这句话，我们就借来作为本文的结束语吧！

沈 志 明
二〇〇四年深秋于巴黎
二〇一四年初冬于上海

写 在 前 面[*]

少时,萨特多年的挚友吉尔曾开玩笑地对他说:"学弟,未来世纪的文学教材将说明:让-保尔·萨特,出色的书简家,几部文学和哲学著作的作者。"一九七四年夏,萨特曾与我谈及他的书信对他意味着什么。他说:"那是直接的生活实录……不加斟酌的秉笔直书;我暗想,这些书信兴许可以发表……我下意识地感到我死后会有人拿去发表……简言之,我的书信等于我生活的一种见证。"[①]

把这部《书信集》公之于众,我只不过是实现他的一个遗愿。诚然,最好是将他浩如烟海的书信全部收集起来,但这肯定需要许多时间。我宁可不等,先发表写给我的,以及旁人遗赠或托付给我的书信。

不久以前,我还觉得无权将这些信原封不动地发表。信中涉及我和萨特之间关系的部分,我只字未改。但为了不妨害某些第三者或跟他们亲近的人,我删节了一些段落,改动了一些名字。这些变更几乎都由我决断;有几处改动则是应艾凯因-萨特女士[②]的

---

[*] "写在前面"四字为译者所加。——本书注释除西蒙娜·德·波伏瓦原注外,均为译注,以下不再一一标明。

[①] 见《与萨特对话录》第 228—229 页,加利马出版社,1981 年版。——西蒙娜·德·波伏瓦原注。

[②] 即阿莱特·艾凯因,萨特的养女,萨特遗产和版权继承人。

要求。无论如何,我会把原始手稿交给国立图书馆,经过一定的年限便可查阅了。

　　尽管有若干无关宏旨的保留,但对关心萨特的人来说,这部涵盖近四十年(1926—1963)的《通信集》,就广泛"见证其一生""及时记录其生活"而言,仍具有无法替代的价值。

西蒙娜·德·波伏瓦

沈志明 译

1926 年

致西蒙娜·若利维①（原信）

我来作自我介绍吧，勿谓言之不预也。您责备我既不朴实又不真诚，那么请走着瞧，您会看到此话对我是否合适。

我的本性其实非常怪诞矛盾。

一方面，我野心勃勃。抱何野心？我想象的荣耀，有如一间贵人满堂的舞厅，穿燕尾服的先生们和袒胸露臂的女士们频频向我举杯——完全是老掉牙的景象，但我自幼就热衷这一套。并非受此景象诱惑，而是个中荣耀让我心动。我想凌驾于他人之上，因为我藐视众生。特别是，我立志创造，非要创建点什么不可，创建什么不管，反正要有所创建；从哲学体系（当然是些狗屁体系，那时才十六岁嘛）到交响乐，我什么都尝试过。我八岁就写了第一部小说。我不能看到一张白纸而不想在上面涂抹点什么。某些作品只要接触一下就产生这种怪怪的感觉，心里热乎乎的，因为我设想自己可以重新写，由我来写。今天给您写信，是因为刚读到一篇作品，立刻感到需要创建点什么：于是有了这封信。不过我对自己所做的一切都不喜欢，这么跟您说吧，我没有写出自己的路子，老在不停地变换风格，弄得自己挺扫兴。况且在这点上我不大招人喜欢。这些都毫无意思，却不幸嫁接在我的本性上，而且此中还带有老小姐的特点，您或许料想不到，我的天性和我的外貌很匹配：发

---

① 我在《岁月不饶人》中把她称作卡米耶，详尽叙述了她与萨特的关系。——西蒙娜·德·波伏瓦原注（下文均简称"原注"）西蒙娜·若利维（1903—1968），法国女演员。

疯似的、愚不可及的爱动感情,胆小软弱。多愁善感到动不动就潸然泪下。我看戏看电影看小说曾号啕大哭。我曾因毫无道理的、荒谬可笑的怜悯而冲动,因怯懦或性格弱点而不能自持,这些失控使我一度被亲友列为碌碌无为之辈的末流。

这就是我的两种基本倾向。首要的倾向是野心。我很快就厌恶自己了,我最早的真正创建就是确定自己的性格。我双管齐下:致力于给自己注入意志,同时抑制自己深感羞愧的第二种倾向。为给自己注入意志,我曾采用无动机的行为方式,即没来由地做些使自己非常不愉快的事情。给您举个例子,我的第一个无动机举动是把一顶帽子扔到拉罗歇尔有轨电车的滚轮下,而这顶帽子是我企盼了两周,母亲好不容易刚给我买的。我当时十四岁,很愚蠢。为此我挨了母亲给我的最后两记耳光。为了战胜自己的性格,我竭力掩饰它。先前,我是非常外向的,一则我在拉罗歇尔生活是被迫的,这已给您讲过,再则我那洗心革面的坚定决心,使我变得内向了。坦诚对您说吧,七年来我第一次如此详抒胸臆,因为现在我对自己有把握了。但别以为我把内心的古怪倾向统统遏制住了,它们都还在呢。我以前怯懦和软弱,现在依旧:一条狗在我身旁猛一叫,我没准会吓一跳。不过我相信,当我毅然决定一件事情,任何恐惧都不能让我后退。由此导致两个结果:

其一,这些倾向每时每刻都企图再次冒头,我抑制它们的同时,得到的则是受您指责的那种装腔作势。我永远真实不了,因为我总是千方百计要改变,要再创造:我永远享受不到怎么想便怎么做的幸福(?)。

其二,当我感觉到一种真情,一种我认为可以表达出的感觉,我却绝对力不从心,或者结结巴巴,或者把意思正好说反了,抑或表达此类感情时,用了过分审慎的语句,等于什么也没说,更常见的是,干脆什么也不说,回避一切表示,这是最明智的。当然,我现在变得更加内向,要让我动情是更加困难了。

我几乎向您倾吐了一切,补充一句,我要达到某种理想性格,一种健康心态,即完美的平衡心态,还差得远哩。不过,我已经做到永远不让欲念形之于色。我言过其实了。若说大部分时间如此,那绝对是由衷之言。

写这篇急就分析,我并不认为我的小结有多精彩,真想这儿那儿修饰一番,但我不肯这么做,因为直抒胸臆更可取,既然我已开始谈及自己。然而我知道会招致什么:您会觉得我根本不像埃贝克·冯·斯特罗汉①了,抑或根本不像您所认为的"硬汉"了。这是肯定的,我天生没有好性格,仅仅还有些头脑。至于其他方面就更差劲了。总之,我是自作自受,我已经是这样了。我又一次看清自己面临"淘汰"的危险,因为您太浪漫,对上述一切不会喜欢的,但如不冒此险,我想我会为自己描绘一幅虚幻的画像。那实质上还是一个非理性行为。至于您,之所以比我淳朴,是因为您天生的性格比我优秀得多。因此,您表现出优秀的性格是很自然的。但您责难构成我优点的东西——至少在我眼中如此——是不公平的。

四月前

亲爱的小妞:

您不应当厌倦,而应当保持极大的耐心。我已准备好来看您,但意外受阻,由于我一位合作者的愚蠢,没能把译稿交给出版人,没拿到稿酬,旅费落空了。我只好四月十日左右来图卢兹看您了。今年各方面都不顺心,尤其手头拮据。我梦想一九二六至二七年度手头能稍宽裕点,让我每月都能去一趟图卢兹,如同德·诺布瓦

---

① 冯·斯特罗汉(1885—1975),奥裔美籍导演和演员。

先生常去见女友德·维尔帕里济夫人①那样。眼下高师特别沉闷。我们刚演完《年度活报剧》,相当成功。(您会从上星期天的《作品》上看到简报,从星期一的《作品》上看到我扮演朗松②的照片。)热闹一阵过后我们个个晕头转向,舌头发硬,脑子发麻。我特别为复活节的到来而发愁。我将孤身一人留在巴黎,好在我熟悉节假日的消遣方式:逛大街不用花钱,省下钱可以去看您,还可以一周奢侈两次,花三个法郎看电影。我刚经历一连串考试,一如既往很成功。可现在一坐到书桌前就发呆,什么也干不了。书也读不进。哦,倒是看了《日报》上亨利·德·蒙泰朗③的连载小说《动物寓言》,相当精彩,不妨一读。您会在小伙子阿尔邦身上发现我所喜欢的爱情观,即咱们曾谈过的那种戴护手甲骑士的爱情观。那是您所珍爱的西班牙的产物。

　　您喜欢我的同学吗?更喜欢哪个?眼下他们漫无目标,净说傻话。他们互相串门,默默地嚼糖块,赖着不肯走。他们胸无城府,嘴无遮拦,足见思维之紊乱。他们很愿意说出自己的性格,可一说出来就走样,人们处在这种状态时都是这样。只有我在场才能阻止他们,因为我讨厌软弱,讨厌随口谈论无聊的隐私。但凡我不在,他们定会像老太婆似的闲扯。今天,冈吉仑对我说:"我很同情您,因为您实质上非常忧郁,您喜欢开些愚蠢的玩笑,甚至殴打拉罗蒂,这不过是为了散心。"我不知道为什么这话很中听。然而您知道我讨厌这类伤感。关于这个问题,一位哲学家的看法十分精彩,待我们见面聊时我会给您介绍的。此人就是阿兰④,他说:"黑格尔说,直白的或曰自然的心灵总是裹着忧郁和沮丧。我

---

① 德·诺布瓦和德·维尔帕里济是普鲁斯特《追忆逝水年华》中的人物。
② 朗松(1857—1934),法国教授、文学批评家和史学家。
③ 亨利·德·蒙泰朗(1896—1972),法国作家。
④ 阿兰(1868—1951),原名爱弥尔·夏基埃,法国学者、哲学教授、随笔作家。

觉得这话很深刻。若反思不能使我们振作,一味反思就不妙了。反躬自省的人总得不到好的回答。仅仅关注自我的思想,只能徒增烦恼或忧伤。您不妨试试问自己:'为消磨时光我读点什么好呢?'这时您已经在打呵欠了。欲望如不变成意志,必定会减退。心理学家要每个人像研究杂草、贝壳般研究自己的思想,这种看法是否有道理,依据上述意见足以作出判断。然而,思想即意志。"(《论幸福》)

我很少想事。两年前我涂写的札记叫我脸红:于是干脆什么也不记了。如今我觉得自己在慢慢走向专业化。这些日子我倾注全部热情和精力解决一个纯心理学的问题,一个细节问题。是振作起来的时候了。我很少去想准备为您写的那部优美的小说。但它仍在我心里,而且相信它会讨您喜欢。眼下别人对我的赞赏有点儿太过分了。

我的小妞,目前您采取什么美妙的方式来爱我呢?还剩下一点柔情吗?我特别珍惜您的柔情。我成天泡在脑力活动中,对精神恋爱厌烦了。很需要一种傻乎乎的似水柔情,就像我现在对您的那种柔情。我一味想吻您,对您说些动情的傻话。测试一下您的情爱,倘若我在图卢兹只干此事,您顶得住吗?写下来寄给我。

您可以读一读安德烈·莫洛亚[①]的《阿里埃尔或雪莱的生活》。此书写得不很深刻也不太好,但这是一位英国天才诗人的小说化传记。您会乐意看的。我不再只对这类伟大人物的生活记述感兴趣了。我千方百计想从中找到自己生活的预卜。不幸,伟人们的纯洁和热忱在我这个年龄还从未有过。他们在树林或小溪旁,一个个起誓发愿为这为那献出一生。我才不乐意呢,任何情况

---

① 安德烈·莫洛亚(1885—1970),法国作家,尤以传记文学著称。

下我都唯恐在自己眼里显得滑稽可笑。作为我未来价值的保证，我唯有漫无边际的自尊，也有对自己一生隐隐约约的感觉。您大概不明白我的意思，我想说，唯有感到自己活着才是我的保证。我想借您的小说主人公的嘴说："我是一个天才，既然我活着。你们所有人在我眼里都是间接地活着，也许你们使我想出一些了不起的主意，根据你们给我的建议，我来评判是聪明的还是愚蠢的。而我，见鬼，哼，我希望人家如我自己感受到的那样感受到我的生命，蔚为大观，精彩纷呈，所到之处都竖起里程碑。到处都有我的生命。要是我能把它表达出来，让它从我的内心脱颖而出该多好哇。那我就是堂堂正正的天才了。只有一个人为我而活，那就是我自己。若说恰恰是我自己未免玄乎，可我不能想象我将消亡。"您喜欢吗？很不幸，我家里自尊自负的人太多，有时我真担心我的自尊自负只不过是一种遗传污渍。

总之，读一下《阿里埃尔》，然后告诉我您是否喜欢让-保尔·萨特胜过佩尔西-拜什·雪莱，女人们可喜欢雪莱啦，抑或您更喜欢雪莱。他英俊出众哪。

我爱您，您希望我以什么方式爱您都行。

附寄我的照片一张，它曾刊登在名曰《在半老徐娘身旁》的杂志上。照片上我扮演朗松先生，接受一个记者（由佩隆①扮演）的采访。杂志里还有裸体的我与半裸的尼赞跳舞。

---

① 佩隆，原高师（巴黎高等师范学校）学生，擅长英语，与萨特交谊颇厚，后来死在集中营。——原注

致西蒙娜·若利维

四　月

　　咱俩必须把话说清楚,您到底愿意还是不愿意见我?我绝不容忍您这种行为方式,即把我视为储备在您的调情帮之中的那位先生,固定两星期写一封信,一年只施舍给我三天。"没有空,星期天不要来。"哼,您以为我有空,是不是?星期五中午我连一文钱旅费都没有。为度复活节假,我四处想办法。好了,终于摆脱了困境,四点钟拿到了钱,我有空了,四点半收到您客客气气的信。没有空就找空呗,仅此而已。您说爱我,却六个月不见我,相比之下,您那些游手好闲的无聊事算得了什么?又能算得了什么?

　　您起码该道个歉,找个理由,立即回信,才算得上是正常的。我一直等到今天,察觉到您蛰伏在麻木不仁的怡然自得中,满足于向我甩一句"把油蓄得满满的",好像我是您的未婚夫。

　　这是什么意思?您厌倦了吗?已经厌倦了!可怜的傻瓜,四个月前还写道:"我爱您胜过爱我的母亲。"不管怎样,说这话得有点儿勇气!有一天发生类似的不快后,我显得有点儿冷漠,您对我说:"公鸡与珍珠",其实,珍珠是我。是谁让您拥有今天?是谁千方百计阻止您变成小市民、唯美主义者或荡妇?是谁培养了您的才智?是我,唯有我。我有资格不像您那位西班牙通信者或笨蛋伏夫纳尔那样被撵走,他写的书全是蹩脚的破烂货,主人公雷米·古尔蒙在他医生眼里是"伪善者"。

　　我对这套装腔作势开始厌倦了,从来没有像现在这样准备让您耽于好献殷勤的圈子。我提出条件:您能接待我吗?或在图卢兹约会?四月十三日星期二或四月二十六日星期二,具体时间由您定,好吗?无论如何四月十日星期六以前必须答复我。若行,我自己到那边判断您的情感。若不行,您别想再谈起我了。

亲爱的小妞:

这封信是在图卢兹的雷吉纳咖啡馆写的,为谨慎起见,我将放进巴黎的邮箱寄出。

此信既不是我们昨夜谈话的修改也不是补充,而只是继续:因为等火车,无事可做,我想还不如给您写封信。此刻您格外是我心中的"小妞",昨夜却不完全是,或者,您愿这么说也行,是个在大人面前显得可爱的小妞,就像那个短篇小说里教父母在爷爷面前尽孝道的儿子那样。您的坦诚和我相比占绝对优势。您有一张太美的脸蛋儿,温柔、高贵和安详,回火车站的时候,我一直惊叹您这张令人仰慕的脸庞始终保持您在图卢兹各场舞会上的神态。真的,昨夜我在您面前略处下风,直到发现您的眼神充满坦诚才信任您。但这种信任,我失而复得的小爱妞呀,我在圣米歇尔小道上自然而然就丢失了。不这样才怪呢。我是初出茅庐,而您已是老手了,但这封信是诚意的表示。我定要写下来给您看,我曾认为您是在我面前演戏,担心这场戏把我的手脚捆起来交给一个卖弄风情的女人,后来又为这种担心而羞愧,但终于一吐为快。我有信心了。昨夜我学到一种奇怪的谦卑。请想象科西玛在理查德①死后重见弗雷德里克,向他指出理查德强占女人们后骤生的怀疑也许只是孤僻和脆弱。是这样。今后会有进步吗?我说不准。不管怎样,从此我知道自己的猜疑多半来自突然觉得对您过于轻信而引

---

① 指科西玛·瓦格纳(1831—1930)和其第二任丈夫音乐家理查德·瓦格纳(1813—1883)。

起的妄自菲薄,还有荒唐可笑之人可憎的胆怯。向您承认我没敢向您说出口的话,这是我有了信心的明证,亲爱的小妞,我想当强者,我希望不仅当您的第一恋人,而且当您唯一的恋人。这个想法我早就有了,但不打算对您说出来。我不对您说是为了不让我的想法使您有丝毫改变,而只想竭力向您倾吐最难启齿的衷肠,以示诚意(其实这也未必全是真心话,因为写这句话的时候,我仍抱一线希望:您会改变的,但还是*不要改变吧*)。请别鄙视夏洛①式的举止。设法理解查理·卓别林通过夏洛说出的话,从中吸取对我的"自然心灵"的心理分析,这颗忧伤的心灵,这颗不时犯傻的心灵,我在电影院跟您谈起过的。亲爱的小妞,还是温柔些吧,即使不为我,至少也为您自己。冷酷对您可不合适。您在我所谴责的应酬中扮演一个角色,从这个角度看,这角色跟您本人也是格格不入的。看在爱我的分上,我只求您把对我表示的温情和坦诚移到您的天地里。明白吗?不明白的话,可以要求解释,这很重要。

不妨给您讲一讲我从您家出来后干了些什么,您会喜欢的。我一直走到圣米歇尔小道尽头,但见一座花园,至少迄今是我在图卢兹见到的最美的类似花园的所在。我坐到一条长椅上,想着一场神秘的猎兔不觉睡着了。我睡了一刻钟,被看守的走动声惊醒了,那是位让我产生好感的老人。我睡着时一手拿烟斗,一手拿盒火柴。我机械地点燃烟斗,心想跟这位老人聊一会儿倒蛮不错,当时我处在凄清宁静的状态,如同一幕感人的大场景后,见到某些小说人物(例如穆希金娜暗杀娜塔莉之后跟罗戈济纳的谈话②,一切情况依旧)。这时老人恰好走过来对我说:"您起得好早!"我回答说在等火车,是从巴黎来的。他说:"从巴黎来的?我儿子正从巴

---

① 夏洛,卓别林所创造的一个小人物典型,善良、机智、幽默而虚荣。
② 出处不详。——原注

黎回来。"他跟我讲他的上尉儿子的故事。我们的交谈亲切朴实。比如他说:"十三年前我儿子刚从圣西尔军校毕业,上校对他说:'懒虫,你没尽力呀。''报告上校,我尽力了。''不,你没尽力。''上校,我想我尽力了。'于是上校说:'行,我相信你尽力了。'于是发给他少尉证书,他一直珍藏在衣袋里。"我给您讲这位老人。我不认为他老糊涂。反认为他极善良,对儿子有种朴实的自豪感。我挺乐意在离开您家时发现和无保留地承认这种善良。我大约很久没能回到这种状态,这是觅得善良所必需的。此刻离开您,我几乎不伤心了,我以这位老看守的朴实来爱您。我不知道这封信有什么用。我睡一会儿。没准回到巴黎读时会觉得滑稽可笑,但一定会寄给您,因为这是一份敬意,献给今晨五点钟那位值得仰慕的小妞。

我比任何时候都更爱您。

……

致西蒙娜·若利维

我之所以给您补发一封谦卑和悔悟的信①,不是因为我认定您的回信是在大怒之下写的,而是担心您收到我第一封信后,发现您的回信毫无意义,从而埋怨自己采取这种近乎幼稚的手段。我想以一种谦逊的态度使您避免这种烦恼。

您最近这封信很可爱。您改正了(自愿的?)您的小缺点,让我好欢喜。嘿,我不知道您怎么冒出怪念头问我要儿时的照片,请告诉我是什么事情让您心血来潮。我很难找到照片。直到五岁,

---

① 信已遗失。——原注

我是个可爱的娃娃,我留着传统的发式,很讨平庸的妈妈们喜欢。因此家人争抢我的照片。从五岁起,我的头发剪了,昙花一现的光彩也随之从她们心目中消失,我变得丑如蛤蟆,比我现在还丑。故而谁也不乐意给我拍照了。家人担心我让玻璃感光片黯然失色,便像演出时那样掩盖孕妇流产的可怕场面。由于这两个截然不同的理由,让我找回照片是非常困难的。我母亲有那么几张,但她一息尚存,决不脱手。她斜靠在带文件格的写字台,一副大难临头的样子,就像法国女护士眼见德国人要进入藏有法国伤员的地窖。我只好走开。外祖母不那么顽固,但她刨根问底,想弄清楚我要照片派什么用场。最后我撬开一个抽屉搞到一张照片,但太靓丽,像是未来的拜伦(可恶的家伙),而绝不会是您的仆人。幸亏同时又找到一张很丑的,我扮鬼脸的小照片,比本人还丑。我也寄给您,您就两者取其一吧。

我祝贺我的学生重操钢琴。但您为什么瞧不起爵士笛呢?这可是件奇妙的乐器。吹高音符时如同带鼻音的人声突然从乐器发出,美妙动人,犹如乐器有了生命;这是乐器中绽放的奇葩,骤然又返回低音调,即刻变成机械声。效果惊人。声音碎裂,乐器再现。不妨用心听一听爵士笛演奏的两首蓝调爵士乐《孤独的夜晚》[①]和《上海摇篮曲》[②],您再告诉我感觉如何。

您对我说,您的忧伤来自您模糊地预感到若不成功您的生活会是什么样子。如果您信任我,就不会有这种忧伤。我想赋予您一种精神态势,在最平庸的生活中,这种态势也不会使您的生活受

[①] 《孤独的夜晚》可能指 *Some Lonesome Night* (1918),乔治·麦耶尔(1884—1959)作曲,格兰特·克拉克(1891—1931)与乔治·怀亭(1840——1923)作词。

[②] 《上海摇篮曲》(*Shanghai Lullaby*,1923)由美国音乐家伊沙姆·琼斯(1894—1956)作曲,谷斯·卡恩(1886—1941)作词。

挫,不会使您成为一个包法利夫人,而成为一个艺术家,无悔无忧。您这个忘恩负义的,您竟说我不能为您的就业找到出路。出路多着呢,在接近您的人中间找哇,他们会跟我一样为您尽力,我将来更会如此。

写吧,别害怕文字,您给文字造成的伤害将超过文字对您的伤害,别为文字担心。要知道谁都不能准确地说出自己想说的。诀窍在于给文字一种空间,不完整的、神秘的、非常近似的,促使读者自己从言外找到补充之意。您肯定能从中找到圆满。

几件具体事:

一、别让您母亲老给埃莱娜姑妈写信。姑妈来过巴黎,泄露了您的生活,话说得很难听,连我也不放过,从而搅乱了我母亲的心。这位姑妈搜寻鸡零狗碎的闲言碎语有如别人采集鲜花。请原谅这个比喻,她毫无情趣,但生起气来却是认真的。好在我母亲根本没有理她,将尽可能促成我的第维埃之旅。

二、我舅舅若瑟夫不给回音,尽管我两次通知他我要去。他长了个脓肿,十分狼狈。他愿意并能够接待我吗?倘若不行,我得住旅馆。在这种情况下,既然您很有道理地顾忌人言,您也许要弄顶风帽,这是不得已而为之,因为我更乐意单独见您。我要对舅舅重炮猛攻,即我母亲将提起金钱补偿,舅舅不会漠然视之,我会跟您通气的。

三、在我到那边之前,不要通知他您到达的时间。能推迟到二十日吗?十五日以前我有些麻烦事,不得不留在巴黎或巴黎郊区。我十五日到达第维埃。倘若第维埃之旅不可能安排妥当,想一想,必要时找个我能会见您的地方。必须想好万全之策。

请设想,上封信压了一下才发,是因为我重写了两次。我相信塞进上述信中的故事曾经给您讲过。我怕讲重复了。何况我以头脑清晰自诩,不能在第维埃已经说过的事情上原地踏步,我明白,我们还有许多新东西要交谈,现在咱们事先说好,努力避免重复吧。再说,我本应在信中写进那个反反复复讲过的故事,那样您也许会感受到一种魅力,将来您结婚时会感受到的;因为我老是发现丈夫上千遍讲述他年轻时发生的故事。在那种情况下妻子要学会保持欣赏的态度,微笑着,双眼不离饶舌的丈夫,好像第一次听到这些知心话,做出赏识丈夫的样子,小心地闭口不谈自己的隐情。

亲爱的小妞:

我早就想在跟同学们外出回来的某个晚上给您写信,在外出中我们拥有了世界,不久我会把这些活动写进《一次失败》一书。我想给您带去征服者的喜悦,像在伟大的世纪①那样把这份喜悦献到您的脚下。但喧闹太累人,每每回家便径直睡觉了。今天就让您感受一下这份您尚不了解的喜悦,从友谊演变为情爱的喜悦,从力量变为温情的喜悦。今晚我爱您,以一种您不曾感知的方式爱您:我的爱既未因旅行而消减,也未因渴望见到您而损耗,我支配着对您的情爱,将其融入心田,宛如我身体的一个构成部分。这种情况发生在我身上的次数要比我对您说的多得多,但给您写信时却很少发生。请理解我,每当注视外部事物,我都在爱您。在图卢兹我爱您,直截了当。今晚,我爱您,适逢春天的夜晚,窗户敞开着,我爱您。您是我的,万物是我的,我的爱妆饰了我周围的事物,周围的事物又装点着我的爱。

亲爱的小妞,我对您说过,您缺少友谊。现在该拿个可行的主意了。您难道不会找个女友吗?图卢兹不可能没有一个配得上您的聪明姑娘吧。但不要以情爱去喜欢她。不幸,您总是时刻准备献出情爱,这是从您身上最容易得到的东西。我不是指您对我的

---

① 即法国人所指的十七世纪。

情爱,这完全是话题之外的,但您滥用小情感,比如在第维埃那个晚上,您居然喜欢上那个吹着口哨摸黑下坡的粗人,而那个粗人碰巧就是我。要学会认识不带温情的力量结合。这很困难,因为一切友谊,即使身心健康的男人之间的友谊,也不免有动情的时刻。我安慰受到打击的朋友,我会动之以情;这种情感很容易变弱,从而变性。但您很可能有这种情感,您应当了解。然而,尽管您一味愤世嫉俗,您是否想过踏遍图卢兹寻找一个女人,一个对您有用又不会使您动情的女人,会是美好的奇遇吗?不要管相貌和社会地位。正直地寻找。万一找不到,就把您几乎不再喜欢的昂里·彭斯当做朋友吧。

让·杜谢的性格向您揭示了什么?您找到渺小的形象了吗?比您认为的更有或更没有价值吗?您对他有什么感觉?

今晚不给您多写了,我要睡觉了。明天也不会再续写,因为我不喜欢续写未完成的信件,胜于重燃熄灭的雪茄。只补充一句,我刚看了一部很精彩的电影,叫《落魄》。如果在图卢兹上演,您也应该去看看。

您完全可以读一读洛弗里埃尔论埃德加·坡的著作。是这么回事;这是一部博士论文,而所有的博士论文都分发到各地的市图书馆或文学院图书馆,求一求让·杜谢或别的什么人,帮您搞一部来。

紧紧地无比温柔地拥抱您!

致西蒙娜·若利维

您多么为自己的逻辑性而自鸣得意呀。您口口声声逻辑辩驳,您的信充满严密的论据,加上一些"因而""所以",念起来让人十分扫兴。把逻辑学抛掉吧!此法从来没有使人前进一步。尽可能避免自相矛盾,有个把矛盾也不要紧,无伤大雅。矛盾多的是!今年的大学课程要我研究五六个大哲学家,他们的学说充满矛盾,却丝毫不感到难堪。想想吧,他们只为自己的体系活着,心中装着这种充满矛盾且颇不严密的思想却活得很自在。诸如柏拉图和笛卡儿这样的哲学家,都享受过世界上最美好的生活(我会给您描述笛卡儿的生活,向您揭示一个与爱情无缘的人)。谁发现了他们的矛盾?他们的著作散发着阵阵学究气。请记住,逻辑是无能的知识分子谋生的手段。尽量用别的办法获得理念吧,可别用推理。您会发现,理念将油然而生。在您的思想中,若看出一幅形象,您顿感形象膨胀,犹如向您指出一个方向,几乎是水到渠成,只要阐述就行。但要找到理念,必须放弃逻辑,因为逻辑是一种远离真实的把戏。我们以后再详谈。请不要再跟我硬扯学究式的论据。

　　我还要更严厉地责怪您:您信中对我说您沮丧,说什么我的书叫您沮丧。您曾喜欢写作,这方面首先在您看来,然后在我看来都是值得关注的,难道您希望我为此同情您吗?从前我相当倾向于这类喜剧,也曾像您那样为不足挂齿的原因沮丧,为人们的心胸狭窄或我那未被理解的精神孤独而哀叹。现在我对像您那样不时自寻烦恼的人既憎恶又鄙视。令我恶心的是,萎靡不振的人总要给自己演一套可耻的小喜剧。有人自欺欺人地想:"也许一言以蔽之,我一文不值",或者"也许我一辈子都是倒霉蛋"。以想象黯淡的一生来享受堕落而迷人的愉悦,内心却相信满不是这么回事。人们太顾影自怜了,不能作认真的努力,例如不能用功。沮丧总是与萎靡相伴而行。所以不得不为自己做些演戏的举动:意气消沉地对自己的身体听之任之;听任手中的东西重重落地,装作无所谓;唉声叹气时龇牙咧嘴,如您所知像发[i]的长音;有时微笑,或傲笑或苦笑,每五分钟耸一次肩,活像不为琐事浪费时间的人,这种人要驱散沮丧也驱散不了。您美滋滋地享受着这个,竟给离您五百公里的我写信说:"我好沮丧。"而我很可能跟您的心境不一样。您还不如诉诸外国法庭呢。这种心境委实古怪,弊病多多。最严重的弊病是削弱感受力。您若是多次沉湎于这种小把戏,您会丧失痛苦的功能,而您要达到目的,这种功能是必不可少的。姑且把痛苦功能看作一根绷紧的绳子。您若一直拉紧,绳子就会断。但是每年至少需要痛苦两次,应该时刻准备着承受痛苦。这会使我们大开眼界,加深对自己的了解,获得实实在在的经验(不是您可从您的女奴①得出的那种抽象经验)。不过,我见过许多多愁善感的人。他们大都忧心忡忡,受一种无端的内心忧伤所折磨,这其实是一种闹着玩的忧伤,他们并不认真对待,几乎毫无知觉。即使遇上飞来横祸他们也会木然承受。真是颓丧到了极点。千万警惕这个。还要警惕与想象、梦想相伴而行的忧伤,必须强调提防梦想。记得笛卡儿说过的话吧:"我实话实说,在研究中我一直遵守的准则,为了获取某些知识,我认为最有用的准则,就是每日极少极少花时间把脑子用于想象,每年极少极少花时间把脑子用在理解上;我把全部剩余时间用来放松感官和静心养神,就是专心仿效某些人,他们认为凝视一座树林的青葱翠绿或一只鸟儿展翅飞翔,就什么也不想了。"不妨照着试试,但必须有所保留,即那只展翅飞翔的鸟儿是您的鸟儿,那座树林是您的树林,为此不要凭感觉,而要把鸟儿或树林稍稍改造一下。您会说这种说法含糊不清,我以后会给您解释清楚。此刻我不说,您先试一试。

言归正传,忧伤是意志在世上最能克服的东西。在您忧伤的

---

① 指济娜,若利维老夫人领养的茨冈小女孩,西蒙娜很喜欢这个小女孩,并协助扶养。——原注

夜晚，要是有人强迫您锯木头，您的忧伤五分钟就消失了。锯上一锯，精神爽快。挺直腰板，停止假惺惺的把戏，不要闲着，写作吧：对您这样有文学气质的人，这是良药。继续写小说，化解忧愁，将其变成激情，写入您的作品。结果会很好的。别总推说忧伤是您的时代的产物，不管怎么说，您生活在我们的时代。小心哪，您的十九世纪怪癖虽无伤大雅，却可让您变成不适应时代的人，慢慢变为一事无成的人。要始终保持愉快。哪天您若真感到痛苦，请告诉我。我学会了安慰人，因为不知道为什么，我听到无数的心腹话。这不，我经常自问，想弄清楚为什么会引来这么多知心话。如果您找到答案，请告知，这对我会有帮助的。总之，如有必要，我会用我的安慰术来帮您，如同我用一切所知来帮您。况且我承认您说得对，巴黎远离图卢兹，我写的一切都冷冰冰的。我表达得不好，您没有很好理解，就发火了，我还得花时间说服您。因此到第维埃后我必须又快又好地琢磨，把我要对您说的基本点讲清楚。

　　您对我太周到了，为不增加我的负担，竟操心起我给您寄的邮包。不久您还会给我寄一打①邮票，免得我付寄信邮资。这多可笑，对我造成多大伤害，您感觉到没有？您只有一种辩词，没准因难以识别寄书的来路而犯难，否则不可原谅。千万别不时像喂鬈毛狗似的扔给我一块糖。所以今天不给您寄了，并继续中断寄书，直到给我说清楚是否真的为减轻我的负担或更因为避免麻烦，您才给我写这封可爱的信。不过我还是向您推荐一本书：《觉醒的梦想者》，阿德里安·博雷尔和吉尔·罗坦合著，新法兰西杂志出版社出版的"蓝皮文献丛书"。

　　"学生还没有超过老师，对吗？"学生自己永远闹不清楚。那个申斥您的好为人师者对您始终隐隐怀着敬意。下次见到您，我将搞清楚您的变化，看您是否超过我。我为您最后的效劳将是给

---

① 量词，英制十二张为一打。法制邮票十张一打。

您指出您胜过我的地方。

致西蒙娜·若利维

亲爱的小海螂：

今天没有您的来信，我为此高兴，因为这证明我的自信和快乐是可靠的。整整一天兴高采烈，一味为您唱赞歌。

我大胆地着手研究一种复杂的理论，现在把它建立在艺术家已有的形象作用上，这种理论将非常精彩。将来完成之日，也许我便有了完整的美学，那就太棒了。我已完成《恩培多克勒》①第一章，说的是恩培多克勒根据封斋期的戒律：地狱——天堂，把不幸的小青年投入大写的偶然，给他唱那首著名的《颂歌》，唱得他迷迷乎乎，神志不清。过五分钟我把《颂歌》抄给您。《恩培多克勒》将于四月一日全部完成，届时我寄给您，千万别忘记。

今天下午在我的个别辅导生②面前当了一次冯·斯特罗汉。我怪他说谎了。"先生，恳求您别相信我是说谎的人。"我摆出一副既冷淡又怀疑的样子，"算了，我相信您，相信您。还是再来学莱布尼茨吧。""我求您了，先生。""我相信您啦，我对您说继续学习莱布尼茨"。他把某件东西扔到地上说道："您相信人的方式挺奇怪的。"说罢气呼呼地嘟囔。我照样上课，好像什么事也没发生。由于他依然怒不可遏，苛求于人。我对他说："不必如

---

① 恩培多克勒（公元前490—约前430），古希腊哲学家，据称是第一位研究修辞学的人，著有《论自然》和《论净化》，主张万物皆由"四根"即四元素（火、木、土、气）组成，元素结合为生，分离为灭；"爱"为元素结合，"恨"为元素分离，故而"爱"和"恨"为万物运动和变化的原因。
② 指莫雷尔夫人（绰号"那位夫人"）的儿子阿尔贝·莫雷尔，萨特给他上个别辅导课。——原注

此严厉嘛。谁都会犯浑。比如您刚才莫名其妙的发火……""先生,我发火完全是有道理的。""得了!""假如是个同学,我早就打他耳光了。""嘿,那您为什么不打我耳光呢?""因为,您的名分在我之上。您无非滥用您的地位来侮辱我,把我说得一无是处。"在这种情况下,他的声音尖厉刺耳。"对不起,但要是自认为受到侮辱,不管原先地位多么不平等,也就变得平等了。既然我侮辱了您,您跟我就是平等的。这么说您只不过缺乏胆量。"最后他与我达成共识,我体面地撤出战斗,同时就谎言对他作了一番说教。使他变得心平气和的全部办法,在于说明从一开始我就确信他并未对我说谎。

晚饭后我去了女男爵咖啡馆①,同去的还有贝代和拉鲁蒂,他们被大中学校教师头衔会考搞得黯然神伤、头昏脑涨。在座的埃朗向我们叙述了可能出台的一项军事法令,说我们可能被授予少尉职衔,这时他们才恢复一点神志。然后我北上布鲁索迪埃咖啡馆。他,冈吉仑和我,我们低声交谈,神秘兮兮地学拉加什的怪样。这里的天气是您喜欢的:下雨刮风。对论述偶然性是极好的天气。想到一小时后将写下《青年时代》的第一页第一行,心中不无激动。我强烈希望能做到,也强烈希望您今晚写下的东西会是精彩的。请想象一下,我像圣马蒂厄天使似的在您身后,但静静的,默不作声,不那么漂亮,比不上紫堇,但不管怎样,也算是天使吧。

致西蒙娜·若利维

白白等待您通知我邮件收讫,我猜是您没收到我给您寄去的

---

① 余尔姆街附近一家咖啡馆。——原注

文章节录。是的,像平时图方便,把节录当信件贴上邮资,却扔进印刷品邮筒。没准引起了麻烦。不要再把我的信件称作"小课程"。您知道我不乐意将咱俩视为师生。为什么您不如我能有所发现?其实只要注意观察就行,什么地方并不重要。您明信片上那几句话的调子为何那么谦卑?是讥讽吗?如果是,倒要祝贺祝贺,您进步了。是真诚的?那就愚蠢了:为什么不傲慢一下?这是想成功的首要条件。况且就我们的关系而言,难道您永远找不到爽直的语气,同时又排除谦卑(假装?)或激烈的谴责?我觉得在第维埃我们有时找到了,您比我把握得更好,因为我知道自己老把握得不好。

您依然将觉得我生硬、粗暴、狭隘,有时写病句,有时词不达意。

在这方面您可以帮我:设法把我的棱角抛光。关于精神健康再加点小课程。精神健康,从外部来看,就是绝对摆脱各种社会约束。首先摆脱道德,假如您是道德的,您就是顺从社会;假如您是背德的,您就是反叛社会,但在社会决斗场上反叛,您必败无疑。因此必须既不是道德的,又不是背德的,而要置身社会之上。其次要摆脱社会美学:那天我已经跟您谈过了,社会最终给您的快乐和愉悦就像扔给您的一根骨头。想一想,当您想要一个戒指或某种首饰,您就服从了制造人和销售商的想法,就受到两个俗物的剥削。您之所以对首饰没有倒胃口,是因为您自己真的想要,于是必须千方百计地去获取。最使人对社会提供的种种愉悦倒胃口的事情是,不管世人如何沉沦,不管世人有何坏毛病,总有人为金钱而顺应之,总之是出卖。"生意经"比比皆是。所以必须避免因赶时髦和无所事事而陷入误区,仅仅由于以为这叫潇洒。我的一个同学,聪明健壮,但意志薄弱,最近差一点成为鸡奸者,其实他对男人没有性爱,仅仅因为他周围净是些鸡奸朋友。这种欲望本非出自他内心深处,而是外部强加于他的,因此他会非常不幸,很可能就此断送自己。我好不容易才把他拔出泥淖。我担心您有点儿走这条道,但不管您自己怎么说,您比他有毅力,很快会摆脱出来。我一直不清楚咱们信件的安全程度有多大,不知谈论您的私生活能到什么程度,以保证万一人家偷了您的信件仍不致有伤害您的危险。

您明白上述指的是什么意思。某些裸露,倘若属实,那只是您一时软弱,赶时髦,怯懦,但您毕竟又恢复了清醒。

当然要同别人打成一片,但不要让人家对您产生这么大的影响(即使他们比您意志更薄弱),使您须臾不可缺,否则您想撵走他们也不成了。

一旦您完全独立于社会,就得从您身上铲除两大缺点:首先是忧伤。我自己直到去年性格还非常忧郁,因为我长得丑,为此痛苦不堪。现在我完全铲除了,因为这是一种意志薄弱。感到自己强有力的人应当是快乐的。其次,只应当把您自己能达到的理想作为理想。您目前的理想是让像夏尔·杜兰①那样聪明却丑陋的一个男人爱上。倘若此事发生,我怀疑将不是多亏您,而是多亏使您遇见此人的偶然。

因此,您不是实现您理想的主宰,于是您自卑,然后去寻找也许永远找不到的东西。抛弃理想吧,至少目前如此,定个您能实现的理想,比如获得尽可能大的能量。这个有毅力定能达到的理想,将是一种力量和助力,而不是一种累赘或短处。驱除在月光下或在别处的一切美梦,要知道美梦令人愉快,但浪费时间。假如您致力于在自己身上发展激情的力量和力度,抑制种种顾忌和怜悯,那您就完全自由了。

---

① 夏尔·杜兰(1885—1949),法国著名演员、导演,剧团团长。

届时您将感受到真正的快乐。我管这种状态叫精神健康,因为这与肉体健康非常相似,自我感觉有一种力量,足以用一只手拧歪路灯。同样,处在这种精神健康的状态,就感到自己雄姿英发,一切都可以试一试,这才真是其乐无穷。完全像口袋里揣着二十个苏①的孩子,从一个橱窗到另一个橱窗,不急于购买,笃定而安静,陶醉在稳操胜券的幸福中。您将感受隐姓埋名的喜悦,就是说,面对道貌岸然和受人尊敬的人们,您可以设想他们是些木偶,任您摆布,他们不知道您是谁,您会觉得有一种潜在的力量可以调动起来把他们打倒。怎么样?把握好您自己,感受一下不为人知的快乐,大大超过被人欣赏的快乐吧,届时您将更加自由。

这就是精神的健康。我来不及跟您说由此会给您带来的情感愉悦。您自个儿去体会吧,要我写给您也行,总之别以为精神健康便是干巴巴的,而必须情感丰富(我自己就是滥情主义),但这是对自己,不是对别人。不妨扩张您的想象,但要始终抓住缰绳。

万一您收不到这个邮件,我重申向您提过的一个要求:我已向您一一袒露我的"感情生活",请用同样的坦诚给我谈谈您的感情生活,描述您的未婚夫,不偏不倚。也讲一讲您打算跟他怎么样。这很重要,大政决定之后,由伏脱冷②拿出确切具体的主意。如果您对在第维埃做的决定翻悔,我就不得不给您出另外的主意了。

沈志明 译

---

① 苏,法国辅币名,旧时一个苏相当于后来的五生丁。二十个苏,等于一法郎。现今常用作"钱"的俗称。
② 伏脱冷,巴尔扎克的《人间喜剧》中神通广大的黑道头领和教唆犯。

1927 年

致西蒙娜·若利维

四 月

亲爱的宝贝：

你爱我，我爱你，而喇嘛①只是个笨蛋。他跟你讲的一切毫无意义。假如他再跟你讲起，就简单向他提三个问题：

什么是性爱？

什么是单纯的性爱？

为什么唯有单纯的性爱是真正的爱情？

你瞧着吧，这三个单纯的问题定叫他束手无策。但我完全理解，跟伊内丝在一起，除有让她生孩子的欲望外，还会有其他什么感受吗？所以我原谅他。喇嘛有"穿社会心理学家礼服"的癖好，而这正是赞扬音乐戏剧《娼妓的地狱》的那幅海报的说法。况且您颇自负地流露："您永远不会动真情"。你喜欢这类想法。下次在图卢兹我会详细告诉你，情况恰恰相反。另作别论吧。说正经的，我急于再见你，亲爱的小妞，因为我热烈地爱着（？）你。我希望下周一，即五月二日见面。我想这次你该有空了吧。两点差一刻在马克西姆酒吧怎么样？你星期四会收到这封信，这回求你一定回信，哪怕周四晚回一句也行，因为我星期六早上需要把准备工作确定下来。还剩下四天三夜，从星期一到星期四晚十点，行吗？

---

① 喇嘛，勒内·马厄的绰号。他是萨特的高师同学，出生在图卢兹，很早就认识西蒙娜·若利维。——原注

我不大喜欢你说什么像玛丽艾塔那样热烈地爱我,那只是个轻佻女子,含含乎乎地爱着法布里斯①。"热烈地爱"这个词组,是拉皮条老太瞎编出来好从法布里斯那里骗钱的。我喜欢你像桑塞弗里纳公爵夫人爱法布里斯那样爱我。你不觉得这位夫人了不起吗?

　　我说不好是否爱你,但我知道我发疯似的想把你抱在怀里,亲爱的小妞,你是我在世上最依恋的人。

　　你觉得《巴马修道院》怎样?

　　向济娜道晚安,很高兴不久能再见到她。

亲爱的宝贝:

　　我很困,但刻不容缓要给你写个便笺,告诉你这个星期我没有时间爱你,除非只是概念上的爱恋,不过此刻我已完全恢复原状。我现在爱你就像在尼尔·霍尔吉松那个晚上,怀着同样有节制的温情,生怕把你弄疼,因为我情不自禁用手指抚摸你,这比最激烈的亢奋更甜蜜一百倍,我亲爱的小妞宝贝。看你那副小妞的模样儿,小脸蛋上双眉颦蹙,鼻子皱缩。你头疼的样儿真教我可怜,让你对我真挚的爱歇一会儿吧。

　　号称"工作狂"的人每天为了多干一刻钟总是累得精疲力竭。可这不碍事。"充沛的工作精力"很快会复苏,就像我对你的爱已经苏醒。如果它充满青春活力(我的爱情),那二十四小时是不够用的,必须每天占用第二天的时间,登记如下:星期一工作二十四小时三十分钟;星期二工作二十五小时欠十五分钟,依次等等,用

---

①　法布里斯和玛丽艾塔,司汤达名著《巴马修道院》中的人物,桑塞弗里纳公爵夫人是书中的女主人公。

以满足我的工作欲望。

热烈地爱你。

在莫雷尔家,我的辅导生炒鸡蛋,我剥葱头,眼泪直流,眼睛红得像揉过的,我的手指染上了葱臭。

你读过阿贝莱写的《司汤达的青春》吗?你还能读书吗?我真心疼你。

吉尔爱上了莫雷尔夫人①。

S②

五月二十五日

亲爱的宝贝:

我想给你讲一则出色的假新闻,但首先应当让你知道某个叫林德贝格的人独自驾机穿越大西洋,这是一项辉煌的功绩。所有的报刊都报道了,但你即使让人枪毙了也猜不出来。总之,这个年轻人成为巴黎众望所归的对象,所到之处,后面跟着一群官员追星族,什么荣誉都给了,刚授予他荣誉勋位勋章。另外告诉你,南杰瑟和科利尝试了相似的飞行,报刊详细报道他们到了纽约,其实根本没到纽约,很可能死在大西洋里了,从而出尽洋相。所以,拉罗蒂、巴约、埃朗、尼赞和我想出主意搞个特大假新闻。我们假借高师总监的名义向所有的晚报打电话说"高等师范学校学科委员会一致决定授予林德贝格荣誉高师生称号,以表彰他的功绩"。各家晚报立即都发表了,总监整整花了两天打电话否认。但最妙的

---

① 是我在《岁月不饶人》中详述过的,书中名为勒梅尔夫人。——原注
② 萨特姓名的第一个字母。

是今晨《巴黎报》登载一条简讯："林德贝格早上九点半将去高师。"嘿，九点三十分校前聚集足有五百人，看热闹的、维持秩序的、警察、卖缎带的、新闻记者。我们把他们大大嘲笑了一通之后，让贝拉尔出场，他有点儿像林德贝格，从拉托街煤气路灯那儿出来，乘出租车一刻钟后到达。我们旋即喝彩，把他举上肩膀，欢呼凯旋。观众信以为真，一位老先生过来吻林德贝格的手。音乐厅传出一架钢琴和两部提琴伴奏的《马赛曲》合唱，歌唱得很用心。后来人群慢慢散去，十点四十五分贝拉尔脱身去上课时，只剩下三个警察，跟踪了他整整一上午。今晚报纸追述这个场面时竭力调侃，但对朗松带几分恶毒攻击。而朗松，由于这个事件，由于作为抗议的当事人，由于一些时候以来很想引退，终于递交了辞呈。

你不觉得挺有趣吗？你若见到马厄可以讲给他听，让他也乐一乐。

此外，尼赞买了一个非常漂亮的大本子，准备誊写他的小作品。我眼红得不得了，但时下手头紧，为省钱不想买了。尼赞看出来了，把一个完全相像的本子放在我课桌上，我刚看到：

J. P. 萨特笔记本

P. Y. 尼赞献给老同学萨特的礼物，1927 年 5 月 25 日

我很感激他的关怀，深为感动。也许是由于欠着我的情，因为他丢了我三个衬衫假领，不过他还是有点儿善心的，尽管那么婆婆妈妈。总之，他这个功劳我将记住。

今年夏天我将去日内瓦，对你说过吗？许多人将谈论国联会①，我将洗耳恭听。我若不必跟着拉加什那帮人受罪就好了。

---

① 缩写为 S. D. N.，一九二〇年根据凡尔赛条约成立的国际组织，会址在日内瓦，宗旨是维持和平和各国人民发展合作。一九四六年被联合国取代，改会址于纽约。

夏代尔在马延省当兵。他完了。

莫雷尔夫人渐渐发现了我们的好色,那本是开始时所回避的。此事会走多远?(我指的是吉尔)……

我平静地快乐地爱着你。我的日子过得祥和自在:吃得不错,花费入不敷出,周围的人平庸却有趣;我什么也不思考,绝对不写作,但休息得很好。我会被拒绝参加考试吗?管它什么考试呢?一想到再过两周就可见到我的小妞儿,心里高兴着呢。但愿到时她身体好多了。

拥抱你。对啦,如今在莫雷尔客厅我成了冯·斯特罗汉的原型。这帮人让我见识上流社会,对我颇有用。

沈志明 译

1928年(夏天)

致西蒙娜·若利维

亲爱的宝贝：

你大概正在抱怨我，并非因为我不给你写信，而是因为你没准猜想我好久不写信是报复。我认为那会是"下贱、卑劣、狭隘"的。我也明白你本可以早点给我写信而不显得巴结我。但我不曾对你产生过片刻怨恨，因为你知道，我正向明智迈进；尽管我在许多方面是凡人。这种明智在于以平等的心态对待朋友的一切事情，对尼赞和对你已经明智到家了。隔两天再谈，尤其你会发现我的情绪始终平稳。其实，之所以没给你写信，是因为我正在参加大中学教师资格笔试会考，为此整整一星期我简直忘记了你的存在。我考得头昏脑涨，忧心忡忡，相当不高兴。但恢复青春活力后又想起了你，因为我不再想跟你鬼混日子了。这是我们对那帮猪狗夫妻看法的一种落实，他们竟敢混在一起同床共枕，而就在我们同床的最佳时刻，有多扫兴。其实精神上的暴露也是很糟糕的。那天我对吉尔叙述我们如何互相说谎，一个轻蔑地高谈哈迪雄鸡饭店（或金鸡饭店或高卢雄鸡饭店）所谓的美味佳肴，另一个吹嘘其地窖（或食品贮藏室）的山珍海味，他觉得这真够带劲的，我觉得咱们闹得很糟糕，于我是一种潜在的悲剧气氛，于你是一种潜伏的谵妄氛围，使你我一局很美的情爱游戏弄巧成拙了。

我给你朗读《空中城市》（可能书名不对）那个夜晚，我所说的一切都是如此，像个粗汉胡说八道，因为我想用这种许诺游戏把你拉回到严肃的爱情。但今天我是非常真诚的，尤其我对见到你的那晚余兴尚存,而我扮演的斯台夫·帕瑟尔糟透了,那晚济娜给我讲你的聚会,你戴各式漂亮至极的面具。我甚至留下你靓丽的形象:戴着男人的面具,双腿分开,裸露到女性的私处,正像希腊瓶瓶罐罐上阿喀琉斯或大胡子俄狄浦斯的双腿,一直裸露到短披风,雪白细嫩。我说不好这些神人的性器官是怎样的,因为只从瓶罐上看到,而这些学校教材图像复制品的上述神人的性器官却被残酷地割掉了。我此刻想你,尤其是想这副面具下的你,也因为你像扮演《行尸走肉》(维塔封纳有声电影)中的妓女多罗泰·热维埃。我爱你,就像爱一个玩具盒。但悉听尊便,玩什么游戏都行,玩最最来劲的游戏都行,亲爱的宝贝,不仅扮斯台夫·帕瑟尔的角色,也扮《塞莱斯蒂娜姑娘》中的人物。

对啦,我在弗莱奇埃(十七世纪诗人)《对话录》中找到反寂静主义的一句诗,摘录如下:

玛尔特们有时顶得上玛丽们

诗句挺蹩脚,差劲得我吃不准是否引用得准确。

我想济娜委身于周围随便什么人,是为了能祝愿你有个配得上你的聚会。如果我想祝愿你有个像样的聚会,我也得这么做,因为没有钱嘛。但你要是此时来巴黎,我会给你买一束紫罗兰"微表心意",我们在巴黎时只会让紫罗兰抚摸你。

亲爱的宝贝,希望不久重新见到你,我想,既然这个月快结束了,你也该回图卢兹了。我会很高兴重见你,自从我再次想你,一门心思想见你。你也许能趁机给我买一本《塞莱斯蒂娜姑娘》。

我爱你,吻你。

沈志明 译

1929 年

一九二九年夏季萨特给我写的一些信遗失了。

致西蒙娜·德·波伏瓦

可爱的小海狸：

　　劳您驾,把我的内衣(衣柜下方抽屉里)交给洗衣女工,上午就洗好吗？我把钥匙留在门上。

　　我怀着柔情爱您,宝贝。昨天您说:"您正眼瞧我了,正眼瞧我了!"您的样子太可爱了。一想起来,我的心就柔情万种。再见,小好人儿。

沈志明 译

1930 年

致西蒙娜·德·波伏瓦

高攀我的小妻子①：

星期三，十二点十五分我到达奥斯特利茨火车站。请核实一下钟点，也好让您妹妹散散步。不，很抱歉。时刻表就在我写信的桌子抽屉里，我自己查了一下，是十二点十三分。您若抽空来车站接我，我会很高兴的。此外我打算在巴黎待六天。

如果您有自由支配的时间，咱俩可以一起出去几次。

向您致谢。

又及：亲爱的宝贝，我读了您的小说②第一章的概要。如果小说笔法像您的书信一样朴实，仅此而已，那就非常精彩了。

温柔的海狸：

留个多情的便条，只想对您说我真心诚意爱您。现在是三点，可以的话，请在十一点叫醒我，但不要提前。

我爱您。

于圣森佛里安③

---

① 戏言。原文的意思是"出身平民而与皇族结婚的女子"。
② 我的一部夭折了的小说。——原注
③ 圣森佛里安，萨特服兵役的地方，时任气象员。

亲爱的宝贝：

  雷雨天。我的眼睛老是盯着往事，那些与您度过的一个个美好的日子，同时老盯着眼前要在这里苦熬的一个个彼此雷同的日子。我不知道是否可以立足高处，像钻研一种规律那样从钻研轮回说①中找到乐趣。但我眼前确实出现了永远反复的景象，至少这周而复始的现象超出了我的想象，使我认为循环往返是永恒的。想想看，我这里的生活细节规定得极其刻板，分秒不差，甚至毫不怀疑未来一周天天十八点十五分我将收听相同的电话，在完成相同的动作之后，这一天就从相同的数字开始。这可能只是机械结构，但我知道相同的思想将重复出现，还会重见相同的希望和失望，以及精神分裂症患者的种种机制，我发现自己越来越相信存在这类机制。于是我陷入各式被囚禁的状态。

  我想告诉您，这场雷雨，这因未来日子空虚孤独而受惊的静观对我产生一种神经质的刺激，恰恰就是烦恼。烦恼并不是麻木，而我在这里常常是处于麻木状态。时间不知不觉地流逝，在麻木中意识减弱，躯体无力，就像善于对付藻类的游泳者，任其自然而然地顺水漂浮。若游泳者双脚乱踢，谁都知道，就会让水藻紧紧缠住。这东西正是烦恼：这种冲动是身不由己的双脚乱踢，于是一种触摸不着却又确切无疑的缠绕便轻轻地慢慢地把你拖到水底。事实就是这样，我躺在床上，用脚擂床，摇摆双腿，左右翻身，心急火燎地采取各种行动，心中明知自己低能，全都是低档行为。试做一件事，立刻行不通。比如写五行字，看一看写下的东西，马上就扔掉。甚至全身力气仿佛暗暗聚合起来催我下床时，我刚使劲提起腰部，却只能稍稍挺起胸部，必得有明确的任务，例如发报，我才能起床。在这种情况下，我想最好去散步，至少可以安抚一下受到神

---

  ① 此系斯多葛学派和尼采等人的观点。

经刺激的肌肉。但正下着雨,再说我无权外出。于是我写作,写我还有力气写的种种个别小想法,有关我当时状况的,有关无数奇特主题的,这些都是我神经质的主要成分,以为可以赋予我的想法一种概括的、普遍的表达方式,即写进有韵味的几首小诗。不过我还没有糊涂到不知道凭我现有的微薄力量,一涉及想法的普遍性就会化为谚语格言,因为当人们在意识深处打算向公众谈论自己时,很难接近谚语格言而不陷入其中。相反,只要让这些想法保留原来的样子,也就是说,真正的想法,个别的想法,那将是我向您如实叙述的神经质的真正良药。由此您可看出为什么我对您说我想写而不能写时,便喜欢给您写封信。

正是如此,把我所想的像说话般写出来,适合我所处的介于有力和无能为力的中间状态,在这种状态下只要稍稍敲打一下就可把我个人的小思虑变成泛泛之谈,因为这些小思虑有一种叫人头晕的思想芳香。这样您就可以看出我在这里的日常状态,尽管没有今晚这么明显,这么难受。我判断得清自己的情况,觉得自己还有头脑,于是坐到桌旁,想谈谈让-保尔·萨特,即我的印象和情感所需要的一位让-保尔·萨特的情况,那是斯宾诺莎赋予样态的属性。但是我泡汤了,写得空洞如"大鼻孔",非常扫兴。现在我完全意识到了这一点。今后在相同的情况下,您还会收到我的信。那将是一篇晦涩而枯燥的散文,对我的海狸毫无意义,但也许能逗乐出色的大学生西蒙娜-贝特朗·德·波伏瓦小姐。

沈志明 译

1931 年

致西蒙娜·德·波伏瓦

写于拉斐特街春天旅馆①,十月九日　星期五

亲爱的宝贝:

　　昨晚回家发现您的来信,多高兴呀。我想到您时从不伤感,而像是想到一位很会消遣的女子,正好如同我在西班牙旅行时母亲想念我时那样。嘿,我的一半在玩乐时,剩下的一半也不感到无聊。您喜欢长信,看样子这封信会很长,因为我有墨水和空闲。但还是别以为以后所有的信都会这么长,而您看上去下笔必写长信:您利用了文学创作领域的一个总故障。我已经向您指出过。

　　星期一,我上了五小时课,几节个别辅导课,早早睡觉了。星期二当了一整天模范小教员,模范得像吉尔,他在兰斯正好也一样。上午是常规课程,心理学入门,拖了很长时间,因为懒得教某些明确的知识,否则必须讲得比较深。还上了一小时辅导课。十二点五十分去餐馆吃午饭。餐馆对着火车站,勒阿弗尔这个街区我非常喜欢,决定将其写入论偶然性的文章中。的确,那里一切皆偶然,甚至天空,根据气象的真实性,那里的天空应该跟勒阿弗尔全市是一样的,但事实上完全不一样。我午饭吃得好不好? 不知道,因为我感冒了。给我上的菜看上去不太好。现在我担心,星期一鼻子通的时候闻到的味儿会吓跑我的。总之,我清晨读书(西班牙习惯),胡乱吃点什么,到终点站旅馆餐厅喝杯咖啡,这家旅

---

① 萨特在勒阿弗尔市任中学教员的住处。——原注

馆您曾住过一夜。之后,因为通常星期二没有课,这天日子显得很长。难以察觉的怂恿把我从终点站旅馆引到住地,再引上床。在床上闹腾一会儿,想象在马赛的海狸,想象那里的太阳,想着、想着,睡着了。直到下午三点半才醒。

出于高贵的作家职业心,我有点儿惭愧,因为不管怎样,按作家的字面意思来说应当写作呀。可我完全不是这样。尽管如此,我决定不理睬这种一点也不让我开心的该死的感觉,开始体验偶然性。我在四分之一下雨、四分之三出太阳的天气出门,去找爱弥尔·左拉街。先前我的确收到过迪福寡妇的一封短信,她曾经出租一间房给莫雷尔,如您所知,我早不想理她了。但她不这么想,给我写了一封信,一大堆分词补语,放在句子前端,一上来就叫我难受。我想省钱(今年要把节约变成一种艺术),决定亲自上门。我到了弗朗索瓦一世林荫大道(您认识的)。在一个隐蔽的角落找到一所资产阶级的住宅,进入一间资产阶级的门厅,置身一种资产阶级的半明半暗。这时年纪像您祖母的女人出现在我眼前。哦,我的宝贝海狸,您帮了我这么一个忙。必须向您说清楚,在我,她是寡妇的典型,下流人的典型。想到要住在这么一个老太婆的家里,我拔腿就逃了。于是给迪福寡妇写了一封得体的信,说我不去她家了。

心情轻松了,我便去观察一棵树。为此,只需在福什大街一处街心花园推开栅栏门,选择牺牲品及一把椅子,然后静观。离我不远,一位远洋航行军官的年轻妻子向你们的老祖母叙述海员职业的种种不便,而你们的老祖母晃动着脖颈讲述"我们是什么样的人"。事实上她也许就是迪福夫人。我凝视那棵树。它很美,我不怕在此写下两则珍贵的资料,可用于我的传记:在比戈斯,我懂得了什么是一座教堂;在勒阿弗尔,我懂得了什么是一棵树。不幸,我不太知道这是什么树。用您的话可以这样描写:在风的播弄下或在很快移动的情况下会转悠的玩意儿,树上到处是绿色的小枝,确切地说,正在和上面挺立的那六七片叶子戏耍①。我等待您的回复。以下附一小草图:

　　耗去二十分钟,用尽一切比喻把这棵树变成另外的东西(如沃尔夫夫人所说)以后,我心安理得地离开,去图书馆阅读朗斯洛编的《星期六周报》,注意到阿贝尔·埃芒关于语法的精辟见解。然后去电影院看《反调查》,不是很喜欢。就在同日,在相同的时辰,吉尔吃饭、睡觉、去看电影《左岸》,也不是很喜欢。像每个周三那样,我上完课就去乘火车,到了巴黎就见到您好心的妹妹眼泪汪汪的在等我。您十万火急地催她去马赛,她很受感动,但身无分文,急哭了。我安慰她,答应给她五百法郎,她立即笑逐颜开。我带她去一家小咖啡店,她朗读您的来信,边念边评,着重评说老英国人的插曲,向我解释大家都在骗我,说什么你们两姐妹要是都在马赛就更糟糕了。我让她给您写上十五页,自己叫了一辆出租车去会吉尔。重又见到一个未睡醒的吉尔,一个警觉的妇人,一个谨慎的莫普斯②,一个小心翼翼的辅导生。我们待在那位夫人③家,晚上的聚会是亲切的,但谁也没说什么,也没做什么。吉尔因我们昨天在勒阿弗尔和兰斯的活动,还有他们的自动配对特别开心。他哈哈大笑,对我非常有好感。我说起您的情况,念几段您的来信,加以评论。我在那里过夜。

---

① 那是一棵栗树。——原注
② 莫普斯,莫雷尔夫人的女儿的绰号。——原注
③ 指莫雷尔夫人。——原注

第二天九点莫普斯叫醒我,引进阿隆,随之带来一束电灯光,他觉得有灯光舒服。阿隆待在那儿像只老鹰,这位科隆的法籍辅助教员向我陈述他的论文,我听得入迷,缩在微湿的被窝里有点儿喘不过气。之后,吉尔来了,他大概要跟阿隆出去。他们俩忙着给我把早餐送到床上,阿隆斟咖啡,吉尔在面包上涂黄油,两人异口同声:"无赖单身汉,挺滋润的吧!这可不是海狸给你弄的黄油面包片哟……"我离开他们,为找兔子①跑遍蒙巴那斯全区,终于找到了,我们约定下午面谈。在外祖父母家吃午饭,乔治舅舅也在座。我在卢森堡公园重新找到您妹妹。她一想到去马赛便喜不自胜,还说福不单行,季洛杜②星期六早上将接见她。她希望季洛杜对她举止粗野。不料季洛杜的情趣恰恰相反。她对我说:"哼,哼,人家在耍你,哄你,称你小精英。人家要你的钱时才会去找你,人家骗你呢。"我带她去意大利广场喝了一杯。她炫耀地把西班牙照片夹在腋下,冲着我宣称:"您把我当谁呀,一张照片都不会丢的,我可不是海狸。"说完走了。但走到戈勃兰就撒落了一半,路上一个募捐的小童子军都没有,丢了就完蛋了。在戈勃兰,她硬说吉尔已经重新对我施加非常恶劣的影响,而我已经把她前年在我身上注入的温柔靓丽的光彩全部丧失了。吉尔捧腹大笑,她和我乘一辆出租车,她把我留在阿克罗波尔咖啡馆,径自找洁洁③去了。组成阿克罗波尔拱顶的五彩瓶底映照在我酒杯里的波尔图甜葡萄酒上。我猛烈晃动杯子,瓶底倒影变得极小极密,若减轻晃动,就变得粗疏,重显气派。我就这样玩了足足半小时,心不在焉地听一位喝醉酒的胖女人预言未来。你妹妹自个儿回来,反感极

---

① 指西蒙娜·德·波伏瓦的妹妹。
② 让·季洛杜(1882—1944),法国作家。
③ 洁洁,我妹妹的女友,后来也成为我的朋友。——原注

了。原来戴莫瓦纳①不肯让洁洁外出,婆婆甩出几句刻薄的讥讽话,洁洁气得脸发白,说道:"得了吧,我不出去了。"她后来对我说:"你明白了吧?"因为这事她将大闹一场,她情愿这样。于是我们乘 AE 公巴,与您妹妹在吕泰西亚分手,径自去见那位夫人。她家发生了一件奇怪的意外事故。(给您留下三分钟悬念,我去火车站取一下学年通票。)

  事情是这样的。我按那位夫人家的门铃,她不在。我走出楼房闲逛。突然想去比福尔见尼赞,但不抱成功的希望。在那儿我见到打字员,她带着机灵的微笑告诉我,尼赞下午不来。我出来后,慢慢返回那位夫人家。突然在加利马附近见到大公爵②边走边吹口哨,妻子在后紧追,当然啰,大包小包压弯着腰。"喂,你好,大公爵!"公爵的脸发青,举止拘束,假装热忱。"先陪他去那位夫人家,"他对妻子说,"我们时间宽裕。"但那位夫人家的窗户依旧一片漆黑。最后他下决心:"去喝一杯吧,"指的是去雅典咖啡馆,"石头建筑。二百年前就该来这儿看看了。"毕竟,希腊"叫人头痛"。他们在那克索斯教一小时希腊文才得一百个苏。我们到达吕泰西亚。我的鹰眼,或确切说,业主的眼睛,立刻察觉到,侍者对他们冷冰冰。我诚惶诚恐,盯着老太太③身旁大理石桌子上的一包粗短香肠,但见鄙人那部可敬的稿本④显得可怜巴巴,有气无力的样子。我什么也没说,尽管惶惶不安。我坦白连捧着赫雷斯白葡萄酒杯的手指也微微颤抖了,其实我让他们处理稿本不过是自个找乐子。我尴尬地谈天说地,避重就轻,就是不强调文学问题,因为这该死的观念联合,不知不觉地会关系到……末了,大公爵突然起身,"为了不误火车,"他站着说,"嗯,关于……嗯,……对啦,小同

---

① 戴莫瓦纳,洁洁的丈夫。——原注
② 指尼赞。——原注
③ 老太太,尼赞的妻子黎蕾特·尼赞的绰号。——原注
④ 萨特经常把他的手稿或打印稿称为"可敬的稿本"。

窗,我刚从罗伯特·弗朗斯那里来,事情是……唉,事情经过是……"他说不出口,我以为我的书被拒绝了。但好像完全不是如此,弗朗斯觉得书不错,愿意接受的,但前言似乎完全不适合"读者大众",故而托付公爵以编订者和作者朋友的双重身份与作者商量该怎么办。说完他就走人了,剩下我埋单,但是我觉得事情蹊跷:

1. 假如仅仅牵涉复审前言,大公爵为何这般尴尬和绕弯子?

2. 为什么罗伯特·弗朗斯不直接跟我讲呢?主编要求作者修改其著作是常有的事,不是吗?我可不希望尼赞不经我过目就删改我的骚文①。

3.《孤独的人》几乎叫人看不懂,是我的错,阿隆认为《真理的传说》部分章节晦涩,而我认为前言是清晰的,读过前言的尼赞和您也有同感,那么为什么他偏偏挑出前言说难懂呢?

4. 从另一方面看,我假设,倘若罗伯特·弗朗斯拒绝我的骚文,那么尼赞为何只字不提,却一股劲儿反复说罗伯特·弗朗斯不惜一切代价要出?

5. 尼赞最后对我说:"要不然,你自己跟他说去。"

吉尔开玩笑乱猜,尼赞想以自己的名字在十字街报社出版我的书。不管怎么说,我星期四上午去见罗伯特·弗朗斯,并约好星期四下午与大公爵碰头。但事情好奇怪,这么多的巧遇,我差一点走另外一条路,那就见不到尼赞了。还有他的表情,哪怕没有任何猫儿腻,也值得当趣闻讲。

然后我去那位夫人家。喇嘛恰好已到,他对吉尔冷淡,对我倒热乎。按照他搞的平衡游戏,很可能我又将成为欧也纳②,以博取

---

① 萨特初出茅庐前后,继承了伏尔泰、博马舍等人针砭时弊、抨击谬误的严厉笔调,前人常将此类文字称为谚文。萨特扩大词义,将论文、杂文、散文、中短篇小说、评论等各类体裁的文字均包括在内。故译为骚文。

② 指巴尔扎克《高老头》的主人公欧也纳·德·拉斯蒂涅。

一些好感。我将给他的妻子买些花。我出示照片,他们觉得桑蒂雅纳怪怪的。我吞食一份山鹑、两只鸡蛋、一些布里羊干酪,胡乱吃呗,还喝了一杯红葡萄酒。我先跟喇嘛合乘出租车,后坐火车。

今天上午我先去理发,进而想到大家都那么愉快,不如乐一下,在您心爱的故乡①人们就是这么说的。我去大木桶饭馆吃午饭,但没有平时那么好,黑斑鳕鱼倒很鲜美,一杯一九一三年的卡尔瓦多斯②,比较便宜,但味道几乎一样好。饭后去图书馆读莫洛亚的《屠格涅夫传》,然后回来给你写信,密密麻麻写了八页,真不知可顶多少页。

现在听着,在汇款单之后,您将收到一封信,要求您十月六日以前把钱还我。现在你对此根本不必理会。自发信以来,斗转星移。首先,我的辅导生有三人,其中一个小姑娘,是个胖假小子。其次我刚获悉,我九个月的火车学年票可分三次付款,每季一千法郎。再次,银行给我寄来二千七百五十法郎,我的衣着只需花一千三百法郎。所以,您要是不想惹我生气,就别再跟我提这笔钱了,一言为定吧。您若退还给我,我再寄回给您,没完没了啦。假如您硬不肯花掉,那就留给您妹妹十一月份用吧,因为我很可能只给她五百法郎。

亲爱的宝贝,您很难知道我多么想您,每时每刻都想,我们这个圈子哪儿都有您的情影。有时想念得厉害,有点儿愁闷,一点点啦,有时则高高兴兴想到海狸活得自在,买栗子吃,溜达游玩。总之,您的思想从来没有离开过我,我一直在心里跟您神聊。对啦,我想过了,圣灵节您该来了吧。时值星期日,肯定星期一补假,而您星期二又没课。

沈志明 译

① 指利穆赞。
② 法国诺曼底卡尔瓦多斯地区产的苹果烧酒,一种极好的餐后酒。

1934 年

一九三一和三二年我在马赛期间萨特写给我的许多信都遗失了。三三和三四年他从德国写来的信也全丢了。

致西蒙娜·德·波伏瓦

九月三至四日

宝贝：

您到阿雅克肖已有六小时了吧，愿您沐浴在阳光之下。这里天天阴雨连绵，小屋荫蔽在树林中，位于面向城外大路的一条大街尽头，阴森森的。家里四个人得了流感，我外公先得，躺在床上从早到晚呻吟，我继父虽说"十分宽容"，显然也受不了啦。除了我母亲和女佣吉梅娜，家里还有另一个女佣米桑德和我。一家人从早到晚你对着我，我对着你。幸亏可以来来去去，跑跑巴黎，只有老头除外，不是睡觉就是哭哭啼啼。他已完全老糊涂了："我发觉儿子乔治把我挪到别处住，连房子都一起搬走了，新居面对的景色和屋宇完全与原先一样……尽管我们已不住在巴黎，可什么都没有改变。这是因为他和我都是光棍。"他虽小便失禁，但说话没有困难。他和蔼可亲彬彬有礼地对我继父说："请原谅，亲爱的先生，我记不清您了。请问贵姓？"抑或对我母亲（家人管她叫尤，您是知道的）说："嘿，你去过维希了，那么你在那儿一定见到尤喽。"昨晚他把我们叫去。他躺在床上，激愤异常："我向你们请教一个问题。我有个兄弟，我很尊重他，可他却偷了我的家具。该怎么办？"我们亲吻他，对他说"你的家具，你会得到的"，并给他一块糖。他旋即安静下来。

此外,"自作多情"①的表现可谓淋漓尽致,这意味着我母亲身上有某种我从未认识到的犬儒主义。家人发现老人裤子开裆处有血迹。护士小姐坚忍不拔,最近把他弄到巴黎,让他忍受一种莫名其妙的摄生法:冷热水交替淋浴,把他弄得精疲力竭。小姐下午来,替他放血,只不过刺出几滴血,却使他进入异乎寻常的兴奋状态。他哆哆嗦嗦,扬言要从窗口跳下去。守夜的女佣吉梅娜自己想睡觉,便在他的汤里放一份大剂量苯巴比妥,让他彻底神志不清。然后架着他,几乎用她的双肩扛着他,任他舌头拖得老长,把他甩到床上。老人搬家和即将易址博塞茹尔,引起吉梅娜和贪馋小姐②之间一场窝里暗斗。换句话说,我们可能完全蒙在鼓里。贪馋小姐决定退休了,想明年搬到圣雅克街,打算事先把吉梅娜辞退。吉梅娜反击了,在我母亲面前把什么都揭发出来,但未提苯巴比妥,此事是后来知道的。母亲决定应付最紧急的情况,提前租下圣克鲁的一幢别墅,让吉梅娜发誓不向我的摄影师舅舅说出一个字。吉梅娜则担心我母亲动作不够迅速,又想遵守诺言,于是一五一十告诉女守门人。后者义不容辞转告了我的乔治舅舅。舅舅大发雷霆,决定把护士小姐从窗口扔出去。为避免丑闻,母亲一天下午把外公强行搬到这里,没有告诉任何人。同时她租下博塞茹尔大街五十七号底层。小姐第二天在圣雅克街碰了壁,写了长达四页的一封信,我会设法从这里偷出去给您看。她信中千方百计洗刷"令人难堪的怀疑"。摄影师回信高谈其"道德的严格作风的双重隔代遗传"。之后,他夺走了圣雅克街家中所有的家具,说什么"他在有生之年已不需要这些家具了"。一个家庭就是一个粪袋。家人对我继父隐瞒了最糟糕的事,隐瞒了放血和其他破事以免惹

---

① 指萨特的外祖父夏尔·施韦泽以前的一个学生,一直在他身边担任护士,常常"自作多情"。——原注

② 贪馋小姐,亦指那位自作多情的护士小姐。

他不高兴。以上是外公的事情。

我自己的事情简短说一下。出火车站时,我先由一个善于排忧解难的人把我领到叙雷纳,可我见到一座天桥,没见到大街。我提着箱子在泥泞中走了三刻钟,向三十七个人问路却没有一个人能回答,一时陷入绝望。最后逆向返回火车站,找到与大路相交的大街已经晚上七点了,其实它离车站只有五分钟。母亲张开双臂热情欢迎我,自责往斯特拉斯堡给我写信太晚,"这几天"一直在等我。他们的事情往往难以预料。过了一会儿,继父回来,说是偏头疼,去躺下了。两位男子上床,剩下母亲和我吃晚饭。之后,我们去看望继父,他从八点到十点不停地给我讲美洲的各种事情,讲得神采飞扬、津津有味。之后,大家就寝,夜里两点,我小发哮喘,点上灯,看起书来。但这是在家里。三分钟后,房门打开,母亲穿着便袍进来,拿着杯子,润喉胶丸和阿司匹林片剂。润喉胶丸治哮喘(谁信呢?),阿司匹林治一般疾病。我全吞下了,伤感地想,墙薄得像纸,你一开灯,隔墙人从你房门底端一线光就看出来了。也许有鉴于此,前天夜里,我连一分钟哮喘都没发,但睡时总梦见奇特的信步漫游,寻访古堡和中世纪城镇。昨天我去了巴黎。早上与母亲到了博塞茹尔林荫大道,晚上与继父在一起,他送我到梅西纳街。然后我上街转了一圈,给自己买了一件雨衣。母亲一个铜板也不肯掏了。因此还得犒赏自己一双鞋。另外还有七十法郎准备买去柏林用的箱子。雨衣花掉八十法郎。我从银行取出三百法郎,也许还得再取。可怜的小奇才,咱们怎么过日子呀?

就写这些吧,希望自己接下来好好工作一天。专攻意象。我非常想念你们,昨天一整天反复祝愿您遇上风平浪静的海而不晕船。我全心全意爱您。火车站台告别时您实在可爱。火车开到桥上我又瞥见您,但您没看我,您神态茫然。我后悔费了那么大劲晚七点赶到父母家,而没有跟你们多待些时间。我爱您,紧紧拥吻您。

又及,请见反面!

替我问候小同窗吉尔,昨天跟他惜别竟有一两次动情①。别忘了把雪茄烟给他,如果您没把雪茄弄断的话。也请注意他怎么吸的,因为他一看雪茄不顺眼,就会假装吸。

可爱的海狸:

我给您写信,是因为喜欢给您写点什么,但不太知道此信您是否收得到:我没有可发信的地址。今晨我抱一线希望收到您的来信,但根本没有信件。我心中舒坦,因为昨天能给您寄去五百法郎,我知道这可解决您的急需。不管怎样,如果还需要钱,您只要给我发电报,我就去想办法。

昨天我高兴地想着今晨给您写信,但想错了,因为我睡得很晚(去看图卢兹②了),却醒得很早(您知道这里③早晨八点钟就把人轰下床,而我四点还未睡)。我想还是到图雷尔咖啡馆给您写信吧,这家咖啡馆我有点儿喜欢,尽管老板是个无耻之徒,但……
[以下缺页]

沈志明 译

---

① 原文 ERLEBNLS 系现象学术语,词义是:体验过的经验。萨特喜欢用此词,意为:激动,动情。——原注
② 指西蒙娜·若利维。——原注
③ 他住在父母家。——原注

1935 年

致西蒙娜·德·波伏瓦

七月二十四日于哈默费斯特

亲爱的宝贝：

这是从"世界最北端的城市"发出的第一封小简。我待会儿就进城。这次海上旅行再平安不过了，因为船上有十二个盎格鲁-撒克逊人和十八个法兰西人，其布局如下：一组摄影师君主派，为首的是个大政治家（其名不详），一组桥牌迷共和派，其中我继父是个参议员；一座孤独的小岛，便是在下。我阅读，写骚文，想干什么就干什么。明天再详细描写游海吧。只简单说一句，我们昨天子夜见到白天，却没有太阳。一座礼炮载荷待发，但太阳硬是不肯出来。夜昼美极了，以后再述。眼下我该局限于描绘自然美，况且没发生什么事情。

我用整个心拥抱您，激情满怀地爱着您。

七月二十四日

亲爱的宝贝：

我提笔写信，时为半夜一点，自然，天空亮如白昼。周围的人叽叽呱呱在聊天，嚼三明治，而我像在大中午般刚喝完一大杯浓咖啡。昨天早上我们经过哈默费斯特，那里冬天长达两个月。因此，这座城市高处的那座漂亮的木头大厦是疯人院。在这漫长的冬末，疯人院往往病人爆满。此外人们竟在"鸟岩"前放礼炮。鸬鹚、海鸥、绒鸭倒不太激动，因为夏天挪威有八十班游海航船，每天向它们放两次炮。它们原则上盘旋一下,蝇群般会意地打转,然后兜回各自的悬崖,五十或一百只成行,庄重地栖息。

　　昨晚一艘小艇把我们载往北海角。我父母腿脚不行,留在船上;我自个儿跟其他上百人,唉,艰难地爬到悬崖顶峰,必须向昨天未遇的太阳报一箭之仇。不料,太阳用一团团漂亮的白云蒙头盖脸把我们蒙住了,我们活像埃涅阿斯进入迦太基①,披着浓雾下山,给弄得狼狈不堪。然而,从顶峰我们能够观察到地球是圆的(其实从圣址崖②也能看到)。我注意到一个聋哑奥地利人,骑着两轮卡车穿越挪威,还看到三个拉本人③。不过所谓看到拉本人,是个特大的玩笑,半夜十二点,我们回到海轮,跟父母打个招呼,他们很快活。我吃了七个小三明治和一大块奶油蛋糕。

　　我爱您,柔情似水地爱您。明天见。

　　《静静的顿河》虽不如《被开垦的处女地》④那样出色,但不乏精彩之处,反正也相当出色,让我感到羞愧。今晨我把三十页有关女子乐队的文字撕碎扔掉了,总把握不住自己的技巧,无奈乖乖地搁下笔。明天重新开始。

七月二十五日

宝贝:

　　这次总算见到了,我说的是见到了子夜的太阳。现在挪威是

---

① 据罗马神话传说,埃涅阿斯携妻带子,背着老父,集合残存的特洛亚人,分乘二十只船出航,先后到过不少岛屿。父亡后,出航拉提乌姆,但赫拉驱遣狂风暴雨,把他的船队刮到迦太基。
② 位于勒阿弗尔市附近,濒临拉芒什海峡。
③ 拉本区域包括挪威北部、瑞典、芬兰等北部的北欧区域。这个地区的人称拉本。
④ 《静静的顿河》和《被开垦的处女地》,苏联作家肖洛霍夫的作品。

子夜,即法国时间半夜十二点差六分。您睡觉了吧,要不然准在看星星。这是一片玫瑰色的融糖似的流光溢彩,雪是玫瑰色的,水也是玫瑰色的,天空由淡紫到玫瑰红,就像鲁昂平日的夕阳。甲板上聚集了足有二百人,身穿无尾常礼服和袒胸长裙晚礼服的男女带着照相机。也许会放礼炮吧。游船停着,晃得厉害。人们让我们耐心等候,请来一位女歌唱家,或所谓女歌唱家,她唱高音时为了省劲总唱得偏低。可这么干是不行的,结果足足四分之三的时间里给人以跑调的印象,听众别扭,女歌手也别扭。掌声寥寥。前面我已给您讲到,我们下到甲板上,预定的礼炮响了,接着另一响,又一响。人们欢笑,喊叫。现在是半夜十二点零一秒,太阳升起,而我们,却要睡觉了。

我们参观了特罗姆索,也可写为特罗姆索埃或特罗姆瑟,是座木头城,与哈默费斯特和莫尔德雷同。一切都是木结构,房屋阴暗,街道刻板,十分贫苦。这里好歹还有点植物生长。而在哈默费斯特,只有城里最有钱的人拥有一座花园,其他地方只有石子。所有这些小镇都阴森森的,却不惹人讨厌,因为压根儿不讲装饰打扮。这些叫人觉出生活的艰难。我撇开父母,自个儿去一家有情趣的咖啡馆喝啤酒。咖啡馆在一栋木屋二层,只有我一个人与一个姑娘独处,她不断为破留声机换德国唱片。我享受了十分钟纯洁的快乐,往往一台留声机、一杯咖啡、一座外国城市促使这种纯洁的快乐在我内心油然而生。

我很少用钱。

非常爱您,渴望跟您在一起。我们来日方长。

七月二十六日

宝贝:

今天只见到茫茫大海,又因洛佛顿外海上波涛小作,不出意外的话,海轮便载着我们返航了,从上午十点到下午五点,半数旅客都倦怠了。很多人不出来吃饭或吃个苹果充饥。至于我,上天给了我强有力的头脑,无疑藏在我的头皮下。这不,在我绝望之际,今天开始创作一篇极好的短篇小说,主题完全出乎意料:一个十岁的小姑娘登陆北欧海角,看到子夜的太阳。我认为这将是很棒的。不管怎么说,信笔写来,不费气力,实在是快哉乐哉。我父母沉迷于桥牌,变得安静多了。昨晚放礼炮庆祝子夜太阳时,母亲吓了一跳,发火了。于是继父说:"可我是想尽办法让你高兴哪。"他独自在甲板上待到凌晨四点。但今天他们风平浪静,和颜悦色。

今晚举行化装舞会,我穿了身俗不可耐的女装,人家给我戴上一副假发,化装之后我活像个堕落的德国姑娘,一个梳辫的未成年野鸡。我居然勾引了一个扮男装的美籍犹太老婆婆,她拉我跳舞,把我介绍给一大堆人。她怪可爱的。我们用德语交谈。我试着像您的小女伴①教我的那样跳舞,但老踩到别人脚上,人家斜着眼瞪我。我只好恢复老跳法,于是人家说:"您的舞跳得太棒了。"其间,继父玩桥牌赢了五十七法郎五十生丁,请喝香槟酒。现在半夜十二点半,我还没脱下女装就给您写信了。我玩得很开心,觉得这些美国人个个都挺有趣。明天我们观光特隆赫姆。我非常爱您,我要睡了。再见,宝贝。

七月二十七日

宝贝:

首先向您预告船将于星期四十三点到达加莱,因此周五子夜我将抵达圣塞西尔,咱俩是这样约定的吧?我很高兴能与您重逢,

---

① 指奥尔嘉·柯萨凯维契。——原注

应当说,也很高兴将与父母分手。继父今天简直叫人讨厌,他心烦意乱,所谈观点矛盾百出,尤其涉及教育方面一些我不感兴趣的问题更是如此。今晚我心情烦躁,数着分秒想摆脱他,让他去睡觉。这样总算可以把他撇开几个小时。但明天乘汽车远游,十二小时和他们拴在一起,我事先已不寒而栗。

我们在特隆赫姆下船。为躲开父母一些时候,我独自跟三个法国老太太乘车兜风。索然无味。挪威城市一旦大一点就非常难看。特隆赫姆是挪威第三大城市(五万人口)。在一座了无趣味的教堂花园里我重新与父母会合,一直到刚才他们去睡觉才离开他们。我也该睡了,因为明晨六点半起床,但拿不定主意,很想感觉一下我的自由。今天我只瞥见那个美国老太,昨晚她实在有趣,我打算明晚观光回来跟她吊膀子。我跟她相互很少了解,但总比跟父母在一处强吧。从来没跟继父相处这么长时间,以前他要管理工厂。不过我对他和颜悦色,尽管心里无时无刻恨不得把他扔下海去。

亲爱的宝贝,您呢?还矫健地背着大包云游吗?猎获了许多牧羊人吧!然后把他们强暴了吗?玩得开心吗?我希望一到博塞茹尔林荫大道的家里就得到几公斤信件。我迫不及待想见您。父母仿佛插在子女脑袋里的一把刀,把子女的思想劈成了两半。

我爱您,狂热地拥吻您。

沈志明 译

1936 年

致奥尔嘉①

夏　天

亲爱的雅罗斯劳：

您会很晚才收到的这封信，给您叙述我们到达那不勒斯和在那里度过的三天。您已经读到了海狸的信，给您讲了卡普里岛以及后来所发生的一切。因此我希望您不要太看重时序，希见谅。

一个星期六中午，我们一路平安到达那不勒斯，早些时候在餐车喝酒，傻等着临窗观海，结果只远远瞥见阿皮亚大道②消失在古罗马的乡野。我们对那不勒斯一直持谨慎态度。可我们的旅游指南大肆吹嘘其魅力，有这样的指南吗？玩具娃娃③唱反调，觉得这座城市毫无意思。她说："那不勒斯，只有一些脏兮兮的大房子。脏得无法形容。"宽容的海狸和我不得不同意，原则上讲这样的肮脏确实无法形容。

我们到达一个阴沉沉的大而无当的火车站，寄存行李后走出来，但见一个遍地灰尘的大广场，周围的意大利式房子极普通，无非是些每到一处火车站都看得到的旅舍、咖啡店和餐馆，招牌都可叫终点站。不过我们不能凭火车站去判断一座城市。更令我们不安的是，从广场望去，通往港口和市中心的宽阔平坦的林荫道在太

---

① 奥尔嘉·科萨凯维契（1915—1983），法国女演员
② 古罗马时代由克劳迪多斯监造的著名大道，由罗马通往临亚得里亚海的港口城市布林迪西
③ 我妹妹。——原注

阳下冷冷清清。还可看到较远处的房屋,一式平顶,粉刷着米色、奶油色或灰色,遮帘则是绿色的。没有一所房子显得突出,全都平平整整排成直线,很像兵营。我们寻找餐馆,尽快了结饮食需要,于是在车站广场新美女饭店吃了饭,店面光洁,气氛惨淡。跟您说吧,这类餐馆,从氛围中,从跑堂的态度中,甚至从菜肴的味道中,都让人觉得有一种难以言传的东西,表明来进食的人或是刚下火车,或是即将乘火车旅行。但这儿没有餐厅的那种忧郁和那点儿诗意,看得出这儿惜别的人依依不舍,抑或外出旅游的家庭比平时早一小时吃饭,因为没有必要跳掉一顿饭不吃,也因为餐车的饭菜太贵。我们因吃得太匆忙感觉身子沉甸甸,但还是起身出去遛遛。

出门便撇开林荫道向右边走去,按照那不勒斯地图,我们是朝左面,因为上面标着许多小街小巷,希望那里总有点儿风格吧。果不其然,我们立刻意想不到地兴奋起来,倍感高兴。

亲爱的雅罗斯劳,恐怕您觉得这封信有点儿讨嫌,颇像《通讯》之类了。我还是从总体上给您讲讲这里的一切,讲一讲这些几乎占那不勒斯四分之三的小街陋巷。应该让您感受一下这座城市是怎样的,我们周围是怎样的,我们置身在怎样的氛围中。我不认为按时序讲述我们的活动能让您感受得到。下面给您讲讲那不勒斯,当然星期六一个下午的所见所闻是不全面的,了解得慢慢来。但不管怎样,一切都显现在我们周围。我们隐约猜出需要了解的东西。总之,先讲总体,然后按时序重新叙述。

这里很少有大街。为清理整顿城市,半个世纪前开辟了科索·乌姆贝托通道,才保持了应有的干净空气。通道从火车站延伸到迪伦托和迪里雅斯特广场,笔直笔直,干巴巴,死气沉沉,雷同于地中海沿岸地区的大街,也像法国南部。比如图卢兹或阿尔比那边的大道。罗马大道、杜奥莫大道、迪阿兹大道,都建了新的邮政大厦,仿黑色大理石现代建筑,高大得很,与那不勒斯非常不相称,更糟的还有座漂亮的法西斯纪念碑,最好建到利托里亚去,那是墨索里尼一手操办在蓬坦沼泽区建造的。然而有意思的是,所有这些出色的新街并不构成一个街区,而让几百条小街陋巷穿插其间。只要稍微偏离一下就置身于那不勒斯平民区,以为离宽街大道远着哩。

现在自然要跟您谈谈遍及大街小巷的人,即那不勒斯人。他们也许是独一无二可以让外国人说三道四的欧洲人,即使外国人只在他们的城市待上一个星期。因为只有他们生活得毫无遮掩,让人一目了然。我猜他们现在躲起来做爱了,现在是法西斯严厉统治下嘛。但二十年前,他们敞着大门,在门槛或大床上做爱。我们到达的那天,觉得那不勒斯人比罗马人更不怕难为情,更不在乎。可惜他们不好看,不吸引人,他们亲热的表演有点儿叫人恶心。从远处看,他们往往是明艳的,因为他们的穿着虽破烂却明亮耀眼。海狸将给您描述一位老妇,她穿着金色便鞋却衣衫褴褛。我则记住了在上坡街看到的一个少妇和一个少女,她们正走到明梯的中央。少女穿着大红连衣裙,少妇在长睡衣外披一件绿色大衣,绿得叫人直咬牙。不时可遇到一些孩子,穿着五颜六色的薄布睡衣,印有花枝图案或鲜艳的大花朵。不过走近一看,他们脸上长满湿疹、脓疮。几乎所有的孩子脸上都有脏兮兮的红痂盖,成年人也难免。此外,许多小姑娘因长虱子,脑袋剃得光光的。哪儿也没见过这么多残疾人。各种各样的残疾都有,佝偻病患者尤甚,还有大量的畸形人。我记得一个十来岁的小驼子,苍白瘦小得吓人,家人让他穿父亲的旧鞋,拖船似的破鞋使他像个怪物。他站在街当中,一脚着地,可怜兮兮、一本正经的样子,用另一只脚折腾一只烂鞋。我们还看到许多其他的贫困病:糜烂的眼睛、虫蛀的牙齿、大颗的脸疙、缺胳膊断腿。一天有个女人,她举着截至胳膊肘上端的断左臂,怒不可遏,用右臂猛敲,就像有些女人捶胸,表达义愤填膺。

请想象,与这些贫困疾病缠绕在一起的,是异乎寻常的放浪形骸,即使不算性欲的,至少是肉欲的:所有五六岁甚至更大的孩子统统光屁股。我今生还从未见过如此多的小孩屁股。各处的孩子都光着腚,或胡乱晃动小鸡鸡。他们爬楼梯时,小鸡鸡擦级而上,令人不堪入目,像我在汉堡动物园看到狒狒①时那种感觉,老担心他们互相踩着阴茎。如此麇集的脏屁股和生殖器,活脱脱是动物群居,是些体弱多病的动物,是麇集在一起等待死亡的一群。其中最脏的,是个五岁的女孩,剃着光头,坐在楼梯台阶上,双腿叉开。她赤裸的阴部上叮着足有一打苍蝇,她不时哆嗦一下,但看样子驱散不了苍蝇,如同一匹无可奈何的马,双眼周围苍蝇嗡嗡,充其量只能晃动晃动脑袋,却始终驱散不了苍蝇。然而,遍地脏兮兮的肉体交织着一种肉欲的自然放纵,一种异教的男女杂处。假如男女肉体是健康清洁的、靓丽动人的,那也许好看,但这里叫人局促不安,手足无措。母亲们亲吻自己孩子的光屁股。一天,一个五十来岁的男子,满脸皱纹,晒得发紫,系着皮围裙,戴着灰舌帽,跪在一个五岁男孩面前。他双手关节凸出,指甲发黑,一手按在孩子的光肚子上,一手用指甲轻轻拨弄孩子的小鸡鸡。昨天海狸指给我看一个十二岁的姑娘,她抱个幼儿穿过罗马大道,幼儿头冲下倒挂着,她把幼儿的脚趾含在嘴里嘟。稍大些的小男孩不断把手插到裤裆里摸鸡鸡,小姑娘们把手伸到裙下挠痒痒。男孩子要小便,连身子也不转向墙壁,也不解开裤裆纽扣,只把短裤撩起一角,从短裤下摆掏出阴茎,便在众目睽睽下撒起尿来。

到处都有母亲在众人面前给孩子哺乳,一边跟街坊聊天。我

---

① 狒狒,哺乳动物,身体形状像猴,头部形状像狗,毛灰褐色,四肢粗,尾细、群居、杂食。多在非洲。

知道在罗马母亲们也这般哺乳,不过更下流,更法西斯化:即所谓已婚妇女单纯的不知羞耻,所谓给独身者的开导,所谓对母性美的严肃召唤。而这里一切皆兽性,与其余一切浑然一体,猥琐不堪的肉体在一起同消化共呼吸,互相传染虱子和细菌。联想起上世纪末全体居民被霍乱彻底摧毁不禁产生悲情。有鉴于此,这才凿开乌姆贝托通道,使这座城市透点空气,同时采用多种卫生措施。但人们仿佛觉得所有这一切并未阻止新的灾害,所有这些人注定要得流行病,恰如阿隆所说的"那不勒斯命运",所有这种人类麇集的含义,就是鼠疫、霍乱和白喉。这就是赋予我跟您讲的这些糟糕街道的全部含义及其深度的悲剧背景。

然而,那不勒斯市民不全是无产者的模样。从整体上看,他们似乎不分阶层,更像群居。他们真正的社会环境,就是他们的街道。他们压根儿不思量不评判他们的处境,或者说完全没有意识到在受苦。海狸说年轻人的样子很快乐,我不认为如此,但他们确实无忧无虑。我们甚至认为许多人大概是幸福的:他们以自己的方式待人处世,几乎是动物的方式,他们整天拥挤在一起,几乎不分彼此。他们挣钱很少但什么都便宜,他们不需要更多的东西。流浪乐师用别人扔给他的两个铜子买一块西瓜,依此类推,想必也饿不着。邋遢变形的儿童一天到晚总在吃着什么,隔一小时就吃夹着辣椒的大块面包。而且,那不勒斯人不是吃便是睡,决非传说。下午有的街区全体睡觉,好似睡美人古堡①,因为睡者都停留在发困原地。比如三个乐师睡在一条阶梯街上,靠着墙,他们的乐器盖一块灰罩布放在他们身边。一个年轻人蜷缩在一只平筐里,就是放他卖的水果的篮筐,睡在绿色叶子和水果灰尘里。饭馆侍

---

① 典出法国作家夏尔·贝洛(1628—1703)的童话《睡美人》,后来由俄国作曲家柴可夫斯基改编成三幕芭蕾舞剧《睡美人》。

者穿着白上衣黑背心,睡在餐桌上,那是一小时后他们将放置餐具的地方。另一些人躺在围墙上,靠着煤气灯,横在上面睡觉。在海滩,一个水手睡在小船旁,一条腿朝天翘着,脚搁在小船边沿上。不睡觉的人,眼睛发红,神态若有所思,仿佛回忆着一场梦,或刚开始做一场梦。他们总是处在两次小睡之间,总是有点儿迷迷乎乎。但一旦涉及偷盗或乞讨,他们立刻变得生龙活虎,令人吃惊,不过生龙活虎得毫不聪明。

那不勒斯人不聪明,雅俗意趣都欠缺。他们想不到把货架或街区布置得讨人喜欢或悦目好看。他们到处放些花草,确实不假,但他们喜欢花木如同喜欢孩子屁股,是动物的方式,因为这是绿色的、鲜活的。他们毫无深度。在巴黎,在鲁昂,贫困使某些人具有一种怪怪的、深不可测的气质,令人不禁想了解他们,想知道他们思考些什么。显而易见,那不勒斯人根本不思考。然而他们的街道,所用的物件,放置物件的方式,这一切都天然成趣。因为脏,什么东西都像阳光洒在都灵的屋宇上或岁月留在古罗马集合场的支柱上。盛水长桶的木头,酿酒桶的木头,房门的木头,锁的铁,工具的铁,一切都是纯炭黑的,深黑深黑的。所有的物件,由于用久了,上锈了,污秽了,开裂了,到头来具有了一种远远超过原有含义的意义:不仅仅是工具、盆碟、器皿,他们为自己而存在,绝对难以定义,也完全不合人情。也是那不勒斯人的怠惰放任,导致一切事物维持种种美好的联系,但谁都不曾有意为之。一筐水果放在一架手摇风琴旁,一盆番茄酱在圣母像下放干,炉子放在不稳的椅子上,而膛里的煤炭烧得正旺,这一切都是偶然的成功杰作。那不勒斯处处由偶然主导并获得成功,甚至在恐怖中也获得成功:星期天我遇见一位姑娘,她在烈日下行走,为了抵挡日炫,脸部尽量向左收缩,左眼紧闭,嘴巴歪扭着,右脸纹丝不动,死了似的;右眼圆睁,蓝眼碧珠,透明、发光,钻石似的闪烁,反照着阳光,恰似镜子或窗玻璃反照那样冷漠无情。这是相当骇人的,但有种奇怪的美,她的右眼简直是玻璃的。唯有在那不勒斯,偶然才能获得这般的成功:一个邋里邋遢的姑娘被太阳晒得目眩神迷,她贫贱的肉体里却存在着光彩夺目的矿物,好像一只眼被故意挖下来做更豪华贵重的装饰。其实,我想,在十天内我们足足见到八九个那不勒斯人有玻璃般的眼睛。

自然,也有些那不勒斯人本身就是美的。他们有修长的褐色身躯、东方人松弛俊朗的脸、温柔而狡诈的眼睛,多半蓄薄须,酷似美国电影中的叛徒。他们知道自己是英俊的,所以故作矜持,有时也不无风雅。比如有位那不勒斯青年半躺在马拉的大车上唱歌,衬衫敞开,露出褐色的胸脯。

您得想象一下,那不勒斯人身上的龌龊不是罗贝克水街①行人的那种灰白色龌龊,而是一种褐色和金色的龌龊。不过这样说也不完全正确:那不勒斯是唯一让我看到身躯脸庞有一种难以说清的灰白色和令人起鸡皮疙瘩的意大利城市。我认为可以解释,因为最懒惰的人或有残疾的人一定像蘑菇似的滞留在他们街区使人窒息的阴处,从未跨出一步去晒太阳。

亲爱的雅罗斯劳,以上就是那不勒斯街道给我们留下的印象,也使我们经常想起得土安的摩洛哥式街道,因为残疾的身躯裹着鲜艳的布料,也因为这样在街上生活,还因为像得土安那样,形成了一种保守城、一种土著城,而外围却是欧式林荫大道。不过得土安更有风情,在铺张中具有某种更为轻盈的东西,更多一些合乎人情和刻意追求的东西。而且阿拉伯人比那不勒斯人更富有情趣和更给人好感。

现在回过头来讲星期六下午的事情。我们当时正探察位于港

---

① 法国鲁昂市的一条街名。

口和雷托费洛大道之间的小街陋巷。这是全那不勒斯最肮脏的街区,没有比这里的人更龌龊更贫困的了。况且其中许多人看上去很不正常。房屋积满污垢,几乎全部摇摇欲坠。至于气味,亲爱的雅罗斯劳,我想没有必要多说了。正因为如此,这是那不勒斯最引人注目的一角,简直就是"圣迹区"①,然而到处听得见有轨电车声和雷托费洛大道的汽车声,原来许多阴暗的小街陋巷的终点就是雷托费洛大道,万头攒动的末端呈现出一条炉火般明亮的僻静大道。海狸兴致勃勃,硬要把小街陋巷走个遍,我拿着平面图吃力地按图索骥,无论如何要保持我们观光的原定方向。我所负的责任让我不堪忍受,因为我们轮流当探险长,在那不勒斯由我领头儿。转了一阵后,我们试图从左边去看港口:我们希望发现像勒阿弗尔或马赛那样的水域,在长长的防波堤后面密密麻麻停着船只。

但那不勒斯港是军港,唯恐有失,对外封闭。记得吧?意大利大兵就是从这里起航去阿比西尼亚②的。所以我们看到的只是一望无际的围墙,一次好不容易发现一扇门,进去看看,好像是货场,刚来得及看到脚边有点儿发暗的水,就有士兵跑过来把我们赶走了。于是我们又回到小街窄巷,却是越来越短、越来越干净了,因为清洁的大道斜贯城市,越来越接近港口,最后脏街污巷被港口和大道挤掉了。走不多时,只剩一小段一小段的小街了,不得不动点脑筋以免随时落入沿海大道或雷托费洛林荫路。最后完全没有小街了,我们便从一座门廊出去,来到市政广场。这时大海才第一次露面。港口围墙终止,大海豁然开朗,在一衣带水的彼岸,维苏威火山不断吐出袅袅轻烟,静悄悄而挥之不去。海狸大概给您描绘了这些自然美景,这不属我写的部分。我只不过想说景色蛮有趣

---

① 旧时巴黎乞丐聚居区,乞丐们装扮各种残疾外出乞讨,回来即恢复正常,仿佛得"圣迹"而痊愈,故得此名。
② 现名埃塞俄比亚。

的,一缕热气蒙着海湾的彼岸,却又不让我们完全看不见。就此打住,言归正传。

市政广场,南边濒海,形状奇特,北边和东边傍写字楼和海事所,西边有一座优美的古堡,双峰雉堞钟楼高高耸立。这才使我们突然意识到身处海港。在这之前,我们一直在老那不勒斯小街陋巷和海滨大道围墙里的范围转悠,看不见海。而市中心面前的广场是意外形成的,不完整的,因为大海进来衔接,像是不可或缺的奢侈的组成部分。我们沿一条单边拱廊街走去,到达一个小广场,有轨电车贯穿其间,名叫特朗多和特里埃斯特广场。我们停留片刻,到一家名叫冈布里努斯的啤酒店喝咖啡,酒店颇有风情,尽管露天座太窄。我们还在那儿吃了可口的橙子冰淇淋。在城北,我们望见罗马大道穿破的阴暗山口,这是重要的交通干线。我们有一种舒适感,在观光了一条条污秽的街巷后,这种感受是很出人意料的。我们遇见一些穿平纹布衣服的那不勒斯男人,也遇见些漂亮的那不勒斯女人,她们比罗马女人肥胖得多,漆黑的头发,野兽似的厚嘴唇,一副母畜般的淫荡表情。

我们离开时,已经强烈喜欢上那不勒斯,其实只逛了十分之一的小街陋巷。我们沿着这个华丽海港的一条海滨大道朝前走,令人赏心悦目的是,一切辉煌都来自大海。是大海以其闪烁的蓝色与海湾迷人的形状,使人想起尼斯和胡安松林市一排排流光溢彩的豪华大酒店。但,沿海大道粗糙而寂静,小花园阴沉沉的,太不像尼斯的英国人大道了。它简陋却得体,并不求人记住。那不勒斯是不成功的华都,想起它原可以扮演尼斯的角色,不禁令人感慨和同情。防波堤上除两个意大利女人坐在长凳上指手画脚地聊天外,空无一人。但沙滩上却布满光着上身的渔民,他们睡觉或补网,其中还有一些孩子,几个男子,尤其是几个褐色皮肤的老头,酷像红种人,留着白胡须,裸露的胸膛上长着白毛。

总之，我们左面是大海和海湾彼岸，白生生一片，远远望去显得好干净，于是海狸和我，我们不约而同地说："那边是一排豪华大酒店。"大错特错了，雅罗斯劳，那只不过是一排面条加工厂，这条白带上方是维苏威火山锥。我们对面，蒙着轻雾的远处是湛蓝的卡普里岛。我们右边，一字长条花园下方，则是层层叠叠的城市，其中一座恶俗的白宫殿让人到处看得见，高高地君临众人之上，但有一座鲜红的房子，配着高高的拱廊倒挺可爱。不一会儿，我们离开海边，开始向上城攀登。我记得一条梯形街，又长又凉爽，带点蓝色的墙有些爬山虎，沿街一些妇女给她们的孩子捉虱子。约莫下午四点半，气候温和惬意，天热而凉风习习。

我们返回山丘斜坡上，经过富裕街道，走向罗马大道和市中心。这边的街道风情万种，就像您在勒阿弗尔指出的，还记得吧？海边的那些法式房子越来越轻巧，后来几乎，但未全部变成木屋式别墅。那不勒斯的意式房屋有时也这样，就是那些狭长的平顶平房。佛罗伦萨或都灵的房屋，始而坚实，渐渐变得柔和、轻巧，外表简陋，实际讲究，看着真是意趣无穷，我们准备在这样的小屋里住上两个月。这些优美而宁静的街区，其主导的一面与其说是意大利南部或那不勒斯式风格，不如说是那不勒斯和热那亚某种共有的东西：意大利港口城市富裕街区的柔和带有一点无精打采，有点儿让人琢磨不透，有一种难以界定的意趣，就像他们点心上的桂皮奶油。我从罗马来，用观光的眼睛到处仔细寻找美，真是目不暇接。而在白日将尽的时刻却应该随遇而安，听任自己享受这让人琢磨不透的惬意。白墙、爬山虎、阳台，从我们身旁驶过的出租马车，马蹄的嘚嘚声，几乎像喷泉水声一样有情趣，在阴沉的小街下端，不时出现一小片蓝海。稍远处，房子与房子越来越靠近，街道越来越阴沉，我们又来到一个贫困区，如同刚才给您描述的那样。我们尽可能多待一会儿，但总得出来吧，于是进入罗马大道，一条熙熙攘攘、商店密集的交通要道。

我们想找邮局和旅馆。根据旅游指南,旅馆位于佛罗伦萨人街。但佛罗伦萨人街和许多其他平行的小街都消失了,连墙都拆毁了,原地剩下一些空地和栅栏。这是那不勒斯老区消亡的开始。法西斯分子当然用不了二十年就将其改造成一片方方正正的城区,街道划成井字形,两旁是干净的十层楼房。我们不禁为之感慨万端,有些东西不能再继续生存了。如果老是这样下去,它将毁于霍乱和伤寒。而事实上墨索里尼将赶在霍乱之前将其摧毁。因此旧城夹在瘟疫和法西斯两种祸害之间。我们很高兴能亲眼目睹,也许下次再来旅游,旧城就几乎荡然无存了,不过它也许将是一座海边米兰。总之,我们的旅馆已不复存在,只剩三面墙和一些糊墙纸。寻找一番后,我们找到了邮局,如上所述,是一座黑灰相间的假大理石特大建筑。里外都同样大而无当。有好些大厅,窗口都挤满人。每个厅里都有些用来写信的桌子和独脚凳子:凳架是镍制的,座位是皮的,这些凳子,一坐上去就会稍稍下陷,凳前桌上的灯就亮了。我选一张凳子坐下,给佐罗①写电报,他想知道我们的地址。这时一个戴头巾的老妇走近我,吃力地解释想请我替她草拟个电报,因为她不会读书写字。您想象一下这儿是怎样的情景:那不勒斯法西斯化了,却也现代化了,这个目不识丁的老妇置身于辉煌的邮局大厦。我该承认她不满意我的服务,去找别人帮忙了。

然后我们去旅馆,在火车站附近找到一家,简朴但干净。厕所里有一块大布告牌,上面写着:"敬请亲爱的、尊敬的顾客切勿搭理不正当的当差或商业同行,他们千方百计阻止您来本店下榻,有的甚至借本店招牌招揽客人却把他们带到末流的旅店。"住宿安

---

① 佐罗,萨特在大学城的伙伴,文学老师,我在《岁月不饶人》中借用马可的名字详细介绍过他。萨特在《自由之路》中刻画丹尼尔某些特征时受到佐罗的启发。——原注

顿停当,海狸的胃开始翻腾作怪了。至于我,却不愿意吃晚饭,弄得海狸孤身无助,又被别的风光吸引,硬拉我去车站附近一个广场边的小比萨店。那是一间很小的屋子,白色的,一个柜台,四张铺着白布的餐桌。店房里间用来做比萨饼,您知道,那不勒斯式烤薄饼,上面配有奶酪和番茄。比萨饼一旦做得,就送到街上露天货摊,那里有个男子卖饼,顾客主要是妇女和孩子。但比较有钱的人进屋坐在桌旁吃,同时喝杯葡萄酒。很明显,店家只做这档生意,是家专门"品尝"比萨的店铺。我们认为给菜单添几种食品(比如细面条和小牛肉片),把菜单拉长一点也不错。好海狸心血来潮,要点细面条。跑堂的看上去完全是经过患难考验的贵族家庭的忠仆,居然接受了海狸的指令。我呢,既不想吃饭又不想白占座位,就要了矿泉水,跑堂的宣称:"先生,在那不勒斯不喝矿泉水,只喝水。"不过他还是给我端来一瓶温温的矿泉水。我喝到嘴里,舌头上隐约有一层灰尘的感觉。但海狸点的面条则是另一码事了。没准他不得不到地窖的某个旧箱里找面条,且要点时间哩。我们乖乖地坐着,瞧着穿白制服的海军胖军官品尝比萨饼,一边喝着维苏威红葡萄酒。每隔五分钟一个厨师穿过小餐厅,手托一盘热气腾腾的比萨,送到露天食摊。我们透过店面玻璃窗和敞开的店门看见卖比萨的人,他红棕头发,一口虫牙,正向周围的一群孩子分发烤饼。等把饼全卖完了,孩子们离去,剩下他自己,便反身来到店门口,茫然望着店里,转动着眼珠,傻子似的微笑着。他傻等一会儿又回到摊位,用鼻子哼曲,我们听到一种怪怪的单调旋律,但很具那不勒斯的特色,带上些华彩经过句和滑音,以便吸引顾客。于是一群衣衫褴褛的小男孩叽叽喳喳聚集在他周围。这时厨师出来,是个漂亮的那不勒斯青年,蓄着黑须,模样文弱却自命不凡,他托来热气腾腾的烤饼,一切重新开始。每次送来新出炉的,傻呵呵的售饼伙计都照例拿起饼,对拆开来,夹进一大片干酪。这比罗马的比萨饼更粗制滥造,在罗马,干酪是融在饼里的。海狸要的细面条迟迟端不出来,等到老跑堂终于端来了,却根本不能吃。我们很失望,离开了比萨店,肚里却是空空的。

善良的海狸到了外面才不无冤枉地怪我存心让她饿死。比萨店旁边有家电影院,看上去不错。每人付一个法郎坐最好的位置,看三部电影,共一个半小时,外加新闻纪录片。这家小电影院虽旧却很动人,是无声电影时代的残留物;四壁挂着惹人疼爱的照片,好像是达格雷①照相法时代的,贴在栗色硬纸板上。照片本身已完全磨损,模糊不清,布满纵横道儿,好似泪痕。(您见到这些字迹,别以为我得了瘫痪症,我是在西西里火车上给您写信,从巴勒莫到墨西拿。)上演的电影中有一部关于世界末日,还有一部侦探片,我们就是冲这部侦探片去的,幸亏我们进场时刚开演。我们爬过一条又窄又小的楼梯,来到观众台,那里胡乱摆着二十来把椅子。里边是潮湿的燠热,在那不勒斯无论什么屋子,一进去就会遇上这种难受的湿热。不出意料,电影糟透了,但无关紧要,老式小电影院的魅力依旧,根本不受上演电影的影响。可怜的海狸热得头昏脑涨。而且饥肠辘辘。于是我们出来透透气,到露天座吃奶油圆球蛋糕,就在上面提到的那家冈布里努斯咖啡店。我们又看到了那不勒斯港湾。夜幕笼罩海湾,灯光沿着海岸闪烁,是一派如梦如幻的华丽,甚至连天上都有一小柱亮光,那是维苏威火山的缆索道。谁能想到其他灯光都是些煤气喷嘴的路灯或破房烂屋的照明。

我们登上市府城堡筑有雉堞的平台,在清风徐拂下,望见一片亮光,仔细眺望后才看清是联欢场面,影影绰绰的人群在舞动,清风徐来时还隐约带着乐声。那是一座露天舞台。我们本来很想去

---

① 达格雷(1787—1851),法国画家,照相术的发明人。

的,那是那不勒斯民歌会演。那不勒斯人善编歌,编些小曲小调,自得其乐。曲调听起来很活泼,歌如其人,活泼中透着那不勒斯人那种慵懒和柔和。时不时出现塞维利亚人那种粗粝刺耳的声调,但旋即融化为甜甜蜜蜜了。那不勒斯人对待自己的歌曲,就像西班牙人对待斗牛,是一种全民运动。有些爱好者评论起来像煞有介事,在那不勒斯一个叫皮埃迪格罗塔的城关每年都举行一些重大的民歌会演。然后把最成功的歌曲汇集成册出售,名叫《一九三五或三六年皮埃迪格罗塔歌曲集》。海狸和我,担心欣赏不了其中的种种奥妙,便回去睡觉了。

第二天星期日,我们先到尽可能找得到的小街陋巷溜达,然后去博物馆观看镶嵌拼花艺术①和庞贝②壁画。我们很喜欢拼花图案,但觉得壁画怪怪的,无非是些彩色画墙的切割面,那不勒斯人的房间很小,只放一张床,但精心绘制四壁。有些图案挺漂亮,确切地说是些装饰性的漂亮褐色花纹,画着小鸟或精致的小罐之类。

……[缺页]

首先让我扫兴的,是庞贝人那种虚构地扩大他们的小房间的怪癖。画匠们自告奋勇在墙上画满远景画,用透视法画柱子,柱子后面线条逐渐消失,使小房间产生宫殿般的假象。我不知道爱虚荣的庞贝人是否让骗眼术给骗了,但我觉得这些骗眼术挺恶心的。这不,身子有点儿发烧却面对令人望而生厌的图画,不看也得看,好难受。再说我对所谓"美好时代"的壁画相当失望,仅是些神话人物和神话场景。我曾希望在庞贝找到古罗马真实生活的某种启示,一种比我们在学校学到的更富朝气更为粗犷的生活。我似乎觉得那时候的人们不可能不更野蛮。课堂上灌输给我的希腊罗马

---

① 俗称马赛克。
② 庞贝,意大利古城,位于维苏威火山东南麓,距那不勒斯二十三公里。

公式化作品,我认为十八世纪应当负责……所以我想重新发现真正的古罗马。然而壁画让我恍然大悟:希腊罗马公式化作品,在庞贝已经找到了。从他们画在墙壁上的诸神或半神,人们感觉得出来,他们很久以来就不信神了。宗教场景只不过是假托,倒也没有弃如敝屣。这些充满壁画的展览厅,我一一浏览,被充满公式化作品的古典主义所迷惑,十次、二十次重复看到阿喀琉斯或忒修斯的生活场景,叫我着实吃惊。一个城市的居民在他们的墙上仅此而已,只有死亡的文明,离开他们的银行家、商人或船主的忧虑如此遥远。我想象着当地人冷漠的识别力和充满习俗的文化,直感到这与好看的罗马巫神塑像有着天壤之别(海狸大概已经告诉您,几天之后,我们在同一家博物馆的底层发现一大堆巫神塑像,铜眼珠的,推定年代比罗马巫神塑像还早)。从博物馆出来,简直不想再待在庞贝,对曾来这里的罗马人感到既好奇又相当反感。我好像觉得他们那个时代已经算古代了,他们没准可以声称:"我们这些古罗马人,就像哪个滑稽喜剧的骑士所说:'我们这些中世纪的骑士,正出发参加百年战争。'"

……[缺页]

那不勒斯的街道非常狭窄,两旁临街的屋子,尽管当午赤日炎炎,依旧是阴暗的,阴暗却不凉爽。屋里总是热烘烘的,热的空气加上物和人的热气混在一起。这不,从每间昏暗的屋子散发出一股股混杂而强烈的气味,诸如汗水味、果品味、煎炸味、奶酪味、葡萄酒味混杂着袭来。我们每过一处,都沐浴在这种杂和味中,气味的成分相同,只不过强弱程度有所不同罢了。街道本身是阴凉的,尽管可以瞥见两旁高高的屋顶上面晴日当空,抑或街道尽头,薄雾弥漫的大海在太阳下晶莹闪耀。每座房子的底层都凿开许多临街小屋,每间小屋都住着一户人家。这些人很穷很脏,就像罗贝克水街的居民。他们的小屋什么用场都派,睡觉、吃饭、做活,全都在这里面。因为屋里又热又暗又有气味,而一步跨出门就是阴凉的街,所以街道很吸引人。出于节俭,人们纷纷上街,可以纳凉,没有必要点灯,从人文上讲,我猜,也可感受人气。他们把桌子和椅子拉到街上,或跨坐在门槛上,一腿在里、一腿在外,就在这中间地带完成他们一生的主要行为,以致不分室内和室外,街道便是房间的延伸,他们让自己私生活的气味、家具的气味布满街道,也包括他们的故事。请想象一下,我们经过那不勒斯的某条街,看到许多人坐在户外,正忙着做法国人偷偷做的种种事情,然后望见在他们身后是个大黑洞,仔细识别才看清所有家具:衣柜、桌子、床,还有他们喜爱的小摆设、家属照片等等。室外和室内是有机地联系在一起的,总给我一种有点儿带血的黏膜感,黏液流出来,在户外进行无数次小小的孕育。

亲爱的雅罗斯劳,在我攻读物理化学博物学修业证书时,我曾读到,海星在某些情况下"将其胃排出",就是说把胃掏出来,在体外进行消化。真叫人恶心。这让我想起对那不勒斯街上满不在乎的官能性猥亵行为的强烈感受,街上成千上万的家庭将其胃排出,甚至将其肠排出。想想看,一切暴露在户外,但一切又与户内,与他们的甲壳紧紧地、有机地粘连在一起;使户外之事富含意义的,是后面那个昏暗的洞穴,晚上牲畜回到洞里厚厚的木护板后面睡觉。晚上我们去散步,每走一步都遇到有人把桌子搬出来在街上吃晚饭。妻子不时起身去屋里拿一盘菜或一瓶酒。昨天我看见一家父母在户外吃晚饭,婴儿睡在屋里父母大床旁的摇篮里,长女在另一桌旁做功课,由一盏煤油灯照亮。甚至床的位置,也很难说清是在屋内还是屋外。大概夜里十一点他们才回到气味很重的屋内,拉下护门板后上床,沉浸在充满臭味的氛围中。此时与外界的接触中断了,这才把拉出来的五脏六腑收了进去。从外面只看见严实的护门板,用些铁杠关紧,似乎只剩下夜里被弃之不顾的棚铺,叫人猜测不到居民们仍在幽暗中继续呼吸和消化。但在白天,一个女人病卧在床也照样暴露在光天化日之下,人人皆可瞧着她。昨天我们路过时就看见一个女病人,脸色非常苍白,躺在新婚大床上,头朝街睁着发烧的大眼睛凝视过路人。行之不远,又见一康复中的女病人,她刚起床,还穿着长睡衣,坐在她的房门口,身后的睡床尚未整理。我猜想,分娩和亡故大概也这样置于众目睽睽之下吧。

三百六十行手艺也临街面市。有一条补鞋街,所有的补鞋匠都在户外摆摊。护门板敞开的屋子里悬挂着几百双鞋,他们坐在门前的工作台旁,钉敲鞋底或锥孔拉线。细木工匠,小铁器匠干活很好看。煤炭商也很有意思,一身墨黑,他们工作的屋子比其他屋子更黑。炭灰把店铺周围的街道弄得极脏。最好看的是葡萄酒店铺。酒桶放在店外,几只小水桶冰镇着数瓶葡萄酒。借着室内油灯,如上文所述,可隐约瞥见其他酒桶,缠着柳条的长颈大肚瓶,尤其是些豪华器皿,在法国用来盛昂贵的烧酒,例如陈年阿玛尼亚克烧酒、卡尔瓦多斯烧酒,可是在那不勒斯却用来装最劣质的葡萄酒,即维苏威的土制红葡萄酒,有种烂泥味;用的是绿色短颈大肚瓶或特大细颈瓶,准能盛放十升。从这些酒店散发的酒香满街飘溢。还有许许多多纸裙纸帽商贩。一些妇女在户外用五颜六色的纸张缝制,做完便悬挂在街上,以其鲜艳的色彩辉映着阴暗的洞穴,我们猜得出里面悬挂着一大批。因为很自然,在这些街区,"货栈"是不存在的。

这种手艺业和私生活相掺杂的最精彩的情景,是我昨天傍晚看到的一间空寂无人的房间。一盏红灯隐约映出一张床,房间灰板条地板临街的地方,堆放着一大堆大得吓人的西瓜。成堆的西瓜呈深绿色,很像一堆绿宝石,仿佛发生了一场山崩,西瓜似岩石流滚滚降临城市,砸破屋顶,掉到居民头上。这不,一百来个西瓜滚来杂乱地堆在寂静无人的房间里,脑袋砸开花的主人跑到别的街区去了。有几个鲜活的绿巨石几乎滚到街上。

不过,这些不知羞的房间里毕竟都有点个人秘密,即信仰的秘密。所有那不勒斯人都很虔诚,况且我觉得他们虔诚得既幼稚又有趣。他们房间的尽里头都有一幅东正教圣像,或一张天主教圣像,或一尊圣母马利亚小塑像,每天在画像或塑像下方放一盏圣油灯。圣像一律钉在尽里头的墙上,齐人高,一般用红灯照亮,在大多数情况下,那是房间里唯一的灯光。其结果,室内的昏暗不是黑里透亮的半明半暗,而是鬼火似的半红半暗,不管怎样,给这些敞开的大洞披上了一种难以形容的神秘风貌。记得第一个晚上,我们发觉其中一个半红半黑的洞穴异乎寻常,像有巫神出没似的,尽头的圣像红灯像魔鬼的大屁股,铺着漆布的桌子上放着一个行法西斯敬礼的大布娃娃。另一家没有圣母马利亚塑像也没有圣像,这次灯光是黄色的,照亮框架中一个留须男子的肖像,也许是死去的丈夫或兄弟。有时灯光照明不够强,照不到四壁,房间便漆黑一团,尤其夜幕降临时,但我们透过重重厚实的黑幕仍可瞥见最尽头的圣灯及粉红玻璃的小灯罩,这是唯一可见的,宛如海底的一朵花。今天上午我看见一个独眼老妇,鼻子上长满湿疹,在自己的房间里咕咕哝哝,向墙壁频频伸拳头。我想她是在骂自己的圣母马利亚呢。

善良的雅罗斯劳,这么写信讲述街上的种种风情,是非常困难的:沿街漫步,随时会发现许多新鲜事儿。例如,您刚念到的以上文字,是昨晚写的。今天上午我们又有几个小发现。比如,手套工业有许多是在这样的街上进行的。我们看见许多妇女扎堆儿把手套翻着缝制。然后我发现一个铁匠在户外打铁,小铁砧黑乎乎的,积满污垢,旧得有年头了,固定在白里透粉红的木板三角支架上,看上去倒蛮可爱。一般说来,他们常在大街上生火,这是我最喜欢看的一景：顿时感到热气腾腾，与太阳的热气根本不同。我们一回头便见到靠近铁铺外墙安放着炉子、炉灶、气灶或简单的炭火铁盆。火、火焰、炭火在光天化日之下都有那种特别的颜色：红里透点黄，还略带阴郁。最后海狸指出底层的房间完全不是或极少是与街道处于同一水平的。几乎总得上下两个台阶才进屋。但不管怎么说，台阶设在房间里面，已经是住房的一部分。这就凸显出所有挖掘岩壁洞穴的特征：一律向街敞开。

　　固定摊位的手艺人局限于像蜗牛似的在他们的壳里进进出出，另外还有许多流动手艺人，他们没有固定摊位，与固定摊点及躯壳完全分开。流动小贩满街遍地，与店铺为邻。他们往往落魄到以最简单的形式经营，这正是他们的吸引人之处。比如一个贩柠檬水的只有一桶水，四只柠檬，两个玻璃杯和一把榨汁器，小贩坐在椅子上，打着瞌睡等顾客。给他两个铜子，他便醒了，往玻璃杯里榨点柠檬汁，再加些水，这就齐了，柠檬水做得了。前天我们见到一种很有意思的东西，也非常简陋，一个带两只耳朵的小木桶。把四五小瓶橘子汽水放进桶里，桶口上压一整块冰，再把瓶颈卡在冰块和桶边之间。一个脏兮兮的小姑娘看守着，这是小生意，一天下来也能卖十几瓶橘子水。还有个家伙躺在一个袋子上，身旁有个平底筐，里面盛着无花果，还放着一把提秤。这就算个水果摊了。排场比较大的，也有些漂亮的水果架，把各色水果摆得很巧妙，比如把西瓜的粉红瓤和甜瓜的黄瓜绿交替排列。我们瞧见一个别出心裁的货摊，架车轮子染成蓝色，架摊挂着美丽的图画，画中一群群小人物在交谈，以水果为主题，争论不休。最讲究的摊位莫过于柠檬水和冰镇糖浆摊，一个个小岗亭似的设在街中央，摊亭周边花环似的饰有漂亮的柠檬，还带着叶子。也有糕点货摊、干酪货摊。总的说来，街道充斥着食品，人们出售核桃，煮熟的玉米，烤蚕豆、鱼类、海鲜、小章鱼。海狸说，罗马是没有肚子的城市，相反，那不勒斯到处有肚子。所有这些多而劣的食品均由老婆子们看守,她们漫不经心地摆动蝇拂,所谓蝇拂,就是在一根竹柄上扎着细条彩纸。满街太阳时,还可见很稠的栗红色番茄酱,盛在大盆里,放在椅子上或地上晒干。还有葱头,红棕色葱头或一串串草黄色葱头,晾得干干的,很像一串串粗绳。每隔很长一段距离,一个老人漫不经心地转着手摇风琴曲柄,也见到一位老妇挥着左手,有声有色地向一个年轻人讲述一则长长的故事,一边用右手转动曲柄让手摇风琴随着叙述的节奏时断时续地奏出乐曲。有时候三个乐师合演,一个唱歌,另两人用吉他伴奏。

正如满街的小手艺扩展着背靠房屋的固定手艺摊,街道宗教也延伸和补充着个体小宗教:街角处也有圣像。经常可以看到墙上贴着极其粗劣的画像,一律是僵硬的圣母马利亚,她的大眼睛斜视着,怀里抱着儿子。街角还有石膏圣母和圣人塑像,罩在玻璃罩里。在威尼斯和罗马,我们见过几个这样的圣母塑像,但少得多,算是些纪念品吧,夜里大部分甚至没有照明。在那不勒斯,每条街都有自己的圣母或圣父,日夜由成排的电灯泡照亮。这些皈依天主的塑像放在五颜六色的大玻璃橱里,使我想起我们外省老房子的阳台间。玻璃橱上的玻璃小顶盖像檐槽似的伸出来。大部分塑像都不好看,但有些似魔似幻,充满神秘感。例如,今天上午,我们注意到压在玻璃板下的一幅大画,表现阴暗的天空,黯淡的疏星,正中一团人形烟雾,似一缕幽灵,满身披星,神秘兮兮地升向太空。一天晚上,一座乏味的圣母塑像旁,整面墙画满碧青的天空,星汉灿烂,宛如阳光。人们强烈感受到,这些塑像君临街区的气味、污垢和多而粗劣的食物,保护着公共生活,正如昏暗房间里的塑像保护着那不勒斯的私人生活。

自然,楼上居民的生活想必有所不同,因为他们不能把扶手椅或桌子搬到大街上。我不大知道他们怎样生活,也不大清楚他们与底层的人有何区别。不过,我们看出他们尽可能使他们的生活接近街头生活。在那不勒斯,我们发现了意大利任何其他地方所没有的东西,诸如都灵、米兰、威尼斯、佛罗伦萨、罗马都没有的,那就是阳台。从二层楼开始,每个窗户都有自身的阳台,凌空凸出在街上,勉强算个小包厢,栅栏铁条染成浅绿色。这些阳台与巴黎或鲁昂的截然不同,既没有装饰也没有豪华物件,只不过是透气装置,让房间里的热气散发出去,分享一点室外生活,就像把街头一小片生活提升到二楼或三楼。事实上,几乎整天阳台上都有人,二楼或三楼在上面做街头那不勒斯人所做的事情,他们或吃或睡或茫然望街景。阳台与街道是直接沟通的,不需要回房间下楼梯,只需把一只小篮子系根绳降到街上。街上便有人根据情况把篮掏空或装满,然后阳台上的人再把篮子慢慢提上去。阳台只不过是空中街道。

  善良的雅罗斯劳,上述一切,是为解释。我想让您能够想象和感受那不勒斯的一般街景,不是逸事风貌,而是我们进入其中一个街区所获得的全景一瞥。设想一下,蓝天下地势高的阴暗街道,狭窄,没有人行道。房屋一律平顶,与罗马或都灵的屋宇没有差别,屋顶是看不见的,只看得见最高一层楼齐天花板的一条直线,平顶正好在此突然结束。在意大利到处如此。不过这里的淡绿色阳台临街突出在空中,一直到街道尽头,看上去似乎鳞次栉比。房屋一般是粉红色,酷似糖果的玫瑰红,但肮脏不堪,有些鳞状剥落,有裂缝裂口,到处是裂痕。尽管如此,我们第一眼看到的颜色,总是粉红和浅绿。此外有些房子的颜色很难确定,灰不溜秋,满是污垢。与罗马不同,这里的房屋色彩的深浅从来不是太阳促成的,因为街上根本没有太阳,而是污垢使颜色变深。粉红和浅绿的底色,加上满街悬挂着各式各样的东西,变得斑驳陆离。首先由于草木,阳台上阳台下,爬满五叶地锦,爬山虎缠绕栅栏,形成棚架,来往上下各层。微风乍起,藤叶就抖个不停。其次由于晾的衣服。所有的街道,所有的楼层,都有衣服晾在外面。有时两所面对面的房子之间拉根铁丝或一根绳子,但这不是最常见的。通常是把一根长棍固定在墙上或插入墙缝,然后在棍顶端系两根绳子,从棍的左右沿墙分开再固定在墙上,形成一个角,衣服就晾在绳子上。走到那不勒斯街头立刻会注意到晾的衣服。首先映入眼帘的是张扬的色彩:红、紫、金、白。各式各样的衣服琳琅满目,叫人觉得走在街上仿佛罩着个多彩的天篷。下午,正是晾的衣服使日光具有特殊而复杂的色彩。但只要一抬头,就见到蓝天,以致感觉是反常的,似乎既在光天化日之下,又在天篷底下。这种印象在那不勒斯是非常特殊的,与户内户外的混杂很配套。再说也是由晾的衣服来决定街的走向:即呈下垂状,以至于那不勒斯街道看上去总是自上往下。街道极少是水平的,经常是竖向(那不勒斯是座楼层式城市),所以感受街道从下往上升和从上往下降是很有意思的。

所谓那不勒斯一条街,就是一道阴凉的山口,充斥令人作呕的气味,左右两边阴暗的洞穴夹着一条行人摩肩接踵的山口街道,万头攒动,热闹非凡,酷似穆夫塔街①,琳琅满目的商品伸出店铺,悬挂在行人上空晃动着,上街和下街人们的活动如出一辙。时不时,一条很大的白色大床单晾在人头上空,随风扬帆似的鼓起来。还有上漆的漂亮遮帘,有些人就这些遮帘还讲出一连串小故事。从某种意义上讲这些街条条相像却又五花八门。一上来呈现全貌之后,立即分散成万花筒般的碎景,以致同一条街去十次也认不出来。不像罗马的街道,一条街的品位属于整条街,足以区别所有其他的街,甚至这条街的居民和其他街的也有所不同。这里不像罗

---

① 巴黎第五区一条窄长的闹市街。小商店的货架伸出铺面,街上常有集市摊位。

马的街道,墙上很少开窗户,不像罗马那样,窗户的色彩、高度和走向就构成了街道的特色。而构成那不勒斯街道的则是:芸芸众生,流动货摊,整天悬晾的衣服,晾干后又突然消失,还有随时移动又不见踪影的东西,一些不稳定的小东西,来无影去无踪。您记得吧?我们鲁昂的大车街下午和晚上完全不同,下午几乎僻静无人,晚上水手们则都去游荡。您可以想象一下,这样的事在那不勒斯街巷,大白天也频频发生,以至于我们散步的时候,始终弄不清眼前的是另一条街还是改了面目的同一条街。我们本想在白天各个时辰去各条街走走看看。比如,早上各种小手艺都出来了,下午热的时辰,众人跨坐椅子,倚椅就寝,双臂搭在椅背上,头埋在双臂中;母亲们无精打采地给孩子捉虱子,晚上,桌子拉到街上吃晚饭;夜里所有的肚子再次塞满,护门板一律紧闭,只剩下一条又脏又湿的寂寥窄道,夹在两面光秃秃的大墙之间。不同的日子,街道的意味也有所变化。比如,星期六,街道两旁房墙之间悬挂长长的灯光带,晚上在长长的法院街上散步真是心旷神怡,看到右边许多黑咕隆咚的小街直泻入海,可每隔十米,就饰有一条火花似的光带。身穿雪白制服的水手们成群结伙,笑着唱着进入大街小巷,想找条神秘诱人的妓院街。但这是幻想,我们在那不勒斯没有见到妓院。法西斯整顿秩序,卖淫只好偷偷摸摸。

今天星期日,下午五点,法院街比往日人少,居民似乎突然宁愿待在家里不上街,大部分人在自己昏暗的屋子里休息。我路过时看见在床上打盹的人露出穿着便鞋的脚和女人裙子的下摆,年轻人在桌上玩牌,抑或把门敞开,在屋子尽里头随着无线电广播的音乐跳舞。我们终于能够按街区来识别了,比按街道来识别容易一些。街区可分以下几类:贫困悲惨和几乎令人毛骨悚然的港口街区,市中心商业街区和市东北稍许富裕、稍许有隐私的街区。

以上街区的街头巷尾出口呈直角或平角,几乎没有广场,这与罗马或威尼斯有很大不同。但在那不勒斯却有非常特别的东西，那就是死胡同。表面上看，只不过是到处可见的死路。那里也有阳台，也有向街敞开的房间，也晾着衣服等等。但由于居民在户外的活动较之其他街道稍稍封闭，即不是消融在下一条街的生活里，不是给人一种未完成、始终开放的印象，而是有点儿自我封闭。所有的人互相都认识，生活在一起，似乎共同拥有他们的死胡同。我相信他们有这种感觉，从他们对待外国人的傲慢样子看得出来，他们的招呼声是："Chiuso."①大概有鉴于此，在那不勒斯，死胡同必定是最有趣的去处，有点儿像动物群体，珊瑚群体。

之后，我们登上波西利普山，那是一座丘陵，位于那不勒斯北部。从山上看到整个海湾，风景美极了。从高处眺望，那不勒斯呈白色，好像一座摩洛哥城市，整洁华丽至极。一旦从外部望去，这座城市居然如此洁白，如此耀眼，实在令人惊讶。每次我们来去卡普里岛，或晚上出发去墨西拿，从船上看那不勒斯，映入眼帘的总是新建城市那种耀眼的白色。而一旦进城，则见一座粉红房墙的城市，既阴暗又肮脏。那天我们从波西利普山眺望，心里完全明白是怎么回事儿，却存心让自己受迷惑。而这种佯装的笨鹅式的天真仍让我们很高兴。我们下山走的是一条有趣的私人小道，全部铺砌石板；一色玫瑰红，款步而下，十分钟就到海边，离城两公里。在两座浴场之间有家傍水凌空的咖啡馆，我们在那里的露天座喝了些饮料，日落时才离开，当然我们还去看了电影。

第二天星期一，我们一大早乘一列小火车，穿过那不勒斯整个南部，到达庞贝，前一天晚上那么灯光华丽的南部，原来只不过是一列巨大的工业建筑，尽管名称堂皇：希腊式海湾——乐土。一小

---

① 意大利语：此路不通！

时后我们下车,走上一条僻静的白色大路,尽头是两家旅馆,一大一小,大的漂亮。还得走左边一条小路,上坡一百米,才到达"庞贝考古发掘场"。我们跨过一扇自动的小门,再穿过罗马城根大门,拒绝了要求带路的几个向导,最后进入小博物馆,等了几分钟,让一帮旅行者看完离开。

小博物馆几乎空空如也,只有两三具庞贝人的僵尸,因火山熔岩突然袭击和淹埋,显得痛苦万状和灰中带绿。庞贝修道院也展出五六具僵尸。有些只是根据熔岩淹没很久后的尸体痕迹,用模具铸成,有些是真正的尸体,明显可见一些白骨戳出青铜色肌肤,一块脚骨或一截腿骨脱落出来。有的尸体用手臂掩护脸庞,有的则用双手保护性具。几天之后,我从维苏威火山上眺望熔岩流经该地区的痕迹,像一只黑手的手指蜿蜒着,便又想起那些尸具。我想,庞贝令人震惊的历史是从维苏威火山顶上拓展其整个走向的。海狸说过:"这座城市不得不彻底摧毁之后才得以如此完好地保留至今。"我们等游人们的声音消失之后,才小心翼翼地走出博物馆,进入这座城市。

致西蒙娜·若利维

九月十五日

亲爱的图卢兹:

我们昨天才回来。我读了你指定的《上尉》[①],一则为遵命,二则为消遣。读一读确实相当有趣。但我顾虑重重,因为我没有资格评断其戏剧价值。你若给我两个小时,我将一场一场给你讲全

---

① 指德语剧本《柯普尼克上尉》,西蒙娜·若利维想请萨特改编。——原注

剧,给你翻译某些片断。肯定有个风流角色可配给杜兰,一个不同凡响的性格,一个有趣的人物,他能有所作为的。我们做梦都想在皮埃尔家款待你们俩,但我们从意大利回来已身无分文,我连皮鞋都没有了,趿拉着白帆布鞋在雨中走。所以不得不将这次宴请推迟到十月。但假如你在家接待我(我有空,悉听君便),我们将像吃大餐那样乐一乐,给你讲一讲我们的旅行,让你高兴又不引起你忌妒。海狸现住巴黎六区雷恩街七十一号,给她发封短信,告诉她哪个下午或晚上你接待我们。

我们将很高兴见你。

致西蒙娜·若利维

秋 天

为青年人写的一部剧作

《尤利乌斯·恺撒》是一部为青年人写的剧作。一部老而又老的剧作,但没有陈旧。我们觉得拉辛作品中的卿卿我我有点儿过时了。他笔下的提图斯或贝蕾妮丝过时了,并非因为他们是罗马人,而是因为他们是君主朝廷的人物。高乃依作品中连英雄主义都是铸入模子的,如今模子粉碎了。但看《尤利乌斯·恺撒》演出的人惊异地耳闻目睹与自己相似的人,这既是最糟的时代错乱,又是最乖巧最出色的"地方色彩"。我们从六年级到修辞班[①],恨透了罗马人:我们觉得他们不可能像我们这样讲话,这样在酒吧点

---

① 六年级相当于中国初中一年级。所谓修辞班是旧时法国中学最高班。

酒，这样对他们钟情的女人说话，因为他们的句法太刁钻了。毫无疑问都是那些黄绿相间封面（原文如此）的教材，书中维吉尔的作品、贺拉斯的作品都是有诠释的，已经面目全非了。在庞贝停留的游人对古典作品的憎恨不禁油然而生。或更恰当地说，游人在这座罗马人曾来过的城市所想象的罗马人，已不再是古典作品中的罗马人，而是芸芸众生了。这儿，富商们准备精美的晚餐，那儿，家庭主妇们选购鱼或肉，醉醺醺的水手们嬉笑打闹。这种新鲜强烈的生活在莎士比亚的《尤利乌斯·恺撒》①中却再现了。不久以前，人们还以为应该用大排场的背景来加重剧本的分量。花大量费用把宫殿和广场搞得豪华铺张，弄得剧本华而不实，失去了亲切的、日常的品味，这是不对的。人们竭力在《尤利乌斯·恺撒》中保持原汁原味，这是一部辛辣尖锐、惊心动魄的正剧，搅乱了古罗马人的日常生活。杜兰终于难能可贵地展现了日常的古罗马：街道与庞贝的相像，元老院百无聊赖，打着瞌睡，既诱人又粗俗的室内布置作为情节的背景，以至于充满威严的粗暴言行只会更具有震撼力。

就这样，莎士比亚绝妙地运用了充满巧计的朴实，使我们产生真情实感。我不认为恺撒、卡西乌斯、卡斯卡②能使我们想起自己的政治关注而不错位。况且，这是应当庆贺的。气数将尽的古罗马共和国，其纠纷、其乱党，给我们的思考提供了永恒的政治素材。这些人物使我们感动，尽管他们的理性与我们的不同，但他们的愤怒、犹豫，他们未实现的抱负，他们突然的惊跳，我们是看得懂的。

青年人尤其心领神会，尽管剧中大部分人物已是成熟的中年：

---

① 参见《莎士比亚全集》第五卷。
② 卡西乌斯和卡斯卡是古罗马将军，与恺撒为敌，内战时期追随庞培反恺撒，败后归顺恺撒，后又反目成仇，最终失败。卡西乌斯被喻为阴险的野心家。

如果说青年是勇敢的年龄、犯错误的年龄,难道能有比布鲁图斯①的错误更勇敢、更不可挽救的吗?如果说这是重友情的年龄,难道还有比布鲁图斯和卡西乌斯的友情更悲情更壮美的吗?如果说这是对伟人尊敬,那种纯洁而苛求的尊敬,那么有比布鲁图斯对恺撒的尊敬更壮丽更偏执的吗?布鲁图斯刺死自己的偶像恺撒,为的是阻止他颓败。如果说这是雄心勃勃的年龄,那么有什么比感受恺撒无限的、强悍的荣耀,比眼见年轻的安东尼和屋大维发迹,比看到布鲁图斯一败涂地②更激动人心的呢?不过克洛岱尔说过,青年首先是英雄气概的年龄。我认为正因为这个道理,三个月来,如此多的青年人前往玉夫座剧院,这说明《尤利乌斯·恺撒》是一部为英雄而作的剧本。

沈志明 译

---

① 布鲁图斯(约公元前 85—前 42),内战期间追随庞培,公元前四十四年为恢复共和政体,伙同卡西乌斯等刺杀恺撒后逃亡,后战败自杀。
② 布鲁图斯逃亡希腊后,在腓利比战役(公元前 42 年)与安东尼和屋大维交战,全军覆没。

1937 年

致西蒙娜·若利维

三　月

亲爱的图卢兹：

　　加利马出版社的短信起到了预期的作用，至少《吉尔·布拉斯》①已解决。至于拉封丹《寓言诗集》六卷，我母亲当心肝宝贝珍藏着，看来只有使用诡计才能搞到手。明天你将收到"萨特与海狸书信"的优美续篇，并附上内居夫妇的一些书信。

　　你若能帮忙弄一根饰有花体字母 A 的蜡烛，放在你家女门房那里，我将万分感谢，因为我打算参加一次相当排场的黑弥撒（恕下次会面时再叙），届时会派上用场。当然，作为"好来好往"，你若将"图卢兹与萨特通信"一并给我，那你就更好了，我将感激不尽。这样吧，明天星期一，我白天过去把书信和糖果放在女门房那里。海狸疲惫不堪，我把医生叫来了，但还不知道他说了些什么。

　　你征服了那位夫人，她回来对你赞叹不已。她说："我真的迷恋上图卢兹了，"接着有点儿脸红地改口道，"谈不上迷恋吧，却是一种非常强烈的好感。"我非常希望你也喜欢她，尽管你的腼腆和迷她的魅力使她沦为喜出望外。

---

① 萨特是西蒙娜·若利维的美学、文学、艺术义务指导，经常主动借书或送书给她，也应她要求，设法为她解决书源。这里通过萨特斡旋，替她搞到一套法国作家勒萨日（1668—1747）的长篇小说《吉尔·布拉斯》。

致西蒙娜·德·波伏瓦

四月发自拉昂

我迷人的海狸：

给您写信就有机会这样称呼您，真高兴。信手写来，感到变得年轻了，又见到圣日耳曼美女公园，不是原有的那座，而是一九二九年我从维希给您写信时想象的那座公园。此刻，您本人也使我像个小伙子，真想给您写封求爱的信。自然您会骂我是爱抱怨的小家伙，说我用好丈夫的小聪明竭力把配偶关系搞得挺诱人的。那么请记住，我这就把您骂个狗血喷头。

我旅途愉快，睡得挺香，就是想死您了。我在楼下吃了份三明治，无线电台广播《浮士德》，但不是前天使我感动的鞑靼曲调，那有多优美呀。今晨一个职业军官在他的盥洗室洗脚，把我吵醒了，我讨厌他。好在我睡足了八小时。想到明天您吃早饭的时候收到这封信很是高兴。一心想要，肯定会得到，您可让扇风耳的当差下去取信。我打听过了，早上在拉昂寄的信，有时候晚上就到巴黎。没错。

身体怎么样，心情好吗？别忘了绕您的扶手椅走一走，圈子绕够了就在椅子里坐坐①。

再见。我给他们讲纪德。今天十一点一刻至十二点一刻，我给小查②上课。下午四点至晚上十一点，写《飞行塑像》③。明天十点至十二点给 StV. 上课；下午一点半至三点给小查佐里奇上

---

① 我当时正在康复中。——原注
② 即奥尔嘉的妹妹塔妮娅·查佐里奇（柯萨凯维契）。
③ 短篇小说，定稿时改名《卧室》。

课,四点一刻至五点一刻再给小查佐里奇上课。

四月发自拉昂

我迷人的海狸:

　　要说的事情不多,信将是简短的。我感觉蛮不错,就是平淡无奇。到达拉昂时,还以为您跟小查佐里奇去圆顶咖啡餐馆或圆拱咖啡馆①或别的什么咖啡餐馆,没想到您乘火车去马赛了,这着实叫我感到意外。我不喜欢在您出发之前把您撇下,很想看看您在火车上是只找到个可怜的小角落,还是堂而皇之独占一排座位。平日早晨醒来,我习惯带几分得意想您十分钟,从七点二十五分到七点三十五分,遐想联翩,想象您睡觉的样子,总是那么握着小拳头,惴惴不安。可今天我想象您醒来了,像个绒球,也许有点儿睡眼惺忪,但充满诗意和快乐,毫无疑问,就像鼻子贴着橱窗看个够。我希望您那边阳光灿烂。这边却天色阴沉晦暗。

　　我在火车站找到小博斯特,穿着白色粗毛衣,满面红光。他对我说:"瞧拉昂的火车,简直是屠宰场。"一边指着那争先恐后拼命往车厢里挤的二三百人。我回答:"我讨厌军人。"他听了微微一笑,带几分优越感。见此表情,我试探地补充道:"我创造了一种理论,为讨厌军人而自我辩护。"他说:"哦,那自然好,说说看。"于是我陈述自己的理论,他听后只"呸"了一声。这时小博斯特找到窍门,发现紧挨火车头的第一节车厢是空的。后来上来两个军人,木头木脑,小眼睛,目光发呆。博斯特总算同意,军人若是这副德行,我的说法不算出格。接着干脆伤感起来:"想想看,我要跟这些家伙待上两年哪,"继而转忧为喜,"没准我能早早退役。"接着转为诗意的想象,"我一旦服兵役,定能找个混世魔王来保护我,

---

　　① 　圆顶和圆拱,萨特最常去的两家饭店,既有咖啡厅,也有餐厅,两厅是隔开的。

让所有的硬汉都发抖。"但我冷冰冰地告诉他:"您会分到辅助部门。"他起先想否认,随即找到更好的辩词:"辅助部门也有大小霸王。""但,都是些丑陋的家伙。""嗨,丑陋的霸王,身上有枪就行。"然后我们玩《巴黎晚报》上的填字游戏,只玩横向确定字义不玩竖向确定字义。再后我们紧握着手约定:今年九月我们到旧货店去买一身肮脏不堪的衣服,穿上之后每人身上只带十法郎,外出瞎混一周。我们可以乞讨,打开门帘偷东西。但其他任何资源都禁止使用。我们将在收容所里或在救世军的驳船上过夜。要抽烟就捡香烟头。我将在公寓庭院唱歌。我们津津有味地发挥一切想象力:结交新人,包括流浪汉、穷苦人,对警察心惊胆战,对什么都心惊肉跳。"这是糟践人嘛,"他乐不可支地说,"还有些小老头想摸弄咱们哩!"我作茧自缚,没有勇气反驳所谓"咱们"所含的谄媚和不实之意。我们承认,倘若坚持一周,我们会终身无人理睬,臭不可闻。这周见不到您,但周日会邀请您去皮埃尔家,届时给您详细叙述,会够您受的。我们不无伤感地得出结论,说计划只要未实现,您是不会重视的,而只会以怀疑和嘲笑来让我们打退堂鼓。但我们将坚持到底。我们不会带您同行,因为小博斯特无情地宣布:"咱们不携带弱不禁风者。"之后,我们到达旅馆,在充满诗意的小咖啡馆喝酒吃饭。自然那里也有军人,小博斯特说:"我讨厌军人。"我们子夜入寝,我只睡了六个半小时,今天我上了三个小时的课,门房有我一封挂号信,您可以想见我的好奇心和高兴劲儿。原来是一份附加税费用的催告书,我可以坚持到十五日。要等到第二次催告后才提交审理。

  博斯特到学校来找我。他给我讲了有关他与查佐里奇相处的两件小趣事。第一件:昨天他们互相谩骂闹着玩儿:"尿裤裆的丫头""下流坯"等。她给惹恼了,骂他是腐尸便走开了。十分钟以后又回来。小博斯特继续逗她:"滚开!别讨人嫌!"她睁着受委屈的大眼盯着他,接着跑回房间闭门不出足有两小时。我觉得最粗俗放肆的是博斯特,他竟待在自己的房间两小时,安安稳稳,不闻不问。第二件还是戏弄。她对他温和地说:"喂,我去看望杜马了,他今晚六点来拜访你。哦,没什么事,只是想跟你聊聊,因为你是他以前的学生。""为什么?""不为什么,随便聊聊。"我问博斯特:"您信她的话了?""我吗? 没有。"我严肃地坚持道:"您信了。""不,刚好一秒钟。""好大一会儿吧。""两秒钟。"他冲她说:"你要是不说出为什么去看杜马,我就发火了。"她依然温和地回话:"你没有什么火气了,只不过有点儿糊涂,什么都忘。"说完用手挡挡打呵欠的嘴巴,好像对自己的话挺难为情。就此打住。

我迷人的海狸,我盼着收到您的短信,我们之间尽管相距千里,心中仍充满田园诗般纯朴温柔的爱情。我很高兴地想到您已经开始离群索居,做您心爱的活计①,但有点儿担心您会太劳累。(瞧对面桌旁的那个悍妇,我恨不得朝她打喷嚏。)刚才我抓住小博斯特上衣的一个纽扣,向他称赞您,因为我喜欢谈论您。我爱您,可爱的海狸。

星期二

我迷人的海狸:

小博斯特刚走。现在是七点钟,我在旅馆门厅给您写信。不管这小伙子在身旁多么无足轻重,但他一走,我心里觉得空荡荡的。想到您在那么远的地方,更觉得门厅阴沉沉。昨晚今晨,我感到有点儿难受,想到星期三晚上在布列塔尼王家旅馆见不到您,我们没在波兰客栈或其他地方臂挽臂地一起欢欣雀跃,觉得特别荒谬。在拉昂我还不太想您,因为您从来没到过那儿,但在巴黎您就

---

① 指创作。

不可或缺了。不过,迷人的海狸,您也不必龙卷风似的赶回来。一旦爱恋上一个人,就会陶醉于这种温柔哀怨的感觉。我非常爱您,迷人的海狸,您无时无刻不在我眼前,穿着那件白雨衣,戴着那顶蓝帽子,有血有肉,鲜活生动。怎么啦,您会问,画起像来了?是的,海狸,我心中产生了画像,我相信这些画像能一直保留到您回来,因为它们实实在在,栩栩如生。您心荡神驰吗?遇上好天气了吗?到处游览吗?像蚂蚁那样溜达,可脑子里的思想坚定不移吧?昨天我渴望收到您昨天的信,今天却急于得到您此刻给我写的信,因为即使您有点儿头痛,我想此刻也过去了,您已经满怀喜悦了。我真心希望您遇上好天气。饱饱儿吃一顿,我的海狸,背靠大海,走个三公里,然后坐下休息。

对啦,昨天下午四点光景我到邮局发信。之后,博斯特和我在旅馆大厅找位置坐下,着手写各自的骚文。他很懊丧,因为把钢笔丢了,做着鬼脸用笔杆不断往半瓶墨水瓶里蘸。至于我,起先感到疲倦,完全不能整齐地写字(因为睡得太少),后来却发疯似的写了六页,有了一种心满意足的感觉。至少在小博斯特看来,值得往下写,所值之处恕另行奉告。我们共进晚餐。我向他透露我对查佐①的感情,逗他笑得流眼泪,一言以蔽之:"我以神的身份爱她。"假如您讨厌我管查佐里奇叫查佐,请在信中提一笔。并非由于抑制本能的憎恶才缩略,亦非为了象征性地消灭其名,而是因为写全名时不得不一个个地思索字母。

我们吃晚饭时很少说话,因为各人还在想着各自的骚文,而且经过两个半小时的聚精会神有点昏昏然,菜谱是:木薯粉羹、清水煮荷包蛋、烩串烤鸽子、餮尾甜食。晚饭后我们回到旅馆大厅原来的位置(我们写作的地方),看到了一些人的表演。博斯特和我面

---

① 查佐里奇的简称。

对面,中间小桌子上放着一盒香烟。大厅扶手椅逐渐坐满。讨厌的天主教老虔婆在织毛线,一个文静的姑娘坐在她旁边织毛线,唉声叹气的母亲缝缝缀缀,绘画女教师过来坐下。在她左边,是个年轻的兽医军官,头戴绿绒军帽,面容倦怠而烦躁,肉色粉红,嘴唇柔软而肉感,凝固着一个永恒的微笑,一个冷漠而隐含放肆的微笑。他舒适地坐在摇椅里,脑袋往后仰,摇晃着,以便更清楚地表明他那放肆的冷漠。他的朋友们待在吸烟室,有三个同龄军官(此刻写信时还分不清他们的年龄)和一个胖上尉,此人尖酸刻薄,是个窑子妓女的丈夫,散发着香皂味儿。该妓女一头半透明的金发,满脸皱纹,帽子上插花,四十岁。浓妆艳抹和精心打扮只不过是老习惯,突出之处是不得体的仪表和太太身份的落落大方,看样子是从远处来的。花枝招展的金发女士在年轻兽医身后待了一会儿,晃了晃他坐的摇椅,像个同伴的母亲,仅此而已。

　　胖子皮昂先生是旅馆的业主,他转悠到此,跨坐在一把椅子上,向女士们打了个招呼便走开了,但很快又出现,孕妇似的挺着鼓鼓的大肚子,碎步疾走,很当心自己的头部姿态,天生具有法国南方胖子的庄重。之后,进来一个人,开始我没有注意是谁,过了一会儿只听见一阵突发的欢笑。正是皮昂先生和新来的人笑得直不起腰来:"她一个人自己和自己玩。她说她自己和自己玩。她说这话叫工兵都脸红。"绘画女教师抗议道:"我不知道你们想要我说什么,但你们总能停止说这些蠢话吧。"她气愤不已,但总那么嗲声嗲气,以为嗲声可以掩饰她的怒火,就像鸵鸟以为把头遮起来就可以藏身。我凝视新来的家伙。人称法律界人士的原来是他,确实,他在拉昂当推事。他又高又瘦,鼻子短而微翘,目光傲慢,脸颊迟早要下垂,还带点铁灰色,大约二十六岁。他前后左右走来走去,转着身,演戏似的接茬说话。绘画女教师和他在一片肃静中开始了恶口毒舌的对白。他问道:"您过足舞瘾了吧,我知道您的舞跳得极好。""得了吧,诺埃尔先生,我不说大话的,您很清楚。"(他自夸舞跳得好,对她百般嘲笑。)"是呀,不过只要耐心学就行。""总而言之,我不会跟您学的,不会的。"年轻兽医恨恨地瞧着推事,我还不懂为什么。"坎小姐呢?"绘画女教师布维小姐问道,"您今天见到她了吧?""坎小姐?"除兽医外,军官们异口同声,"谁是坎小姐?""一个想讨好我的姑娘,"推事答道,"她可偏爱我哩,而布维小姐硬要使她对我失去兴趣。""我可从没干过这种事。""您不是说过旅馆有个坏家伙,您要当心他啊?""不对,我说过,我们旅馆里住着一个怪人。喂,诺埃尔先生,也可能是个善心的怪人哩。"

我硬着头皮往下写也不行了,推事闹得我写不下去,他一举一动都妨碍我,他迅速地接茬狡辩,用词虽然糟糕,可他嗓音洪亮,响亮的声音和空洞的词义把糟糕的词语掩盖在元音的声浪里。他突然向兽医发难:"您大概非常性感吧,竟把布维小姐征服了。瞧瞧,现在已是晚上十点了,她还没有走。"兽医摆出一副得意的样子,怡然自得地在椅子里晃悠。推事则用单脚旋转着继续说:"您的目光柔和,定讨女人喜欢,她们喜欢温柔的目光。""而您,"兽医字斟句酌地慢慢回答,"您的目光凶狠,或更恰当地说,您想显得凶狠。由于眉毛黑,就有了一半凶相。但请相信我的话,没有比天性更重要的了。"皮昂先生插嘴道:"但也请相信我的话,他天性如此,他就是这副样子。""对,他说得对,"推事还在用单脚旋转,"我就是这副样子,我很坏,相当坏。"布维小姐说:"是的,他很能使坏的。"

片刻冷场。推事过去在军官们身旁坐下,窃窃私语,然后突然大声嚷道:"弗朗西斯先生(即兽医),您愿意人家给您画速写吗?""请问什么意思?""您乐意别人给您画速写像吗?布维小姐将为您速写。她喜欢画男人速写像。"布维小姐满脸通红,照旧嗲声嗲气,但用高音道:"诺埃尔先生想说我给他试画过肖像,但我中途不得不停止,因为他的行为,他叫我害怕。"诺埃尔先生装作没听见,继续问道:"您是单身吧,弗朗西斯先生?""是的。""嗨,布维小姐也是。您身旁是个可出嫁的姑娘。她也许看中某人了。"布维小姐怒不可遏,面红耳赤,狂怒使她的面庞变厚变老,下巴颏儿缩进细布绉领:"诺埃尔先生,请您闭嘴,说话总要有点儿分寸吧。"他根本不听。吕茜叹道:"他好像嫉妒了。"布维小姐和兽医同时扑哧一声笑道:"不错,看上去他是嫉妒了。"推事尖声反问:"我,嫉妒?"但绘画女教师很快失去这个小小的优势,因为军官们眼见他们的朋友弗朗西斯处于尴尬境地喜出望外,赶紧倒向推事,为他助威,七嘴八舌嚷道:"喂,怎么啦,弗朗西斯。""我们的朋友弗朗西斯!""他变样了。""是爱情改变了他吧。""喂,小姐,您突如其来的变化干得太漂亮了。""还有更多的人为您作后备哩。""小姐您喜欢金发男子吗?"

这时,上尉(妓女的丈夫)独自从吸烟室尽头发出忧郁而刻薄的喊话:"爱情是放纵的崽子。"布维小姐着了慌,以为最好与弗朗西斯拉开些距离,便冲他说:"我觉得他们在嘲笑您。"兽医根本不把这套放在眼里:"不,小姐,他们是通过我来针对您的。我嘛,"他摆弄着手套,身子向后仰道,"我是个过客。"这时,博斯特和我,同时转过椅子面向场景,忍俊不禁,捧腹不止。穿制服的服务员(下午胖子上尉管他叫英国王室侍从官,一边笑得直打嗝儿,还总有那种说混账话的神情)和一名叫布布尔的厨房小学徒坐在楼梯沿上,张着大嘴听得发愣,默不作声,但喜形于色。不知想出什么高招后,推事拿绘画女教师的一位女友开刀,某个叫比谢的女人,他称之为"比谢女人"。"请称呼她比谢太太。""比谢女人的乳房漂亮,但屁股有点儿蔫,胳肢窝里毛太多。""喂,这一下,诺埃尔先生,您该挨两记耳光了。"布维小姐说,眼里含着泪水,但仍旧嗲声哆气。"你们瞧,她抚爱我之后又想打我了,唉,女人们哪!"接着推事变得严肃而咄咄逼人,"反正,您要是向坎小姐说我什么……""行了,诺埃尔先生,恐吓我吧,恐吓我吧。""您听着,布维小姐,您要是说出一个字……""您已经恐吓过我一次了,诺埃尔先生,您知道是什么时候。""您要是向坎小姐说出一个字……""不用担心,诺埃尔先生,她已经看透您了,已经了解您啦。"如此等等,不一而足。

如此这般从晚上八点一直混到十点半。布维小姐十点半起身走了。当她登上楼梯时,推事喊住她说:"宝贝!宝贝!您不跟我握手就走了。""我才不跟您告别呢,诺埃尔先生。"她在一级台阶上站住说。"把您的大腿露给弗朗西斯先生看看,美得很哩。"修道院缝纫工场的姑娘一直没有开口,此时递给布维小姐一句话:"叫他把吊袜带露给我们看看。""我才不想看呢,"布维小姐答道,"诺埃尔先生,您的腿肚不好看吧。""那么弗朗西斯先生呢,"诺埃尔问,"您也不跟他握手告别?""我心里跟他握手告别,诺埃尔先生,但我是不跟您握手的。"她说完就走了。于是推事以优胜而友好的口气训诫没精打采的兽医,犹如一个长者要让一个年轻人吸取他的经验:"这不,她二十几岁,却装作天真。您本该向我咨询,亲爱的。您想调调情,吊吊膀子什么的,有点儿多情了吧,我告诉您吧。您哪,浪费时间。"兽医微微一笑,摇着晃着,以尽可能傲慢的神态回答:"是吗?真的吗?"

我们撇下他们,上楼去小博斯特房间图个安静。小博斯特既反感也高兴,推事和那泼辣女子斗嘴时,他恨不得冲过去朝推事的鼻子挥一拳。有那么一刻,他甚至让我担心,便设法让他明白,他的样子像在护佑寡妇孤女。于是他想出一个干脆利落的解决办法,而不至于让人看出是站在受委屈的一方。他想过去对推事说:"对不起,先生,难道您看不出您让所有的雌性讨厌吗?"最后他总算乖乖地跟我去他的房间,什么出格的事也没干。但今天一整天,他想起诺埃尔先生就来气。他在房间里给我看他的中篇小说,实在不错,尽管文笔不好,但比第一篇强,很有意思。我向他祝贺,然后把您读过的三页和昨天写的四页给他念了念,他惊讶之余,赞不绝口。我自己也认为这几页写得不错。他提出一些恰如其分的批评,我照他的意愿做了修改:哦,海狸,我猜您又要强烈反对了,但这样做很对,他提了很好的建议,我向您保证。今天我非常想继续写下去,但您瞧瞧我多么爱您,我宁愿接着把这封信写完。

今天,我很少见到小博斯特,因为我上了三个半小时的课,而他六点四十五分就走了。我见他的时间尽管少,他却可爱可亲。他给我唱了一首英国歌,扮演酒吧男侍,让我充当酒鬼。他自吹太善良,并为此而受苦,但他硬说对待佐罗"不错"时,我却严厉地责备了他。然后,他精心虚构以下的性爱故事:他有二十七个妻子,把塔妮娅,甚至把您,好心的海狸从我身边抢走,但他对您却非常尊重。他还霸占玩具娃娃和德·鲁莱的奥兰①女郎,还有洁洁等等。他向业主们买下戏院旅馆,与他的妻子们住了进去,每个妻子一间房。只有您才有权外出,去莫尼埃家换书。奥兰女子管厨房,博斯特有时怀着凶狠的报复心对她说:"喂,您让德·鲁莱乱摸了。那就给我擦鞋吧。"于是她急忙爬向他的双脚,舔个不停。玩具娃娃睡在地窖里。图卢兹把着门,招揽漂亮女人,请她们进来。凡进来的女人个个拒绝离开。唯独有个女子进来又出去了,她冷静而从容,时而冲着小博斯特哈哈大笑,向他指出他所有的妻子都是性冷漠,一律装出性喜悦;时而同情可怜他道:"在这个故事中,您是唯一吃亏的,要怪萨特,是他的错。"如此这般。

小博斯特对您和吉尔都很热心,还逼我给波朗写信,拗不过他

---

① 即阿尔及利亚著名海滨城市奥兰。

热切的好意,悉听他口述我写:

先生:

从皮埃尔·博斯特①处得知您乐于赐教,在下不胜欣喜。谨奉上近作中篇小说数篇,并冒昧提供寒舍地址,以便在可能的情况下,您能惠予约见。

我满怀感激之情,请接受我最崇高的敬意。

您认为如何?博斯特贴上邮票便把信塞进衣袋。信到巴黎肯定是皱巴巴的了,他打算到巴黎邮局投寄。为什么不从拉昂邮局寄出?因为这是他的主意。我送他上火车,我们约好星期五下午碰头:他来火车站接我,然后痛痛快快散步。以上是关于他的事。

一个好消息:学区监察员来考查我了,一个地道的糊涂蛋。这个时候来考查,我想这意味着晋级。自从他们决定奖励受益人的工作热忱,便派学区监察员来核查此人是否是糊涂蛋、无行者或凶神恶煞的斜视仔。据吉尔估计,这次我晋级意味着可得到一千八百法郎。

就此打住。从晚七点给您写信,现已九点半,中间吃晚饭停半小时,晚餐是:豌豆汤、土豆牛贝西菱鲆脊肉细条(活像女人的私处,我那玩意儿立即勃起一半,但正像一条狗刚抬起一点头,见到眼前不是自己的主人,自己搞错了,便又趴下睡了)、土豆牛肉糜和餐尾甜点,我的手都汗湿了,直发抖。我剩下的力气只能对您说一声我全心全意爱您,可爱的海狸,温柔的海狸,我非常非常想您。您再来相逢时,定会亲眼目睹我这种纯朴温馨的爱情。我爱您。

---

① 皮埃尔·博斯特,法国作家,雅克·博斯特的哥哥。

您明日会收到一封短信,而星期四则是一封长信。

四月二十五日　星期三　于拉昂

我迷人的海狸:

今天写短信,告诉您我非常非常爱您,想到一回巴黎就有您的信而高兴,那时就会知道您的旅行进行得怎么样了。现在是四点二十分,我乘五点的火车。幸而从昨晚以来,没有什么新东西要告诉您。

到邮局发完信回来就睡觉了,睡得不错,但还是被噩梦惊醒,虽然不是那种太严重的噩梦。您和我,咱俩身处巴尔泽尔兹①,躺在离地五米高的大长沙发上。在我们下方,有两个男同性恋者和两名妇女俯身阳台,向过路人打招呼。您说:"这里是下九流社会。"但见一个阿尔及利亚人拿着手枪闯进去,向那帮人收取应付给他的钱。遭到拒绝后,他将那帮人一批又一批枪杀,子弹不时误射到我们这边,很危险。危险太大了,我偷偷醒了,觉得自己是个懦夫,把您单独留给梦中那个阿尔及利亚人。我厌恶自己,怜悯自己,有半个多小时对您温情脉脉,然后又睡着了。

今天上午我上完两节课,出门时被学监的儿子拉住,把我带到他的房间。他是个托马斯主义者。他被人从楼上推下来,跌得手脚红肿,鼻子鼓胀,还没消肿,狼狈不堪。他顽抗到底,但这种顽抗叫人反感,好像光鲜的衣服穿在干粗活儿的女人身上。这家伙戴顶橄榄帽,任何情况都不脱,活像一脸苦相的皮埃罗②。他敬礼时,不脱帽而把两指(食指和中指)举到齐耳朵。从专事奉承的方

---

① 巴尔泽尔兹,欧洲列支敦士登西南端城镇,近瑞士边境,北距首都杜瓦兹十公里。
② 皮埃罗原为意大利古典戏剧中的男仆,文艺复兴时期传入法国,成为舞台上男当差的典型形象,有独具特色的言行举止和穿戴。

面看,其姿态近似主教;从尚武和高傲的方面看,其姿态近似骑兵上尉。他的厚嘴唇焦躁而放肆。他多次道歉打搅了我的清静……他说:"我知道您跟同事们来往不多,您是非常独立的。"然后询问现象学,但听不进去,不时打断我,向我阐述托马斯主义论现象学的观点。更有甚者,他是A.F.成员①,交给我六页打印文字,夸大其词地称之为"真言篇"。其实是他尚未动笔的一本书的提要,专门论及莫拉和托马斯。对这种卑鄙无耻的思想,我颇不以为然,但辩驳的信心不足。他既放肆又腼腆,但他的放肆如同他的腼腆都是假装的,他不时中断论述,去做些精神衰弱患者的事情,比如他说:"对不起,我刚叫人放过血,现在该用铅笔给自己扎一下,"说完便消失在屏风后面。又如,送我出门时,他说:"对不起,我得去瞧一下,是否把一根燃烧过的火柴留在桌上,会把我的文件烧毁的。"当时我憎恶地产生一个念头:"这家伙在祈祷。"他以为我比谁都好愚弄。他对我说:"我是真心诚意的正统派教徒。"我答道:"您可是被逐出教会的。"(既然他是A.F.成员。)他难堪地笑着分辩:"别信这一套,我们的招数多着呢。"接着笑嘻嘻给我列举一大批主教仪典和圣公会教义的文献来为他们辩护。继而突然严肃起来,严肃得跟他的笑一样难堪:"我开玩笑的,但请您相信,从各种意义上讲,对我来说,这都是一个生与死的问题。"这个无耻之徒竟递给我有关莫拉的传单,学着歌德的话说:"我把它借给您却知道您可能伤害我。不过我相信您,因为我觉得您相当不在乎教育界的。"我离开他时张口结舌,自个儿回到旅馆大厅念了一会儿

---

① A.F.是《法国行动日报》的缩写,法国极右组织政治运动(简称法国行动)的机关报,于一九〇八年创立。莫拉等一批保守派鼓吹"完整的民族主义",是反德雷福斯派的喉舌,并有组织、有行动地企图复辟王权和天主教教权,最后沦落为支持维希政府。"二战"胜利后被取缔。

《玛丽亚娜》①,然后写了一点东西,进展相当慢。午饭吃的是:煎黄盖鲽鱼、牛排、餐尾甜点。我从大厅一角听到星期一晚上那场戏的结局:

布维小姐向离店的金发妓女告别,很是激动。"那么,再见了,小姐。""再见,女士。"然后她跟兽医和另一个公务员一起喝咖啡。"你们看过德加②的画展吗?"她发话,"值得一看。但他对女人多么冷酷哇!""以现代手法吗?"兽医问道。"不,"她说着双眼朝向天花板,若有所思,"我猜他是这样看女人的。不过从布景和构图的角度,还是引人注目的。""跟您说吧,"他说,"我对这些出名的现代玩意儿不感兴趣。我更喜欢古典画作。""啊?那您跟尚泰少校会谈得拢。"推事驾到,与军官们一一握手,也把手伸向布维小姐,但她默默拒绝了。"出什么事了吗?"不见回应。"好啦,好啦,"他淡淡地说,"咱们吵翻了一回,但可以言归于好嘛。"说完便吹着口哨到一角坐下。布维小姐向两名下午动身的军官告别后走了。之后,推事跟军官们聊了一会儿也走了。剩下的两名军官说了结束语:他们向旅馆老板皮昂先生告别时说:"这个推事,性格古怪。这不,布维小姐是个很随和的同伴,不能苛求她嘛。"另一个接着说:"推事就是推事,有什么办法,他判案判惯了。"

就这些,可爱的海狸。之后,上了一小时的课,讲精神衰弱症,然后,三刻钟待在大厅给您写信,再后上火车,不得不在停站时结束这封信,瞧我的字迹抖动得厉害。

亲爱的宝贝,迷人的海狸,我搁笔了,因为我想一到巴黎就把信投入信箱。我全心全意爱您。

到旅馆后附言:没有塔妮娅的信。没有您的信!不过没有关

---

① 《玛丽亚娜》是法国一本综合性月刊,至今仍存在。
② 德加(1834—1917),法国带古典风格的印象派画师,善于运用线条、色彩,素描画出色,特别注重造型。

系,我依然爱您如故。我亲吻您瘦小的面颊,我的宝贝。

四月二十六日　星期四　于巴黎

我迷人的海狸:

真抱歉,您的一封信丢了。我刚收到的信中您暗示前一天曾给我写过一封短信,我没有收到。幸亏查佐里奇昨天收到您的一封短信,告诉我您已经到达。听说您在火车上美美地打了个盹儿,一个人占了一长条座位,下午到博姆干脆睡着了。今天的信您看上去满怀喜悦。我想,说您过分是徒劳的,所以只希望您别累着自己,您的短距离散步只会让我高兴。不公平的海狸,您的信我从头到尾读了两遍,竭尽想象力给自己描绘丛林,像丛林的庄园地产以及让太阳晒得发烫的荒原。并不是这些东西直接使我感兴趣,而是我处在对您温情脉脉的状态,很想对您所遇到的事和您周围的物获得最充分的感受。所以我甚至兴致勃勃地要进行罗耀拉式①的锻炼。

须知我昨晚在圆顶咖啡馆有点儿气恼,既没收到您的信也没有收到小查的信。我出去买了一张邮票和一个信封。对啦,博斯特这个小混蛋冒充语言纯粹主义者,要求处处纯正。例如 Je suis allé(我去了或去过)不可以说 J'ai été②[又如,nous(我们)不可以用 on③ 代替,他读到用 On a été 来表示 nous sommes allés(我们去

---

① 罗耀拉即依纳爵·罗耀拉(1491—1556),天主教耶稣会的创始人,出身西班牙贵族的军人。在罗马教皇的支持下创立耶稣会,任首任会长。他参照军队的纪律,制定严格的会规,强调会士必须绝对服从会长。
② 法语中的 être 是使用频率最高的词之一,有时被滥用,受到某些主张语言纯正的语言学家批评,但使用久了,也就约定俗成了。这个词的过去式后接地点状语或动词不定式就等于"去"的意思。
③ on,不定代词,只用作主语,泛指人们、人家、大家、别人,但在口语尤其俗语中,经常代替我们、咱们,甚至我。

了)]就咬牙切齿。我在香烟杂货店站着写您的地址时瞥见查佐从店门进来。由于心里不高兴,加之以为她没见到我,便没有跟她打招呼。但她定是看到我了,因为她转身回来。我客客气气,跟她一起到圆拱二楼餐厅吃饭,她要了一份威尔士奶牛肉和酸奶,我要了一份香肠猪肉土豆衬酸菜和馅儿饼。查佐怪怪的、乖乖的,与平日的作风相反,平日对周围任何事物视而不见,今天却使劲儿注视。她没有恨我,甚至在注视我时还带着某种温情,几乎是歉意,就像我们凝视抽屉里自己曾热恋过的女人的松紧袜带。她听任与我面面相觑,无拘无束,更多的是有点儿无动于衷的舍弃。她向我解释了您出游后她的时间安排,我了解到,她星期一和星期二在床上躺了两整天,直到博斯特到达。据她说,她睡两小时醒来后"读《星期六晚上在远洋快轮上……》"两小时。不过我十分理解。她利用平躺的姿势傲视她的一生和命运。看法自然是悲观的。从圆拱餐厅下楼时我对她说:"您看上去已经反省了您的生活。"她惊讶地望着我,模样天真地问道:"您怎么知道的?"我回答说,她一向如此,往往是生理的原因或与事情本身无关的不快所引起的。她承认我的说法,也承认她的沉思并不乐观,然后急忙转移话题。不过我还是获悉了几件小事,比如她因写中篇小说失败而灰心丧气,这证明她这次反思是很全面的,也证明她"意识到了这不是命中注定,而是她自己的行为方式糟蹋了生命"。我认为她也想到了她失去我是由于她的错,觉得不可挽回而后悔莫及,但她是带着一种被动的悔恨而自责的,所以在她看来,我是遥远的、过去的、有诗意的、无辜的。我为此高兴,为了塔妮娅,我祝愿她保持这种心境。

何况,她当时挺可爱,含有一种妩媚的温情和败花的柔弱(您知道她那套把戏)。我想她是很爱自己的,自以为优雅,感觉自己是朵败花而顾影自怜。她所有的姿势、所有的脸部表情都有一种过分甜蜜的湿润,确实有点儿滑稽。可叹哪,可怜的海狸,一个半月前我只会觉得他们①令人震惊。我们去了塞纳河桥下的河滨道散步。她几乎目不旁顾,不肯乘船,借口游艇不那么舒服,不如鲁昂河上的游艇那么和谐。这自然言之有理,但主要原因是她不乐意观光,这朵残败花朵的甜蜜忧伤像一块毛玻璃把她与万物隔开了。当时一艘船的白色艏柱正切入映着红霞的汩汩作响的水域,就在那片殷红的水面上,一只黑色平底小艇跳跃前进,要是您母亲在场,定会说:"这值得一看。"她却只注意到横扫天空的光线长刷,那是为博览会试验灯光照明。这倒怪有趣,但说到底,把圣日耳曼-洛克塞卢瓦钟楼照得耀眼夺目,仿佛涂上白生生的石灰,我觉得有点儿煞风景。

除此之外,巴黎确实迷人。多菲内广场看起来是片林下灌木丛,春天的气息扑鼻而来。我们穿过新桥,走过竖琴街和柴场街。妓院旁边的那家东方小餐馆很古怪,虽是暖色调却又显得阴郁。隐约听见从里面传出阿拉伯音乐和笑声。从一小角透明玻璃(其余都是彩绘玻璃类),我看见一张女人脸,相当好看;使我想起冷月婆娘②无血色的脸。我们走进巴黎圣母院对面的小咖啡馆,靠着柜台喝了一杯酒。当然,查佐感到累,我们回到蒙巴那斯,又在圆顶酒吧与斯特法诺波利肩并肩喝了一杯,然后我们回家。时为半夜十二点差一刻。她坚持要看我那篇骚文续写的十二页,我们便一起上楼到我的房间。她读完便走了。本周六我还会见到她,带她去昂德鲁埃餐馆吃饭,既然她喜欢干奶酪,凑巧的话,我们将一起走走。我上床时心想,生活一番然后把见闻叙述出来,显然是不可能的,因为前述那位托马斯主义者使我联想多多,很想给您

---

① 指博斯特和奥尔嘉·柯萨凯维契(查佐里奇)。
② 友人安德烈·吉拉尔之妻的绰号。

写下来,但显然做不到,不得不限于简单地陈述事实。想想看,我已经写了四页,该向您陈述一整天才行,可现在已经七点十分了。

今晨我精心地刮胡子,趁您不在,好在此无法无天。突然见到您的小车夫帽,心中一震,因为本以为您带走了。当时有点儿觉得好像您回来了。况且在您的房间里有许多东西鬼头鬼脑的,当然是您闹的鬼。知道吗?所有属于您的东西都叫我动心。类似于使未开拓的存在和无生气的存在具有生命。这两者极其相近,说起来很美妙,其实是很荒谬的,因为您的物件使我产生的激动和您真实在场使我产生的激动,其类别是不同的,是不同的存在,是您的一点点部分变成了物。那您会问为什么不是喜剧性呢?也许与喜剧性沾边。再说,就算我言不由衷吧,只限于简单陈述事实吧。

下楼取信,邮件格子自然没有您的信,也没有塔妮娅的信,空空如也,只有波朗的一封短笺,抄录如下:

先生:

我将很高兴与您见面,迫不及待地拜读您许诺的中短篇小说。可能的话,请近日抽个傍晚来法兰西杂志社一趟,例如明天(星期四)下午六点,或星期五四点也行。我将恭候您。

祝您快乐!

让·波朗

我觉得信挺热情,刻作复的。博斯特星期二把信从邮局寄出,他(波朗)星期三就回信了。信是他亲笔写的,他的字迹怪怪,好像是一个个字母描出来的。我本想今天就去,但玩具娃娃只打印完《厄罗斯忒拉特》和《墙》的一半。所以我将于星期五下午四点带去打印的三个中短篇,玩具娃娃今晚要忙一阵了。我给您抄录波朗的信时,觉察到这封信也许已经包含一种回答,因为有"我将恭候您"。但算了吧,我就说今天正好不在巴黎。

见到德·鲁莱。他讲了些有关奥兰小姑娘的小故事,毫无新意。他读了我的这些中短篇小说,自然喜欢《迷惘》和《厄罗斯忒拉特》胜过《墙》,"因为在《迷惘》中研究了含义,在《厄罗斯忒拉特》中探讨了人道主义"。他搞错了,可怜虫,错以为厄罗斯忒拉特是个令人同情的人物,并带着这种感觉给奥兰姑娘朗读了其中一些段落。她听后自然说:"厄罗斯特拉特坏透了。"德·鲁莱很狼狈,退却道:"这是对一个病例的研究。"他谈到您的几篇短篇小说①,他非常喜欢利莎和勒内,但讨厌安娜,"当然我非常喜欢海狸的才气"。以下是他的责难,维纽太太的内心独白不错但太长。有些段落晦涩(我说晦涩是故意的,但白搭)。第一部分人物太多(他只读完第一部分,第二部分只读了一半),孩子也太多。博瓦耶夫人是编造的,野餐的人们落入了俗套,尚塔尔过分文绉绉,全是出于故事的需要,找不到您其他中短篇小说那种"干脆而遒劲"的风格。就这些。我想他的大部分指责没有意义,但不可否认,安娜毕竟像是您的骚文中最薄弱的人物。不过可以不管它,就让安娜这个样吧。

我一直待到一点半,给德·鲁莱上了一堂很长的课,讲价值相对论问题。我让他高高兴兴地留在月台上。明天晚上我与玩具娃娃见面,下周三跟他俩在德·鲁莱家吃晚饭。

我现在上了火车,没等他离开就自个儿写信。不管在什么地方,我都写信,我总欠着信债——欠塔妮娅一封,欠我母亲一封,欠拳击手②一封。对啦,玩具娃娃离开我时,笑容可掬。我去德莫里啤酒店午餐,一对法兰克福乳鸽、煎土豆、餐尾甜点。气氛亲切而抑郁,有两个家伙摆出权威架子高谈政治,一个软绵绵,一个神经

---

① 收集在名为《教权优先》的中短篇小说集中。——原注
② 拳击手,博纳费的绰号。

兮兮。软绵绵的老兄从梅洛-庞蒂那里贩来阿尔及利亚"火线十字架"①的论据:"在阿尔及利亚,干同样的活,付给法国工人十六法郎,而付给当地工人则是六法郎,确实如此。"静场许久,然后用严肃的、决一胜负的语气和很有分量的语调说,"这不,这不,叫你们震惊啦,引起你们气愤啦。这离谱吧?但确实如此。"停顿,"我跟你们讲讲为什么。"接下来的论断您一清二楚。

这段时间,我一直在改玩具娃娃打《厄罗斯特拉特》时出现的错误。我四点离开,步行时完全被巴黎陶醉了。我到旅馆找《卧室》手稿,查佐大概把它放在我的格子里了。手稿确实在,还有一封塔妮娅的信和您的信。您的信很短,可爱的海狸,但那么怡然自得,读来让人喜悦。塔妮娅的信很长,同前一封差不多长,很有意思。这姑娘似乎属于懒得动脑子的聪明人,但相当值得注意,因为她的每封信都比前一封有进步。待我复信后立即把它寄给您。想到查佐送回我的骚文时见到她妹妹的信,我有点儿担心,她见到罪证可能再度怒火中烧。我惴惴不安,却很高兴收到了信和查佐怀着"最诚挚的敬意"还来的手稿,因此我忘了从钥匙板上取六十五号钥匙便上了电梯。到了楼上当然进不了门,又懒得再下楼,于是把自己关在公用厕所里静静地读两封信:灯光照明不错,又是坐着的。之后,我再次下楼,去圆顶咖啡厅工作②。

可爱的海狸,还得给您讲一讲马德吕斯③下午六点来圆顶找我,对我讲了些奇怪的话,比如:"上帝在创世后便自杀了,这就是

---

① "火线十字架",右翼老兵协会的名称,于一九二七年成立,原限于第一次世界大战受伤立功的老军人参加,包括阿尔及利亚老兵,后来成为左翼政党,一九三六年改名为法国社会党(P.S.F.)。
② 萨特一生大部分著作都是在咖啡馆里写成的。
③ 马德吕斯,洁洁的一个朋友。——原注

我的出发点。"这个糊涂蛋与卡特莱①相比,除了患癫痫风的优势,别的一无所长。我对他非常冷淡。我恳求您,别责怪我将此插曲点到为止,别怨我"从来不谈马德吕斯"。不如想一想现已深夜十一点十分,我还在诗意盎然的小咖啡厅,为的是写完这封信,而此时我已困死了。想到您回来之前我将给您写的信的页数,简直头都晕了。因为非常爱您才如此嘛。

四月三十日　星期五

我迷人的海狸:

今天本打算给您写封很悠闲的短信,没有什么事,就几句亲切的话,一些泛泛的对尘世的思考,但看来书信的劳碌还得继续。悠闲不了,还得陈述事实,因为我在新法兰西杂志社度过了一下午。请允许我把在拉昂度过的上午和旅行略去不谈,作为交换,我直截了当告诉您,《忧郁》②可以说是被采纳了,而且波朗先生要把我的一个短篇刊登在《新法兰西杂志》上,另一篇在《衡量》上发表。现在我开始写发生的事情。如有可能也很想给您解释我在那里面处在怎样奇怪又特别愉快的状态,但陈述我的心境大概不行,因为时间少得可怜,晚九点与玩具娃娃见面。

事情是这样的,我下午三点差二十分到达巴黎北站,博斯特在等候。我们乘出租车,我先去旅馆取《厄罗斯特拉特》。接着我们去圆顶与玩具娃娃会合,她正在校对其他两个短篇:《迷惘》和《墙》。我们三人齐动手,四点正校对完毕。我把博斯特留在小咖啡馆,就是您忧伤地去法兰西杂志社取退稿的那天我等您的那家咖啡馆。他唯一的消遣是眼睁睁望着马丁-舒费埃太太,一头高

---

① 菲力普·卡特莱(1733—1796),英国十八世纪航海家和船长,死于一七九六年。他发现了太平洋的赤道地区。

② 后来正式出版时定名《恶心》。

大的母山羊。我堂而皇之地进门。七个可怜虫在中二层等候,其中有布里斯·帕兰①、伊尔什、西利曼。我向一个操作桌上放好几部电话的婆娘说出自己的名字,表示求见波朗。她拿起其中一个话筒,报了我的名字。接电话的说让我等候五分钟。我找了个角落,在一张厨房小椅上坐下等待。我看到布里斯·帕兰走过,他似乎瞥了我一眼,不像认出我的样子。

我开始重读《墙》,一则为消磨时光,再则有点儿为自己鼓劲,因为我老觉得《迷惘》挺差劲的。一个潇洒的矮个儿先生出现了。耀眼的衬衫,领带别针,黑色上装,条纹长裤,护腿套,稍稍后倾的圆顶礼帽,红红的脸、锋利的大鼻子,冷峻的眼睛。原来是于勒·罗曼②。放心吧,不是一个与他相像的人。首先他到那里去而不去别的地方是自然的;其次,他自报了姓名。片刻后,大家把我忘了,电话婆娘从自己的角落出来坐下,问剩下的人中的一个要火,他们谁都没带火。于是她站起来,放肆地问:"喂,你们四个大男人,都没有火吗?"我抬起头,她瞧瞧我,犹豫地说:"五个。"接着问道:"您在那儿干什么?""我来见波兰,不,波朗。""唉,还不上去。"我于是爬上两层楼,见到一个晒黑的大个子,浅黑的小胡子正逐渐变成灰黑色。他穿一身浅色服装,有点儿肥胖,看上去像巴西人。这便是波朗了。他把我引进办公室,说话声音优雅,带点女性的高音,使人感到愉快。我在一把皮扶手椅上正襟危坐。他马上对我说:"关于信的误会怎么回事儿?我不明白。"我说:"误会原因在我,因为我从来没有想到要在杂志上发表。"他对我说:"是不可能,首先这太长了,我们要登六个月。其次读者到第二次连载就晕头转向了。不过作品很出色……"接连好几个褒义形容语,

---

① 布里斯·帕兰,哲学家,尼赞的朋友,加利马出版社的特约审稿员。——原注
② 于勒·罗曼(1885—1972),法国作家,代表作为《善意的人们》。

您想象得出来,诸如"具有鲜明的个人特色"等等。我非常不自在,因为心中暗想:"他接下来定会觉得我的中短篇差劲。"您会对我说波朗的判断不重要。但他若觉得《忧郁》精彩可能让我好不得意,他若觉得我的中短篇差劲,就会叫我心烦。会见时他还对我说:"您熟悉卡夫卡吗?尽管有种种不同,在现代文学中可与此媲美的我看只有卡夫卡了。"他站起身,给了我一期《衡量》,对我说:"我打算抽您的一个中短篇给《衡量》,自己留下一篇给《新法兰西杂志》。"我说:"这些中短篇有点儿……呃……呃……猥亵。我几乎触及性的问题。"他宽容地微笑着说:"对此,《衡量》是非常严格的,但在《新法兰西杂志》上我们什么都登。"于是我对他讲我还有其他两篇。"好呀,"他喜出望外地说,"给我拿来,这样我可以挑选,以便调配杂志的期数,是不是?"我一周后将给他送其他两篇去,假如我的密集通信不妨碍我写完《卧室》。他接着对我说:"您的手稿在布里斯·帕兰手上。他不完全同意我的意见。他觉得有些冗长,有些段落晦暗。但我不同意他的意见:我觉得必须有阴暗段才可更好凸显鲜明段落。"我恨不得钻地缝。他又补充道:"不管怎么说,您的书肯定采用。加利马不可能不采用。不过,我先领您去见帕兰吧。"

我们下了一层楼,正好碰上帕兰,他现在长得很像贡斯唐·雷米,简直会叫人搞错,但他比较开朗,毛发更多。"这就是萨特……""我猜到了,"他热情地说,"再说只有一个萨特。"他马上与我以你相称。波朗上楼回到自己的办公室。帕兰领着我穿过一间吸烟室,里面摆满皮椅,坐满了人,他领我到花园平台,有太阳。我们坐到白漆木椅上,面前一张白漆桌子。他开始跟我讲《忧郁》。很难给您复述他说的详细内容,大致如下:他读前面三十页时认为,嗨,呈现的人物像陀思妥耶夫斯基的。应当照此继续下去,他会遇到不寻常的东西,因为人物处在社会之外。但第三十页之后，他感到失望，对一些太阴暗的东西，民粹主义之类的东西感到不耐烦。他认为旅馆那个夜晚太长（即有两个女招待的那个夜晚），因为不管哪个现代作家都可以写这么个旅馆之夜。维克多-诺瓦林荫大道那段也太长，尽管他觉得男女人物在大马路上吵架"挺好的"。他不喜欢自学者，觉得这个人物太平淡、太漫画式。相反，他非常喜欢以下段落："恶心"，"镜子"（人物照镜子自惭形秽），"艳遇"，啤酒餐馆里的脱帽致意和寻常百姓的对话。到此为止，其他未读。他觉得体裁不妥，认为我若注重把民粹主义部分与"幻想实体"部分相粘连，那么日记体裁就显得差一些。他希望我尽可能多地把民粹主义的东西删去：城市，乏味的东西，有些句子，比如我在韦兹利兹啤酒馆晚餐吃得太饱，以及一般"粘连"。他挺喜欢德·罗尔邦。我对他说："不管怎么说，从星期天日记开始就不再有'粘连'了，只有恐惧、恶心，发现存在，与自学者谈话，偶然，安妮以及结尾。"他说："这里，如果我们认为可以给青年作者的书变动某些东西，我们习惯于把书退给他，是为了他好嘛，让他做一些修改。但现在知道重搞一本书有多难哪。你瞧着办吧，如果为难，那就不退稿，我们会做决定的。"他有点儿卖老，十足的"小老大"。由于他有事，我便离开他，但他说等他完事就请我跟他喝一杯。我于是去逗逗小博斯特。由于一时疏忽，我手上留着《忧郁》手稿，进咖啡馆时，故意一声不吭往桌上一扔。他瞧着我，脸都有点儿发白了。"被拒绝了。"我对他说，一副可怜相，假装不在乎的样子。"是吗？为什么？""他们觉得这既平淡又讨厌。"他吃了一闷棍似的呆着，于是我向他和盘托出，他高兴得什么似的，真可爱。

稍后我又把他撇下，去跟布里斯·帕兰喝一杯。关于在渡船街小咖啡馆进行的谈话就免述了吧。布里斯·帕兰还算聪明，仅此而已。这位仁兄对语言的思考倒跟波朗相似。这是他们的事。您知道那个花招：辩证法只不过是些连篇空话，因为词义是挖掘不尽的。然而,一切都是辩证的,等等。对此他想做篇论文。我与他告别。一周后他给我写信。我在双怪咖啡馆重新找到博斯特便走了,趁着天晴日丽,我们一直步行到蒙巴那斯,他才离开我去会查佐,因为她周一去莱格勒。我来这里先看到辅导生和女喇嘛①衣冠楚楚地坐在我对面一张桌旁。我过去跟他们握手,说六句话就差不多漏嘴三次。一小时后,佐罗穿一件古怪的黄衬衫,戴一条布满鸟儿的红领带,出来向我问候。他声称对我们怀有深厚的感情,只是他的工作和家务忙得脱不开身。他住郊区自己家,在克里姆林-比塞特。五月份肯定不回旅舍了。他星期天晚八点一刻带着钱去您家,但不巧得知您刚离家去里昂车站了。我跟他约好下星期天四点半在沙特莱见面,一起散步。

哎哟,我的宝贝,写完了。现在我要去见玩具娃娃。您周一的长信没有丢失,我今天上午在拉昂找到了。真叫我喜出望外。我强烈地爱恋着您,但绝对没有时间写心境了。假如明天异乎寻常地没事,我将给您发一封短短的"内心风光"型的信,可爱的海狸,因为必须给塔妮娅写信,也很想尽快结束我的短篇小说。此外,从中午到四点,我跟查佐外出。

我爱您。想到这封信会使您高兴我也觉得高兴。至于修改《忧郁》,当然等您,我们将一块决定怎么办。

这是星期六的信,但我是星期天早上写的,因为我昨晚没有时间。我有不少小故事要给您讲。首先,亲爱的宝贝,要知道我十分担心您。怎么又病了?如果不见好,我求您去马赛找个好医生,价码高的。您那位二十法郎的医生我认为根本不管用。再说我认为您远足太多,有些不谨慎。医生太太说,这诚然不会损伤您的肺,

---

① 指马厄的妻子。

但会劳累您的心。我为自己远离您而感到难过和焦虑。把信给您寄到拉加德-弗雷内我也感到为难,因为您也许不得不滞留博姆。不过在这种情况下有个窍门,您不妨把信址留在拉加德,让人把您的邮件返寄给您。这样我就继续往那边寄信。我有好些小事要告诉您,这里只提一下,晚上再详述:

1. 晚上有玩具娃娃做伴。瑞典人与季洛杜的故事,很有趣味。

2. 星期六下午与田园诗般的查佐在一起。她十分温柔,我竟敢对她说:"您记得您在我面前曾局促不安,因为您不能跟我谈论博斯特。而我呢,尽管情况很不相同,但跟塔妮娅也是这个样子。"她说:"我也有同感,真希望慢慢会过去。"并且主动跟我谈起她妹妹的小花招。她明天离开。待告。

3. 七点会晤喇嘛半小时,谈尼赞跟西蒙娜·泰里的破事。待述。喇嘛荒诞无稽的独角戏,我将一段一段地向您复述。

4. 昨晚无事,精心给塔妮娅写信,直到一点半。

5. 今晨见到小博斯特。出门时见到洁洁写来的一封古怪而绝望的长信,现寄上。

6. 图卢兹来电。周三晚见她,这样就不见玩具娃娃和鲁莱了。

7. 我已囊空如洗,因为您母亲一文钱未汇来。请写信或电报催她速汇。

温柔的海狸,我十分焦虑又强烈地眷恋您。请电报告知您的消息。如果您依旧不适,如果您需要我,请告知,我下个周五就去您那里。

我爱您。今晚再写。

五月二日　星期日晚

我迷人的海狸:

您病了,我非常难过,很想知道更多的病情,而明天早上去高中取的信肯定是前些日子的。稍使我放心的是,毫无疑问,肚子与肺部没有关联,至少如此。也许只是肝有点儿毛病。要吃好,但要注意节制。我想后天会有您的消息,肯定会有更好的消息。我非常依恋您,此时给您写信,想到您也许正不舒服,我真的很难受。我在拉昂,在诗意盎然的咖啡馆,是晚上十一点。

由于明天肯定不会有新鲜事向您报告,不妨把事情分开写。今晚写周五晚上与玩具娃娃在一起的事情和周六上午直到查佐到达。明天再讲周六晚和周日。

周五晚我写完信离开圆拱去圆顶。洁洁已在那儿,坐在软垫长椅上,面前摆一盘麦片粥。玩具娃娃在她对面,用屁股尖坐在一把椅子上,表明她与我要单独外出。洁洁脸色很差,目光灼灼。我们交谈了几句,玩具娃娃不加掩饰地拿起放在桌上的手套和提包,我觉得先走一步不算失礼。于是我向洁洁告别,站起身,带她一起走了。

玩具娃娃给我讲一则相当精彩的故事。是这样的,周一下午,她回家很晚,发现瑞典人在等她。"我见到季洛杜先生了。"他说。"季洛杜?""是的。他来见您。他敲门,我让他进来。他发现我在您家,样子很惊讶。我对他说:'我认识您,很欣赏您的作品。'他很潇洒,正如我所想象的,等等,等等。"玩具娃娃赶紧打电话。季洛杜在家亲自接电话,声音彬彬有礼,听到请他翌日去她画室,答道:"小姐,您说您的画展会延展到明天上午。太好啦。我明天上午一定去。"又客气了几句便把电话挂了。第二天上午,他顺利驾临,把汽车停在街角,有如我们那天瞧见的从妓院出来的家伙。她请他入室,他拥吻她。她要让他看画,他也同意细看,但搂住她的肩和腰肢。"我表现得十分冷漠,"她对我说,"他假装多情,又装不像,手足无措。"他细看屋里的每个物件,神态用心而亲切,留心对每件作品说点什么,诸如这样的话:"瞧,是玛丽-克莱尔吧!我还不知道有玛丽-克莱尔肖像呢。新作。您接待玛丽-克莱尔,亲爱的?"他看完存画,把玩具娃娃拉到长沙发,搂抱她,她对我说:"我冷若冰霜。"吃饭的时候,她问季洛杜对瑞典人有何想法。"什么瑞典人?""嗨,就是昨天接待您的呗。""我什么人也没见着啊。我只是把名片塞进门缝便走了。"玩具娃娃无恶意地笑开了:"我想瑞典人偷走了名片。如此说来他确实知道您来过。他也许会把名片派这样那样的用场。"于是她讲了瑞典人的故事。季洛杜满脸阴沉。她对我说:"怎么样?矮兄,称得上是个有趣的故事吧?当时,他什么也听不进去。我不得不长话短说。"等她讲完,他语气严肃并略像诉苦般对她说:"亲爱的,为了这张访问名片,我真的好心烦,求您啦,要千方百计把它弄回来。"她答应了。他站起身,不大放心,离开时有点儿焦虑地问:"我脸上没有口红吗?"我对玩具娃娃说:"他来您家就像进妓院,有两种情况,二者必居其一:抑或他把您当作有点儿轻佻的女子,因为三年前您对他说喜欢他。那么他老糊涂了,因为他应该懂得三年中您必定变化了,必定移情别恋了。抑或他以为您对他情深意笃,三年中一直等着他的惠顾。在这种情况下,他无耻地把您当妓女对待。"她赞成我的说法,气愤难平。我又加一句:"下次您干脆把他撵走。""是的,"她对我说,"我会客气地对他说:您仅为此而来吗?"听说瑞典人一口咬定见到了季洛杜,并跟他说过话,而季洛杜在否认见过瑞典人时表情尴尬,有点儿可疑。

  圆顶咖啡厅座无虚席。我们坐得离黑弥撒主教不远,他喝醉了,嗓音洪亮。一时间他站起身,我瞥见另一个喝醉的人跟跄着抓住他的上衣,恶狠狠地向他讨根香烟。我抬起头,但见主教肉团团软塌塌地像个包裹让人摇晃,一边用生硬却不大有把握的声音说:"记得有一个星期那个敲断你鼻梁的美国人吧。"我看得清摇晃他的那家伙的后背,他肩上有只活生生的猫,一只漂亮的暹罗猫。他转过身来,原来是查佐以前的俄语老师,苍白消瘦,头发灰白。他认出我,过来跟我握手,撇开那位衣冠不整的黑弥撒主持人。我问他:"您现在怎么样?""我遛猫呢,"他说着把头转向肩部,竭力舔咬猫腿。猫很可爱,不知畏惧,心满意足。女人们纷纷过来跟俄国人打招呼,抚摸小猫,然后各自散去。那个眼球突出的人也在,跟一个鬈发女人在一起,就是您觉得蛮好看的那个女人。她听着他的打趣放声大笑。似乎洁洁硬说突眼人就是曼·雷①。我根本不信。

后来,玩具娃娃走了。一会儿工夫,我看见德莫里咖啡馆空无一人的露天座来了一个男人,大胡子,瘸腿,人高马大,和一个矮个儿黑女人在一起,他们竟在两个目瞪口呆的警察眼皮下,把四张椅子和三张桌子排成一行,嚷着"嗨!嗨!"指使一条大黑狗从桌椅上跳过。之后,大胖男人发出一阵狂笑,如雷鸣滚过群山,女人把桌椅放回原处,他们仨:男人、女人、狗一起走了。我还看到一伙伙风韵犹存的老婆娘,几家咖啡馆,当然,还有一些妓女。最后,我走上快乐街时,听到身后有人放屁。很正常嘛,我没有回头。可是屁声接连不断,响屁滚滚,数以百计。我回头瞧放屁者,但见一个戴鸭舌帽的家伙,脸色苍白,一副病容,一双大手红红的。那家伙骂骂咧咧,责骂自己的屁:"有完没完啊,老折磨我,混蛋的屁,把我烦透了。"等等。他责骂屁时,屁就停了。但一旦不骂,屁声就变本加厉。他叹道:"把我折磨死了!"这事得相信是真的,咱俩才笑得起来。他肯定是疯了。拉加什②虽研究过幻觉中的呼气作用,但肯定没想到研究屁的作用。这令人发笑,但有点儿可怕,因为人难受,模样要多难看有多难看。我回房间便睡了。他从我面前走

---

① 曼·雷(1890—1976),美国画家、摄影师。一九二一年来到巴黎积极参加达达运动和追随超现实主义。后来成为美国最早的先锋派画家之一。

② 达尔尼·拉加什(1903—1972),法国医生兼精神分析学家。

过,边放屁边抱怨。我按旅馆门铃时,他对我说:"唉,您瞧我多遭罪呀!"

可爱的海狸,现已子夜,我要睡了。明天七点起床。我爱您。

五月三日　星期三

我迷人的海狸:

今晨在旅馆收到您五月一日来信,叫我大喜过望,因为我得悉您的病已治愈——天知道是一种什么病。不过您漫不经心地谈起您走二十公里,甚至不止这些,再往下走,您就不统计了。疯子海狸,不该这样,完全不应该。而应该早晨走五公里,傍晚再走五公里。否则就成了气急的海狸,缺乏灵感,谁瞧得起呀。此外,您的信非常善解人意,非常温馨。我如痴如醉地爱着您,若说我没有蜥蜴来动情①,却有您的帽子、您的外套、您的种种小物件都可让我睹物生情。对您,我有一种不可告人的需要,当然未明言,但无时不在。这构成我几乎一贯的喜悦状态,高潮时我觉得拥有某种不可或缺的东西,应有的就该有。这就是你们,可爱的海狸。寄信的事,您傻得不能再傻了。我把这封信寄到圣拉法埃尔,但还没有收到您通知我应当把信写到圣拉法埃尔的那封信,那信应当是四月三十日发的。天知道您把信寄到哪儿啦。不管怎样,把信写到拉加德-弗雷内才可让信追上您。您若今天从拉加德-弗雷内出发,放心好了,您出发后肯定能收到一包信件:我周日已寄往那边三封信,周二会到,其中包括一封洁洁的信、一封塔妮娅的信和一堆有趣的小故事。由于您收到这封信先于其他三封,特此说明我这里叙述的是周六和周日的事。

星期六我自愿早早起床,去圆拱给塔妮娅写信。尽管头昏

---

① 西蒙娜·德·波伏瓦给萨特的信中提到,她远足时因看到蜥蜴而激动。

脑涨,我硬是写了一篇很长的论述文,探讨忠诚问题(既然她问我是否喜欢彼此忠诚,并问我如何理解忠诚),文章写完了,却没有寄出。中午我去圆顶找哥萨克人的女儿①。她来了,当然如田园诗般美妙,依然满面愁容(生活一事无成等等)。她恢复甚至发明了许多迷人的面部表情,我甚至觉得同情她了。这是一个重要的反证,一种厚道的同情,一种叫人感到愉快的同情。只不过使我的举止和声音变得柔和。不幸的查佐气恨难平,不仅一事无成和极度头痛(我认为是营养不足引起的)使她如此一蹶不振,而且有更糟糕的原因:她在博斯特的房间里也发现了一只臭虫,定要马上退房离开剧院旅馆。但又心如刀绞!旅馆是那么宜人,老店主太太又那么喜欢他们。查佐因情不自禁地厌恶臭虫几乎感到问心有愧,但不管怎样,她的厌恶还是占了上风。不过,新的困难使她陷入焦虑:前一天博斯特和她跑遍了蒙巴那斯所有的旅馆,却没找到房间。我严肃地给她描述了形势,说明该区所有的旅馆因博览会而被抢订一空。她起先不肯相信我的话,后来气馁了,因为她从来不相信有集体奇观,除非就发生在她眼前。最后我们决定去戈布兰街区找旅馆。住在德莫里啤酒店旁边,又离穆夫塔街很近,这个想法显然吸引了她。"再说,夏天,距离显得比较短,我离蒙巴那斯比较近。"她说。由此证明对她而言,炎热反而使物体收缩了。

  我们在圆拱餐厅二楼吃午饭,她吃得很好,有点儿撑得扭来扭去了:一份汉堡牛排、两份生菜和一份柴郡干酪。我点了吐司辅炒蛋,猪肉香肠土豆衬酸菜和甜食。她给我讲述一部动画片,谈论我的骚文,我把文章给她看了(您还未过目),她非常高兴。我呢,给她讲述了与波朗的会见。她注视我的头发,笑容可掬,因为在她看

---

① 指奥尔嘉·柯萨凯维契。

来,我完全像我自己了,说我给了她一个完美的印象。丽日当空,我们顺着王港林荫大道往下走,她询问各类旅馆,都让人家无礼地轰了出来。没有空房,一个女人当着她的面把戈布兰大街一家旅馆最后一间空房夺走了。之后,她自然犟脾气又发作,不乐意继续找了。于是我们去街左角的德莫里啤酒馆,凭窗而坐喝一杯。店里空寂无人,美丽的红棕色墙纸在阳光下闪闪发光。屋外正唱《国际歌》,空荡荡的啤酒馆和此起彼伏的歌声,给人一种十足的节日印象。就在这当儿我对她说:"有些事使我为难。能说吗?""行,说吧,眼镜蛇。""好吧,我觉得现在咱们一切都理顺了。您是否记得今年一月份您很为难,因为您不能对我启齿谈博斯特。今天轮到我为难了,尽管情况完全不同。因为我无法启齿跟您谈塔妮娅。"她立即显得十分诚恳,毫不虚伪地对我说:"是的,当时我很为难,但我希望随着时间的推移,会过去的。"接着聊了一会儿其他问题,突然她脸发红,挠头皮,揪头发,说道:"我想……关于塔妮娅和我母亲……她给您写信说家人要把她嫁出去吗?"我回答:"她信中恰恰说起'我父母打我的主意,他们的计划叫我烦透了'。"她接着说:"就是那年轻人,小个子鸡奸者。听说他跟着母亲老上我们家。塔妮娅刚给我写信说的。我母亲很谨慎,但她显然对他们母子有好感。塔妮娅火透了。"然后她开始详细描述那个年轻人:平庸,穿着讲究,有一星半点讨人喜欢,因为他的穿戴有点流气,还因为他舞跳得好,有点儿像流氓。塔妮娅和他在莱格勒一家茶馆闹过丑闻。

过了一会儿我对她说:"您对我说这些是否有点使坏?"她真诚地表示遗憾,对我说:"不是的,我向您发誓。您怎么能这么想呢?那个年轻人什么也不是,等于零。我若使坏,会找到更好的办法。"我还告诉她,我与她十分痛苦的那次会晤的晚上,我恨她了,因为我认为她使了坏,有意让我和塔妮娅闹翻。她心平气和地答道:"有时候,眼镜蛇,您简直疯了。您怎么会认为我会搞这种名堂呢?"然后我们谈其他事情。我非常亲切,对她说:"您知道,雅罗斯劳,我想要您继续成为我最好的朋友。"我们俩都有点儿动感情。结果是,抑或她掩饰成功了——我不说已完美无缺,因为这是意料之中的,但确实如此——抑或涉及这档子事她已平心静气了。是因为她没有认真对待,还是因为她觉得对她说来没有丝毫损失,既未从她妹妹那里失去什么,最终也没从我这里失去什么?第二天我自然问博斯特,她回到他身边时怎么样。他说她看上去很快活,谈起我时眉飞色舞的。

我离开她时是下午六点,然后去问候那位难以接近的夫人,我见她在房间里乱翻乱折腾,因为她第二天要同回力球①去拉普埃兹。从客厅传来几个男嗓音,时而与一个女嗓音交替。那位夫人低声对我说:"那是喇嘛婆和喇嘛,他们从三点半一直待到现在。您不能不去见见他们吧。吉尔也在。"片刻后,我去客厅。喇嘛从伦敦回来找他的妻子和儿子。我见他的儿子,个子高而苍白,有着普鲁斯特的眼睛和响亮的嗓音。他六岁,很爱父亲,先打他的双手,后狂热地亲吻,专挑拇指和食指之间的那块嫩肉咬得满满一嘴。喇嘛扮演父亲的角色,用他那双长手搂住儿子,用温和而严肃的声音跟他说话,当儿子跟他说话时,他把头微微掉过去,侧耳倾听,就像隔墙偷听。他立刻找到了最能体现父亲的语气(完全不是祖父的口气。要不然就有失分寸了,尤其是对赋予他权利和游戏手段的地位太无知了)。他已经巧妙地把理性主义的解释和虚辞谎言定量搭配,前者可以启发理解力,后者被用到儿童头脑能接受的地方。我们围着他,听得目瞪口呆,那是一场精彩的演示。他

---

① 阿尔贝·莫雷尔的绰号。——原注

甚至把儿子扛在肩上,郑重其事地在屋里转圈。布迪①在一旁跳跳蹦蹦,面颊绯红。自从吉尔回来,我就成了微不足道的东西。她似乎因吉尔外出时跟我要好而暗暗怨恨我。马厄走近她,用手指着我对小姑娘说:"这是你爸爸。"她轻蔑地哈哈大笑,高声道:"不,不是他!"

喇嘛夫妇想请我吃晚饭,我借口有约谢绝了。其实我没有什么人要见,只不过要给塔妮娅写信。但我还是陪喇嘛坐出租车到他老婆的女裁缝家。在那里他对我说,离开伦敦的那天早上,他遇见一个戴眼镜的矮胖子:"他就是尼赞。他毫不拘礼地对我说:'你好,学弟,八年没见到您了。'说话的口气就像昨天才离开我。"他觉得尼赞跟在高师时一点也没变,只是肉体更软塌,更松弛了。尼赞来伦敦调查罢工和加冕礼。您听说尼赞当了《今晚报》总编辑吗?阿拉贡和布洛克②是社长。"我领导一家报纸,发行二十万份。"他对马厄说,高兴得像孩子似的,满意得直搓手。马厄对这种冲昏头脑的得意很反感,认为他年轻时的冲劲犹存。马厄更乐意他多一点傲慢,有一种疲乏和厌倦的神态。至于喇嘛自己,我就不给您描述了,我有更好的办法:把他的独白逐字逐句笔录下来就足够了。他定要用出租车送我,问在何处让我下车。我对他说布列塔尼王家旅馆,他便请司机在快乐街和迪曼纳大街相交处停车。然后转向我:"咱们走一走吧,我的同学。我不再到室外散步了,除早晨跟德·博布尔亲王在他府第的花园里。"我对德·博布尔的名字没有把握,因为他漫不经心地吃掉了一些字音,就像有些人嚼口香糖。"嘿,老同学,"我说,"我不熟悉皇亲国戚,看来你和他们有不少交往哇。"他说:"那是一位真正的亲王。他的家族在十

---

① 布迪,阿尔贝·莫雷尔的姊妹莫普斯的女儿,时年六岁。——原注
② 让-理查·布洛克(1884—1947),法国左翼作家,曾领导《欧罗巴》杂志多年,是法共文化名人之一。

三世纪十字军东征时建功立业,十八世纪晋升亲王。这是个我很喜欢的人,他有点儿老糊涂,但气质非常高贵。我喜欢他,因为有一种相似,——你瞧,理由很不充分吧——因为他很像丰唐日公爵①。所不同的,也是我非常赞赏的,是他跟我谈打猎却不谈马,因为我对马一窍不通。"

就这些。往快乐街下端走时,他自我陶醉良久,因为我们大家都是万变不离其宗,我们的命运一开始就量体裁衣般地上了轨道。"拿布瓦万来说吧,"他对我说,"他得了肛门癌,快不久于人世了。医生们已定为不治之症了。他一星期来办公室一次,老站着,坐下时,只坐半边屁股。瞧,当上让·宰②的办公室主任,却因肛门而死去,不是他的命运是什么?"他又谈到其他一些老同学如尼赞等等。"啊,生活,学弟,"他下结论说,"生活远远超过所有的小说。"

我与他分手后去贵宾咖啡馆,从晚八点到十一点不停地写,除稍微看了看周围种种不同风貌的人们。十一点去圆顶把信写完,直到半夜一点半。我身旁一个苦出身的妓女着魔似的跟一个单身汉瞎聊。"我这么对您说吧,"单身汉对她说,"您儿子成年后什么都会有的。""得了吧,"她说,嗓音响亮却发颤,"既然我跟您说了,这是写在纸上的东西。我想怎么说就怎么说。我把一切都寄托在他身上了,但我坚持要他二十一岁得到一半好处,另一半二十五岁时得到。这是注定的,告诉您吧。""没有什么注定不注定的,"单身汉在行地说,"问题在于他将来是否通情达理。假如他通情达理,那他什么都弄得到手。喂,您儿子有几个父亲?""他只有一个呀。"妓女答道。"他叫什么名字?""他叫我的屁股先生。"她发火了。

---

① 丰唐日公爵,法王路易十四的宠妃丰唐日公爵夫人的儿子。
② 让·宰(1904—1944),法国政治家,时为激进社会党议员,人民阵线政府教育部部长。

我回家时，看见一个醉鬼谩骂两个警察。"滚开！"警察吼道。"把我抓起来呀，"醉汉道，"可我是公民，我决不在警察面前退缩。"于是他们推推搡搡地把他往前轰。醉汉被推着向前走了几步，又转身用手指指着警察，时而说些友好的话，时而说些威胁的话。春天的巴黎迷人之处，就在于发生多如繁星的小把戏，处处可见小事端，尤其半夜一点钟。在结束今日的记叙时，还应当告诉您图卢兹往我旅馆打电话，由于我不在，她关照让我回电。我离开喇嘛后于八点打了电话。她想第二天就来看我，但我说我不在，星期三可以见她。她没说别的。提到内古斯①，她很严厉，我只好赔小心。我曾答应周三捎给她，但做不到，连付拉昂旅馆的钱都不够了，真弄不明白怎么七百五十九法郎就难倒人了。快让您母亲给我寄六百法郎，她忘记给我钱了，这个臭女人！以下是我的账目：还那位夫人六百法郎，付布列塔尼王家旅馆六百二十八法郎，给拉昂那边的旅馆分期付掉六百法郎，给查佐一百五十法郎，又补给她二十法郎，给您妹妹二十法郎，共二千零十八法郎。我还剩下八十法郎和一些零币。差额部分我花掉了：四天花二百法郎，即每天花五十法郎。我问心无愧，却没钱预订火车票了。

现在说说星期天吧。博斯特九点半来旅馆找我，一起去圆拱吃早饭。我下楼时收到您的一封信，说您肚子痛，可怜的好海狸，还有一封洁洁的信，我已经寄给您了。夹在星期天的信一起寄出的，万一您未收到，我再讲给您听，无非是些呼救的事，长达六页半。诸如："我完蛋了，糟糕透了，只有对您才能诉说"等等，不一而足。其实在她这封信中，什么新鲜事也没有，叫人有点儿难过的，倒是她还从来没有这般消沉，她太自尊，现在居然求救了。我一会儿给她写信，周五晚上见她。博斯特和我一起瞎逛，在一家小

---

① 内古斯，原系埃塞俄比亚皇帝的称号，此处指一种名贵的巧克力蛋糕。

咖啡馆见到乔治·伊扎尔①,完全秃顶了,跟妻子在一起,她是个难看的高个儿女人。我们装作互相没看见。博斯特亲切随和,理所当然。他今晚乘八点二十分的火车来拉昂,打算一直待到星期三。下午四点半去父母家。我过去看看,因为他们依然如故。午饭(猪肉香肠土豆衬酸菜和餐尾甜食),布洛涅森林散步,卡特朗草地茶室饮茶。我说,明年写篇长文评论于勒·罗曼,好好修理他。"你抨击大腕,"我母亲担心地说。我想当时给她的印象恰似一只小凶狗,无端跟在一条高大的牧羊犬屁股后面狂吠。五点差一刻,我在普莱埃尔剧院大厅等佐罗,而不在沙特莱剧场,约会地点换了。他客客气气来了,向我解释他的行为。他说……

我的好海狸,今天就写到这里吧,我的手指都痛了,写得太多了。明天一定写完。

宝贝,我饱含温情地爱您,热烈亲吻您。好好玩吧,但要谨慎小心。

星期三

我迷人的海狸:

应当承认,我昨天没有写信,不是因为小博斯特,他确实在,但和平常一样,不打搅人,是因为骚文使我一整天专心致志。进展顺利,好不容易这回顺利了,我想应当利用一下。恳请原谅,温柔的小海狸,您想想吧,不管在什么情况下,我还是说得过去的,因为我总发很长的信,而且充满有趣的故事。不过以后我不会这样了。我非常热切地眷恋您,津津有味地跟小博斯特谈论您,装腔说您使我诚惶诚恐,您是个铁女人。

---

① 乔治·伊扎尔(1903—1973),法国政治家、作家,律师出身,著名杂志《精神》的创始人之一。一九七一年入选法兰西学院院士。

我还是把星期天的事情写完吧。我在普莱埃尔剧院见到佐罗,一起去阿尔玛广场的弗朗西斯咖啡馆喝一杯。他对我说,他一直对我们怀着深厚的感情。"我不认为你们憎恶我们,"我对他说,"但我想,你们决意完全革新你们的生活方式,必然要冷落你们在未改变的生活中见到的人。"他答道:"不完全如此,但我曾自问与强有力的人物在一起的愉悦是否有好结果,因为愉悦是自满自足的,不渴求别的什么东西。""亲爱的佐罗,"我说,"你要么疯了,要么是虚伪。"他笑了,换了种方式来表达:"一旦进入你们的圈子,就再也出不来了。"最终还是我所说的那句话。"如接受社会的这种观念,"我对他说,"会有许许多多人生活在与我们不同的各种圈子里,比如图卢兹或那位夫人,可我们跟他们相处好极了。我认为我们之间应当排除不同社会圈子的混杂和日常事务。但可以建立圈子之间的联系,哪怕有点儿表面文章。""我很高兴看到您如此考虑,"他满意地对我说"我跟你想到一块去了,联系是可能的。"

　　清除了亚历山大文化①之后,意味着他想要少跟我们见面,不掺和我们的事情,但他从未想过或现在停止想跟我们彻底断交。他英俊、健壮,日晒的黝黑渐渐消退的脸颊微微泛红。他依旧系着点缀着珠鸡的领带,品位并不高雅。他倒没有麻烦事。目前他想学十二个角色,但迎战鲁谢②的时间推迟到十月份了。他跟姐姐、姐夫一起住在克里姆林-比塞特,可姐夫完全疯了。他们到巴黎来玩的第三天,他带他们去看《尤利乌斯·恺撒》,去杜兰的化妆室,恳求引见他们并惠赠几张免费票。"不是因为买不起,"他说,"但我姐姐和姐夫会对这种友好的举动很感激的。"他问我这样做

---

① 即公元前三世纪至公元三世纪亚历山大城的希腊文化,此处喻指复杂的想法。

② 鲁谢,巴黎歌剧院经理。——原注

是否过分了。我当然说不过分,但我抱歉今晚不能去看图卢兹了①。我对查佐讲了当晚的事,查佐听了气得跳起来:"我觉得这像外国佬耍赖。"其实我跟佐罗只待了一会儿,就乘出租车满巴黎兜风寻找开门的药房,因为他为姐夫寻找一种镇静剂。由于这是麻醉品类的,他到处碰壁。于是他回到学校旅馆去偷有医生笺头的处方单(一个栗色头发的医生是该旅馆的住客),并且自己动手开好处方。我在瓦万街跟他分手,自个儿去贵宾咖啡馆等查佐。馆内已人头攒动,正像圆顶的顾客由于春天来临和博览会已变更一新,多为美国人,海明威类型的,其中有漂亮的姑娘,有富翁,他们偏爱酒吧座。露天座上有周日进城的乡下佬。查佐迟到了,但忧郁中透着绰约风姿。她陪我到火车站。末了她没能下决心离开她珍惜的剧院旅馆。博斯特和她,只不过怯生生向那婆娘唠叨了几句,却惹得她把他们狠狠训斥了一番:"有时候没准是你们把臭虫带进来的,什么臭虫不臭虫。"查佐满意了,决定周一去莱格勒,并且很快就回到剧院旅馆。我们乘出租车到北站,一路愉快;我们挥手绢告别。在巴黎的事就这些。

在拉昂很少有事要说。不过也有三件要叙述:

其一,鳃角金龟入侵。可厌可恶。这些异乎寻常的瘟生在地底下滋生和腌泡五年,第五年便成千上万破土而出,跃向天空。它们不会飞翔,便横冲直撞,扑打自毙,既愚蠢又可恶,天性使然,毫无疑问。现在是春天。周一晚上,金龟到处麇集,在我们房间里,在街上围绕路灯乱窜。我们不能从煤气灯嘴下走,因为金龟扑灯,自毙坠落,掉得我们满头满脸。小博斯特惊慌失措,尖叫着跳到一旁,竟把一条狗当作金龟了。至于我,回到房间,把雨衣放到一张

---

① 图卢兹当时已与杜兰同居,并参加演出。此话的意思是"我不能陪佐罗他们去看戏了"。

椅子上,等我一转身,雨衣滑下来了。我以为一个特大号金龟被撞落,差一点喊出声来。昨天和今天,同样的金龟,肚皮朝天,虫足僵硬,铺满街道,无一存活,我们路过踩上去,脚下咯咯作响。一天一夜死得光光的。我们又可太平五年了。

其二,小博斯特不露声色,给《巴黎晚报》写了一则启事,是这样写的:"具有社会科学专门知识的年轻人求职,不管何种职务均可。请寄修道院街十一号雅克·博斯特收。"

他希望引起自命不凡的女人们注意。他昨天一整天烦我,买了《巴黎午报》和各地出版的《巴黎晚报》,把隔夜的《巴黎晚报》也搞来了。他的启事还没有登出来。我劝他把启事转投《巴黎生活》。目前他挺温顺,已恢复了平静。我班上的三个姑娘遇见他,互捅肘部,发出笑声。

其三,公立中学内部有人密谋整我。一个叫讷沃的老下流坯(他有个欧洲最难看的老婆,一个多灾多难的女人),昨天上午把这事告诉了我。他卷进了一些对我不怀好意的秘密勾当。总之有个姓若利维的六年级教师,"一个帮派的头头,算个人物吧",老是对我不参加优秀生评选会议很不满。听说上次会议,即三月会议,有十来个人参加,当着校长的面发难:"我们有没有哲学教师?""真的有吗?""从来见不到他呀。"等等,他们互相推诿。我当然蒙在鼓里。昨天召开四月份的优秀生评选会,还得选举一位教师,在庆祝中学成立五十周年之际,代表全体教师在部长面前发表演说。(此事的内情是,拉昂中学的前教师布瓦万,让·宰的办公室主任,组织了此次部长来访,大概是为了让这些同事大吃一惊,他促使部长下决心来的。)而那老下流坯,哑着嗓,喘着气,一肚子难言的委屈(我不知道为什么),向我透露若利维和他那帮人,决定一致(他们是大多数)推举我,目的是刁难我,逼我出席五十周年纪念会,要我向宰部长致辞。他们的选择还有另一个原因,就是教育界左派推出了自己的候选人,一个姓莱格勒的一年级[1]文学教师。总之,我参加了优秀生评选会议,并正式得到通知,协助校长秘书统计选票。我做了手脚。实际选举结果是,我得了十一票,莱格勒也得十一票。但我给莱格勒计了十三票,给自己计九票。这样,将由莱格勒致辞。之后我便理所当然地走了。况且,我打算最近把若利维逼到一处无路可逃的地方,以踢屁股来吓唬他一下。但拉昂公立中学的全部内幕一下子就让我看清了。

可爱的海狸,就此搁笔,我要吃饭了。明天给您写封长信,叙述今晚跟图卢兹在一起的情况。我爱您。

又及,不必让您母亲为六百法郎担心了。她已把钱寄到拉昂了。

拉　昂

亲爱的宝贝:

先报告一个消息,定会叫您高兴:骚文采用了,合同要有了。现将今晨收到的信抄录如下:

亲爱的萨特:

我读完了《忧郁》。从一百三十多页即进入情节,我觉得很出色,有才华。所以我要建议采用,并希望最终将采用。但,如果你还有一丝可能修改,请尽量把书中不必要的删去一点:我觉得更紧凑一些的话,将是无懈可击的。至于我,我感到书中的至理名言仿佛是为我写的。

布里斯·帕兰

又及,讨论后我们已决定采用。我将给你准备一份

---

[1] 一年级相当于中国的高三。但在一年级之后还要读一年中学结业班,准备全国中学毕业会考,及格者得业士学位。

合同。

今晨在旅馆收到此信,满心喜悦,然后去了德·鲁莱家。但不要性急,先说昨晚跟小博斯特一起乘七点的火车①,既然不大急于到那边约见海狸般的女人。小博斯特,甭提了,把他刚刚写的漂亮短篇小说丢在了火车上,讨厌的怪癖,总把稿纸裹在旧报纸里。他立刻发狠重写,这次定要买本体面的簿子。我们在罗什舒阿林荫大道遛了一会儿。我在烈士街北头高处给杜兰买了内古斯,便自个儿上楼去图卢兹家。她走了,留下用红铅笔写的一张纸条,叫女佣交给我:"亲爱的萨特斯(原文如此)②:我不得不去《努曼西亚》③了,到安东尼剧场来找我,幕间休息时见面。我给你保留一个座位。"我步行前往,穿过昏暗而凉爽的巴黎,街区布满奇形怪状的行人,每个人都有各自的小故事。要写这些人,一打信都写不尽。想到他们夜间的风貌即将消失,我真感到遗憾。

我见到的图卢兹戴一顶扁平狭边草帽,黑色花饰,她显得古怪、迟钝和阴沉。她穿着套服④,上装敞开,露出紧身上衣,印花布料用的是玛丽·洛朗森的图案。令人惊讶的是,仔细瞧她的紧身上衣,但见处处点缀乖孩子头像,好似谜的图景呈现眼前。她对我说:"你明白吧,这就是吸引我之处。我非常高兴,因为我想好多人一开始都没有发现,后来有一天跟我谈话,眼光不经意落到我的紧身衣上,会突然中断谈话,还会说:'这是个有头脑的女人!'"我

---

① 当时的市内火车,现早已改为地铁了。
② 笔误,多写了"S"。
③ 《努曼西亚》(1584)是塞万提斯写的一部悲剧:西班牙努曼西亚城四千居民抵抗八万罗马入侵者,宁死不屈,全城居民自杀殉国,城破后仅存的一个少年拒绝向罗马人交出城市钥匙,毅然从陪楼跳下自尽。
④ 西式女套服,西式上装加裙子,面料和颜色相同。

闷闷不乐地跟着她进入安东尼剧场。观众爆满,这是最后一场,第一场未能来的"大人物"都来了。其中有西蒙娜、热尼加等等。我跟您谈过《努曼西亚》吗?失败了。总之,那个巴罗①定要给戏剧一种专有的语言,一种手势和姿态的语言,他千方百计使形体和动作压倒台词而占主导地位。同时,他效法日本和中国艺术,主要突出象征性姿势。您记得圣马可的一个修士小室里拍打基督受难像的那双手吧,好像刽子手本人并不重要,而只有拍打的动作是至关重要的。在《努曼西亚》中有许许多多这类象征。比如,为了表示两个努曼西亚人跨越城堡围墙,夜奔熟睡的罗马人营地,便让他们在舞台前景原地奔跑;为表示他们最终到达了罗马营地,便让罗马人出来迎他们,睡眠状态的罗马人赤裸着躯体躺着从幕后滚出来。这种图解式的哑剧常常流于滑稽可笑。造型和动作讲究完美,但根本不顾情节,有大量的象征人物(诸如瘟疫、疾病、战神等等),令人讨嫌。让-路易·巴罗瘦削柔软;一个小小圆圆的肚子(但比我的要大),一张圣克鲁出身的现代主义小学教师的脸。演员们演得猪一般笨拙。另一个可笑的象征主义例子:所有的努曼西亚人穿着相当体面,简单朴素,但有两个努曼西亚人代表恋爱的青年(一个小伙子和一个姑娘),他们以为应该给这对年轻男女穿上鲜艳的服装,与其他人相比显得光彩夺目,并意味着青春和爱情。钟情男子穿一件若安城教练员的白色紧身衣,钟情女子穿戴罗纱丝绸,活像仙国公主。布景非常难看。

我们步行着走回阿尔萨斯圆顶咖啡馆。主要是我说话。图卢兹始终相当郁闷。她最后向我承认,使她为难的是杜兰明年就要离婚了,由此想到有人会乘机往她身上泼脏水。她担心杜兰和她

---

① 让-路易·巴罗(1910—1990),法国著名演员,以手势、姿态、舞蹈为主要造型手段,构成独特的舞台语言,代表作为《天堂的孩子们》。

频繁来往的圈子里会有人责难她是这次离婚的根源和要素。她给杜兰打了电话,他带着与他形影不离的远房兄弟来同我们会合。他们重新上演《阿特拉斯①旅馆》,他刚演完第二场。我们聊了一会儿《努曼西亚》,他蜷缩在椅子里倾听我们议论,其神态让人琢磨不透:他很喜欢《努曼西亚》,但不讨厌我们稍稍抨击一下巴罗,这回他的态度总算大度,——大人物帮助年轻人嘛——这一点表现得很明显。然后他们谈他们的零碎事,我便和他们告别了。图卢兹大概不跟我们去希腊了。因为《普路托斯》②大概九月上演,他们八月要排练。

我睡得很少,但睡得很好。十一点下楼,收到布里斯·帕兰的信,去圆拱对着一杯咖啡和一个羊角面包自得其乐。我感到这种幸运给我带来的喜悦超过一位好女士的善意给我带来的喜悦。我不是没有教养的人,且自感具有丰富的想象力,我以满意的心情想着自己。我会见了德·鲁莱。没有什么好说的。然而不,关于小奥兰姑娘还是有些事可说,她的情况咱俩可以讨论讨论,她的病例愈来愈证明咱们对这类贞洁女子的看法是对的。我想这事,加上详细叙述《努曼西亚》,可以留待您回来后再聊。

中午我在圆顶餐厅与洁洁会面。我唯恐她情绪消沉,可假装快活就更糟糕。她还不错,什么也不否认,承认自己一直心情不好,但说她今天挺快活的,因为没有去想伤心事。我们愉快地散步,在塞纳河河滨大道和圣安东区玫瑰街附近,却没有找到玫瑰街。我挺喜欢和她在巴黎散步,她对一切都注意观

---

① 阿特拉斯,希腊神话中的擎天巨神。
② 《普路托斯》,又名《财神》,阿里斯托芬的喜剧。剧中宙斯打瞎了普路托斯双眼,以阻止财神偏心正直的人,使财富分配永远不合理,即让富人更富,穷人更穷。此处应指西蒙娜·若利维根据阿里斯托芬原著改编的剧本。

察，且有较好的感觉。我们看到许许多多有意思的东西：街道店铺和行人，描述起来非得写上十五页不可，还是从计划中把它删掉吧。下午四点我带她去多米尼克餐馆吃东西。屋内很暗，从橱窗望出去，街道是蓝色的，老板娘庄重、标致、丰满，穿着工作服坐在吧台的高脚圆凳上。尽里头一名男侍站在吧台一角前面，用小勺搅拌一杯咖啡。几乎没有顾客，除去一名外国女人——类似神经质的玩具娃娃，是那类漂亮而没有头脑的女人，只会喊爸爸，男人把她背在肩上她便闭上眼睛。洁洁穿一身漂亮贴身的新套服，破天荒第一次脸上涂抹脂粉，否则她的脸色太可怕了。她非常讨人喜欢。

我带她上楼去我房间取一套要干洗的西服，"虚伪的矮兄。"宽厚的海狸会说。我也会说："好海狸，我是纯洁的，我发誓。"所以"我一直是以我的方式对你保持忠诚，女学士"。就这样，因为碰上了，因为事情就得这么发生。我亲吻她的脸颊，她亲吻我的嘴巴。我给她脱紧身上衣，她自己脱下套裙和裤子。我跟她上床睡觉了。她对我说她爱我，我根本不信。我对她说我挺喜欢她，她相信了。她对我说："我几乎获得快感了。"于是我送她一册《厄罗斯忒拉特》，以示感谢。

我们下楼上街，她向我表示了一个幸福女人的种种无微不至的关切。我把她交还给她丈夫，自个儿去贵宾咖啡馆喝了一杯，然后乘火车。在火车上，我读了一本谈价值理论的书，都是德国人的理论，作者有米莱尔、弗雷恩费尔、舍莱、哈特门等等，愚蠢可笑，但提供了一些有关资料。这本书我是在德·鲁莱家借的。

就这些，我甜蜜的小海狸。我在巴黎收到您一沓沓的信，看上去您心旷神怡，我激动得流眼泪了。我多么喜欢您独自进行的各种活动，游览，阅读，不时喝四分之一升红葡萄酒。我爱您。非常急切地想跟您重逢。但我丝毫未忘您秀色可餐的脸蛋，您是否胖些了？

　　　　　　　　　　　　　　　　　　五　月

我迷人的海狸：

　　这是一封二合一的信，即星期天，加上星期六的。此时晚九点，我在丁香小园圃咖啡餐馆。门窗敞开，顾客都挤在露天咖啡座，屋里几乎没有人，只有我和其他几个写书匠。我深深眷恋您，眷眷之情挥之不去，恨不得马上到星期五。我们有一大堆事情要互相倾诉，我将挽着您的胖胳膊，一起闲逛，东南西北聊上一整天。这样行吗？您有风光景致要描述，我将洗耳恭听。我们都是爱思考和体验丰富的人，将一起评论两周来所有的事。想到这些心里十分高兴。今天我却有鳏居之感。父母下午五点离开我，要写作已经太晚，必须写信给波朗、帕兰、德诺埃尔和斯蒂尔①，我焦虑不安地踱来踱去，一边吃着巧克力小面包。

　　昨晚到德·鲁莱家时雷雨交加，我总算找到了个栖身之窝，灯光柔和地交织，半明半暗适度。玩具娃娃在厨房忙得不亦乐乎，利奥内尔只穿着衬衫，给我开酒瓶。他小心翼翼从篮子里抽出一瓶一九〇五年的拉罗兹古堡红葡萄酒，还兼管放唱片，谈话有点儿拖拖拉拉。玩具娃娃两颊绯红，蓝色围裙系在腹部，端来火腿干酪夹心面包。"你们自己上桌吧，别管我啦。"她说。我坐上绿色长沙发，感觉自己个子真小，上半身大大低于桌面，比正常男人低许多。玩具娃娃端上贝亚恩②腓里牛排后，在我旁边坐下。这时重见过索妮娅的德·鲁莱旧事重提，讲的是索妮娅的版本：西尔韦尔为了索妮娅把德·科南克甩了。我马上给您讲索妮娅是谁，因为那晚

----

①　斯蒂尔，一个出版商。
②　贝亚恩，法国旧省名。

曾在蒙巴那斯瞥见过她。这位相当标致的姑娘,有波浪式的披肩长发,我们会很自然地认为她是阿尔及利亚女子。

总之,以下是她的一面之词:德·科南克太太和西尔韦尔结婚六个月后,在蒙巴那斯认识了索妮娅。她让西尔韦尔倾倒,而她自己全然不知,毫无觉察。"您是童贞女吗?"德·鲁莱问她。"这个嘛,"索妮娅答道,"我不能告诉您。"之后,索妮娅去了瑞士,西尔韦尔夫妇去沙莫尼定居了。但因想念索妮娅,西尔韦尔终日如坐针毡。于是,德·科南克太太,这个高乃依式的人物①,邀请索妮娅来沙莫尼做客。索妮娅来了,不知道他们期待她什么。就这样,三个月期间,通过愈来愈明确的暗示,德·科南克太太向她说明了她将扮演的角色。索妮娅拒绝了。后来有一天,不知道用什么借口,三人下榻一家旅馆,同住一间房。他们一起面对面脱衣服,上床后,德·科南克太太抚摸索妮娅,摸的部位恰到好处,在认为索妮娅足够兴奋之后,将她推向西尔韦尔。可那个夜里,索妮娅依然顶住未从。三个月后,终于水到渠成,乃至若干时候以后,科南克太太完全被西尔韦尔遗弃,绝望地去了巴黎,把雅克琳娜·德·鲁莱留给西尔韦尔。索妮娅硬说雅克琳娜·德·鲁莱想跟她睡觉,一有机会就用各种不同借口,脱得一丝不挂;还说西尔韦尔有点儿爱雅克琳娜,而雅克琳娜挺爱西尔韦尔的。以上也许是索妮娅对德·科南克太太疑惧怀恨的理由吧。整个故事妙是妙得很,但我觉得是连篇谎话。晚饭后,德·鲁莱递给我一本《巴黎一周》杂志。他想跟我去舞厅,去看戏,或更有甚者去妓院。一句话,"出去散心。"但我口袋里只有三十五法郎,我犹豫了,只建议到贵宾咖啡馆,喝一杯啤酒。我的意见占了上风。玩具娃娃跟我们告别

---

① 高乃依(1606—1684),法国戏剧家。他笔下的悲剧人物经常面对情感和义务的矛盾冲突。后人称这种冲突为高乃依式的冲突,其人物为高乃依式的人物。

后,我们去蒙巴那斯把晚上消磨完。明天早上,我给您写短信。

吻您,亲爱的宝贝,紧紧把您抱在怀里。

星期日十一点

我迷人的海狸:

昨晚本想访问德·鲁莱家之后给您写信,但德·鲁莱抓住我不放,直到半夜一点半,我以为今晨给您写信也一样,而且我的信或许能写得清醒一点。关于后一点,我认为搞错了;我觉得有点儿昏头昏脑,但怡然自得。天气阴转晴。我自然在圆拱咖啡厅。厅内有许多名副其实的少女,因为这里正举行初领圣体。她们陪伴一些裹着白色平纹细布的女婴,我猜她们穿的裙子,就是去年她们当女傧相时穿过的。您认为如何?其中有四个姑娘,笑逐颜开,欢天喜地,不断从一张露天桌子到洗手间来回穿梭。四人同来同往。每当姑娘们一起行动,总是很引人注目,既散发出春天气息,又隐含诡诈,抽芽吐蕊的春天,鳃角金龟和幼虫露头的春天,总夹杂着某种说不清道不明的雄性好逑的东西,使人联想到更大的勾当。瞧,另一些姑娘,陪同一位老夫人刚到,但没有领圣体者。她们跟其他姑娘相仿,只不过血液有点儿败坏,长出粉刺了。开开玩笑!可爱的海狸,您将再一次阻止我去剪头发:通常有您在场,今天您不在,只好通过我给您写的信。告诉您我家要让我露出扇风耳了,据我的看法,有个周日,我母亲给了我二十法郎,以便确信我会去理发店。言归正传吧。

周五晚上,我连连打呵欠,脑子腾云驾雾,十一点就有点儿摇摇晃晃地去睡觉了。现在我像不像《威廉·退尔》①中那位主管,

---

① 威廉·退尔(十三世纪末)是瑞士独立运动中的传奇英雄。此处应指席勒的戏剧《威廉·退尔》。

只要剩下独自一人就睡着了？我被人家耗得筋疲力尽,好海狸呀。我睡了,但睡前还是读完了您的一封信,就是讲您在圣特博姆山脉游历的那封。您真是个怡然自得的海狸,只要看看您写的一行行往信纸上角翘的字迹就喜上心头。您的这些信,按我的趣味,描绘大自然太多了一点,但因是您看到的大自然,我也感兴趣,所以我把罗耀拉式的锻炼认真地继续下去。故此我睡熟时,周围是一片松林之海,头顶是耀眼的湛蓝晴空。

早晨九点醒来,天色昏暗,闷闷不乐。我起床后到圆拱咖啡厅工作了一会儿,便去看德·鲁莱：他趁您不在,为自己找补一些跟我相处的时间。他为昨晚吃饭时给我讲了有关西尔韦尔、索妮娅和德·科南克太太的故事而扬扬自得。他把这个故事作为保留节目,让自己津津有味地搞些含沙射影。他没有干活,春天让他困倦。他如今也讲"他的状态",说什么"在我的状态下"。他向我提问题,逼着我区分 sens（含义）, signification（意义）, essence（本义）。区分就区分呗,我也没有太不高兴,反正方便。所谓含义,是指对客体的直接领会,比如,一个日本面具挂在灰色帷幔上所立即表明的含义。这同样也是构成事物个性的整体功能的主题。所谓意义,是指被智力领会之义,经常指被智力构建之义：也就是反射到其他事物之义,诸如反射到物质层面、历史层面和社会层面。比如,面具的意义就是说日本的面具,某个时代的面具和某种风格的面具,是符合日本美学的需要和趣味,也许是从某些宗教派生的,从某些戏剧习俗派生的。所谓本义,是指面具的结构,没有这种结构就无所谓面具,无疑是把含义和意义及其他原因熔为一炉的整体本质之义。应当区分个体本义和一般本义。但不是所有的客体都有个体本义的。所以要研究这些不同的词语及其联系的共同之处。惹您厌烦了吧,真是抱歉。

离开德·鲁莱,我便明智地乘公共汽车去圆拱与佐罗会合。

他已经在了。非常亲切。这次告诉他说我的骚文被采用,他很高兴。但他仍然让人不自在,不言而喻,我觉得他在窥察我,看我是否变得自负了。他总算痛快地承认了,但补充说他没有觉得我因傲慢而太令人憎恶。至于现在他究竟怎么想,那就是另一码事了。

一天,他一时高兴,打电话给弗雷斯蒂埃太太的女管家格吕贝小姐。他想抓住偶然的机会开个玩笑,便假装女人的声音要跟弗雷斯蒂埃夫人说话。"是您哪,嘉内尔夫人?"格吕贝小姐说。"是的。"佐罗回答。"好奇怪,我听不出您的声音啦。"佐罗抓住这点渲染起来,"嗨,可怜的格吕贝小姐,我很清楚我的声音变了。真是骇人听闻的灾难啊,为此我很想见见弗雷斯蒂埃太太。我在瑞士旅行的时候让人注射了荷尔蒙,那是雄性激素哇,您听见了吧?我的声音变低沉了,弗雷斯蒂埃太太规定我唱的音域我再也唱不出了。""什么?什么?"格吕贝小姐急问,"不是真的吧?这是不可能的。"于是佐罗用真诚的语调说:"唉!格吕贝小姐,不光是我的声音变啦。""哦,嘉内尔太太!"格吕贝小姐顿时僵住了,天真地问道,"不是您打电话吧?""是我呀,没错儿,我本人。""我不能相信。""那么,请五分钟后给我家打电话,您瞧着吧,我会在家,亲自向您重复我刚讲过的话。"

他挂上电话,接着给嘉内尔太太打电话,她正躺着呢。"必须叫她立刻来接电话,很急,是弗雷斯蒂埃太太让打的。"嘉内尔太太来接电话。"嘉内尔太太吗?我是爱玛,弗雷斯蒂埃太太的女佣。我们这里大事不好了。格吕贝小姐疯了,而您是她发疯的主要原因。她以为您是双性人,阴阳人哪。她马上给您打电话。""天呀,"嘉内尔说,"您要我去一趟吗?""不,不,不用,只是,她若打电话来,请您极温和地对待她。"佐罗还接着说,"真不好意思,给您下命令了。您累了吧,我想?""没什么,"嘉内尔说,"我躺着休息呢。但这是非常正常的原因,爱玛。"佐罗挂上电话,又打电话给格吕贝小姐。"喂,您没有给我打电话呀!""打了,刚打的,"格吕贝小姐答,语气坚定,"接电话的人说,嘉内尔太太不愿接电话,她躺着呢。您不是嘉内尔太太吧?""别说傻话啦,我的好格吕贝,我是嘉内尔太太。""那好,如果您是的,告诉我,您最近的音乐会是哪一场。""瞧瞧,这哪儿跟哪儿,还问这样的问题?您知道得很清楚嘛,我四月份是在阿姆斯特丹唱嘛,"佐罗回答自如,因为他看过嘉内尔太太给弗雷斯蒂埃太太写的一封信。"再请告诉我,"格吕贝小姐动摇了,"为什么我打电话时,您躺着不起来。我要瞧瞧您是否说谎了,因为您的女佣对我解释了。""哎呀,我的好格吕贝,您让我为难了。您是知道的,我身体不适呀。""那,嘉内尔太太,是您本人哪,"格吕贝小姐惊呼,信服了,绝望了,"算是倒大霉了。弗雷斯蒂埃太太不在家,她一回来,我会向她如实报告的……"

终于,第二天电话来往频繁,张冠李戴,瞎猜了一通,因为嘉内尔太太在弗雷斯蒂埃太太家吃晚饭,这是从未有过的事情。两天后佐罗打电话给格吕贝小姐,操着女声女腔。"喂,"格吕贝小姐问,"您是马埃太太吗?""是的,是我,"佐罗说,"很想知道我下堂课什么时候上。"等等。片刻后,他问:"请告诉我,有关嘉内尔太太的谣言是怎么回事?""没什么,"格吕贝小姐冷冰冰地说,"有人开了个恶意的玩笑,闹得我们烦死了。"目前就此结束。佐罗有点儿认为别人怀疑他了,因为弗雷斯蒂埃太太根本没跟他提起此事,而通常,她什么闲话都跟他讲。

以下是目前佐罗与帕尔[①]闹翻的说辞。一天,他事前不打招呼便对帕尔说:"两个月期间,你对我来说是弥足珍贵的,我度过了一段艰难的时光。但你不要以为会这样继续下去。我不想再见

---

① 萨特的学生,雅克·博斯特的朋友。

到你了。"小帕尔气得脸发青,佐罗咧着嘴得意地模仿帕尔的回答:"那好,您找别人吧。"说完就走了。佐罗接着说:"我受不了带他一起去冬运。他动辄纠正别人的脾气真叫人受不了,每二十四小时他就要校正我的滑雪器方位。"我觉得这种说法明显理由不足,解释不了度假前两天佐罗火急打电话给我不让我借滑雪板给帕尔。假如他真的像抖搂鞋灰那样狠狠数落了小帕尔,就没有理由之后又进行报复。他威胁我说,要是我散布他是鸡奸者的谣言,就要我的命。"但帕尔,"我对他说,"跟他,您就进入一个名正言顺的社会环境。""这无所谓,我不愿人家说我鸡奸。何况我不是鸡奸者。去年我就对您说过,我想要几次鸡奸的体验。这不,体验过了,不成功嘛。这就结了。""那么好,"我非常巧妙地说,"返回女人身边吧。"他也回敬我说:"您以为我恨您,是海狸把您弄昏了头。"您看出来龙去脉了吧:那位夫人-吉尔;吉尔-佐罗。我说,我认为他恨我,而您跟此事根本不相干。他不同意,我便重复他说过的一句话:"应当去掉萨特的垂体①,把那两个可怜姑娘送进疯人院。"他有点儿猝不及防,一时什么也说不上来了。但过了一会儿,抬起头说:"是的,但那个时候,有人对我说:你不觉得萨特两周来变得完全痴呆了吗?"我笑而不答,通常他的奸诈更加乖巧一些。于是他下结论道:"那些气头上的疯话无足轻重。"我们上楼去他家,他唱了一会儿,嗓音着实出色。为了让我作比较,他让我听了一张蒂塔·罗福②的唱片。

  我五点半离开他,径直去圆顶写作。小博斯特过来问候,待了片刻。他收到查佐一封信,她温情脉脉,有点儿忧伤,但不说明什么,她写道:"我嘛,很遗憾见不到你。"她表示待在莱格勒已经感

---

① 生殖器的婉词。
② 蒂塔·罗福,意大利歌唱家,生卒年不详。

到无聊了。只字未提她妹妹。阿芒走过时跟我们打招呼。他前一天从小屋顶摔下来,"像侵入屋内的窃盗",所谓"破坏性窃盗",说时带着天真的骄傲,现在还昏头昏脑的,他还吐过血哩。博斯特去勒阿弗尔了,他将在那儿待三天。至于我,还在改雕像开始飞起来的那个段落①。很难,但可行。还未完工,等您回来就成了。然后我乘九十一路,冒着倾盆大雨雷鸣电闪去利奥内尔家。

我的宝贝,就此搁笔,我得去家里一趟。今晚给您写另一封信。我爱您,焦急地等待您回来。

我迷人的海狸:

今晨收到您两封非常叫人高兴的信,读后品味,其实是一封信,后一封是前一封的继续,相隔几小时而已。我怜惜您仍坚持走了四十九公里。您不再是个美人儿,算了,还是热烈欢迎您,因为非常渴望跟您重逢。我不该再过单身汉的生活了。不错,给您写各种逸事挺有趣,但很想当面给您讲,把烟斗的烟喷到您的脸蛋上,察看您可爱的小嘴脸上的反应。海狸,我的好海狸,我非常热烈地爱您。不管您有多瘦,总能在您身上搭点东西吧,一个肩膀,一条胳膊,这肯定胜过弥足珍贵的海狸小幽灵老跟我形影相随却无躯体相伴。您非常聪明地给了我您各处的地址,这样我应该把这封信寄到马赛,星期四您就可一并收到我明天的信。我想后天就不必写信了,但周四仍留个字条在布列塔尼王家旅馆六十五号房的格子里,以便您周五一到就拿到这张谨表欢迎的字条。

上周六晚,我跟德·鲁莱在贵宾咖啡馆露天座,因为雨没有使空气凉爽。然后我就睡觉了。周日我去家里看了看。要讲的事情

---

① 指短篇小说《卧室》中的一个段落。

不多;我们去看电影 Love is News(《爱情是奇闻》)。有点儿粗俗,但还算有趣。洛蕾塔·扬很漂亮,但初出茅庐的男主角没有多大味道。下午五点我告别父母,回旅馆换衣服,然后去丁香园圃小咖啡厅给您写信。天气好极了。同时写信给波朗、布里斯·帕兰、德诺埃尔和斯蒂尔。然后我慢慢走到塞纳河乘一辆出租车。乘晚八点二十分的火车返校,旅途中读几本侦探小说,偷的,是呀,好海狸,身无分文,在一家书商门前书摊上偷的。今天几乎无事,上课而已。校长传唤,给我看对我的考查报告,无保留的赞扬,接见以这句话结束:"今后,萨特先生列入巴黎教师席位的优秀候选人名单。"他祝贺我,似乎相信事情已成定论。

我写作,也给塔妮娅写了封短信,尽管未见她来信,因为如果周三收到信,从今天到周日或下周一根本没有时间回信了。您要来了,可爱的海狸。《卧室》差不多完工了。

今晚收到图卢兹电报:"准备《哥伯尼船长》资料,星期三晚专题晚会。"得了。咱们之间说说,我才懒得管呢。我打算乘六点四十五分的火车,然后直接去她家。现应乘五点的火车,虽然比较慢,然后坐二十五分钟地铁去找这本书。何况我完全不知把书搁在哪儿啦,肯定要把您的房间翻个底朝天。

再见,亲爱的宝贝,温柔地吻您。很高兴您回来,心急火燎地等您回来。

星期五九点

我迷人的海狸:

收到您的信十分感动,您潸然泪下湿透信纸,受您的感染我也不禁热泪盈眶。我们相隔甚远,却心心相印。我热恋着您哪。周五我们谁也不见,放心好了,我只想要您。或许除了波朗先生,因为他要见我。下面是他今天给我写的信:

> 亲爱的先生：
>
> 您的三篇记叙文非常精彩。其中一篇，我想是《墙》吧，将刊登在七月一日出版的《新法兰西评论》上。我将把《迷惘》推荐给《衡量》杂志。
>
> 《忧郁》即将付梓。文章力透纸背，合情合理，我留下的记忆比我阅读时更使我有好评。
>
> 我将很高兴重见您。不打搅的话，我能不能抽个晚上去布列塔尼王家旅馆登门造访？热烈致意！
>
> 　　　　　　　　　　　　　　　　　　让·波朗
>
> 又及：我不知道您是否想发表其他文章：请问《墙》是您的第一篇见诸刊物的著作吧？过几天您将收到校样。

多亏这位好心的波朗先生，我们有钱啦。我不该见他吗？放心吧，坏海狸，我开玩笑哩。我将告诉他："除星期五，哪天都行。"同意了吧？

昨晚以来无事。我封好信，交邮局就回去睡觉。睡足了。三个半小时的课，午饭，火车。说什么呢？这一切平淡无奇，但我内心非常自在，始终充满诗情和温馨。我强烈希望这种状态一直保持到您归来，好让您分享：谁受苦该谁优先嘛。我怀疑前些日子心里不自在，以为是微妙的理由引起的，其实只不过因为《忧郁》还没肯定被采用。而今天，我走在大街上俨然像个作家了，可是没注意右脚皮鞋里留着一粒石子。

小博斯特来车站接我，他好漂亮啊。我带他串街走巷：从巴贝斯林荫大道到小教堂门到东站到圣马丁城关街，一直到沙特莱，然后他请我坐出租车。天色灰沉沉，布满阴霾，十分适宜我们散步。我给他看布里斯·帕兰的信，他高兴极了。过了一会儿，经过旅馆时取出波朗的来信，他读后对我说："他要纠缠您了，这家伙，不要开这个头。"我答道："他六个月才见我一次。""但他对您产生了友谊,他欣赏您。""我会叫这些家伙打退堂鼓的,"我对他说,"我不可能讨他们喜欢,只会引起他们反感。""哎呀,得了,"他反驳道,"他会一直欣赏下去的。"六点半与他告别,我独自随便走走:兜圈子。最后我决定进圆顶继续写《卧室》,博斯特让我改名为《无休无息》。马德吕斯这只猪也在,他抓住我不放,纠缠了三十五分钟。我终于甩掉了他,说要去那位夫人家,可那位夫人还没从拉普埃兹回来。于是我来这里二楼(底层已坐得满满当当)给您写信。最近几夜我睡得很少,老犯困。一旦时候合适,我便上床睡觉。

我爱您,温柔的小海狸,非常渴望重见您,我们胳膊挽胳膊散步。狂热拥抱您。

五月十一日　星期二

我迷人的海狸:

在您回来之前,这是最后一封信。我很想写得长,写得夸张,但又无事可述,夸张又不是我的风格。给您讲什么?讲我非常爱您,两天来没有收到您的信,不知道您怎么样了,但希望您的身体和感觉都很好;再说我急于结束骚文,以便您回来时以成品的面貌展现在您面前。所有这些已无关紧要。我很乐意尝试心虚胆怯,但这些心境已逃之夭夭,我怡然自得,有点儿,很少一点点无聊,我等候您呐。流年不是很顺畅吧。昨晚吃饭前早早给您写完信,感到浑身没劲。为了给自己提精神,出于需要,我去火车站寄信。鳃角金龟又复活了,也许是它们的幽灵吧。它们总是围着灯光盘旋,但比较谨慎,数量也没那么多。汽车公路让我打起精神。自从我来拉昂,就是说七个半月以来,我从未重走这条路。自然我想到:多大的变化呀!所有工人或几乎所有的人都和和气气。况且,隔了一段时间看,混乱的学年渐渐组织有序,有条不紊了。与去年相比,今年效率和魅力较差,但变化较多,奇遇较多,再说是转折的一年。我回到居所,旅馆门厅很暗,大家都去看电影了。我惬意地上了床,这床有点儿乡下款式,您知道,大而深,铺着一条很大的鸭绒压脚被,我偏爱这种类型的床,任凭自己放松,怀着温馨的信赖委身于床,您知道我完全信赖的东西是多么罕见。不管怎样,在巴黎,旅馆平坦的床上,我睡不踏实,干巴巴的。我在床上娇惯自己一下,躺着看一本侦探小说,名为《错怪人》,您回巴黎后也许可买来一读。然后一觉睡到八点半,因为是周三。我工作了一会儿便去上课了。对从周日到周三这种半监禁的日子,我倒有种怪怪的癖好,有时觉得时间长而空,反倒使我有时间感。再者,说实在的,使我得到休息。我气色好,挺精神,睡得好,吃得香。我做一切事情都慢慢来。我这把破身子骨儿倒快成天鹅肉了。您将可以享用。我还做了些什么?我跟托马斯主义者交谈了三刻钟。您会骂我不害臊。没办法,请站在我置身拉昂的角度看问题,即缓慢的生活节奏和从前外省生活般的悠闲,那就应当善于感受一点无聊,应当体会时间的慢慢流逝。此外,这次是我主讲,得让他也付出自己的一份代价:我向他解释说他是个卑鄙下流的家伙。他自然听不进去,不管是听我解释之前还是听我解释之后。但他不知如何反驳我,只会说:"显而易见,我对这一切考虑不周。"这就足够了。谈话是在二楼平台进行的,我们俯身在楼梯栏杆上,时不时,每隔五分钟,他表示歉意后进入敞开的教室,自以为有监督权,高声训斥学生们。其间,他做了以下大胆的概括:"在马克思主义者中有许多抑郁躁狂症患者;而托马斯主义者中有许多精神衰弱患者。"这意味着,我想,他自我感觉是精神衰弱患者。他头脑算是清醒的,怀着奇怪的懊悔,例如,傲视我三个月之后(我并不抱怨),他天天来道歉说,他没有对我以礼相待。他对我说必须拥有精英。我回答他说:"我跟您讲话,因为您不是已授衔的教师。您若是通过了教师资格考试的,我就不跟您握手了。"何况他也不是绝对愚蠢。我跟他告别,吃饭时玩勒内·大卫设计的填字游戏。返回课堂又上两个半小时的课,然后把侦探小说看完。放心吧,对其情节,我一定三缄其口。四点我喝了一杯茶,我动了一下手稿,雕像起飞一节现在完成了,还说得过去吧。但这篇小说的结尾不够带劲,我写的时候有点儿太平静了。如今必须让我心碎胆裂或只限于充当混账东西。

此刻八点,给您写信。先去邮局寄信,再回来吃晚饭。今晚把中篇小说搞完,或给塔妮娅写信。

再见,亲爱的小海狸,迫不及待地想见您。我亲您。

又及,也应当给查佐写信。我答应过。

九月十五日

我迷人的海狸:

收到您两封信,得到了很大力量,很乐于想象您独自在斯特拉斯堡。给您打电话的那个晚上,我觉得有点儿可怜兮兮,何况自助餐厅女出纳对我说餐厅里一个人影儿也没有。我便想象您自个儿乖乖坐在这种大餐厅的空桌子之间,旅途之后劳顿不堪,失望至极。但读信后,我放心了,觉得您真是个文静而富有诗意的尤物,竟把一切转化为各式各样的幸事。这说明您完全没有老态,还能贪婪地从万物吸取教益。我对您柔情似水,当您孤独一人在马赛的一天一夜,在火车上,在斯特拉斯堡,当我孑然一身在巴黎,我不断地感到与您心灵相通,融为一体,觉得在跟您说话,觉得把我想的一切都告诉您,或更确切地说您在跟我一起思考。这使我在火车上满心喜欢,因为我想象两个意识合而为一在里昂天地之间飘荡,而两个小小的机械躯体面带忙碌而茫然的神情,一个在马赛街头行走,一个在火车车厢过道里漫步。此刻的感觉不完全相同了,觉得您不那么无时不在了,因为我不再能很好地想象您在做什么,再说您跟查佐里奇在一起，每时每刻您对她都无微不至，也应当如此。我太爱您了，好似魂不附体，所以我非常渴望重见您的小脸蛋，可爱的海狸。我希望您的旅行是愉快的，但为您十分担心，因为下雨天冷。我在船上最后一夜着了风寒，感冒得厉害，好在此地天气晴朗，伤风好了，痰也清了。

以下是我做的事情：看见您不在，我心里难过。窃以为您可以化孤独为诗情，但劳累和困倦也有可能使孤独转为沮丧，那就糟蹋了时间，糟蹋了马赛，糟蹋了海狸。我回到车室，阅读《玛丽亚娜》，但觉得很冷，真希望变暖。天主使我如愿以偿，但不是我所企求的方式；我要一床被子，被无情地拒绝了，甚至在里昂也没找到床上用品，但天主赐给我大量动物的热气：在阿维尼翁车站上来四个健壮男女，小面包似的热气腾腾，三条汉子和一位年轻妇女突然出现在我的车室。我大量吮吸这几个有机体的热量，但不得不付出代价，即同时吸纳响亮的嗓音和喜悦的谈话。他们是"享受减价票去参加博览会的外省人"。从这个角度看，有点儿意思，因为看到了动物人的生活，我指的是外省人，他们每五年借盛大的节庆去巴黎一次。他们解释道，一个月前就预订了房间，详尽讨论戏院节目单和庆祝活动，互问博比诺是否一家气派的舞厅。根本不提蒙巴那斯，口口声声蒙马特尔，蒙马特尔，他们以为博比诺位于蒙马特尔。毕竟是五个人挤在一间不大的车室里，我不能平躺，但能舒展身子，把脚伸到尽可能远的地方，这已经不错了。我把一条旧法兰绒裤子盖在双膝上，把博斯特的裤子紧束腰间，打起盹儿来。约莫睡了五小时，您定会加上两小时，您鬼得很呢，以为我全程酣睡。清晨有点儿叫人难受了，因为这趟火车没有列入时刻表，所以没有固定的时刻，且到不了呢。叫人泄气的是，根本说不清需晚到多少分钟。是的，一切都不确定，什么时候到什么时候算。火车在旷野里每一刻钟停一次。最后我起身去一等车厢的盥洗室洗漱剃须换衣,决定先去查佐里奇处后去旅馆。

我们九点钟到达,我叫了一辆出租车,九点二十分便到帕斯卡尔街了。于是一个奇怪的上午开始了,也是不确定式的。首先从出租车内望出去,觉得巴黎充满诗情画意,就像您对斯特拉斯堡的感觉,因为它看上去像座北方城市(在拉罗什郊区突然瞥见法式乡间的一角,每寸土地都精耕细作,感到人实在厉害,仅此已令我忍俊不禁)。这使我想起柏林,总而言之:灰暗的天,宽广的街。屋宇一看就是为了保护住户御寒的,而我们两个月所见的屋宇却是为住户防热的。当然这完全让我换了生活环境,迷惘得不知身在何处。就这样,我提着大小箱子登上六楼,敲门,按铃,没人回应。我坚持许久,因为我记得玩具娃娃的故事,暗想查佐里奇也许醉倒在房门里面了。再说隔壁房门上挂着字牌"重重敲门",讥讽地鼓励我。五分钟之后下楼,找女看门人打听是怎么回事:"查佐里奇小姐吗?她不会很快回来,因为今天早上我收到她的一封信,让我把她的信件转给她。"沉重打击。我离开时,有点儿茫然,拿不定主意。尤其那封信叫我觉得蹊跷,我觉得它表明小查有某种不愉快的意图。我乘的另一辆车把我送到布列塔尼王家旅馆。另一次沉重打击:金发胖妇见了我,一惊一乍地说:"早该通知我呀,一个床位都没有了,蒙巴那斯所有的旅馆都爆满。"最后她毅然给我写了一个字条去找另一处旅馆,即西北风①旅馆,在塞尔街,面朝曼恩大道,靠近弗鲁瓦德伏街,她在那里订了几个床位,是专为没有预订房间的顾客准备的。我说晚些时候去,把行李寄存在门厅。老太太在那儿滔滔不绝地说客气话,紧紧抓住我的手,用尖细的喉音打听您的情况。

我又出门,立即给查佐里奇发电报:"电报大约遗失。请尽可

---

① 原文 Mistral,指法国南部及地中海上干冷而强烈的西北风或北风。

能今天回巴黎。不管怎样,中午给在圆顶的萨特打电话。海狸在马赛等消息。"已是上午十点,为此一直在街区待到一点。我去圆拱吃午饭,看了看报纸。圆拱咖啡餐厅毫无生气,顾客寥寥无几:只有我和那个精神分裂症患者,他书写蝇头小字,样子完全像疯子。十一点我去拉斯帕伊林荫大道216号找佐罗。女看门人模糊指点:进院子,走第四个门廊。但一进入楼房的迷宫就不知所向了,想问清楚,那女人已不见了。时为十一点半,我觉得自己在巴黎的存在越来越荒谬了。我去了圆顶,开始想给自己弄点钱:打电话给那位夫人,铃声在空荡荡的公寓套房回响;打电话给图卢兹,铃声又在空荡荡的公寓套房回响;打电话给博斯特,一个女人回答:"我们没有他的消息。"打电话给冷月婆娘,又一个女人回答:"我希望她总有一天会回来的。"于是我强烈地感到被遗弃在世,恰好是黑格尔所指的含义,并为自己操起心来,外加一丝要弄钱的焦虑。我要了一份咖啡想清醒一下,翻了翻《巴黎周报》以便了解玉夫座剧团①的近况。我注意到《伏尔蓬涅》②要十六日才开始上演,我要钱的一切希望都落空了。

　　就在这时我瞥见街上一个高大的身影,穿着牛仔衬衫,赶紧跑过去,把佐罗带了回来。开始他有点儿冷漠,很快又热情和蔼一如往常。我马上要向您说的是,我们相见后处在纯朴而美妙的温馨中,甚至对我有点儿动手动脚起来。至于钱的问题,当然他不能供我什么,但我毕竟有点儿安心了,因为瞧见他身上带着一千法郎。

---

① 玉夫座剧团是夏尔·杜兰一九二一年创建的剧团,在蒙马特尔剧场定点演出。
② 《伏尔蓬涅或狐狸》是于勒·罗曼根据英国剧作家和诗人本·琼森(1572—1637)原著《狐狸》(1606)改编的剧作。威尼斯富商伏尔蓬涅是贪得无厌的狐狸,伪装行将就木,以遗产为诱饵,骗取一批包括自己妻子在内的贪利小人的大量钱财,最后被与其狼狈为奸的年轻漂亮的食客(苍蝇)莫斯卡夺取继承权。夏尔·杜兰自己扮演伏尔蓬涅,非常成功。此剧成为保留剧目。

我暗想他总能借给我一点混两天吧,这样就让我有时间"随机应变"了。我加上引号,因为我讨厌这个成语,如同"占上风"之类。但加了引号就变得更丑了。我一边等查佐的电话,一边跟他交谈。那时他还没有跟我谈什么他生活中有意义的事情,只说他没有去维希,对弗雷斯蒂埃太太有点儿厌倦,觉得不再需要她了,甚至认为她有点儿束缚他。因为每次他探索一下,企图以有点儿独创的方式应对她的原则意见,她便叫他打住,认为他搞错了,丝毫不明白这些探索是今后进步的条件。他一直待在巴黎,直到八月十五日都和那位夫人会面。

吉尔嫁走了妹妹,参加了一期预备役训练,把他的暑假搞得支离破碎。如今他跟美诗神①在一起,大概在科西嘉,而那位夫人在拉普埃兹,当然。佐罗见过图卢兹:第一次是在圆拱餐厅吃午饭的时候,第二次在费罗尔那个工作日。他坚决介入推出《普路托斯》②。他现在做出觉得图卢兹可爱的样子,也许真的认为她变好了,但我也认为他在耍手段,因为他自然而然想象我会千方百计怀着阴暗险恶和不择手段的意图去引导他与图卢兹的关系。不管怎么,他还是开诚布公说出了对她的聪明才智的看法:"我认为不可用我们的思考和想法去判断她。这是两个世界,我不想要她的世界。假如我们按她所建世界的丰富性和牢固性来判断她的智力,那么她是聪明的,因为她拥有一个属于她的世界,非常奇特,但却是协调一致的。"他模仿她,像得叫人直乐。正巧杜兰跟鲁什非常熟悉,会给他捎话的。此外,佐罗第一次对我说:"我严肃坦诚地认为我一切准备就绪,明天就可以进歌剧院了。"

费罗尔的一天似乎过得出人意料:图卢兹每刻钟离开他一次,

---

① 吉尔妻子的绰号。——原注
② 西蒙娜·若利维改编的阿里斯托芬的喜剧。——原注

去干神秘的勾当,没准是去喝一口。他们有一只山羊,名叫科丽娜。其间,时针当然转得很快,查佐没有来电话,一点半钟,我绝望了,我们出来,决定去佐罗家吃饭。但我事先往莱格勒打了个电话,要求查佐于四点往圆顶给我回电。一到街上,真正的佐罗现身了,引出一串倒霉事儿。一位穿白色工作服的老妇急匆匆过来问他:"您见到保尔了吗?"佐罗既庄重又和气:"没有,太太,他又出什么事啦?""哎,先生,"她面色苍白,"有人看见他和一些惯犯在一起。再说有人在他房间里发现一串假钥匙。但不会再抓他了。您知道的,您该跟他谈谈。""好吧,太太,我今天就会好好训斥他一顿,然后去药店向您通报。"妇人走了。"谁是保尔?""嗨!保尔并不重要。另一个倒蛮有意思,那就是威廉。"

事情是这样的,一天佐罗工作非常顺利,平添了冒险精神。他看见一位高个儿小青年,十七岁左右,金发,他特别强调说,很丑,这小子在圆顶酒吧机械鹤前痛哭流涕。他走近一看,原来是个年轻人——他神秘地形容道,本性节俭,居然把需维持到月底的生活费一百一十七法郎,以二十个苏一枚的硬币一枚一枚往鹤缝里扔,输个精光。佐罗带他去吃了一份猪肉香肠土豆衬酸菜,让他讲出一点身世。这是个无赖,说他愚蠢更合适,受过三年劳教。总之,是个既无情又可怜的家伙。佐罗让他做了几天家务,付他一点钱。后来佐罗被惹恼了,加之他有时易变卦,便把他弄到一家药店当小伙计,总算把他给摆脱了。"好吧,但有来才有往,"女出纳说,她本人曾跟我们套过近乎,"条件是您雇用我妹妹当女佣。"佐罗答应了。她是个泼妇,但很能干。之后保尔开始经常旷工,不去药房,等等。先说一句,前天晚上我见过这个保尔,金发,相当难看,但不算太丑。他说话结巴,神态局促而又无礼,异常奸诈。从这时起,我才知道有意思的人不是他,而是威廉。那天我没见到威廉,也不知道他有什么突出之处。我们去肉铺买了一块牛排,去杂货店买了酒,去乳品店买了黄油,去面包铺买了面包。佐罗扮管家务的角色取乐,讨价还价:"太太,您让我付面包的钱,一会儿七十生丁①,一会儿八十生丁,怎么回事呀?""您不是内行,先生,您取面包时一会儿取一种质量,一会儿取另一种质量,而毫无察觉。"或者,"四法郎五十生丁?给我跑腿送货的敲我竹杠了,他让我付四法郎九十生丁。"杂货店店员让我们在两种质量的土豆中进行选择。佐罗其实是第一次听到土豆名,但耸耸肩膀,好像这根本不成问题:"自然要荷兰土豆。""这家食品杂货女店主不喜欢我,"他向我吐露,"因为另一家关门我才去这家。"在肉铺,他仔细打听烧肉应该用多少分钟。如果时间较长,他一到街上就发脾气:"这些笨蛋,他们这么说,因为他们用煤气炉。而用电则要快得多。"实际上第二天,我们花了一小时零十分烧小牛肩,根据店老板的说法,煤气上烧四十分钟就行。

我们提着大包小包上他家。一扇又黑又脏的大门,白墙衬托着门的黑色铁饰,门玻璃是毛糙的,正好开在 216 号拉斯帕依电影院的旁边和上方②。昏暗的长走廊通向一个院子,右边有一幢楼,尽里头也有一幢楼。我们登上右边楼的第五层,每层有一扇门,楼梯由宽敞的门窗取光。胶合板的门朝右开。从这个门窗洞望去,看见一扇小窗也开着,窗台上放着一罐牛奶、一包油纸包的黄油、两小瓶酸奶。那里面就是佐罗的厨房。我们进屋,一个小不点的门厅,右边是厨房,一个特大的房间,天花板不算太高(我的意思是,和这幢楼其他部分的大套房相比而言),四壁皆白,一排非常宽敞的门窗开向拉斯帕伊林荫大道。室内左角放着一张那位夫人借来的沙发床,中间偏右是一个诺曼底式小衣柜,尽里头右侧有一

---

① 生丁,法国最小的货币单位,一法郎等于一百生丁。
② 拉斯帕依林荫大道是南北向的,习惯上法国人称北边为上方或上端,南边为下方或下端。从南往北走为往上,反之为往下,因为北高南低。

台斯坦威三角钢琴,一色漆黑,富丽堂皇。就这些。还应加上一张士麦那①地毯,脏兮兮的,但色彩艳丽,特别是其中一种青绿色。沿墙放着一两排书架。简直是熔清苦与豪华为一炉。

听说那位夫人对这里特别着迷,每天下午都要到这里来干点活儿,一边听佐罗练唱。尽里头右边,对着钢琴和窗洞,一扇门通盥洗室,内有嵌固的浴缸,有自来水的坐浴盆。统包月租六千法郎。钢琴是租买的,就是说每月租金四百法郎可计入购买资金内。一旦全数付清,钢琴就算佐罗的,但要很长时间,因为钢琴值五万法郎。此外还有特别条件,到他用够了,可以还掉,而已付租金可计入购买另一台他想要的同类钢琴。这正合他意,等他把斯坦威弹得疲怠了再说。因为没有桌子,我们在厨房做饭,佐罗一本正经烧小牛排,一边自然是责怪我讨厌下厨,居然觉得做饭怪诞可笑。我们在炉子和洗槽之间吃饭,坐的是两把路易十五时代的椅子。餐具有两把叉、一把刀和四个有裂痕的盘子,全是那位夫人的。我们一起洗餐具,我给他讲了讲我在希腊的旅行,四点钟我们下楼了。但注意,别以为我跟佐罗的关系就这么和气这么表面,我有一大堆有趣的故事要讲给您听,但这些事要到第二天晚上才发生。不管怎样,请记住,很有可能我们今年跟他的关系会亲切和美。

从四点到五点白等查佐的电话。五点钟楼下有人喊我,转告说有个姑娘前往莱格勒邮电所,没有通报名字,只说等候巴黎来的电话,等了半小时就走了。不得不又呼莱格勒,又打电话,解释她应该给我打电话,费用由我支付。马上可以告诉您,电呼、电报和两次电话打到斯特拉斯堡花掉了七十二法郎:老人的爱心要花多少钱哪!再说,我心里好烦,坐立不安,既要等电话,又想碰运气去

---

① 士麦那,古城名,今称伊兹密尔,是小亚细亚西部港口城市,濒爱琴海伊兹密尔湾。

接乘六点钟火车的查佐。等到六点差二十分,佐罗好心建议我等电话,由他代我去接查佐。我同意了,尽管预先担心他此去对查佐产生的效应以及我将承受的后果。六点差七分楼下唤我接电话,是塔妮娅打来的。她的小嗓音虽难听却讨人喜欢,间隔长长的沉默。"您好!我是塔妮娅。""很高兴听到您的声音。""我也高兴,您知道吧?我姐姐在火车上呢。""好,我这就去接她。您自己怎么样?""不太好。""为什么?""不为什么。""您学习吗?""学一点。""十八日我能见您吗?""我不能去。""为什么?""说不清,太长了,给您写信吧。总之,维奥莱特·布罗沙度假去了。但我三十日去巴黎。""您就住我的旅馆,咱们不再分开。您乐意吗?""乐意。""再见,我非常牵挂您。"沉默许久。"喂,小心肝,至少说声再见。"她笑了笑说"再见",便放下电话。我拔腿就跑,到火车站时我的心都快跑炸了。我六点三分到,晚到三分钟,但火车晚到四分钟。六点五分,我看见查佐走来。

可爱的海狸,我该走了,得回家一趟,已经快挨骂了,因为我该理发了,我把理发的时间用来给您写信了。明天继续写,很有趣的。热切地拥抱您,我最爱的小宝贝。

夏　天

我迷人的海狸:

很高兴昨天给您写信,今晨我脾气暴躁。我睡得晚,可按这里的习惯,家人无情地早早把我叫醒。我醒来时昏头昏脑,机械地朝浴室走去,可继父在里面刮胡子。我看见他的背影便往后退缩。但工作室里已经在吸尘拖地,全部窗户已打开。我不得不在厕所等候,这是唯一留给我的地方。之后,我本想到小塔咖啡馆给您写信,但母亲求我留在餐厅,要我试试能不能在这儿工作。她暗暗希望我在两堂课之间径直来这里"转一转",在这里工作:我有钥匙,甚至不用事先打招呼等等。她甚至想要我中午在家吃饭。我尽可能婉言拒绝,无论如何不乐意,因为我发现他们让我不舒服。跟他们接连待上两个多小时,我就恼火,就感觉自己所有的举动都让自己无比恶心。这里笼罩着一种缓慢而得体的死气沉沉,是我继父精心营造的,谁都抵挡不住。再说,他们用我自己的表演来圈住我,而我也应当这样表演,应当这样委曲求全,否则就会产生冲突。我觉得自己是个男子汉,也许是个"潇洒的男子汉",有点儿疯狂,头脑容易发热(但不算太厉害,恰到好处,不像爱默里夫人的儿子那么严重,他搞了一架旅游飞机),但他热爱自己的母亲。他还是个正直的汉子,无非乐意玩玩思想——谁让他还年轻呢,他很有洞察力,不至于成为共产党人,只会成为埋头书斋的温和的无政府主义者,骨子里十分严肃,是个优秀的青年教师。此人还要在生活中学习很多东西,但起步不错。他利用空闲时间写作,完成了几部中短篇小说以及几篇论述哲学问题的较严肃的文章。一个引人注目的业余天才。我向您发誓,可爱的海狸,这简直败坏了我写作的欲望。每天十二小时面对他们我都要彬彬有礼,这也是他们从我身上得到的印象。非折腾死我不可。我还有整整十四天要忍受。我很清楚,重新找到您,我也找回一点自己,可惜这不是明天的事。喏,光听听这个,继父讲述一些我已熟悉的长故事,他目光炯炯地盯着我,我则频频点头称是,感到自己唯唯诺诺,感到自己双唇呈现一抹恭敬的微笑,我恨不得溜之大吉。除此之外,也许是最糟糕的,他们都非常亲切体贴。

现在言归正传,我终于在火车站找到查佐。我竭力喘过气来,但见她过来时,呆滞的眼睛嵌在苍白的脸上。我立即明白她在火车上哭过。她向我问好,冷冷的,毫不惊讶,仿佛没见到我。她一肚子不满,但慢慢地吐了出来,细声细气,礼貌悦耳。总之,她责怪我们回来得太晚,等不及我们了。她以为我们四日左右回来。由此想出以下巧妙的计策:她去莱格勒时关照女看门人不要给她转信,以致所有的信——您的两封、我的一封,都是告诉她我们回来的确切安排——都留在巴黎无人过问,由此十一天在莱格勒得不到消息,她慌了,积恨逐步增加。我强调我们肯定写了信,做出温柔多情的样子,终于她在圆拱餐厅吃了一份威尔士奶酪面包,稍微放松了一点,但仍迸出几道恨我的目光,因为我取代了她的位置,跟您一起去希腊旅游。

她谈起博斯特,态度忧郁,但这属于一般的脾气,因为后来她的语气更温和了,透露出她让母亲给博斯特做了一条腰带。我觉得她八月三十一日去莱格勒是一种溃逃的表现。况且她以某种方式谈论世道,下巴一动一动,含讥带讽,煞是好看,似乎表示她以这种或那种方式完全理解创世的荒诞。最后总算明朗了。我们返回布列塔尼王家旅馆去取我的箱子,就在这条德朗布尔街,有过那么多场景,发过那么多怒气,流过那么多眼泪。无意之间,一切豁然开朗,时为十一点,我困得要死,早晨六点半还得起床送她去火车站,我这才意识到我们整整谈了两个小时。返回德朗布尔街时,我说:"很希望你们不要着凉,不管哪一位,在这些庇护所,遇到这样的天气。"她耸了耸肩膀对我说:"海狸打过预防针,却得了胸膜炎。至于我……"样子挺古怪。"您想说您身体结实?"她急忙以带挖苦的口吻回答:"是呀,就是这样。"我驳道:"不,不是这样,您言下之意是说,处在您的状态下,小小的着凉算不了什么。"她蔫了,但很生气:"不是的。""那是什么?您看过医生了?""没有。自我感觉病了才去看医生嘛。"她用俄罗斯嗓音悦耳地强调"自我感觉"。"您想说,有些绝望的疾病得了就得了,无碍走路和做事,是吗?您是病入膏肓了,查佐里奇?"她大声嘲笑。接着,我去取箱子,在一处小咖啡厅坐下,以便给她看唱片、咖啡磨和铅笔。在一整段时间内,她谨慎地扮演这样一种角色,似乎觉得一切都像小人国般荒诞,因为她已心如死灰。直到我发火问道:"怎么啦？您得肺结核了,吐血了？"确实如此,一天她在刷牙或漱口时,发现唾沫里有一星点粉红色。我松了口气,面对她的不安和迟疑,我一时以为她怀上博斯特的孩子了,进而决定自杀。那就要让我们破费一千五百法郎了。接着她描述在床上出汗,肩胛骨痛以及胳肢窝下淋巴结痛。我求她去看医生,她起先不肯,后来同意了。事情到此为止。她说要跟您谈谈。

我真希望,可爱的海狸,您别为此事犯愁。她所说的这一切,充其量无非是她有些不适,确实应当让她看医生,并同意自己保养一下。她在火车上哭了,因为起先为跟您一起短途旅行而高兴,但突然感到以岌岌可危的生命作代价是无意义的。我心中不快而表面温厚,诸如久久握紧她的双手直至出汗,一边凑近她讲话,实际冷若冰霜,甚至充满敌意,因为我烦透了这种没病找病,这种没完没了地沉思未来的死亡和折断的花朵。最讨厌的是她逐点复述博斯特的故事,尽情取笑,更有甚者,她刚才还重读了博斯特的中篇小说中那个吐痰的插曲。我用出租车把她送回帕斯卡尔街,再叫司机把我弄到塞尔街西北风旅馆。这家旅店并不起眼,楼梯可怜巴巴,走廊破旧,但房间宽敞、干净,生活设施好于布列塔尼王家旅馆,有沙发床、地毯,墙上有书架可放书。大房间每月房租三百五十法郎,小房间三百。我想等您回来不妨来看看。此外,布列塔尼王家旅馆那边,他们向我推荐七层一个大间(为您订或为我订,无所谓)。但不肯报出今冬的价格,只保证尽可能便宜。他们当然还有另外一间,但定不下来。

我睡得很少,让人今晨六点半把我叫醒,七点一刻已到查佐那边。我把时间定得这么早,是因为我肯定她没有准备好。果然,她未准备好,我不得不再下楼到街上溜达一会儿,最后我们八点出发。天气好极了,但后来有点儿变坏了。查佐开始时和蔼可亲,后来不高兴了,陷入遐想,闷闷不乐,不搭理我。最后她作了一番诚心诚意的努力,主动承认道:"每当我离开巴黎,我总是非常忌妒留在巴黎的人们。八月三十一日跟博斯特就是这样。"我和气地向她解释:"您走因为您乐意走,可以跟好心的海狸一起旅行。""是的,但我愿意同时到处都在。"她想到八点三十分出发,顿时容光焕发,一旦火车开出,她没准又是满面春风,但只要在月台上等五分钟,只要一道阳光投射下来,她就又开始留恋巴黎。火车开动了,我们各自挥动手绢。我步行回到蒙巴那斯,兴致勃勃散步,心想眼前看到的,从现在起我这一生每天都可以看到了。

散步了好长时间,在圆顶给塔妮娅写了一段信,十二点半又去找佐罗。这就告诉您,我一直到晚上都没离开他,除了从晚七点到八点他接待威廉那一个小时。在他家我们一起吃午饭,共享一块小牛肩和青豌豆。他下楼留下我一个人时,我打开书型盒子,里面装满了信,这盒子他原该送给查佐的。我发现了格里埃里的一些来信,还有一些写给威廉的信,其中写道:"亲爱的小伙子,你可怜的大婶①路易丝,你总是这么称呼她的,唉,她死了。这对我们都是极大的悲痛。"又如某个西蒙娜的一封信:"既然您离我这么近,我希望我们继续同志关系。信别往我家寄,我父母拆阅我的信。"佐罗回来时我问他:"威廉的信怎么放在这里?"他回答:"我留他住了一个多月,前不久才把他赶走。"他给我看相当英俊的小青年的照片,咧嘴露齿地笑着,自然有两个酒窝,未穿外衣的衬衫敞着胸②,榛子般的褐色眼睛。佐罗一再重复他根本不是在蒙巴那斯混的被鸡奸者,"不像下流坯阿芒那样乱吹牛和没头脑。"佐罗变得严肃起来,好像定要以他某个亲近的人的才智和可贵的优点来

---

① 大婶是民间给鸡奸者的别称。
② 被鸡奸者的标记。

说服您或我,他内心热烈却语气平淡地说:"他非常聪明,难对付不假,但表现的方式挺叫人喜欢的,我从未见过如此难对付的。他的生活倒蛮有意思,他臆想出一大堆东西,其中许多思想因为深刻而打动过我。他像猴子一样狡猾。"说完,他简单地告诉我,一天在圆顶酒吧见到他跟阿芒在一起。阿芒给他一些忠告,让他"好好应付鸡奸者",但威廉"不是被鸡奸者",从心底里瞧不起阿芒。第二天,佐罗把阿芒拉到一旁说:"我给你一百法郎,如果你让我认识他。"当然他们就相识了。"关于他,我将把一切告诉你。"他补充道。

就在这时候,谈话走了题。佐罗得知博斯特跟咱俩一起游希腊,微微冷笑了一下,但没有发火。"这么说,博斯特来到雅典,给您写封短信通报他的存在。这说明他变了。以前他是不敢没有您的允许贸然到您度假的城市来纠缠您的。"这样,谈话就转到博斯特,佐罗对他没有明显的怨恨,但带有深深的鄙视。他的解释是:其一,博斯特和查佐均无任何价值,因为他们毫无抵抗地接受我们构建的世界,从而得到了好处,喂饱了肚子;其二,博斯特将与他来往的人视为台阶。我向他指出两者凑在一起不太协调,他说非也,我表示同意。我对他说,不管怎样,即使"阶梯"和"台阶"一说属实,我认为一个年轻人把遇到的成人视为可剥夺的人是正常的,同时作为可超越的阶梯,也是正常的,我们自己就是这样做的嘛。他先反驳道,"或许是吧,可并不是作为情感台阶。"他接着说,假如他二十岁时遇见某个像他或像我的人,他要么会恨这样的人,要么无保留并永远为此人献身。这一反驳没使他自己满意,因为他正在思考,向我预告另一种反驳,但还没有想好。于是开始比较我们的青年时代和博斯特这一代,这使我有点儿难受,因为这同时让我感到我们不再年轻了。对此就不赘述了。

我只记得佐罗此时使劲盯着我,对我说:"因为每个人都自以为比别人聪明。有鉴于此,不管我对吉尔对您多么尊敬,我认为自己比你们聪明得多。"他带着狠巴巴的粗暴表情,但把声音压得很低。这叫我觉得好笑,对他说:"您一直瞒着我们哪,否则去年我就不会那样得罪您啦。"他也笑了:"是的,那是在达雷蒙街,您学着我的腔调或确切说学着那位夫人学我的腔调对我说:'跟您在一起的好处,佐罗,就是您不硬说自己聪明。'"但在提及这些棘手的问题时,我们始终肯定这一切都已过去,我们都已净化了。事实上,我认为他几乎是真诚的,因为眼下他非常好相处,跟他来往是一种快乐。佐罗跟我讲了一则小趣闻,很可能添枝加叶了,但相当滑稽:有一天他对博斯特说:"其实你有一种天赋。"博斯特眼睛低垂,半闭,无可奈何地回答:"看我将来做的事吧!"接着佐罗跟我谈起罗冈丹①,他这次读了,宣称非常喜欢。他提出几个中肯的批评。晚上我们上电影院,观看《贩卖军火》。精彩!然后我们回到圆顶,开始一席长谈,我肯定他事后懊悔不迭。

首先他谈论威廉,热情叙述威廉如何平平静静地住进佐罗家有如住进自己家;如何晚上十点钟就对他说:"佐罗,咱们回家吧,"而佐罗有点儿不高兴回家,但心想至少可以长长地美美地睡一觉,不料一回家,威廉便躺在铺地的貂皮上,拉开嗓门五音不全地唱起来,一直唱到半夜一点;威廉又如何在被佐罗接纳前先在一个大婶家过夜,但"没有让人摸他",之后在河桥下、在长凳上、在车站里过夜,然后带了多可斗量的跳蚤来到佐罗的公寓套房,却到处宣扬:"佐罗先生家不错,但满屋是跳蚤。"于是一天佐罗对他说:"你把衣服脱光。"威廉脱得赤条条,佐罗把他整个玷污了。他也跟我谈起威廉的语言,充满俚语和生动的语汇。比如一天,威廉走出浴室,当时佐罗刚用硫化物擦头。他闻到硫臭便说:"哦,对

---

① 罗冈丹,萨特的小说《忧郁》(即《恶心》)中的主人公。

不起,爱情蝴蝶①,真臭哇②!"佐罗说他同威廉的关系总那么生硬,一句体贴的话都没有。他们甚至大打出手,因为威廉是在乡下跟粗壮的农民一起长大的,对友谊的设想就是没完没了的互相饱以老拳。佐罗狠揍他,但勉为其难。不管怎样,佐罗还是把他赶出家门了,因为他碍事,摆出一张冷脸对待来探望佐罗的朋友,说什么:"你知道,你不必雇我来帮你摆脱所有的伙伴,让我来接待他们好了。"他叫人恼火,顽固坚守男性和小霸王那种不可动摇的傲慢。比如他说:"她让我付给她地铁票,我说没钱。让我上当的妞儿还没出世呢。"每当佐罗想改变他的看法,他便假惺惺地冲他说:"你说起理来就像收留过我的'大婶'。"明知这么说会伤害佐罗;也因为他确信,一个男人一旦对另一个男人产生兴趣,给他提忠告并企图影响他,那一定是作为"大婶"的兴趣所在。

　　第二天早晨威廉来摁佐罗家门铃,一副可怜相,他来取几件自己东西。"昨晚在哪儿过的?""在某个同伴家。"一个同伴,不知佐罗以何种理由断定不可能。威廉换套服和内衣,佐罗看见他裤子上有可疑的污痕。等他走后,佐罗走近细瞧裤子和衬衫,发现斑斑精液,呈现"灰色条纹污垢,好像用来擦过什么东西"。佐罗再见威廉时劈头问道:"你跟一个家伙睡觉了,不否认吧?我看了你的衬衣等物。"威廉低着头听着,什么也没说,过了五分钟,抬起头说:"不,老兄,我没有让人进月亮③,也没有在同伴家过夜,真的。我去你套房上一层平台睡觉,我手淫自娱来着。"佐罗坚持说威廉始终未去势,毕竟没有证据。再说这小子,一、只在"大婶"家过夜;二、乘祖母死的那天从抽屉里偷了三千法郎,给自己做了几套被鸡奸者的漂亮套服,裤子是包屁股的,等等;三、把他平凡的姓氏

---

① 下流隐语:阴阜虱子。
② 原文系 schcingner(德语):臭气熏天,臭如浓痰,臭如鹦鹉尿,臭如破拖鞋。
③ 隐语:引诱上钩,或肛交。

杜蓬或杜朗改成姓威廉,恰如女演员或野鸡。佐罗显然坚持认为威廉不是一个被鸡奸者,根据是他认识佐罗前寄住的那家"大婶"承认从来没有从他身上得到任何东西。威廉也说,第一个接纳他的是一位飞行员,打仗的能手。夜里,那人向威廉提议那事儿,他便自个儿去睡地板,那人也没坚持。半夜威廉被床绷的响声吵醒,便问,"为什么你手淫?"那人回答:"我的朋友,在这种情况下,这是我唯一可干的事。"说时口气客气温和。威廉也在另一位"大婶"家过夜,此人把家徒四壁却宽敞无比的套间弄成一种男同性恋的宿舍,放了六七张床,勾引一批威廉式的青年来过夜。过了一些时候,"大婶"厌烦了,独自去了日内瓦,让他们把家具分掉。威廉得了一张床绷和一个衣柜,他卖得五十法郎。最后他在一个阿拉伯鸡奸者家过夜,此人也承认在威廉那儿没有得手,但跟他一直保持着关系,威廉还跟他谈起佐罗。"他想闯进你的月亮?""大婶"问。"没有,"威廉说,"这是个写小说的家伙。""哎呀!""大婶"驳道,"他跟你说他想收集我们这帮人的资料吗?我也会这么说呀,小弟。经常如此的。你明白吗?别打我的主意。"佐罗用他一贯的讥讽语气叙述此事,以自己的嘲讽来压倒阿拉伯"大婶",显而易见,"大婶"大错特错了,他确是小说家,他只要求威廉提供资料。

  至于我,是这样对佐罗说的,没准儿威廉真有可能没跟任何人睡过觉,但他频频与"大婶们"来往,他穿男色者服装。他想一再发誓不是被鸡奸者,至少证明他强烈受到诱惑,卖弄风情,以其"月亮"招摇过市。佐罗同意我的说法,当下黯然神伤,不再提威廉了。只一般地谈论鸡奸,他对我说,真莫名其妙,有那么多男人爱恋他:"而我,从来就没有爱过拉鲁蒂,每当我这样搭住拉鲁蒂(他说着把手轻轻搭在我肩上),他不得不把手插进口袋来掩饰性慌乱。""那么格里埃里呢?""格里埃里肯定爱恋我。现在他还把头靠在我肩上,喃喃道:'噢,你呀! 你呀!'"

可爱的海狸,我刚收到您的电报,赶紧结束此信,立刻寄上。您可指望在斯特拉斯堡收到五十法郎。

我非常爱您,没有您,我有点儿伤感。

九 月

我迷人的海狸:

非常渴望见您和跟您交谈。我要讲一大堆事情,希望您在斯特拉斯堡收到这封信的同时收到汇款单。我不按时序而以小故事一个个叙述,因为您大概乐意知道每个人的情况。

一、您跟我和我跟您的关系:田园诗般美妙。我每时每刻想到的愉快事情都与您有关。您一直很乖,经常给我写信,我乐于每天收到您的信,即使信中言之无物,用手指摸到来自您的东西而产生的愉悦足矣。我非常眷恋您。您到达时去圆顶取短简,会告诉您确切的约会,大概有关二十二日晚的聚会。

二、钱的问题:钱全是我母亲给的,这封信中的五十法郎也是她给的。最近这些日子她对我无微不至。继父将替我签收《新法兰西杂志》出版社汇来的划线支票。我收到一张付款通知,您记得吧? 我在拉昂为合作中心讲过两次课,共一百法郎。但八月二十日到的汇款却退回寄款人。我已给埃纳省合作中心写信,指望这笔钱等您回来用。在此期间,我每天花十法郎,让那些来看我的人付账,尽可能经常在父母家吃饭。不总是很好受,但吃饱肚子了。中学会考评卷没戏了。但我收到四十页《自我的超验性》校样,已校毕寄回。这篇东西值一百五十法郎,也许十月份能支取。加上里尔中学会考评卷费,这将帮我们的大忙。在等您回来期间,不得不敲图卢兹或洁洁二百法郎。也许不管怎样得建议查佐里奇去莱格勒过五六天。我七法郎一天过得很不错,烟丝加火柴五法郎,两次地铁四十个苏,剩下付饮料费:一杯啤酒、一杯咖啡。我母亲每天早晨给我十法郎。

三、阅读:我觉得您对埃莱里·奎恩的奇遇有点儿严厉。书中镜子照时钟的记叙我挺喜欢。不过,您会喜欢《火柴的奥妙》的,回来后买本看看。结局也许有点儿不足,但挺动人的。有可能的话,我去买《海浪》①,因为我觉得诀窍在于做两篇平行的文章:一篇论《海浪》,另一篇论《在加沙盲干》②。

四、个人著作:我没有动笔。但重读《自我的超验性》时产生许多想法,旨在写《认识自己》。只等安置在某个适宜的地方就动手。从现在到十月十五日我只为《法兰西杂志》写评论,且等您带来《在加沙盲干》后才开始。听说有篇赞扬《墙》的文章在某处发表。但由于是从母亲那里知道的,而她又是从别人那里听来的,可想而知有点儿玄。我更倾向于相信是赞扬《想象》的,而她混为一谈了,谁知道呢?英国女出版商通知我,《墙》将在《今日生活与文学》上发表,并将寄我一英镑,按目前的兑换率,即一百四十法郎,"如果您乐意接受的话。"她写道。好些人大惊小怪,说没有付足价。但总算一笔钱吧。

五、玩具娃娃,塔妮娅,洁洁,考夫曼妻子:我没见到玩具娃娃,也没见到洁洁。博斯特告诉我,洁洁非常自豪地把您的信给肯茨画室全体人员看。个个读着啧啧称赞您的字迹居然那么草,或您居然步行那么多公里。他还告诉我,洁洁在街上把一个抱她腰肢的家伙打得鼻青眼肿。她向他扑过去,狠狠揍他的脸,使他的鼻子直流血。更了不起的是,她开始这个回合时小心翼翼把一个小包裹放在地上,打赢后又捡起来。一个戴鸭舌帽的虎背熊腰的家伙

---

① 《海浪》,维吉尼亚·吴尔夫的作品。一九三一年出版。
② 英国作家阿尔多斯·赫胥黎的作品。

热情地跟她握手,向她祝贺。另一次,也是听博斯特说的,她遇上佐罗。佐罗曾对玩具娃娃说洁洁得了肺结核。她得知此说勃然大怒。这次她装作热情似火,围着佐罗转悠,却对他说:"喂,佐罗,您秃顶得多厉害呀。我对您直说是为您好哇。自从上次见面以来,您的头发掉得好厉害哟!哎呀呀,有几处干脆歇顶了,光秃秃的……"说着用手指着他头顶。听说佐罗非常不高兴。至于考夫曼妻子,她自然往这里给我写过一封信,但没意思,懒得给您寄了,因为不知道塞进哪个口袋了。她在附言中简单加了一句:"您要是感兴趣,我给您讲个与您有关的可笑故事:沃尔弗决定起诉您,如果……"我差不多猜得出是怎么回事儿,真粗俗,这个可怜的下三烂沃尔弗。他没有收到回信,害怕暴露了,担心我不愿意采用他提供的珍贵提示,那是有关他自己的形象理论。假如他在我今后出版的书中发现有他的思想痕迹,他将起诉我。真叫人笑破肚皮。但这个考夫曼女人着实叫人恼火,好歹有这么一次知道点滑稽故事,讲的时候竟如此装腔作势,除非她留一手来引诱我,但依然不足以让我渴望见她。我没有勇气给她写信。而且下狠心三天不让她来捣乱,从今天到三十日抽一个或两个下午见她一下就行了。

六、小博斯特。我见到他两次:周五晚上一次,昨天周日一次。一如往常讨人喜欢。没有什么伤大雅的事,小博斯特写一个走投无路的偷渡者,得三十七页,然后全撕毁。昨天他阅读布伦什维克①有关因果关系的著作,颇有心得,相当严肃地决心致力于殖民农业。此外他不怀疑十一月的普通哲学考试可过关。一天他回到皮埃尔·博斯特家。屋里昏暗,套房空寂,只发现一个妹妹蜷缩在一个角落里,茫然不知所措。"就是这个妹妹,"他曾对我说过,"我对她有过乱伦激情。"他打开电灯,转动唱片,他们跳舞。不多

---

① 莱翁·布伦什维克(1869—1944),法国哲学家。

时,她满脸通红,停止跳舞对他说:"必须跟你说点事儿。"但马上又把话咽了下去,"一些傻话,不说也罢,跳舞吧。"一个小时后她憋不住了,突然对他说:"雅克,我想,我快有情人了。"她已是三十岁的姑娘了。他没有提任何问题,但竭力鼓励她。然后过了两天,星期六晚上,事情大概发生了,仅此而已。说来可怜,因为她周六夜里没有回家,一直拖到星期天傍晚六点才跟人上床。博斯特发现她在客厅的长沙发上睡着了,在那之后的几个小时,她塞满钱的手提包随意扔在一张桌上。他刚伸手摸包,妹妹便坐起来,悲悲戚戚地问道:"谁呀?"她看来气色不好,博斯特担心妹妹彻底失败了。

周五我们去双怪咖啡餐馆参与作者们的聚会。博斯特诚惶诚恐地说:"这个地方我决不单独去。"但侍者倒没有太瞧不起我们,因为我手上拿着校过的样稿(即《自我的超验性》,正准备送回布瓦万书局;对啦,联想起来,假如我告诉您布瓦万在难以忍受的痛苦中死去,您会觉得我犯糊涂吗?)。我们对面一群人中一位靓丽卓越的女知识分子正在高谈阔论,她薄薄的嘴唇,线条弯曲有致,戴着金黄色的眼镜,善于以锐利的提问神情注视她的交谈者们。她全面回顾当今的电影和文学,长达三刻钟,频频打着狭小的手势,因为她光用双手和前臂,而后臂始终紧贴身躯。我们没有见到一流的人物。我猜他们还在度假。昨晚我们每人花五法郎在博比诺剧场买了过道票①。我们见到不可或缺的夏尔·法洛②,这次在博比诺上演,更令人反感,因为他竭力摆出左派的架势。一个胖乎乎的矮个女郎唱得挺在行,但没有任何魅力,她叫莉娜·克勒韦尔。我们背后有个疯子(博斯特说是醉鬼),嬉笑胡闹,对演出一

---

① 戏院大厅内观众席位后面的过道站票。
② 夏尔·法洛(1874—1939),法国演员,歌手。

窍不通。法洛唱歌,他便笑,突然喊叫:"阳光普照的大地!"一边笑得直不起腰。当时他正好在我背后,我不露声色地换了位置,他就碰不着我了。我们猜想醉鬼把夏尔·法洛当作莉娜·克勒韦尔,又把莉娜混同莉丝·戈蒂。我们一人出一半钱买了《火柴的奥秘》(参见三)。

七、图卢兹。周二我给她也打了电话。她在。我不知道怎么鬼使神差竟问她:"若利维太太在吗?"我的口误使她以为是别人,听她支吾其词一会儿,好像她是女佣,说什么若利维太太不在家。于是我说:"我是萨特。""啊,萨特,你好,"她挺自信地说,"我很高兴见你。明天来玉夫座剧团吧,我们排演《沃尔彭纳》。"这样,星期三晚饭后出门,大雨滂沱(见下面八)。换几趟公共汽车,淋个落汤鸡,最后九点差一刻到达唐库尔广场。约会定在九点半。我进入那家小咖啡烟草店,坐到吧台前,一边擦干脖子,一边喝掉一杯朗姆酒,舒舒服服在那里待了一个小时。女出纳还年轻,不太丑。还有两个女人在织毛线,其中一个年轻的,浓妆艳抹。街区的许多年轻人来玩,他们互相认识,都认识这两个女人。一拨人进来,开一阵玩笑,便去打弹子了,另一拨人进来又开了阵玩笑。我觉得深入到巴黎深层,对所有这些人都挺着迷的,几乎产生了好感。费好大劲才从长凳起身离开。

我到达排练场,溜进幕后,怯生生坐在放映厅。他们正在彩排。马沙这次演吃白食者,很出色,尽管他漂亮的紧身长裤,悲惨地悬在脚后跟上直晃动,而不是把他鸡奸者的小屁股紧裹得绰约多姿。其实只要换条裤子就行了。在阵阵笑声中,他开朗地说:"我要你跟我的一个西班牙朋友成亲,此人的姓名长得像运河,五六个名字串在一起,他只跟男人干那种事情。"杜兰照例十分高明,演得既阴险奸诈,又走投无路似的唉声叹气,凶恶的眼神炯炯然,煞是漂亮,这是他最好的角色。图卢兹低声跟一个戴眼镜的少妇说话,她是杜兰的一个侄女,管舞台服装。她终于看见我了。"亲爱的萨特,"她过来坐到我的身旁,"我得承认,我完全把你忘了。"很快,话锋一转,面无太大的难色,接着说,"听着,给我帮个忙吧。你跟杜兰讲一下,你已回来几天了,因为我不乐意对他说我在费罗尔接待了佐罗。"她隐晦地补充道,"当时不得不说是因为女佣,有人去过。他反正无所谓,我就声称那人是你。"我们谈得不多,因为照例找她的人很多。最着急找她的是乔治·奥里克,她恰当地说他像只鸭。说到我,也很恰当,不过粗俗一些:猫头鹰。她对我说:"我或许让奥里克谱写《普路托斯》的音乐。"我惊讶地问:"为什么不让米罗做?他的才干高得多,你对他做的《尤利乌斯·恺撒》很满意嘛。"她扭扭捏捏地说:"没错儿,我总跟他合作,很尊重他,但我想换个口味,对他不忠实一下。"稍后她向我承认,乔治·奥里克追她,死追不放,让她好不得意,"因为你想,我还是小姑娘的时候,要是有人向我解释谁是乔治·奥里克,我会把他当成大人物,那时如果有人向我预言他会追求我,为了从我这里得到一些东西,我会惊喜不已的。看到他如此低声下气而失望,叫我觉得很有趣。"她还对我说,她打算聘用玩具娃娃以便适应她的想法,并在她领导下做布景和为《普路托斯》做图萨格的服装。"权当她的实习吧,还可以领到薪水。"不过,她净打呵欠。

杜兰过来,跟我握手。但一个相当难堪的场景,打断了我们温馨的谈话。原来是一个叫吉尔代斯的老演员,他扮演法官。以前他颇有才华,现在连他自己也感到不中用了。杜兰已经毫不留情地让他当众受辱,对他说:"喂,吉尔代斯先生,把假发摘掉,演得自然一些,越自然越好。对,对,就这样。这个时候,您哪,要叫人发笑,是吧?"等等,数落了好久。到了第三幕的重头戏,吉尔代斯开始颠三倒四,忘记自己的角色,一会儿忘这儿,一会儿忘那儿,始终不对劲,把人名都搞混了,尤其把沃尔波纳和莱奥讷的名字都搞混了。他心慌了,可怜的老头儿感觉得出来,这是他最后的机会。他用痛苦的目光环顾四周。自然而然放慢了台词,给自己留出回忆的时间。杜兰虚情假意地上台抓住他的双手说:"瞧瞧,吉尔代斯先生,像您这样的老演员,不应该害怕嘛。来吧,从莱奥讷进场重新开始。别慌张。您会演好的。请您说快一点。"杜兰反身下来坐在图卢兹旁边的折叠椅上,悄悄对她说:"很麻烦哪!他把节奏拉慢了。应当快一些的。瞧,糟了,他又出岔子了。把整个戏都弄砸了。"图卢兹笑了笑对我说:"大伙在幕后给他支个梯让他爬上台出庭,两个人扶,他还头晕。大伙不得不把他推上台。"我笑不出来,心里挺难受。人若有点儿良心,在发生这一切之后,会乐于看到他在彩排时做出个人的好成绩。

图卢兹对咱们的假期提了几个问题,拖腔拿调,带着鼻音,赌气似的说:"你知道,我不大喜欢听人讲旅行。我听你们讲是为了让海狸高兴……"我生气了,正要驳她:"你也是不厌其烦地讲你的旅行嘛。"但她抢在我之前笑着自己说了。顺便说一声,我还没有找到任何人讲我们的希腊之旅,甚至没有一星半点的透露。但我心里很平静,因为我已经细致入微地记载在厚厚一摞书信稿里了。我跟图卢兹的谈话是断断续续的,因为要听戏呀。再说,我听得很有兴致,尽管《沃尔波纳》不是一出很好的戏。结局太平淡,太在预料之中,而且沃尔波纳的性格不清晰。图卢兹净打呵欠。换布景时我们去罗什舒阿尔林荫道那边喝了一杯。图卢兹为了解闷喝了一杯樱桃酒,同时为了她的肝喝了两杯维希矿泉水。她总有点把话题往佐罗的破事上引,最后犹豫不决地对我说:"我见到了佐罗。""我知道,"我回答,"你甚至对他的歌喉说了奉承话,让他好开心哩。"她笑了,既好奇又得意:"是吗?我对他说什么来着?"我重复她说过的话,她相当冷淡地说:"是的,我喜欢他的嗓子。""你觉得他怎么样?""他挺有趣,是第一流的意大利青年,非常莫纳尔德斯基①,爱耍些无谓的小聪明。你知道,他不等我提问就讲述他的一生。他说他不是鸡奸者,但明摆着就是,而且叨唠个没完。"她停顿了一下,有点迟疑,但十分肯定地说,"他特爱讲别人坏话。"我有点儿不安地问道:"他对你说了些什么?""我想最好等哪天咱们有充裕的时间再把一切都讲给你听,但你得发誓不许向他透露半点风声,行吗?"我发了誓。她提到《普路托斯》,意兴阑珊,正如每次她迟到,或每当心境不宁。但看来杜兰对此剧兴头十足,预言会获得巨大成功。

我们回到剧场,图卢兹扭扭捏捏向我承认她"有个小勾当,表面上不太光彩,其实无伤大雅,因为可能对她的职业生涯有用,演一次坏戏从而有可能经常上演好戏还是挺值得的",还让我"大可不必太严厉"等等。总之她同意上演萨拉克鲁②的《萨沃纳罗尔》。"萨沃纳罗尔?"我吼道。"可是你知道,"她吓了一跳,辩道,"《萨沃纳罗尔》几乎不公演嘛。"我不得不乘出租车回家,因为大雨如注,像母牛撒尿,再说地铁早关门了。以至于第二天我不得不敲母亲竹杠,让她掏出自己十法郎的每日开销。我于二十二日星期三再给图卢兹打电话。我会给咱俩订约会,不太靠近,别担心,就订在星期六或星期日吧。我没有把照片给她,东西还留在德·鲁莱家。

八、其他:

a. 母亲送我一件极好的仿鹿皮雨衣(二百二十五法郎),引起威廉和冷月婆娘的赞赏。再说,威廉越来越恨我,因为佐罗让他确信我把他当做糊涂虫。

b. 我去看了我那所中学,一座巨大的红砖建筑,我母亲说:

---

① 意大利一著名贵族世家。
② 阿芒·萨拉克鲁(1899—1989),法国戏剧家,由杜兰一手扶植起来,极其多产,作品好坏参半。

"活像凡尔赛宫。"位于一个阴森森的街区,空气十分清新。尼赞说过,十五区的女孩子月经来晚一周,如果是真的话,那么这里的女孩子月经定会提前一周。但这跟我不相干,反正四十三路公共汽车,二十七分钟从蒙巴那斯把我直送到学校。这样,我几乎比您离您所在的莫里哀高中更近。我是否跟您说过我母亲不讨厌我在她家搭午饭。有一辆可怕的免费公共汽车,从讷伊到帕西只要十分钟。"咫尺之间,你一抬腿就到。"好在这些美丽的鸟就像稀有的鸟:免费公共汽车每三刻钟过一次。再说,我继父情绪恶劣,老骂我,动辄恶语相加。所以我说服母亲,我每周四去吃午饭,每周日吃晚饭,这就足够了。她只要求下午见我一会儿,这合情合理,眼下她挺坚强的,更何况继父令人难以容忍,她担心我厌家。

九、冷月婆娘两口子。他们又找到我的行踪,因为他们自然早就丢掉了我的地址。他们找到圣雅克街 200 号我外公家的门房,冷冷地说要见施韦泽先生。门房摆足架势对他们说:"施韦泽先生进公墓已有三年了。"之后,和软下来,说没有我的地址,便把我那照相师舅舅的地址给了他们。他们给摄影师打电话。摄影师回答:"普洛①吗?我有六个月没见到他了。"接着就把咱们的地址说出来了。他们给我打了两次电话才来见我。"我是吉拉尔。你想到我们的家具了吗?"我听出冷月婆娘出于自尊不肯亲自打电话,却在那边电话旁嬉笑。我把跟他们的约会定在周日早上,但承认不知谁能买他们的家具。其间,周六,我向佐罗提起此事,他跳将起来说:"我需要一张长沙发和一张桌子。"冷月婆娘两口子会照单全给,还有椅子等等。因此,周日我见到他们乖乖坐在丁香小园圃咖啡餐馆。他们抱怨早晨起得太早,冷月婆娘事先提醒安德烈:"跟萨特打交道很麻烦,他总那么风风火火。"我得意扬扬向他宣

---

① 普洛,萨特的小名。

告,我为他们的家具找到买主了。但他们对这个消息完全无动于衷,冷冷地说:"好,好,一言为定。必须叫买主签字立约。"说罢就专心研究其他计划:在莫塞时,冷月婆娘住婆婆家,看见一个十二岁的西班牙小姑娘,问她是否乐意让她收养,小姑娘两眼盯着她,抓住她的双手不放,非常可爱地回答:"乐意。"他们问我是否该收养她。我回答:"为什么不呢?""但收养下来得花钱呀。"冷月婆娘趁安德烈下楼去洗手间时说道。"不至于花太多吧。"我谨慎地回答。"念高中贵吗?""嘿,高中免费呀。""是吗? 安德烈,"她见丈夫走上楼来便喊道,"萨特劝咱们收养小姑娘。""那就收养呗!"安德烈回答,一边点燃烟斗。

再说,他目前正想去美国,因为一个神甫对他们说那边找得到好职位。"让-保尔,我在尼斯用了三小时想您的事儿,想到甚至您都没有试图做点大事业,心里很难过。""此话怎讲?""哎……"她做了个莫名其妙的手势。她穷够了,三等舱的旅行受够了,她严厉训斥我居然在戈蒂耶桥上过夜①。此外,她干了一件蠢事,蠢得不能再蠢,说起来倒蛮有趣。她告诉我:"您知道我父亲刚去世两个月吗? 我得知他病危时,决定去看他。我总认为,一个卑鄙下流一辈子的家伙临死时没有理由不承认自己干的下流事,既然已经没什么东西可失去了。于是我好奇地想看父亲承认过错。那是一种体验,明白吧,既然我从未见过临死的人。我去了,他只身一人在套间里,平躺着,只有个邋里邋遢的老妇照料他。父亲对我说:'嗨! 你来啦。一周来我跟你丈夫干上了。''怎么啦?'我问。他大声嚷嚷道:'这全是喇叭的错。'人家忘了告诉我他得的是结核性脑膜炎。我发现他已疯了,感到非常失望,因为我原来总想体验一番的。"

---

① 萨特和西蒙娜·德·波伏瓦从希腊旅游归来时曾有过此事。

可爱的海狸,我刚收到您的电报,非常高兴明天见到您,但很过意不去让您不得不缩短一天旅程。余言明日再说。亲吻您,非常爱您。

又及:您到邮局"税务处"去取五十法郎,鬼知道为什么中央邮局不接受电汇。

九　月

我迷人的海狸:

正准备给您往斯特拉斯堡发信时收到您的电报,那么就把信寄存在圆顶咖啡馆。

明天上午我陪继父去出土文物馆。

下午两点半见冷月婆娘。我已答应了,因为她对我说:"我需要见您。"

我原定六点钟会见小博斯特。

我马上取消与小博斯特的约会,六点和您在圆顶会面,这样就可跟您共度整个傍晚和一长段良宵。

我爱您,我迷人的海狸。

又及,设法向您双亲借二百法郎,如果您去看望他们的话,您瞧,我们彻头彻尾身无分文了。

沈志明 译

1938 年

致西蒙娜·德·波伏瓦

七月某星期日

我迷人的海狸：

现在是八点左右。我在圆拱餐厅，刚吃完一份很好的牛排和四季豆，外加一份水果馅饼，一边看侦探小说。我不知道塔妮娅是否到了，刚才不想回房，担心遇见她们。她若到了，查佐里奇就给我留条。昨天我很不乐意离开您呀，您这个满世界瞎逛的，要不是有这种满处行走癖，您现在还跟我在一起，满脸笑意。您在什么鬼地方？今晨，我为您挂丧脸，因为天色阴晦，于是我想象您在某座小山高处，固执地凝视您脚下的灰色云海，就像钓鱼人凝视水面的浮漂。然后我想象您穿透云层，吞食云絮，随时都有摔断腿的危险。现在我高兴了，因为我想象您在吃菜汤，怡然自得，喝着您的半杯葡萄酒。我爱您，小固执鬼。至于我，去了那位夫人家。我们在黑暗中聊天，她一想到您便笑，她说："海狸让我乐。""我觉得海狸太逗人了。"她尽管不想上山爬坡，但这让她产生好感，还说您"挺会安排生活"。她为不得不很快离开巴黎而感到扫兴，天气那么好，白天却没有时间出门。我建议她出去走走，她很高兴地接受了。

我们走小小的费鲁街，咱俩曾多么幸福地从那儿经过，我对她说了咱俩在那儿的幸福情景。然后又经过别的街，经过拿破仑街和新桥，到中央菜市场瞎逛，到处是筐篓，气味，摊贩，默默干活的人都面带倦容。有些筐顶上饰有玫瑰，二十步外就闻到草莓香，其他的筐不太显眼,顶端饰有白色和蓝色电灯。也有大筐大筐的水田芥,筐里的菜摆成一个个花圈。我们看见一个失臂者,一个真的或假的死人,一堆堆睡觉的人,一些妓女,所有日常所见都有,还有黄色灯光下一摞摞筐篓和一堆堆白木货箱,显现着似是而非的怪色。我们返回时走昏暗宁静的街道,但热浪腾腾,就像不是国庆节的国庆节之夜。那位夫人感到气愤,竟有那么多商人。她思考片刻后说:"骨子里,我可能是轻商的。"

我陪她回家,她想在客厅里给我安排个床位,由于光线的缘故,我拒绝了。我回家已是半夜一点半,一直睡到十点半,吕西尔①来电话把我喊醒。我去接电话,眼睛红红的,沉沉的,她的声音缓慢而混浊,拿腔拿调:"我昨天来看您,够意思吧?"我态度挺冷淡。"您没有别的什么要对我说吗?"她问我。"没有,再见。"收到我母亲从皮亚纳②寄来的一封信和一篇著名的荷兰文章的译文。太过奖了!文章的确比别人写得更聪明更严肃,但这样的夸奖我不会太当真。何况我对我的书已厌烦了,甚至厌烦写作了。我不讨厌塔妮娅来,献殷勤的一波三折可以使我稍稍淡忘这一切。一封利奥内尔的信,开玩笑的。但我不给您寄去。我穿好了衣服,决心堂而皇之利用一下我的自由。写作,看电影,鬼知道呢!日程不吸引人,甚至想荒唐一下的单身男人也提不起精神,我没有太大的欲望工作。

那位夫人前一天请我去她家,我应邀去了。莫普斯和伊佐尼③在她家。伊佐尼花六法郎买了一本《恶心》简装本,题词是节录的。佐罗来了,他在圆顶咖啡厅遇见吕西尔,她正找我呢。他对她说我把什么都告诉他了,她有点儿脸红,但红得不过分。他问

---

① 吕西尔,杜兰的女学生。——原注
② 皮亚纳位于科西嘉南部。
③ 伊佐尼,莫普斯的丈夫。——原注

她:"谁主动的?"她回答:"他可能有印象是他吧。"我们吃午饭,然后我给布迪画侏儒和仙女,佐罗出于纯粹的反常让我们反复听《迷娘》①的唱片。大家跳了一会儿伦巴舞,佐罗和我跳的是个性舞。六点半我们离开那位夫人去圆亭咖啡餐馆玩一种新的游戏。嗨!可爱的海狸,有意思极了。与其他游戏相同的是有许多小电陀螺和小铃,但弹子一旦碰到某个障碍,便优雅地跳将起来,然后在盒子里疯转。玩了一会儿,便索然无味了,不过等您回来我还会高兴陪您玩玩。出来后,发现吕西尔在圆顶,她从十二点半待着没动窝,一直等我。我跟她见面一刻钟,她说话动听却带刺。她对我说:"您想玩我,您手段高明就像穿黄皮鞋的巡视员,您心里有数。"我回答她:"我向您保证,您引不起我足够的兴趣让我乐意玩您。"她笑了,接着说:"嘿!萨特呀,萨特!您开始叫我喜欢了。"当然是故弄玄虚,女人的老一套,怎么想都可以。就在那时,她的埃及佬来了,为我卸去了包袱。然后我来到这里,吃饭,给您写信。现在做什么呢?唉,可怜的小海狸,我自己也不知道。我想还是去看电影吧。再见,最最迷人的小美人!明天接着写吧。

七月,星期一十一点半　于圆拱

我迷人的海狸:

首先说两个情况:1.我非常爱您。2.那个精神分裂症患者没有死。他跟他的孪生兄弟就在我对面,甚至看上去气色不错,还活跃地环视周围。但这种活力也许是做戏。

我想象不出您在哪儿,很恼火。不知道为什么仿佛觉得您穿

---

① 迷娘,最早出自歌德(1749—1832)的长篇小说《维廉·迈斯特的学习时代》,是一个姑娘的名字。小说中关于迷娘的诗后由贝多芬及不少作曲家改编成乐曲、歌舞曲等。原文 Mignon 有多层意思,其中包括法国亨利三世宠姬的名字。佐罗是同性恋者,却对迷娘情有独钟,所以说他是"纯粹的反常"。

着湿漉漉的鞋在一片草地里。昨天找不到任何叫人看得下去的电影,尽管仔细查阅了《巴黎一周》①。我从圆拱出来,佐罗跟着跑来,眼睛像看门人似的一眨一眨:"跟吕西尔怎么样啦?"我无可奉告,他今天三点见她,把她带回家。不知道他搞什么鬼名堂。我九点半叫了一辆出租车,信口说去歌剧院,然后沿着那里的林荫大道,察看一家家电影院。根本没有好看的:《女总统》《巴尔纳伯》《拉斯普京》,不一而足。我遇见帕特里和他的婆娘,她眼下已有眼袋,神情严肃,头戴一顶黑色美丽奴羊绒帽,难看死了。丈夫搂着妻子的双肩,带着业主社会和厌倦的神态。他没有看见我。我走进蜡像馆对面那条诲淫的小走廊,一律关门,书店、下流电影院,要不然我会扔进某个投币口一个法郎。一片昏暗下,走廊反倒恢复正派样子了。末了,十一点钟,我乘地铁,回到旅馆。没有查佐里奇的信。我有点儿恼火。查佐里奇的房间黑咕隆咚,门顶上没有钥匙。

自从奥尔嘉事件,一切有可能与多情最微弱的相似表示,哪怕是一点点神经紧张,我都立即加以扑灭,心里有一种根深蒂固的恐惧。现在明白了这种补偿现象,所以对第二天与塔妮娅会面的快乐已经不存太大的希望。不仅仅对奥尔嘉,而且对全世界我都产生了"反凝聚"心理。我于是睡觉,心中闷闷不乐,为塔妮娅来的那几天不能投入写作而遗憾。我在耳朵里塞了些小棉球以抵制听声响的诱惑,然后,终于睡着了。半夜十二点半,脚步声把我惊醒。我惊跳起来,打开电灯,看看是否有人从门下缝中塞进纸条。没有。我穿着睡衣下楼,直奔查佐里奇房门,还是没有钥匙。于是又上楼,摸黑走到窗口,颇为怡然自得,因为看着人们回家挺富有诗意。一个戴鸭舌帽的胖老头踱来踱去,神情诡秘。对面楼房七层

---

① 《巴黎一周》预告每周在巴黎上映的电影以及各种戏剧、文艺娱乐活动。

一个妇女在脱衣服,在窗后走来走去,越走脱得越光。半夜一点我关上百叶窗,放心上床,我是这么推理的:既然塔妮娅晚上要来,博斯特一定去牧师家了,故而奥尔嘉不跟他在一起。假如塔妮娅没乘六点或九点的火车来,奥尔嘉会去等子夜的火车接她,要是等不到,一气之下返回房间定是半夜一点差一刻。既然她房间没有人,最大的可能是塔妮娅乘六点的火车到,她俩一起去某个地方了。我一直睡到十点半,醒来见到塔妮娅的便条,约我两点在圆顶会面。楼下,奥尔嘉留了一个字条要钱。我从她的房门底下塞进五十法郎。够吗?给她旅行用的,她今天下午走,我听见她俩谈话了。之后,我来到这里,读了一会儿书,便给您写信了。现在中午十二点,我要写一会儿骚文。今晚再给您写封短信。

七月,星期一晚

我迷人的海狸:

现在是七点欠十分。塔妮娅在她房里休息,我在等煎火腿加素什锦,给您写几句。天气晴朗,田园诗般的亮丽。巴黎一整天都像座花园。您会对我说:为什么不喜欢真正的花园呢?怎么,我清楚记得在格龙斯巴赫本堂神甫住宅①那些富有诗意却闷热凝重的下午,能怪我吗?再说,我不讨厌石砌的花园,一点点小灌木,几处可怜的盆栽或箱栽修短果树丛,倒把炎热衬托得极其别致,谁都感觉得出来。今天天热,但可以忍受,咖啡馆里清爽、阴凉、隐秘。按时间顺序,要说的事情很少。我一点半钟到达圆顶,奥尔嘉和塔妮娅穿着漂亮的小罩衫已经在露天座位,但我不愿打搅她们。我下楼去电话间放东西,在那里碰见吕西尔,她头发上系一小块艳色头巾,活像个马提尼克女人,热情中

---

① 一旅游胜地,位置不详。

透着哀婉、柔情地抚摸我的胸脯。我对她很温柔,她提出要跟我待在巴黎,我回答说这两个星期都排满了。她很失望。她把小手伸过来让我亲吻之后,我离开她去找塔妮娅,这时塔妮娅独自在露天咖啡座,非常友善地接待了我。我们几乎立即出发去给她姐姐多送一些钱(总共给了一百法郎),奥尔嘉态度审慎,温文尔雅。我和塔妮娅步行到朗姆酒店,在那里又遇上她,她一直没等到博斯特,很失望,于是跟我们一起喝了一杯白朗姆酒。她给博斯特的气压传送件太晚了,没能找到他。尽管塔妮娅有点儿醉意,我们三人的聚会仍不失为怡然自得。最后留下奥尔嘉独自应对,塔妮娅和我去穆夫塔街,温柔地互搂着腰。我们到靠近戈布兰街那家您妹妹常去的意大利咖啡店又喝了一杯,然后到植物园走了走,便叫一辆出租车回来了。

七月十四日

我迷人的海狸:

今天是七月十四日,嗨!下午五点我在圆顶。外面,维朗布尔街上,一个可爱的先生头戴大礼帽,踩着高跷,他一边自转,一边演奏手风琴。他转动得非常快,起先我以为他穿着绿橙相间的条纹套服,但他停转后,我看清他穿的是意大利喜剧丑角菱形图案套服。天色灰蒙蒙的,阴霾满天,活像马奈和梵高的国庆画里那种灰色共和氛围。此处因佩隆的到来中断写信好长时间。他参加完人民阵线游行回来,上衣纽扣还别着红标签。"忠于誓言!执行纲领!共和西班牙万岁!"他大讲特讲他的妻子,由于妻子是俄国人,又大谈特谈一般斯拉夫人的性格。我坐不住了,他倒不妨碍我给您写信,——反正已下决心无论如何让他马上滚蛋——可信写完还得写骚文呐。唉!可怜的骚文!何时能写完?也许要到拉普埃兹才完得了。圆顶咖啡厅清爽阴凉,我想念您。不止一次想到您的短途旅行,想象您在舒适的角落阅读《笔杆》①。今天半夜四点,送玛蒂娜·布丹到她下榻的旅馆,正准备叫出租车,察觉已是四点,天快亮了,想到您在居洛兹,已经醒了,正背着小包沿着黑色的列车奔跑。我步行回去,想象着同一淡紫色的天空下,一列小火车沿着远方昏暗的阿尔卑斯山脉蜿蜒经过,进了站台,而您,我的宝贝,娇小玲珑,站在小火车前面,这是一种多么相近而现实的同时性哪。我非常眷恋您,跟您灵犀相通,只因完全不同类型的睡眠而分开。我爱您。

我十分喜欢摩洛哥,也十分喜爱你们大家,要是能完成我的中篇小说,我就心满意足了。哎,不,有个阴影挥之不去:贝克和戈代②竟出言不逊地索取欠款,高达九百二十五法郎。我想干脆不付。结束东一榔头西一棒的闲扯,言归正传。今天下午四点从父母家回来,平淡的一天之后,心血来潮去敲雌老虎查佐里奇的房门,想逗逗乐(我猜她得不到妹妹的消息,定在赌气呢)。一个充满睡意的声音回答:"谁呀?""我呀,我的好查佐里奇,"我巧言令色,"可不可以跟您聊五分钟呀?""不,眼镜蛇,对不起,"她回答,声音郁闷而尖酸刻薄,"我睡晚了,正起床哩。""还是明天走吗?没有留言嘛。""是的,但还没去火车站呢,今晚给您留条。""您还是没人理吗?""我没再想这事,"她冷冰冰地回答,"不过是的,我想是的。""唉!记仇的小东西。"没人回答。几秒钟后,我贴着门说:"那么再见。"回应的是一声含糊而无力的再见,我转身走了。就这些。

回到布丹事件上来。此事进展神速。昨天我跟她接吻了,这狂热的姑娘吸我的舌头就像电力吸尘器,吸得我现在舌头还痛。

---

① 《笔杆》(1938),亨利·米舒(1899—1984)最重要的散文集,此标题出自《一个耍笔杆的人》(1930)。

② 贝克和戈代,萨特的裁缝师。——原注

她波浪起伏地全身贴紧我,对事情走到这一步看上去很满意,但没有交换任何誓言,放心好了。按顺序讲吧。我晚上九点到马欧咖啡馆跟她见面,因为她没有任何站得住的理由到圆顶来找我。她姨母下午走了。小布丹先见了梅洛-庞蒂和让-瓦尔。梅洛-庞蒂用温和的责备语气对她说:"别让萨特熬夜太晚,他不喜欢晚睡。"又若有所思地对她说,"理论上萨特是个很讲道德的人,我琢磨他实际上是否也那么好。"她认为这是个警告。她姨母也给了她一个警告,对她说:"你为什么留下?""为了萨特,一个很好的人,辅导我做毕业论文的先生。"姨妈大喊大叫:"萨特!当心啊!他跟西蒙娜·德·波伏瓦是姘居的呀。巴里夫妇对我讲,没有一个女人抵挡得住他。至于瓦尔,他身穿浅灰色全套上装①和高尔夫球裤,系粉红领带,穿粉红衬衣,在等着她。"他让她坐进一把扶手椅,说道:"我给您念一首有关您的诗。"他跳过太过具体描绘她体态的诗节把诗念完。她记住了一句,这句在她就相当于一首长诗:"玛蒂娜,小女生,我称你塞西丽娅。"

之后,他大致对她这么说:"您就不要参加教师资格会考啦,您在床上更有天赋。"他的谈吐自命不凡到极点,毫不怀疑他有机会成功。她夺门而出,怒不可遏,深感被污辱了。为了安慰她,我向她建议的论文题目是:《柏格森和胡塞尔著作中的时间》。她没有布唐②的任何消息。我们溜达了很长时间,然后到双怪咖啡餐馆喝酒。巴黎真叫人受不了,老是"尚未竣工"。到处是梯子和脚手架,一群群人大声喊叫,手舞足蹈,好像为搭台唱戏搬布景,可戏台还没有完全搭完。很多人提着小油灯给他们从下到上照亮。我对她说,她其实挺坏的,引男人们上钩时对他们说:"请帮助我学

---

① 即包括上衣和背心。
② 布唐,法国极右作家,曾是玛蒂娜的恋人。——原注

业上进,先生。"她承认了。整整一个多小时,她实在叫人受不了,庸俗而狂躁。于是,您想象得出,我开腔了:"那天晚上比较愉快,因为布唐夹在我们中间。我们俩单独在一起时,难道就不能相互容忍吗?"自然我讲到"以诚相待"的原则,这下她规矩了,她说:"我会的。"于是她乖乖的、静静的,睁着温柔的眼睛听我高谈阔论。我们一起去了圆顶,我抓住她的手说:"我对您有兴趣。您挑起了我的欲望,这是很少见的,因为我的血气不旺。不幸,我不知道拿您怎么办,我可不是布唐,不会给您许空头诺言。您闯进我的生活就像一条狗闯进九柱游戏①,必遭冷遇。我乐意接纳您而一点也不需要您,其实这更让人愉快。我可以给您三天时间,好好抓紧,尽量做点有用的事情。"无耻的说辞,却有修昔底德②笔法之技巧,也许此处含而不露,但效果好极了。片刻之后,她便倒在我的怀里,我们紧紧搂着回去,她默不作声,全身心依偎着,脸带陶醉的微笑,而我,不时按惯例说几句话。我觉得她似乎很想请我跟她一起去她的房间,我假装没觉察,因为我不想跟她睡觉。我步行回房,默诵起您知道的那首诗(重读时觉得那句子特恶心)。我上床睡觉已是凌晨五点。

　　星期五下午:坏了。梅洛-庞蒂爱上了玛蒂娜·布丹,似乎相当强烈。……玛蒂娜·布丹接待梅洛-庞蒂的时候,眼泪往肚里咽,伤心欲绝。梅洛-庞蒂上场,她告诉他她和布唐分手了,他对此完全无动于衷,但建议晚上陪她出去。"可我得和萨特出去。""啊!萨特对我没妨碍。"他坦率地回答。于是她告诉他,她更愿意单独见萨特。据说,这么简单一句话叫他脸都发青了。他久久无言,然后很吃力地问道:"如果我前天要求跟您接吻,您会怎

---

① 九根小木柱组成的游戏。
② 修昔底德(约公元前460—约前400),又译修昔的底斯。古希腊历史学家。

样?""这个嘛,不知道,既然您没有要求,那就是您还没有足够的欲望,或者您感觉出我不愿意……说到底,我想,我会说不。"他听了,张口结舌说不出话,几乎要哭出来。她也是如此。他脱去外套,只穿衬衫,走到阳台上,嚷道:"我其实并不爱您,不,我不爱您,我不认为爱上您了。"又哭丧着脸说,"我想,永远不再爱……"然后又说,"没有什么可向您解释的,但上周我跟一个我不喜欢的女人睡觉了,太可怕了。"他回到房间里坐下,十指交叉,盯着拇指,很费劲地说,"您自己没有意识到,您有一种非同寻常的魅力。"然后讲起我来,"萨特搞这一手太差劲,其实他跟别人一样。他说他关照您,因为您的聪明引起他的兴趣。总之,这就是他想要的。"之后,他忧心忡忡,"你们俩到底想干什么? 您也不好好想一想,这样会把您引向何方?"她说星期天的事到此为止。不过梅洛-庞蒂还说过一些话:"这简直是发疯,您以为分手就能解决问题吗,这是缺乏勇气。"他还说:"您知道吗? 萨特这家伙不是拉拉您的手,跟您亲吻一下就罢休的,他会干脆要求您跟他睡觉。他爱您吗?""我不知道,也许吧,反正我无所谓。"于是他说:"您应该等几天再跟萨特见面,以便弄清你们互相之间究竟怎么回事儿。不管怎样,今天我在学校过夜。您若需要我,您可以夜里任何时辰叫醒我。"说完,他灰溜溜地走了,有如丧家之犬。

  由此可见,首先他断定我要流氓,梅洛-庞蒂的判断,不可漠然视之。其次他立刻想到布丹和我之间产生了爱情。我心里很别扭,因为我担心她也这么想。于是我跟她进行了一场艰难的会谈,把事情讲清楚。诚然,我对她有性爱,但她在我的生活中没有位置。我不仅对她讲到您,还讲到塔妮娅。当然她伤心地说:"这一切我全知道,您不需要强调。"那我就无计可施了,我问她是否觉得我的行为像坏蛋。"不,我们都清楚,是两个人都心乱神迷了。不亲吻我,那才叫坏蛋哩。""从什么时候开始您想到我若有意,您就让我吻?""从在加布里埃尔·马塞尔①家初次见面。"然而接下来她开始赌气,借口我对她说过我爱她:"我不能接受这个,这超过了我的承受能力。如果您爱上了我,您就和所有的人没什么区别了。"您瞧瞧,这就是她闹脾气的真正缘由。

星期六。我的宝贝,我没有很多时间把我想您的甜言蜜语写给您,如果想继续写上述故事的话。请记住我非常眷恋您,很想收到您的信。但今晨没有您的信,也没有塔妮娅的信,她无疑在闹别扭。不过收到罗杰·马丁-杜加尔②的一张卡:"读完您的书③之后给您写点什么呢?太担心作为'自学者'④发言,更担心被归入坏蛋之列。不管怎样,您的书还是非常出色的,我很高兴它名不虚传。"还收到一本赠书——《一个失败主义者的自白》(1917—1919)。作者埃迈勒的赠书题词如下:致《恶心》伟大的、非常伟大的作者让-保尔·萨特,作为打巴雷斯屁股的纪念,特此奉上怎么赞赏也不够的题词(这不是单纯的礼节用语)。还收到波朗一封短信,对《多斯·帕索斯》和《床笫秘事》⑤表示肯定。现在回到我的故事上来。

玛蒂娜满腹怨气,我也气急败坏。我们来到福斯塔夫酒吧,我狠狠责骂了她。她一下子垮了,像一颗折断的树倒在我怀里,求我带她去房间,我同意了。她在我房里过了夜(还有第二夜,她还将在这儿过一夜,星期日的第二天早上才离开)。我们默默无言地互相抚摸,这一夜没有什么可叙述的。我什么都干了,就是没跟她

---

① 加布里埃尔·马塞尔(1889—1973),法国天主教哲学家和戏剧家。
② 罗杰·马丁-杜加尔(1881—1958),法国作家,代表作为《蒂博一家》(共八卷,1922—1940),1937年获诺贝尔文学奖。
③ 指《恶心》(原名《忧郁》)。
④ "自学者",《恶心》中的人物,一位人文主义的自学者。
⑤ 《床笫秘事》,短篇小说,连载于《新法兰西评论》(1938年8月、9月号)。描写精神反常的一个病例:主人公非常憎恨自己的肉体。

性交。她的肉体足以表明她属于布布①所说"风情万种"的那种女人,在床上极具诱惑力。……

总之,我挺满意,像一扇监狱之门那般得意。请看我对今夜满意的表述,今夜从感人的角度看是完美无缺的,而前一夜她有点儿故作高傲,因为某些东西让她感到拘束。我不愿太殷勤,何况我的说辞也让我无法殷勤,她不愿说她爱我,尤其在我作了那样的表白之后。曼恩大道露天乐队的乐曲是我们俩之间唯一的联系,我是说声音上的联系。某个时候,楼下传来 Some of These Days②。她正想听这首乐曲,我对她说:"这就是 Some of These Days。"别的什么也没说。她要睡在我的怀里,弄得我没法合眼。天亮后她对我说:"我不嫉妒塔妮娅,永远不会接受您给她的东西。我嫉妒西蒙娜·德·波伏瓦。"我认为此话出自正确的感觉。瞧见了吧,在她眼里,您决非糊涂虫或什么因循守旧的老派③。相反,她对我说:"一直以来,我想找个男人,像您跟西蒙娜·德·波伏瓦那样相处。"我对她说她完全可以做得到。说完,她变得烦躁起来,手足在床上乱动,把头埋进枕头,我在一边穿衣服准备去找查佐里奇。明天我再给您叙述跟查佐里奇的会面以及跟梅洛-庞蒂的谈话。不过还得告诉您小布丹闹别扭和发神经的原因:她觉得我让人泄气,因为我执意不肯跟她性交。在这一点上,我坚持住了,您很快会知道为什么。可爱的海狸,请记住,在种种狂风暴雨中,为跟您紧紧联系在一起,我把握得不错。在这封信中看不出来,因为我要说的话太多了。

温存地亲吻您,可爱的海狸,明天一天都会给您写信。我

---

① 布布,费尔南多·热拉西的绰号。——原注
② 英文:《有一天》,拉格泰姆乐曲(源于美国黑人乐队的早期爵士音乐),由黑人音乐家谢尔顿·布鲁克于一九一〇年作曲并作词,曾风靡一时。
③ 一个被萨特拒绝的女人曾责备他更喜欢"一个因循守旧的老派"。——原注

爱您。

又及:随时准备接收我的一封短信或电报,务请二十九日在马赛。因为,很可能那位夫人尽力安排二十九日晚跟咱俩共进晚餐。她看上去很诚心诚意且愿望强烈。

七　月

我迷人的海狸:

唉,我累坏了。三夜睡了六个小时。激情使然也。我几乎撑不住了,但傍晚前必须见一见拳击手和洁洁。刚见过您妹妹,之前见了霍夫曼①,谈他的文凭的事,还见了我父母。一天就这么过了。今晨八点四十五分送小布丹上火车。她的离去给我留下一点哀婉的回味,我觉得这妙人儿非常正派,很感人。我跟她度过的既美丽又伤感的两夜,显然打破了我的平静,给我留下了一种辛酸的遗憾,很惋惜在我的生活中没给她留出一丁点位置。悲哀的是她如痴如狂地爱上了我(至少跟康克夫人相仿),她执意要把她的童贞献给我。我拿不准是接受还是拒绝。在这方面多留个心眼还是需要的,总而言之这是一件非常困难和令人不快的事。您会说这样不太谨慎。不,一切都妥善解决了,她高高兴兴地离去,不再抱任何希望。

十五日星期三,我陪查佐里奇上火车。之前,她和我在红色咖啡馆,小布丹很惹人注目地在吧台前闲逛,眼睛肿得像杯底,查佐里奇以锐利的目光注视她,我于是说出我刚跟小布丹过了一夜。查佐里奇激动起来,谁知道为什么,她觉得此事美妙动人,对玛蒂娜·布丹产生了好感。我乘机对她说塔妮娅不给我写信,以说心

---

①　霍夫曼,萨特过去的学生。——原注

腹诽的语气透露塔妮娅可能嫉妒布丹,请查佐里奇作为好朋友从中斡旋。她受宠若惊,但觉得乱套了,这时我目光望着远处,审慎且克制,以单调的声音说:"别搞错呀,我珍爱您的妹妹如同珍惜自己的眼珠。""塔妮娅要是犯傻,"她立即以保护者的语气对待我们俩和我们可爱的小姑娘,"我尽力调解吧,我答应您。"(她说到做到,跟塔妮娅谈到凌晨六点,今晨我收到塔妮娅一封温柔体贴的信。)

　　我在查佐里奇面前殷勤巴结,百般讨好。她临走时有点儿烦躁,但一点也不忧伤,挺亲切,对我极好,大姐姐似的责怪我跟布丹的那档子事。火车开动了,我们挥动手帕。之后,我去了那位夫人家,我觉得她完全受制于辅导生。那家伙真叫人受不了。他变得比他姐夫更会讲闲言逸事,尤其是现在还能讲点趣闻了:"您知道素食者和给人堕胎的女人的故事吗?"等等。他正在打行李,在屋里到处走动,可总能及时赶回来发表高见。看来我像个犯错误被当场捉住的孩子,当时我确实处于这种状态:我为从梅洛-庞蒂那里抢走布丹感到遗憾,甚至感到罪孽深重。我四点钟到圆顶,边等霍夫曼小子边给您写信,就是您在沙莫尼收到的那封。霍夫曼来了,告诉我说贡蒂埃一家把科舒瓦①赶出门外。首先因为他们发现他考试名落孙山,其次因为他在鲁昂跟女人发生不正当的关系,传得沸沸扬扬。科舒瓦曾给霍夫曼写过信,充满孤独者听天由命的内容,字里行间很动感情。霍夫曼把他的信念给我听了。然后耐心细致而沉闷乏味地向我解释科舒瓦的情况,无非又是遁世之类故事。末了,见了见洁洁并约她今晚再见。然后梅洛-庞蒂到了,他总是容光焕发,留着平头,哪怕是遇到恶劣的暴风雨。我们热忱地开始谈话,兜了会儿圈子,终于他点出正题:"告诉我,关于

---

① 科舒瓦,萨特过去的学生。——原注

玛蒂娜·布丹,我没有说过你是坏蛋,我只想说……""老兄,我来这里不是听你解释,而是要向你解释。""不,老兄……""不,老兄!"客气过来,客气过去,一团和气。最后他提问了:"喂,为什么你不跟她做爱?"此话不易说出口,我猜促使他向我提这个问题,与其说是为了对玛蒂娜·布丹有个说法,不如说是出于对既成事实的兴趣,出于对逻辑的爱好(这种爱好从前曾导致他走向宗教)。我解释了为什么。其理由就不向您赘述了。(您心里清楚,我不做爱,是因为你禁止我这么干,说:"别让自己陷入困境。")

"她①很惊讶。"他温和地告诉我。"她认为我令人泄气吗?""我得跟她谈到这份儿上,不过她是很惊讶。她从前对奈娜姨母说过:萨特不错。他若要求跟我做爱,我会同意的。而你根本没有提出这种要求,她感到非常意外。""她想做什么,我就做什么。"我因她有这样奇特的家庭关系感到有点儿窘迫。接着是有关纯性欲的性行为的心理学长谈,如您所知,我认为这种关系是卑劣的。我感觉出梅洛-庞蒂让谈话弄得很疲劳,但我以为这是一种健康的劳神,头脑就像肌肉,正如那位夫人所说,应当锻炼。梅洛-庞蒂乘机对我说她嫉妒您。"这是可以理解的,"他补充道,并好奇地问在我服兵役的时期,您是否并未在图尔"孤芳自赏"(原话如此)。"不会吧。"我谨慎地说。"是吗?因为西蒙娜当时给我写信道:回去后也许向您宣布个消息,也许没有。"嗨,海狸,您脑子里想什么来着?提及布丹的嫉妒,他竟问起我跟您的关系。我对他说了您的想法,一劳永逸地解决了问题。关于这方面,咱俩已经不担心我在春天发生的小麻烦了。"我一直想,的确如此。"他对我说。不过他对我不肯与小布丹做爱仍然有些耿耿于怀,我看出他由此得出了某些结论,好比一只蚂蚁身后拖着一片小木块。但我

---

① 指玛蒂娜·布丹。

一时猜不出是些什么结论。"她没有把对布唐的爱转移到你身上吗?""这很有可能。"我谦逊地说。"你觉得我要是处在你的位置上,玛蒂娜会把这种爱转移到我身上吗?""为什么不呢?"我看出他记住了我的回答。您将看到必要时他会派上用场的。我们一起出来,我恢复了平静,他则几乎自命不凡了,我猜不出其中的原因。我叫了一辆出租车去看望玛蒂娜·布丹,临走时我如重任在肩般对他说:"总之我将尽力而为。"意思是,我将随机而定是否撩小布丹的裙子。"你真蠢。"他答道,始终带着温和的微笑。"但就是这样。"我坚持。而他,沉思着说:"也真是这样。"跟您说什么呢?我极其实诚而又带点卑鄙地想象,他已经恢复平静,不再爱玛蒂娜·布丹了。我带着微微的醉意来到马欧咖啡馆。

可爱的海狸,寄上这节没头没尾的信,尤其没有任何小妞儿的事,没必要早寄给您,我想您喜欢故事胜于爱的抗议。但要知道我的心总是为您在骚动。我星期三整天都可以跟您叙说,但这之前没有时间写信了。我爱您,非常善良的小海狸。

七月,星期三

我迷人的海狸:

今天是写信日,有十二封要写。从给您写信开始,非常高兴终于有时间对您说我全身心地,非常强烈地爱您。完全真实的,一尘不染的,就像许许多多我重新见到您的那些小时辰。例如在岩山①就是这样,在祖格峰②也是如此,一切都能满足最苛求的情意。若说有什么使我不快的话,那就是我猜想您出发的时候,皮肤

---

① 岩山,位于勃朗峰的意大利边界内的一个山峰。
② 祖格峰,德国最高峰,拜恩阿尔卑斯山脉的主峰,海拔两千九百六十三米,在南部与奥地利接壤处。

白得像白萝卜,而现在准是个黑发棕肤的女人了。那位夫人一谈起您就笑您出发时的样子:"海狸真逗。"边说边笑出声来。海狸,可爱的海狸,我真贪心,老想见您。

现在听我说,有那么多事情要向您叙述,但大部分事都令自己心烦,小布丹走后我所做的一切都那么烦人。很想立刻跟您讲讲昨天巴黎出现的奇怪的悲情风貌(有关英国国王和王后的),但做不到哇。言归正传,接着讲周五晚上的事吧。我被梅洛-庞蒂适度地申斥("跟她做爱吧")一顿后,离开他去了马欧咖啡馆,找到了玛蒂娜·布丹。"怎么啦,"我说,或大致这么说,"你想跟我做爱?"我不讨厌以"你"称呼她,因为她是普罗旺斯人,跟她的褐色皮肤很相称。"不,不再想了,因为我太爱你了。"也好。如果您想准确抓住她回答的含义,应当知道小布丹在自己两种非常不同的童贞观之间摇摆。第一种童贞观,即自然童贞观,当她"置身其间",我敢说,那就是她的图腾、她的神力、她的童贞情结原始的和最终的交割,这是她能献给一个男人最美的礼物。这时候,男方也应当把自己的一切奉献给她。其结果是:她无限期地保留自己的童贞,不能随意用来消遣。嘿!我若不再是处女,那就会在阴茎之间飞来飞去,又轻松又快活。从这种矛盾产生第二种童贞观或称自省观。我们就凌驾于童贞情结之上,就"置身其外",人们说:"童贞是什么?一种情结窝,一个麻烦聚集处。如此重视处女膜,这恰恰是情结。赶快做爱,不管跟谁。甩掉童贞的同时,便是摆脱情结,便是抛弃童贞价值的虚幻信仰。"

她认识了我,喜欢上我,便想:"为什么不是他呢?"这个问题涉及自省层面和自省童贞观。随着这个想法越来越认真,她不由自主地离开理性阵地,完全陷入情结不能自拔:她若爱我,必然想跟我做爱,奉献给我许多许多;她的爱情突然改变了她的童贞的意义和价值。这不是没有道理,既然她越来越依恋我,作为正派、身心健全、讲道德的男子,我就不能像拔牙似的轻易地摆脱她。另一方面:如果说她太爱我,所以不请我当外科医生,而要她把全身心奉献给我,又还爱得不够深。自然,处在这种中间阶段,既有爱情高峰的冲动,又有自省观和理性的回归,她整夜叫人难以忍受,弄不清她究竟想要什么……

然后她到科贝伊找"人"去了,我则去了母亲家,待到下午三点,让昨夜搅得昏头昏脑、头重脚轻的,清醒不了也不想清醒,仿佛周围飘荡着一种又浓又黑的块菰味。三点到圆顶,见到拳击手、莉莉和留在他们身边整一年的十二岁小表妹。彼此问候和亲热一番。拳击手一表人才,形体仿佛十八岁,身手矫健,依然瘦削挺拔,上半身基于腰部旋转自如,好似卸下的一个部件围绕一个轴自由转动;他黑色的头发撒满银色;依然是那张小脸,固执地带着稚气,尤其那受惯娇宠的孩子般的嘴唇,记得吧?上唇突出,鼓鼓囊囊,下唇收缩,赌气似的藏在上唇下边,最后与下巴融为一体。不过其他所有的线条都变硬了,瘦骨嶙峋,两鬓枯槁,颧骨高耸,在英俊的小伙子脸上呈现一颗农夫的粗硬脑袋。他亲切随和,莉莉也是。我们陪莉莉和小姑娘上火车,她们去敦刻尔克。然后我们返回拉丁区,趁天清气爽散散步。

他还是老样子,一如既往投身达达主义。只不过达达派不再是原来的样子了,他不再是自然崇拜者了,"因为总不能说吃胡萝卜比吃牛排更自然吧"。现在令他全神贯注的是高乃依式的英雄主义,他从罗冈丹身上看到现代的代表人物。他又跟我讲了一遍阿兰关于爱情盟誓的整套理论,并向我解释他对莉莉的爱情就属于这类。他对莉莉一往情深,最大的幸福是不厌其烦地要她反复讲述少年时期那些乱七八糟的故事,如何让一些家伙折腾她等等,不是出于恶癖,相反,是为了歌颂上天赐予的恩德:"她过去是那样,而今是这样,她就是这样一个人。"他从现今他俩的幸福和明智的角度,重温和判断他们共同的过去和各自的过去,觉得这样做很有必要,好像不断重提往事便奠定了他幸福的基础。他讲得津津有味,认为这是天造地设,同时又觉得这体现天缘巧合。他不时怯生生地对我说,好人总是得到好报。当他半裸着身子躺在裸体的莉莉身旁听故事时,他便朗诵高乃依或马拉梅的作品,或漫步在耶尔群岛①上。我终于明白了什么是古典派:这就是一种复读的类型。博纳费就属于这种类型,没有永无止境的渴求,没有不断探求其他事物的欲望,故步自封,读一页书就足够。一件事情到了他那里就成为用之不竭、精确无误的主题。于是他面对任何一个必要而固定的客体,都有点儿想入非非,以致这客体不时穿透梦幻闪闪发亮,就像太阳穿过云层。有了对幻想的求证和提升,突然之间云散天开,重读一行诗,觉察这诗句简直是坚实而永恒的生灵,便叹为观止,如此等等。对风景也如此。看得少读得少想得少,总是回到相同的风景、相同的书籍、相同的思想,并无限期地围着它团团转。

下文就不必赘述了,可爱的小东西,因为这叫人厌倦(还可以写上几页呢。再说我意识到我完全没有把想说的讲清楚),但您知道以下这点就够了,即我从来不认为古典主义不是一种学说、一种意志趋向、一种历史培育,而觉得古典派是一种典型的地中海人,激情洋溢,遐思冥想,淡淡的哀愁,如此等等。不折不扣的"古典",就是说,第一,不断重复,即回锅再煮;第二,面对一个永不枯竭的客体反复述说(在这层意义上,我觉得神殿的圆柱最具有取之不尽的含义,因为神殿圆柱什么也说明不了,却是最古典的);第三,从某些物体的静止不变中体验某种快感,面对它们,自己却软弱无力地慢慢变化了。您瞧见了吧,这自然通向幸福,完全不是

---

① 此处指法国东南部耶尔海外的群岛。

您的那种激烈而短暂的幸福,但这种幸福的描绘充斥十五、十六乃至十八世纪的著作之中。博纳费绝对是这种古典派,他自修成才,不见任何人,深居简出,只读古典作品,献给莉莉海誓山盟的爱情,觉得总是忙得要命和幸福得无以复加。他不时对着一张纸热情地感叹:

> 秋天来临,风卷走树叶,夜幕降临:我真想能够感谢尊神。

毕竟不算太看不过去吧,有点儿像疯子荷尔德林①的诗。不过充当古典派必须有强烈的激情和狂热的仰慕,这使我困惑不解,让我匪夷所思。标准的主题客体,应当明显超越现时的人类范围。由此,古代作家对我们而言就是经典作家。我之所以对您这么说,是因为在博纳费面前我扮演着古人的角色。我从未见过如此令人心满意足的仰慕。若不是我知道这是他的秉性使然,我会感到别扭的。他幻想,表白,当着我的面激动;他怠惰,松弛,愤慨,好像面对维吉尔②不停地讲话。他只要求我在那儿,不作声,不时迸出一句用之不竭的话,就像一根圆柱或一句圣诗,"您怎么做出来的,说说看!"于是我说我的想法,完全明白一切都用之不竭,只要有古典性就行,也就是说有深刻的意义。于是他哼哼唧唧,眨巴眼睛,因为他觉得我刚才突然放出一束强烈的光线使他眼花缭乱。"啊哈! 对……对……您开导我了! 嗨! 是这样的,我胡闯乱撞,迷路了,这下好啦。一句话足矣,请您重复一遍,准确的怎么讲?"说得够多的了,足以让您感到他是多么亲切、可爱,却又招人腻烦,因为他在我面前有意显得意志薄弱,这是惯常的事情。我知道,在喋喋不休的时刻,我用一个词就可完全改变他絮叨的含义,或颠倒他絮叨的方向。但他看上去仍给人好感,讨人喜欢。

---

① 荷尔德林(1770—1843),德国诗人,曾患精神病。
② 维吉尔(公元前70—前19),古罗马诗人。

他住在庞特雷莫利①家,白吃白住,非但不知恩图报,反而对他说:"请原谅我直率,我认为您是臭不可闻的糊涂虫,您的作品是些垃圾。""我知道得很清楚,"庞特雷莫利说,"感谢您反而让我越来越自信。但这不妨碍你继续住在寒舍,不必客气。""我才不客气呢,"拳击手说,"条件是今天下午您不得在家待着,因为我想让萨特看看这所房子。""我这就走,"庞特雷莫利说,"这就走。今晚我在一家极好的餐馆吃饭,您若没有更好的事情可做,我将很高兴在那里款待您。"就这样,我看了看庞氏夫妇的套房,靠近奥尔良门的一座楼房六层,非常明亮,非常清爽,只因居住者的形迹使之黯然失色。但想不到让我看到了缪里埃尔②的画作,更没想到她有才华,她早已画下不少小女子的形象,优雅且性感,什么样的姿势都有,靠窗的,在沙滩上的,在乡间田头的。这些画令人愉快,使人快活。我惊得目瞪口呆。目前她学油画,我看到她一幅严肃的油画,一幅不怎么优雅的裸体,但画得很好。现在的问题是在画好的同时,如何寻回她最初那些画的优美。我相信她将来画的一定讨人喜欢。我七点欠十分离开拳击手,到圆顶等玛蒂娜·布丹,抽空设计了一篇报刊框边短讯,非常有趣,抄录如下:

帕佑先生之死

我同胞帕佑先生不慎触高压线,回家后微微打战。医生被唤至床头,诊断为发烧,无大碍。但帕佑先生凌晨出现不容置疑的碳化迹象,上午九时焙烧至死。特此向其家属致以真挚的哀悼。

刚写完,玛蒂娜·布丹走上前来,几乎坐进我的怀里。"我

---

① 庞特雷莫利,萨特和我在索邦大学的同学。——原注
② 庞特雷莫利的妻子。——原注

没完没了地想您。""我也是。那么咱俩去睡觉吧。"说干就干,时为傍晚七点十分,瞧见了吧。必须到居雅街布丹的旅馆取她的行李,她第二天早上八点动身,但我们决定晚上十一点去取。随后是抚摸和轻薄。在伤感中她是迷人的,我若想到这一夜是我们最后的一夜,我会毫不费劲地随着玛蒂娜·布丹陷入一种悲哀和有点儿令人窒息的被迫感。我一生中很少有事让我这样身不由己和迫不得已。子夜,她突然变得非常烦躁,推开我又重新抱住我。最后对我说:"不属于你叫我心烦。我要你进入我的身体。""你要我试试?""你别弄痛我呀。"我轻轻试了试。她呻吟起来,我对她说:"瞧你这副样子,此刻我弄你和你自己用手弄是一样的,自尊一点,别嚷嚷。你莫名的害怕,还呻吟,不害臊吗?"她微微一笑说:"况且你一点也没弄痛我……"但过了一会儿她大声说:"行了,行了,停下,求你啦。"我放过她,对她说:"你现在不再是处女了。"我想真是如此。她紧紧搂住我,什么也没说,一味地吻我。她容光焕发,因为她想:"这是我爱到真正想让他占有我的第一个男人。"这是她后来告诉我的。我们步行到梅迪契广场,已是半夜两点。她生硬地讲了一通保持童贞的极无聊的理由,我终于对她说:"你在胡言乱语,你心里有数。"于是她倒在我怀里呜咽起来,说她说的都是真话。我们到了快要关门的加普拉德旅馆。我对她说她确实好极了,她惊叹的眼睛充满泪水,凝视着我说:"你!你哟!你真棒。不能想象有你这样的存在。"说完,我们去取行李。这穷酸破陋的旅店漆黑一片地沉睡着,我们摸黑找错了房间,然后拖着笨重的书箱下楼,把屋子弄得震天价响。我们叫了一辆出租车,回到我的住所,把小布丹所有的行李胡乱放在楼梯脚下,然后睡了一会儿,早晨七点就去火车站了。她着实可爱,在车站餐厅,她容光焕发地对我说:"我很幸福。""想着咱们九月再见面,"我说,"咱们的事儿要到十月一日才结束。""即使咱们的事儿此刻结束,"她回答说,"我依然深感幸福。我知道我和康克夫人一样,豁出命爱你。"说完就跑去追赶火车,只剩下一分钟了。她随意跳上一节车厢脚踏板,站稳后喘着粗气,躬身弯腰,优雅地凝视着我,什么也没说。火车开动了,她的双眼湿润了,但仍保持着微笑。晚上回房,我发现床单上有点儿血迹。

可爱的海狸,我从波朗那里出来,他说了如下让我受用不浅的话:一、已经确定聘用我为一家月刊写专栏,从十一月开始每月三百五至四百法郎,以后逐渐增至五百法郎。专栏的主题由我任选。二、听说龚古尔奖非常可能有我的份。加利马起先不乐意推荐我,后来改变了主意,因为他觉得我最有机会。

就这些。明天跟您讲今天下午如何与美诗神相处。此刻我想让您知道我对您柔情似水,因您这个妙人儿不在而感到惆怅,甚至有点儿痛苦。但您给我寄来如此有趣的信,看上去您玩得很开心,真叫我高兴。我在红色咖啡馆,玛丽·杜巴正唱《我的外籍军团士兵》,便又想起您那张专心致志的亲切的小脸蛋,那天我号啕大哭,而眼前我仿佛又看见您患上胸膜炎,骨瘦如柴,怯生生地坐在床上,如此哀婉的丽人儿。我想,假如音乐不是突然中止,我孑然一身,离您又远,说不定会潸然泪下的。

我爱你。

我不去拉普埃兹了。

有件事会给您打气:一份非常严肃的小学教师官方报纸发表长文,论述波朗的《旧义重温词典》,现炒现卖,向小学教师推荐,用以教导学生。文章指出:"向学生们指出,十二指肠从前指质量最差的肉,其鲜为人知的含义却是一种兵器。"波朗是社会主义者,以此取悦小学教员,真烦透了。

季奥诺①发疯了。

七月,星期日上午九点三十分

我迷人的海狸:

匆匆给您写信,小查佐里奇正在小绵羊②耍小姐脾气。我下楼迎她时她已是火冒三丈,没准我要等许多时间了。我想向您问候,跟您说些亲热的话,因为非常眷恋您。昨晚在歌剧院③一顿晚饭吃得昏天黑地,想起咱俩的晚餐,田园诗般的纯朴温柔,有时是高深的谈话,例如谈及价值或数学的性质。我想象着您称我"矮兄",我由衷地爱您。再说我有的是空闲浮想联翩,因为那一位眼泪汪汪,死不开口。拌嘴吵架纯属偶然:她盯着菜谱,点了一份夏多布里昂,满脸的犟劲已是不祥之兆。菜点过,侍者走了,她问:"夏多布里昂是什么?""烤肉。"唉!她不禁喊出声来:"烤肉!"失望至极,但说什么也不肯改点别的菜。因此电闪雷鸣,您想象得出,大块烤肉驾到,咄咄逼人,放荡不羁,足有八分之一公斤,细嫩含脂,油汁灿然,一块"肉质鼓鼓"的大肉,千真万确。她使劲嚼肉,盘子里的肉看上去很不得体,像一架三角钢琴放在精神分裂症患者住的阁楼,看上几眼,肚子就胀了。而看来一切都是我的错:我若不是把脸板得跟牢门似的,人家满可以向我打听夏多布里昂是什么东西,但人家实在没这个心情。再说,跟我在一起总是这样,她跟别人去餐馆,别人善于悄悄向她建议。"别人是谁?""有一次,维奥莱特·布罗沙在冈城。还有就不知道了,噢,还有布朗太太。"她吃完四分之三烤肉,差一点没呕吐,诉苦道:"比蜗牛还难吃。"抑或用一种无法模仿的语气:"嗨,细细嚼吧!"我若对她

---

① 季奥诺(1895—1970),法国小说家。
② 小绵羊,鲁昂的旅店名。小查佐里奇即塔妮娅。
③ 指歌剧院啤酒店,在鲁昂。——原注

说:"别吃多啦。"她马上切一块塞进嘴巴含着,神态坚定地说:"不,不,必须习惯吃肉,医生对我说了,如果我一天不吃一顿肉,我会贫血到最严重的程度。"然后她擦掉嘴角的一点黄油,宣称,"这里做的菜太糟糕。"夏多布里昂烤肉笼罩整个夜晚,直到半夜十二点半:烦躁、责怪,一会儿她说:"我身体感觉不错。"一会儿又说,"我身体感觉不好。"非常幸运的是最后在小绵羊的一间房里,我跟她拥抱亲吻三个小时。说实话我每次都有所进展,倒是我内心冷漠,因为心里犹豫不决。

  对啦,我前天见到吕西尔,带她去金瓶餐馆吃晚饭。她温情脉脉,见了圣母像便产生性欲,先让我边吃烩什锦边抚摸她的手臂。这种吃饭时的调情叫我厌恶,尤其因为那位夫人和我,前一天在烘烤店瞥见一双下流男女就是如此调情的,一双又老又胖的男女。所以我抓住她的胳膊像使用工具柄,毫无性爱。"您不善于做微妙的抚摸。"她轻蔑地说。之后,她完全放肆了,竟说:"萨特,我的小萨特,我想让你摸摸摇摇我的乳房和小腹。""我十一点还有约会(见那位夫人),"我说,"十点半到十一点可以为您服务。"我们叫了一辆出租车便走了,她径自躺在沙发上,拉我压在她身上,当然不乐意让我亲吻,只说:"紧紧抱住我,真想感觉自己是小鸟依人,小鸟依人,小鸟依人。"而我,觉得自己像个白痴,我认真地拥抱她几分钟,温存地对她说:"你瞧,我厌烦了。"她用力推开我,坐起来哭开了:"我总算有一次与人相依,他却对我说:你叫我厌烦。"接着她眼睛瞪得圆圆的对我说:"这是悲剧,萨特,这是悲剧。"我们一起下楼,我问她:"你到底想要什么?你半推半就,怎么能抓住男人呢?别人跟你怎么做的?""别人爱我呀,"她边说边笑,"我允许他们抚摸,他们高兴都来不及哩。""可你知道,"我对她说,"我不爱你呀。你想要我爱你,使的手法多奇怪呀,可用醋是抓不到苍蝇的。"她听了又哭哭啼啼地诉说:"我很清楚你不爱我,但听到直言相告总是很难受的呀。"我于是滥献殷勤,尽可能温言款语相待。"我没想到你能这么和蔼地跟我说话。"她说,高兴起来。她还想跟我待上一会儿,但我十一点与那位夫人有约,便离开了她,且并非毫无礼貌地求得一个小小的亲吻。我临行时更以最无耻的腔调说:"行了,你已经得到我温柔的心、甜蜜的心!"(因为她抱怨我没有心肝。)我把这一切讲给那位夫人听,逗得她笑个不停。

星期日七点。笺头向您明示我刚从鲁昂回来。整个白天闹得昏天黑地,中午时分,因为我闹着玩轻轻打了一下她①的屁股。她装腔作势,我火上浇油,闹得不可收拾;她抽抽噎噎,我死皮赖脸。结果如下:双方认同,我是名副其实的拈花惹草之徒。斗嘴之间,甚至谈到接吻。她不掩饰从中得到的强烈快感。最后我问她:"你爱我吗?"她不知所措,因为这是她要负责任的誓言,所以只乐意回答:"眼下我爱您。"这两天我非常尴尬,难以适应,因为我习惯于唾手可得的女人。昨晚甚至想抛弃她。但最近几个月所有给我面子享受火焰般激情的女人中,没有一个像她如此秀色可餐,没有一个像她多情得如此哀婉动人。事情终于搞定。

……

要讲的事多得顾不过来,看来要选择一下。首先,没忘告诉您梅洛-庞蒂,在跟我会见的第二天,自命不凡地去见玛蒂娜·布丹,向她暗示他并非不知道她对他的恋情。他宽容快乐地说:"其实,您与萨特那档子事,谁对谁都没有爱情。"他解释道,她并不爱布唐,既然她这么快就把情感转向我;她并不喜爱我,因为这只是移情别恋。他非常怡然自得,用隐语让她抱希望,明年将得到他暗恋的补偿。她向我讲述时气急败坏,唾沫四溅。甚至最后一晚,她

---

① 即塔妮娅。

到圆顶不久倒在我怀里时,他打电话来向她确保友情。后来,他给她写一张通信卡寄到米隆堡,附此信寄上,非常令人不快和自命不凡。"尤其言之无物。"那位夫人说。他还有一封长信,我不知写了些什么,因为玛蒂娜·布丹只在断断续续说情话时提起过,好像比较叫她高兴。就这些。我前天在学院酒店遇见他,明天下午两点至四点在巴尔扎尔咖啡馆跟他约会。关于他的事说完了。

  第二个故事:尼赞夫妇。周二晚从八点跟他们在一起直到夜里两点。尼赞给我带来《密谋》①,献词如下:"赠让-保尔·萨特,尤其是第九十二页,他的朋友尼赞。"我立即翻到九十二页,确有其事:"爱发号施令的萨特,曾经是个完美的笨蛋……"我说在我给他写的书评中,将加上:"唯一的谬误:爱发号施令的萨特肖像。"此书将于十月十四日出版,我将把书评寄给梅克内斯。可怜的小海狸,还将寄去我对《迈蒙尼德》的书评以及有关胡塞尔的一篇文章。我们在烧烤店吃了晚饭,他们夫妇去享受一场"非常尼赞"的电影,图卢兹如是说。我想说的是关于西班牙战争的一部美国电影:《封锁》,具有和平主义的倾向,霉雨似的令人厌烦,对拥护共和政体的人有利,但说到底,影片里所有的共和主义者都是奸细。这部电影在奥林匹亚剧院电影厅放映,为了到那里去,我们穿过在巴黎林荫大道②上诚惶诚恐、密密麻麻的人群。人们聚集在自下往上照亮的绿生生的树木下,参加庆典似的举着英法皇家小军旗,人们来这里相聚,因为英国国王在巴黎。人群与国王之间不可能有其他关系,只能守候着在爱丽舍宫里与外界隔绝的国王。但人们依旧示威,充满尚武的激情和不祥的欢乐,面孔显得高贵起来。不难想象某个容克③扔下几个炸弹,然后巴黎林荫大道一片

---

① 《密谋》(1938),尼赞的作品,描述法国青年知识分子革命的政治经验。
② 指巴黎市内共和国广场与玛德莱娜广场之间的林荫大道。
③ 普鲁士的贵族地主。

漆黑,万籁俱寂,空无一人。尼赞声音单调地重复:"完全像一九一四年,过三个月就要打仗了。"除此以外,他们像梅雨那样令人讨厌,他们疲倦了,我也如此。我们又闲逛了一阵。

现在讲吉尔夫妇。周一晚上我跟他们在烧烤店吃晚饭。他们无声无臭,平淡无奇。谈话的大主题是"希腊之旅",虽然很快成为过去,但掩饰了面面相觑。我们一团和气,但不知道该说些什么。我把他们领回西北风旅馆,让他们在查佐里奇的房间过夜,房里仍飘浮着查佐里奇的气味。周三我去那位夫人家,跟她在厨房把残羹剩饭吃了。四点半,吉尔没按铃,用他的钥匙进屋,样子怪怪的。他发现那位夫人在家很不好意思,强颜打趣,十分尴尬地说:"我本不想打搅你们,很抱歉在这儿碰上了,我会让你们吃一惊,因为要给巴黎各家医院打电话,美诗神本应十二点半回家,可现在还不见人影。"她到巴黎市中心购物去了。自然,吉尔没完没了地给各家医院打电话的时候,我们三人都很难受。那位夫人把我拉到一角说:"今晨,我恰好梦见她死了。"您知道吧,她预见美诗神结婚的第二年死亡。预见的日期正好是这天。假如什么也没发生,那美诗神就得救了。上午那位夫人还对西蒙娜·德·斯托克兰提起此事,并说:"我猜她今天要死的。"那位夫人的阴暗心理作怪了,令人怀疑,她到底有几分希望如此?最后他们叫来出租车要我去圣米歇尔林荫大道101号探望美诗神是否回家了。我发现她安然无恙,但神经兮兮,紧张得要命,因为曾经当过艺人的看门女人对她说,吉尔到太平间找过她。其实她只不过因国王车队和这几天滞留巴黎市中心水泄不通的人群阻挡而晚回来的。但让那位夫人生气的是,她是在去的路上受阻的,就是说她到达女裁缝家将近两点欠一刻。她本应在到达时打电话给那位夫人或乘地铁立即回家而不买东西,这样两点一刻就能到家了。"既然我已经到了那边,"美诗神回答,"我宁可做我要做的事情。"那位夫人说:

"我还是很高兴预见错了,猜错了。"可美诗神真像个六岁的孩子,一点脑子都没有。吉尔听见美诗神和我回来,似乎想痛骂美诗神,但被那位夫人劝阻了。

坐定后,我给大家斟上两杯卡尔瓦多斯苹果烧酒,使他们振作起来,于是大家倒在扶手椅里放松放松,喘口气。真是可怜见的。从那儿我直接去找波朗。您知道,谈话的主要内容引起争执,这是少有的一次。他把我介绍给让·格雷尼埃①,此公极力劝我不要去摩洛哥,因为太热。他刚从那边回来,说是夜里与白天一样炎热。走着瞧吧。似乎在马拉喀什土著城还有斑疹伤寒的危险。恐怕是事出有因吧(原话如此)。

宝贝,还给您写些什么呢?净是些没多大意思的普通会见,比如拳击手居然让我看莉莉全裸跳舞。剩下的锱铢细事以后在船上跟您讲吧。一会儿我就去拉普埃兹,只待到明天。后天去贝克。我爱您。此刻我有一种出远门的焦虑,今年的一切都已成往事。我真想跟您在一起,我的宝贝,唯有您才能使我产生生活在崭新时刻的感觉。唉,您是我心里眼里的魅力,我生命的支柱,我的良知,我的理智。我如痴似狂地爱您,我需要您。

别忘了我三十日上午到达,车站餐厅约会。与那位夫人的计划落空了。

致西蒙娜·若利维

七　月

亲爱的图卢兹:

你装死装得太过了,可惜。我们准备出发了,确切说,海狸已

---

① 让·格雷尼埃(1898—1971),法国作家,加缪的恩师。

经走了。她现处萨瓦山顶。我么,还在巴黎,但时间很短。一篇哲学文章给我带来美滋滋的艳遇,妙人儿是剧团的女生①,就是那天在排演《普路托斯》时你向她借铅笔的那位。我去马赛跟海狸会合之前,好好享受一下艳福。

我非常感谢你为推销我的书出了力。明天我就亲自去纳瓦兰街送马黛茶和彭比拉茶,都是来自阿根廷的。附上给杜兰的一封短信,内容有三:一、暗示我对他的赞赏和好感。二、明喻我对他的感谢,他对加利马采取的行动是有力的,决定性的。三、大胆明确地对利用这些工具提出看法,事情不像你们想象的那么简单。

再见,亲爱的图卢兹,我们非常遗憾见不到你。直到九月十五日我将只身留在巴黎。你一回到西北风旅馆就给我电话,咱俩出去散步,假使你乐意的话。我们将从摩洛哥给你写信。"你那方面呢",如克雷米尔所说,给我们发一两封短信,寄到非斯②留局自取,假如你想让我们高兴的话。你要是给我们写信,我们就给你带回一件小饰物。不管怎样,我们都会想念你,亲亲热热地想念你。

特此问候。

致西蒙娜·德·波伏瓦

七月底,周二晚上

我迷人的海狸:

刚收到您的电报,马上就给您回信。我非常眷念你,很想趁此

---

① 指玛蒂娜·布丹。——原注
② 非斯,摩洛哥北部城市。

炎热跟你到摩洛哥某个地方,您这富有人情味的人儿。小查佐里奇越来越像蜻蜓那样反复无常,我深感重荷难负哇。我多么希望您在场,多么愿意感觉您的小手臂挽在我的手臂里,多么乐意给您讲故事,让您评论。昨晚实在难熬。她因跟奥尔嘉的和解及奥尔嘉的离去而心烦意乱。我徒劳地百般温存,起先在舒蒙山岗,然后在学院小酒店。在第二处,我的温存使她不悦而颤抖。在德朗布尔街,我亲她的嘴,她却说厌恶接吻,因为接吻不是接触,这不是一回事(她的意思是说接吻也是一种插入——但实际上不是这么回事),也许她就是和别人不一样,她就是这副德行。"可是在鲁昂……""此刻您竟跟我谈起鲁昂?"我们到达她的门前,她不太愿意我就这样离开她,我们找不到开关。我又怎么也划不亮火柴,她扑哧大笑,发神经似的,我们就这样待在明暗之间,门敞开对着明亮的走廊,窗户洞开对着月亮,坐在奥尔嘉未整理的床上。

当下她向我解释她不知道什么是性感,说肉欲使她不快,因为她不可能跟我发生完整的关系,因为她永远成不了艺术家,而要在艺术上成功必须有性感。我竭力让她平静下来,把她翻倒在床,拥抱她。但她一会儿就挣脱了,我火冒三丈地走了,听见她急促地跑进洗手间呕吐起来,大口大口喝下去的白色朗姆酒和赫雷白葡萄酒搅得她胃里很难受。撇开这一层,她的体态倒是楚楚动人的,留着长发,穿着天使短裤。我美美地睡到十二点半,去圆顶跟她会面已是两点。她既羞愧又胆怯,我一整天冷落她,突然跟她摊牌,宣布我跟她的关系完蛋了,如果她还不爱我的话。她答应我要怎样就怎样,这是在王宫附近一家迷人的小咖啡馆,我多么想带您去,可爱的海狸,为什么偏偏带查佐里奇两姐妹而未带您呢?就在那里,她向我解释,只要触摸和几个亲吻(跟布罗沙和跟我)就得到了肉体快感。这就是她所谓的没有性感。我把这个惴惴不安和心烦意乱的姑娘送回她的房间,隐约威胁:"我们的关系完蛋了。"之后,我找到您的电报。今晚就把这封信发出,接着开始写另一封,明天寄出,万一我收到另一个地址的话。

再见,迷人的海狸,回来,快回来。您在这里,在您的位置,留给我的实在太少,所以晚上跟您通通短信,以想象跟您真实交谈来体验乐趣。我爱您,小好人,我深深地爱您。

七　月

我迷人的海狸:

没有时间给您写长信,今天不行,明天也不行。但告诉您两三件趣事:

一、我如醉似痴地爱您。

二、轮船联运公司的经理是鄙人在拉罗歇尔中学的同学,还是个情种。他给咱俩安排了一间四人单舱,并发电报给卡萨布兰卡安排同样的回程票。

三、我顿时找到我的小说主题、布局和题目。恰似您所希望的,主题是自由。

第二卷的题目是:《誓言》。

再见,小好人,我正在创作《一个企业主的童年》,定能按时完稿。我爱您。

九　月

我迷人的海狸:

我趁美丽而冷峭的太阳给您写信,心里着实灼热地爱您,不断感到跟您在一起。我觉得跟此地人的关系好像完全是非真实的,他们甚至感觉出来了。巴黎显得冷落而空虚,尽管天气好得很。在圆顶,稀稀落落几个熟客看上去好似幸免于难,比如占星家、几个婆娘、富吉塔婆娘。我们自己的朋友很多,我简直不知道怎么能跟他们全见面：如我昨天见到的博纳费，还要重见今晚出发的布布，一会儿就要跟他会合，周一见图卢兹。昨夜冷月夫妇要求约会。还有回到巴黎参加重演《普路托斯》的吕西尔，刚给我住的旅馆打了电话。幸亏我不在。顺便说一句，这婆娘紧追不舍。我还要见费尔德曼，她悲情满怀地写信告诉我，她"赴汤蹈火也要见我"，我可没有这样要求她。还要见玩具娃娃。天晓得我怎么能写作。不过已开始写一篇关于尼赞的文章，会很顺利的。

在冷月夫妇的怂恿和支持下，我上楼到我的小房间，觉察到我们只剩下四个人，两女一男和我，各自找个角落玩了一会儿，便就地躺下，相当舒服。但睡到夜里三点，寒冷入骨，把我们冻醒了。大家稍微活动活动身子，马马虎虎暖和一下。对啦，我求您返回时为你们俩①租些被子，即使马赛天气暖和，否则你们要冻坏的。我到达时遇见若瑟和他的妻子②，他们见我回来有说不出的高兴，但马上对张伯伦的出访③表示极大的愤慨。若瑟决心不惜一切代价立即参战。他交给我几封信，其中一封是瑞士表姊妹寄来的，她要求把《恶心》译成德文，还有一份新法兰西杂志社的合同，一张收税官不加费的总税单，一张贝克-戈代旅馆的结账单等等。不一会儿，若瑟又上楼怯生生地对我说："妻子和我，决定请您喝一杯牛奶咖啡。"我感激地谢绝了，从此见面时总是交换会心的亲切微笑。布布留下一张纸条，对没见到我就离开表示遗憾，另一纸条却又说他把旅行推迟了，希望见到我。于是昨天上午我去他们家，先见到婆婆蛋糕④，她穿粉红衬衣，后见到布布，他穿睡衣睡裤，还是

---

① 指奥尔嘉和我。——原注
② 若瑟是旅馆职员。——原注
③ 张伯伦（1869—1940），英国政治家，一九三七至一九四〇年任首相。此次出访贝希特斯加登，是与希特勒和谈，结果出卖了苏台德。
④ 即斯泰法·热拉西，费尔南多的妻子。——原注

那副样子。他当然想立即参战,跟若瑟一样,对我国政府的怯懦义愤填膺。婆婆蛋糕用批评的眼光观察我:我不再是以前的萨特,而是对政治漠不关心的法国小资产阶级知识分子,突然面对现实而不知所措。她最后对我说:"您多么烦躁,矮兄,看您心慌意乱的样子。"我根本一点也不心慌意乱,正相反,情绪好着呢。但怎么向他们说明也白搭。所以我们喝着她准备的上品咖啡,很少谈论"突发事件"。布布不再相信西班牙共和派会胜利,也不相信佛朗哥能取胜。他估计一年左右终将签订协议。

然后我回家看了看,家人不太担心,指望法国慢慢放弃,保全和平。继父很希望"我们委曲求全,成为二等国家,在马其诺防线保护下舒舒服服过上好多年"。除此以外,家人和蔼可亲,对摩洛哥很感兴趣。他们租下一所小房子,但两人分别把我拉到一旁对我说,真是勉为其难,这样做是为了讨另一个喜欢。我跟他们一直待到五点,然后写有关尼赞的文章,直到九点会见拳击手夫妇。他们来巴黎已一周,躲避蓬特雷莫利①。他们从八月一日至九月十三日每天读报。十三日晚,为了看一项体育比赛的结果,拳击手买了《巴黎晚报》。他读到"苏台德人最后通牒"等等,说什么"嗯,没准夜里会有空袭"。说完上床入睡,第二天醒来很吃惊:"怎么什么事也没发生?"他补充道,"第二天和接下来两天都没买报,真有壮烈之感。照样散步,照样观看行人,心想:还是什么也没发生。苏台德人干什么去了?"终于蓬特雷莫利回来了,因国际形势而被国务院召回述职。我觉得他说得很妙。由此,拳击手继续讲他的聋子思考,坚信德国人的正当权利。您瞧瞧,这里什么看法都有哇。您想象得出,圆顶充斥着闹哄哄的政治交谈。富吉塔激动得了不得。她在附近一张餐桌,据她的说辞,好像已在双怪咖啡餐馆

---

① 意大利驻德大使。

参加过有关战争的大辩论。她挨骂了。她时下的伴侣想插嘴,招来她的反驳:"你不是我的父亲,也不是我的兄弟,更不是我的情人,只是个伙伴。你若干预我的争吵,你便成为我的敌人,因为你无权代我说话。"

可爱的海狸,也许此处该塞进有关局势的几个消息。您知道,张伯伦到贝希特斯加登是为公民投票讨价还价,可希特勒的要求超过他的预计——即完全吞并苏台德,要求答应之后才谈判。他返回伦敦,召集他的同事和法国部长讨论德国的建议。然而希特勒曾保证他的建议在正式接受或拒绝之前不诉诸武力。这样就有相对的安宁,让您继续旅行。同时亨伦①不合时宜地宣告下台,逃之夭夭,接着很快有两万三千惶恐不安的苏台德人逃离。结果,失去首领的其他苏台德人在不知所措之后恢复镇静,捷克政府宣布解散苏台德党,重新掌握局势。两万三千苏台德人在德国边境组建军团,随时准备行动。如此迅速组建的军团似乎表明希特勒受惊于张伯伦的断言:英国将在德国的侵略下介入冲突。除了其他的手段外,希特勒还打算让苏台德人和捷克人打内战来解决问题,这样就可消除法国干涉的任何借口。这个军团目前静候伦敦的决定。然而在伦敦,官方的处理如下:没有确保过捷克斯洛伐克领土完整的英国人,讨论希特勒的要求后决定:"我们只能间接关注事态,量力而行。"至此,人们不知道英国人给了希特勒什么。大概几乎什么都给了:德国人占多数的乡镇完全割让,德国人占少数的地区举行公民表决。作为交换,英国与法国、意大利、俄国和德国共同保证中立后的新捷克斯洛伐克领土完整。英国政府内部产生摩擦,这不,好几个部长拒绝承担在中欧的新职责。有鉴于此,英国内阁只能说:我们,我们什么也没有担保过呀,是法国人曾跟捷

---

① 亨伦(1898—1945),苏台德的德籍首领,苏台德党的魁首。

克人签订了互助条约,因此应由法国政府发话,于是邀请了达拉第和博内①。但这只是官方的说法。事实上这里好像断定退却来自法国人,是在达拉第的请求下张伯伦才去贝希特斯加登,没准从那时候达拉第就准备作出一切让步。西班牙驻捷克斯洛伐克大使在事件发生前两周就确信无疑了。况且达拉第和博内确实一到英国就宣布完全同意英国的计划。一回到巴黎,全体部长会议就通过计划。从而结束内阁内部雷诺和芒岱尔②之争的传说:大家都泄气了,眼下有关我们即将向希特勒提出建议的情况比较多了,有以下几点:割让德国居民占大多数的地区;其他地区自治,不举行公众表决,由中立的委员会安排;捷克斯洛伐克中立化,从而失去与俄罗斯和法国的联盟(一个中立国家无权联盟),但由不包括俄国的好几个大国确保领土完整。您瞧瞧,这个计划如果是真的,绝对给予希特勒全权:一方面割让捷克斯洛伐克最富饶的地区,另一方面放弃联盟政策,把捷克斯洛伐克变成俄国的前沿堡垒。况且,"欧洲大国一致"造成的事实在未同俄国协商的情况下把俄国排除了。希特勒取得全线胜利。

付出如此代价,我们也许将得到和平,但:

一、捷克斯洛伐克毕竟有权说话。然而该国有生命力的地区割让掉了。捷克人在国家主权或尊严这一点上是不会让步的,很难想象他们会听任自己陷入贫困。他们会说不吗?最近从布拉格传来的消息暗示他们宁愿战斗。果真如此的话,法国和英国能做什么?英国没有任何义务,可能撤出游戏。法国呢?没有英国,法国多半不会单干。俄国已经宣布不会单独干预。怎么样?普遍泄

---

① 达拉第(1884—1970),时任法国总理(1938—1940);博内(1889—1973),时任法国外长。
② 雷诺(1878—1966),时任法国财政部长;芒岱尔(1885—1944),时任国务部长。

气了吗？可以设想，我们曾确保领土完整的国家就这样袖手旁观听任被践踏？前途未卜哇。也许您收到此信时一切都解决了。另外，贝内斯和霍查①难以自行决定，没准将召开捷克议会。但这个奇怪的议会里，"少数民族占大多数，"斯洛伐克人非常可疑，波兰人，匈牙利人等接受打仗，而他们多多少少都要求自治。只剩下捷克人的议会多数派，现在苏台德人走了，还占微弱多数。总之，颇难想象一个政府乐意把国家推入如此这般的冲突中，毫无希望。最后有人指出，假如英国和法国站在捷克斯洛伐克人一边参战，要么英法被打败，进而捷克斯洛伐克从地图上消失；要么英法获胜，那英国也不会同意让捷克斯洛伐克维持现状存在下去。假如捷克斯洛伐克被征求意见后拒绝英法建议，又会产生什么后果呢？大国会不顾一切地把计划交给希特勒吗？在这方面好像无法预料。

二、在拒绝的情况下：很可能希特勒回到原先打内战的计划，动员"苏台德远征军"和十万德国"志愿兵"越过国界。在这种情况下，法国会坐视不管吗？

三、假如捷克斯洛伐克接受被吞并，退却的结果如下：

南斯拉夫、罗马尼亚、匈牙利迟早沦陷于德国的霸权之下。

俄国与法国解除联盟。这里很多人说，届时俄国将转向德国。这是不可能的。事实上，德国驻莫斯科代表带领全体使馆人员离开俄国，匆匆乘飞机回国。

民主国家已彻底失望，永远不可能使希特勒让步。法西斯主义不仅在国际政治领域，而且在不同的国家取得了真正的胜利。希特勒从冒险中壮大了。其结果显然是提出新的要求和发生新的威胁、冲突，至多推迟几年而已。

这就是当前的情景，可爱的海狸。如您所看到的，事情很不妙

---

① 贝内斯（1884—1948），时任捷克共和国总统。霍查时任总理。

呀。战争爆发的危险依然存在,尽管大大减轻了。但即使战争得以避免,形势也不大美妙,不容乐观。然而这里的人们比较镇静,比较高兴,他们以为或许会有几年暂缓。至于我,目前别无他求,看一看再说吧。您那边嘛,假如捷克斯洛伐克拒绝,我想明天就给您发电报。这样您就收不到这封信了。假如他们同意,或者谈判的大门还敞开着,您便可以高高兴兴地继续旅行。

我刚见过布布。他失望地出发了。他认为大国的退却导致共和派的失败。他说,没准墨索里尼受到鼓舞企图最后一搏。我不同意他的看法,此事我想与您关系甚微。他说出发打仗是他做的一大蠢事,弄不明白为何打仗,既然失败是肯定的,只希望一件事情,那就是尽早回来,远离欧洲。我们分手时真是激动,也许主要不是出自真正的友情,而是觉得不知何时和如何能再见面,也因为感到前途未卜。

星期一

《洛桑日报》认为我是龚古尔文学奖的最佳候选人,正中我意。

见到了吕西尔,"讨厌的婆娘"。

见到图卢兹,靓丽得很,刚去了科斯地区搞背包越野步行。有关摩洛哥贫困的记叙打开了杜兰深不见底的眼睛。图卢兹谈到接受《萨沃纳罗尔》的理由时扭扭捏捏。"钱的原因?""不,不……主要因为没有别的戏可演。"她千娇百媚,向我要两千法郎,说一个月后奉还。这不,明天我得去新法兰西杂志社敲伊尔什的竹杠。谈到战争,她认真地说:"打仗总叫人不愉快嘛。再说希特勒是个神秘主义者。"

亲爱的宝贝,迷人的海狸,收到您的来信,您如此忧伤真叫我心里难过。我也因远离您而沮丧,对什么都无太大兴趣,因为您不在呀。但此时写信,我想您大概较有信心,较为镇静了。毕竟还有许多机会可以避免马上发生冲突嘛。我爱您，海狸，依然感到跟您形影相随，四十五天里咱俩相处温情脉脉，在我身心留下深深的印记，我丝毫不曾忘怀，我向您保证。我给杜兰和图卢兹讲述咱俩的旅行时依然难以自已。我没有给图卢兹带回小饰物，虽然曾答应带给她，让她好不欢喜。杜兰每天审慎地喝他用巴拉圭茶调制的饮料，硬说受益匪浅。

星期二

没有您的来信，也没有您的电报，但我知道往哪儿给您发信。收到塔妮娅一封短信，由于害怕战争，这两个星期她度日如年。她写道："现在完了，我焦虑不堪，已精疲力竭，一天到晚睡觉。"

据最新的消息，似乎捷克斯洛伐克接受了英法方案，不过这仅仅是半官方消息。但看来是确实的，不管怎样，捷克斯洛伐克不会反对原则上拒绝。可爱的海狸，我多么想让您读到报刊上稍微叫人安心的消息，让您抱一点希望，让您有点儿欣慰。我爱您。我不封此信，如果今天得到您的地址，我寄给您，否则继续写下去，直到知道往哪儿发信。

收到您的电报，可爱的海狸，我尽快将此信寄出。我这里收到德·鲁莱的一封信，他向我提出许多形而上的问题，最后要求我们二十七日来此见面。他写道，十月一日他和家人，婶婶，也许还有母亲将来这里。因此您若能二十六日左右回来，那就好了，除非有新的乱象。我刚从新法兰西杂志社回来，找到了《巴黎午报》的文章，那家伙恶意攻击我后写道："龚古尔文学奖候选书目的传闻不绝于耳。评委们读过让-保尔·萨特的《恶心》吗？即使他们不乐意读，也得拜读一下。好几个批评家和先行者已经读过，觉得有杰作的味道，并见诸报端，口口相传。甚至有人说十大评委中有好几个，恕不点名，如何如何说……总之，是个最有希望的获奖者，自从出版商'亮出旗下的作家们'，自从获奖作品进入'竞赛'。"

再见,迷人的海狸,我马上把信送去邮局。您难以想象我多么想再见到您。我想,这封信差强人意,但有鉴于形势,尚希见谅。

致 让·波 朗

秋天的一个星期一

亲爱的先生和朋友:

我收到您的信和另一封您发到非斯的信,但此信退回新法兰西杂志社,再从出版社寄到我家。我非常抱歉没有回信。您在信中谈到《一个企业主的童年》。我承认《法国行动》①周围的那些人比我写的要复杂得多。但我只打算向他们指出,一个年轻人,不善于观察又是地道的坏蛋,也能在某种程度上认清他们的面目,只要努力尽社会的和法律的责任也可以自救。可以想象,拿比较有知识的资产阶级主人公来说,年轻人最后加入共产党,故事是一样的,故事里的共产主义也需显得简单,因为要求他做的,只不过是支撑沉沦的生存。

至于我的中短篇小说,七月寄过一份目次给舍瓦松。我觉得次序应当是:《墙》《卧室》《厄罗斯忒拉特》《床笫秘事》《一个企业主的童年》。无论怎样,我坚持一、三、五的次序,至于四、六,当然可以倒过来。但我更乐意把《床笫秘事》放在《卧室》之后,因为我不知道为什么悲剧体裁要优先于滑稽体裁。加利马先生向我建议的日子使我有点儿吃惊,因为我上周见到伊尔什,他向我宣布"依然决定"我的书于一月十日出版。他认为在评龚古尔文学奖之前发表会使我所剩的一些机会彻底失去。说实话,亲爱的先生和朋

---

① 法国"二战"前的极右报纸。

友,我不大明白这种策略,尤其我不太坚持掺和此事,我想您同意我的意见吧。所以,认为什么时候出书合适,就什么时候出吧。我想写个短序,解释我并不是"自甘堕落"等等,这些中短篇标志一个总策划的某个特定时刻。《恶心》确定存在。五个中短篇描绘面对存在出现的各种可能的逃避(《墙》写死亡,《厄罗斯忒拉特》写非理性行为和罪行,《卧室》写幻想的世界和疯狂,《一个企业主的童年》写法律和社会责任),指出每一种逃避都遭到失败,《墙》已为它们圈定了范围,根本没有逃避的可能。我将隐约指出在生存中,有道德的生活是可能的,不必逃避,我打算在下一部小说中说明这种生活。我受够了,总被人家视为没落和病态,其实恰恰相反。但着手写这篇序(两页左右)前,我想听听您的意见。您认为我应该"解释"还是不如任其评说,保持沉默,望不吝赐教。您对我说《床笫秘事》特别成功,根据这种说法,我能想象在《墙》出版时,我将收到一大包脏话信件。

我收到《上流社会的私情》①,谢谢。初读此书,有点儿害怕,但会适应的。我将有幸很快拜读《塔布的花朵》②吗?

亲爱的先生和朋友,谨致友好的敬意!

沈志明 译

---

① 此书不详。
② 《塔布的花朵》,又名《文学中的恐怖》,波朗的著作,一九四一年出版。塔布,法国西南部城市,上比利牛斯首府。

1939 年

致西蒙娜·德·波伏瓦

……

七　月

我迷人的海狸：

　　我看见您了，倚在火车站的栅栏上，很开心的样子——您也看见我了吗？然后您消失了，我回到了家人身边。他们尽管待我温厚宽宏，却于事无补，我仍感到窒息。我们穿过节日里的吉昂镇，想起您五分钟后也会遇上这群头顶乐器的表演者，我心里才稍稍宽慰了些，这群人将我们久久堵在路上。除此之外，让我聊以自慰的就是大自然了，到处都绿油油、水灵灵的，鲜嫩无比，让人觉得能轻易拧出汁来。可我怎么也提不起精神。五点的时候我们抵达圣索沃尔。我把行李放在母亲房里，她打开后立刻发现一顶女士的帽子，还有女式长裤、内衣，关于毛线编织技巧的小册子等等。我一定是在火车上和谁弄错了。现在似乎能想起一点：当时因为行李架都满了，我只好把箱子放在某位太太的箱子上面。而她一定是为了取什么东西，把她的箱子又放在了我的上面。两只箱子都比较新，也很相似，我根本就没有注意到它们的位置发生了变化。我的继父幸灾乐祸，母亲很着急，我倒还好，里面就是一些书，还有我的洗漱用品，好在连一行小说手稿都没有，它们全在巴黎。再说那位太太一定能找到我的地址（里面有不少写着我名字的信封），会跟我联系的。刚才我往吉昂挂了个电话，因为我连一本可读的书都没有。傍晚的时候大家出去散步，无所事事，回来后吃饭、打牌直到十点。十点后我折回黑黢黢的小旅馆睡觉,我就是在这里给您写信。这里有一个公用的大客厅,瓷砖地,墙上挂着日历和菜单,桌布虽是上了浆的,可一切都让我倒胃口。等待的滋味真不好受。……今早我让人七点钟把我叫醒,为的是能多享受一点自由支配的时间。结果八点半才起床。这就是我这儿的情况,迷人的海狸。一想到要在这里待到星期二,实在受不了。我知道您爱我,我很幸福,可毫无用处,反倒更让我觉得自己待在这里实在太荒谬。我非常爱您,小可爱,昨天整整一天我都在想您……天气这么好,此时若能和您一起漫步巴黎街头该多好。这里的日子真难打发。

再见,我迷人的海狸,我多么爱您,多想留在您身边。常给我写信吧。吻您。

萨特

留局自取

圣索沃尔(普伊塞)

约纳河

星期二(七月)

我迷人的海狸:

写此短笺向您表达我的全部爱意,您是我的好乖乖。我收到了您可爱的短信,我的小花儿,距离让我充满了忧伤。今天我的心情稍有好转,因为开始工作,并且也出去走了走。昨天下午我们大家去了奥克赛城,乏善可陈,打发时间而已。今早我也工作了一会儿,现在大家去爱默里家午餐,我毫无兴致,但说到底,在家吃也同样乏味。不管怎样要赶快去把那位年轻太太的箱子寄走,我们在里面找到了她在圣艾蒂安的地址。最难熬的是我现在没有书读,我期待着《新法兰西杂志》就像期待救世主。

再见,我迷人的海狸,我的小花儿。这些日子我是这样挂念您,除了您别无所思。多想不顾一切地守在您身边。

星期三(七月)

我迷人的海狸:

瞧我每天总要给您写点什么(可您,小坏蛋,却不这样对待我:今早信箱里什么也没有)。也没什么大事,就是现在的我度日如年。甚至可以说是在苦苦煎熬。圣艾蒂安的天气是再好不过了。可是您想象一下:从中午十二点直到晚上十点一直与家人厮守在一起,不是绕着小水塘散步,就是到镇上闲逛,再就是晚上打打牌。只要是我母亲开车,继父就紧张得要命,等等,等等,不胜其烦。昨晚我们去参观了科莱特·威利①的故居,是坐落在一段斜坡上的漂亮大宅子,两边有台阶,窗子很多。路尽头的一堵墙上长满爬山虎,墙上方的平台筑有一座废弃的塔楼。看上去挺漂亮。我们房子正对面的广场上就是那所著名的《克洛蒂娜在学校》里所描述的小学,一切都保持着原样。每天晚饭后都能遇见那些留校补课的小女生,成群结队地逛街,一直逛到穆提埃(一点四公里以外)。换了我们可走不了这么远的路,这是一群农民的孩子,脸上泛着特有的红润和光泽,居然大多数还戴着眼镜,显出知识分子的样子。这里有关科莱特的奇闻逸事真不少,我有没有跟您提起过?西多——科莱特的那位出了名的母亲,为了嫁给帅小伙科莱特先生,堂而皇之将自己的丈夫毒死了。事情的真相是这样:她的前夫贪杯,却因患肝硬化不能畅饮。这时科莱特先生出现了,从此,西多前夫伸手可及的地方到处都是杯中物,应有尽有。终于,

---

① 科莱特(1873—1954),夫姓威利,法国著名女作家,《克洛蒂娜》系列小说的作者,一九四四年被选为龚古尔学会主席。

他在迷醉中归天,西多也得以如愿以偿,嫁给了科莱特先生。

昨天我们在爱默里家午餐。女主人很好客却显得没精打采。我们在她漂亮的花园平台上一直坐到下午三点。随后大家乘车绕着一个池塘转了转。我在这里感到前所未有的无聊,接着又是晚餐、散步、打牌。更倒霉的是我的哮喘病又犯了。好在今天已是星期三,日子在一天天地过去。明天星期四,离我的归期也就只剩一半的天数了。我仍然在写作。关于苏马特拉的那一章肯定能结束,接下去要写新的一章。可是我选择在这里工作真是疯了。阴郁、无聊,除了迈着碎步闲逛和打牌之外不知道还能干什么。我爱您,我的海狸。很想快点见到您,一起消磨时光。您是那么生动地常常浮现在我眼前,一想到能很快又和您见面,我内心不知有多么高兴。不过将您我分隔的这段时光是那样纯粹,我将它一口口吞没,感觉仿佛空口吞下几勺鱼肝油,马上就要一股脑儿全吐出来似的。

常给我来信吧,您的信是我唯一的安慰。我那么爱您。

致路易丝·维德里纳[①]

七月

我亲爱的小波兰佬,亲爱的:

星期天整整一天我都在牵挂你是否还在受苦,星期一我又想你应该好一些了。现在我脑海里的你仰面躺着,脸色苍白,美丽的头发散落在脸庞。你漂亮的眼睫毛不再闪个不停,也不再难受了,

---

[①] 此是化名,真名是比昂卡·毕南费尔德(1921—2011),波伏瓦的学生和女友,萨特与之有过短暂的恋情,一九四〇年以后关系中断。

我的小可怜。你知道,这让我轻松了许多,因为你那种强烈的痛楚我无法亲身体验。现在结束了,我想善良的海狸会每天去看你,你也不用太担心了。我的爱,我多想也来看看你,坐在你的床边,握着你热乎乎的小手,让你送我一个温柔的笑容。很快了。下星期三就可以了。我爱你。海狸会告诉你我每天并不总在瞎耗,还要写作,我会带给你苏马特拉这一章的结尾。我很想知道你对我小说的看法。让海狸记下来告诉我。

再见了,宝贝儿,星期三见。从现在开始海狸会不断给你捎去我的信。深深爱你。

七 月

我亲爱的:

我收到了你的第一封短笺,夹在海狸的一封信里。你颤抖的字迹让我十分感动,就像你上星期天的那抹苍白的微笑,令人心碎。我爱你,我的小可怜。今早我又收到了你的第二封信,它让我有些难过,因为从中能感受到你的忧伤,你那个小脑袋"一会儿想着有趣的事,一会儿不高兴,一会儿又有被爱的感觉"。你知道吗?你这一连串念头在我看来就像是个做噩梦的人,可怜的脑袋瓜里的胡思乱想我都一清二楚。宝贝儿,我多想守在你身边,帮你赶走这一切梦魇。我知道当一个人病倒在床上,当她的未来完全依傍在别人身上,她会有多么悲惨。亲爱的,我不知道怎么跟你解释海狸的离开。但有一件事你必须深信不疑:我们的未来就是你的未来。海狸的世界里随时都有你的存在。至于她撇下你不管,是因为巴黎让她感到空虚,急不可待地要去乡下透透气。你知道一进入六月,她对绿色的渴望有多么强烈。我也不太理解,但我相信是这么回事,如同一个饥饿的人渴望食物,神经兮兮地睡不着觉。我想她总有她的理由,不妨听之任之。尤其,亲爱的,别介意她行事粗率，我比你更清楚海狸有多么爱你。有些东西你还领会不了。你总是先不顾一切、心无城府地投入，回过头来又困惑不已。宝贝儿，你应该幸福。我是多么希望你永远光彩照人。我爱你。

我全身心爱着你，真的很想守在你床边，抚摸你的秀发。在这里我整天提不起精神，空度时日。每时每刻我都在想你，伴随着你的病渐渐痊愈。星期二你还见不着我，因为我将乘六点的车，十点才能到巴黎。但从星期三开始，每天我都可以陪着你，只要你母亲允许。我爱你。我需要你。希望你平平安安。再见了小可爱。给我写信。你读过我的小说了吗？有什么看法？吻你，深深爱你。
……

七　月

我亲爱的：

我很生气，今天星期天，邮局关门。可是刚才邮递员来我父母家说，那儿有我五封信。我知道其中至少有两封是你的。因为是留局待领，所以他没给我带来。真蠢！我对你很不放心，希望尽快得到你的消息。傍晚六点我知道邮局有人，我会哄他帮我把这封信放进邮箱。与你相隔遥远，我实在受不了。……我脑海里时刻会浮现你那张苍白的小脸和忧郁的眼神，我有一种沉痛和负疚感。但是平心而论，我发誓没什么地方对不起你，除了在你不幸的时候没能守在你身边。今早我醒来的时候感觉你就在我身旁，握着我的手，我心想："是的，是路易丝，我动了息肉手术，她来看我。"可是清醒以后没有你的身影，房间里空落落的，我难过极了。我的爱，我真诚地希望你能幸福。

厌烦快让我变得神经质了。有一天我正在阅读一部糟糕的剧本，其中一幕抒情段落竟让我泪流满面。我惊讶万分，同时也意识到由于自闭和不顺心,导致一种愚蠢的过度敏感。我平常都做些什么呢？中午之前我流连于一家又一家咖啡馆,一边喝苦咖啡一边写我的小说,而咖啡里常常漂着死苍蝇。我会捎给你关于舞厅那一章的十七页内容。我就在咖啡店里写作,并且在那里写信给海狸。中午过后我才出去参加各种活动,直到晚上十点。我们常常谈及死亡,因为我继父有病而且对此很紧张,我是万不得已才会开口说话,大部分时间都在唯唯诺诺、敷衍了事,或者重复我继父所说的最后几个字,比如(最近的谈话):

我继父站在窗前说:"哎,是谁站在那儿?"

我说:"是谁站在那儿?"

我母亲接下去:"是爱默里一家吗?"

我继父:"不是,是有人停下来在看地图。"

我:"啊,地图?"

你瞧,就这样。每隔五分钟我母亲就会问我:"你在这儿开心吗,普洛?""是的,妈妈。""嗯？不好吗?"(眼光不依不饶地看着我。)我说:"不,很好!"

只见她幅度很大地点点头,扬声说:"无论如何这里对你有好处,从健康的角度考虑。"

然后干什么呢？吃午餐。一点钟,看报的时间到了,因为这个时候有车把巴黎的报纸运过来。我赶紧跳出去找《作品》和《早报》,这样我可以拥有宝贵的三分半钟的独处时间。我拿来报纸给大家看。三点的时候,大家固执地乘车去找据说离此地有十公里的一个水塘,却从来也没找到过。我采了些野花送给母亲,大家席草地而坐。然后起身,回家。快六点的时候在村里散步:去看看怎样种"自由之树",问石膏店老板娘要点生菜,去拜访"科莱特旧居"(今早我注意到一块大理石的圆牌子,上刻"科莱特诞生于此"),然后"去车站路走走",等等。回家后,玩中国扑克直到十点半。上床的时候我想,一天又过去了,明天已经降临……

致西蒙娜·德·波伏瓦

七　月

我迷人的海狸:

就几句话表示问候。没什么好写的,在这里整日无所事事。今天星期四,我哄自己说离归程只剩一半的时间了,说"哄",是因为实际上还有整整五天时间。唯一可谈的就是我还在继续工作。苏马特拉这一章在我走之前一定能完成,与布鲁奈的对话还要开个头。昨天天气糟透了。我父母一整天都在扶手椅里打瞌睡,我正好工作。啊,小坏蛋,我很需要《新法兰西杂志》,你怎么就忍心让我什么书都没得看。幸好昨天是星期三,我读了《玛丽亚娜》《老实人》①。今天却是一个无底黑洞。今晚我们要邀请爱默里太太来家打桥牌。您想象一下吧?

多么希望见到您,我的小乖乖。我需要您,苦苦地爱着您。您说到钱的事,其实无所谓。但我肯定您花不了二千四百法郎。其他都会安排好的。去比利牛斯地区或者葡萄牙好了,那里比较便宜。

深深爱着您,我迷人的小海狸。

七　月

我迷人的海狸:

就几句话,因为我们要和爱默里太太一起出去——去桑塞尔。

---

①　《玛丽亚娜》《老实人》均系杂志名。

如果这位老太太要和我一起坐车后排就糟了,我无法抽我的烟斗了。

今早收到您用铅笔写的几行字,我好不容易把您置诸脑后,一下子又前功尽弃了。等您收到这封信,离我们相见的日子也不远了。我爱您,深深地,深深地。和您在一起是那么幸福,我打算和您待在巴黎,再不分开。我爱您。

再见,亲爱的海狸,我母亲不停地催。明天再给您多写一些。我收到了《新法兰西杂志》,并且读完了。克拉拉·马尔罗说的很有意思,关于"诱惑"的故事也不错。今天早上我一个字也没写,本以为回到家里能做点事,实际是大错特错。刚才有人建议我洗洗车,我洗了,这活挺有意思,却浪费时间。

再见!我非常爱您。

七 月

我迷人的海狸:

您总是柔情似水,亲爱的。我同时收到您两封信。您说您终于读了海德格尔的书,这很有益处,我们以后可以好好聊聊。后天我就能见到您了,我的爱人。我简直有点儿急不可耐了。现在我稍稍清醒了些(刚才感到又困又迟钝),但是反而有点儿紧张过头。很想告诉您这些天时局不太乐观。我刚到的时候就有人担心战争一触即发(进攻但泽的图谋失败了,报纸上称之为七月二日事件),我怕我还在圣索沃尔的时候战争就会爆发。您懂我的意思吗?等到星期二又没了消息。星期三我收到塔妮娅的一封信,热情似火,让我倍感诱惑和刺激。现在也已经平息了。您看我紧张和可笑到什么程度,昨天我读到《名人》中很傻很煽情的一幕时,泪水竟夺眶而出。并不是我想得太多,或者自怨自艾什么的,仅仅因为我现在正处在一种不够成熟和容易激动的精神状态。不过没事了。相反,我工作得很出色,您会这么说的。

我全身心爱着您。您是我甜蜜的港湾,我需要您。

紧紧地拥抱您。

七 月

我迷人的海狸:

根据您的来信和我的计算,下面就是我们八月和九月的财务状况:

七月十二日我取了四千。八月一日您取三千。九月一日我们各取七千,那就是一万四。但是我还需要三千用作和塔妮娅的旅行费用,再给您一千八。洁洁要一千二,玩具娃娃可能要七百。七月份下半月要花费六千六。因此九月一号要想办法再借三千法郎。八月份还剩三千,九月份剩四千。差不多够了,因为第一,住在那位太太家里只需每天花一百法郎,甚至更少;第二,从九月一日至九月二十日每天二百法郎,从二十日起,《新法兰西杂志》那儿至少能拿到一千(我希望还不止)。——不过,这样算来我们就不得不乖乖地待在国内了。我不想让您为钱所困,我有个建议:离开那位太太后我们花两周的时间徒步旅行,这样我们还可以重游科斯高原、埃瓜尔高原、科尔德和阿尔比地区。然后乘汽车进入比利牛斯山区,从富瓦直到波城。您觉得这个计划怎么样?明晚之前您可以好好考虑。别担心,亲爱的,我可以陪您走无论多远,我会又体贴又开心的。我还会劝塔妮娅留在巴黎。我们每天花二百法郎,还能省下一千法郎。她要是不愿意,我仍会坚持这次旅行。

好了,今早这些事让我有些烦,好像困难重重。但我对您的爱矢志不渝。虽然烦恼不断,只要能够见到您就让我十分开心了,小乖乖,我太爱您了。

七　月

我迷人的海狸：

还记得这间小酒吧吗？想起我俩曾经在此共进晚餐,不由动情。那天我们吃的是普罗旺斯烙鳕鱼。马赛到处都有您的影子,我感到十分亲切。这使得这座城市蒙上了一层月白色的轻纱,显得有些好笑。我爱极了您。我同时收到您的两封信,一封忧伤,一封明朗。看完后很快就撕了(两封都撕了,包括您叫我最好保留的那一封:塔妮娅和我睡一间房,早上趁我睡着的时候她就到处翻。)

……

塔妮娅好像变了个人,一场完美的爱情,双目含情,双手紧握。她非常迷人,令人动情,但不知为什么,却反而让我感到拘束。

再见,宝贝。深深爱着您。

致路易丝·维德里纳

八月四日

亲爱的小火苗：

今天是八月四号,早上本希望能收到你一封信,结果只看到你给海狸的一封短笺。但我知道你肯定给我写了信,我从来都相信你。你的信或许是丢了,或许是他们没去邮局拿。我感到十分失落,因为自从那天看到你的手在车窗外朝我挥动,我的脑海里就充满了对你的回忆。我非常非常爱你。海狸那天五点二十五分出现在车站,皮肤晒得黝黑,鼻子、胳膊都被太阳灼伤了,后颈还留下了可怕的疤痕,整个一黑黢黢、活蹦乱跳的小精怪。我一看到她就喜出望外,多日的担心终于过去了。她穿着玫瑰红与蓝色相拼的漂亮裙子,一把拽住我的胳膊,把行李寄存后,我们就散起步来。真是有说不完的话,一整天我们都在不停地说,特别是我,海狸什么都想知道,关于我在拉克吕萨的一切,关于你的一切,等等。完全像我当初对你说的:有时你在想我们的时候,我们恰好也在想念你、念叨你。……我们在老港附近一家旅馆租了间房,十分小巧,从窗口可以看见水景。特别是晚上,窗下一大片泛着微波的水面,美极了。傍晚的时候,我们花很长时间谈论哲学,也常常提起你。我先是跟海狸讲我用怎样的新方法来对你解释我的生活,渐渐讲到这些解释的心理分析—马克思主义—历史学的价值,以及它们与自由的关系。晚餐是在港口吃的,当然继续着我们的高谈阔论。海狸点了一份鱼汤,乞丐们像一群叫蝈蝈似的包围着我们,我们给了点小钱又继续说。我告诉她列维曾说:"人从来不知道自己在干什么。"而你和我都不同意这个观点。但海狸提醒我需要反省,并说列维是对的。大体上是这么回事:人被抛在这个世界上,其处境本质上是荒谬的,比如性欲,既能带来性快感,又会带来分娩的痛苦。不管你选择怎么做——堕胎、流产还是最终分娩——你总是要体验某种非理性的时刻,而且无法摆脱,因为它决定了你在这世上的存在。同样,对于那种一生保持贞洁的人,也得面对这样的生育难题,他的态度也和选择生育或流产的人一样具有非理性的一面。反省之后,我想我应该考虑这个问题,后来我们一致认为要向你的理性主义挑战,因为你总是乐观地认为,面对不合理的事物,总是存在合乎理性的举动。这样,不用否认事物的不合理性,你都可以在主观上为自己的所有无理性举动辩解。人在这个世上的存在本身就是不合理的,也就是说你与物之间的关系原本就不合理,同时从此物中又产生你的你和那个物,除此以外,无所作为。所以说列维是对的,但是我们认为他只是在纯逻辑意义上具有独到的眼光,却也不完全正确(比如,做某事是不合理的,于是就不去做,这同样不合理)。讨论过后,我们来到浓荫覆盖的广场,找了间名叫鹈鹕的咖啡店坐下。天黑了,没有煤气灯的温暖的夜从树上飘下来,隐约听得到人声,却看不到人影。气候凉爽宜人,充满诗意,我们谈论着哲学真谛,变成了真实的存在。我盯着街对面一块闪烁的广告牌,也感受到了它的存在。随后我们心满意足地回去睡觉了,满脑子还是那些谈论。

昨晨我们存心与富丽咖啡馆过不去,在它对面用了早餐(因为富丽在马赛的名声很响)。餐后又挪到富丽咖啡馆来看报纸(我在看,海狸只关心时尚类版面),再就是给你写信。刚坐下,只见一位女士拖着两个戴眼镜的小娃娃叽叽喳喳地进来,是尼赞太太。他们全家要动身去阿雅克肖,大公爵(尼赞先生)拖着行李杂物随后进来,看到我们丝毫不感意外。大家一起喝了一杯,谈话并不热烈,因为尼赞很惬意,不想花这个力气。……我们说到对孩子的教育问题,尼赞先生说:"有时打骂,有时得需要收买。"尼赞太太发表意见说:"我就用哭,对他们说'看看你们都对母亲做了些什么'。"我们把这些方法称作招外之招。……

就这么多了。我们十分挂念你。没有你的来信我很沮丧。我多想知道你回去后的情况,家人对你怎么样? 希望没遇到什么难处;我爱你。下封信你得仔仔细细告诉我,上封信一定是丢了。离九月二十五日还有那么长的时间,亲爱的。但你的笑容时时在我眼前,那么生动,那样美丽的眼睛,那样小巧的唇,每次见到都令我怦然心动。深深爱着你。

星期六(八月)

我亲爱的:

我刚游泳回来就给你写信,手指头还湿漉漉的。我侧泳的速度提高了一倍,骄傲极了。多亏佐罗,他教我用右臂做一种回环动作,效果很好。天知道我喝了多少口海水！眼睛、嘴巴、耳朵里都是水，我不停地咳，大海中间不断有一小注水喷出来，那就是我喷的，好像一只海豚！傍晚的时候我还在凑我的公里数，可剩下最后五百米的时候我想到了怪兽。我跟你说过有头怪兽躲在海底。我想象它举着螃蟹般的巨钳，要把我拖向它那十二对爪子。于是我用最快的速度游完了这最后五百米（就用那种新的姿势），为了逃过怪兽。一个新的纪录诞生了！别担心我的强迫症，那一半是天生的，精神衰弱之类的。挺好。特别是当我一个人漂在海面上。今晚我就是一个人漂在空荡荡的大海上……天空是灰色的，挂着一钩浅浅的月儿（已经是晚上七点半了）。我远远看见沙滩上人们在忙着收拾躺椅，除了我，一个游泳的人都没有。要不是怪兽，这可真是一个令人陶醉的时刻，水温比气温还高。往回游的时候我找到了海狸，她游得很糟糕，不过有点儿进步，居然胡乱折腾着能往前游十来米。但是她很懒，为这我骂了她；她答应我明天一定努力。

　　今早我们在阳台上看到了法国新滑水冠军的诞生。真是"跳跃与速度的艺术"，世界纪录被打破，一小时七十八点五公里。那个人一开始并不起眼，后来空中飞行速度竟达到了一小时八十二公里，滑板眼花缭乱地飞了起来。下午是划艇绕标比赛，总的来说比较沉闷，除了冠军选手莱维穿越了所有的障碍，来回总共用了43秒（其他选手平均至少一分钟）。仅仅几个有趣的瞬间，其余都挺单调。那冠军站在滑板上很潇洒。佐罗说"他一定很酷"，然后跑去看他。说到这儿，我想起有一天晚上，在戛纳的一家同性恋酒吧，海狸跟我说，她更欣赏妓女交易，因为这种交易大部分是诚实的，双方你情我愿，而鸡奸交易则容易彼此仇怨。但是看到今晚佐罗的表情，我对海狸说相反，这种直接的爱慕，通常在男同性恋者身上，就是爱情的开端。不是谁统治谁的问题，而是一种盲目的崇拜（没有谁比佐罗更容易轻信人的了）。除了低级的男性性交易，性别之争毫不对等。记得普鲁斯特在描述夏吕斯男爵和莫雷尔先生的时候就表述过这点。……

最近就这么点新闻。我们将在苏隆达住到二十二日,因为游资有限。海狸已经耐不住了:这种城堡式的生活不能完全满足她。但是我担心你的信我会接不到……给我写封长点的信吧,我感觉已经有一个世纪没见到你了,我常常盯着你的照片看,但这远远不够。……再见,亲爱的,离我们见面还有一个月零五天。让我紧紧地拥抱你。

八月末

我亲爱的:

在电话里你柔弱的声音既迷人又令我们心疼。我们知道你有多么焦虑,独自一人待在安纳西,找不到一个理智的人陪你说话,与世隔绝,不了解外面所发生的一切。一开始我们通过看外省的报纸了解情况,看到了外省最早发生的事情,和你一样,我们也清楚在外省等下去是被动的。人们光知道等待,不做预测,不加防备。你要是在我们这里就会安心许多。一想到你六神无主、孤苦伶仃,我们心痛欲裂。亲爱的,今早能听到你的声音实在是太高兴了。但是半路掉线了,大概是线路被政府征用了。我们立刻给你发了封电报,不知你什么时候才能收到?

不过我本不想让你担心的。不再见你一面就走,这个决心很难下。而且我想到这对你一定更痛苦,因为是我走,而总是让你面对这样的被动局面。但是,听着,或许我一直没对你说过:我根本不会有危险。如果有谁肯定能从这场战争中全身而归,那这个人就是我。我几乎是隐蔽起来了。你知道我是埃塞-雷-南锡地区的气象探测员。这是什么意思呢? 就是说在离南锡两三公里远的地方有一个小山坡,山坡顶上的气象小屋里有些器材和一张真正的床,我就睡在那儿。南锡离前线还远得很,枪炮根本伤不到我。至于飞机轰炸,他们的目标主要是城市、火车站和航运中心,而我远离所有这些设施。想象一下我的生活，波澜不惊，乏味单调，干一点不起眼的活。我了解这种生活，日复一日，那样我将会有足够的时间来创作，并且给你写信。海狸倒十分镇定，抱着小别的态度来面对一场迫在眉睫的战争，而不是生离死别。你懂吗，亲爱的？哪怕战争真的打响，我们还会有后来，我们仨。生活还会继续，我确信。

再说了，我并不相信战争真的会到来。但或许这封信也会随着总动员令一起寄到你的身边。我还是要对你说我不相信。今天在花神咖啡馆有个独臂人发表高见说："我非常乐观。不过小心，没有什么是不可能的。"我也持这种观点。但是我以为希特勒不会这么蠢。想想看：西班牙和日本都按兵不动，罗斯福和美国舆论的态度又十分明确（他们站在民主党一边），疯狂的意大利、土耳其效忠于"协约"，听说德国境内开始发放食品券，这一举动意义重大。萨希特曾说："人们往往是在被迫结束战争时，才发放食品券；食品匮乏是无法开始一场战争的。"再者，德国民众只是一味地狂热。我看最迟星期五或星期六就会一目了然：希特勒一边宣布德苏协约，一边提前享用民主阵营和法国内部的混乱。他是这样想的，先入侵波兰，趁法国和英国政府还没反应过来，就一举占领华沙。所有驻柏林的法国媒体记者都说进攻定在星期六早晨五点。结果星期六什么事也没发生。据称是希特勒本人改变了主意，自然他已经深陷泥潭，无论怎样都无法抽身了。这就是为什么他在给达拉第的答复中说："不。"不过你不用过分担心，因为一开始他是想与英国建立和谈基础。但他向来不乐意直接与波兰人谈判。他需要一个媒介，第三方，那当然是意大利。我对你说的以上观点是这里所有人的一致看法。大家都很冷静，不十分担心。请原谅我跟你说这些，我想你若是在，我会跟你什么都说，会告诉你我的看法，亲爱的，我发誓，这些天最让我们放心不下的是你的不安。我们常常说起，希望能够帮你承担这一切。我深深地爱你。

简单描述一下我的生活：我们周五上午到达富瓦，感觉不好。因此我们决定回去。海狸曾那样执着于她的旅行,我本不敢跟她提回去的事,但她想到这可能是见到你的唯一办法,于是不再坚持,她比我更牵挂你。就这样我们来到富瓦,这是个迷人的小城,坐落在丘陵之上,有一座大大的古堡和一家豪华饭店,还有一家名叫巴尔巴卡纳的旅馆。因为打算马上走,我们午餐时就好好地犒劳了一下自己……这时我已经差不多抱定了对战争的态度,就好像自己身上有什么东西已被冻结了一样。这种情况下,漫步在这座远离战争的宁静小城里,颇让人感到好奇和愉快,富瓦一日给我留下了美好的记忆。我们乘上十九点三十分开往图卢兹的火车,必须在那儿立刻转车去巴黎。但是图卢兹车站人满为患,我们不得不在这个漆黑而又拥挤的地方等上两个半小时,只有几颗紫色的小星星远远地给我们照亮。第二辆火车也迟到了,至少有五百人等着上车,我们相信自己只有站在走廊上干等的份儿……后来总算回到了巴黎。

此时的巴黎,十分可笑:到处都关着门,饭馆、剧院、商店等。因为时值八月,巴黎的各个街区毫无生气,只剩一个空架子。空架子,对我而言已经是过去时了,就像海德格尔所说,唯有用虚空来填塞和支撑。慢慢地,一些不知不觉的回忆和来自报纸的消息开始让我们从石块和废铁中去探出路。对海狸来说,这很可笑,因为她已为自己规划了明年的一切。可是突然之间,一切都已过去,都已死去。到了晚上,我们两个都垮了。昨天,又是神经质的一天。给你打电话,闲逛,看电影,每时每刻都有一种令人不安的情绪环绕四周,可同时又总在希望着什么。今天,也不知怎么回事,我感受到一种宁静和安详。海狸也和我差不多,非常想和你一起分享我们这种安详,亲爱的。

再见,海狸明天会写信给你,我后天写。很想再见到你,吻你的脸庞,紧紧拥抱你。我相信这一天不远了。

八月三十一日

我亲爱的：

你是个古怪的小政客。你把一切都搅乱了。希特勒给了达拉第一个莽撞无礼的回复，你倒幸灾乐祸。他的目的显然是想把战争的责任推到法国人头上。而真正的谈判开始了，你又发疯似的不安。没关系：公平地讲，在这种非常时刻，换了我们也会是忧心忡忡的。不能在你身边亲自给你解释事态的发展，我也很苦恼。天知道你在安纳西看的是什么报纸。千万别信《不妥协》报，它完全是慕尼黑人肖当的喉舌。读读《作品》《巴黎晚报》《时报》，要有信心。希特勒想打德国民众的旗号来发动战争的企图是不可能成功的，那是欺诈。法国可能会走到颁布全民动员令这一步，但我要提醒你一句，动员并不代表战争，亲爱的，我们都希望你少安毋躁，我们甚至不敢告诉你，尽管一边为你担心，一边焦急地等待，我们的日子过得还是很幸福，都怪你自己不来，小东西！不过你也是没办法，做个乖乖的小路易丝，尽量不要埋怨，安下心来。这根本不是我们仨应有的新生活，这只是两个月的煎熬。你会等到今年我们在巴黎将要开始的新生活的，我们还要去美丽的阿布瓦山区小屋滑雪度假呢。

我们深深爱你，亲爱的，相信我们很快会见面。再见，吻你微微凸起的双眼和小巧的双唇。

九月二日

我亲爱的：

上帝开了个玩笑，我今天凌晨五点整装出发了。海狸一直伴送我到拉夏贝尔一座名叫赫伯特的广场。广场中央有盏花灯，周围集结着一些宪兵。他们把我打发到离他们两步远的一个货运车站。我的爱，我并不担心我的生命，甚至不怕有什么麻烦。我也不太牵挂海狸，她一如往常，勇气十足，十分完美。折磨我内心的是远在安纳西的你，那么孤独、无助，没能与你再见一面就走，仅仅带了两三张小照片，那上面的你还看不太清楚。我的爱，你在或不在，表面上好像不会有什么不同，但是我们本可以三个人一起过这样的日子，有更紧密的联系。但这既不是你的错，也不是我的错，我可怜的小糖糕。再说，你记住：我会回到你身边的。我不会有任何危险，我是忠心不贰的，你知道，你一定会再见到我，还会是那个在安纳西火车站广场上离开你时的那个样子。没有什么东西能改变我们，我的爱，你、我、海狸，我们都不会变。这是我们生命中一段不堪回首的插曲，但不是我们的末日。和平将会到来，还会有之后的一切。明天我就给你写信，亲爱的，我会告诉你我这里的一切。以后我会尽可能多地给你写信，也许每天都会写。现在我要睡三四个小时。但我希望你知道我深深地爱你，永远。再见，我可怜的小糖糕。我想象着安纳西现在的情况，实在心有余而力不足，不过这一切只是暂时的。海狸要我告诉你她会在九月底之前去看你，或者一旦通讯渠道重新建立她就会去。

再见了，让我亲吻你可爱的小脸蛋。

致西蒙娜·德·波伏瓦

九月二日　星期六

我的爱：

我在图勒给您写信，火车已经停站整整二十分钟了。天知道它什么时候再开。现在正往货厢里装防毒面具呢。刚刚开走一辆去巴黎的火车，满载着妇女和儿童。我们这节车厢里有人喊："向巴黎问好！"随后又加一句，"我们也回去怎么样？"唉！——卡夫卡式的旅行在继续。我们已经赶了七个钟头的路了，大约还剩五十公里的行程。火车每站都停——这还算是趟快车。慢车又将如何呢？车里也有不少妇女和孩子。其中有一个老年妇人，模样有些像康克夫人，在这些预备役士兵面前慈母之心大发。

每人都有各自的目的地：图勒、莱鲁维尔、巴勒迪克，或者是南锡。到站之时，仍像是和平时期真正的旅行者，只是有点儿不一样的感觉。下车的人拿起包裹，用调侃的口吻说："好了，女士们先生们，多保重。"没下车的人，还挺乐观，说："那么，回来时再见面啦。""啊，当然！就该这么想，每个人都活着回来。"大家看上去都挺自在、挺有信心。也不乏忧虑。他们在站台上跟士兵们聊天。士兵们穿着制服，我们，我们也将在非常之时披上军装。但不管怎样，还是有点儿不同。到目前为止，我们仍是平民百姓，是坐在为人类准备的车厢里旅行；而他们，却是被装在为牲口准备的闷罐车里。但他们的表情看上去比我们要自在得多，又能怎么样呢，人本该保留作为人的尊严，我们多少还有一些。我本想和他们如兄弟般相处，却做不到。我只好无奈地自责。我本不是个"自来熟"的人，和他们简直无话可说。透过车门我看见一座小花园里支着顶帐篷，构成了外省车站的一道风景。这是一顶印着"法兰西妇女协会"标志的帐篷，属"救生物资"。能看见里面堆满了药品，还有一位穿白大褂的女子围在桌边忙碌。有个戴鸭舌帽的家伙刚才走到我身边，手肘撑在窗台上对我说："看那个漂亮妞。要是能送给我做老婆，我倒情愿打仗……"这话猛地叫我想起卫戍部队那些士兵们吞吞吐吐提出的非分要求，我当时没有回应，为此还倍感伤怀。现在更是如此。接着又听到他对另一个同我一样沉默的人说："我一晚没睡着，双腿重得抬不起来。我必须跟谁聊聊，却又没人可聊，可我得说话，否则会憋出病来。"

我睡着了一小会儿，看完了《诉讼》①，读了《苦役犯监狱》②，还有

---

① ② 卡夫卡的作品。——原注

三四份过期的报纸,然后就开始漫长的等待。不知道是到了哪一站,才开始明白只能这样一直等下去,等到战争结束。站台上有些大兵:他们也在等待,军官们也一样。还有火车站的工作人员,每个人都在等。一直等下去。莱鲁维尔有一大群士兵已经两天没看报纸了,有人递给他们一份。下一份他们又该等到什么时候?我对这种漫长的等待已经不关痛痒:反正已无法动弹。不时有一些回忆浮现——多是和您一起漫步的时刻。但我尽力将它赶走,好让自己平静下来。我对到达目的地有点儿失去耐心,这让我觉得自己可笑,因为说到底,是我的身体感到不耐烦:双腿想活动活动,嗓子干得冒烟。说到底,这个我比车厢里的任何一个人都好不到哪里去。

五点十分——这绝不是卡夫卡的小说,而是变成了庸俗的情景剧。我三点钟到达军营,心里颇受震动。我对自己说:就是这儿了。果然就是,在火车站有人告诉我:乘 3 路有轨电车。于是我同另外三个预备役士兵搭上了电车,穿过一座典型的外省小城……我们来到几幢阴郁的大建筑物面前,它们孤零零地坐落在旷野之中。我对一个伙计说:"你瞧,在这儿我们还算是平民百姓,到栅栏的那一边,就不是了。"他回答说:"没错。"我们走了进去,一座连一座的军营。有人告诉我:"萨特,你是跟 Z 11 纵队的。可 Z 11 已经开拔了。"他们开拔到哪里去了,我不知道。我只知道他们让我"跟队"。Z 11 纵队是负责气象探测的,应该就在附近。发给我的军服太大,我只好把底边翻上来,头盔也大得出奇,但相当结实。全副武装之后我变成了一个刀枪不入的幽灵。我拿着一张纸四处询问,每个人的回答都是:"Z 11?Z 11?不清楚。"最后我只好一屁股坐在为今晚睡觉准备的草褥子上。有些人围着桌子聊着时局政事,还有一个在穿他的新军服。我感到自己十分渺小,并且荒诞。当然这种情况不会持续太久的。总会有人把我派到这里或者那里。眼下,最要命的是我根本不知道您能往哪里给我寄信。并且我这封信也找不到信封来装。我要去打听打听。

最后一次透过东站那扇小门的栅栏，看到您疲惫不堪的可怜面容，直到现在，我对您仍旧一往情深。但我的思绪又是繁杂甚至痛苦的。现在，将会有很长一段时间没有您的陪伴。我的爱，这对我是最困难的事。如果您能和我一起睡在小草垫上，我心里就会舒坦得多。但这显然是不可能的，取而代之的将是某个呼噜震天响的家伙。哦，亲爱的，我多爱您，多么需要您。再见了，我满脑子都是您的点点滴滴，索邦的圆顶、电话、影院，我仿佛也一个小时接一个小时地随同您过着。接下来，我还要给父母和塔妮娅写几句话。深深爱着你。

九月四日　星期一

我的爱：

有新消息。猜猜我此刻在哪儿？在一位本堂神甫家。他的居所虽不大，却慷慨地让了一间给我们。我们，是指保尔下士的气象小组成员，连我一共四人。昨天将近下午四点的时候，我还在为无处可去而绝望，我情愿谁随便把我安置一个地方，也比守在这个阴森森的院子里强。我去拜见了长官，长官说："等一等，我可怜的老伙计，眼下没办法让你跟上队伍。"然后就听说战争爆发了，这仿佛在我们背后竖起了一堵高墙，让我们与过去的生活彻底告别。现在好了，没有退路了。我回到寝室，一个四十来岁的阿尔萨斯人正边讲他的故事边流泪：昨天早上他被征召入伍，他妻子也被疏散到别的地方。可他后来又被派往另外的部队，不是他在本子上为妻子写下的地址。他妻子没法给他写信，他也不知老婆究竟去了什么地方。我躺在床上，有种感觉——我们不是在经历战争，而是在重新服兵役。正想着，一位戴眼镜的金发小个子男人闯了进来，表情腼腆拘谨："你们这儿有叫萨特的吗？"我赶紧跳下床："是我。""幸会，我是保尔，你明早跟我们走,气象探测组。"我跟着他,他又为我介绍了另外两个人:一个四十来岁大腹便便的高个子,不修边幅;另一个是鬈发的犹太人,戴女帽,一副比谁都精明的商人模样。我在他们的寝室里住了下来。一切齐备,我甚至连衣服都不用买。今晨,我们搭上一辆卡车就出发了。我又穿上了您已经很熟悉的那身衣服,只不过贝雷帽换成了军帽,戴在头上实在太大。我的表情看上去越发像个军人了。这是因为战争吗?我从卡车上部的玻璃看到自己的模样,颇为自得。车子行驶二十二公里后,我们来到一座迷人的小村庄,住在老百姓家里——多亏那个犹太人,他知道怎样同军官们沟通。我们有一千法郎的备用金,一辆自行车,一台探测仪。眼下还无事可干,但情况很快就会改变。

我们可能不会在此长驻。但您的信可以写至山特雷神甫家。上午我们在一家餐馆里吃的饭,我特别高兴,要知道,两天来我光吃面包和小香肠。我们还上街转了转。那个犹太人帮助逃难的老百姓排除了一辆车的故障。他挺胖,神经质地咳嗽,手脚都停不下来。他的本事是好问,而且问得相当有水平,至今还没有遭到过拒绝。当然,他才是真正的小组长。另外一位是巴勒迪克市的初中物理老师,情绪悲观,似乎备受打击。他只不过是小组名义上的负责人。真是可笑的搭配。天知道我和他们要一起生活多久!他们不是难相处的人。今天既没有打仗,也不算太平。与其说我们像士兵,不如说我们更像给有钱人家开车的。这个村庄的一切丝毫不会让人想起战争。

今天早上,千疮百孔的南锡城已经闻得到战争的硝烟了。快给我写信吧,我开始替您担心了。我在这儿听说伦敦已经遭到轰炸。如果消息确切,下一个目标就会是巴黎。您要警醒些,我亲爱的,一旦有危险就要马上离开。眼下我才真正明白了,在后方,生活会彻底改变。我怕您会遇到什么不测,或者灾难。不过您不必替我担心。我深深地、真切地爱着您。这一点用不着战争来证明,但是自我出发后,就整日沉浸在从前的回忆里——写东西时也是如此——除了给您写信以外。您的另一半就是我。我爱,我们是一个人,哪怕远隔千山万水,我反而能从中汲取力量。在我们这里,大部分人都已经结了婚。奇怪的是他们谈起孩子滔滔不绝,却从来不提自己的女人。我默默无言,任他们去说"你是单身汉,没我们那么多烦心事",实际上只有我知道自己一门心思想着您。

附:1)我爱,收到我的信后,请立刻给我寄一小包书来。
   2)我仍打算从今天开始写作,但只能想想而已。

......

九月九日　星期六

我迷人的海狸:

没多少好写的。我们一直待命,准备后天开拔。成天过着可笑的、无所事事的生活,又处处被战争掣肘。保尔下士变得越来越难伺候,让人有点儿心惊肉跳。凯勒也越来越让人恶心。皮特今早又对我长篇大论地谈反犹倾向问题,我一边抽烟一边每隔两分钟点头称是,他显得相当满意。还有就是些鸡毛蒜皮却劳心费神的事:本堂神甫、神甫的女佣,还有为我们做汤的那位圣器管理员的老婆、钉马掌的师傅等等这些日常与我们打交道的人。大家花很多时间讨论一些不起眼的事。钉马掌的不愿意为我们的铅皮箱配钥匙,我们头儿就威胁说要征他入伍。话匣子由此打开。不过我终于可以给你一个完整的地址——但愿您寄到别处的信别都丢了。

　　　士兵萨特
　　　气象探测小组

炮兵部队
108 纵队

从今晨开始我为您担起心来,因为没有您的任何消息。上校今天召集我们训话,说:"先生们,只要你们得到任何在我们看来有用的消息,我就会公布给大家以鼓舞士气。"我们纵队有一位上尉和一位中尉,都是好样的。士官和普通人也没什么区别,所有人都彼此用"你"称呼。我们远离了和平时期的条条框框,实为幸事。农民们开始憎恨我们,有些人是因为我们的士兵身份,另一些人认为我们早该出发去前线,特别是那个圣器管理员的老婆。今天早晨她对保尔说了这番话,一边说一边把没煮熟的土豆盛到他的盘子里:"吃吧,死的时候就会膘肥体壮。"这样含沙射影还不够,想了会儿,她又说,"真的,你们和其他人不一样,你们一点危险都没有。"皮特回敬道:"您的女婿不也一样?他被派到工厂里了。"

"噢,"她回答,"他那儿肯定会挨炸的。"

昨晚我们一起坐在神甫家对面的一张长凳上。海象凯勒的屁股太大,我们勉强才能挤得下。出于防空的需要,村子里漆黑一片,但是天空晴朗,繁星点点,可以看见行人影影绰绰的身影;时不时有军官每隔十步打亮手里的电筒巡视。道路下方有个人在展示他华丽的男高音:"我将等待……"然后几乎唱遍了去年所有的流行曲。这歌声让我们怀念起曼陀林的曼妙琴声。我们之间话很少,彼此间还谈不上有战友情谊。我们的交流完全浮于表面,每个人都尽量远离别人的生活,说的都是圆锥体尖上的故事。请原谅我第一次开这种军旅哲学的玩笑。就是这样,今晨我还工作了一小会儿,只待邮局开始提供安全保证,我便把所写的东西寄给您,一章一章分开用挂号信寄,当然我会保留草稿。我盼着您的信,哪怕片言只语,我的爱。这个愿望让我急不可待,且一天比一天强烈。我还想要些书:从今天早上我的书就读完了。我不清楚这在部队是否合适,我很喜欢读《城堡》。

再见,我迷人的海狸,我多么希望您既不担心,也不忧伤。深深爱着您。

不得不向您承认一件事:对于分离、等待和这里的生活,我都能愉快地接纳,那是因为战争让我感兴趣。我就像身处他乡的游子,什么都有待慢慢去发掘,仿佛五年前我在柏林度过的日子。

……

　　　　　　　　　　　　　　　九月十二日　星期二

我迷人的海狸:

昨天没给您写信,这封信您又何时能收到呢?不过您的来信我是读了又读,每次都仿佛刚刚拿到它。特别是读到您表达依恋之情的那个段落,当您谈及万一我遭到不测,您也不愿苟活于世时,我内心深感慰藉:我也不希望先您而去,将您一人撇下,这并非是我嫉妒您的灵魂自由自在地在世间游荡,而是您让我深信您的世界从此将荒诞不经。随后一切将被彻底清除,仿佛被切断的两节蠕虫,最后被踩死。不过别担心,这一切只是我的想入非非,如您所期待的那样,我住在一个美丽的阿尔萨斯小山村里,安全又自在。而且我更希望即使没有我,您也能很好地继续自己的生活。不管怎样,我失去了太多,本该有的生活戛然而止。实际上,我从来没有像现在这样强烈地感受到您我是不可分割的一体。这两天尤其体会深刻。我真的很爱您,我迷人的小海狸。当两个人共同生活了十年,为彼此着想,为彼此活着,从不厌倦争吵,这份情感远远超越了爱情。现在,告诉我,您在信里只提到我的一封信,您说很高兴我们的通信能得以重新恢复。而事实上,到今天为止,包括这封信在内,我一共给您写了十封信,难道都石沉大海了?请告诉我吧,想到您在巴黎如此孤苦无依,我感觉既古怪又痛苦。我希望查佐里奇很快能来,或者您能很快去坎贝尔。另外,您何不打个电话给黎蕾特·尼赞?看到她您会感到好奇,她一人独居,又疯疯癫癫,她会给你说很多话。您跟我描述的一切都让我开心。把所有的细节都说给我听吧,我对什么都感兴趣,我担心《纪德日记》会不会因为您寄到神甫家而丢失。别忘了再给我寄达比①的《日记》,附上九月一日的《新法兰西杂志》以及四包我以前带来的那种格子纸和五个普通信封。

如果新的"假面与烙印"系列侦探小说出版了,也寄给我(我有最后出的一本《悬崖之谜》),多谢。

明天终于可以把我们108纵队的地址交给我们谁也离不开的邮政中心了。我希望一次能收到您的五六封信。另外,家里有没有我的邮件?别忘了找《新法兰西杂志》要我的稿费。同时您也可以问一下:1.《想象》能否最终得以发表;2.《新法兰西杂志》是否还继续办下去。若是您刚去过那儿,请代我电话询问这些事情。小说写得相当顺利,如果我们还能这样安安静静地驻扎下去,我就能用四个月的时间来完成它。总之在这儿,比我在巴黎的效率高。四个月后,如果战事继续,我将开始写第二卷。

昨天没能给您写信,因为没时间,我这里的生活是这样的……

……

九月十六日

我迷人的海狸:

邮局有我一个小包裹,是您寄的吗?自从住到山特雷家,这可能

---

① 欧仁·达比(1898—1936),法国通俗小说家,是将口语引入法语文学作品的先行者。

是来自您的第一个信号。要去取必须等军邮官下命令,而他暂时不在,什么也拿不到。今天早上总共有一百封信待分,但是给 A. D. 师的一封也没有,有一个邮包已经算是进步了。整整二十五天,我们的军士什么信也没收到。这种寂寞开始压得我们喘不过气来。假如每天都能收到一些家人的消息,我想我们的生存状态将会是另一种样子,也许更脆弱。我非常想了解您的情况,我有种感觉,巴黎在经历了几天惊恐不安后,会有所恢复。我的感觉是对还是错?您又开始您的小说创作了吗?有没有一点"社交"活动?对我而言,社交的概念已经逃得无影无踪了。战争让人如此手足无措,——永远是卡夫卡式的,有时又像《巴马修道院》中的。战争驱逐了人的思考;我鼓足勇气试图捕捉思想,可最终能思考的充其量只是大练兵,而不是战争;战争永远躲在后面,难以捕捉。再说,此地无任何新鲜事。我的心很平静,可是这种人定状态并不让我感到满意,这种状态并不是建立在正当理由之上,只不过是在我的小黑皮札记本上进行自我反省罢了。那些东西您一定得在我死后再发表,读到它的人定会认为我是个下流家伙——除非您能好意地加上注解,给予解释。总之我在精神上有点儿迷失方向(但您不必担心,思想上的忧虑并没减少我的食欲),仿佛一个人运足了力气想举起重磅的杠铃,却发现杠铃是中空的——在他内心深处,似乎又在暗自庆幸——结果自然只能是一屁股跌坐到地上。

五天后我们要去野外宿营,为一所炮校进行气象探测,当然这又是一场演习,但这种露营我很喜欢。在这儿,人们对那种衬毛里子的睡袋有一种直截了当的说法:"肉包袋",这是技术用语,肉当然指我们。今天下雨,我们没办法搞探测。明天要做第三场。我们整天待在屋子里。我对自己写的东西有些得意,别的时候我常常怀疑自己。啊,我多么想念您,我的小参谋。不仅仅是为这个,也非常非常想看见您的小脸蛋。但我没有过分沉溺于对您的思念,跟您说过了,我现在心如止水。

深情地吻你,我迷人的爱人。

九月十七日

我迷人的海狸:

  今晨收到您十二日的信,下午又收到一封八日的。肯定还有信丢失了。您知道,跟您重新取得联系,使我的生活一下子变得开阔起来:仿佛置身电影院,眼前突然换成了宽银幕。应当说,现在我重又深深地且心中隐隐作痛地思恋着巴黎。尤其因为与您的联系又变得那么具体。我一次又一次想象着您的生活。我的爱,我知道您非常不容易,这让我深感焦虑,我觉得我的处境反倒是最好的,因为——在新的命令下来之前——我没什么好让您操心的。所以关于我,亲爱的,您可以放一百个心。我不是隶属于炮兵部队,而是隶属于炮兵司令部。至于司令部与炮兵部队之间的关系,我就不便详谈了,恐怕信件要通过审查。总之安全是完全得到保证的。另外还有一些理由,我在这里不能说,但安全是肯定的。相信我,亲爱的,就算某天要上前线,我向您保证过:我们俩是一体的,我不会单方面作无谓的冒险。

  我收到父母写来的三封语气平和的信。还收到了《纪德日记》,这让我欢喜异常。(我想让您知道眼下我最想要的是达比的《私人日记》。不过在接到新的命令之前,您不必花太多的钱为我买书:气象探测工作、写小说、记事,还有平均每天三封信,已经把我的时间占得满满的了。)收到塔妮娅一封可怜巴巴的信,让我心痛不已。她每天都在给我写信(不过我只收到这一封),她像是彻底垮了。亲爱的,您尽可能把她弄回巴黎吧(在不妨害您自己的情况下)。用《法兰西文学杂志》的稿费还毕南费尔德先生[①]的

---

① 指比昂卡·毕南费尔德的父亲。

债,如果还不够,那就再拖一拖。每个月给两位查佐一千法郎,或许这能帮她们应付一阵子,特别是她们若能和您同住在帕尔多①家。瞧,您办事我是放心的。将塔妮娅一个人留在莱格勒我真是万分不忍。

我这里还是老样子。我们认认真真地进行气象探测,可是气球一吹就爆,都是些烂货,于是上校下令停止探测。等新的气球运到了再说,以节省氢气。我们又开始了无所事事的等待。迷人的海狸,您的来信使我久已冻结的知觉恢复了一些。我为您的生活感到不安,很想见您,深深爱着你。

1)把您去《新法兰西杂志》的详情告我,告诉我该为他们再写些什么。

2)您最好就待在巴黎。

九月二十日

我迷人的海狸:

今天收到您十五日写的信,信里说起毕南费尔德②催您的事,我很担心您因去了坎佩尔而收不到我的回信。不管怎样我都认为您绝对有理,倒不是因为您不在我面前就故意偏袒您。认真地讲,她没有任何理由责备您,见鬼,我们正处在战时,当然会有一大堆琐碎事让您留在巴黎,查佐不放心小博斯特和她下一步的出路,您有必要和她待在一起,再说,丢下她是不道德的。您若留在巴黎,对我自然也是安慰——您若去了坎佩尔,这段时间我的信您肯定是收不到了。我很清楚她急着想见您想疯了。我并不是不让您去,而是将旅行计划推迟一点。写到这里,我感觉自己像是某个啰

---

① 此时洁洁嫁给了帕尔多,她离开巴黎后把房子借给波伏瓦住。——原注
② 指比昂卡·毕南费尔德。

唆公在长篇大论地劝说太太做实际上已经做了的事：同样的天各一方，同样的无能为力，同样的强词夺理。总之谁都没有理由责备您。

您好像和我一样没有将战争"现实化"（我把这个词打上引号，是因为纪德关于这个问题有许多困惑。我认为有必要将它原封不动地照搬过来。我想不出有哪个词能够替代它）。我猜想这是普遍的状态。人们甚至希望战争并没有真正开始，或者思维仍然停留在一九一四年的第一次世界大战，还没有适时调整到一九三九年。我真的以为这将只是一个战争的幽灵，目的是将人类的物质消耗降到最低。得知您和我一样仍然对小说创作孜孜以求，我十分宽慰，实际上我认为是意识的作用决定了人们对战争的看法。尤其在这样一个每个人都对传闻和眼前发生的一切特别敏感的时刻，我觉得维持这种意识至上的感觉理应是我们的职责。对于一个小说家来说，一次轰炸——除非它迫在眉睫，或者活生生地呈现在眼前，除非它牵涉到意识形态的问题——决不会比另外一个主题更富有吸引力。简单说吧，也许您也会像我一样，用这样的题材撰写一部历史小说，如同一九三九年出版的《蒂博一家》（先不去谈它的价值，我可怜的好海狸）。尽您所能坚持下去吧。眼下您的札记本里积累的素材已经够多的了。

我从报上得知比托埃夫今天死了。"一个时代结束"了，这令我感到沮丧。"四人组合"彻底消失，再也不会出现在招贴画上了。另外三个人，特别是巴迪和杜兰已经不年轻。加上战争期间这三个人之中肯定还会有人丧命。昨天我还在想，多么奇怪，我的一生恰被夹在两场战争之间，彼时是年轻小伙，现在正当壮年，真是生逢其时。对此我在札记本上作了很多的思考，将来您会看到的。

……今天上午我和保尔两人去村里，他向我承认自己非常紧张。我说"皮特也一样"。情况就是这样:皮特举止异常,彻头彻尾被神经性的紧张笼罩着:用力吸鼻子,咳嗽,清嗓子,整天晃动头部。凯勒神情抑郁,像头永远饥肠辘辘的海象。保尔回答我:"是,只有你一个人还是原来的你。"听了这话我很高兴。但这一切很好解释:不是恐惧,也不是悔恨把他们打垮了,是烦闷。我呢,有文学作我的盔甲。……您知道吗?我把一天写三封信当作我的工作。三封信,五页小说,还有四页札记:我一生之中还没有哪一天写过这么多。我没收到 F 的信,对此没什么好说的。卡蒂诺(您知不知道他就是马纳)在信里跟我开玩笑说:他一直在考虑是否在前线写一部小说,因为他知道我在部队里还继续创作。榜样的力量是无穷的,虽然远隔千里。我昨天去信给加利马出版社,让他们寄张支票给您。……

就这么多。我一边给您写信,一边激动万分,因为这是我第一次能够答复您的问题,"我们是在交谈。"亲爱的,您是我的一切。我身边发生的所有事我都想第一个告诉您。我的札记本,也是为日后给您看而预备的。我无法与您分开,您是我的全部依托,深深爱着您,小可人儿。

季奥诺坐牢了,您知道吗?

明天我会写信给博斯特,今天在您一封信里找到了他的地址。

如果您让塔妮娅来巴黎,就说用我的钱:《新法兰西杂志》那边的稿费。

……

九月二十二日

我迷人的海狸:

今晨没有您的来信,理所当然,因为您的信一定是从克雷希寄出来的。我急于知道图卢兹和杜兰现在怎样了?您可怜的郁闷的心经过这段时间调整，是否放松了一些？我爱您。塔妮娅有两封信，其中一封她向我道歉说不该在西北风旅馆给我写那样的话。这事您告诉过我，信却至今也没收到。她现在很可爱，懂事得超乎我想象。她在信中写道："以前，我总把自己当作世界的中心，连恐惧都是诗意的，不切实际的。我那时以为生活中不会有什么真正可怕的事情发生，生活自有人给安排得好好的，自己不需要负任何责任。而现在一切都变了，我觉得自己甚至连一只跳蚤都不如。我害怕一切灾难，别说世界中心了，我整个被绞在一副齿轮的传动系统里。"看来这次在现实的教训下，我们的小查佐里奇突然对自己有了清醒的认识。也许让她经历一下战争有好处，只要时间不太长，这可以教她懂得在她那些幻觉中的灾难之外，还有真正的不幸存在。不过我们不要性急。

我母亲十八日给我寄来一张明信片，说十日以来就没有我的任何消息了。军队的通信系统真让人摸不着头脑，可是最终我们又什么都能收到。

……

今晨的集合仪式够逗人的：在煤气室，我们每人戴上面具，五十个人一组下到一个地窖。您想想，在半明半暗的光线下，五十多张圆滚滚的戴面具的丑脸。一位军官，身穿天蓝色制服，又瘦又高，从脚到肩膀像只吓人的大爬虫——顶着一只难看的猪头——他开了两枪，套在枪管上的煤气泡随之爆炸。上面五十个全副武装的士兵迅即排成队列，后面的人双手搭着前面人的肩膀，调转方向。他们被命令唱歌，可是只能听见喉咙间发出的可怕声响，让我想起卡夫卡小说里的格列高利想说话时发出的怪声。最古怪的是这种感觉竟然产生于一个毒气四溢、危险至极却又能绝对毫发无损的空间里。当你跟旁边的人讲话时，你感觉话语要穿过一个恶毒的世界；当你看着自己的双手，你感觉双手是浸在毒雾之中，却又能自由自在地不受伤害。一边走出毒气室,大家一边急不可耐地纷纷掀掉面罩,来"感受一下内外到底有什么不同"。不过我规规矩矩的啥也没干。

我迷人的海狸,以上就是我的近况。您能想象吗,我有点儿被抛弃的感觉,因为您人不在巴黎。坎佩尔太远了,加之战争增添了这种距离感。就像您刚刚离开我时一样,我全身心地爱着你。对眼下所发生的一切,我第一个想到的就是要跟您说:我俩是一个人。

1) 今晨我完成了三十页之多的一个章节,我想还会继续,再对这一章进行修改,因为现在仍不太满意。

2) 报纸上关于法国前线的军事行动用了这个标题:"战略等待时期"——您赞成吗?

九月二十三日

我迷人的海狸:

塔妮娅什么消息也没有,算上时差,自从她姐姐回到莱格勒,已经整整三天了。您在那封长信中描写了图卢兹、她母亲和杜兰,让我倍感兴趣。想象一下您从肖内①处拿来的东西让我有多高兴吧!我已经把自己是作家这回事忘得差不多了——真的——我觉得现在正动笔写的小说是我的处女作。可是突然有那么一个人还能想到一个名叫让-保尔·萨特的作家,虽然仅仅是从文坛的利弊考虑,说我离开巴黎让他感到惋惜,不过这已经够让我感到温暖的了。有一次我给波朗写信,让他思考一下"关于死亡"的话题,我十月或十一月要写这个问题。"什么?您想到死?"也许您会问,我的好海狸,我不是想到自己,不过令人羞愧的是,当我在小说

---

① 肖内,作家兼记者,对萨特做过一次采访。——原注

中写到洛拉面对死亡的问题时,我也会想到自己。但这也能给您增加一些现实的气氛。您真好,给我写这长长的信。您无法想象我有多高兴。我在札记本里记下了关于您的一些好话。我解释说死亡不会损害我们之间的情意(假如我们中有一个突然死去,我们曾经走过的日子还是那么美好),因为只有一样东西不需要时间再去验证,它是那样完美和平静,那就是咱俩之间的情意、咱俩的爱情。除此以外,我的生活再没什么成功之处。其他都还需要时间的验证。我一直在读《达比日记》,能亲历战争,并读到一个作家在临终前几年对于即将爆发的战争充满恐惧的日记,真是一件难得的事。这位达比先生最终是死于猩红热。

……

明天再续,我的爱人。可能我还会收到您一封信,然后得再空等几天,因为从坎佩尔寄来的信至少需要一星期。紧紧拥抱您。

……

九月二十五日

我迷人的海狸:

这是在炮校的第一天。学校附近有七八门炮沿公路一溜排开,连同炮手,看上去都像是纸做的玩具。我们大家挤在窗前,看他们练习射击。目标是树林后面的空地,地势辽阔起伏,远处有黛色的山峦。天气晴好,首先听到的是一种干燥而夸张的声音:那是灰尘。紧接着是一声古怪的、难以形容的、湿漉漉的摩擦音,事后有人告诉我们这就是炮弹出膛的"啸音"。最有趣的莫过于我们觉得空气就是具体的某地,而炮弹将它撕了个粉碎。要是看不到这些火炮,无论是身处学校,还是咖啡馆、马穆提耶广场,大家简直会以为是国庆日放的礼炮。我们奉命一天做两次气象监测,今天的任务完成得很出色,从七点半到十三点半,"顺利交差"。每次监测只花了三刻钟时间。当然,整整一天我都很卖力。不过我们下午两点才吃上午饭,同时被告知小旅店已经人去楼空。另外,皮特在城里闲逛的时候找到一家旅馆,愿意以六法郎的军人价租给我们一间两个床位的房间。这算是村里的大旅舍,我和他马上租了下来。另两个伙计仍住在格罗斯夫人家。能有一张床真是太好了,整整两个星期以来我天天都是席地而眠,裹在两件军大衣和一床被子里,头塞在背囊里。这倒也没什么不舒服,只不过能换换更好,特别是体味越来越重了。凯勒脚臭,保尔身上有股酸味。现在最让我高兴的是白天能安安静静地工作了。我请父母亲每个月给我寄三百法郎。

……

我留了一圈司汤达式的络腮胡,每天只把上唇刮得干干净净。您别害怕,我不会让您看见的,这纯粹为了自我欣赏。一旦准假回巴黎,我就会刮掉。不过我这个样子若是让您光想想都不舒服,不妨写信告诉我,我马上就把络腮胡刮掉。就像那回您把我的一条白色领带毫不留情地扔进垃圾桶一样,那天是在马赛,每每想起,心头都涌起万般柔情。我爱您!

……

九月二十八日

我迷人的海狸:

今晨收到您寄自坎佩尔的第二封信。我想象着您在那个外省小城里的生活,沿途乘坐旅游大巴,仿佛咱俩当年度假时的情景,十分地诗情画意。

假如我能有八天(而不是六天)的假期,我会花六天的时间和您一起度过,剩下两天陪塔妮娅。假如只有六天,我就全部和您在一起。对此您不用担心。很久以来,我一直在脑子里盘算这件事情。这里一切照常。今天仍然是探测、放炮(不是攻击——是炮校的训练)、小说。收到您和塔妮娅各一封信。很奇怪,日子一天天地过去,却感觉不到时光的流逝。我毫无倦意,也不觉得日子难熬。但是距离九月三日刚入伍的那一天,已恍如隔世。我不再是原来的那个我,性格虽没有改变,存在于世的状态却改变了。这是一种战争的状态(在我的札记上对此有详细的论述)。何况,成天和一群大男人生活在一起,多么荒诞。男人,多么愚钝的东西!真要命!

他们都害怕因此而变得麻木。我不怕。我的小说和札记足以让我保持机敏。应该说,在战时,我比平时有更多的时间写作。您若方便,望给我寄《玛丽安娜》《老实人》和《文学报》,当然还有《新法兰西杂志》。我深深爱您,亲爱的。除了部队,您就是我的全部。我的小海狸,咱俩是不可分割的一体,您是我最温柔的爱。

因为我裹绑腿的方式特别,还因为我总随时随地弄丢国家特批给我的某些集体财产,我竟成了其他三人的笑料。皮特昨天还说:"萨特其实和我们一样,是他的肉体背叛了他。第一天看见他的时候,我就对保尔说,哦,瞧你领来的是个什么人?迷迷瞪瞪的。"今天在旅馆我怎么也找不到另一只短统袜,怎么也找不到。下午两点的时候,却在老板娘那里找到了。原来我把它卷在衬裤里一起送去洗了。那三个家伙哄堂大笑,他们就像《城堡》里的那个K,是我的帮手,我会在以后好好跟您谈谈他们的。现在我要吃晚饭了。吻您的小脸蛋,我母亲每封信都提到您。回巴黎后去看看她吧,你们会很融洽的。

九月二十九日

我迷人的海狸：

　　刚刚收到您二十三日的来信。您在坎佩尔也能收到我的信，让我出奇地惊讶，因为那些信我是寄到赛勒路的。你这样让信随地址迁移，未免有些冒险。等您回来，信还会继续往那边寄的。

　　您提及的那种对战争的冷漠我也有。您也许会说这改变不了我，但还是会的。我也像您一样觉得那是种逃避方式。但当前的情况于我来说，逃避已没有可能：战争对我来说很"自然"。这里没有紧张的气氛，找不到压抑感，平平常常，就这个样子。如今，这个战争的世界让我有了更深的体会。原因有两个：第一，我们被"养"着，也就是说我们现在吃的是军粮。伙食倒不很坏，但气氛仍旧很伤感。我借这个机会来减肥，因为我比先前胖了些。第二，因为有些人做了蠢事，白天就禁止我们去咖啡馆了。这段时间有时房间里特别冷（早上七点气温只有零度），我寻思得另外找个地方去写作（因为文书们已搬迁到另一间破旧的小屋里去办公，而我们在那里是多余的）。只要耍点小聪明，这问题肯定能解决。只是，每当我意识到这个战争世界的存在，每当我的自由被剥夺，我都有一段时间会心神不宁。现在这都过去了。气象探测工作结束了，连续的炮轰也已停止。明天，我们就无事可干了，除非又给派上什么活儿。我们好像还要在这里待上一阵。有一点我非常肯定，那就是在整个战事中，我不畏惧任何东西。我不能对您解释原因，但请相信我的话。得知您要去见那位夫人，我高兴极了，我觉得这对您有好处。可是如果您九号才上课，为什么只待两天？也许因为您要回去取工资？别忘记把我那份也取了。您的开支计划我觉得蛮合理。我想说：可以把我的第一份工资用来酬谢毕南费尔德先生，十一月一日再接查佐姐妹回来。您同样也可以选择给毕南费尔德先生一千法郎，十月份就接两个查佐回家。这样一来您就不会太孤单,因为查佐还是有点儿办法的。我会很高兴有她在巴黎陪着您。我亲爱的,我目前已经收到您所有的来信和简短的日记。它们对我太重要了。感谢它们让我时时想着您,感觉到您。我是如此深情地恋着您啊,我的至爱。

以下是需要您寄给我的书名(不必一下子全都寄来。其中有些我怀疑还没出版):

吕西安·雅克:《漆布面本子》

赫尔曼·劳斯宁:《虚无主义革命》

马塞尔·埃梅:《暗藏的牛》

科克托:《波托马克的末日》

德里厄·拉罗歇尔:《一群傻瓜》

马丹·杜加尔:《蒂波的结局》

梵德里:《高山之雪》

让·卡苏:《四十夜》

亨利·特洛亚:《陀思妥耶夫斯基》

我还没有把纪德的书寄给博斯特,我正在细细地饶有兴致地读。这家伙写得还真不错。

再见了,我亲爱的,我迷人的海狸,我用整个身心紧紧拥抱您,因为——

我爱您如此之深。

您已搬出西北风旅馆的消息让我觉得意外。但您住在洁洁家会更好。让查佐姐妹住在德·鲁莱那儿是个不错的主意。

九月三十日

我迷人的海狸:

我正往阿萨斯街的洁洁家给您写信,想着您将在这里生活,我特别高兴。这是个讨人喜欢的小套房。等我的假期得到批准,我也会住到这里。就在我写这封信的时候,想到您现在是住在那位夫人家,真的很高兴。我大致可以想象出您那里是什么样子。也许您被安排睡在楼下,可能并非出于天气寒冷的考虑。不管怎样,我清晰地记得那个餐厅,那位夫人,还有莫普斯和布迪。我一天里好几次想象着你们谈话的场景。您明天还会在那里,后天您就该在巴黎了。不知怎么,我觉得是您和我一同回去呢。是因为您的信来得比以前快吗?不管怎样,邮局的服务确实有改善:我今天就收到了您二十五日在坎佩尔写的信。

我亲爱的,已经颇有一段时间,我重新恢复了平静的心境。而且,那平静也变了,变得很自然,我在昨天的信中已经和您提及。我觉得此刻身处战争就是我的本质状态。但是,在四分之三的时间里我是感受不到战争的。我近期没什么可记入札记。您知道,对待战争和对待人差不多:当我们不太了解一些人时,会写下很多关于他们的事;当我们开始了解他们时,就没什么可写的了。我也变得有些粗犷了,亲爱的,这很不错吧!正是因为我和那群人一起生活,任何虚情假意都没有必要。此外,我对伙伴们谈不上什么尊重或友谊:我只是在忍受。他们猜想我每天都在批评他们,这也是事实。我做不到对他们表示友善,那种友善可能代表彻底投降。但对于我认识的所有那些真正有趣的人来说,虚情假意就是一种背叛。我想,我冷酷得可以,甚至极度遭人厌。他们气极了。我觉得他们自己也好不到哪里去。但我并非孤独一人,我和您在一起,和其他人在一起,和塔妮娅在一起,和那位夫人一起,还有和博斯特一起。我与你们同在。我做了很大努力去想吉尔,佐罗,但很难想得具体,我这里太闭塞了。我很高兴得知他们都很安全,这样我就不必像罗耀拉那样成天忧心忡忡。我也常想起图卢兹和杜兰。所有的一切时而以我过去的生活面貌浮现在眼前,时而又以他们的近况出现,但不会出现在我们未来的生活中。您知道吗,尼赞在事态恶化之前,即已抽身离去。这是报纸报道的。您能否打听一下此事,给我确切消息?现在说说您吧。我不时想起我们曾一起有过的那些烦心事,每当这时,毋宁说我是痛苦地爱着您。其余的时间,我平静且满足,因为想到您还活着,没有遭遇什么不幸,仿佛您只是去阿尔卑斯山作短期的徒步旅行。我目前的每分每秒,那些日常琐事,还有对遥遥无期的停战日的苦盼,都不值得回顾。或者说,我是把它们当作过去来经历的,是站在停战后(一个迅速且欢喜的结局)的角度来经历的。所以它们显得可笑也讨人喜欢。就像德莫瓦讷对着一堆照片那样自言自语:"那些只会成为零零碎碎的回忆。"我也这样对自己说。有一点是绝对不可能的,那就是像常人一样来度过战争时期,这个常人拥有自己的一切自由,也拥有对未来的美好构想。我还忘了说一点,那就是纪德的书不时给我带来喜悦之情。先写到这里吧。

　　昨天我很焦虑,不知道该把自己安置到何处去写作。多亏皮特斡旋,事情终于搞定。他说服了面包店的女老板,但她不让我待在咖啡厅,而是允许我在二楼饭厅里写东西。于是,今天早餐后我就上去了。那里有两个金发胖女孩,乖乖地看着图片。还有一个老妇人,像极了我姑姑,弓着腰正在做馅饼。我待在那里写作,不时听见老妇人抱怨她女儿不愿意在昂热收留她。我坐在那里,不由自主地想到等我解甲归田后,回忆起这段在小餐厅里写作的日子,虽然怪异,却也蛮幸福。我认真地写了些有关丹尼尔的内容。十点半左右我去理发店洗了个澡,然后我们大伙在园子里吃午餐。菜还不错(胡萝卜烧肉)。饭后我们喝了咖啡,点过名后,我就回到自己房间。屋内窗户敞开着,我看见楼下花园里种着一棵桦树和一些我不认识的树。稍远处,是漫山遍野的葡萄。我听到飞机发动机的声音掠过。阳光灿烂。

　　请速寄来信封(二十个一沓的要两沓)。您回巴黎后别忘了去一下学校总务处。我还没收到任何关于《新法兰西杂志》的消息。我以后再不为它写东西了。今天还写了封信给博斯特,刚寄走。

上校提交了一份关于实弹射击训练的报告,是寄往总部的。他在报告中对气象探测工作美言了几句。

我全身心地爱着您,我亲爱的。

我发现我还没有回答您的问题:我责备自己的平静,是因为既然已经身处战争,我就希望自己能真正地融入其中。但这不太容易,因为这是一场虚无的战争。

又:我们可能最近要换新军装了。我的胡子长得有些可笑,成了山羊胡,我会尽快剃掉它。

十月一日

我迷人的海狸:

我在"我的"旅馆楼下的咖啡厅给您写信(称呼为"我的"旅馆挺逗的,仿佛我是在乡下度假)。外面雾气未散,天色较暗。也许是由于战争期间要节约,或者是出于吝啬,老板没开灯,让我大为恼火,和他猛吵了一架。这个星期天过得十分糟糕。早上雾气沉沉,到处弥漫着星期天的懒散气氛。这里竟然还有星期天,您一定觉得惊讶?也许我们习惯了过有规律的日子,就像水族馆里的小生物仍然生活在潮起潮落的习惯中。这样的烦闷也许还来自今早的一个葬礼。那个颇为隆重的葬礼持续了整整两个小时。事实上,所有士兵每天从早到晚都感受着一种沉沉的郁闷。我呢,直到中午才回去。早上,我在面包店里写作。从窗口望出去,我看见一面绣着金边的红色军旗在路上晃动,几个举旗的孩子被旗遮掩着,看不清楚。在我旁边,老妇人还像昨天那样做着馅饼。那个金色头发、脾气暴躁的小女孩在隔壁房间里大喊大叫。原因是这样：每天早上，将军必在八点整离开面包店老板娘的家。而每天这个时候，军号声响起，一群士兵开始摆弄兵器。将军踱来踱去，手插在裤兜里，一个个地检查。但是面包店老板娘的小女儿习惯每天早晨睡到十点，却总是被军号吵醒。于是，她整个上午闹得让人受不了。我没怎么好好写作，十点就离开了面包店，漫无目的地闲逛。我遇见皮特和保尔，跟他们走了一段，然后去了格罗斯夫人家。在那儿读了一会儿《纪德日记》，保尔在锻炼。快到中午时，我因无所事事又有点儿好奇，硬拉着皮特去胖中士推荐过的一家小餐馆用午餐。他曾对我们说："那里比在面包店吃得好多了，可惜环境脏乱了点。"结果令我们失望至极：那边并不比面包店吃得好，环境倒不差。后来我们又回到面包店，吃了块李子馅饼，抽了支雪茄。十三点三十分点名。情况有所好转，下午从两点到四点，我在秘书处专心写作。皮特也在那里，不停地折腾，挺烦人。他给办公室的人分发用破的预测气象的气球胎，让他们用来做烟荷包。四点钟，我回到旅馆的房间，房内不太冷。我读了一会儿纪德的书，在札记本上写了几段（已经密密麻麻写了六十页，但您的本子上肯定写得更多）。今天没收到您的信，那是自然的，星期天嘛，这更让人感觉像在家里。而且，您预先告诉过我可能后两天收不到什么。塔妮娅的信时有时无。此时此刻，我心情极佳，我深爱着您。我觉得我是以一种平和的、自信的、幸福的方式爱着您。这里的时间过得真快，太好了。大概是因为我在写作。但中午的时候我因无聊而心烦，我觉得如果无事可做，日子会变得很可怕。我亲爱的，尽快给我寄一些书（如果您方便，再加上十月份的《新法兰西杂志》、格林的《日记》以及《白痴》）。晚些时候，您可以给我寄《波尚的职业》，这本书我很想再读一遍，还有席勒的《同情的本质与形式》）。您找个日子去看看我母亲。她给您打过很多次电话。

我知道这对您来说并非乐事,我迷人的海狸,但她是个可怜的妇人。我因她说的那句"这将让他学会生活",和她吵了一架。后来,我想,她是为了掩饰内心的恐惧才每天唠叨个不停,而那句话只是其中之一。

再见,我的另一半,亲爱的小海狸,我的可人儿,温柔的爱人,我全心全意爱您。我们心心相印,融为一体。

十月二日　星期一

我迷人的海狸:

我在旅馆的小咖啡厅给您写信,现在是傍晚六点,光线很差,头顶上只有一个灯泡。我的两位邻座还经常把这点可怜的光线彻底遮住(每当他们喝一口咖啡,就要抬一次胳膊、低一低头。就算其他桌子都是空的,他们也要硬挤在我的桌旁)。没办法,我只好冲他们友善地笑笑,主动地换位置,不过光线还是好不到哪里去。昨天和今天都没有你的信,但至少今天还能有点儿盼头,皮特三点钟就去拿邮件了,现在还没有回来。您一定已回到自己的小公寓了。看来得感谢战争,您才有机会独占那套小公寓?那里一定有我写给您的信。我担心会有一两封丢失,所以再次提醒您我的薪水发下来了。我给财务部门写了一封委托书,让您去拿,您得尽快去。拿到钱以后,给我寄五百法郎,其余的由您支配,也包括查佐姐妹的用度。另外,西北风旅馆不一定能把所有的邮件(特别是文学类的)都转给我。您能否告诉他们把信寄给您(再由您转寄我),或者请他们直接寄到108纵队。最后,烦您再给我寄些书来(《新法兰西杂志》《白痴》《格林日记》和《玛丽安娜》、"假面与烙印"系列的侦探小说);再寄一些信封,两包沃特曼的蓝黑色笔芯。请再去一趟阿梅丽街,看看《欧洲》杂志社还在不在,告诉他们只要给我寄些新出版的书,我就会继续给他们写专栏(这样可以帮您省点钱)。我马上就要看完纪德的书了,期待着新书的到来。得,托您办的事就这么多。啊,我亲爱的小海狸,除此之外,还能写些什么呢?恐怕今天就这些了吧。我要趁最近没什么大事发生的空隙,亲爱的,向您好好表白您对我有多重要。听着,现在的我已经和过去的一切渐渐剥离。眼下,我正在为打持久战做准备(这并不是说战争一定会拖延下去),我会发现一个完全改变了的世界,拥有另一种价值观和另一种人(绝不是指纳粹的价值观,它现今已是不可一世。若要我像阿隆那样写时评,我会说不管怎样,希特勒在意识形态上俨然是胜利者)。因此,我日甚一日地逃离,甚至逃离我写的那些可怜的小书。写过的东西我已经忘记了,却又以同样的激情继续写着下面的书——写作是我的天性,这点我深信不疑——但天知道他们何时才能出版。有一点是永远不会、也不能改变的:那就是不管发生什么,也不管我会变成怎样,我将永远和您在一起,如果需要什么东西来测试咱俩誓为一体的决心,那就让战争这个可恶的幽灵发挥点作用吧。但是,也完全没那个必要。战争能给日夜折磨您的那个问题一个很好的答案:我的爱,您不只是我生命中的"一件东西"——哪怕是最重要的一件东西——因为我的生命已不再属于我,对此我毫无怨言,您一直就是我的生命。甚至远远不止,因为您,我才能去直面不可知的未来和无论怎样的命运。……

我的爱,我全身心地爱着您——说爱您还远远不够。温柔地吻您。

十月四日　星期三

我迷人的海狸:

今天没有您的任何消息,但我并不担心。图卢兹寄来一封可爱的信,信上说杜兰"深深地、温情地爱着我"。这让我十分惊讶。还有一个来自塔妮娅信中的不幸消息：查佐里奇夫人又犯心脏病了。

　　昨天跟您说过我是十九点三十分乘卡车出发的。我很兴奋，怀着探险的心理。我们要把村里的位置腾给一些黑人，搬到约莫二十公里远的地方去。整个村庄里的人都哭丧着脸，倒不是因为留恋我们，而是为代替我们的是黑人而不高兴。"他们可不能上楼来，这里有我的卧室。"面包师的母亲说。我们整装道别，六点三十分的时候来到小教堂广场，和 A. D. 秘书处人员集合。本该乘卡车的，却找不到车。广场上倒是停着一辆大巴，不过那是留给军官们的。一名中尉路过，问我们："你们在等卡车？"然后他哈哈大笑，这个想法在他看来很滑稽，"若是一刻钟后还没有卡车来，就到村子的南出口处集合，我们步行出发。"说完他就走了，留下一群惊恐失措的文书和副官。保尔发火了："他们答应我们有卡车，就应该兑现，我可不离开这儿。"皮特，那个胖乎乎的犹太人，也变得垂头丧气，说："我有疝气，我可没法步行二十公里。"我觉得他们好恶心，特别是看到暮色中排成长长队伍的步兵们，经过白天三十五公里的急行军后，又继续雄赳赳地出发。虽然我的随身行李背着又重又不舒服，在苦役面前我还是体验到了某种快乐。我再次感受到了这种奇怪的必须——哲学意义上的，而且是非人道的，即竭尽所能地尽情享受战争。虽然这种体验总是被我的同伴们打断（或者说这是一群来自《城堡》的"帮手"），也许我内心还挺乐意被打断。总之，与一位好心的预备役上尉私下商量后，我们还是搭上了军官的车。可是那些本已落座的军官们忽作鸟兽散，仿佛那些居住在纽约的美国人，看到有黑人在周边租房，便立刻纷纷搬家一样。我选好位置坐下，背对着司机，双脚只能搁在对面的椅子靠背上。经过漫长的等待，车子在夜里出发了，既慢又颠簸。我却满心欢喜。我们慢慢地经过一批又一批黑压压的队伍，那是步兵们，四处闪烁着香烟的红色火光，还有身后七八辆首尾相连的车灯的蓝光。中途停了很多站。其中有一盏车灯在我们的后车窗玻璃上打出了一个人的影子,这影子渐渐变得越来越大,最后大到无法估量。九点的时候,终于到达目的地。大家此刻心情多少有些紧张,因为不知等待我们的将是什么。后来,我们每四个人加三个副官被分到一间十分舒适的、用谷仓改造的营房,有两张床,一大堆稻草。我们四个睡床,副官们选择睡草铺。狗吠声不断,马路上回响着有节奏的脚步声、口令声、笑声等。我的床上时不时会闪过一道亮光,那是一辆卡车开过去了。梦游症患者保尔躺在我旁边,经常会像鲤鱼打挺似的一下子跳起来。邻床的皮特不时会捏着喉咙轻轻咳嗽。有士兵四次闯进来,拿手电筒照我们,问房内有没有空床,都被我们赶走了。但总的说来,我睡得很香,直到早上六点半才起床。从早上起我们一直在找新的落脚点,尽管明晚可能又要重新出发(天哪,我亲爱的小海狸,这些日子我们注定是没有见面机会了)。这个村子非常安静,也很富庶,坐落着一些出色的农庄,白墙黑梁,十足的阿尔萨斯小农气象,十分迷人,一条主干道横贯而过,这里是那样安静,我竟感觉不到战争的存在。实际上,正是我们的到来,才给这里带来了战争的氛围。是我们在这里安营扎寨,隐蔽在表面安宁富足的粮仓背后。我以后会向您更好地解释这一切的。有人曾警告我们:这里是全国名声最臭的地方,简直什么也找不到。但十一点的时候,我们在金牛旅馆找到了落脚点。……

……

亲爱的,我全心全意地爱着您。今天没收到一封信,令人沮丧,希望明天不会落空。我心爱的小花儿。吻您。

……

十月九日

我的爱：

　　一连两天没收到您的信。我还没有担心——邮政方面的问题实在太多了——但离担心也不远了。您是那么体贴而可爱的海狸，平时的信都是那么准时，现在会不会是生病了。尤其是您若周五就回到巴黎，我应该能收到您从阿萨斯路寄出的信件。我刚收到《新法兰西杂志》社的西利曼十月二日的来信，信里是这样写的："加利马先生目前暂时不在我们所在的米兰德。等他回来，我会请他尽快地把您账上的那笔钱汇给西蒙娜·德·波伏瓦女士。"注意，他会把钱寄到您原来住的西北风旅馆。您是否给过他们新地址？不管怎样，会有一笔钱，就指望它了。您可以立刻将它寄给毕南费尔德先生。总之经济情况会因此好转的。我收到塔妮娅一封信，热情得很。还有母亲寄自圣索沃尔的几行字。现在她应该已经回来了。您最好去看看她。

　　我这里没什么新鲜事。我们随时待命出发，却一直驻留在原地。这样再好不过了。这里的生活美好而平静，学校大厅里有暖气，我每天都可以写作。我的小说进展很快。您知道吗？我们住在一个疯疯癫癫的警卫家里。他也被征召入伍，但昨天回到了他太太身边。傍晚我们回房的时候撞见他，他夜里就得走。自然我们要和他喝一杯。可怜的三级下士保尔出了洋相，他根本不能喝酒，却出于礼貌喝了满满五大杯——我们所有的对话都用德语，他什么也听不懂。一整夜保尔都在忍受胃痛的折磨，想撒尿，却忍着不愿到窗口那儿解决（我也一样）。（我父母告诉我，他们收到我的一封信，有几段被删除了，您知道是哪一段吗？信里我只简单地解释了气象探测是怎么回事。这是任何一本气象学的书里都能找得到的。不过说真的，约有五分之一的信件内容会在军检之后被删除。）今天我在旅店吃的午饭，头有点儿晕，心情抑郁——并不比我平时刚睡醒时更严重。之后我开始《不惑之年》里新的一章的写作：这一章里鲍里斯和伊维什单独在一起谈话。很好写，也很有趣。下午继续写作。皮特和我明天早晨要穿军装去拍照，洗出来马上寄给您，博您一笑。尽管我做了努力，还是成为我们师最脏的一名士兵。江山易改，本性难移。骑自行车转了一圈，等到邮件来了，却没有您的信，希望您不是病了。假若巴黎遭到轰炸，我一定会担心死的，现在仅仅两天没收到您的信，我就已经坐立不安了。我太爱您了，亲爱的。您对我实在太重要了。……明天再写，希望能有您的消息。

……

吻您的脸。我又忘了跟您聊我们的存在状态。很抱歉。

我刚想起来，您今天应该已经上课了，这让我感到有点儿古怪。我想您的感觉也会是怪怪的。您是在卡米尔-塞，还是在莫里哀中学？

十月十日

我的爱：

又一天没收到您的信。今晚我开始感到担心了。一封信可能丢失，另一封信也许被延误了。但这是第三次了！只要一天没有收到来信，我就会惶惶不安。现在，本是非常值得珍惜的每日通信开始变得让人烦恼了。想到您以后也可能因我的信件延误而为我担忧，心里很不是滋味。不过让我放心的是，您上封信中说您住在那位夫人家，总算能得到很好的照顾。万一您病了，他们会照顾您，也会来信告诉我的。但是，我今天倒收到了塔妮娅五日的来信。巴黎也该有点儿什么东西寄过来才是。眼下我们的共同生活是与您的信件紧紧联系在一起的。没有来信的这三天，就是三个没有您的日子。今天，世界甚至成了不再有您的世界，这让人感到多么孤寂。亲爱的,其他人的信能带给我几多安慰呢?从现在直到明天,我的内心将是一片空白。而我又无权使用电报。

除此之外,就是平平常常的生活。今早到军医那里去了一趟,他要核实我们的疫苗接种情况。还收到我母亲寄来的一只可爱的包裹,里面有手套、毛衣、衬裤等,都是我急需的物品。波朗来了一封信,催要我的《对死亡的思考》,还说"要提前两个月"出版我的《季洛杜》,也就是说,四个月之后。小博斯特来了一封可爱的长信,告诉了我一些情况,和您从查佐处得知的差不多。他跟我都处于一种对战争漠不关心的状态。目前看来他毫无危险。

亲爱的,今晚就写这些。今夜我要到军官那里去值班。并不是很辛苦,睡在草铺上(这令我喜欢),只要接一两个电话就可以了。我在那里可以享受更长时间的照明,用来写作。

我迷人的海狸,请一定记得给我回信。今天是我们的结合纪念日,却偏偏没有收到您的来信。令人沮丧的纪念日!深情地拥抱您,我可爱的小花儿。

请再给我寄些稿纸来,就是这种样式的。

十月十一日

我现在有了一点您的音讯。您别担心。我本该重新写这封信的,但它实在太长,而且包含了太多的哲学内容。就这样作罢了。
(以上内容为萨特事后在信头添加)

我迷人的海狸:

还是没有您的信。这次我真的非常担忧了。您在哪儿?您在做什么呢?我有不祥之感。没有您,我的勇气丧失殆尽。我是因为您才坚持住的,我真切地感到,如果没有您,我连写作的气力也不会有,一切都将付诸东流。当然我知道,这一切不祥的感觉都只是想象中的。对军邮来说,四天算得了什么。多半是在某个环节给耽搁了。不过,没有您的日子让我度日如年,这是千真万确的。整整四天没有您的嘘寒问暖,世界便不同了。我第一次感到消沉和无助,如同瓮中之鳖,只有干着急的份儿:我若给那位夫人写信问情况(因我无权使用电报),至少还得等上十天才能收到答复。如果明天还收不到您的信,我就写信给我母亲,请她到阿萨斯路去探望您。这样我可能在八天之内得到答复。但我非常希望能在此之前收到一摞迟到的信件。

昨晚我在为您工作。我在军官办公室里值班,睡在办公室中央的草铺上,挺有趣的。偶尔会被电话吵醒,但次数很少。在睡前,可以单独享用属于自己的办公室。里面有些小桌子,都配有台灯。我坐在其中一张桌旁,关掉房间的顶灯,只打开台灯。这是一种带罩的民用台灯,眼前投下一圈亮光,四周则是一片昏暗。我拿出我的小札记本,在上面回答您在杜阿尔勒内提出的问题。亲爱的,您是这样提问的:"在拉兹海角,面对满天星斗,我自问为什么人类的意识会构建出一个具有时间、空间和质量的世界,这时空和质量都已超越了人类的意识范围。布伦什维克曾谈及人类意识的进步,希腊人曾认为世界是有限的,云云。但我想说的是:意识本身能做出超人类的建构,这是值得称奇的。"我在札记本上回答的内容是:"您所说的'人类的意识范围',事实上是人类行为活动的范围,并非意识的范围。每一种意识里的人,本是为这种意识而生的,如同他身边的世界;因此意识之中有一种'人之存在',如同人之中有一种'世界之存在'一样。但是,使您感到吃惊的是人类的无助,意识在无限的世界里为自己创造了一个有限的代表,这正是人类无助之起源。可以说别无选择。事实上,正如我们透过现象所直觉到的一样,意识的本质就是无限的。这一点必须首先理解。意识在每时每刻只能作为自身的反映(如意向性等等)而存在于无限之中,而当它反观其自身时,它又超越了自身。如此,每种意识在自我超越时,自身就包含着无限。它只能在不断超越自身中存在,且只能通过无限来实现自我超越。但是,有限和无限并非相互补充,而是相互排斥、相互对立的。然而,人类的现实既是自身躯体内的意识,又是躯体本身,——由意识的'客观'行为和支持这些行为的本能构成。因此,人类的现实既体现为在无限世界中的无助性,又具有实现自我超越的创造性,这种自我超越支撑着这个无限的世界。所有通过躯体而进行的人类的有限行为,都是在一个双重无限(无限大和无限小)的基础上进行的。正因如此,那种把一切客体均视为器物的想法,就把人类的现实带到了对其孤立无援境地的意识之中。因为海德格尔并未发现世界的无限性是处处超越器物的作用的。您在拉兹一隅所感受到的震惊正来源于此:对任何事物的前本体论理解,总是把这个事物首先理解为可使用的器物,比如看一座山就把山理解为'可以攀登的'。如果说星辰之遥远给人以帕斯卡尔[①]式的惊愕,一方面是因为这种遥远与超验意识的超验性无限有关,另一方面是因为对星辰的感知中必然包含对星辰的物化企图,而这一企图又恰恰遭遇了星辰的'不可企及'。海德格尔没有发现,他的人类世界——立刻且前本体论地被物化了的世界——相对于人来说是同时代的,而并非与先验意识同步。他根本无法控制这个意识的世界。而这个意识的世界又根本无法接纳事物的器物性。在意识的世界里,器物性唯有缴械投降。而器物性和非器物性、实用性和理论性、有限和无限之间的冲突正是人类感到无助的原因。因此,先验意识在成为人类现实的同时,也命中注定地为自己在世界中心构建了自身的无助。"您同意我的看法吗?您满意了吗?

[①] 帕斯卡尔(1623—1662),法国数学家、物理学家、哲学家和散文大师,近代概率论的奠基者。其思想理论著作《思想录》对法国知识界曾产生重要影响。

我迷人的海狸,依旧没有您的消息,哪怕是一丁点。但我刚刚听说有张五百法郎的汇票。因为只有您才能取款,所以我知道您还活着。只不过是邮局莫名其妙地延误了您的信罢了。亲爱的,我现在很愉快也很宽慰了。我有点儿怀疑凯勒,因为今早他没有清洗餐具,我和他争执了几句,会不会是他到秘书那里偷了我的信呢?今天我没有收到任何来信,自九月十五日以来这还是头一次。

　　我想明天我们可能就要出发了。

　　我全身心地爱您,我的爱妻。而且这回我是那么快乐地爱您。

　　亲爱的,如果您还没有给我寄包裹的话,请快点寄。我的墨水笔芯(今天是最后一支)和纸都用完了,书也看完了,什么都没有了。

　　深情地拥抱您,我的小美人。……

致西蒙娜·若利维

十月十五日

亲爱的图卢兹:

　　收到你的信非常高兴。如果你偶尔有空的话,一定要再给我写信,告诉我你们二位遇上的种种事情。要知道,你的来信使我充满生机,强壮得像棵橡树。我和海狸经常谈到你,说你属于那种极个别的强者,经历了最可怕的动荡和战后的苦难岁月,却能处变不惊,一如既往。你的来信能给我带来和平的曙光。其他人叙述的只是来自后方的消息。作为回报,我自然会给你寄上你为写小说所要寻觅的东西。不过,如果我没有理解错,这些东西还需要多多加工。

对我来说,战争尚未开始。我也不知道它是否永远不会开始。我现在只是小学教室里一个过于年长的学生,老师是一个身体羸弱、文质彬彬的军士。想象一下吧,我在学校的一张小课桌上给你写信,四周堆放着我的杂物:烟丝、打火机、香烟——我的小说就搁在手边(自十月三日以来,我只誊写了七十三页)。我的战友们也在别的桌子旁尽情消遣,读书、写信、缝缝补补或画画。军士在军官办公室读着我给他的一本侦探小说,聚精会神、饶有兴致。两块黑板上画满了正弦和余弦,用以解释炮兵的奥妙。你在此仿佛看到一个如艾弗拉尔镇那样的为弱智者设立的教育中心(只是没有正弦曲线罢了)。桌上有一幅下流的版画(是中士长的),旁边放着一个防毒面具,使房间有了点超现实主义画展的味道。我一整天都待在这儿。我看书(刚读完《白痴》——它够令我失望的;《纪德日记》),写我的小说,即《战地日记》。有时会骑车到城里转一圈,换换脑筋。这是一座地势很低的小城,白色的房屋,黑色的梁,长长的坡面屋顶,看起来中间鼓鼓的。饭店和咖啡馆像妓院般神秘(德国式的),而且正在逐渐变成妓院。在我们的军队里,时至今日,爱神似乎比战神的破坏力要强得多。然而,军人们却抱怨说他们的咖啡里被放了镇静剂。要不然,还会变成什么样呢?战争使我的战友们充满了童趣。大多数人胡子拉碴、大腹便便,却又异常顽皮。我也长胖了,为此很懊恼。

亲爱的图卢兹,你问我需要什么,什么对我来说既有用又称心:那么只有你的来信最符合这一要求。请代我问候杜兰,向他转达我的友情。请相信我始终是你忠实的朋友。

致西蒙娜·德·波伏瓦

十月十三日

我迷人的海狸：

收到寄来的包裹，里面没有信。我倒不操心，因为大家都没有信，我自然也不会有，这是一个断档期。尽管如此，这一天还是少了许多乐趣，我多么爱您，亲爱的。

这里没什么新闻，我昨晚用您寄来的五百法郎请皮特大吃了一顿，对面坐的是一位步兵，模样很出众，跟我们聊他在塔巴兰的女友们，以及他在巴黎吃过的美味大餐。他的脖子上挂着一只小包，里面有些照片，几个女人、汽车，还有配上风景的个人照。他不开心的时候，就看看这些照片。他留着小胡子，目光很温柔，大家聊了两个小时。真滑稽，我们跟任何人都能聊得很热闹。这一次，犹太胖子皮特为我作了相当细致的观察。因为是我让他注意观察。出门的时候，我不知道那家伙的态度怎么得罪了他，皮特对我说："这已经是第三次你让我观察这种人了。其实你在这方面比我内行。"我礼貌地回答："请你这么做，是因为你能注意到他的短处，因为你对他一无所求。如果不喜欢他们，你可以把他们撵走。而我呢，为的是与人交往，我得多看他们的长处，因而必须善待他们。"这种察人之长的习惯，我觉得很有意思，能说明很多问题。当然，别人也觉得这种习惯有意思。我想象会有那种好奇的眼神："我究竟喜欢他什么呢？"何况我的伙伴们变得越来越像卡夫卡笔下的"帮手"了。我出于学究气，动不动声色俱厉地教训他们。他们则完完全全像那些"帮手"一样，蹑手蹑脚地回来，嬉皮笑脸地对待我。今天早晨，我们本该一起去领枪，不知怎的他们什么事弄错了,我对他们说:"你们真让我讨厌,你们自己去吧,把我的也捎回来。"态度十分生硬。然后我一个人留在旅店吃饭,一边读《白痴》一边在札记本上记笔记。一点钟的时候,他们回来了,挤眉弄眼,假装机智,还给我带回几块点心。另外还有您寄来的包裹。谢谢,我温柔的海狸。我很喜欢阿加莎·克里斯蒂。格林的书初看不讨人喜欢。看看再说吧。《白痴》还有一卷半没读,我很惊讶于它的拙劣和胡编乱造。"白痴"这角色本身也乏味得让人作呕。喜剧场景倒有几段不错。但读到现在,我比以前更不喜欢那些悲情段落了,似乎太过造作,就我的口味而言,过分癫狂了。再加译者也是个傻瓜,形容动作和语调的文字让人感觉像是身处疯人院。"用一种恐怖的手势"……"以令人害怕的语调"。说实话,不应把文字符号当作动作的标记,而应将它当作"气息"(音乐用语)和情感的标记。其实在不同程度上,人人都是这么做的。只是,一旦人家把这一套塞到你鼻子跟前,你就没法不注意到这种矫情,结果你必然会发现这种装腔作势,至少在陀思妥耶夫斯基这本书里是这样的。但不能否认,这仍是一部不错的作品。我想,一两个月后,你也许能给我寄来《卡拉玛佐夫兄弟》,有人说这本书写得稍好一些。我想证实一下。关于人物的"阴暗面"问题,很有趣,但也最容易说蠢话,毕竟这不是太复杂的事情。只要不过分胶着于决定论的心理问题,就能理解其中的含意。根本谈不上什么阴暗面,只是些心理问题,仅此而已。

其他没什么新鲜事,天下着雨,每天都说第二天要开拔,到了第二天,我们仍纹丝不动。

亲爱的,您对我真好,您的信写得那么温柔,我感到自己很有依托。

亲爱的海狸,您是我最心爱的人。

十月十四日

我迷人的海狸：

又没有您的信。我想这已经形成规律了。三天之内什么信也没有，到了第四天，一下子来四封……今天也没什么新闻，从九月二日开始的第三章我已经写完了，一共七十二页。写得好不好？我的小审判官，请告诉我，唯有您才有资格判断。如果能继续——应该能继续的，即使我一天进行六次探测，仍然有空余时间——小说第一稿就能在一月一日完成。那时我就能全力以赴地写我的《关于死亡的思考》，还有关于纪德的一篇文章和其他好玩的东西。或许会写一部《于勒叔叔逸事》。您还记得吗，我亲爱的，当初我们在马拉喀什的阿特拉斯旅馆里我跟您讲的那些故事，那个站着撒尿的阿拉伯人的故事，那个不喜欢苍蝇的中士的故事。想起我们的短途旅行，我真是感慨万千。我真爱您。十年前，我迷人的海狸，就在十年前，我和阿隆、吉尔一道去圣西尔堡。等待阿隆开车过来的时候，我和您，我们肩并肩坐在马约的平台上，我第一次注意到洁洁，觉得她很像夏黛尔。我会不时跟您在信里聊起我们十年前曾经做过的事（就像《巴黎晚报》每天都有一篇关于一九一四年十月同一个日子发生的事一样）。我读完了《白痴》的第一卷。还是有一些非常精彩的段落的；还找到了格林写的一篇很有意思的东西。比如下面这句就让我喷饭："我们（格林和马尔罗）谈到一些文学青年，二十岁至二十五岁年纪，没写什么有价值的东西。"（这是一九三〇年，我正好二十五岁。）马尔罗问："您希望他们能做些什么呢？他们成长于和平年代，没有经受过战争的洗礼，没有经历过对我们来说具有深远意义的革命。"蠢话，这家伙最后实在令我恼火（我说的是马尔罗，不是格林）。哪天真该好好跟他理论理论。在这一天之前，我衷心希望他能好好转变一下脑筋，整整一代文学青年都会把他当老古董，可怜他没有参加一九三九年的这场世界大战。那位格林乍一看像蒙着面纱的傻瓜。我会看得更真切的。他一定是傻子。但属于哪种傻子呢?

……

明天再写吧,我的小花儿,多希望能收到您的信。深深爱着您。

……

十月十六日

我迷人的海狸:

今天有三封您的信,两封塔妮娅的,一封拳击手的,一封我母亲的。多幸福的时刻。好像军队免费邮件中有七百万封士兵的信被堵住了。渐渐地邮政渠道会变得畅通,一切又会恢复正常。但我希望您能收到我所有的信。我要祝贺我们的纪念日,小亲亲,您的信里没有及时想起,现在您是不是也在庆祝呢。我全身心爱着您。

……

说说正经事。

一、您收到的有关艾玛的资料,目前还不能为您所用。可能您已经明白了。但您或许能在十一月份用上。不管怎样,我想会有人通知您的。

二、我不希望塔妮娅来住在丹麦旅馆,原因在我给您的信里已经写明。如果没有其他更好的住处,我是否可替您写信给中学,或给洁洁?这很重要,亲爱的,要妥善处理好这件事。我一边等您答复,一边把这封信给您寄到阿萨斯街。接下来的五至六封信都请您到洁洁家去取。

三、我很想读读狄更斯的作品。您能不能在下次给我寄东西时,帮我搞到《巴尔纳比·若日》(新法兰西杂志社出版)。我想您一定读过,觉得颇有吸引力吧。过两天,您再给我寄点纸来。我非常想读《雅克上校》(可能的话,还有《摩尔·弗兰德斯》),还有《柠檬小子》①。我很喜欢格诺的书。于连·格林《日记》的另一半我读不下去了,或许他更让人感兴趣的是他的同性恋倾向。我也觉得他身上有点儿纪德的影子,没有人比格林受他影响更大的了。别忘了那本《火星》②。顺便问一下,这本书阿兰拿到手了吗?下面给您抄一段《老实人》上的传闻,我看不太明白:

> 夏基埃③在巴黎高师的两个学生在圣日耳曼草场街相遇。
>
> "你知道吗?"一个问道。
>
> "我知道。"另一个回答。
>
> "可怜的老师!"
>
> 的确,夏基埃的学生们都对老师充满友情和敬意。而他的不幸常常被人压低了嗓子当作谈资。
>
> 如今的世道对每个人都很苛刻。
>
> 而命运的相同却从来不会出差错。
>
> 有市井无赖,自然也就有英雄豪杰。有人欢喜有人愁。

这是什么意思,请您帮我问清楚。

四、您信里所说的,关于我们对于我们之后的那一代人被动地负有责任,这一观点让我非常感兴趣。有道理。这件事十分复杂,亲爱的,关于这我想了很多。战争真是一桩可笑的事情。每个人都有属于自己的战争,就像每个人都有属于自己的死亡一样。问

---

① 《柠檬小子》,莱蒙·格诺的作品。
② 指阿兰的《火星或受评判的战争》。
③ 即阿兰。

题不在于要像承受灾难一样地去承受战争，而是每个人自有其"为战争而准备的状态"（会依情况而变，常常是暧昧不清的），就像人自有其"为死亡而准备的状态"一样。并且是与生俱来的。

五、您又重新开始您的小说创作，并且兴趣盎然，这令我很欣慰。和您一样，我不认为现实会对我们的创作有什么影响。您信中所作的批评十分中肯，要改正也并非什么难事。

……

我亲爱的，今晚就写这么多。我深深爱您，我的小花儿。经过几天的消沉，我今天特别高兴，因为收到了那么多信。明天继续，用我全部的温存来拥抱您。

关于我写的第二条，请尽快答复我。别忘了以后的信我都会寄到阿萨斯街。

……

十月十八日

我迷人的海狸：

……

从昨天起，大家感到战争真的开始了。能听到远处不断传来的隆隆炮声。发生了一件趣事，我会在适当的时间和地点讲给您听。昨夜风狂雨骤，仿佛大轰炸一般，更弄得我睡不着觉。不单我弄错了，还有人为此来叫醒我（我当时在军官办公室值班）。一个胖中士穿戴整齐，迷迷糊糊地大半夜跑到大街上。这事让我好开心，但今天一整天我都是昏昏沉沉的。我收到了您寄来的包裹：纸、书——《雅克上校》和《柠檬小子》，读起来很带劲。也看了一会儿《新法兰西杂志》。沃达尔的文章写得不坏。显然他最初的批评站不住脚：那不是理由，因为自叙的人物完全可以对自己发表看法,这样作者就能在此基础上再作补充。这恰恰是我批评莫里亚克做得不够的地方(拿我写的东西和前人相提并论,把我归入"古典",这还不如杀了我)。但他说:"我的自由是虚无的自由。"这句话是对的,条件是要明白这种虚无是纯意识的。但他似乎是这样理解的,因为他说:"从这虚无之中可生出所有的可能性。"波朗的文章有些词句让我生气。他写道:"对于'为什么你要战斗'的问题,应该让他们每个人这样回答:'这是为了未来的幸福和荣耀。'"——他哪知道这里的士兵才不需要这种未知的幸福和荣耀呢!我觉得普拉的话有道理:"一场即将发动的战争,就像人们小时候必须要去写的一篇作文,这是一件令人头疼的事,但又不得不去做。"这才是普遍的看法,我没觉得士兵们意识到多少需要肩负的责任,但是在与老百姓的接触中他们渐渐地有所觉悟了。当有人跟他们提到某个调往后方工作的胆小鬼,他们会坦率地说:"那个走运的家伙。"说时心平气和,丝毫没有愤愤不平。我们仿佛是一群孩子,径自在一起乖乖地玩耍,一旦回到大人身边就变得让人难以忍受。至于老百姓,按贝劳、道吉莱斯一伙人的看法,老百姓们是有点儿滑稽的:他们感到困惑,不知所措。已经告诉过他们不要让一九一四年的处境重演,回过头他们又会去鼓励小战士们奔赴前线,并且面无表情地说:"我们什么也不会对你们说,也没什么好对你们说的。"这场战争令人惊奇的是,提到一九一四年,全都抱着排斥的态度,从作战指挥到个人的行为举止。这是一场大练兵过后作了调整的战争。也是一场深奥的战争——就像人们说乐曲深奥一样。您知道,我感觉人们时时刻刻都在思忖,我们不会再重蹈不伦瑞克战役错误的覆辙,不会再在长长的战线上全面铺开等等,所谓吃一堑长一智嘛。

……

我会把有些书寄给博斯特。纪德的书要留下来,关于他我得写一篇评论文章。

十月十九日

我迷人的海狸：

　　……

　　今天上午，我们的上校——就是那天晚上值班时和我聊了一个多小时政治的那个人——让我们做了一场气象探测演习。他全程都看了，听了我们的解释，然后忧伤地说："法国军队牺牲了四个人。"您能想到我因此愤怒至极吗？我在札记本上写了整整六页纸。您看了一定会发笑的。亲爱的，札记本快用完了。只剩三十页了。我在值班记录上写下：战时日记（一）一九三九年九月至十月。

　　就这么多，我亲爱的。这就是我每天的事务，您看：六点半起床——在旅馆吃早饭——回来——工作一小时——气象探测——在旅馆逗留两小时：十一点到十三点或十三点半——点名——然后在马厩顶上的谷仓里无聊地等上一小时，拿着防毒面具不知道做什么。脚底下马群释放出的氨气浓烈得无以复加。凯勒说"真够味儿"，我很喜欢他这个代替"臭味"的说法，因为显得对这味道很宽容。十五点包裹信件的到来引起一阵纷乱——可是没有您的信。然后从十六点到十九点：继续写我的小说。十九点我在这儿吃一点面包和干酪，喝四分之一升葡萄酒，接着看一会儿阿加莎·克里斯蒂的小说。现在是八点差一刻，我正给您写信……

十月二十日

我迷人的海狸：

　　今天收到您两封短信，分别是十五和十六日的。信中描述的是您上的最初几堂课。……我很想弄明白究竟什么是战争，什么又是这场战争,这肯定有所区别。我想,随着时间的流逝我会慢慢弄懂的。让我高兴的是可以由着我的性子从历史的角度来理解(我是说:从我的思想史的角度)。写小说占去了我所有的空余时间。到十一月一日我就可以写满一百页,如果一切顺利,您可以拿去——连同那第一个黑色小札记本。

今天没有新鲜事,除了感到困得不行。我不太清楚为什么——大概因为值班的次数多了点。那纯粹是出于乐趣,然而,这种困倦倒是既温柔又富有诗意,使我的脑子充满了小小的、温馨的影像。刚才我沉浸在十一月的巴黎。还看见证券所旁边古旧的小路,倒映着路边店铺里朦胧发黄(而又安宁)的灯光。只是在这种睡意袭击下不利于我的小说写作。我已经写了三十页草稿,但没有时间誊清;而我一有时间就犯困。……再给你写些什么呢?莫里亚克像我们一样从海明威那里剽窃了 querencia① 这个词,您不觉得可笑吗?下次再给我寄书,别忘了捎上《火星报》,还有劳斯宁的《虚无主义的独裁》。

"假面与烙印"侦探系列里的《埃勒莉王后》有没有出版?

我亲爱的,迷人的海狸,深情地吻您,我从没有像现在这样爱您。

十月二十一日

我迷人的海狸:

今天我提笔晚了,现在已将近八点,而九点就要熄灯。但是您不会损失什么的,我只可能牺牲一点给别人写信的时间。再说,塔妮娅没给我来信,我也就可以不回复她。我这么晚才动笔是因为想赶写我的小说,这些天速度有些慢了。

---

①   querencia,西班牙语:窝、巢。

......

亲爱的,我不认为仗要打很久:一年,最多一年半。我不太相信战争会持续两个冬天。德国人急于想要和平,不想把战争长期拖下去。我很确信这点。我们则有可能在这里宿营过冬。我别无所求,这个城市漂亮而且舒适,我已经习惯了这里,而且在这里我还有小小的 querencias.

......

十月二十二日

我迷人的海狸:

......

我在这里安顿了下来。今天是周日,可是几乎没有人在意这一点。我们中有三个去望弥撒。下午,除我之外,所有人都在吵吵闹闹地议论时政。我则写完了小说的第九十页。最近几天写作的时候,我总有干涸的感觉。您知道,每当写到一半时,二百页在后,二百页在前,就会觉得这是一个完整的世界;而快写到结尾时,就像我现在的情况(还剩大约四个章节),这个世界就被抽空了,如同一台装配得很好的大型机器,内部却缺乏血肉。每条大道小路都了然于胸,就会产生有限的感觉。您知道,我以为有限的感觉和无限一样,是从不确定的基本定义经过概念化而得到的。没有比对下面这个问题进行思考更难的了:地球上居民的数量是有限的,我曾经度过的日子是有限的,此刻烟盒或火柴盒的数目是有限的,而这么说其实都是错的。并不是事物真的无限,而是说数字本身是无限的。您现在小说写到的地方,和我离开您时我的小说写到的地方,就给人一种不确定的感觉:仿佛情节的复杂性、人物的情感以及他们之间的相互关系等,繁杂到无穷无尽。感觉我们是在深渊的尽头辛苦工作。可是过了一会儿,突然之间,又变成了有限之物，让人吃惊不小。但是我想，读者拥有这种不确定的感觉比我的时间更长——特别是第一遍阅读，对我来说第一遍是最重要的（对于表现主义者和印象主义者来说——比如说我们——这是第一位的，因为我们要的就是用词语自身来烧灼自己。对于古典主义者——如纪德——这是第二或第三位的）。但对我来说，没有什么比用词语自身来左右读者观点的那一刻更可贵的了。我不认为应该让读者去费太大的力气，或者至少不是费这样的力气。我常常站在第一遍阅读的立场上评论您的小说，这小说随后又用另一种方式开始让我重新变得复杂和丰富，就像一台装配得很好的机器。我觉得如果我能做到前面提到的那一点，即从我的出发点开始，读者应该能感受到一种同时性："当马蒂厄……的时候，玛赛尔却在……而另一方面伊维什……洛拉……鲍里斯……最后丹尼尔……"那么我就成功了。跟我说说您的看法吧，我的小审判官。我想我总算是大体上说出了我想说的。我有这样一个奇怪的感觉：这部小说我本以为永远写不完，现在我知道快完成了。只是我丝毫不知道什么时候才能发表（因为书报审查的关系）。

关于小说写了很多，可是还有许多话需要告诉您。今天我向保尔建议代替他值班，这样就可以多写一些。

……

对，我想起来了。我想起那个为《玛丽亚娜》采访过我的家伙了（您更喜欢可以让您自由自在写作的修道院单人房，还是喜欢没法写作却拥有……等的生活？），他一定要我二者择其一，并让我回答我更喜欢本笃会修士的单人房间。我没有亲口说过这样的话，但那次对这个回答没有加以反驳却让我倒了霉。因为我现在就是在本笃会修士式的单人房间里爬格子。我打的是一场艰苦战役，一场哲学的战争。然而波朗写信告诉我，他们的头儿说过：人各有命。我觉得到目前为止，我经历的战争和我的命运最相符：从锁孔里看世界,生活在煎锅中。

……

十月二十四日

我迷人的海狸:

……

除此之外,今天的工作收获不小。傍晚近五点的时候,我感到精疲力竭。今天,我从早晨八点一直工作到十一点半,接着从下午一点二十分干到五点二十分。没有任何人的信件。也就是说邮路还是不畅,所以我可以不受干扰地连续工作。上午写小说,下午在日记里写了十七页关于动机和原因的注释。我的第一个札记本写完了,又开始了第二册。除此之外没有什么新鲜事了。……

好了,我亲爱的。如果战争一直按这种缓慢的、催眠的节奏持续下去的话,我想我可以安安静静地写出三部小说和十二部哲学著作。我从来没有思考过这么多东西,我的脑袋像要爆炸了一样。艾玛会向您解释我关于历史性的思考,如果写在信里就太长了。

……我亲爱的小海狸,多么盼望能早日见到您。我爱您。

十月二十五日

我迷人的海狸:

……最多一年半,我觉得德国人支撑不了两个冬天。

在这儿,我度过了奇怪的一天。昨天我工作得太久了。十一点到下午一点之间我待在旅馆里,累得很,像一头海象般萎靡不振。后来好多了,只是眼睛很疲乏。今天我写得较少,很理智地把对环境①的零星看法抛在了一边,只是一个劲地赶我的小说。我在札记本上写的字太小了。您可能会说:那么就写大点吧。我知道,但是那样就不好看了。我写完了第一册札记本,开始写第二册了。等我回来休假的时候,每晚睡觉前我们可以一起编写您的日记和我的札记。亲爱的,我们不得不找个地方躲起来,这真让人难过。但是我们那么相爱,只要能见面,一切都会顺利解决的,其他的也就顾不了那么多了。另外,我将会有整整十一天的假期。我要和您一起度过八天,对外只说两天。这样的话我们就可以一起去旅馆和花神咖啡馆,或者其他什么地方。最后三天我得去陪塔妮娅。……

我爱,让我深情地吻您。希望您别再忧伤,否则我的生活将失去任何意义。只有您幸福才能让我感到快乐。

我的信若是途中有丢失,那可真叫我沮丧。我可是一天也不间断地在给您写信啊。如果您去坎佩尔看艾玛,请带给她向您索要的书,若是没机会去,就寄给她。

十月二十六日

我迷人的海狸:

……

我在札记本上写了十页关于历史性的思考。我开始找到方向了,您以后看这小小的札记本的时候,会明显感觉到的。有必要看看我是怎样走到这一步的,您会发现我的道德观真的发生了很大变化。但是您一定不会责怪我的改变。我不是盖翁,您放心,我还没有重新找到我的上帝和这个世界正统思想的基础。我现在思绪纷繁,真高兴手中有这小札记本,正是它才使这些想法得以诞生。

---

① 原文为德语。

您别再对我说您那套道理,要乖乖地坚持下去,否则会后悔莫及,不该让这种情况发生。它有没有给您一种生活在别处的感觉?就像我们在鲁莱时那样?我就有这种感觉。仿佛是在此种现实生活之上,还拥有另一种秘密生活的感觉,有欢乐,有不安,有懊恼。如果没有这个黑皮小本本,我可能连一半的感触也不会有。我现在对我在马赛说过的那些话感到十分内疚:当我们身陷一连串非理性的处境中,掩饰不等于就能将它们清除掉,而恰恰是对它们的一种不负责任的态度。我们还曾列举过许多的境遇(出生、死亡、世代、社会阶层等),但是我们偏偏忘了还有战争。我认识到我对战争采取的是一种不真实的态度。我掩饰它,我没有看清我们的时代(1918—1939)只能从"为战争而存在"那里找到自己的意义(无论是从整体还是从最小的细节来看,都是这样)。所以我觉得尽管我不愿意,而且也未察觉,但在这二十年中,我最根本的本质就是一个不真实的"为战争而存在的人"。我当时该怎么做呢?在战争初露端倪的时候就去进行体验和思考,这是当今时代所提供的特殊可能性。那么我就应该抓住我的历史性,我是为这场战争而生的(即使一九三九年人们避免了战争,战争仍然是这整个时代的意义)。不要因此以为我应该听命于它或者接受它。我其实只是把它作为自己的命运,明白了我选择这个时代,也就选择了这场战争。您也许会说:您没有选择这个时代,您只不过碰巧出生在这个时代。不对。我来解释,其实是我们选择了它——我不想用简单的语言来解释选择的形而上的意义,而是很具体地说。于是就有了一个很简单的提纲——大概不太好懂——它填满了我的札记本。我不认为这是什么卑劣行为,也不认为这能带来人类的大团结,或者其他诸如此类的东西。

我们以后可以继续讨论。我多么愿意把我所思考的问题都对您说。休假就要正式开始批了,一开始会有点儿乱,所以我们需要很多耐心。

　　我还没有把书寄给博斯特,有一两本我没看完。我会寄出:《雅克上校》,《诉讼》,两本格林的书,《城堡》,《泰奥菲尔的青年时代》,《白痴》,还有几本侦探小说。这样行吗?别忘了给我买《火星》(或《被审判的战争》)和《战地札记》(我把作者名字给忘了,但在我的信中可以找到),这本书的序言是季奥诺和劳斯宁写的,这些书我都想读。还有狄更斯和《埃勒莉王后》。要不您先带给艾玛。但她得快点读完,作为交换,她会把我托她带去的第一册黑皮札记本和我的一百三十页小说稿交给您。顺便说一句:十一月份请为我的休假准备一千法郎。我会通知您我什么时候回来(可能是十二月)。这个月暂时不要还钱给那位夫人或者毕南费尔德先生,这样较稳妥。

　　今天一片空白:在玫瑰屋吃早餐——写作(关于历史性)——在牡鹿饭店吃午餐,那是个安静而又冷清的地方,就在邮局对面的大街上;我写了一会儿札记。和米斯特莱聊天。回到学校:写作(从两点到四点写小说),然后写信(一封给您,一封给我妈妈,一封给塔妮娅,她回到巴黎后,重又对我热情起来。我有六天没给她写信了,待会儿给她写),读信,给您回信。……

　　从明天起我们要工作了:早上七点三十分每日气象探测。不太累人。我不知道有没有向您详细解释过我现在的生活?修道士般的住宿条件,加上起居设备、中央暖气和自来水。由于内务支出的预算低于四万,尤其需要精神层面的满足。因此开拔到任何地方的可能性(两天来有传闻说我们要去土耳其!后来被证实是假消息),都能使我们从这根深蒂固的封闭式修道院生活和官僚生活中有所解脱。我们周围一直笼罩着难以捉摸的战争气氛。还有我萦系心头的:您,以及环绕着您的巴黎。不过那不再是我从那里出来的巴黎,而是战争中的巴黎。很奇怪,这与我很合拍。这就是我的战争。我在札记本中就是这么写的。

……

十月二十七日

我迷人的海狸：

……

您问我任职的部门有没有危险。首先，我亲爱的，应该说我们师还是存在这个问题的。我们处在大炮射程之内——口径很粗的大炮。所以有点儿危险。但是这个区域很安静，如果我们一直不换地方，整个战争过程中都会这么安静。这里的地势决定了在这儿发动进攻是不可能的。别忘了，人们不会为了好玩而投放炸弹。您可能在《竞赛报》上看到过，一枚155型炮弹需要一百五十小时的人工，谁也不会胡乱浪费。炮兵的所有工作都是为步兵做准备，但是莱茵河边界是不可跨越的，所以步兵的工作便成为不可能。莱茵河和马其诺战线就足以抵挡进攻了，因此这里听不到炮声。目前我会更换驻地吗？我不知道，但是应该不会在这个冬天（至少把我们送到土耳其去的传闻完全不着边际。我只是说笑而已，让您明白这里什么谣言都会产生）。我们是现役军人——但并不意味着我们都要亲临战争：我们师的炮兵连时刻坚守岗位。虽然我和其他人一样身处前线，但没什么危险。别忘了这是一场奇怪的战争，波朗称之为"摸不着的战争"并非没有道理。您也知道德国人的攻势越来越弱了，因为冬天临近了——直到春天，军事行动都会是在海上或天上展开。有可能是朝英国那个方向。现在，如果我换地方，只可能离前线更远，反正不会更近——至少一两公里以外。而且我们师是一个预备师，不是为了大规模进攻，而是为了支援其他部队而建的。以上写的东西能否通过审查？我一无所知，谁知道呢。

……

今天上午,将近七点三十分的时候,我们对暴风雨进行跟踪探测,气球狡猾地藏在烟囱后面,我们带着经纬仪在后面跑。然后是写作。到今天为止写了一百二十页。十一月三日,就会有一百四十页,到十二月底我就能完成了。顺便说一下,我八月在朱安莱潘写的关于马蒂厄-布吕内那一章,您什么意见也没提。它就在我的箱子里。您是自己留下了还是和手稿其他部分一起交给了那位夫人?如果您没交的话,还是放在箱子里好好保管吧。到我回来休假时再把其余部分带给您。

我读了《雅克上校》,有趣极了,我觉得这本书很迷人。我也很喜欢《柠檬小子》中的许多片段——特别是写疯子的那部分。作者说这部分完全是实录,我丝毫不觉得惊讶。至少模仿得惟妙惟肖。其中一个疯子最后说了这么一句话:"男人是到处流窜的小太阳。"——太了不起了。

十月二十八日

我迷人的海狸:

……

整日无所事事使大家都很烦躁。我和犹太胖子皮特相处得还行,对其他两个人我懒得搭理。今天下午"整个班"——中士、军士、观察员、探测员(除了凯勒在一旁打嗝之外)开始热烈地讨论社会问题。战争滋生了红眼病,古怪极了。预备役士官对领取军饷的现役士官眼红,非公务员对领薪俸的公务员眼红,农民对领取工资的后方工人眼红。中士长诺丹其实是个出色的家伙,却总是幼稚地羡慕别人。他是农民出身,又是预备役军士,自然不是国家公务员。他似乎对所有人都羡慕得不行。我表达了我的观点,说人们不能趁战争之机消灭不平等。但是战争确实揭示和暴露了不平等,因为它声称要催生一种职责上的绝对平等。还有,我的第十六章已经开始收尾了。我想,到十一月三日会比我原先预计的要多出一章来。

……

十一月六日

我迷人的海狸:

……

我读了格诺的小说《严冬》,中间和结尾部分让我很失望。其实大可不必写成一本书,有必要大量删节。我心中充满柔情,但我不愿意放纵自己,这是有害的。不管怎样,我一直在寻思您究竟能否觉察我爱您爱得有多深,您对我来说意味着什么。哦,我迷人的海狸,我希望您能像感受自己的爱一样强烈地感受到我的爱。我回来了,整个上午都在小本本上写札记。并不是写我们谈话的内容,说到底非常简单,我感受到那么安宁而深沉的幸福,我不愿有丝毫遗憾,这就是我要写的东西。我一整天都感觉自己正用一只崭新的眼睛来看待自己的状态,但是很快又小心翼翼地闭上了它,于是它像鼹鼠那样倏然消失了。这是我没有写的内容。但是我从九点到十一点(在和凯勒一起完成探测任务后)又继续把关于青少年时的思考变成了文字。从十一点到十二点在牡鹿饭店又写了一点(在那儿我被迫接受了人家礼貌的提问)。然后吃午饭(小牛肉,以示哀伤——有人还建议我吃波罗门参,可我不想哀伤到这个程度,我还点了炒土豆)。米斯特莱和库尔西一起来了。随后点名。接着一直写到现在。保尔说他妻子在离特雷弗瑞七公里的地方当小学老师,是个热心人。您只要写信告诉我您需要什么就可以了。……

十一月七日　星期二

我迷人的海狸：

　　……

　　今天继续写有关社会的内容。因为一直写自己，我开始对自己感到厌倦，还感到疲劳，我写得远没有以前那么好了。明天就结束这个，我可以重新回到小说上。近几天来，我很想回到小说创作上去。我想换换方法，如同那个有名的秋千游戏，我想把我的札记本忽略一段时间，除非有什么特殊事件，因为我感到自己有点儿疲于应付。今天上午我在玫瑰屋快速吃了早餐，因为保尔忘了调闹钟，我们都睡过头了。由于轻步兵都已出发，禁止出营的命令才没有那么严格。您也许要认不出这座城市来了，它仿佛十月的沙滩，给人一种忧郁的感觉。我们得到了部分自由。没有纠察人员来咖啡馆驱赶士兵了。于是我们懒洋洋地一直待到下午一点二十分。整个上午都在工作，午饭在牡鹿饭店吃了一块上等牛排，读了《新法兰西杂志》上笨蛋苏亚雷斯写的一篇荒唐的檄文，还有托尔斯泰《日记》中若干牧歌般美妙的短文："刚才，散步之后，我找西蒙谈了他的健康问题，我对自己很满意；后来，经过阿列克西斯身边的时候，我几乎没有回应他友善的问候。我马上醒悟过来，很是自责。这些都给我带来快乐。"……

十一月八日

我迷人的海狸：

　　这封信不会很长，因为现在已经很晚了——我一直工作到现在，对自身的研究总算圆满结束，成果还是令人满意的。实际上真的没什么可报告的。今天就像许多别的日子一样，倏忽即逝，被彻底埋葬，在记忆中再也找不到踪影。还是应该写封信来记录它，当我重新读到的时候，我一定会惊讶于它的存在。……我们向保尔陈述了一番战后将会建立的自由统治。我概括地勾画了我作为独裁者将实施的强制性自由，我要炙烤他的双脚，直到他宣称需要自由为止。温和的米斯特莱吓坏了，他平时挂在嘴上的总是一副唯灵论腔调。他希望战后人类可以重新获得人类的尊严。我没有搭茬。保尔阴沉地听着，头埋在手里，然后长时间地来回踱步。而我呢，则安安静静地躲到一旁写信。

……

十一月十一日　星期六

我迷人的海狸：

　　您工作顺利真让我高兴（您周三信中告诉我的）。但信里没说这是否是一份称心的工作。您具体干些什么？是继续原来的工作，还是重新找的？我这儿进行得不太顺利，自从知道玛赛儿那部分要重写，写起来就没以前那么劲头十足了。我所做的一切都像是暂时的。不管怎样，我仍在继续写第十七章。我今天有点儿心烦意乱。昨天倒是心情绝佳，今天上午也还好，下午就心情沉重了。因为今天是节日。十一月十一日。师里的厨房给大家准备了一顿惊人丰盛的晚餐，我难得一次没有去巨蟹座餐厅。晚餐有冷盘、猪肉土豆炖酸菜、奶油双球蛋糕、煮李子干、两种酒、咖啡、阿尔萨斯的老式烧酒和雪茄。这便是这一奇怪节日——人们在打仗时庆祝上一次战争的结束——的唯一隆重表示。可是我们为此在空荡荡的学校里鬼混了一整天，我们模模乎乎感到，今天是节日，应该豁出去做点什么，却又不知道该做什么。我读了《柏辽兹的情爱人生》，等信的时候，又在札记本上写了点东西。随后信就到了。……

　　……我估计明天上午就能收到您的包裹。这个月给我多寄点书吧。您可以通过波尔谢给我买《波德莱尔传》，加尼埃丛书中马里沃的《戏剧》（全部或部分），同一系列中卡佐特的《情魔》——

季洛杜的《外省女人》，——莫朗的《晚上关门》，——道吉莱斯的《木十字架》，还有其他诸如《午夜传说》，《在寒光下》，《轻雾笼罩的河岸》，马克·奥朗的《黑奴雷奥纳与主人让·穆兰》，——梅里美的中短篇小说(不要买《卡门》和《伊尔的美神》，我想要《高龙巴》)，——福楼拜的《情感教育》，还有，等您有余钱的时候，买下《七星文库》中的《莎士比亚全集》，我现在非常渴望读这个。再捎带上安德烈·萨勒蒙的《圣心堂的女黑奴》，施伦贝尔杰的《父爱》《不忠的战友》和《幸福男子》，——还有路易·格代的小说《心爱的姑娘》，——雅克·里维埃的《佛罗伦萨》《德国人》。还有施伦贝尔杰的《圣萨图恩》，——福克纳的《弥留之际》。当然不要一次寄来，这样开销太大了。但是如果您愿意，请把书单抄在一张纸上——次序不论，能获得无论哪一本我都同样高兴——然后您再慢慢买吧。您可以从这些不同的书名中看出我想找回一九一九年至一九二九年的氛围。假如您能看到和这个时代有关的书籍，也帮我添进去吧。即便您认为我可能看过，也会让我很高兴的(其实大多数书我都读过)。我的小花儿，要知道，仅仅写下这些书名，我就感到无比喜悦。我早已经急不可耐了。我突然有了个想法：过会儿我要把脑子里所有让我高兴的书都找出来，然后开一张单子，明天在信里寄给您。

……

十一月十二日

我迷人的海狸：

我刚给米斯特莱和皮特作了一个有关文学奖及出版社商业操作情况的长篇演讲，前者作为愤世嫉俗者，后者作为商人，都听得津津有味。……

我们将开拔到别处。这几乎是肯定的了。但是走不远——虽然也是前线,却是个相对平静的区域。尽管事情变得有些复杂,但对我来说都一样。今天这里有点儿乱,人们看地图,发议论,援引消息来源,其实这些家伙全都满不在乎,只因情况有了点变化而觉得好玩。今天我心情好极了,收到您寄来的书(《罗马人》),但是没见到阿尔法果仁糖,难道还有一个包裹吗?圣克鲁德牌香烟也没有收到,尤其是没收到墨水笔芯。如果是您忘了,我亲爱的,快点把这个先寄来吧。我这里断档了。请寄三份来:一份给皮特,两份给我。趁便还请寄来与您用的那种相类似的小记事本,但开本要小一些(您见过我原来用的那种),边缘是红色(当然是带格子的那种)。我怀着浓厚的兴趣读《罗马人》这本小册子(原谅我用小册子这个词)。其中对一九一四年战争的合理评价比比皆是,而且有些地方几乎已经触及"战争中的存在"这个问题。另有一段对壕沟产生恐惧的描写,用的是亲历者的鄙俗风格,但恰恰触及了这种状态下的存在。如果后面写得和前一百页一样好,等我读完了就寄回给您读。之后,我们在巨蟹座吃午饭,对三千米高空进行探测,在札记本上写札记,继续写中断了的小说。……

十一月十三日

我迷人的海狸:

首先告诉您一个好消息,可能您也已经知道了:《新法兰西杂志》写信说将给您寄去五千法郎,年内或许您还能拿到余款。我挺高兴,这至少说明我的《墙》和《恶心》卖得还不错……

我们一直在等待开拔,心情很不错。但眼睛疼得厉害,蓝色的灯光加上白天的持续照射,加重了我双眼的疲劳。毫无办法,既不能也不想减少写作的量,等这部小说写完,我就会多休息。阿尔法果仁糖终于寄到了,还有墨水笔芯和香烟,还有《绑鸭报》,谢谢您,我的小亲亲。

……

我在写手头这一章时遇到了困难。首先它本身就很难；其次，要展现一种突如其来而又不连贯的自由,我就什么都不能事先泄露,因为关键的东西要在第二卷中出现。于是我只好陷在胡塞尔的学说和自由的存在主义理论中左右为难。何况我对自己的想法也不太有把握。另外,马蒂厄原本应该是出于冲动去为伊维什偷窃洛拉,而不是出于自由。我给他这点小小的闪光处,是为了让这个人物不至于太苍白。还有一个技术上的困难：马蒂厄在上一章结尾处是以打斗情节收场的。在新的一章里,我感觉读者还会期待看到动作,这需要一种梅里美式的简约风格。然而,又得同时赋予它一种含混的诗意。这就是我的困难。我尽力尝试着做,可就是停滞不前。不管怎样,我想一两天里总能把问题解决。接下来就该写到丹尼尔了,对此您曾经鼓励我,我会很轻松的。

我在继续读《善意的人们》,写得确实好。这不是一部小说,人物也很分散,而其架构却令人觉得十分完整。当然战争不失为一个好命题,但重要的是需要有天赋。另外,这部书很知性,却又不露痕迹。尽管身处战争之中,像我一样,对战争题材感兴趣,也必然对大屠杀和各种酷刑很敏感,然而攻打壕沟的故事却让我无动于衷,相反,这部书里对一位平庸将军的描写却非常有趣。我会把它寄给您的。……

致西蒙娜·德·波伏瓦

十一月十四日

我迷人的海狸：

同时收到您两封信,是星期六和星期天的,非常感兴趣。吕西尔-莱希娅的故事,您已讲过两遍,读时得到一种怪异的印象,既反感又嫉妒。是嫉妒吧,您会说? 不是嫉妒吕西尔或莱希娅,而是为两个女人之间亲密而污秽的关系担忧:印象是对男人的禁区。当然也有写得相当好的,如吕西尔抖湿内衣一节。

此地,不能外出。至少,得过几天(?)。弄得我很恼火,不知怎么对塔妮娅说。怕她以为是托词。此外,休假从十一月二十日开始,文书处正在排轮休名单,人头攒动。唉,我可怜的小海狸,我倒数第二,要到二月一日了。

再者,昨天与皮特争辩甚烈:我说,逃避危险是小人。皮特说,你言不由衷,你要真是这么相信,就去参加步兵了。这些都详细写入札记。不说了,因为还有两封信要写,眼睛很难受,得停几天不写字。讲个小故事以博一笑:随军牧师的勤务兵对一人说,我们不久将去×地,此人告诉了文书库尔西……另一头,缪诺中尉对洗衣妇说,他的衣物星期三要洗好。

于是晚上传出流言:我们星期三要动身去×地。

晚上,库尔西告知缪诺中尉:"我们星期三去×地,是不是,中尉?"

缪诺中尉跳起来:"哟,头条新闻!"

"做功不错! 这家伙好厉害!"库尔西心想。

"总之,也不是不可能,"缪诺中尉说,"理由嘛,一二三。这么说来,你该装盒打包了。"

缪诺中尉出来,碰到于尔里希中尉,把他拉到一旁:"看来,我们星期三要开往×地。"

于尔里希中尉走进文书室:"作战地图给我拿来。"

"您找什么地方,中尉?"

库尔西问,满脸精明的样子。

"我找×地。好像要往那里开拔。"

库尔西悄悄起身,到我们这儿说:"成啦。这可是铁板钉钉,于尔里希中尉比较天真,我让他亲口承认的。伙计们,咱们星期三开往×地。"

保尔一听就起身,找了当地理发师剪头发——万一×地人都撤离了呢(事后得知,该地并未弃守),而在回来的路上,他向所有人散布这消息;过了一小时,这消息从十二个渠道反馈回来。今天,反击流言:我们不去×地。一些固执己见的家伙则说,开拔令是下过的,但撤消令随即到了。保尔眨眨眼睛说:"原因该是荷兰被占领。"

我的爱,不管什么题目我都愿和您无穷无尽地谈下去,但我得打住了。你不知道我多爱您,爱得有点儿透不过气来。很想再见到您。

再见了,小脸蛋,小脸颊,使劲拥吻您。

十一月十五日

我迷人的海狸:

您可爱的信让我感动且兴奋。想到幸福紧附娉婷身,苗条身姿福不浅。很高兴。一定要您感到幸福,我心里才安宁。我是那么爱您。

今天信件一大包。但无塔妮娅来信——她已连续三天保持沉默,有母亲信一封,玩具娃娃信一封——她梦见我变成榛子夹,温情中醒来,即振笔作书。卡纳帕信一封,调侃说:"跟应征士兵谈打仗,得多加小心。"看来他还以为是在一九一六年呢,似乎最明理的平民与士兵之间还隔着一条鸿沟。我觉得自己一如既往与平民处在同一水平,并无新的感觉,不至于听到有关战争的不当言论就一跳三丈高。因为我们不像父辈们当年日夜受到炮轰,最后,请猜一下(利用这页纸最后一点地方出一谜语,来自尼赞):"现金卡上十五行。"他(尼赞)现在钻进参谋部,跟一个"只喜欢《墙》和《密谋》①"的中尉在一起。他完全有时间写《密谋》的续篇,希望不久就能轮休(他有两个孩子),要我向您转致问候。信末,他险恶地写上(可以想见他凶狠的样子):"阿隆情况如何?我没记错的话,他大概能升半级吧?"

这一切对我都不失为很好的消遣。此外,眼睛好了一些。昨天真有点儿担心,但今天正在好起来。小说继续写,我的蝇头小字,看了很费眼力。——坦率说,没写出什么,无非是强制自己按时动笔而已,我已开始厌倦这笔墨游戏了。心情很好,因为小说进展得不坏,还有,《凡尔登》和《凡尔登的序幕》②的确很出色。不要想从中找到真有个性的人物、曲折的遭遇或广阔的画面(除个别场面外),但却对重大事件③做了多视角而又深刻统一的重新构建,最后,还有我迄今在别处还没找到的参战的真正感觉。写增援部队向凡尔登进发,真是气势非凡。自然,一体主义④在此处,比任何地方都适得其所。我把书寄您。但您,也得把急用的书寄我,别的事先暂停。我忘说了,读本好书,真是莫大的乐趣。我看出,我骨子里就是个涂鸦的人,唯此事为我所衷心赞美(指书而非作家)。读凡尔登进军一节,心情已贴近赞叹。这位于勒·罗曼,真是个怪才。这两部书之前,他写了那么多蹩脚书。就是说,大量阅读,差不多得用读侦探小说的速度与节奏来读,因为,几乎每个细节都写得很拙劣,但整体布局、节奏、剪裁、视角的选择,却惊人地

---

① 《密谋》(1938),尼赞(1905—1940)的作品。
② 《凡尔登》和《凡尔登的序幕》均系法国作家于勒·罗曼(1885—1972)的作品。
③ "重大事件"指第一次世界大战。
④ 于勒·罗曼是法国"一体主义"诗歌的创导者。

灵巧。他有一句名言,将我们置于《西线无战事》或《火线》①的处境,这名言是他整本书的概括:"战争中没有完全无辜的受害者。"似乎语出自然,但我想,必须二十年的时间距离和史家的态度,才能说出这句话。

既然讲到战争,那就来谈谈吧。您可知道我们师明天要干什么吗?演习!假想有个敌人朝村庄开枪。于是把排炮和骑兵的力量集中起来。想象一下,在一九一四年,离前线三公里处演习打仗游戏。得承认,这是高卢式的真戏假做。尼赞称之为"奇怪的战争",更无别的评论。我觉得他比我更有理由觉得这战争奇怪。

此外,与米斯特莱、保尔和皮特在巨蟹座吃午饭、看报、聊天、说军事笑话(顺便说说,布格莱的信,是有趣的玩笑。总之,作为好上司,万一我们给打死,他愿意回收我们的书)。就是这些。

就此打住,我甜蜜的海狸,现在六点,这厅里闹哄哄的,因为皮特要用库尔西的酒精炉煮豌豆。等一会儿就有豌豆吃了。我甜蜜的小海狸,想起您我心都软了,我爱您。我从来没这么强烈地感到,我们的生活,除了我们的爱,没有别的意义,什么也改变不了,无论是分离、苦难,还是战争。您说过,这是我们道德的一大成功,但也是我们爱情的一大成功。

我爱您。

1. 能否买:

两只小显影盆

一百克硫化硫酸钠

两个印相夹 $4\frac{1}{2}\times 6$

两小袋强力试纸 $4\frac{1}{2}\times 6$

---

① 《西线无战事》,德国作家雷马克(1898—1970)的小说;《火线》,法国作家巴比塞(1873—1935)的小说。

二十五克二氨基苯酚的盐酸化物

　　五十克无水亚硫酸盐

　为冲照片用——有些照片是给您的。便中请寄来。

　2. 我长裤的裂缝这几天越裂越大,皮特觉得我越来越"无法收拾"。今天在院子里遇到步兵上校:"哎!你这家伙。""怎么,上校?""裤子裂开了,老兄。""可不,上校,我才发现,这就去缝一下。""快缝上,快缝上,求您啦!"他独自窃笑着走开去。这故事,让在院子里值勤的二十七个大兵大为开心,而且传遍楼层上下。我想自己补一下,但裂口太大,只好穿上作战裤,把那条裤送到裁缝店。

十一月十六日

我迷人的海狸:

　　您所说小布丹之事,令人捧腹。我不否认,她会发疯,但得当心,您还不习惯她的用语和她的胡闹。总之,她说的那些话,一年前差不多都可能说……查佐竟以十分同情的语气讲到我,让我好感动。相反,塔妮娅说了大量后悔和温情的话之后,突然四天不来信,也令我有点儿吃惊。不知您是否明了个中原因?

　　您描述战时巴黎烟雾弥漫的光景我很喜欢,巴黎大概要变成德国的村社了。这一切我都能感觉到,触动很深。亲爱的,尽量多写吧,这让我感同身受,仿佛目睹了所有这一切。想必记得我对您说过的话:小花小花,为我活着吧。您的来信,看了令人宽慰,因为它又开始显现幸福的氛围,懂事的小人儿。我是那么爱您。我收到哈奇贝利①一封信,他倒好意思来函,为准备第二年的学士论文,索要我的书目。我会寄去。但要稍晚。除日常信件外,得给卡

---

① 哈奇贝利·契穆钦是萨特以前的学生。——原注

纳帕、玩具娃娃、尼赞写信,太多了。眼睛好多了,我想,我按时喝的一杯杯酒,会不会是眼病的间接原因。今天早晨,皮特用温和的责备口吻对我说:"你还喝呀?!"这句话给他招来一顿好骂,可多少有点儿道理。

保尔今晨骑自行车去值勤。大家要他带枪,他又怕又恨,脾气暴躁:"不带!否则我不去!"我以为是他的信仰不允许他带毁灭性武器,其实不是,而是他内耳的半规管功能减退①,假如要他背上枪,他定会摔跟斗。后来,上校出于怜悯,借给他一把没用的旧手枪(出门带枪是纪律,以防神秘的"伞兵")。他走时戴了头盔,样子像英国老太婆。一小时后回来,我先看到他的头盔、眼睛,然后是苍白的脸、哆嗦的嘴唇。自行车也推回来了,他不快地说:"踏脚歪了,链条也断了。"大家看到,他左侧衣裤沾满了泥水。右手腕有点儿扭伤,左手擦破了皮。大家问他发生什么事了,他没好气地回答:"都是链条惹的祸。"后来他才坦白,有一辆汽车要赶超他,他一害怕,往侧一闪,栽了下去,戴了头盔的脑袋和两手扑地。显然,是半规管开的玩笑,但他临去时,就预感会遇上倒霉事。我开始明白,有个什么生物基因暗中使他深信自己将死于战争,所以他总是提心吊胆。皮特、凯勒和我,我们很容易乐观起来,因为我们的身体驯良温顺,从不提抗议。而保尔的身体,专门跟他捣蛋,不时会使性子捉弄他一下,比如跌跤、摔个嘴啃泥等诸如此类的事。为把握自己的身体,保尔需要一个亲密且有条不紊的小生命辅佐,身边要有妻子的关爱。即使这样,有时晚上还一个人蜷缩在壁炉旁。战争于他是一种恐怖,现在他一人缩着身子,处在粗汉们的包围之中。他感到好像被人追逐。真是个怪人。我跟您说过吗?他被任命为下士长的事,他对他妻子——他妻子和他一样,也

---

① 内耳半规管功能减退会影响到平衡神经。

信奉社会主义——瞒了五年,后来她偶然得知,"把我一顿好训!"

现告今日日程:六点半起身,玫瑰屋早餐,看完《凡尔登》,一两天里寄您(手头再没可看的书了)。八点至九点观测,为师部"大行动"做准备(正是为把观测报告送至三公里外,保尔才摔了一大跤),写作——关于自由这一段,绞尽脑汁,还有一页要写,接下来就好写了,阅读——与皮特在巨蟹座午餐;各自看书或遐想,像老夫老妻那样。返回,第二次观测,阅读,写作——保尔独处一隅,为早晨担惊受怕的事脸都吓黄了,手,包成大棉坨。

十一月十七日

我迷人的海狸:

今天没您的信。早料到会这样,因为前天,不知何故,同时收到两封。没信,也没不安,我甚至觉得很自然,理由如前述,从而明白,一天里没您的任何东西,于我究竟缺少什么:缺少一种歌德式的智慧,以参与生活中各种事件而不淹没其中。有您的信,我就能毫不费力地保持心性平和,因为重新找到一个属于你我的两人世界,不管是战是和,这两人世界是美好的,就像一部小说,情节尽管跌宕起伏,最后结局挺好。我想,这来自我对您这小人儿绝对的全盘的尊重:有这一点,有这绝对,其余一切即使最坏,也能譬解了。我想,您称我是您"小小的绝对"时,您所感到的庶几相同。我的爱,我强烈地爱您。

收到迪马丹一封唱高调的来信,自称是我的弟子,宣称对我怀有一种非智性而是人性的敬仰,信末要我为他改他刚写的二十页小说。有些句子有种谐趣,我很欣赏,如说,"去英二月,离群索居,个性始见。"但有趣的是,这帮老学生总把我揽入他们的小灶,一位(哈奇贝利)想要我一份书目,另一位(卡纳帕)要我对亚里士多德物理学下个定义,第三位央我读他的文学作品。可叹的是,件件都得回复。要花上一整天时间。我小说里难写的一段已写出,自己还满意。但您满意吗,小审查官?

另一封信,解释了塔妮娅沉默的原因:她是星期天晚写的,说是跟几个波兰人一起喝酒,醉得像个波兰婆子,在一个波兰人的床上很贞洁地睡了一夜。接着,就给我写信,"叙述这一切,包括那些荒唐事"。写完后,她不敢寄,在包里晃荡了两天。因久未给我写信,第三天慌了,怕您跟我讲她的事,就眼睛一闭,把信扔进邮筒,像跳进水里一般。不过,此事我倒觉得有趣,我会好言回复她的。

没什么新闻。要我们体检,把手指按在我们的嘴和屁眼里,要我们把尿撒在杯子里。很多人想隐瞒他们的花柳病,万一肾脏染上病,就不会让他们住宿了。皮特有疝气,怕军医给他开刀,但也想试一试,因可有十八天康复期,再加十天短期休假。进退两难之间,引出众人不少生花妙语,当能想象得出。此外,他还有花柳顽症,似不想掩盖。保尔认为下午会去军医处,忙着说:"我脚上穿的还是昨天的袜子,会有气味。"

中午在巨蟹座午餐。有个轻步兵从一线回来。他的说法很有代表性:"德国人都看得见,只隔二百五十米,他们在草地上打滚,拉手风琴……夜间,他们忙些零活,我们给他们照明——他们也以相同方式回报,直到半月前,有个浑蛋,我们这边的一个摩洛哥人,开步枪撂倒他们一人。此后,头伸出掩体,就不会不招来子弹。"他算醒悟了,下结论说,"总是蠢家伙干蠢事,别人来付代价。"军人都有类似说法,一个兵喝醉了酒瞎胡闹,于是附近的店就不准军人进入。

眼睛总觉得累——稍好一点,总算又能写札记,给予我很大快乐。不再提开拔。不过,休假从二十日起,我有幸约一月十八日到巴黎。

......

十一月十八日

我迷人的海狸：

今日，请原谅我第二个才给你写信。这样的事实属首次，近期绝不会再次发生，皆因塔妮娅寄来一封有趣而动人的信，所以先给她回复。在相当一段时间内，这就足够了。

......

在巨蟹座午餐。十一点有人告诉我有一邮包，急奔军邮处，得这部莎士比亚，他有许多剧本我没念过，有些则想重读。读《李尔王》，第一幕有点儿烦，后面则令人入迷。李尔王老人的性格，有可爱的一面。人家把"他的人"钉上脚镣，他生气地问："谁对我的人这么干？"我很喜欢这一节。围绕此事引出不少情节，令人惊奇——而且，很新颖，青春焕发。您没看《四八年》，您这懒虫，不过此书很有趣。午饭后，写我的小说，收信，读信，回信。此刻八点。

米斯特莱刚回来。他现在有把握说，星期一或星期二，我们开拔到二十公里外的地方。依我看，众人对此事很淡漠。

......

十一月二十日

迷人的海狸：

今天没您的信，这是意料中事。只是遗憾缺了您每天小声的问候，我的爱。得波朗一函，讲阿兰的意外遭遇：他在共产党一份著名的和平宣言上签了名，受到指控，到他家里盘问，不过很客气。他答称："我看到和平一词，没细看就签了名。"事情大概就这么了了。也收到母亲一函，她很乐观，说"上峰"某某——出于谨慎，未道其姓名——估计,战争到圣诞节即能结束。但愿她说得有理,但我一点都不信。不过,我的好小人儿,我也不信会拖得很长。也许到明年春天——抑或到秋天?实在说来,德方也不大妙,荷兰的事足见其慌乱。您看我说得有无道理?

给您说些什么,好让您可以有封长信?可惜,实在没什么可说。我们今天自然没开拔,或许明天走。到了明天,还会跟您说,我们没有走。由马蒂厄到丹尼尔,写着好玩,进展甚快,我能投入。马蒂厄与拉尔夫①的爱,想来已写了足六页。调门有点儿阴沉——但没有点儿明。读了《特洛伊罗斯与克瑞西达》,您想到吗?没像初次读时那么喜欢。相反,《安东尼与克莉奥佩特拉》②让人入迷,不愧为小小的绝妙佳作。真的,此公令人称奇。待将全剧细细再读一遍,会跟《凡尔登》与《凡尔登的序幕》一起寄您。可惜,对我可怜的眼睛而言,字太小了。

除此,再说些什么呢?这里真的什么也没发生,札记上也没记什么,没什么可写的。但我很高兴。尤其现在小说进展顺利。总算没浪费时间。

您的来信,造就我的幸福。信写得很温柔,我迷人的海狸,很温柔,觉得您离我这么近。我的爱,这次分离,也是一小小的考验,相见在即,彼此深爱。

十一月二十一日

我迷人的海狸:

说什么呢?这里的人已忘了战争。战事从来没像这几天那样不可捉摸,生活也没像这几天那样再平常不过。这几天整日就是

---

① 马蒂厄、丹尼尔及拉尔夫,均系萨特的长篇小说《自由之路》中的人物。
② 《特洛伊罗斯与克瑞西达》和《安东尼与克莉奥佩特拉》均为莎士比亚的剧作。

瞎嚷嚷和乱嚼舌。争吵发生在三个 S. R. A. 之间,相互指责为躲战壕,接着又抢着宣布要请战,上前线去"砰砰",要以英勇气概令人刮目相看,令人发怵,随即又无伤大雅地说短道长。旁边的几个文书为喝汤而争吵:米斯特莱生库尔西的气。我们这边,还算和睦相处。我工作效率不错,眼睛见好,便整天用来写作和阅读,先不去管明天的事。这一来,情绪很好。先把拉尔夫与丹尼尔一节改定,再写丹尼尔"后悔"的梗概,我觉得这是整部小说里最微妙最难写的一部分。之后,读卡苏的《四八年》,还不错,有助于我了解乌托邦人道主义,即我们今日所谓人道主义的前身,于是,把这心得写入札记。有东西可写就高兴,但这几天,由于视力,我总自问,为这么点想法值得吗?当然,不值得。之后,看《安东尼与克莉奥佩特拉》,第四幕写得真不错,比《尤利乌斯·恺撒》要好。纪德译得出神入化。只是字印得太小。唉,瞧我已像个老人,字粗字细都要说上两句。但眼疼很快就会过去,希望如此。今晨不大好,后来可以,还不坏。草稿我现在闭着眼睛写,省省眼力,睁开眼来一看,一行高一行低,倒更具效果。

收到您两封长信,我的爱。不言而喻,明天就什么也没有了,活该。这样,对您的日程,您的生活,我就知道了一大半。很规矩,很有规律。直要引出我的眼泪来,亲爱的小人儿。我那么爱您。休假时能读到您的长篇,很高兴,应已写出很大一部分了吧。固然,这只是草稿的最后一稿,那又何妨。翻看报纸,我的小花儿,翻看当年的报纸,您就会身临其境,找到那时争论战争问题的回声。

写信被皮特打断,他拿来一张传单,是德国飞机今晨散发在两百米外的。有个乡下人捡到,大家传看。传单状如树叶,纸面铁锈色。一面上有一短文:

秋

树叶飘落,我们也会飘落。

树叶枯死,这是老天爷的意愿。

我们倒地而死,这是英国佬的意愿。

飘零的树叶,打死的丘八,

到明年春上,谁也不会再想起吧!

在我们的坟旁,生活照样流逝。

这首短诗上面,画了一具戴钢盔的骷髅。

刚才又受打扰,不过是为民事:军官们接踵而至,又笑又闹。是来找望远镜,看土星光环。保尔、昂格、凯勒、诺丹,也跟着来。我猜想凯勒来,是因为城里借望远镜看月亮要付费,而这里是免费白看。

塔妮娅按时写信来。还有一封学生的信,该生叫布朗舍,向我索要一份著作目录。他们把教师的职责延伸得太宽了。似跟您说过,对此我不无得意,因为他们没想到老师也在变。我想,一半是精神上懒,——如那个想把您描绘成波希米亚人的女孩,甚至没想到您连吸墨垫板和电话机都没有——一半是出于对我的信任。小处的这类信任——大多数人甚至没意识到,分量足具,令人振奋。但都得回复,这才要命呢。

十一月二十二日

我迷人的海狸:

读您亲切的来信,十分感动。我得说是哪一封,不然您会摸不着头脑。是二十日星期一的,讲圣埃克苏佩里①的那封。我的爱,您"甜蜜的痛苦",对我是那么珍贵,倒希望您不时有点儿这种痛苦。这有点儿像我所谓淡淡的芳香……

---

① 圣埃克苏佩里(1900—1944),法国飞行员,作家。

中午(从巨蟹座)回来,在轻浮的军官们面前做气象探测。这类人我还不大熟悉:容易冲动,爱发牢骚,出语尖刻,雄赳赳的气概里带点娘娘腔的优雅。他们俩不巧在经纬仪前摔倒,把我们的气球放飞了。一个是我跟您讲起过的 Z 中尉,另一个是步兵上尉。步兵上尉问保尔:"结婚了?怎么不戴戒指?""是啊,没戴,我的上尉。""嗯!几个孩子?""一个。""结婚几年了?""五年了,我的上尉。""您倒不急,好小子!"说着,转身走了。诚然,上尉还是单身,常跟一空军上尉一起去寻花问柳。

……

我还无法把《巴尔纳比·若日》寄给博斯特,因已借给可怜的警卫,他看得津津有味,说自《你的身体属于我》之后,还没看到这么好看的书。但明日将寄出《凡尔登》。卡苏那本书毕竟单薄,令人厌烦。请告知布丹的地址(她在巴黎,信封可做证)。您打听到她的地址,我会给她写封短信。她信里夸大其词,肉麻地提起我吻她的手臂时,她问:"你流了吗?"

哦,我要像老外公常说的,向您宣布一个"好消息":我的眼睛差不多全好了。我很高兴。我写札记,关于丹尼尔的悔恨,萌生了不少想法。好,明天见,我的爱,来信说我的每封信都使您感到意外,想不到会同前封信一样给您同样多的欢乐,听了甚感得意,也略感为难,因为这等于加给我一重责任。但禁不住这一诱惑:不顾您的期待,总想有什么写什么,知道您就喜欢我这样的信。……

重读布丹的信,觉得她有点儿疯,因为她写道:"你知道,要厘清我的思绪,你得花几天工夫才行。"

十一月二十三日

我迷人的海狸:

今天没收到您的信。除塔妮娅,没别的信。信只一封,这一邮班可谓贫瘠。还到得晚。再说,我没太多话要对您说,除非说我很爱您。这会是一封短信,因乏善可陈。六点起床,玫瑰屋早餐。米斯特莱已坐在那儿,一副蠢相,因为我把海德格尔借给他,他什么也看不懂。我一边用午餐,一边解释何谓入世。回来时干冷,零下三度。我已戴上母亲寄来的漂亮毛皮手套。之后,军士、昂格、保尔与皮特就战争的目的讨论个没完。我啜着咖啡——一种新的很"刺激"的咖啡,陈述我的意见。

之后,写我的小说,还不错。在巨蟹座午餐。忘记说了,半夜里关于意志略有想法(尿急醒来,无法起床,便作哲学思考以自遣)。这想法,我瞪着眼睛在深思,皮特在一旁唠叨,我写下"你",因为刚跟皮特说话用"你",他像阴雨一样令人腻味,争着要比别人早去休假。关于意志的想法略有进展,下午观测过后,开始写入札记。这是一份杂烩,有第二本札记上删去的一段,也有我去年跟您说过的消极抵抗问题,亦即为实现意志所必需(否则,只剩愿望了),最后是斯宾诺莎的思想,认为意识与意志是合二为一的。大致意思当可看出。或许您一点都没懂(我的爱,这样的环境下给您写信,真十分可憎,皮特自以为了不起,强自狡辩,在我旁边大声嚷嚷,宣讲他那完全错误的论证)。两点至三点,我把观测结果用电话报出去,余下时间写作。到七点,皮特又嚷嚷开了。真是讨厌:他说人家把动员与应征搅乱了,这于他不利。可以想见,完全是利之所在。嚷嚷了两个钟头。简直没法继续写,请原谅。我恨死他了,但又能怎么办,我老实不客气地对他说:"住嘴,你说的全是妇人之见,你这蠢货。"他还喋喋不休。

又一轮新的打扰:我站起来,这一次,把他镇住了。您以为他会闭上嘴吗?现在,他转而解释,为什么他错了。这次,我狠狠训了他一顿。接着,保尔惊慌起来,今夜他观测,而且上校要来,他求我归整好我的被褥用品。每逢上校来都如此。总之,伤透脑筋。

这封信断断续续写来,一肚子气。原谅我,开始写信的时候,心情很好,但您知道,我时常会发无名火。现在,就是这样子。我的爱,就此打住。我一如昨日,强烈地爱着您,但无法平平静静对您诉说,弄得我心烦意乱。我以全部心意拥抱您。

十一月二十四日

我迷人的海狸:

今天稍得清静,伙伴们都出去溜达了,我单独跟几个士兵和官员在一起,他们乖乖地各干各的事。

……

上午,在玫瑰屋午餐,看莎士比亚的《科里奥兰纳斯》,随后米斯特莱来,彼此交换对皮特的看法,频频颔首。米斯特莱觉得有伤尊严,因为皮特把他当作"幸福的女人":"你呀,萨特一讲话,你就开心得像个幸福的女人。"我就意志论这题目一直写到十点,尚有些疙瘩之处。不过比上一稿好。下一稿就成了。之后去洗了一个澡——不在浴室,那是用监狱改建的——而在理发店。此地的理发店兼营洗澡业务。然后去巨蟹座小酒店,然后点名,观测,回来收到您的两封信。可爱的小人儿,我不觉得您的信写得不好。相反,很温柔,非常令人疼爱。而且那么亲切,您把爱我的理由说得很好。生活刻板,不是您的错。而且还有点儿好处,小说不是进展很顺利吗。不如意的事只能忍耐一下,战争会结束得比想象的快。不时可读一读瓦卢瓦①编的《新时代》,每天一刊的小报,总的理路很明达。就因为明达,屡遭无情查禁或删节。就为这,大家才肯花钱买。

我的爱,求您别说圣诞节要去看艾玛。如塔妮娅能去,犹可,

---

① 瓦卢瓦(1878—1945),法国政治家。

但塔妮娅处事无能,肯定不会去,这样您跟艾玛在一起,塔妮娅势必恨您,此其一;何况我们无法使塔妮娅明白,艾玛五天里看您两次,而您三个月才去看艾玛两次,此其二。免了吧,去看艾玛,费用还得我出,我绝不主张您去。相反,我与艾玛的关系,倒还令人满意;艾玛或许会欺骗我,但此刻,她把我当成传奇人物,向我"顶礼膜拜",如您所知,这可成全她浪漫而又虚张声势的神话。勿来破坏,求您啦。

……

另一事:休假排名已知。为了排名,皮特昨夜又演了一场戏。我排名比预想的好:二百三十名中位列一二一号,几乎中间居半。如果放行正常,约在一月中旬,此事细水长流,每天放一人,明白吗?半个月后,节奏会加快。……

十一月二十五日

我迷人的海狸:

……收到您一小邮包,有圣埃克苏佩里和《西班牙遗嘱》①。谢谢,小好人。《西班牙遗嘱》很好。另一本,我只看了一眼,保尔因生病,拿去看了。为什么没寄《埃勒莉王后》? 真这么坏? 如还可看看,请放在不久您要寄给我的大包里。您想到没有,博斯特寄来一包,含《亡灵》《在寒光下》②和《女骑师艾尔莎》,但没有《摩尔·弗兰兑斯》。《女骑师艾尔莎》看了一眼,不堪卒读。大概一九二三年的人喜欢这类读物。第一章很出色,接着是预言,人物都阴阳怪气,很"时髦",很超前,说不上是怎么回事。没什么意思。作者善于叙述,但这恰是他所不愿做的,觉得有负于他的主题。总

---

① 《西班牙遗嘱》,克斯特勒的作品。——原注
② 《在寒光下》,马克·奥尔朗的作品。——原注

之,我有东西可看。开始看《哈姆雷特》,精彩,《四八年》尚未看完。明天,当寄《凡尔登》与《凡尔登的序幕》,寄到您旅馆吧,比较方便。

两点做观测。同时收到邮件,但无您的东西,我的爱。令我失望而忧伤,世界对我好像有点儿敌意。但有塔妮娅一封便函。结尾草率,急速说两句,说她热烈爱我,因为玉夫座剧团那位勃兰(Blin)正在接近她。这位勃兰围着她转,要弄出个故事来。她给捧得飘飘然,猜想他们会入港。应该说,这对我是极不愉快的事。但有什么办法?远距离无法争斗,再说,为这类事争斗有点儿不雅。只好去想别的。有一两小时心里甚烦,此刻,已平静下来。这是桩奇怪的空心恋。今天如得您一函,我甚至连想都不会去想。我目前的心情有点儿像您让我单独去见塔妮娅。所幸此事非真,只是一段痴情恋梦,如今梦已醒了。现在,这已结束,我知道明天会有您两封信,会有您那样的我的生活,我为明天而高兴,因为我们已翻到白天的另一斜坡。显然,这类情感危机,源于一个人整天只知为自己而活着。不过,这并不妨碍我写我的小说,写好我的小说。整章将会很好。但还得再改。至于玛赛儿,您的意思,玛赛儿的性格要变一变,我像对待大人一般,征求过塔妮娅的意见,她自然说玛赛儿的性格应保持不变。她的论据倒不算太蠢:"开头就有点儿卑劣,怎么还能去加强呢?而她的处境也不利于造成她的坚强——尤其,除了坚强、令人同情,她还有狡猾的一面,扰人心曲,她跟依维什是姐妹情,一加强,依维什不就不突出了吗?"事实上,玛赛儿写得不是太好。但完全可以把她改写成弱女子。只是这样一来,马蒂厄属意于她,就不可解了。难就难在这里,不知如何办。不过,也不急。

保尔把圣埃克苏佩里还我了。我读"甜蜜的痛苦"一段会想着您。

我派米斯特莱去调查阿尔萨斯难民的命运问题,这项调查很有意思。我把结果写入我的札记。

十一月二十六日

我迷人的海狸:

……午饭后,冒雨回来,读《在寒光下》。效果很奇特。那个时代已经过去。但书本使我成为"见证人",像塞南古①的《奥倍曼》,由于这个原因,所以难读,比莎士比亚的历史剧更历史。同时,也看出这种文风的所有弊病。我花了很长时间才摆脱掉的,诸如比喻的滥用,严肃的主句加上嘲讽的从句,甚至句子的节奏,一念就知道后文了,因为这曾是我自己的节奏。还有些句子,抄一句给您看,时代不明,放在莫朗②、马克·奥朗或季洛杜的书里都可以:"路的尽头,有位乌埃桑岛女子,腋下夹着大拇指汤姆式雨伞,长发飘飘,正给世界的这一小块地方指明暂时的意义,而这一隅,就在我房间的视野内。"此中什么都不缺,甚至刚落笔时措辞的稚拙,还有散文尖细的声调。这也像尼赞——我是说二十二三岁时读哲学和文科预备班的尼赞;而我,那时写的东西更动听,更丰腴。马克·奥朗对书所下的断语,几乎可涵盖这个时期的全部文学:"我的文学依然是贫乏的。在那里,我找回了旧的角度和赤贫者体力上奇怪的脆弱。"

看到这类曾被我视为冒险小说的书正凝固为经典,真是怪事。这本书转变为经典的过程似乎让我抓住了。读时,不会不隐隐想起当年的衣着,以及一连串已经一去不复返的细节。

……

---

① 塞南古(1770—1846),法国作家。
② 保尔·莫朗(1888—1976),作家、外交家,"一战"后甚有影响。

塔妮娅草草写来六行："整天看书和画画。"可以感觉到其中的蹊跷，我相信必有什么"新情况"。但今天，我没动气——因为收到您两封长信，于是把这桩风流案置于应有的位置。我记得对您说过：昨天因没您的信，我只好单独面对她。……

十一月二十七日

我迷人的海狸：

……今晨，在札记上写得颇多，关于坚忍和本色——关于本色和纪德式的热忱——关于心头莫名的小愉快。看完《在寒光下》，有点儿陈旧，倒还可爱，加上一伙模式化的水手、穷汉和妓女，作者时时刻刻都对我们说：您看，我说的并不是老一套。像打雷一样经典。看了一点圣埃克苏佩里，发现他对飞行有一套自然而有趣的看法，并通过本职的眼光来看世界。中午在屋内吃些干酪和香肠，保尔和皮特则出去吃饭，之后一起做气象探测，我又写了一点。今天附近开来一辆汽油车——和一位身居要职的将军——看来我们明后天得走了。此事不知说了多久。我倒愿意固定不动，因艾玛的关系。

这就是全部，我的小花，完完全全的全部。又看了一遍马蒂厄-丹尼尔一章，共十七页，当需修改，有点儿烦，但我接着就动手弥补。目前，兴趣已大减。最后一章，自己想来更有意思。尤其，很想写个剧本。如写就，烦您带给图卢兹或杜兰……手上有几文时，想着给我寄书，因就要没什么东西可看了：莎士比亚开始很久了，《在寒光下》已读，《四八年》也已读，圣埃克苏佩里刚开始。《亡灵》没多大意思。

十一月二十八日

我迷人的海狸：

勃兰之事，弄得我有点儿烦。塔妮娅的信总是含含乎乎，模棱两可。她常见勃兰,对我却说她将去看他——第二天寄来勉强写的六行字,根本不提勃兰。而且,关于她的生活,从来没说起什么。比如,以前在查佐里奇房里的那位军人,塔妮娅无一字提及。此人是谁?雅卡尔的情人吗?我刚给塔妮娅去一信,要她作出明确解释,如解释不能令人满意,我就不客气。顺便说一下,您是否马上收回您借给他的我的小说原稿。这等于送他去见这女人。我不会气量小到一定要他们破裂,但这只是今晨独自想到的,让他一人待得太久,他就完了。您勿担心,我只是二至四点时有点儿心烦,过后就平静了,一般情况都是这样:开始那一阵太认真,过后不免失望。自然,我刚经历我的第 N 次感情危机。这打击在此时此地益发令人伤心,因为我在这儿孤身一人,没有任何消遣。

为改变一下抱怨的口吻,我要告诉您,昨晚,给您写信之后,我度过了一个很动感情的、纯洁的夜,皆因读了圣埃克苏佩里①。倒不是因为小说好(但很过得去,有些地方甚至很精彩),而是使我变换了心境。总算有这么一次,我不惋惜自己过去的真实生活,您啦、巴黎啦、时代啦、熟知的地方啦。这是另一个天地,更温馨更柔顺。我只遗憾没去过阿根廷、巴西、撒哈拉,遗憾不认识世界,遗憾未见过一种没有您或任何人位置的生活,一种我从未拥有过,但在列维称我"顶上千个苏格拉底"的时代很可能有的生活。这时我感到自己孤单而稚嫩,像一个依稀窥见前程的小青年那么容易动感情——同时我也知道,那永远不会是我的未来。而只是想入非非,却没有嫉妒的成分,——我很能体会圣埃克苏佩里同两个阿根廷姑娘一起吃饭的况味,并非因为菜肴特别,也不是因为写得特棒,而是我进入了那个角色,充满活力。这是一种奇特的生活,现在战争把所有事情都挡住了,这种生活却没有万物都有的死气,这

---

① 指圣埃克苏佩里的小说《人的大地》。

是种完全清新的生活，超乎战争与和平之上的一种不存在的生活。这大概是十一二年来，我第一次梦想一种与自己生活不同的生活。通常，我一头扎进生活，从不遗憾什么。再者，我这样想时无须对您多说：我也可以有这种生活，不是纪德讲到那小男孩时说的那个意思："昨天，我硬起来了，倒可以过去吻吻那位好太太。"我是独眼，加上笨手笨脚，足以把我排斥在飞机师职业之外。于我多半是一般意义上人类的现实。傍晚时摸黑出门去买面包，思绪突然忧郁起来，因为我曾陪您走过这些黑暗的街道去火车站。此事好像还近在眼前，因为您走后，我还没去过那些街道。我不时用灯照照关着的橱窗，想找一家面包店。

今晨起身，天气很冷，是受《人的大地》影响，通过我的职业感受到冷，或者更是我自身感到冷。我在札记中写道："这寒冷，是我的寒冷，是我工作的内容，我的任务是待会儿去测温度。这倒不难忍受，因为我不是被动去受冻。天气并未冷入骨髓，而是抚慰式的，抓挠式的，像猫跟我玩耍一样。同样，没有把房间冻得像冰窖的那种从窗缝吹进的寒风，倒是有好天气的标志，天气确实好。在百叶窗紧闭的房间里，阳光穿过电灯的黄光照射进来，让人看到干燥和玫瑰色的黎明。无须开窗，我已身处好天气里，两个红眼睛的士兵起床，毫无凄清之状，仿佛在田野里起身，墙等于没有。并非墙壁倒塌，而是根本无法抵御这新环境无边的寒冷。这清晨之寒，不是我个人、我同伴的局部的意外遭遇。现今，它像飞翔的候鸟，赋有一种异国的诗意。"

之后，在玫瑰屋午餐，一边读《哈姆雷特》。突然一阵好笑，想起纪德用维滕贝格小住和叔本华的影响，来解释他的性格。米斯特莱来，为我们的调查提供了一堆材料（阿尔萨斯人撤退到上维埃纳省、多尔多涅省和夏朗德省的社会学意义）。之后，把我那一章又修改一下，进行顺利。中午很英勇，只吃面包和可可（希望能减肥)。午饭后,探测,收到您两封长信和塔妮娅两封信。啊!还有一事:您的书已寄出(于勒·罗曼和达比的《日记》。达比《日记》很下流,但一九三九年读来倒也有趣)。

……

十一月二十九日

我迷人的海狸:

今天无信:既无您的,也无塔妮娅的。有卡纳帕一函,批评我关于超验之自我的文章。天哪!这篇文章,已经太遥远了。倒不是因为该文写于和平时期,而是我对此问题的看法变了。尚无一种说法可视为定论。不过,今天倒是平静而快乐的一天……在玫瑰屋,米斯特莱走到我这儿,要跟我谈海德格尔。您是否注意到:不断的人来人往,结果我已不再觉得碍事。得片刻意想不到的孤独,倒像是种运气,感受到一种诗意。今晨在玫瑰屋吃了三只小面包,因昨晚没进食。请放心,明天早晨,十二月一日,会向皮特借一百法郎。今天上午,工作效率不错,我把已结束的感情危机记入札记本。麻烦的是要经过那么多手,我不得不稍加掩饰。结论是:宜曲折隐晦,但所说俱属实,只是并非全部。至于我的小说,这一章正改最后一遍。恨不得改上整整一个月,说到底,这是最难的一章,事关重大决定(马蒂厄的决定、丹尼尔的决定)的一章。请注意,一项决定,在小说里很难让人感到是一项决定,正如一个举措很难让人感到确是一个举措……你可以说,某甲或某乙打定主意……但会显得像一种特定的心理现象,融入意识流里,加上身体动作。这倒会显得像一种执着。举例说,马蒂厄决定去偷洛拉的钱。他也可能是面对依维什的轻蔑所做的绝望之举。其间差别,怎样给人造成印象?您写到弗朗索瓦丝决定要去毒死格查维埃尔,想必也遇到同样的难题。尤其因为此类决定,动机并非总是纯粹的,从某一侧面也能看出激情的征兆。总之,所写已接近成功。您不久当可看到。

……星期一之前,我们不会开拔,但这回是当真的,很多炮队已出发。

军士来告,俄国已入侵芬兰,这很糟。

……

十一月三十日

我迷人的海狸:

今天邮班很贫乏。仅您一短信,别无其他。这没什么,金鱼之夜,您会给我写上一个晚上。至于塔妮娅,我以沉默回应她的沉默。不过印象中,我们之间的争执越来越厉害了。本周初,我对她颇为恼恨,这桩别扭事儿像针刺一样,影响我稳定的平静,我本想在我整个修道般的隐退期间保持心境平和。但我想,从一开始,这就不是无端给踹一脚,也不是战争之外的小小不如意,正相反,是战争的正常后果之一,应记在战争的账上,应成为生活的一部分。被忘怀,受欺骗,当彼此远离而又无法自卫时,是正常的,——相反,我的小人儿,我们两人,这种安宁的平静,反倒不正常。再一次——这次是靠了您——我从小处来看事物。如今可怜虫想必不少,他们只有一个女人,一枝葡萄藤,目前想到精神的完全自由,就觉得很不痛快。所以应该算进战争的总账。接着我又想,这场感情危机或许是战事的直接后果,因为我长时间受着严格约束,心情烦躁无法宣泄,这危机便在无形中起到了出气孔的作用。因为说到底,这场小小的感情危机,绝对没有站得住脚的理由:无论从我看到塔妮娅时赋予她的价值而言,还是就事情本身而言(其中无疑另有故事,她攀附我的命运,好比虱子爬上头发一样,这一点,您说得对,我毫不怀疑)。所以,对这小小的骚动,我深深自责。有什么办法？我不好说这番解说比妒性发作好。危机姑且不论,毕竟还算温雅平和。这女孩子的价值,尤见于动情时刻,其他皆不足道。总之,从这类思考中,您可看出,危机正在化解途中。我真的相信,此乃被囚者的不耐,加上肝功能不良在作祟,弄得我很恼火。因为整天茫然若失,烦躁不安,转移了对您的思念,而只有您才能使我充实,使我快乐。所幸,这只占一天时间的五分之一(通常在收信之后),其余时间则为您我之间的关系庆幸,能静静地读书和写作。又,我收到列维寄来的书,福克纳的《方柱》德译本。这层关切,令人高兴。但我敢打赌,这是您的授意。再说,甚难,没全看懂,差得远呢。请快寄书来,我的书都快看完了。请代向我的学生马赛尔·奥里翁、勒内·索拉和贝特朗致意,感谢他们亲切的来信。雷米和奥克塔夫·尼斯也给我寄来了明信片,他们目前在鲁昂住纳凯夫人家,我会给他们回信的。还在读《人的大地》,但兴趣稍减。相反,对《哈姆雷特》不胜赞叹,是今晨在玫瑰屋看毕的。我定下心来写作,把这一章彻底改写一遍。另一章将在新驻地开始写。

因为最大的事是开拔。四十八小时内动身,当无疑义。我们去的村子,有五百人,已疏散了一点(官方没下令疏散。大部分居民还在),实际说来,我们住在离村子五六百米处一征用来的旅馆,每人一单间,有床有被。可以不再同梦游者(保尔)同住一室,甚慰。旅馆有一厅,白天可聚在一起,有一电话。无暖气设备,但有烧炭的炉子。在那儿约待七周——这是本部门的日程,过后还将回到此地,因前一拨人已返回此处驻扎。这样到三月份,除非有意外,日程都填满了。……

就是这些,我的海狸。今晨还在此地早餐。昨晚未吃晚饭。几天里减了一些脂肪——如厚袍贴身的脂肪。我在看——忘了告知——《西班牙遗嘱》,印象颇强烈。认真说来,坐牢时光不怎么吸引人，因为我坐在这椅子里也能想象得出（如您所说，《墙》是全书的总精神），但令我感兴趣的，是保卫马拉加及其失守的叙述。那才叫惊心动魄，使人易于感知这种奇怪的天性，懒惰，英勇，怯懦，残忍，凌乱，这就是西班牙战争。这与布布的意见很合拍，而与（马尔罗的）《希望》里用大机器发射火箭毫无共同之处。

十二月一日

我迷人的海狸：

我正往札记本里写一些往事，涉及我高师毕业后接受的伦理道德。写得还不少。其中关于奥尔嘉，写了三行："我把她高高供起，有生以来第一遭，我在别人面前感到自己卑微之至，一无可恃。"于是，我的爱，我想，正是在您这颗钻石面前，当时我真该自惭形秽，至少现在我强烈地意识到这一点。唉！我的爱，您是多么美好而珍贵的小人儿。是真正的珍宝。我那么爱您。您知道，我脑中闪过的您，还戴着缠头巾式的女帽——或者说，不用看就感到有种强烈的、温柔的、热乎乎的什么在这儿——您这小人儿。您就是我亲爱的亲亲。

……

今天收到一大堆信。小博斯特、安赛伦和舞蹈家寄来一封可爱的信。可怜的小家伙，似乎不大快活。一位崇拜者来函，有四页。落款为博尔内，与我们认识的博尔内谅非一人。他住蒙特利马尔。讲到《墙》，他写道："先生，这个集子绝对令人厌恶，但亦令人佩服，我可以写上许多页。"塔妮娅信两封，字斟句酌。我不会再像前几天那样神经错乱，说胡话了。倒不是我不信她与勃兰之间有事。这与我何干？很明显，这段情缘只是她生活中的一件事，而她的生活，就是我——或许我引发她的柔情在其次，主要是她在精神上物质上需要我。这需要，自然宜乔装打扮，加上诸多传奇式诗意的外包装,而我不在场,构筑起来就更方便。所以这故事到此告一段落。这是她虚情假意的感情危机所能找到的唯一出路。而我的傲气把其他所有的门都堵死了。昨天早晨以来,我心情很好。保尔阴阳怪气地说,原因很简单,因我昨天又去巨蟹座大嚼一通之故。他喟叹道:"想不到这小子对口腹之欲如此低三下四!"我还收到名叫梅尔吉耶的学生的一封信。没什么意思。小说昨天写得很多,几天没碰,净写札记。尽量对我过去的道德观给个说法。写写觉得很有趣。明天再写。寄书来时,勿忘附一两个小本子,这里和新驻地都找不到。

……

十二月三日

我迷人的海狸:

……

今天星期天,一点都没觉得。金鱼在玻璃缸里戏水也戏累了。在玫瑰屋午餐,与米斯特莱谈海德格尔,然后去学校,关于《纪德日记》,在札记里写了差不多十二页。重读之下,颇惊异于《日记》的宗教感情,几近神圣,自具特色,与司汤达或龚古尔的日记正好相反。实质,乃新教徒的家庭日记,记录家族的生卒嫁娶、传世格言和有纪念意义的事件。其余,均由此而来。在金狮午餐,还是跟米斯特莱在一起,他很腼腆,红着脸对我说:"自从认识你,我变了一个人。动员来打仗,我很绝望,心想:至少两年白过,回去时人也垮了——而你向我解释,这是我自己的战争,你让我切身感受战争,我的变化真奇妙,现在,这一切都使我感兴趣,我明白,这将成为我生活的一部分。"如此写来,好像在吹牛,但我当时脸立即红了,虽说大受恭维,但我产生一种奇怪的印象,——常有这种情况——这些感谢,不是冲着我来的,而是对我努力要成为的那个人的,我只是演场好戏的一个可怜又可笑的人。同时,我想,这对我的新道德观是一个很好的检验,简单说来,我的榜样,再加几次谈话,能使不惑之年的善良男子趋于清明高远,那真太妙了。您该承认,这跟激励年轻人奋发有为不是一回事。从饭店回来,突然发现我已奉行了三个月的道德观还没有形成理论——相反,还恪守我的习惯。我还没有写出来,但您能猜到,为表述得清楚一点,我在札记里写下:"我看到玄想与价值,尊重人与蔑视人,绝对自由与我们唯一的、有限的生命的生存状况,既无神明又不由自己主宰的难卜之命运,我们的尊严、个人自主权与历史事实之间的关联。"一切都自然而然围绕自由、生命、本真性等观念旋转。如果您从我第一本札记和我们的谈话中看出了点什么,请来信告知。此后七八天里,等我把一切都想清楚了,就把内容抄给您,因为这太重要了,您一定会急于和我讨论的。我相信,我们抓住了好的端倪。

……

十二月四日

我迷人的海狸:

启程在即。明晨四点,我们负责把箱子装上卡车,稍晚就开路。大概九或十点钟到。整整一天,吵吵嚷嚷,箱子一个摞一个,仔细装好,过后再拆开。着急上火,争执不休。而要去的地方距此仅二十公里……我甚至在地狱般的吵闹声里还能写作,让他们去打包。就这点而论,他们堪称天使:保尔因急躁和惊恐,什么都不愿假手别人;皮特老对我说保尔:"怎么回事,没我干的活?让我打打包,也可分分心。"第十七章的结尾,不知改过多少次,差不多完成了,我也急于脱手。到那边开始第十八章,亦即最后一章,我会写得更起劲的。然后再返回前面。总之,回来度假前,小说该杀青。中午独自一人在金狮吃午饭,想我的道德观,之后与同伙在一起,再后点名,回来收到信件。有您一封长信和一包书。谢谢,我甜蜜的小人儿。很高兴重读福楼拜的《情感教育》和梅里美。书可看一阵。想不到,在烟店,以五法郎找到一本狄德罗的《定命论者雅克》,真正的古典。莫朗难以卒读,对此倒不觉惊讶,但想知道是何缘故。因为,一九二五年间,他人气旺盛——甚至令人入迷……

我很高兴自己有这样的精神状态,虽然现时理当带点阴郁,这我自己也能感觉到。九月以来,渐渐趋于这状态;战争,《西班牙遗嘱》,《人的大地》,《凡尔登》,都在起作用。尤其是坚忍精神的崩溃,把我引上这方向;我现在把以坚忍著称的斯多葛主义看作是一种"自满的道德"。我们已走出不少路,我亲爱的小人儿,我们从唯物主义、笛卡儿主义、反存在论以来,已走出不少路。确乎如此。离开这城市①,我倒有点儿感伤,因为这儿留下有关您的不少记忆。今天,又一次是这城市先离开我。这教室已变成我们小小的家,却又冰又冷,我们所有的器物都打成包,乖乖撂在一个角落里。但另一方面,环境变化也让我高兴。新的驻地,也有可意之处。而且有诗意:从窗口望出去,二十公里外有两座蓝色小丘,那是德国人的山头。我们每天得向军部发山丘的健康报告:"今天山上有雾""比平时更蓝"等等。

……

十二月六日

我迷人的海狸:

我要给您写封长信,对别人则说我一天电话接下来,人都头昏脑涨了。事实并非如此,夜来睡得很好,我电话接到中午。午饭

---

① 指布鲁玛斯。

后,坐在米斯特莱身旁,今天是他接电话,因为可在唯一的火炉旁取暖,名义上是辅导他。看了福楼拜的《情感教育》,做了笔记,其文笔极糟。请看这个句子:"坠落到他气质的深渊,几乎变成一种通常的感觉方式,一种新的生活方式",竟写出这样的句子来,而此公被誉为文体高手。糟糕得连哭都来不及。不过,很有趣。……

昨天清早四点起床,把箱子装上卡车,六点出发。其间,我半个屁股坐在学校椅子上,抄《两世界杂志》八月十五日这期署名×××文章中的精彩段落,这段话使我明白了这场战争的原因和进行方式。解释起来太长,您自己找来看吧。接着,我们被塞进一辆卡车。我旁边是米斯特莱,太阳升起在平坦而了无情趣的原野上。我以刚学到的知识,向米斯特莱解释战争是怎么回事,他倒真有所领悟。我对他说,"你不该高兴吗,自居为二流角色,却懂得连巴黎高层人物都不知道的道理?"他兴奋之余说:"哈!在我记忆里,你会跟这场战争联系在一起。"七点半到,停在一家相当寒酸的旅馆前,对面是一家浴室,深灰外墙浅灰窗。德国风格,旅馆和浴室在高地上,离村子约七百米。一进旅馆,马上把米斯特莱和我粘在电话边,同时进行交接班,让我们接替原师部的官兵。……

出门稍远处,有一家收风湿病人的旅馆,现也被部队征用。再远,是咖啡馆——饭店,所处位置很高——进去要上台阶——今晨在这儿早餐,气氛极为融洽,士兵很多,他们在周围仓库或什么洞穴里过夜,明天就上前线。村子的情况,一无所知,仅昨晨乘卡车穿过。在卡车里,士兵互问:"你们去美景旅馆?""不,我到佳境旅馆。"听来有趣。

……

十二月七日

我迷人的海狸：

　　生活就在这美景旅馆安顿下来。奇特的旅馆,路边孤零零只此一家。军事社会主义一竿子插到了这里,区政府、学校的课堂,所有安顿我们的机构,都有点儿普鲁士式国家社会主义的味道。白蚁巢方式:个性消失或躲在思想和梦想里。不过,这里的社会主义,取一种牧歌般和共处式的形态。这真是一小撮共命运的人（他们之间还相互仇视）之间的故事。先是感到话中带刺,闲言碎语,背后拳脚,但颇有诗意。唯一头疼的事,是冷。……不过,有活要干:一天三次探测,用电话通知观察结果,电话有四人轮流值班,打扫房间管炉子,一周轮一次。小说尚未续写,等有了炉子再说。在文书围着打字机忙得不可开交的当口,我若兀自在带来的稿子上写作,不无放肆之嫌。我现写在札记里。今天下午开始陈述我的道德观。还站得住。明后天抄给您看,听听您的高见。《情感教育》简直不能读,太蠢了,再说,对那时粗鄙的细腻,不敢领教。——这就是这位大胡子作家的所谓风雅,用他的白胖手指写来,自以为懂得生活。撇开这一切,又感到无聊透顶。自己也写不好。准备看马里沃①。……

　　中士给我带来（卡夫卡的）《城堡》。不久当寄给您。如有博斯特的消息,盼告。

十二月九日

我迷人的海狸：

　　今天一天很平静。太平静了些,连您每天的短信都没有。不过昨天收到您两封信,或许明天也会有两封。您寄来的包裹,我的

---

① 马里沃（1688—1763）,十八世纪法国喜剧作家。

小花,已取来。读了一点马里沃之后,就是各种杂事,如气象观测,在我们公用厅里盘个炉子,做这些事中间,写完道德论。这里,先抄给您。很长。若抄不完,则明天再抄。很希望我们能一起讨论。

　　第一个问题:道德是目标的总体。人的实在应为何种目标而行动呢?唯一的回答:为自身的目标。任何别的目的,都不能与此目标相比。我们先来考察:目标只能由一个具备他自己各种可能性的人提出来,就是说,此人把自己投射到未来的可能性里。因为,目标,在一个把目标视为目的的人,既不可能完全是超验的,也不可能完全是内在的。超验,则目标不能成为可能。内在,则只是梦想而非意愿。人与目标的关联,可推想为某种入世型的联系,就是说,是人的一种生存状态。道德问题,是人所特有的。可以推断为有限度的意志——人类之外,对动物或神灵而言,道德问题毫无意义。此外,目标有一种特殊的存在品格:目标不是一种特定的已存之物,否则它就不成其为目标。但从单纯的先验可能性而言,目标也不是一种纯粹的潜在性:那样,就失去了吸引力。目标是一种有待完成的完整而诱人的存在,是未来时的人的实在,而在现在时要加以实现。据此而言,像上帝或神意那样超验而永恒的存在,对人的意志而言,不可能是一种目标。相反,人的实在,对人而言,可以而且应该是一个目标,因为目标属于未来一边,目标是人自己的延缓。

　　但是,人的实在,到处受到人自己的局限,不管目标是什么,这目标总是人的实在。世人借一种技术、一种文化、一种状况,去把握世界;反过来,世界以这种方式被掌握,显示出人性的一面,返回到人的实在。我在《恶心》里写过:"存在是人不能脱离的实体。"我不推翻前言,但要加一句,实体是人性的。人性是生存的实体,人的实在在普天下都能找到。人到处都遇到他自己的设计,也只能遇到他的设计。关于这一点,对于一种没有上帝的道德所能说的最有力的话是:人的实在,只有在没有上帝的情况下才是道德的;而道德,即使是基督的道德,只有是为人的,为人的实在的,才是道德的。但这并不意味道德应是个人主义的,只把自己当作目的,也不应是社会功利主义,或一种延伸意义上的人道主义的,按这种延伸意义,人,作为人类的单个微粒,会把为人作为一个目的。这只表明,人的实在是存在的一种类型,他的存在,在实现他自由的价值的形式下,才构成人的实在。海德格尔说过,人是远方的存在。但要明白,作为远景价值而构成我们的这种存在——价值,既不是你、我,也不是人群,也不是(亚里士多德的幸福论意义上)已完成的人的本质,这是人的实在的一种动态的延缓(同时又不同于你、我和我们大家)。人的实在,是自在的存在。而与合适的存在类型(待日后为自由所实现)同在的自在,就是一种价值。但得明白,人的实在由人与未来的关系所构成。人的实在既非行为,亦非价值,而是行为对价值的关系,是由价值来说明的行为。对人的实在而言,除了人的实在,不存在别的价值。世界就是把人的实在与其意图分开的那物体。没有世界,就没有价值可言。以致人会相信,如果生存状况较佳,如果他是上帝或天使,他就会更有道德。他没有意识到,道德及其相关问题,会和人性一起消失。由此可知,为了确定道德的规范,首先应确定人的实在的性质,别无他法。但得提防,勿陷于否认行为价值的错误之中,因为人的实在,作为一种行为,本身就是一种价值。

  人的实在这一观点,引起我们关注,特点在于它本身并非基础,但能激活自我。我们所说的自由,如果它不能激活其存在,那将一文不值。自由并非来自外部,而是来自人的实在,首先是意识,就是说,如果意识不到自己的存在,人的实在,就一文不值。人的实在会对事件作出反应,事件本身就是这种反应,人的实在就是通过反应发现事件的。人的实在只是在这层意义上是自由的,那就是他的反应和世界向他显现的方式,是完全归因于他的。但一个人必须是他自己的根基,亦即自身行为的负责者,才谈得上完全的自由。实在性不是别的,就是世界上每一刻都有人的实在这一事实。这就是事实。从中演绎不出什么来,事实就是事实,不能归结为无。人世的价值、需要和自由,一切都悬于这一原始而荒谬的事实。如果审视一种意识,我们找不到任何能归因于它的东西。但事实上一种促成其自身结构的意识,是不可制服的。实在性不是外在的,亦非内在的。这不是被创造出来、一贯不变的对象的被动性,但也不是为自身利益而存在的东西的完全独立状态。深入考察,就能清楚看到,这实在性,并不意味着意识的根基在他物——如上帝——而不在自身,因为意识的任何超验根基都会扼杀孕育中的意识。充其量这只是意识没有根基而存在。这是一种意识特有的虚无状态,我们称之为无所为而为。这无所为而为可比之于一种下坠——而动机可比之于一种加速度,石头往下掉,任自己给自己增速。换句话说,下坠的速度,取决于意识,而非下坠本身。

　　意识固有的结构,是投身于世界,以逃避这种无所为而为,但意识之所以有意投身于世界,是为了日后成为自己的根基。说人的实在是为自己而存在,等于说意识投入未来是为了自身的根基。就是说,意识把自己的某种未来,在现世的彼岸,从展望的角度,投影于幻象,这幻象成为未来,只是作为他自己的根基而成为未来。因此,人类本性的最初构成价值,作为一切价值来源的最初价值,是自为的根基。知觉源于纯粹的实在性,但人的实在是由展望下的价值或这实在性所构成。因为知觉,其可能性的自由根基,不能成为现时存在的根基,是其日后存在的根基,这就是所谓的意志。

（我曾于十二月二十三及二十四日写过①）。能逃脱知觉的，当未来成为目前时，知觉才真正成为它应该成为的那样，知觉成其为知觉，因此，从自身吸取动力，同时成为实在，从而排除无所为而为与虚无。

如此，人从事各种活动，寻求的不是自强、自存，而是自立。每一举措的目的是恢复其本来状态：枉自费力气而已。

我的爱，我到此打住。显然只是一个短短的开头。后续部分明后天再抄。但已有足够材料可供讨论。明天抄的会略短，并谈及我与您。您是我的小花儿。

十二月十日

我迷人的海狸：

我有个小小的好消息要告诉您，但因检查制度，不便说。大致说来，我觉得，在此地驻守两月之后，我们将去另地，那里更太平，群山环抱，进出方便。看来是真的。轮休假和复活节在即，您心里先高兴起来吧。我近来心情很好，非常好，我亲爱的小人儿。我那么希望拥有您，我那非常懂事非常讨人喜欢的小海狸。啊！那时我不用再写札记，我当即就能全对您说，我就那么办。

米斯特莱动身去休假——事关札记。是昨天，突然落到他头上。他在名单上本来排名四十一，现在只轮到三十一。有个家伙不能走，由他代替。听到这消息他快活得发抖，因为他的女友，带个孩子的已婚妇女（对他很合适），现正在巴黎，而且就要离去。她这一去，要一月底才能回来。但，米斯特莱出于百分之百的愚蠢，再加拉不下面子——此前已答应把他的号让给尼裴这下流坯，尼裴有两个小杂种。米斯特莱神情苦恼，后悔不已。我马上把事

---

① 原文如此。

情搞定,区区在下是他正式的精神指导,既解决原则问题,也解决实际问题,米斯特莱终于成行。但到三点,动身时刻,他快活得控制不住,似乎神经病发作,两眼呆滞,笑脸甜甜,直让人不放心。我托他带去两个黑色札记本,因急于要让您马上看到。并望详告您的感想,用大信封寄来。您在札记里能找到道德论的续篇,但全篇并未结束,结尾部分我会抄给您,但不是今天。……

午饭后,我写札记,读马里沃。电话又轮到我,但说到底,这是个闲差,如果会干的话。明天还是我,一直到后天中午。还有一个好消息,我们观测兵房间得到一只炉子,房里很暖和。我没出去,胡乱写小说。

十二月十一日

我迷人的海狸:

我还在接电话,不过现在做起来,像行家一样不当回事——有时也出点纰漏。往窟窿里插插头,魔盒里就传来声音,真好玩。休把我的机子跟圆顶咖啡馆胖女人的比,以此来寒碜我。我的机子是十二洞,经过中继站,接通二百多台电话。今夜就睡在这儿的长沙发上,值夜班看这淘气盒子。明天,上班到中午。中午后回去,可以体味一下小家滋味,窝儿眷恋;皮特和保尔两人常嬉皮笑脸,像在密谋什么。

今天,在札记本里写下许多。关于生活,关于本质,写下许多许多页。看完《情感教育》,没劲;对马里沃也厌倦了。请注意,马里沃有可取之处,但无须多读。还是回过来读莎士比亚,尚有《奥赛罗》《麦克白》和《暴风雨》待读,读毕寄还。您现在即可寄《轻雾笼罩的河岸》和《漆布面本子》,甚至预先准备下次要寄的书,于十二月二十五日左右寄出,只要届时不去见艾玛,我可怜的海狸。后天下午我去村里一次,看看您寄的东西是否已到。……如您不去看艾玛,我猜您会去麦热夫冬季滑雪场。最好能带毕南费尔德去。这样您就更可爱了。再过十天半个月,就轮到我休假。一两个月之后,估计会有大的变局。

我的小说您取回了吗?快去取,马上写信来,我温柔的小人儿。我战战兢兢。明天邮件能到,不知我名下积下了多少封信。后天重新写作。希望休假前能写完。

……

我的爱,来信说得好,您独自一人,但独自跟我在一起。我跟您想的一样。我跟您一样认为:这一分离,从各方面看,对我俩都有好处,只求别太长。这对我们是磨砺,因为通常,我们需有对方才感到满足。再者,还能去掉——当然在短时期内——您对幸福的偏见。相信,您会取得跟马赛时期一样大的进步。到那时,您会惊异于自己的完美。是的,我的小花,我清楚地知道您如何与他人相处而不夸示自己。恰是这一点使您变得如此纯正。我确实喜欢与您聊天。总有那么多话要说。您知道,轮到我休假,我要吃一整个烤块菰。

……

此信到时,您定已收到我的札记。您会觉得好玩,我猜想。请详详细细写来。

十二月十二日

我迷人的海狸:

今天想写信。写给玩具娃娃、卡纳帕、波朗、伊尔什等人。写累了,与保尔和皮特长谈关于誓言的价值。米斯特莱曾答应,轮到他休假时,把机会让给下流坯尼装,尼装已结婚生子。后来,没有践约。米斯特莱做得对不对呢?这是此地的一堂道德课,使我想起在那位夫人家斗智的好时光。但目前对谈的两位很容易自乱阵脚,不知应付,不像斗牛犬那样韧劲十足。我提出,永远不要轻言许诺(这是我与誓言道德打几个月交道之后的结果),再者,跟一个像尼裴这样卑鄙的小无赖中断协约,也是值得庆幸之事。他们显然持相反意见,但我把他们彻底粉碎了。他们认输,说:对我们来说,他太奸猾了。您可以看出,从根子上说,是诡辩主义。讨论了半天,只有一事有点儿可乐。我突然明白,米斯特莱为什么紧紧依附我。他有一次说:"我改变了不少。有一天,你当着他们的面说,合法夫妻,不如男女自由关系;我听了,脑子里一亮。"我注意到,那天他喝过牛奶,思路和心路相通了。另一天,他说想躲开尼裴,哪怕只是一闪念的事,我对他的进步表示惊讶,因为他跟我的想法一样,认为私情比婚姻需考虑的方面更多,自律性更强,因而更具有真正的价值。他不好意思地回答:"哇!我近来改变真是不小。"联系起来看,此人有点儿神经质,谨小慎微,而另一人,他的女友,是带个孩子的有夫之妇,我突然明白,米斯特莱长期以来为自己这种爱合法不合法而苦恼,产生一种真正的自卑感,我之所以能吸引他,令他着迷,是看到一个跟他处境相同的人,能行若无事,甚至以此为傲。诚如皮特所说,我是"自己生活的正面辩解",算他说对了一次。我自是一乐,同时也更谦虚起来,因为我相信,是我讲的道理有价值,所以他才追随我。您会说,这话也有道理。是的,要紧的是:也。

今天早晨净打电话,其余时间看《晚上关门》,往新本子上记有关莫朗文笔的印象,觉得文字老了。对头两页我不像您那么严厉,还能念下去。第三页不足挂齿,第四页没念。此书倒勾起了我读拉尔博的《巴纳勃斯》的强烈愿望。能否为我买来?说到这儿,请急购,快读,马上寄我莫洛亚的《一九三九年战争的起源》。只区区七个半法郎。想必很肤浅,不得罪人,但有些零星资料可采摘,因为莫洛亚应很了解英方观点。大胖子蒂博借给我一本罗朗·道吉莱斯的《木十字架》,此书我从未看过。写得不错,诸多小诀窍(如服劳役、睡稻草、打背包的方法等),写得很活,但我并不很感兴趣。不知您对于勒·罗曼有何看法?又,烦告博斯特地址,我把他的地址弄丢了,他最近信上没留地址。

接完电话,我到车站饭店去吃午饭。全是军人,有个很漂亮的小姑娘,样子介乎玛蒂娜·布丹与黎蕾特·阿尔芬①之间,您能想象得出吗?她跟士兵很有分寸,但很可爱,亦乱世之芬芳也。怎样,您想说什么?您也像友人比达斯那样准军人化了吗?乌弗拉尔就歌颂过与巨人咖啡馆收款小姐恋爱的士兵。有什么办法,我的小花,身为军人,就该真真切切活得像军人。那里有个洗衣女人,日后对我们或许有用。以后再说吧。

午饭后,这个家由我占领。但保尔这混蛋把炉子弄灭了,以示对我的欢迎。大家把炉子重新点着,平心而论,这儿确是一个家。静静地读《木十字架》,读加利马寄我的《新法兰西杂志》,陡起写作欲。而且,内容全新。是突然意识到的一种类乎随笔式的东西。放心,善出主意的小聪明,我会把小说先写完,约在一月底。写作愿望受到羁勒,只会更强烈。小家计有:三桌四椅、印花糊壁纸、镜子衣柜、火炉,以及气象仪器等等。东西虽不多,但蛮舒服。这是腐蚀剂,像尼赞说的。说到尼赞,收到他回去休假写来的一便函。现转寄给您,读来好笑。有您一封很长很长的信,我亲爱的小人儿,您跟冷月婆娘的故事太有趣了。您知道,或许我变成小盖翁②了。尤基的故事,我听了大为反感,不明白冷月婆娘得知皮埃尔与马桶女的故事之后,怎么还肯"哄他入睡"。您呀,小反对派,不必

---

① 黎蕾特·阿尔芬,尼赞女儿的名字。——原注
② 盖翁(1875—1944),法国剧作家。

说,你也有点儿愤愤然。或许道理很简单,这些事都发生在胖女人和成熟女子之间,我想起冷月婆娘的乳房和查佐所说关于尤基肚子的话。收到塔妮娅一函。之后,就是上面关于道德的讨论,接着,就给你写信。

我亲爱的亲亲,想到您现已拿到我的黑色札记本很高兴,这样,较之我的信,您可以了解得更具体一点——至少就一段时间而言,因为这不是专门为您写的,多半是我孤寂生活的一个片段,但,我的小花儿,您讲到您自己时说得很好,即使我孤独,也跟您在一起。

深深爱您,我温柔的小人儿。

十二月十三日

我迷人的海狸:

今天无故事。做气象观测,然后把米斯特莱的故事详细记入札记本,加上昨天告您的看法。收到您亲切的短信,我的小花儿,还有母亲的信,她信里附有泰里夫发表在《时代》杂志上的一篇文章,讲到龚古尔奖:"有一部无与伦比的杰作,龚古尔院士没发现,这有什么可奇怪的!他们也受掣肘!今年的好书,都出自……(原文字迹不清)作者,或许时局不准他们推出很大胆、很残酷、很不道德的书。所以,既不押在亚历山大·阿尔诺,也不押在比利或萨特身上,时局正常的话,萨特会是一个理想的得奖人。"此事毕竟让我高兴,但道理很奇怪。我在札记中对此事略示关注,司空见惯,不必太留意,战争与道德的关系,根据官方观点,是矛盾的,一般人不讲战争这事实本身,大家知道战争时期特多可疑、荒唐、可怕之事。

……

给波朗、伊尔什(他欲从我《想象的事物》一书骗取百分之三的版税,当然,我说同意)写信。您曾告,据瓦尔说,书在五个月内出版。伊尔什在十一月三十日函称:"望能在一月中旬出版,这是出新书的好时机。"两者您如何折中?瓦尔从谁处得知,何时得知?

十二月十四日

我迷人的海狸:

短信收到,得知您已拿到我的札记;很高兴札记已在您手里,您正在读。我愿您知道我一切想法。以后来信请详谈,或批评或讨论——既然您说有点儿像一个陌生人的作品,那就说说此人在您看来是什么样的性情。讨人喜欢,是的,既然您说过。但怎么讨人喜欢?是何种类型的人?为这么小小一场战争,他发出的声响是否太大?

今天全干正事,接着写我的小说,整个上午打草稿(我猜打草稿一词,您看了一定嗤之以鼻。有理)。与保尔发生激烈争执,他要把办公室温度保持在十五度,而我则主张高达二十四度。两人相继走出房间,把门关得乒乒乓乓响,向对方表示自己的不快。今天早晨,他拖拖拉拉才把炉子生好,我径自去电话间工作。十一点回办公室,往炉子里放几块煤砖,温度马上从十五度蹿升至二十四度。保尔此时不在,过一会儿回来,感到炉子太热,为保持尊严,到他的冷房间去吃饭。等他再进来,我和皮特外出吃饭去也,炉子没人管,见鬼似的热到三十一度。下午彼此大眼瞪小眼:保尔往炉子里加煤砖,温度一到二十度,我就开窗。从凯卢瓦《节日》理论受到启发,我把战争与道德问题"做成一种理论"。自己也将信将疑,但很精彩。写的时候,想起在我疯狂的青年时代,一分钟就能想出一种理论,而且都跟我的某种信念相关。

……

我的爱,我也非常想见您。非常非常想。跟您久久地聊天,躺在您的小胳膊里。总之,休假的节奏明显加快了,我一月二十日准回来。还有一个月多一点。此间给我们念了一份通告,要回去休假的士兵鼓励后方的士气。士气真的很低落吗?总之,我会先来提高您的士气,我的小花。

十二月十五日　星期三

我迷人的海狸:

昨天于我是非常平静的一天(此刻为早晨六点)。这是休整日,对我而言,则是老老实实写了一天。丹尼尔和玛赛儿的对话,今天当能结束。军方要我们现在戴头盔戴面具,昨晚开始,要带枪,因为有乔装法国兵的敌伞兵降落在本地区。所以,凡不认识的士兵,尼装都用怀疑的目光注视。昨天就喊了我两次,指认可疑分子。我们房里有一支压缩空气步枪,我们用枪口瞄准苍蝇开枪,遂大乐。我在下面厅里,端着枪,猫着腰,踮着脚尖,找苍蝇,耗去三刻钟。

请寄下列书籍,我的小温柔:

梅瑞迪斯:《利己主义者》

克洛岱尔:剧作(《城市》——《金头》——《报知玛丽亚》)、《缎子鞋》

卢卡·迪布勒东:《路易-菲力普》(法亚版)

拉德克利夫·阿尔:《孤独之井》

七星丛书版:魏尔兰《被诅咒的诗人》与《诗全集》

必须强调我特别惦记的是,一个包括克洛岱尔、迪布勒东与魏尔兰的邮包,会使我非常开心。

就是这些,我亲爱的小人儿。我知道这封信有点儿干巴。但我心里不那么干巴。因没听到起床号,晚起了一刻钟,我得赶紧跑出去,使这封信能赶上时间发出。今晚再写。热情地拥抱您。

十二月十五日晚

我迷人的海狸:

　　……

　　收到关于我札记的短信,您觉得有趣,我甚感快慰。有些想法,您告明天再详谈。高兴的是,您觉得有新意,因为我根本没想到要出新,只是尽量表达好,表达得明了。我的爱,读到您说我们,您和我,都有"傲骨",深有感触。我们更顽强了,想到我们一起变得顽强,这就是生活的赐予,我们彼此相爱,彼此变得更好、更敏锐,就像阿让蒂娜,您在鲁昂第一晚见过她,想必没记错。我的小海狸,我今晚非常强烈地爱您。只是您使我深感困惑,便在本子上写下大量札记:难道我没把自己的想法梳理得更简明?难道我不希望摆脱自己的习性,这种习性变得僵硬,如同和平一样?我何所求?自然是进步,这是我的志向,但朝哪儿进?我的结论是,问题不在于改变自己,也不在于一意孤行,在这层意义上,您是对的,关键在于自省。别有所求,是不道德的。讲到道德,札记看到末了您还是被悬在半空。明天抄后续部分给您。

　　……

　　啊!忘了最要紧的:我的爱,求您勿单独去进行冬季运动,像您信中表示的。那纯粹是发疯。即使没遇上意外,想到您单独行动我也活不下去。您不能与科莱特·奥德里和佩尔蒂埃一起去吗?照我看,这样就不会太严峻,否则,太阳落山,那可怕的孤独就会缠上您,这是我们去年(原文如此)在布布所深怕的。您,将会独自伤情。请速告您对这问题的看法。——别忘了把我的小说从查佐处取回。

十二月十六日

我迷人的海狸：

  刚给科依雷先生和一崇拜者回信，早打算给该崇拜者回信，一拖几近一月。此刻九点，外面风大得像鬼嚎，呼啸声不断，夹带着刺耳的吱嘎声和噼啪声，而我们在小家里却暖融融的，像在娘胎里一样温暖。皮特没在这儿，保尔在我旁边补袜子。我么，哎，我的小人儿，我那么爱您，舒舒服服缩在幽暗的一角，窗外刮着风，我们俩能在这儿聊天该多好呀。如能收到您关于我札记的长信，欣喜可想而知；可惜邮局没给我带来什么，他们也真会开玩笑。只有塔妮娅一张破纸和母亲一封长信。母亲真的很了不起，她说，前天是她的好日子，因为收到我的信，看到您本人。

  我呢，昨晚睡在电话机旁。此前，是昂齐格，这人高个子，灰头发，瓷面孔，满脸蠢相，浅蓝眼珠深不可测，再加一副白眉毛，每天晚上在钢琴上弹同一首华尔兹——我告诉过您吧，我也弹：贝多芬的小奏鸣曲，前代大师的儿童小品，还有《蓝色多瑙河》，和《浮士德》里的圆舞曲，所有能在旧柜子里找到乐谱的那些曲子。……

  今晨起来，发现我有肚子了。一经看出，马上决定，直至见到您之前，严格饮食制度：每天只吃一顿，不吃面包，也不喝饮料。我写进札记本，以示决心不可动摇。打了一上午电话，"下午自由"。开始写小说的最后一章，相信能写得很顺手，因为俱是对话。此处没别的事故，除了烟囱里一股神秘的火，向夜空放射耀眼的火花，全旅馆都往我们这儿跑，官兵们都嚷嚷："肯定是气象兵那儿出了事。"但我们这儿没出什么事，只有一点小小的鬼火，勉强有点儿热气，炉里只有几块烧红的炭。"这不成问题。"军官不情愿地说。但是，非要做点什么似的，一刻钟之后，他又回来，盯着我们的炉火看,最后认为火太大了,宣布:"应该灭了。"凭良心说,我火了,当场拒绝。"好吧!"他说。我们火照生,只是火星不冒。保尔整个晚上讲述他十二岁时见到的一次火灾,起因很简单,煤块死灰复燃。天知道他在想些什么。就是这些,我的爱。读《高龙巴》,写得很好;读《焦虑观》①,以神学为掩护,有点儿难读,但很有内容,对海德格尔有不可否认的影响。又写完一本札记,打算托皮特带回。开始写第五本。我深感自豪。

十二月十七日

我迷人的海狸:

今夜本想为您抄道德论结尾,既然您想知道全部。但此刻已晚,札记本又在皮特处——因又写完一本,皮特休假之前或许还会有另一本托他带回。今天,给您写封短信,别的任何人都不写。塔妮娅每四天写来草草一函。想到半月前为此造物引发一场小小的感情危机,而今她于我已全然无足轻重,自己都感到惊讶。我不把话说死,我知道,日后还会发现她的魅力,还会神经发作一两次。但收心之前,至少应见她一面。就目前而论,已是死寂。我只独自跟您在一起,我的爱,我只关注最重要的。

收到您两封信,一长一短。您说心情暗淡,发冷,像天气一样,我好难过。

既然我在您身边能让您感到温暖,那么告诉您,我有运气早些回来:或许在一月十日之前。……

今晨,小说写得颇有滋味。后来,皮特带我去吃中饭,遇上一犹太步兵,步兵认识他,就驻扎在附近。没多大意思。之后回来,

---

① 《焦虑观》,克尔凯郭尔的著作。克尔凯郭尔(1813—1855),丹麦哲学家,主张以"人的存在"作为哲学研究的基础。

写札记,但休假事提上日程,众人催促我"去跟中尉敲定"。来来回回找他,花去许多时间。今夜,又拼命写,此刻已十一点。您对前几本札记的评说,对我是莫大的激励,我什么都往上写。噢,我的小法官,根据您说的这儿和那儿,我轮着写小说,写札记。我是那么信赖您。但注意:如果您不去普洛文,那您借给拳击手的札记本如何取回?别忘了,从查佐里奇那儿取回我的小说。请快寄书来,我的小人儿。不必汇三百法郎。到月底有一百五十就够了。余下的钱为我购书。别的书,我这就寄回给您。请速告博斯特地址。他来信未写地址。

麦热夫之旅会不会有点儿阴沉,您一人去会不会感到孤独,我有点儿担心。当然,您是想运动一下。您跟卡纳帕同行,我很高兴。昨天,想到您置身茫茫雪海,我不禁忧心忡忡。

十二月十八日　星期一

我迷人的海狸:

观测兵一批接一批走,中间不轮空之事,我们跟总部一场好斗,才作为原则定下来。现正往好的方向发展。昨晚,遇上一个无赖,我有点儿失望,但今天事情明朗起来,运气好,我有望于一月八日前后到达巴黎。够令人高兴的了。为了以事实支持这项原则,凯勒回来后,就该皮特走,也就是说,应当二十三日走。皮特今晨说了句天真可爱的话,倒入情入理:"你知道,最关键的,是我能走掉。"

今天没您的信。此刻,来了两封,每两天都如此。是吧,我的小海狸?关于札记,您有一大堆话要对我说:福楼拜的风格,纪德的《日记》,《两世界杂志》关于战争的文章,关于舍瓦利歌曲的结语,等等。有关这一切,很想听听您的高见。或许您想当面对我说,也就是二十天后,——以您收到本信计,则十五六天。那时,您正好从冬季运动场回来,而我正好抵达巴黎。届时,可以好好散步,我的爱,到处去走走。如果杜兰和图卢兹在巴黎,我想可到他们家去一晚,看看战时的他们一定很有意思。热拉西家,自然也去,充满神秘,等等。我有点儿恼火,因为在此期间,很想跟您一起去蒙巴那斯,但可能没这机会。无论如何,不必担心,只不过我相当贪心罢了。

这儿更舒服了。来了一位工兵队伙计,代替我们接电话,我们就不必离开家了。所以两天之内札记本里就写了六十页,而且规规矩矩,我小说的最后一章,很快就能写完,因为我思考这些内容已经很长时间了。关于自由、行为、动机,我有了一些新的想法,对人的天性、上帝原谅,形成了若干新颖而大胆的观点。所有这一切,都会及时告知您。这儿干冷,天总是灰蒙蒙的,但很愉快,是一种愉快的冬天景象(就其丑陋而言)。无论我方对方,都不再放枪,由于云层很低,自然没有飞机,绝对的安静。此刻,正是我的好时光,皮特在无线电旁玩牌。保尔转来转去,睡前先为明天做准备,现在九点半,一直到十一点,就我一个人。过一刻去睡觉。先给亲人们写信,再看一点《焦虑观》,看完寄您或带给您,您读来一定会很感兴趣,哪怕只为了解克尔凯郭尔对海德格尔和卡夫卡的影响,您知道,卡夫卡从中得益匪浅。请您转寄《人的大地》《四八年》和《西班牙遗嘱》,既然您不肯告我博斯特的地址。莎士比亚与纪德,跟《晚上关门》一起寄,但我还要留下做点摘记,等您寄书来为止,因为我没什么可读的书了,尤其二十五日至一月二日您要去麦热夫,无法寄东西来。方便的话,一并寄来您手头的那本卡佐特①,《漆布面本子》和《轻雾笼罩的河岸》,若要给我以意外惊喜,可再另购一两本书,照书单任选可也。这一切有时间办吗? 收到

---

① 卡佐特(Cazotte,1719—1792),法国作家,此处指他的小说。

此信后即办？谢谢,我温柔的小人儿。

寄邮包来时,请附一百个信封,手头没有了。

十二月十九日

我迷人的海狸：

关于道德问题,刚跟皮特和保尔作了一次长谈。保尔油滑,话不多,拎得清;而皮特,人固可爱,像个天使,但真的太蠢了一点。我弄不懂为什么自己会这么津津乐道。或许只因要说说话。不然,我会整天不开口的。说话,确切说,是活动声带——要说精神孤独,我没有：我给您写信,就是跟您在一起。……长话短说——眼睛又不舒服了——这是塔妮娅引起的情感危机的后果,但这危机远远超过这事件本身。之后,是搬迁到新地方,转移了旧相思,也窒息了这段情缘。我于是想,我似处于重振期;您知道,我曾经有过一次,时间更长,那是另一个故事,与这次不可同日而语,是关于奥尔嘉的故事。在此情况下,我该自重点,对自己的花花心思和拈花惹草要略加检点,或许我已处于这种状态。这使我相信,塔妮娅——她压根儿不写信来,反会使我有点儿难受——于我仿佛真的已不存在。但我提不出其他证据。我自己感觉,已全身心转向您的起居,心心念念想着您。这您该知道,小审判官。有一点是肯定的,我的札记花去我很多心血,很高兴重新拾起我的小说,我进门时想到又可以阅读或写作了,整个人便裹在这温暖的眷恋里,以致快乐得发抖。不过,我的爱,这段时间,我总和您在一起。噢,不,您知道,我又想了想这些日子,想您,等您的信,这完全不像真的。我那么爱您。现在,或许还有这一点：我现在写信时间较晚,十点至半夜,信中留着白天疲劳的痕迹。日后我的信,您如不太满意,请即告知,我改为白天写——至少给您的信,我的爱,我非常不愿意您得到的是我没好好写的信。

此间情况,没什么可说:我笔耕不辍,电话的事给我们免掉了,关于自由与虚无写了一短论,对小说最后一章,写法还较满意。之后,收到寄来的书,谢谢我的小海狸,真使我小小快乐了一阵。《漆布面本子》,读来失望——只读了个开头——但觉得季奥诺的序写得很漂亮。他还在狱中吗?① 奥德里夫妇处,能得知确讯否?我要的,不是勒萨日的《瘸腿魔鬼》,而是以前跟您说过的卡佐特的《情魔》。不过没关系:已看了前书第一页,还喜欢,我会很高兴读下去的。而莫洛亚先生,把他那本书叫做《一九三九年战争的起源》是个骗局,其实只谈外交上的前因后果。

……

您的小丈夫

十二月二十日

我迷人的海狸:

收到您两封信。

热拉西夫妇看我的札记,有意思,俨然正式出版物矣,因为,在我眼里,他们代表广大公众的不解和恶意。顺便问一下,热拉西对芬兰事件②是否已释怀?是否又重新"抖擞精神"?我总觉得此举可鄙,甚至可笑。请问问他,并转告答案。

很高兴您收到我的信而无"隔绝之感"。就事论事,这该是您这另一人的幻象。您用讽刺和小报的眼光看(魏尔兰的)《诗全集》,我的札记是更为孤独的产物,您在看札记时收到我最近几封信,是否会用看札记的眼光看我的信。我亲爱的小海狸,自您来访之后,我真不觉得与您分隔,即使孤独也与您在一起。我多爱您。

---

① 季奥诺(1895—1970),法国小说家,一九三九年九月五日因散发和平传单被捕,经纪德等营救,于十一月被释放。

② 芬兰事件,指苏联入侵芬兰。

我喜欢您与索洛济娜交好。这姑娘有一种真正的魅力。讨您喜欢的人,您自能使他们也喜欢您,而您不喜欢的人,自能打发掉。请放心,我没转什么念头,说来奇怪,这次战争催化了要不得的欲念,好在我那些故事您都知道。我要说,我心中只有您,想到和平年代,我便唯您是念。说句公道话,塔妮娅和蔼的时候,我对她也很温情(这次情感危机,她只是一个诱因,其实有更深的渊源)。据保尔和皮特说,我神经发作时,脾气相当恶劣。他们归因于我不上饭店没吃好饭。他们很得意地得出结论说,我跟他们一样,也有我的弱点。但除了这一点点温情的影子,在我的憧憬和梦想里,就只有您。我们之间的关系,真是不可思议,我的小人儿!

我的生活,可说平淡而勤奋。今天上午,去浴室洗了个澡……其余时间,写与读。因有雾,没去观测。因贪心,所有书同时看。莫洛亚已看完,乃一骗局。开始看瓦莱里·拉尔博的《巴纳勃斯》。《漆布面本子》看了一半,但如您所说,这人物一点都引不起兴趣。

今天就是这些,小海狸。小说进展顺利。不久即能写完。

致西蒙娜·德·波伏瓦

十二月二十一日

我迷人的海狸:

简单写几句,祝您的麦热夫之行愉快——哎,我的爱,您在"理想运动"小木屋想必很好,这木头屋子原本惹人喜爱。诸事小心。我不在,您会有进步。您的本领,来年冬天教我吧。"枞木屋"今年若还开放,至少得去一次,并告情况如何。好好玩,亲爱的小人,阿尔布瓦山的滑雪道,下滑很快。您还记得吗?上次结束之前,我们已滑得很快。我真有点儿忌妒您了。像做梦一样,我感到自己没这份权利。再说,我滑雪滑得不太好。即使能自由行动,我也常要别人生拉硬拽。我这倒霉蛋。

今天写不长,司机克莱因到我们屋来取暖,我正准备给您写信,因为听见我们大声喧哗,他就进来了。喧哗是因我说皮特婆婆妈妈,皮特没好气。克莱因讲了几个有趣的故事,信检大概不会放过。您日后自会知道。只是克莱因赖着不走,现在十一点了。所幸这是平静的一天,——事少想法多——我什么也没讲。我跟您说过的"准性"(Prése×uels)状态,是否还记得:某些事物或形状原本对人就有一种意义,如洞,性的含义是后来才加上去的,但本身有"准性"潜质。居然给我说成一种理论。读克尔凯郭尔,找到一种虚无论。近日成绩不差,相信我这些札记比以前的好多了。或许更富哲理,而无胡诌之言。

……

哎,亲爱的小人儿,我此刻感到很幸福:不久就要见到您,感到您情绪平稳,我的工作效率也不错。总的说来都让人愉快,再者,我像博斯特一样,这场战争引起我的兴趣。没发生什么意外,他说得很对,印象中仿佛参与一桩社会大事,是说什么也不该错过的。但愿仗快些打完,我不愿战争结束前就"返回家园"。我想,您应能理解。……

十二月二十二日

我迷人的海狸:

今天出行一次。七点半,卡车载我去几公里远处找氢气管。气温零下九度,太阳很好,乡野干燥,铺了一层白霜,地皮硬得像木头,卡车前后像夏季一样尘雾飞扬。这项任务,几乎完全归结

333

为渴。到达目的地,装上氢气管,便去一小咖啡馆,里面恰有一个气象兵,他今晚就要回去度假。他请大家喝了一杯,之后是我,再后是帮我搬管子的值勤兵,再后是司机,又是气象兵,最后是我。接着,气象兵约我去他们的办公地点——银行里,中央商业银行(B.N.C.),我以前还是该行的客户。他们在公用大厅里占一小块地,与航空兵隔一个出纳窗口。我讲起我们观察兵安静而暖和的小屋,体会到我们无可估量的舒适。之后,在城市转悠,寻找往日的回忆。一无所获。为上尉觅得两块海绵巾,为中尉找到信纸,为保尔觅得一瓶好酒(因保尔有个可笑却也动人的想法,要在此处庆祝他的三十岁生日),为诺丹买了一张彩票。在一条街的转角,我站在一幢赭色大楼前,底层在卖针织品。我在那儿住过,但已认不出来。犹记得八岁时在里面一个房间写过一篇小说,题目叫做《就为一只蝴蝶》。像早先一样,在对面铺子买了些信封(那时买练习本)。但天气一直很冷。站在针织店门口时,有个陌生女子,面孔凑近橱窗,我看得甚为动情。如此而已。接着往回走,回咖啡馆,司机付了账——之后轮到格雷内,再后是我——中午回"我们的小旅馆"。白跑一趟,但晨游可爱,回来还有一个下午要过,让人感到惊奇和失望。然而过得非常实在:小说草稿完工,写下我念叨了一年的名句:"我已届不惑之年。"半个月里当能杀青,全部结束。此其时矣,我对此已不太感兴趣了。不过,自信结尾写得不错。出巡事写入札记,读一点《漆布面本子》,第二部给人印象深刻。印象之所以深,盖因这家伙本庸常之辈,而且招人反感,居然有如许胜事。他的感情力量或思想力量,并没起到救助作用,就像于勒·罗曼的人物,都很有人性,但并未因我们的同情而得救。这种家伙的存在就很荒谬,更荒谬的是他卷入了毫无意义的屠杀之中。您购书时,我温柔的小人,别错过德里厄·拉罗歇尔的《布莱兹》,刚出的。想先睹为快。(查资料,不叫《布莱兹》,叫《吉勒》①。)还有(马赛尔·埃梅的)《暗藏的牛》,也刚出版。

十二月二十三日

我迷人的海狸:

今天有您两封信,写得满满的,我的小海狸,予我很大快乐。而且那么温情脉脉。您把对我的爱解说得那么好。爱人者人恒爱之。您讲您后宫里的女人读来甚乐。劝您好好疼爱您的小索洛济娜,她真是个小可爱。但要明白,战后只能将她牺牲。您好天真,我的爱,因为两者必居其一:要么您不太执着,像您平日的作为,战争结束或结束之前,像吐唾沫一样吐掉,您这坏东西。要么您依依不舍,像正发生的那样,我知道您会不顾一切竭力保住她。但牺牲这颗纯洁而可爱的小心灵,确实有点儿遗憾。

我写了一点札记。现开始写第六本,四、五已完。皮特会放在您的住处,您回来就能找到。之后,去饭店吃午饭,与上校的司机去背来多袋木炭,司机人很好。之后,又写了一点。炉子加煤,凯勒过来,保尔生日,占去不少时间。太多的时间。接着给您写信。寄《吉勒》时,请附于勒·罗曼的两本近作:《基奈特与韦尔热反目》和《活着的甜蜜》。讲一九一九和一九二〇年的事。我随即寄上莎士比亚等书,书到之日,您已不在。很好,您能省下一千五百法郎,外加每天五十法郎。有这个数目,就够我们俩的花销了,我的爱,我们想踏访这儿那儿时,不至于因没钱而止步。我能带回九十五法郎:这是给休假士兵的车旅费。《巴纳勃斯》看了吗?喜欢吗?讲那个时代,很好玩。

好好玩,滑雪健将!我知道此信写得很傻,只能怪房间太热,

---

① 《吉勒》,德里厄·拉罗歇尔的小说,书中影射超现实主义作家。——原注

炉火烧到二十九度!……

十二月二十四日

我迷人的海狸:

……

今天是圣诞节前夕,那些家伙如此看重,令人吃惊。好几个人,十二月十五日前后就对我说:"啊,眼下正是难熬的时刻,逢到过年过节,而人不在家里。"车站咖啡馆的老板娘整夜做梦都想着厨房的活儿。虽然今明两天人不满,但马上就会高朋满座。常有军官凑份子请部下欢聚畅饮。这儿,先给您讲件好笑的事。您设想一下:文书买来圣诞树和蜡烛、玻璃坠子等小玩意儿。一棵盆栽小枞树放在桌上。上校和军官主持,盛情邀请观测兵参加。晚上七点差一刻,我们下楼去游廊,那儿已挤满了人:文书、接线员、司机、勤务兵、炊事员。军官一到便熄灯,上校借圣诞树的烛光,殷殷致意,作一简短讲话:"鉴于当今时势,我不敢向你们的家庭表示幸福的祝愿。但至少,你们家里知道各位在此平平安安,定会感到欣慰。眼下,只能要求大家有耐心,打胜仗,我想不出除了军事力量,还能有别的制胜之道。我对你们连队十分满意。你们相处融洽,而正是火的洗礼,使你们团结一致。"他又补充一句,"不错,你们现在是敲打字机哒哒哒作战,但胜利何时到,谁也说不好。"库尔西下士接着宣称:"请相信,上校,您能主持我们这小小的庆祝会,我们感到十分荣幸;这一晚会,将作为美好的回忆留在我们记忆里。"上校说:"太好了。大家好。先生们,到隔壁房间去吧。"那里有六瓶香槟和糕点在等着我们。上校向我敬第一杯酒,大家议论纷纷。他对我说:"哎,萨特,您的小说对这场奇怪的战争,有何发现?"我答:"还没有,我的上校。""我相信,会有的,您一定会有所发现。"军官问谁自告奋勇弄点音乐,大家说——您不要笑——

我会弹钢琴。我于是很带感情地弹了叫《小祖母》的华尔兹。奥塞尔上尉毫不掩饰地表示他喜欢进行曲,但没有进行曲曲谱。于是,中士长诺丹在大家恳求下,按《樱桃时节》的曲调唱一曲罗曼史。他解释说,是一位战士给远方的美人冬天送去雪莲花,春天送去长春花——是战壕里的设想,夏天开的虞美人,花色鲜红,像沾了我们英雄战士的血。上校过来对我说:"您真多才多艺。"此时,满面愁容的昂齐格——他老是晚上弹华尔兹一直弹到十一点——神情执着,不动声色地靠近琴凳,最后坐了下来,不请自弹,弹了他的全部曲目①。上校在人堆里走来走去,对每人都说句赞扬的话。最后,应奥塞尔上尉的请求,我唱了《斗牛士准备上场》,在场的人都跟着合唱。唱毕,返回游廊,点燃枞树针叶间的孟加拉蜡烛。过后,我上楼给您写信。

凯勒昨日休假归来。米斯特莱今天回。皮特明天走,七日回。如果紧接着是我走,九日十七点三十分就能到巴黎东站。如中间插进人来,——这很可能,比如说昂格——那我将二十日同一时刻到。……

再见,滑雪健将,把您了不起的业绩好好跟我吹吹。请向卡纳帕致意,我还没给他回信,因要回答他有关亚里士多德的物理学和自我超越问题,非写成一封鸿篇巨制不可。他关于自我的理论,说得很聪明,但不够完整,等我小说写完立即给他复信。半个月之后吧。他作质量哲学的演讲,该读梅兹热的《概念论》。

十二月二十五日

我迷人的海狸:

今天只给母亲草复一短函,以便腾出时间给您写信。此刻十

---

① 也就是他的唯一曲目。

点,是我独处的可爱时光(或几乎独处:保尔已睡。凯勒在我旁边看看书睡着了,不明白他为什么不上床去睡)。只是觉得没什么可对您说的。

今天圣诞节。从来信得知,您比我设想的走得早,星期六即走,而不是星期天晚。这么说来,昨天我以为您在火车里,其实您已滑了一天雪,乖乖地睡在冷房间里。我心想,您跟卡纳帕在一起,该是多么奇怪的组合。

今天皮特回去休假。他之后,轮到我。看到有人走,"将心比心",不免略感兴奋与愉快。大家叮咛再三;塞给他罐头,帮他提行李,最后他请大家喝一杯。今天很宝贵,因为他去巴黎。二十小时后,他在东站下车,乘地铁到甘必大站,走到比利牛斯街二五五号,走进加斯东铺子,见到老婆与儿子。但他是刺儿头——他可取之处,是自然,部分由于这个原因,我们叫他天使——好端个架子,不知为什么要取个姿态,对这次休假,故意表示淡漠,当然心情很好,但很平静。简直没法和他共欢乐。不过,他整天咳嗽,清嗓子——这是他焦躁至极的迹象,在被窝里不断翻身,今晨起床号响后我还装睡,他很担心地问我怎么样,后来是不是睡着了……

米斯特莱看了《墙》,他喜欢《一个企业主的童年》;但觉得看了《西班牙遗嘱》之后,《墙》就不值得读了。几个人都回来了,我规规矩矩在一旁自己用功。此刻,我全部心思都在小说上,以极大兴趣写丹尼尔与马蒂厄的压轴戏。我相信写得不错。(此前已写马蒂厄和依维什最后拥抱一场,以及马蒂厄和洛拉见面:一周内即能写完。)今天晚上,皮特不在,也没有他嘴里发出来的种种小声音,驻地像修道院一样静。很是惬意。

我迷人的小海狸,急着等您从麦热夫寄来的第一封信,想知道您住得怎样,玩得好吗?我很高兴,因为您走时似乎有点儿担心。

我全身心地爱您。

十二月二十七日

我迷人的海狸：

……昨天给您写完信之后，用心想想，觉得有两三桩小事没说。是什么呢？哎呀，是的，有一桩，我已写入札记，抄给您。倒不是很重要，完全不是，我札记里记了许多更有趣的事，等我回来休假时给您看。这次写入札记的是："凯勒不时用指尖在桌上弹进行曲。家居的习惯。我似看到，他在家里，把菜盘一推，目光茫茫然，太太在厨房里洗碗碟的时候，他在漆布上弹着指头。奇怪的是，他入伍后从来不这样。我猜他战前一直这么做，九月动员令一下，突然出发，投身不可知的军事冒险，匆忙中忘了带上平时的习惯，把习惯留在了家里；这次休假回去，故态复萌，返营时又带了来，因为知道这儿过的是多么单调的修道院生活。总的说来，这些丘八休假回来，更像家居时那样。"就是这样——我想，等我小说写完，腾出一段时间即兴写作。您知道：小说是严肃的，札记是严肃的，没有作家比我更严肃；有个外国人还为此责难我。现在服役期间，按理不该写作，这让我有理由随意狂想。现在所写，更多的是戏剧手法：无拘无束的生活经历。是怎样就怎样，所有大胆的想法都写上，这是非常时期，相信同样也可以得益。您没有不放心吧？

您知道，皮特不在，一大快事。我写，我读，像个修士。读德里厄·拉罗歇尔的《沙勒霍瓦的喜剧》，开始读季洛杜的《外省女人》。读得很开心，关于《外省女人》，在报上看到，于勒·列那尔说："龚古尔奖不发给季洛杜，是因为不愿发给于勒·列那尔。"诚然，于勒·列那尔对季洛杜有明显的影响。如这个句子："猫卷起尾巴走了，表示它发过威了。"渐渐可看出，从于勒·列那尔门下，经典的季洛杜正在成型。自然,我已记入札记。开始看劳斯宁。很有意思,看得直笑,是否记得,阿隆曾向我们介绍过这三部曲:"有影响力的权力层,不择手段的精英层,庸庸碌碌的群众",是根据他的独立思考,从纳粹主义那里发现的。这个命题,劳斯宁以四百页文字来支撑。令我绝望的是,找不到阿隆自己的一个看法。

还要说什么?小说距完工只剩四页了,明白吗?用新札记本后字写得很小,今天眼痛,故又写大。想出许多点子,我很高兴,原因是:您从麦热夫寄来厚厚一封信,毫不夸张地说,我整整一天仿佛身历其境。尤其因为这儿也下雪,而且极静。想滑雪,也想您,好奇怪,您如在眼前,几乎看得见摸得着。

顺便说说,军官饭厅放的爵士乐隔着地板传上来,令人动心。塔妮娅来了两封道歉信,我不记仇,复信很客气。

十二月二十八日

我迷人的海狸:

又收到您一封可爱的来信,您的小木屋看来不错,很舒服。再说,(送滑雪者上坡的)架空牵引装置又很便利。但我有点儿着急,因为您说还没恢复到去年的状态。您的所有进步,请详细道来,不必怕技术上的细枝末节,这些我都感兴趣。得知您能下阿尔布瓦山,我很鼓舞。这该对您很有诱惑力,因为有了一个下山的理由:去取信。……

此间是勤勉的一天。读劳斯宁入了迷。是不是写进去?我不知道。您说呢?总之,以暴力作为推进道德的手段,引发我若干健全的想法,我的结论是:应该使用暴力。真的,我以前像赫拉克勒斯①站在

---

① 赫拉克勒斯,希腊神话中力大无穷的英雄,曾完成十二项常人无法想象的伟大业绩。

恶癖与美德的交叉口。一边是暴力,一边是怀柔,何去何从,需要选择。显然,应当用暴力。由此,您可猜到,札记里写了四十页。还做了些什么呢?我的小说,只写了一点点,全给暴力吸引过去了。午餐要了一盘扁豆,因为喜欢吃,吃时净想着我的论题。保尔不消化,脸色发青,早早去睡了。姗姗来迟的米斯特莱,来领教了不少金玉良言。从本义上讲,他是个好弟子。我可算是处处有弟子矣。米斯特莱拿来一瓶烧酒,我、凯勒和他一起喝光,思想的烟雾,烧酒的醉意,把他熏得浑浑噩噩地回去。此刻,我给您写信。也想给塔妮娅涂几句,她现在下笔谨慎,给她写信真腻味。您知道,跟您我总感到很紧密很热烈地打成一片,心心念念想着您,您对我如在眼前,总括一句话,我以全部力量爱您。其他人此刻都黯然失色,我完全为这场战争所吸引,虽没发生什么大不了的事,但引起我的深入思考。您就会看到我的札记,比前几本有意思。

……

代向卡纳帕致意。看来列维全线背叛了我。他说我一点不懂康德。

十二月二十九日

我迷人的海狸:

米斯特莱今晚又来。我很苦恼,因为已十点了,您这封信之后,还得给塔妮娅写两封(因昨晚没劲头给她写),——无非要让她相信,我仍然在给她写信。天天写信这活儿,在无心写的情况下,真是可怕的劳役,而且还没法抱怨,毕竟我是喜欢收到来信的:这是一种调剂,可以知道点趣事,还有点儿活气。因此,像这儿的人说的,我像老鼠一样给圈住了。

……

今天零下十二度。这种气温下出去观测,可不是小事。保尔身披军大衣,戴着风雪帽和手套,模样简直不像人类。我只戴手套,没穿军大衣,身体还算灵便。凯勒连手套都不戴。寒风刺骨,真是这样。我想起倒霉的博斯特,他总是不走运。遍地冰雪,天色纯净。今晨我在这儿的含硫水里洗了个澡,然后写作,观测,到车站咖啡馆吃午饭。下士库尔西,文书中的能人,饱读法朗士的书虫,饭后又来缠我。我全神贯注读劳斯宁,以示我想独处。他看在眼里,便施其狡计,提议请我喝一杯,以庆贺他升下士长,这就不便拒绝了。但是喝他的酒,就得听他闲扯,加上"有其父必有其子""远客吹牛拆不穿"等谚语作点缀,还有"一人一脾气,必须能适应""天下还有比我们苦的人""束手无策,愁也没辙"等等。我们一起回来,我重新干活,观测,读米斯特莱借给我的司汤达《日记》,因存书即将看完。我给博斯特打了两个邮包,给您的一包,但邮费无着。等您汇款到来之前,我先去向保尔借一百法郎。稍后寄上劳斯宁,绝对该看。于勒·罗曼的头八十页,并非最好。有意思的是,从方方面面写一状况,用笔深细,还有关于凡尔登战役的评说。您也说说您的意见。傍晚米斯特莱来,裹着厚厚的军大衣,因冻得要命——外加肚子疼,大家安慰他,谈话中连挖苦带打趣,还轻轻打了他几下,他走时情绪倒很好。如我说他:"你倒不害臊:你取笑昂齐格,因为他小名叫阿秃(Arthur),而你不也叫哀家(Edgar)吗?"他马上诺诺连声,又想了好一阵。他就喜欢这种打趣。他越来越像英国老太太了。也像格罗克①,不怕您不高兴。

十二月三十日

我迷人的海狸:

昨天无您的来信,今天邮班尚未到。好久没您的消息,亲爱的

---

① 格罗克(1880—1959),瑞士人,号称"小丑之王"。

小人儿。想必滑雪进步不小。此刻八点,您大概跟卡纳帕一起吃晚饭,一边听无线电,因疲劳或许还悄悄打哈欠。我恨不能跟您在一起。这场战争真有意思,只是让男人和女人隔离开,除此对他们没任何伤害。

你们那里想必没我处冷。早晨零下十八度!昨晚房间里都是零下四五度。设想一下:在滴水成冰的房间里,睡在暖暖和和的被子里。小手指伸出被外,就会冻僵。我开头难以入睡。因为被子没掖好,背上寒风飕飕。后来好了(已近半夜一点),不巧的是,我六点半要起床。午饭在车站咖啡厅吃,一边看劳斯宁,之后,写札记。今天,写论恶念。已考虑成熟,瓜熟蒂落;明天接着再写。午饭也在那里吃,老板愤愤然说,军官在城里采购,把物价抬得高得不成比例,因为他们连账都不算就付款。他说来伤心,"这本是做小买卖的好时光。"他最后说:"遭殃的,最后还是小兵。"听他一席话,引起我经济方面的思考,写入札记。下午,我搬来一大袋炭,供我们几个气象兵取暖用;堆在角落里,鼓鼓的,看了放心。之后,弄我的小说,观测,节食,喝一杯酒。米斯特莱来,司汤达《日记》是他借我的,读来愉快,之后给您写信。哎,我可怜的小海狸,我的信就此打住。平时信比较长,是因为有对您的回答。但您最近的消息我一无所知。我这儿的生活,绝对跟修道院一样。好像有位严厉的上帝,剥夺了我生活中所有的乐趣,好让我在这段时间里集中精力于对文化、思想和自我的思考。根本感觉不到战争,倒是自我提高的好时节。奇特的生活,长此以往,对我也会有奇特的好处。

邮班晚了六小时才到,却没您的信。

从明天起,信寄巴黎,留局待领,比较稳当。

我爱您。祝新年好,我亲爱的小人儿。

十二月三十一日

我迷人的海狸：

今天收到您三封长信。您想象不出,知道您在雪山里非常快活,我的日子也有了活气。世界真的在变。我这儿能看见的事很少,很单调,——这么说,不是抱怨,因为头脑却更敏捷,我很满意——留下更多的空间更多的活力,可用于想象的乐趣。现实并不总是缩小,我身旁就环绕着您的雪山。我的爱,您最小的动静,似乎都在我眼前。您在高山上的日子很了不起,我知道,您过得很幸福。至于休假,我亲爱的小人儿,还得耐心等一等,有进有退,总之我已很接近了。但无论如何,不会是六日。现在说是十三四日。或许还靠后一点。但正如您所说,等十天半月,不必计较,因为最终总会轮到。我不认为休假事能瞒住塔妮娅,尤其现在并未交恶。慢慢来吧。她来了三封信,以后不再有信。今晚我不给她写信,非为报复,实乃困倦。彼此间的淡漠,不能以报复措施来解释。我们还是保持原计划,住西北风旅馆。我不能发电报,此属禁止,但总会通知到。我到达的日子、时刻,会及早告知。眼下没什么事要告诉查佐里奇。新年之后,我会去总部问一问情况。趁我想起,我善良的小人儿,勿忘笔芯,跟书一起寄来,越快越好,再加比上次大（大小像我给您的本子）的两个本子,印横线的。札记没收到,别担心,我最后没交给皮特,因我不久就会见到您。我这次到巴黎,您会拿到四本札记,有关于虚无的全新理论,还有关于暴力、关于恶念的理论。

知道吗？我的小说已完成。我在末页下端写上了"完"字。之后,以大功告成的庄严与庄重,把这页和前面两页仔细撕成小纸片,扔在炭桶里。十分钟后发觉,再去桶里捡回,手指墨黑,再拼起来。拼成,又重抄一稿。在"完"后,写上："下一卷,当题作《九月》。"您喜欢"九月"吗？我觉得很有力,我们之间还没认真谈过这题目。我十分喜欢,权衡之下,考虑是否马上开始写第二部。写到最后,我对《不惑之年》已感厌倦,但这并不是对《九月》反感的理由。这是另起炉灶,另一回事。当然不是把全书写出。只是一些片段:萨拉弄死她的孩子,布布在跳舞厅见到马蒂厄,马蒂厄在斗殴中遇一妇人,南锡的最后一夜,等等。最终是所有这些家伙在车厢里与他会合。是的,这构思,我决定写信告诉您,两三天里就开始动笔。这期间把结尾再细细改一遍,一月份可带给您看。

今晨,米斯特莱找我一起去车站咖啡厅吃早饭,他很惊讶我在那儿人头很熟,在厨房里,在昨夜剩菜和为中午准备的鲜肉之间,与女侍们一起吃喝(这并非我最高兴的事),因咖啡馆十一点前是不对军人开放的。……

之后我们上楼,整个上午我写关于恶念的理论,写得并不如想象的那么顺畅。之后,转回车站咖啡厅吃午饭,米斯特莱粘着我,也跟来了。挤得像沙丁鱼,因为是星期天,又是除夕。对米斯特莱,我很感兴趣,时而开导他几句,时而吓唬他一下,告诉他我拟建立一个自由的专政,用威力和说服,强迫众人享有自由。之后,上楼,我把小说写完。我饿着肚子给您写信。昨天我给家里写过信,但没给塔妮娅写;给您写后,马上就睡。房间里不会超过零下二度,被子已烤过,夜里不会冷。

我爱您,我甜蜜的小人儿,我的思念从未离开过您,您是我的力量、我的幸福。明天见,我迷人的海狸,我困了,您,滑了一天雪,大概已睡着了

袁 莉 译

1940 年

致西蒙娜·德·波伏瓦

一月一日

我迷人的海狸：

  我在炉火边上给您写信，紧挨着炉子，虽然现在天气转暖了。昨夜开始解冻，可是，水管前天破裂了，保尔在两点左右被一声轰响惊醒——我却睡得很死。他以为着火了，其实是水。他匆忙穿好衣服，冲进已经淹了水的走廊。顿时乱作一团，最终人们把水切断了。我们没有一滴水可以洗漱——您知道我倒是不在乎。麻烦的是不能打扫厕所，那里各种来源的粪便随着结冻和解冻彼此密切渗透，直到形成一块巨大的、怪异的布丁。人们只得去野外方便。我相信保尔受罪了，他羞于露出屁股，因此便秘。

  今天是元旦，却没有任何特别，除了在车站餐厅有极好的猪肉酸菜和许多人。昨天，庆祝圣西尔维斯特节的聚餐会也不热闹，除了有个来历不明的粗人在军官们离开后把收音机的音量调到最大，然后挥起拳头任意敲打钢琴键盘作为伴奏，直到深夜。至于我，我老老实实待在自己的角落里写信。

  风景始终不变，一层浅浅的雪，四周淡淡的白色，只要用手指轻轻抠一下，就能找到冰冻的土地和树木的黑色。我花了一整天修改我那部小说的几个段落，然后立即动手写《九月》；我很满意。我希望能同时发表两本书，这样更好，人们能把我的意向看得更清。此地一切照旧：保尔始终不安，米斯特莱为我做许多琐事，交换条件是我教他学问。是他帮我把书籍打包，一旦您寄一点钱来，我就把这些书寄给博斯特和您。一名士兵跟我要(马克·奥尔朗的)《轻雾笼罩的河岸》(他误会了,以为会在书里从头到尾读到电影故事),我要米斯特勒帮我记住这件事,今天上午他就来提醒我。由于这本书被捆进要寄给博斯特的一个包裹里,他就拆开包裹,然后重新捆好。他还要叫人寄肖邦的《夜曲》和《序曲》给我,以便我在钢琴上练习。我们和文书们之间存在着家庭成员间的忌妒。被忌妒的当然是我们。就这样,从大学城直到今天,我的命运就是成为忌妒的对象。他们尤其爱议论,这是一种轻微的、不带武器的忌妒,我只是耳闻而已,它甚至谈不上是恶语中伤。比如说,每天早晨我吃完早饭,从他们的窗户底下走过,他们会说:"瞧!萨特从咖啡馆回来了。是的,他见到了美人儿夏洛特。别人代他做了气象探测。"等等。说这种话与确认一项事实之间的差别,仅在于他们在其中添加了和善的谴责意图,而且,说到底,这本来就是确认事实,因为他们不能确定究竟应该谴责什么:是我有钱,有闲,并且幼稚到要在咖啡馆用早餐?每天早晨,他们隐约感到这样做很不合适,每天早晨他们在我经过时指出这一点,如此而已。这成了他们习惯性的非议,他们离不开它。他们位于社会的最底层。自然,这一切都是好心的米斯特莱告诉我的,他甚至要我绕个弯以便躲开他们的目光,可是您想,这样做岂非太累。就这么着吧。司汤达的《日记》把我迷住了,我在读第三卷,他与达吕夫人的故事很有趣。我还在读劳斯宁,很有教益,我要在札记里写下这本书的概述;此外我读几篇《外省书简》,还有《定命论者雅克》。塔妮娅写信说:"我在读一本很美的书,我应该把它寄给你。"我猜不出是什么书。难道是《情魔》?

今天没有您的信。可是,既然我昨天收到三封,我不必过分抱怨。我特想重新见到您,我的小亲亲。根据不同的消息以及司令部负责安排休假名单的士官的脾气,我的假期或者靠后,或者一天比一天临近,这段时间有点儿叫人恼火。不过我会为自己说话的。如果可能,我想两周后动身。再见,温柔的小海狸,您畅快地滑过雪之后,已经睡下了。您知道我和您一样,也是黎明即起。当您套上小巧的滑雪板时,我早就打好绑腿,下山去测定风向风速,打电话给军部气象站报告天气情况。我睡得少,但是精神很好。明天见,我亲爱的小花儿,我用全部力量爱您。

一月二日

我迷人的海狸:

今天收到您二十九日的短信。——唉!我的小爱人,相隔太远了——对我们这些当兵的,今天已是二号。不过您绑着滑雪板那副神气活现的模样,真叫我高兴。总的说,每年的滑雪季节都是一样的,开始有点儿乱,然后有很大的进步,很好玩。听您说起我熟悉的那些山坡,我很开心。您说新下的雪使它们适宜滑雪,而薄冰又带来不便,我很理解这一切。我时时刻刻都与您在一起。我很难想象我此刻写的这封信将追随您到巴黎。请想一想,我还将收到您寄自麦热夫的一封信,——我希望是两封——实在有趣。您还在麦热夫,而我把信寄巴黎,此时您不在巴黎,这封信将与您同时抵达。四号您将在巴黎收到信,而我还将收到寄自麦热夫的信。这使我想起我的姨妈玛丽·伊尔什的故事,所不同的是那个故事有点儿阴森。她的儿子是海军少尉,在上海死于事故,她从电报获悉这个噩耗,然后,一个月后,她收到儿子一封信,说他多么幸福——他想必是当天晚上死的。我总有点儿担心,只怕正当我高高兴兴读您的信的时候,您摔断了可怜的双腿。不过这仅是轻微的恐惧。反之,您不能想象,我知道您非常幸福有多高兴,我今天还因此满心喜欢。至于休假,需要有点儿耐心,事情往后拖了。最后我被告知,约在二十号。再等二十天算不了什么。重要的是,不出一个月我就在巴黎了。

塔妮娅把(刘易斯的)《僧侣》寄来了,她当然为之心醉:这本书里有强奸、魔法、好色的僧侣,外加超现实主义的背景和阿托的形象——阿托始终令她着迷,因为她见到他怎样发疯。在她身上,除了真正的感受能力,还有一种滑稽的、说来就来的疯魔状态,因为这既是表面现象(一个人见不得流血,为什么喜爱流血?若有人以略微粗暴的方式表达他的欲望,她就吓得几乎晕过去,那又为什么喜爱强奸?),又是深层次的。我也说不清楚。总之,我草草读完《僧侣》,感到失望。阿托的影响显而易见,但是救不了这本书。而且,我觉得那里面的恐怖都属于智性范畴,是超现实主义的风格。同时寄给我的《情魔》,她甚至没有裁开。而此书极其出色,我晚上一口气把它读完。作者讲故事的技巧很高明,他精通十八世纪的事情,书里有一个很有趣的人物:一个可爱的少女,外表端庄优雅,但却是魔鬼,一个长着骆驼脑袋的怪物。主人公与少女上了床,那少女挑逗读者与挑逗堂·阿瓦尔一样,她撒娇,假装谦卑、感伤。后来,她把阿瓦尔搂在怀里,情不自禁地说道:"我是魔鬼,阿瓦尔,我是魔鬼。"我将把这本书寄给您,但是先得给米斯特莱读。

我在润饰我的小说——结尾部分——可是我有点儿倒胃口了。我现在又想写一个剧本。结果是我不知道做什么才好,这有点儿意思,令我兴奋,因为我找回了我的自由。等我回到巴黎,为收集资料我要读三八年九月的全部《巴黎晚报》。

此外,平安无事:在车站咖啡厅吃早饭,现在米斯特莱跟我一起去,带给我的快乐有限。工作,气象探测,在车站咖啡厅用午餐,到喝咖啡的时候库尔西也来,我只觉得讨厌。重新工作,可是劲头不大,完工在即反而泄气。然后我节食。米斯特莱过来要我给他开一份书单(我写上福克纳和多斯·帕索斯)。那时我心情特好。

只有我跟凯勒两个人,因为保尔裤子上有个窟窿,他宁可待在零下五度的房间里,也不肯当着我们的面在暖和的屋子里缝补,是出于羞耻心,确切说是一种古怪的对自己的身体的羞耻心理,其实大可不必。

我的爱人,您得寄钱给我,我靠借来的一百法郎过日子。明天我把书寄走(克尔凯郭尔和莎士比亚)。米斯特莱把所有其他的书(有不少)另打两包,捆得好好的,写着博斯特的地址,要等我有了钱再寄走。保存好为我休假准备的一千五百法郎,还要留一点钱供您二月的旅行所需。

我那么强烈地爱您,我的小甜甜,我那么想见到您。吻您亲爱的小脸蛋。

一月三日

我迷人的海狸:

今天收到您两封欣喜万分,也让别人欣喜的信。我也充分享受了您那些诗情洋溢的日子,以及您那个有趣的新年晚会。我亲爱的小可人儿,您现在很浪漫;我真喜欢您幸福时的样子。至于我,我很乐意也能与您相像,满怀诗情或浪漫,可是说实话,两者都与我无缘。战争离我远去了,同样远去的,是它的替代品"兵役"或"大演习",以及我对自身的历史性意识、我的道德观以及别的什么东西。只剩下一个有点儿混乱,但毕竟还是相当有规律的行政机制,它好歹运转着,我被卷进去,变得像葡萄藤一样干巴巴。我觉得自己好像是个平民气象学家,过着平民生活,然而命运不让我过平民生活,过这种生活需要具备我没有的一些品格,我试图,但并不十分卖力,去获得这些品格:我在分析探测结果时不知犯了多少错误。好在错误彼此抵消,结果几乎看不出来。比如说,我的眼睛看到毫米纸就喜欢捣乱,它想停哪儿就停哪儿,我就顺着它的性子标出气球的位置。这有点儿像广场恐惧症的替代物：面对打了格子的大幅纸张我晕头转向，我扑到随便哪个方块上，恨不得用铅笔尖刺穿它，以便终止我受到的酷刑——我像一个脱离了肉身的意识，在方格子上空滑翔，找不到观察点。自然我从中引出结论：当个物理学家需要境界委琐。所以我的身份是坐机关的。假如您不满足于听我报流水账，想更好地了解我做的事情，那么请您想象一个温暖、光明的洞穴，充满人体的气味和烟味，那是我的白天——不过我们三个还得出去，在冰冷的空气里转一圈，冻得脸青鼻肿，那是气象探测。这中间，是在车站咖啡厅用午餐，舒适但是毫无诗意。

除了行政职责，我从事专业活动——润饰我的小说——和干巴巴的思考。前天思索自欺问题，今天关于厌恶问题写了二十二页。有人从中挑出我觉得挺不错的一句话："照您那么说，如果我们厌恶粪便，那么我们就是有吃东西的欲望咯？"我回答："必定如此。"所有这一切，我的小花儿，请您记下来，这都是幸福。不过是干枯的幸福。我巨大的喜悦来自札记和小说，而不是把喜悦注入札记和小说。我担心，我自己不易被感动，我的小说是否也受影响。算了，这都是些浪漫的想法，人们可以自己不感动却感动别人，不是吗？公正地说，三四天前我在读劳斯宁那本书的时候，曾产生强烈的感受，不过那不是受感动，而是震慑于某种预言的光环。那本书给我很深的印象，我看到某一种德国，我理解它的角色和威胁，我感到它的历史性，这使我更好地理解我们，您和我，偶尔议论过的那些人，他们总在思考社会问题。他们自有伟大之处，但是奖牌的背面是人们总是低于自己的思想。……我生命中只有一颗带来滋润的幸福和诗意的小星，那是您和您的雪。我见不到您的雪，但是我将见到您，小爱人。事情敲定了，军人之间尽可能相互协调，我将在一月二十五日与二月一日之间回来。一开始吵闹不休,最后找到合适的论据,不容辩驳的论据:1. 不允许两个探测员,即全体人员的百分之五十同时离开。2. 最后休假的人必须在二月十五日出发,既然第一轮休假应在三月一日结束。3. 既然保尔排在最后,应在二月十日与十五日之间出发,我就必须在一月二十五日与二月一日之间出发(由于旅途很长,假期为十五天)。您收到这封信的时候,我与您之间最多只有十五到二十天的距离了。对查佐里奇姐妹什么也不必说。我给塔妮娅写信说我将有五天时间,但没说五天里有两天是留给您的,所以我们最初的计划保持不变。……

就这些,我的小花儿。请立即寄来(除非您已经寄走):钱、笔芯、笔记本。还要尽快寄书来。给您的书已寄出。除了《吉勒》和罗曼的书,我还要您为我购买鲁日蒙的那本叫《德国日记》的小书。我想读完劳斯宁后读它。

明天见,我的爱,我的小亲亲。我用全身力量爱您,我想见您快想死了。

我将带给您六本札记,不过字写得很大。

一月四日

我迷人的海狸:

今天没有您的信。我知道,这是因为您在回家的路上,将从巴黎发信。可能我明天还是没有信。没有您的日子真难过,我的小甜甜。我猜想昨天(星期三)您是独自度过的,我甜蜜的小爱人,您过得很愉快。我怀疑您曾在傍晚悄悄去看索洛济娜,因为您喜欢她,而她想诱惑您。您是我甜蜜的小花儿,我十分爱您。

我这边总是同样的日子,舒适然而乏味,没有故事,令大家感到奇怪。今天上午不太冷。我没到车站咖啡厅去吃饭,因为凯勒打了针,我得与保尔一起去做上午的气象探测。然后我修改小说,做十一点的探测,到流动炊车附近的一个院子里去领煤。我们坐上校的汽车,带着一个空口袋前往。上校不太高兴他的汽车派了这个用场,但他不说什么。我们取出口袋,我像女孩子在苹果树下兜起围裙一样撑开袋口,然后司机按天数一锹一锹往里扔煤块或煤屑,厨师们眼看他们的煤归了别人,露出难受的神色。把煤运回来之后,我去吃饭。今天是换班日,就是说前线的轻步兵换下来,这里的轻步兵顶上去。他们跟我说,前方很冷,好几个人冻坏了脚被送回后方。可是他们对自己目前的处境表示不屑,补充说:"不过我们在那边比在这里好多了。"我不明白这是为什么。然后我从米斯特莱那里获知,第七十师来了一个"赤党"。此人在西班牙打过仗,他回来了,刚刚有时间与为他生了个孩子的情妇结婚,使他们的关系合法化。然后他来参加这场战争。他的孩子刚死不久。然后,宪兵上尉召见他,严厉地审问他,指控他从事失败主义宣传。那倒霉蛋没想到有这个事,死了孩子已使他十分沮丧,这场新的战争又令他目瞪口呆。他想必将被送到某个惩罚营去——这个单位正在组建。

我读完了司汤达的《日记》。说来奇怪,现在我有点儿烦他。我觉得他(在第三卷里)妄自尊大,尤其是过分注重外表。其次他与达吕夫人的故事也很可笑。我想第四卷他在意大利我又会觉得他可爱起来。然后我工作到四点,做探测,然后秩序大乱:我不得不去打汤,因为凯勒打针后四十八小时免除值勤。然后米斯特莱来了——他腼腆、不张扬,总是送一件东西或帮着做一件事以便人家原谅他在场。这次他带给我们山羊奶酪和干邑酒。我们又吃又喝。我跟他解释,自由的独裁将是什么样子,我将怎样兼用论证和酷刑来强迫人们接受自由,这可是吓着他了。最后他被逗乐了。他带给我瓦卢瓦的《新世纪报》,您应该读这张报,可您不读,小坏蛋。现在他走了(真好玩,我们在办公室招待客人。除了居住者并非自愿,气象探测员的这间屋子因其同样窄小、脏乱,但舒适,有集体性与相对独立性,清一色男性居住,兼用于工作与会客,特像高师的宿舍)。他走了,昂齐格在钢琴上弹奏战前的圆舞曲,这使我想起最早的电影院,您没去过那种场所,那里在上映威廉·哈特的丰功伟绩时,一名女钢琴家弹圆舞曲作为现场伴奏。后来,我的小亲亲,我就给您写信。

我把书寄走了。可您得把钱寄来。我被迫向保尔和米斯特莱借钱,我绝对需要钱。还要笔芯,我现在用的是倒数第二个。否则,我可怜的好心的小海狸,您就不要怪我因为缺乏原料而不再写信。

再见,小亲亲。接下来我要给塔妮娅写信,她一封接一封寄来激情燃烧的信。对于她,我已跃升到美丽动人的传奇地位。这美化了她的生活,使她感到自己既有诗情又有德行,她从未那样爱过我。而我始终木头人一个。

我多么爱您,我亲爱的小可人儿,我为您难过,因为您曾那么用功练习,现在却抛下了美丽的雪地。看来您今年进步很大。

我用全部柔情吻您,我的小甜甜。

一月五日

我迷人的海狸:

您回来了?今天我在两小时内收到您一封信,一份电报和一件包裹。审查官能放行那份电报,算您走运。您想想,给一个"位于防战区"的军人发出"速寄莎士比亚"的电文,这有间谍气味。可是莎士比亚已在前天与《焦虑观》一起寄走了,我的小甜甜,今天应该寄到。这样您就没事了。谢谢您的书。是这样的,半个月前,我现在想不起为什么,我动了读一部《海涅传》的念头。噢!想起来了,应该是在卡苏写的关于一八四八年的书里,读到海涅与马克思有交往。您今天的信使我这个念头更加强烈,于是我准备写信要您寄给我,然后书就来了。我已兴致勃勃读了三十五页。书写得很好,作者努力把每个事件纳入社会框架中——这个努力很有意思,而且显然在所必然。例如,她不像一般传记作家那样说:"海涅小时候备受姑妈们的宠爱",而是补充说"因为他是长子,是注定要为亡灵念诵祝福经文的男性继承人"。人们可以感到这些有趣的犹太家庭坚实的基础。所以,很感谢您,我很高兴,我迷人的小爱人。我也高兴——而且特别高兴——收到两个笔记本。以致我想尽快用完手头那本不好使的小本子,改用这两个漂亮的、厚厚的、蓝黑色切口的大本子。圣母啊,用这样的本子必须写美丽的东西,否则太对不起它们了。告诉您,如果我二十日或二十五日到巴黎,您将能读到五本札记:两本小的、两本中等的、一本大的,还有第二个大札记本的一小部分。我还需要墨水笔芯;要知道,为写札记、信和小说,我每一天半消耗一个笔芯。我从未写得那么多。

今天我又进了一次城,但不再是为了熟悉地理,而是为了呼吸一点湿润的空气,多少摆脱一些最近几天在体内积累的干燥。这一招很灵,虽然前两次进城我毫无感受;卡车上很冷,司机不好接近。但是那座城市,不管它有多丑、多德国化,对我来说仍有柏林那种有如红肿脸庞的诗意。为购物,我在城里走来走去,我为大家买了滴鼻油、牙膏、粗针、鞋垫、毛线等等。我没有想得很多,也没感到很有趣,但这使我重获内心的诗意。一周内我可以不想,以后我又会觉得缺了点什么。实际上我不需要许多东西,地点也无关紧要。只需要一点孤独。我从未像现在这样总有人在身边。我们老是三个人一起待在房间里。此外,现在饭厅里很挤:赶上换防,从前线下来的轻步兵头两三天点好菜犒劳自己。后来人少了一些。今天进城回来,还有昨天,我独自占用了桌子的一个小角落。

尽管如此,仍有一个轻步兵的膝盖顶着我的膝盖,另一位的子弹盒碰到我的屁股。我还是读司汤达,越来越不喜欢他在这一时期的表现。结尾有一桩不光彩的婚姻故事。他那时候与安琪琳娜·贝莱特打得火热,却向达吕夫人表白他的热情,许诺娶她。其次,这个时期他与一些无聊的人交往。我不喜欢他。不过,可能他遇到一个"坏时期"。我自己也曾经历许多这样的时期。您知道,就感情的真挚而言,我比他强不了多少。

总的说,我是幸福的。首先每一天使我更加靠近您,于是我饶有兴味地等待明天。我的爱人,用不了一个月,我就能在巴黎投入您的怀抱,这太好了。不过,就像我昨天写给塔妮娅的信里说的那样,我想我将与您,与她重逢,但几乎不能想象我也将在一段时间内找回我在和平时期的闲暇,找回那个我不需要向任何人汇报的时光,以及那种在街上漫无目的,信步走去的心情。这超乎我的想象。我爱您,我的小爱人。我们不会让别人侵占我们的时间,这将是一个美丽的假期。此外,我也为了它本身而等待每一个明天,因为它总会带来有趣的东西。比如今天,我进城寻找我失去的诗意。明天我将读《海涅传》,我将在札记里解释我对司汤达《日记》的看法,将完成我的小说最后几页的修改,等等。我每天忙忙碌碌,总是高高兴兴地醒来。我冲出冰冷的寝室,到办公的小房间里去穿衣服,那里还残留一点昨夜的暖热。然后我去遛一圈,就是说下楼去雪地里一根扎着黑旗的木杆边小便,同时观看旗子的方向。然后我回来,仰头看天,把探测结果用数字记录下来,打电话。然后吃早饭,然后做您知道的其他一切。

……

就这些了,我亲爱的小海狸。您规规矩矩给我写了信,我不指望今天还有信,我很满足。您不可能知道我多么爱您,浑身披雪的小爱人。我用全身力量把您搂在我的怀抱里。

一月六日

我迷人的海狸：

今天收到您两封信。您没有收到我寄往麦热夫的信，令我不快。那几封信很令人喜欢的，您知道——我非常爱您。我希望您已收到我寄的书。今天上午我收到汇票，还清债款，一切都好。

关于这次休假的事，我与母亲在一个鸡毛蒜皮的细节上争执不休。她写信问："你在我们家里换衣服还是在别处？"我不得不答复：我将在西北风旅馆租个房间，但在您那儿更衣。事情就这样被接受了，没有任何说明，仿佛是理所当然的。不过那位尊严的夫人执意要给我买一条长裤，我不愿意，我只想穿我那套漂亮的阿尔巴牌运动装。我们的谈判相当激烈。自然她表示要出钱买裤子。我要求这可怜的女人留下她的钱。自然我的答复应该措辞委婉，为了继父的缘故。

无事可述、勤奋工作的一天。由于有雾，取消了气象探测。我修改我的小说。结尾部分，马蒂厄与丹尼尔那一章，特别难写。您想，丹尼尔向马蒂厄宣布自己要娶玛赛儿，同时说自己是同性恋。这已经够他发蒙了，然而形势要求马蒂厄提出一连串无意义的问题，而这一章的结构又偏偏不允许这样写。我好歹走出困境，不过写长了。我用您漂亮的墨蓝色笔记本写了近三十页。不，小爱人，您买对了，笔记本的大小正好。它可以放在口袋里，在那上面写字是一种乐趣。我写的内容与司汤达《日记》有关——我谈我的想法，说坏话。我读了《海涅传》（开头），它引发我一些有趣的思考。我真心赞扬他能够承受自己的犹太人身份，而且我福至心灵，悟出如皮特和布伦什维克那样的唯理主义者没有本真性，因为他们首先设想自己是人，而不是犹太人，于是作为严谨的推论结果，我产生一个想法，即我应该作为法国人承担自身；我这样想时不怀热情,尤其是这对我毫无意义。无非是一个明显的、不可避免的结论。我在想,从这个途径怎样走下去,明天我将考虑这一切。自从我面对极左翼不再有自卑感以后,我感到一种前所未有的思想自由;面对现象学家们也一样。就像传记作家们在他们的书写到第一百五十页左右时爱说的那样,我好像正在"找到自己"。我的意思是说,我思考问题时不再顾及某些指令(左翼,胡塞尔)等等,而是完全自由,无动机,处于好奇和纯粹的非功利性,并且事先接受自己会成为法西斯分子,如果这是正确推理的结果(不过您别害怕,我不以为有此可能)。我对此感兴趣,我相信,除了战争和质疑,札记的形式也起了不少作用;这种自由的、断断续续的形式使人不受以往思想的束缚,人们趁着当时的兴致写每一件事情,只在愿意的时候才做总结。事实上我还没有重读全部札记,我忘了许多我在那里面说过的东西。实质上这正是阿兰赞扬不已的札记体的长处,不过他自己讲究体系,很少利用这一长处。

……

我的小爱人,我多么想跟您说话。您看,没什么可说的,而我写了四页纸。只是为了享受给您写信的快乐。噢,我多么想见到您,我的小花儿。

我爱您。

一月七日

我迷人的海狸:

欢笑结束,皮特回来了。从下午两点半起,他一直在说话。他很激动,"每隔五分钟"站起来一次。"您不认为我应该去跟文书们问声好?""您不认为我应该去跟电台兵问声好?"总之我极力鼓动他去做;他在那边的时候,就不在这里。他的话多得没完没了,只有几分钟情绪不佳——那正是他的性格,为把背包送回寝室,他离开我们五分钟,回来后说:"屋子里太暗,没有人,我觉得不对劲。"我知道,等我回来后,我只有关在自己的房间里才感到愉快,他们的唠叨叫我受不了。这些都是用您的墨水写的,我的小甜甜。您认出来了吗?它是南方海洋的那种蓝色。那么诱人,以致被信纸吸进不少。不过这是个细节。用这个墨水,尽管有彼得的干扰,我从昨天起在第一本蓝黑色笔记本上写了八十一页。夜空的蓝黑色加上南方海洋的蓝色。您想这有多美。今天写的三十九页有关我与法国的关系。无非是历史回顾,您喜欢的那一种。现在我作历史回顾,以后将形成理论。不过我有点儿担心,皮特的来临会耽误我的时间。比如此刻,他们四个都在这间小屋子里:米斯特莱、皮特、凯勒和保尔。保尔和凯勒与平时一样,一言不发,皮特在与米斯特莱说话,我需要集中注意力才能给您写信,他们说什么我充耳不闻。我只写了几页札记,没有修改小说,没有读书。明天我要整顿秩序,哪怕说我粗鲁我也不在乎。今天就算了:人家刚休假回来。

……

我亲爱的小可人儿,皮特回来对我多少也有点儿好处,使我看到巴黎离我近了,首先是通过他的叙述,其次是因为我自己很快也能回去。您明白,因为他一归队,似乎不再有站得住的理由让我留在这里(实际上是有的,那是休假的次序,不过我出于感情需要,幻想在皮特之后就轮到我),所以只有一个模糊的空间把您和我隔开,这既恼人,也令人兴奋。最终,我想正是为了这一点我才与皮特吵了一架。我多么爱您,我亲爱的小可人儿,我那么想与您挽着胳膊散步。我用全身力量拥抱您。

一月八日

我迷人的海狸:

今天好些了,我们跟皮特重归于好,现在他呆呆的,不再说话。

不过以前他以为应该整夜打呼,因为这家伙整个儿一台发响的机器。我吹口哨,但是不管用,于是我抬起一条桌腿,使劲敲打地板。他先是像小鹿那样呦呦叫,过了一会儿,他的鼾声开始寻找自己,后来找到了,便重振雄风。我再次敲打地板,这出戏重新开始。最后,我把桌子颠得太猛,以致皮特从床上坐起来,抓住手电,点亮,把光对准我的脸,慌乱万状,而我闭着眼睛,装得像熟睡的天使。他马上又睡着了,不过只发出轻微的、有催眠性的尖叫声。我在早晨四点半入睡,六点半起来,这可以解释为什么今晚我急着给您写信,虽然现在不到八点,因为我怕自己睡过去。

那天我大为赞扬海涅对犹太民族的忠诚,必定让您发笑了,您知道一年后他为得到一个律师事务所而接受洗礼。不过这无关紧要,这个为区区小事作出的背叛相当有趣,因为这真是一个小小的卑劣行为,无伤大雅。书写得很吸引人,您说得对,虽然作者可能过于着重海涅的处境,忽略了他本人。不过读者还是看到了海涅,感觉到他大致上是怎样一个人。缺少的是细节。我觉得他是地道的犹太人,像《密谋》中的罗桑塔尔(有点儿),从而我对尼赞有了敬意。所以我想读德文的《海涅全集》,不过要等到和平时期。说到和平,有好消息:毋庸置疑,所有年龄超过三十岁的人将在两三个月内调回后方。相关的行政手续今天就启动了。……

今天没有您的信,也没有塔妮娅的。我想是又遇到邮路堵塞了;只有我母亲一封短信。现在饭馆一到下午五点就关门,所以我不能在外面用餐了。我在这里吃了点白扁豆,倒也没什么不快活。我只是偷偷到邮局去喝咖啡。因为邮局设在一家淡紫色门面的小旅馆里,位于城区和我们的旅馆之间。楼下右首的房间归邮局,左首那间屋子继续充当咖啡馆。于是我们经过邮局,漫不经心问一声有没有信,走到尽里头的那扇门前,溜进对外锁门、窗户关闭的咖啡馆。那里坐满了熟客,有的玩牌,有的在昏暗的光线下慢慢喝酒。他们陆续走了,剩下我一人在札记本上写字,还有其他四个违禁者,他们属于本城的自卫队。作为自卫队的士兵,他们昨天晚上曾进入这家咖啡馆驱逐违禁者,但是第二天轮不到他们值勤,他们自己也违禁了。我写下我对法国的想法。理论建立起来了,而且头头是道,不过您放心,我不会变成法西斯主义者的,差远了。我看得很清楚,并且相信您会和我一样想。何况这一切都是老调子:历史性,存在于世,我的战争,等等。那册蓝黑色笔记本我已经写满一半,不过本子够用,因为我还有一本大的,另外我昨天又买了四本小的。我肯定会带给您六册,甚至七八册札记,总之够您读一阵子的。您可能知道我也有一个关于意识即虚无的理论,不过这理论还不完善。长话短说,我正在写自己对祖国的想法的时候,有人使劲敲咖啡馆的门,多次试图打开它。那四名违禁者站起身来,悄悄说:"警察!警察!"果真是警察来巡逻。他们必定是从后门进来的。这当口,我们带着啤酒杯、德国烧酒和咖啡杯爬上旅馆二楼,闯进卫生部门的一个办公室。那里的人见我们进屋,都惊呆了。警察们拖了很长时间才撤离,最后我不慌不忙下楼,通过邮局出去。但是我丢了一只手套,因为警察们来临时我正在找那只手套,老板娘按住我的肩头把我推进楼梯,不容我找到它。我也改完了《不惑之年》的最后一章,回过头来打算修改前一章,然后写鲍里斯的独白,它位于这一章前面很远的位置。然后我就回来休假了。我将重新见到您,我迷人的小爱人,我的小亲亲。您得好好筹划,以便我们看到所有应该看的,以便我们过得幸福。

我爱您。

一月九日

我迷人的海狸：

今天收到您一封信。不过只有一封。还有塔妮娅一封。昨天的信好像没到。可能明天会收到。我终于知道您在做什么了。您见了梅洛-庞蒂，您在信里告诉我关于他的事情，我读来很有趣，因为这教我明白，当人们在法国使用的方法来自德国，就受到新闻界的强烈谴责。您似乎身强体健，您的快乐令我开心。是的，我的小爱人，我们不久就能见面；我真渴望那一天。

您想不到吧，今天我对自己产生怀疑，经历了小小的精神危机。这种事情不常见，值得跟您细说。有许多细小的原因。今天我刚完成《不惑之年》。剩下十行需要修改，明天花一小时就可以了。我当下有点儿惊奇，对自己说：不过如此。我觉得分量单薄，太单薄。可能这本书的写作还是受到影响，不是直接受战争影响，而是由于我对任何事情的看法都有改变。这段时间我对它有点儿冷淡，而且奇怪的是，从您读完十一月写的那一百五十页之后，我对它尤其冷漠。然而您跟我说过写得不坏。我不太知道自己脑子里发生了什么。难道是因为有必要改变玛赛儿的性格？总之是我不满意，我本来要求这本书写得好而且真诚。您要理解我的意思，我知道写小说的人从头到尾都在撒谎。但是至少人们是为了达到真实而撒谎。可我觉得我的小说有点儿像没来由的谎言。哦！我写了一年半，可能有点儿倒胃口了。其次，我读了自己写的五册札记，它们并未给我预期的愉快感觉。我觉得有的段落模糊，有一些俏皮话，而最明确的概念都来自海德格尔，实际上从九月以来，借助那些关于"我的"战争的巧妙说法，我所做的全部事情只是吃力地发挥他用十页文字论述的历史性概念。同时我读那部《海涅传》，它像吸引您一样吸引我。不过现在我"成熟"了，读传记不再像十岁时那样容易令我产生愉快的兴奋。不如说这部传记令我沮丧。面对这个人我自认渺小,他有过不少卑劣行为,有巨大的性格弱点,但是他像您说的那样,如此出色地应对了处境。至于我,我知道自己等到战争发生才稍微看清自己的处境,我也看到我缺乏应对处境的天赋:我不乏善良愿望,但我还需要他具备的那种历史感。总之,今天晚上我有点儿谦虚,我的爱人。我的意思是说,明天我就不再谦虚了。您会好心地写信努力为我证明,我是个很好的小人儿,完全用不着这样自卑,而收到这封信我将略有不快,因为您可能在给我的赞扬里有所保留。我在想,现在我还要写什么。从某种意义上,聪明的做法是继续走这个路子。可是,如果我感到恶心,在另一种意义上这不太明智。我能写什么?我在探索自身。您不必为这个突发的谦虚过于担忧:这无非是稍稍越出日常情绪波动的范围而已。

此外没有新鲜事,我一直过着修士生活。今天有薄冰,我出门去打汤。看到我带着饭盒、水瓶和手电,挪着老太太的小步在路上行走的样子,您会发笑的。这一天真正的小快乐,是您的信。比平时更快乐,因为昨天没有您的信。我那么爱您,我的小爱人。

我用全身力量拥抱您,我的爱人。

一月十日

我迷人的海狸:

昨天给您写了封很谦虚的信。今天这谦虚可是一点不剩了。并非我骄傲到头脑发昏,而是我回到合适的情感上去了,就是说我做该做的事情,不想自己。今天刮大风(每小时六十公里),气温降到零下十二度。可是还要照规矩做气象探测,在旷野里,冰冷的旋风扑到我们脸上,钻进我们的肚子。这事儿真怪,天空那么纯净,长时间呈玫瑰色,我们房屋周围的土地突然无法接近,人一出门就被冷风咬住,抓伤,拧疼。到这个时候,风还在窗外呜呜叫,像有一道寒流透过窗缝流进屋内。今天早晨八点,探测回来时,我的胳膊一直冻僵到肘部。然后,我活动胳膊时,感到一阵发麻,像是肘弯撞上安乐椅扶手的那种感觉。不过您得明白,这一切都挺好玩的,让您感到自己在角斗,在与自然亲密接触。我坚持不穿大衣,事关荣誉。于是别人说,"您那么喜欢户外的寒冷,那为什么您不能忍受室内的寒冷,为什么总是要求室温达到十八度或二十度?"我知道为什么,我把理由写在札记里了。您将读到。

这便是今天的大环境。也是我唯一的外出,既然饭店依旧禁止军人入内。由于部队的伙食偏生,这几天特别难以下咽,我只吃一个面包打发午饭和晚饭。这样,加上我有意节食,我回到巴黎时将瘦得像一根线。假期临近了,我的爱人,休假的节奏正在加快。我只想着休假。今天我写完了小说。全部完工,回巴黎前我们再也不谈小说的事了。今天下午,我长时间思考写个剧本。我想写一座被围困的城市,比如说沙皇迫害犹太人或者别的什么。确切的题材还没有想好。后来,您猜我突然动笔写了什么?《于勒舅舅的故事》。开头我有点儿内疚,因为这太琐碎。然后我想到用调侃的形式叙述许多事情,最后我感到这很好玩,为之兴奋。是这样开头的,您可以管窥一斑。

"今天上午,于勒舅舅走进我的房间,跟我说:'侄儿,你偷了我的钱。'"

我想在两次休假中间写这些故事(您是否认可这种体裁,可在半个月后告诉我),这将是一本有趣的无关宏旨的小书,走的是《亚美尼亚人爱尔》和《真理的传说》的路子。不过,由于我没有任何使这一体裁变得难以忍受的缺点(象征主义、矫揉造作等等),我想这本书会有点儿意思。这是今天的大事情。此外,我读了点书:司汤达《日记》第四卷,此人重又变得迷人了。另有《新法兰西杂志》一月号,是他们寄给我的。里面没有我的文章,有莫里亚克一篇索然无味的长诗、科克托一篇低于他的水准的东西,以及阿拉贡的作品。我觉得后者写得很差,只粗粗翻了一下。就这些。有我迷人的海狸一封长信,没有塔妮娅的片言只语,可她昨天在信上说:"我豪迈地爱你(别笑我)。"

就这些,我非常亲爱的小可人儿,我温柔的小海狸,我那么强烈地、那么真诚地爱着您,您是我亲爱的心肝宝贝儿。过半个月或二十天我就见到您了。

您寄书的时候,最好附上两本像这样的信纸。

一月十一日

我迷人的海狸:

我刚给米斯特莱开了个小型的美国文学讲座,只为找点话说。这会儿他在我身边读司汤达的《日记》,一边读一边偷着乐,那种与迟钝相去不远的内心幸福是他的特点。今天我们屋里烧得很热,不过这是最后一天了。周围再也找不出一块煤饼了,我不知道该怎么办,尤其是室外降到零下十二至十三度。话说回来,对于一个接受艰苦生活考验的教师,这毋宁令人振奋。不过有个难处,就是我将不能写信了。先是一个冰冷的身体不利于思考,其次是我冻僵的手将拿不住笔。该怎样就怎样吧。不过我正值文思泉涌,虽然我对自己现在做的事情怀有极大的戒心。我跟米斯特莱谈论福克纳的时候,感到自己像战争女神瓦尔基丽带着一本讽刺文集下凡,我觉得自己正在写作的那些谋杀和流血的故事才是唯一严肃的文学。说到底,试着写它二十天也没有什么坏处。二十天后您来评判吧。以下是我的想法。这将是一本篇幅不大的文学批评著作。当然要有关于体裁的对话和讨论,最终举出历史上的实例来说明问题:1)一篇童话(用来区别寓言性的童话——梅特林克——和真正的民间童话);2)记述;3)短篇小说;4)长篇小说的一章。介绍体裁,然后叙述历史。一开始我为自己写作猥亵内容辩解,解释什么是一般意义上的文学作品,这一切都采用开玩笑的悖论形式,必将使人恼火。无论如何,我在写这篇对话时确信自己有能力写出色的舞台对话。我有写这类对话的悟性。缺的只是题材。这要挪到《于勒舅舅的故事》后面。您得告诉我,您是事先就不信任,还是鼓励我去做。我要采用简单的漂亮风格。用简单的漂亮风格写作原来这么容易,真是一大发现。比起《不惑之年》那种粗糙的、乱糟糟的风格要容易十倍。现在我明白为什么我写得那么费力,而别人不是。这是因为我为自己的小说采用的风格可能不比别的风格好,也不比它们坏,但却更艰难。以上是智力活动。当然我不再写札记,我没有时间。不过我还得添加一两项内容进去,明天去做。只要战争打下去,我将带着五十册札记归来,然后我整个有生之年都可以休息了。

至于这里的生活,我们整天挤在烧得很热的屋子里,不时有人发一通脾气,以致皮特说:"几个人同住太困难了",此外就是被冷风吹刮(探测或去食堂打汤),不过这感觉也不坏。我们信了皮特的话,中午前往车站咖啡厅,吃了闭门羹,只得走回头路,耳朵冻得发疼。这次出师不利成为当天的话题,足见大家闲极无聊,变得跟老娘儿们差不多了。谁都看到我们出发,想知道我们上哪儿去;或者,如果知道了,就发表评论。总之我用面包和巧克力打发午饭和晚饭,因为伙食太差。三天以来我靠面包和巧克力度日,如果我回来时不是瘦得像根线,那天主就不存在。您放心:餐厅晚上营业,假如我肚子饿,我可以去那儿。不过这是我最好的工作时间,算来算去,我还是愿意留下来。

要说的全在这里了,我的小甜甜。您要知道我多么想见到您。我觉得这段时间像我回巴黎之前的序曲,有点儿啰唆罢了。再说我似乎混淆了休假与和平,因为我看不到这十天假期以后会怎样。

倒不是我以为假期会一直延续下去,而是我不能想象自己怎样在假期后继续生活。假期有个确定的、有点儿悲惨的界限,那可以是我的死亡,也可以是我回到防区。不过此刻,从远处看来,休假的日子有多美、多好玩!我母亲,这可爱的女人,现在特别听话;她决心让我穿自己的浅色服装了。所以她那方面没有任何问题了。而您,我的小爱人,我将见到您,有许多时间跟您说话,摇撼您的小胳膊。我们将睡得很早,既然从十一点起就没有地方待了,但是我们将像军人那样早晨七点起身,然后我们出外各处走动。我那么爱您。……

一月十二日

我迷人的海狸:

这事完结了,我刚才撕毁了《于勒舅舅的故事》前六页,我为写成这样感到害臊。那里面有一种沾沾自喜以及一些多余的东西,说实话是体裁本身要求的,但也有些套话叫我起鸡皮疙瘩。其实我跟您说过,我是谪落凡间的瓦尔基丽。所以我重新捡起一个有流血、强奸和屠杀场面的大剧本,您能看到我整个下午愁眉苦脸,拳头抵着牙齿——您知道,这是我寻找题材时的模样——以致保尔(他窥伺我什么时候绷不住劲)怀着优越感,带着讥讽和同情问我是否有心事,或者家里传来坏消息。我叫他少管闲事,其实我很快活;我满腔热情全身心投入一部《普罗米修斯》的创作,把他写成带给人自由的独裁者,结局是他遭受您知道的酷刑。我有片刻的热情,因为我在文学里追求崇高,在做探测时唱起《人啊,我爱你》,以致经纬仪在架子上晃动。然后我细细想来,这部《普罗米修斯》的象征性令我恶心。这不是说绝对不能使用象征,至少用得审慎还是可以的,但是我年轻时用得太滥,造成消化不良。我不由得记起《真理的传说》中成堆的隐喻,于是到此为止。我怕自己为了寻找一个题材,还得愁苦一两天,最后还是老老实实回去写《九月》。我觉得脑袋里有天生的戏剧风格,很想用它一回。既然我现在有空闲,此时不用更待何时?

啊!您会说您那儿不是特别冷?可是您没有煤。今天上午,在挨冻两三小时之后(在零下十五度,能吹断公牛角的寒风中做探测),我们待在屋子里,为把室温维持在零上四度而燃烧报纸,心里烦透了。此时米斯特莱告诉我们——他是我们的间谍——文书们要到温泉浴场去偷焦炭。于是我们也去了,带着满满三口袋回来。事实上这不是偷,我们拿走的数量都由看守做了登记。只不过焦炭那玩意儿不好对付,它刚点着时火力特大,然后就熄灭,再也燃不起来。但是,总体上还是暖和过来了。此外无事可做。下午一点我们去邮局咖啡馆喝一杯酒。三天来除了干面包我没吃别的东西:那里有豌豆泥做的汤,我很喜欢。

我没收到您当天的信,我的小亲亲,这让我心里空荡荡的。我收到塔妮娅一封信。你们在法兰西剧院看戏,她没说任何关于您的事,但是那戏叫她入迷。第二天一早她又去"海狸发现的那家香榭丽舍大街上的酒吧"。我觉得,这说明你们的感情很好。

真的,我的小亲亲,我的小花儿,除了您,您可以为我去死,而于所有其他人(我母亲在外)我已无关紧要。这情形倒怪有趣,因为我曾备受关爱。不过必须人在场才行。我这么说心里毫无苦涩,对于所有这些人而言我已成为一个小小的死人,一颗小化石,我感到这挺滑稽,因为我觉得自己活得好好的。这于我是一次经验,我跟自己说,到战争结束,如果我高兴,我将换一种活法,既然这些人无权要求我一成不变。您怎么想?是否觉得我太容易,太随便就怀疑别人?无论如何,这是因为您给我写那么温柔的信,因为您这样待我,因为我有了这一切,我才对别人苛求。

我多么爱您,您是个可爱的楷模。因为有您,活着并感到幸福对我变得很容易。

一月十三日

我迷人的海狸：

我为您重抄一封信的开头：我在一个安静的片刻给您写信：现在九点，我感到口渴，刚才派米斯特莱和皮特用我的钱去买葡萄酒。等他们回来，大伙就可以喝一通了，大概还会喊叫几声。我接着写信，想不到还要整个儿重抄一遍。我得告诉您，皮特带着满满一桶酒回来时，我已写了两大页。他扑到我的酒杯跟前，忙不迭地灌满它，却把酒全泼在给您的信上。我的小甜甜，我只得重写。他吓呆了，因为他们都怕我。（皮特跟我说："你爱训人，别人在大事上抓不住你。于是就在小问题上找补回来。不过这也没用：别人打搅你的时候，你那样子太凶。你什么话都说得出口。你太厉害！"）不过我骂他是个大笨蛋之后，很快做出决定：我不给塔妮娅写信了，既然她没来信。今天也不给父母写信，他们有一次没收到我的信不要紧。

今晚我们聚在一起闲谈。米斯特莱来了，皮特谈论玫瑰街的犹太人社团的存亡问题，听来很有兴味，因为这事现在似乎了结了。他说话的同时，凯勒——此公有时喜欢恶作剧——把一根长长的胶皮管塞到保尔的书后面，然后把它送到保尔鼻子边上，他毫无反应。然后凯勒点燃烟斗，使劲把烟吹进管子里。保尔呛了一大口烟（他讨厌烟草），跳起来，说道："屋子里净是烟，必定是空气对流了。"大家笑得直不起腰来——包括我在内，我的好海狸，我笑得脸都涨红了。为了不引起保尔的怀疑，我讲了一个老鼠的故事。应该说，这股烟很可爱，它沿着桌面打转，像一只猫在追逐自己的尾巴，把我们那位信奉科学的下士看得目瞪口呆。

此外，这一天自然绝对平安无事。大家都去休假，十到十五天后肯定轮到我了。何况保尔会跟上尉去说,因为这既与我的利益有关,也涉及他的利益。前天夜里我屋子里太冷(零下七度),所以昨天夜里我睡在探测员办公室里。那个床垫是我们在走廊里找到的。睡得很美。今天轮到我和皮特负责内勤,就是说什么也不做:皮特马马虎虎打扫办公室,七点我去领咖啡,中午皮特去打饭,晚上我们俩(因为必须带着手电)一起去打汤,所以,您看得出来,从早晨七点到晚上六点我完全空闲。凯勒和保尔做探测。明天是我们。您必定以为我开始写《普罗米修斯》或者什么大作品了。没有,我连想都没有想这件事。我写下许多关于命运的思考。想的还是历史性。看到一个历史性思想怎样在事件的"压力"下在我身上萌发,不停增长,而我直到去年还是一个飘飘然的人,一个抽象的存在,一个空气的精灵,这令我吃惊,也挺好玩。结果,我现在反复思考的不是社会条件,而是人际关系。这相当狂妄,既然我在这里属于正规编制,完全孤独(助理人员不计在内),感觉不到任何社会强制。您还记得我们曾有过那种卡夫卡式的战争印象吗?那时候我们身处巴黎火车东站,您觉得我是怀着义无反顾的英雄气概和负罪心理出发去东部前线的,其实没有任何人要求我这样做(嗨,我的小爱人,所以我这么爱您,我记得我们夜里在空荡荡的巴黎散步,我感到您跟我那么贴近,我的小花儿,这是我们之间的那种强烈感受)。到了这里,情况一样。我们服役,但总有那种奇特的印象,感到自己是志愿兵,我们没有上司,我不需要注意自己的仪表,我不洗澡,不修饰。(保尔跟我说起,有天在厨房里有人跟他说:你那个伙计是师里的名人——我不以为这个名声是好兆头。今天晚上,在我洗饭盒时,那个有点儿痴呆、入伍前开五金店的大个子达朋跟我说:"提起你,他们有时候胡说八道。""是吗?""是的。"沉默片刻,然后达朋纵声大笑:"比如说,他们说你是教授!""啊?那又怎样呢?""可你不是教授。""我是的。"他正在吃东西,当下把那食物吐掉,以免噎了嗓子。)然而,在这种自由和孤独状态中,我感到周围有巨大的人为压力,也正是这一点使我始终对别人感到兴趣。

重抄的部分到此为止(当然作了修饰)。……

您可知道,今晚我想到,不久我就能与从前一样,穿着便服与您在巴黎一家餐厅吃饭(我们去路易十四或者美霞驿站),我们将面对满桌佳肴出声大嚼;想到这场景,我不由得发呆了,我难以想象这是存在的。我的爱人,我多想马上休假呀!还有煎鸡蛋!今天我想起来,有煎鸡蛋这道菜:我有三个月不知此味了。相反,香肠倒是要多少有多少。

今晚就这些,我亲爱的小可人儿,我的爱情。您可感到我多么爱您,感到您是我的小花儿?我们是一个人,我的小甜甜,我们是一个人。我爱您。

一月十四日

我迷人的海狸:

我整天都在想一个剧本的题材。最后我陷入完全绝望的境地。一切都考虑到了,从《普罗米修斯》直到那条满载犹太人的船(我一度很为后一个故事所吸引),却什么也没保留下来。结果什么也没有。没有任何结果。我写了一幕《普罗米修斯》,又把它撕了;您知道,我在分娩作品的时候,对自己和对其他人都太挑剔。最要命的是,为了参照某些已完成的、比较艰深的文字,我重读了一段自己的小说,竟然觉得它令人厌恶。于是我鼓起勇气重写,但仍不相信改好了。后来,我留在札记本上的几乎全是空白。这一天就这么过了,全是空想。必须说,屋里的温度叫人做梦,二十五到三十度,能使你一觉睡过去醒不来。这有点儿残酷,你在脑袋里感到全身的重量。都是这该死的焦炭闹的:要么点不着,要么烧得太旺。显然还是烟煤比它好。

我们休假的时间将要推迟,我的小甜甜。问题不大,可能推迟五六天,但我以为您最好不要指望我在二月一号前回去。要有耐心,我的小甜甜,耐性是战争赐给我们的一种好品性。不过您不必担心。我并非婉转地告诉您假期将被取消。我绝对没有别的意思。

我收到您一封信,信末的附言对我很不公正。您指责我没有寄书给博斯特,管我叫小坏蛋。可是我约一星期前给他寄了十二本书,他肯定收到了。顺便说,我自己没什么书可读了,请寄来罗曼的书和那本招您讨厌的《吉勒》。我想,如果我不写作,我会读它的。我不太知道自己会变成什么。

塔妮娅老老实实给我写了一封长信,可不知为什么我读来恼火。我想我是在冒傻气,分别六个月,对她这样头脑简单的人实在太长了,我有点儿生气她竟把我忘了。不过我并不伤心,去她的。您说得有理,我的小甜甜,我跟您一样对失礼的言行很反感。我不相信自己有失礼之处。不过我必须一开始就对娘儿们的失礼十分宽容。

今天就这些,我的小亲亲,我迷人的海狸。我用全身力量爱您,您是我的小花儿。

一月十五日

我迷人的海狸:

又过了勤奋的一天。皮特和凯勒去领氢气,今天轮到他们,我也就没有了诗意盎然的早晨。不过不要紧,我干了不少活。可惜是哲学,没写小说或剧本。这不碍事,该做的总得做。今天上午我重读海德格尔的演讲稿《什么是形而上学?》,这一天我都以他为参照在虚无问题上给自己"定位"。我有个关于虚无的理论。它还不完善,现在它站得住了。等我回来度假时,您会看到的。我的小审判官,您可能会觉得我的札记里哲学内容太多。不过哲学也是需要人去研究的,而且今天我在札记里写道,我创建的哲学应该比别的哲学更打动人,因为它是实用的。它在我的生活里起到保护作用,使我不至于因为战争而忧伤,而情绪恶劣。然而,在这个时候,我不寻求在事后用我的哲学来保护自己的生活——这样做是卑鄙的,也不试图使我的生活符合我的哲学——这成了学究的做法。不过对于我,哲学和生活确实是合二为一的。说到这里,我曾读到海德格尔一句很漂亮的话,也可以用在我身上:"人的存在的形而上学不仅是一种关于人的存在的形而上学,它是作为人的存在而偶然产生的形而上学。"尽管如此,对于"有教养的公众"而言,有几段文章会很讨厌。不过,我也开始写一两段轻松的文字:一段涉及洞的一般性质,另一段特别涉及肛门和意大利式的爱情。两下相抵吧。

此外,下午我为换换脑子,读了《泰坦尼克号的遇难者》。我着实被吸引了,您想不到吧?不过我缺乏耐心,读了五十页后就去看结尾,而一旦知道谁是凶手,我就无心读下去了。顺便说,我的小甜甜,您必须一收到这封信就寄几本书给我,我把书都读完了。如果您还没有读罗曼的书,那就请您马上寄过来。我会小心寄还给您的。

我可怜的小人儿,您已经知道休假暂停了。人们没说为什么,不过这不难猜到:在比利时和荷兰方面有新的军事威胁。我是昨天晚上,在给您写信前不久听到消息的。这对我打击不轻。前一天我还跟您说我们将一起散步,我多么想吃煎鸡蛋。其实我最主要是想见到您,我的小亲亲。不过您知道,这无非是稍稍推迟罢了。这一次和前几次一样,此类威胁虎头蛇尾,四五天后将恢复休假。而且,为了结此事,人们将加快轮换,以至于您几乎可以在原来确定的日期见到我。何况今晚电台广播说,德国与荷兰之间的紧张状态正在缓和。不过昨天晚上人们一无所知。但是我"尽量克制",有尊严地接受了暂停休假这个严酷的打击。今天早晨我完全不把它放在心上了。反之,那三四个本应昨天动身、现在走不成的哥们儿,却都垮了下来。此外,上校本人本来也轮到休假,现在也留了下来。您千万不要担心,我肯定半个月后能回来。这无非是个小小的意外,不严重。昨天晚上这对我是巨大的打击,因为大家对局势一无所知。

今天一封信也没有。谁也没来信。那么明天将是个好日子,我将有六封信。就这么着。我开始写第九本札记。这是您寄给我的第二本大开本墨蓝色笔记本。到我回来时,肯定会带给您七本札记。您从未有机会一下子读那么多东西。然后,关于这个假期,关于在巴黎的逗留,我们将写一本只供我们俩阅读的小书,不给任何人看,尤其不给亲密的人看。

我那么强烈地爱您,我的小爱人。昨晚我真切地感到我多么需要您。您在信上说您感到我就在您"手底下",我喜欢您这么说,我的爱人,我正好待在您的小爪子底下,我用整个心灵吻您的小爪子。

一月十六日

我迷人的海狸:

今天我给您写信比平时早,因为我全天没有任何公事(阴天,不做气象探测),可以安心做自己的事。首先动手构建这个关于虚无的理论,您必定会赞赏,因为一、它用不着胡塞尔对 hylé① 的求助;二、它解释了世界的唯一性与意识的多元性之间的联系;三、

---

① hylé,源自希腊字根 hyle,意为"物质"。

它允许真正地超越现实主义和理想主义。这一切确实很好。不过我不跟您解释，因为我要您在阅读我的札记的过程中，目睹这个理论是如何诞生的；这会让您开心。然后，由于对追逐一个不肯爽快配合的宏大题材感到疲劳，我又老老实实捡起我的小说。需要写关于鲍里斯的那一章，我开了个头。其实，为什么我现在不续写，不重写我的小说呢？已经写好的开头几章，现在它们于我还是热乎乎的，可同时又离我相当远，足以使我看到它们的缺点。……

总之，关于鲍里斯我写了几页，文思来得很快，我以为会写得很有趣。然后我读海德格尔，开始读福克纳的《当我焦虑时》。（寄书给我，亲爱的，寄罗曼的著作和《吉勒》，然后，如果您手头不是特别拮据，再从书单上选一两本书，好给我惊喜。为了您提供的食粮，谢谢您，好心的小可人儿。我刚收到我母亲寄来的一包书。再则，如果我想要，在这里也能找到。）收到您一封信：我期待两封，因为昨天没有收到信。缺星期六的信。

我的小亲亲，我很理解您在觉得幸福的同时，会感到内心的干枯，理解这可能是对我的思念的一种体现方式。我的感受和您一样。最后我们变得心肠硬了，何况还需要一副铁石心肠来对付那么多的小烦恼（暂停休假，等等），于是心里就干枯了，不过这是一种伴随悲伤的干枯。我的爱人，与您一样，我盼望您的小胳膊搂住我的脖子，而我抱着您，跟您说话。幸亏有这些信，否则我永远不能跟任何人讲述我感兴趣的事情。请注意，我说这句话时心情很好：我有信，还有札记——我快忘了，虽说遗忘对我有好处，忘了身边有个人，即便不是您，而是某个对你的思想和感受感到兴趣，而且能够理解你的人，这意味着什么。我像忘了煎鸡蛋的存在一样，忘了这种愉快，但我并非自觉感到需要它，能把自己小小的想法写在札记里，我为此欢欣，而且我想您将会读到它们。不过，与之相应的是我内心干枯。不是面对您，我的爱人，您要理解我。不是的，我回忆起您的种种姿态，这使我感动。不是对于您，而是面对事物，人，风景，也面对我在写的东西；从前，我在三剑客咖啡馆里一边写小说，一边听着乔尼·帕梅尔说话的时候，有一种感动像墨水渗出我的笔尖一样油然而生。我不能说它直接启发我写出某个词或某句话（虽然这也是可能的），但它使我对我的人物产生同情。而现在，我写的东西更带概念性。我看到我的人物应该想什么，做什么，但我对他们冷淡。我特想弄明白（您很快就会告诉我），这是否会改变小说，是否会使小说失去某种厚度，或者完全没有影响：这是有关书里存在谎言的根本性实验。

关于犹太人问题，您知道，您说服不了我。您写道：照此办理（如果承担自己作为犹太人的命运，就是作为犹太人为犹太人要求权利），承担自己作为法国人的命运就将是接受沙文主义。不是这样的。我在仓促之下误用了权利一词，把您引入歧途。问题在于：作为犹太人承担自己的命运，目的是日后取消"犹太人"种族及其集体表象（在这种情况下，在实施犹太人的提升时应考虑到个人的直接历史性，例如，在作为资产者为了取消资产阶级而承担自己的命运时，需要知道，即便你帮助取消资产阶级，您还是作为资产者而这样做的，在资产阶级被取消后，你仍是一个前资产者——不过在这以后将不再有资产者），还是也有可能在承担自己作为犹太人的命运的同时，承认犹太教的文化与人文价值？如果是后一种情况，指导我们与反犹太主义作斗争的原则，将不是犹太人是人，而是犹太人是犹太人。当然人们不应该停留在自身的犹太性上。但是任何提升都是为了趋向人而完成的一种超越，我以后会给您解释的。我不做决定，也轮不到我来做决定。不过我以为这两种态度始终都是可能的。

再见，我的小甜甜，我亲爱的小人儿。这封信有点儿长，我还没有告诉您我这一天是怎么过的。不过也没有什么可说的。您为我而活着。

明天见,我的小花儿,我紧紧地把您搂在怀里。

一月十七日

我迷人的海狸:

……收到您两封信,都很迷人,一封是十三日的,另一封是十五日的,十四日的信是昨天收到的。我的小可人儿啊,您不应该跟我重提旧事。这倒不是因为我感情冷漠,无论对这些事情,还是我想起的有关我们一起旅行时的一切见闻,我都不冷漠。比如说,不知道为什么,可能是出于反驳心理,对您跟我提到的那些事情我反应冷静,但是它们使我想起另一件事情,使我因对您的爱情而感动到流泪:我们从那不勒斯市中心(比如从博物馆)坐电车回来,电车在一座教堂附近的广场上停下来,那是终点站。一群孩子在广场上戏耍,我们挽着胳膊,我的手心攥着您的小拳头,走回我们住的翁贝托旅馆。您记得这一幕吗?这个小广场很迷人。我们能否去那儿旧地重游呢,我的爱人?我不知道。总之不能战后马上就去:我想我们那时将很穷。这是奢望,我只求每年有两个月与您单独相处。我们将再去比利牛斯山,重返戈斯高原,您将看到,我们有许多事情可做,我们还将有许多小小的奇遇。……

至于我,我干了不少活。写下关于战争和新的结盟概念的思考。也写我的小说。我自己觉得写得很好玩(关于小鲍里斯)。我也兴致勃勃描写了奥尔良大街:写着写着,我的诗情油然而生,只要想象六月份一个好天气的晚上,奥尔良大街与阿莱西亚街拐角处的场景,我就找回了去年我对自己笔下人物怀有的那种感动。此外,保尔因为食物不够,向穆尼埃上尉提出抗议。我倒不在乎,我吃烤面包(我们在炉子里的煤块上烤面包),待明天中午餐厅重新开张,我就去那儿吃饭。不过穆尼埃上尉还是派一名中尉去向勒莫尔上尉表示不满。今天早晨,我在喝菜汤时挨了骂:"您从来不帮忙削皮,所以土豆老是不够。"勒莫尔上尉说。"报告长官,上校免除我们帮厨,再说,请允许我提请您注意,我们抱怨的是面条不够吃。"他说:"啊啊!这是因为我们得不到足够的面条。"说完他转过身去。伙计们跟我说,他们预料会有一场交锋,而且很满意是轮到我上那儿去。"因为你说话最尖刻。"保尔跟我说。

还有:明天或后天将恢复休假。您已经知道,所有的部队调动都已停止。今天上午又开始调动。这里有四个电台兵本来应该前往马其诺防线。连续两天他们接到命令暂缓出发。今天他们走了,而第五个电台兵——他本应前天出发休假——已被送到休假士兵集合中心去了,他将在那里等候休假。所以我们只耽误一两天。

就这些,我迷人的小爱人,就这些了。我用全身力量爱您,我想见您快想死了。不过我懂道理,我不想在有把握休假之前过于想念您。我的爱人,我多么爱您。

一月十八日

我迷人的海狸:

您寄给我的信多么迷人,我却读了心里难过,因为您那么想见到我,甚至为之落泪,而第二天您又能得到什么消息呢?您将获悉休假暂停。可是您听着,我的小花儿,今天已恢复休假,而且增加了人数比例。明天保尔将帮我在穆尼埃上尉跟前说话,我将知道动身的确切日期:最迟不晚于二月一日。我的爱人,当您接到这封信时,离我们见面就只有十天了。不过,当您从我的来信获悉休假暂停时,您必定情绪很坏。这好消息来得太晚,无助于改变您那一天的心情。正是出于这个原因,我才拿不定主意要不要告诉您,因为我想情况很可能并不严重(虽然那一天我特别不开心),但是话说出去就会产生严重后果。第一天我只是说:休假略微推迟,没说为什么。然后,第二天给您写信时,我觉得这次必须实话实说,因为上次没有告诉您真相,这对我是无法忍受的,于是我说了,同时还故作镇静。可是第二天一切都妥善解决了,所以我一直后悔让您上了心事。在信里道出实情会造成麻烦,因为实情随着时间而修改,信却是一个凝固的瞬间,它向收信人飞去,可能像一片屋瓦砸在他头上。结果是,假如我只字不提,您会毫无觉察。是的,不过这样一来,我们的关系就会有好几天变得不真诚。这又是所谓的虚假安全:您将有完整然而虚假的安全。可是,再一想,如果事情确实有那么严重?如果休假被暂停一个月?我的爱人,您不要害怕,我也会跟您说实话的(最多跟这次一样推迟二十四小时,以便有时间解决良心问题)。不过您今天收到我星期二的信,而这封信要到星期六才能抵达,想到这一层就叫我沮丧。话说回来,昨天的信已经令人放心。而且您想必已从报上了解了情况。

此外,我的小甜甜,我不知道这一天是怎样过去的:到了晚上我发现这一天几乎什么也没做。今天我要做三次探测,今天上午炉子没生着,户外是零下二十三度,您可想而知。直到十点半,大家冻得上下牙齿打架,屋里只有三或四度,然后突然一下炉子着了,转瞬间整个屋子奇热难忍。自然我没有干活,做气象探测冻伤了我的手:胳膊上长了两个小洞。您知道,真正的寒冷是很奇怪的,它有点儿可怕,但也给您一点快感。我每次外出总不穿军大衣,以便沐浴这狡诈的冷空气,我不知道有别的东西比它更渗透肌肤。炎热却是停留在外部的。您该记得卡夫卡笔下那些苦役犯,他们用自己的身体、自己的皮肉感受对他们的惩罚。我们也有这种感觉,好像人们在学习用自己的五脏六腑来认识某种外部的东西。还有,当我们做完探测,回到一间不是特别暖和的屋子里时,事情也很奇怪,我们感到自己的身体像一台冷气机,冷气一波又一波从你身上扩散到屋子中央,每个战栗都带有形而上的意味。说到底,我喜欢这种感受。此刻是晚上九点,户外零下二十度,明天早晨将跌到零下二十五度。说了这么多,只是为了告诉您直到十点半我什么也没有做。接下来,我打开我的札记本,写下有关无辜的一些想法。然后,再次气象探测,接着我们与皮特一起到车站餐厅去吃饭,禁止在那里用餐的规定已被取消。下午我读了几页格莱塞的《二十二班》,是德文原版。(昨天有个人不敲门就进来,递给我一本书,冷冷地说:"拿着,我还给你。"然后走了。就是这本《二十二班》,不过我从未借过书给他。)然后我接着写关于"无辜"的札记,还写小说。然后气象探测,然后又是工作,然后晚饭。米斯特莱带来一瓶白葡萄酒(这是新定的规矩,轮流请客,每晚一升白葡萄酒),然后,此刻,我给您写信。明天我没有公事,将多干一点自己的活。我必须加快速度,如果我想把这一章写完了带给您。

我的生活就是这样,小甜甜。当然总是幸福的,但是我想见到您,快把我想死了。这次有眉目了,我可以对自己这么说,而且数日子了。要不了一个多星期,我就跟您在一起了。您那边准备得怎么样了?我母亲把我平时穿的衣服交给您了吗?那说明她想得周到。万一她忘了,您得跟她要,因为我不想穿得怪模怪样的在巴黎散步,哪怕第一个晚上也不行。

我爱您,我的小甜甜。某件东西正在这几天结束,我说的是我们的第一次长期别离。我将与您重逢,把您看个够。我吻您的小脸蛋。

一月十九日

我迷人的海狸:

半个小时以来,有只猫跟我们做伴。它像图卢兹的胖阉人一样肥胖,而且气度相当高贵。凯勒给了它几大块肉,跟它说:"看你怎么对付。"至于保尔,他说:"猫在镜子里看到自己的时候,它的反应很古怪。"于是他把猫逼到屋子角落里,让它照他的便携镜子。我们也有咖啡,满满几罐,是厨师为我们弄的(当然是军官餐厅的厨师,不是流动餐车上的)。总之,我们安顿下来了。自然这也是谈论休假的时间。不管怎样,我是要走的,我亲爱的海狸:最晚二月一日,我就在您身边了。保尔去见穆尼埃上尉,上尉给司令部打了电话。事情定下来了。您想,等您收到这封信的时候,离我们见面就只有八天了,最多九天,我的小花儿。我有多么幸福啊,我的爱人。

今天我做了什么?我写作,先是写关于军士的想法,然后是有关孤独的,觉得挺有意思。您知道,人们总在想:孤独(在人群中的孤独,等等)意味着什么。我想把这个问题弄清楚。我没有碰小说,但是明天我将只写小说,不写别的,因为我感到有趣了。不过我不明白,为什么我付出的时间相等,进度却慢了下来。难道是由于疲劳?既不是体力,也不是智力的疲劳,而是一种近乎厌恶的感觉?我说不清,但是事实俱在:从九月一日到十一月一日写了一百五十页小说,从十一月一日到一月十五日只完成七十页。不过需要说明,我写了许多札记。哦,我的爱人!我想到此刻我为能见到您而欢欣鼓舞,而您仍有怀疑,还在担心,不知道休假已经恢复!

今天晚上,当着伙伴们的面,我为米斯特莱开了一堂性知识课。他听得直流口水。此外,我在夏洛特那里吃午饭,从纯军事观点而言这一整天什么也没做。也没有读书,不知道时间是怎样过去的。没有您的信。

就这些,我的小人儿,我过得很开心。我的爱人,我将要见到您了,我用全身力量爱您。

注意:1)待您知道我抵达的确切日期,马上在西北风旅馆订一个房间。2)万一我母亲打电话来询问确切日期,您把我实际抵达的第二天作为那个日子告诉她。3)不要在车站等我,因为萝赛特·皮特曾去车站接皮特没有接到,那里人太多太乱。您本想早半个小时见面,结果可能浪费一小时。我下午五点到。您不如在东站附近一家咖啡馆等我。您得在下封信里写清楚这家咖啡馆的名称和确切位置。

一月二十日

我迷人的海狸:

……

我一头扎进某种形而上学了。它艰难,不好弄,但是能给你回报。它自然与道德学相配,所以我的札记将会变成哲学论著。今天,我整个下午思考 Mit-Sein①,但劳而无功。上午写小说,兴致不错。然后读德文版格莱塞的《二十二班》。加上三次气象探测,这一天就过去了。不过过得挺有滋味,因为它有个很近的迷人的未来。十天后我将见到您,将与您一起安详地散步。再绕过几个小弯,我们就在一起了。为什么我要去美霞驿站饭店?我也不知道,我的爱人。您知道,我在脑子里重现我们一起去过的地方,一会儿是这里,一会儿是那里。于是我就给您写信,说出我当时想到的场所。这是我喜欢的街区,而且那家餐厅的冷盘做得好。不过路易十四是必须去的,那是另一回事。当然,还有杜科泰。然后,可能,还有哪一家?皮埃尔呢?您以为如何?还有利普啤酒馆,毕竟要到圣日耳曼大街去一趟的。我爱您,我的小可人儿。我们早早起身,出去散步,这有多迷人!您知道我在想什么?我想的是,如果早晨六点起床,我们就可以到圆顶咖啡馆去喝上一杯而不受干扰。我特想跟您一起上那儿去。

---

① Mit-Sein,德语哲学名词,mit 相当于英语 with,Sein 相当于英语 being。

刚才我没跟您解释清楚,我这个建立一种形而上学的企图有它古怪的一面。简单说,迄今为止我们作为循规蹈矩的小现象学家所做的事情,无非是一种本体论。人们或者追随胡塞尔去寻找意识的本质,或者跟着海德格尔去寻找存在物的本质。但是形而上学是一种"本体术"。现在我们插手了,我们不再思考本质问题(思考本质就引向本相——关于可能性的学问——或者一种本体论),而是思考具体的、已知的存在,我们质问为什么它是这样的。大致上希腊哲学家就是这样做的——有个太阳,那么,为什么会有个太阳?我们不去问:"什么是所有可能存在的太阳的本质",或者"什么是作为存在的太阳"。我们现在的做法比较野蛮,但是更有趣。阿隆想必会赞许的,因为他一直鼓励我研究形而上学。……

我的小亲亲,我多么爱您。多么想见到您。我们是一个人,我的迷人精。

一月二十一日

我迷人的海狸:

出了个小乱子:我把眼镜砸坏了。幸亏坏的是镜架。那是刚才,我去打汤的时候。我得走进一间有斜顶天花板,热气腾腾,蒸汽弥漫的屋子。进屋前,我把眼镜摘下来放在裤袋里,否则突然从零下十度升到零上二十度,从干燥的冷空气转入潮湿的热气,镜片上会挂满水汽,我就什么都看不见了。可是今天,厨师不小心碰翻了我的饭盒,我弯下身子去捡,把腰部贴紧大腿,眼镜夹在中间,就断成两截。今晚,好心的皮特用探测气球上的胶带裹住断裂的部位,把它缠牢,我就这样将就着戴上。它摩擦我的皮肤,使我眼睛发痛,不过我会坚持到星期四。星期四我将"进城"去领氢气筒,借这个机会绕道经过一个大一点的城市,重配一副镜架。

这是今天的大事。另一事件,是没有收到任何信件。火车晚点两小时,因此我们明天将有两班邮件,上午九点和晚上各一班。

这些天来,我都在办公"场所"地板上铺一条褥子睡觉,因为那间屋子暖和,此外我也乐于让皮特严严实实把自己裹在睡袋里,独自睡觉。这有点儿对不住凯勒了,他的产权意识特别强烈,总是硬撑到半夜十二点,像个吃醋的情人,不允许有人在他睡着时占据这间屋子。所以我昨夜也睡在那里,睡得很香,直到今天早晨听见保尔在走廊里嚷嚷着找我:已经七点半了,我完全忘了需要早醒。轮到我去打汤汤水水。我的任务是到邮局寄信,然后到流动炊车去领咖啡。我还来得及寄信。但是错过了咖啡,只得跑到面包店去买巧克力。路上景色迷人,我走一条积雪的小径,感觉像在冬季运动场里。最后,上校的厨师为我们煮了极好的咖啡。然后我研究形而上学直到中午。我以为我做的工作真的很有意思,而且是新的,与胡塞尔哲学完全不同,与海德格尔,与任何哲学都毫不相同。它倒是与我以前关于感知存在的看法相似,由于缺乏专业手段,这些想法胎死腹中,但现在我可以用现象学术语和存在主义哲学术语加以阐发。我急于向您证明。很奇怪,战争和那种感到自己多少有点儿"迷失"的印象给了我胆量,就是说使我往前走,不去操心我是否与自己以前的想法相一致——甚至不关心今天的我是否与昨天的我相一致。这种思想方法卓有成效,而最终你还是能与自己保持一致,并且有个好处:你不是被迫与自己一致的。与保尔和皮特在夏洛特那里吃饭。然后我们回到这里。有关我的休假问题,在司令部遇到一些小麻烦,不过穆尼埃上尉斩钉截铁地说,我可以在二月一日走人。我想我们可以完全信赖他。麻烦纯粹是由于司令部不肯改变决定:大致说,根据他们荒谬的计划,我应该在十号前后与保尔同时休假。可是上尉不能接受四个气象兵同时走两个。这样的话,只要稍有障碍(留下来的人中有一个患病,或者任何类似的情况),就得完全取消气象探测。所以唯一的解决方案是让我提前休假,以便我能在二月十五日前回来,然后让保尔出发。没有别的方案,因为所有的休假都应该在三月一日前轮完,就是说最后一批走的人应该十五日出发。何况上尉有权这样安排,因为有关休假的条例明确规定,可以由于服务方面的原因而改变休假次序——这样做在我们这里本是家常便饭。不过司令部将不得不对名单作些改动,您难以想象,军队行政部门多么不情愿改变已经做出的决定。但是权利将得到尊重,尤其因为穆尼埃上尉是参谋部人员,因此他能做他想做的。我告诉您这一切是以防万一,我的小甜甜,同时我向您保证,二月一日五点——或者最晚二日,星期五,如果我一日动身,您将见到我穿着军装抵达东站。我的小甜甜,我们俩在一起将有多幸福!

没有您的信,我像失魂落魄。明天我应该有三封:我一直没有收到的十七日的信,我本应今天收到的十九日的信,以及正常情况下应该明天抵达的二十日的信。

下午我写小说,晚上米斯特莱来串门,我跟他讲西班牙战争。现在成为定规了:每晚有人负责带来一升白葡萄酒,他们坐下来,我开讲,他们听。然后我把皮特为我准备好的一块牌子挂在墙上:"请勿招我讨厌。"我让他们极其畏惧,就像从前我在柏林令人畏惧一样。很奇怪,我的年龄与所处的团体可以变化,我与别人的关系(高等师范学校——柏林——此地)却始终不变。米斯特莱取代了布伦什维克的角色,保尔替换了克莱。现在我对米斯特莱和保尔行使我希望的那种统治,那不是帝国主义,但能使我享有王者的安宁,这很有价值。在平民生活里我是绝对的真正主宰。我有运气。

明天见,我的小甜甜。二十三日您将收到这封信,再过一星期我就回到您身边。此外,看来我们不会长期待在这个地方。

我用全身力量爱您,我的小花儿。

一月二十三日

我迷人的海狸:

今天没有您的信。原因是铁路事故,死了七名休假士兵,伤了四十名。这以后,提到休假,人们除了高兴还变得谨慎。就像上士说的:"他们是出发休假呢,还是休假回来?""他们回来。""那还好!"至于我,如果事故必将发生,我宁可在归途遇上。总之,邮件抵达的时间搞乱了,上午有信(迟到二十四小时),这已经令人奇怪,然后整天无信,让你干着急。比如说,现在四点半,我给您写信以便与您有所联系,既然我今天读不到您那可爱的像苍蝇爬一样的笔迹。还好我收到塔妮娅一封有趣的信,还有《玛丽亚娜》杂志(签名安德烈·鲁博)一封至少令人惊讶的短信:

萨特先生——气象探测哨——108防区(这是地址)

然后,笺头底下:

先生:

我们很高兴考虑与您合作的可能。甚盼您能在近日内与我联系,以便确定会晤的日期。

顺致敬礼等等。

我一直以为,在这场奇怪的战争中,人们根本不把应召入伍的士兵当一回事。这封信证实了我的看法。总算不是他们上前线。不过,关于我们在前线服役的情况,他们在后方的了解确实糊涂得可以。

我今天做了些什么?首先,昨晚我睡得很晚(一点左右),然后我被冻醒(昨夜气温为零下二十五度,就是说室内零下六至七度)。随后两小时我未能入睡。然后,今天早晨,我嘴上长了个冻疮,像我从希腊回来那次长的那个。我很害怕带着它来见您。到下午它不肿了。早晨去领咖啡时我有点儿发晕,现在没事了,整个上午我都用来写作,写下自己关于总体性和无功绩的道德的想法。我们以后会讨论这个问题的。

我跟皮特去车站咖啡厅吃饭,坐在我们旁边的一名军人发表高见(没有根据),说我们就要开拔了。于是夏洛特看着我说:"那么说,我见不到诸位帅哥飞行员了。"如果这不是嘲讽,那么她对人真不算苛求。您难以想象,我留着连鬓胡子,鼻子上架着用线拴住的眼镜,那样子有多寒碜。今天上尉对保尔说:"他就要休假了,会不会刮掉胡子?""我们在讨论。"保尔说。于是上尉和中尉举手向天:"太可惜了。他的胡子,跟他的衣服和眼镜很相配。"您别担心,我会刮掉胡子的。我母亲来信说,你们商量好了要在这个问题上对我施加压力。您知道,我不愿意整个晚上穿一身军装在巴黎逛来逛去。您得给我母亲打个电话,要她把衣服存放在门房那里,您可以打出租去取回来。或者随您安排。您要提前几天去取衣服,免得太张扬。您将收到一封电报,因为事情将在三十日或三十一日正式定夺。在您这一方面,您要把车站附近您将在那里等候的那家咖啡馆的地址告诉我。接到这封信后立即写信告知,因为这封信将于二十五日或二十六日抵达,二十九日或三十日我可以收到回信。如果我的电报上写着"某日抵达×咖啡馆如约",那您就在那里等我。不过,如果电文里没提到咖啡馆,那就是我没收到回信,您就要在三剑客咖啡馆等候(如果它关门,就在拉利咖啡馆等我)。最后,另一点,不能过于信任电报。所以我到最后一天依旧给您发信。如果您没收到电报,就照我在最后一封信里写的去做。

我的爱人,这些信显得忙忙碌碌,好像我这个人说到就到了,不是吗?到巴黎去,真叫我开心。我们俩在一起将有多么幸福,我亲爱的,亲爱的迷人的海狸。我爱您。

一月二十四日

我迷人的海狸:

怎么? 小坏蛋,居然不乐意我来休假? 该死! 您不知道吧,跟您一样,看到一个人疲惫不堪从巴黎回来,我也曾感到某种幻灭,这情绪持续至今。不过这一切都是游戏,您知道。只消上面作为试探,取消我们的休假,我们就会像驴子一样怨声载道。好在根本谈不上取消休假,等您收到这封信,大概是星期五吧,我只差六天就能见到您了。从今天起我就在想,再过一周,在同一时刻,我就坐在火车上了。我要坐二十六个小时的车,抵达巴黎的当天晚上必定有点儿困顿,但是将有多高兴啊。我给母亲写了信,要她把我的衣服打个包裹,存放在门房那里,"我会派人去取"。

今天我跟皮特吵了一架,占去不少时间。原因是我昨天指责他躲避勤务,因为他借口疝气发作,不参加领煤。他有理由生气,就列举自从(一九)三九年九月一日以来,他为我们这个集体做了多少事。保尔插进来,他们责怪我对人太凶,自命不凡。我责备他们懦弱,骂他们混蛋,彼此说了些不可挽回的话。这种话只能在家庭成员之间说,我们却每半个月说一遍。然后我们去做气象探测。我不告诉您争吵的细节了,我甚至没把这场争吵记在札记上,它与别的争吵没有差别。此外我写我的小说,是关于鲍里斯那一章,写得很顺手,然后我写了一点有关形而上学的东西。我真的以为我这项工作做得相当好。我经由现象学回到教条主义,保留了全部胡塞尔,他的"存在于世",其结果却是抵达一种绝对的新现实主义(我把格式塔理论包括进去)。您会说:整个儿是一拼盘。可是不然:这是个条理分明的理论,它围绕虚无或存在内部的纯粹事件这个概念展开。我收到一封有趣的信,来自一个颇有意思的学生,名叫肖法尔①。去年他不愿意成为弟子,竭力"抗拒"。他在信中说,六月时他对准备文学教师资格考试拿不定主意,我劝他研究哲学,这一天对于他有决定意义,因为他随即下定决心搞文学,跟我唱反调。"所以今年我开始准备文学教师资格考试。连续三个月,我听了几乎全部法语和拉丁语课程。然后,十天前,非常勇敢,我打发这一切统统见鬼去,因为我烦透了,我又试着去读哲学。那时候——十天以前,我对自己很满意,我自以为是个有主见的人。然后,几天前,我跟一个伙伴讲这故事的时候加了一句:'其实萨特早就说过,我不能搞法语。'我一下子泄了气。我以为,这才是我放弃文学的真正原因。我想,从十月起我就决定不继续下去了,我已经厌烦了。我写信告诉您,以便您提防自己的影响。您其实也知道自己很强大。我的意思是说,在您身边罗盘也会指错方向。不过我无意要您承担不属于您的责任。我是自由的,至少我希望如此,我之所以把这件事如实相告,是因为我总得跟什么人说一说。"他还神秘兮兮地在信里附上一名高师学生写给他妻子的长信。那人学哲学,应征入伍,他在信里,在两次称呼"我的小亲亲"之间,不无赞誉地为她阐述了安托万·罗冈丹关于存在的理论②。

今晚收到您的包裹,谢谢,我的小甜甜。我立即开始读《吉勒》。这书写得生硬,一副咬牙切齿的口吻,我觉得很低级。我会把它读完的,但是借用这里的说法,我要"扶着自己走"。我只看了一眼罗曼的新作,觉得它们又回到了这个系列头几卷的平庸境地③。所以读不读《凡尔登》要听凭偶然了。

就这些,我亲爱的小可人儿,我的小甜甜。此刻我如此强烈地爱您。您知道,我的幻灭指的是巴黎的气氛,是人们能从饭店得到

---

① 肖法尔后来成为一名优秀的作者。——原注
② 见萨特的小说《恶心》。
③ 指于勒·罗曼的系列小说《善良的人们》(1932—1947),共二十七卷。

的乐趣,还有别的什么。但不是指您,小海狸。我只想再见到您,拥抱您,然后,像我以前说的那样,"一把抓住您,对您解释我的理论"。在您读我的札记的时候,我很乐意在您身边读您写的小说,我满心喜欢。

我爱您。

收到热拉西(?)寄来的沙加尔画展请柬(五月画廊,波拿巴特街十二号),我很想与您一起去。

一月二十五日

我迷人的海狸:

今天动真格儿的,我不给您写长信。前天我也这么跟您说过,我想,而后您仍收到满满四页,您必定笑话我了。可是今晚我的手和眼睛都感到疲劳。我写了八十页札记,我不知道您是否意识到这意味着什么。因为今天早晨醒来时,我隐约看到了我努力想象的架构小说的方式(列维的话叫我很不安:他说我没有小说家的想象力。而且我知道您跟 B 讨论过这个问题,您跟他说,人们能在福克纳的作品里感觉到他发明的东西)。我想把它写入札记。今天早晨我开始做这件事。除了完成打汤的差使,我只忙这件事,刚做完。

看到一部小说是怎样架构的,这挺好玩。不过我真的以为自己没有小说想象力。这不是说我写小说不如别人,而是说我不是"生来"写小说的。您不久就能读到我那八十页札记;当您收到这封信的时候,离我们见面只有五天了。我不认为我马上就要出发休假,但我已体验到出发的心情,周围的物件离开了我,我原来像虫子钻进耳朵一样扎进这间屋子,现在却在这里感到一种不稳定性。空气里弥漫着一种快乐,同时也有轻微的遗憾,因为我想,我不会重返此地了,等我休假归队,我将在另一个地方与伙伴们重逢。这是一次重大的旅行。此外,没有新的。我读《吉勒》,感到恶心,读《二十二班》,饶有兴味(因为是德文)。我与皮特和好了。他们监视我,老想使坏。皮特开始读《生活的甜蜜》,这本书以对私人日记的尖刻批评开始。因此他把书翻到合适的那一页,然后摊开来。带着满脸奸笑指给我看。我将把这段文字抄在我的札记里,因为它说得很准,但我要为自己辩护。还要告诉您,一家日本杂志给我写信,要我给他们八页打字文稿,他们将支付不低的报酬,因为我的"著作在日本备受推崇"。我不会写那八页文章,但是,您可以想见,读到这句话我挺受用的。此外,库瓦雷写信说,他的《哲学研究》杂志可以接受我的任何文章。我打算为他写点关于虚无的文字。说真的,这取决于您的意见。只要涉及我的札记的内容,我就会产生一种不光彩的吝不示人的心理,我不愿意提前在别处,用讲究的文体和严格的结构谈论我在札记里随意评论的东西,以免它失去新鲜感。您在读我的札记时,如果认为在发表时可以或者应该取消哲学专业性太强的段落,那么库瓦雷将得到关于虚无的文章。如果相反,您认为我关于虚无的想法的历史与那些想法本身具有同等意义——我的想法是逐日形成的——那么我为他写别的东西,随便什么。由您来决定,我的小审判官。您知道吗:您需要读八册札记。

  我的爱人,我要您给那位夫人写信,把小说寄给玩具娃娃。赶紧办这件事。然后,还要把您手头保存的文稿寄走,但要等我回来,因为我还要加上七十五页。玩具娃娃将把两份打好的稿子挂号寄回给您,您自留一份,寄我一份。

  您看,我的小花儿,结果我还是写了三页。但凡给您写信,不可能写得比这少。我爱您,我的小海狸,您是我的小亲亲。

  今天没有您的信。但昨天有三封。

一月二十六日

我的爱人,我迷人的海狸:

我收到您迷人的信晚了一天,您在信里对我即将归来不再满不在乎了。我的小可人儿,这使您心烦,您害怕这会妨碍您工作。嘿!您啊,我们将多么幸福。要说实话,我既没有得到确认,也没有得到否定的消息,一切照旧,上尉和善地提到我的胡子,我将在二月一日前刮光胡子,不过这太可惜了。仍然没有确切的消息。不过您放心,对于当兵的,这是好兆头。军人动脑筋慢,但是稳健,想法在表达之前要经过长时期的酝酿。

今天我有点儿懒,我读了《吉勒》,既生气又感到好玩。我觉得这本书对布勒东(卡埃尔)很不公正,我甚至可以承认布勒东的生活里有一些可悲的、多少像侦探小说的丑闻,如保尔·莫雷尔的故事。但是仅从他对丑闻的可悲嗜好来把握这个人,未免太轻率了。超现实主义是这以外的别的东西,德里厄对超现实主义曾是什么——不是布勒东和阿拉贡曾是什么——说的都是浑话。其次,一个人总是抱怨自身所处的时代,他就招我讨厌。谈论他的同时代人时,他写道:"我让他们偷走了我的灵魂。"我读了直乐。换了我,我会感到害臊,因为说到底没有人逼迫他这样做。我甚至会害臊到不想去指控别人,而是指控我自己。他真是个小混蛋。再次,他谴责共产主义,这也由他。不过,他到第四共和国的客厅里去寻找共产主义,这未免过分了;他似乎完全忘了,有些工人也是共产主义者。这一切都透着书斋的霉味。就小说而言,倒不是始终写得很糟糕(当保尔·莫雷尔精神病发作,加朗来探望他的时候),但是太草率,结构很差。有些主要场面他没有处理(加朗与警察的关系),有些主要人物他一笔带过(警察,正好是他),还有重复和不连贯之处。不过有一些精彩场景,如那个一心向上爬的犹太小女子来到巴黎后,惊讶万状,到处寻找她的疯子情人。

我写了几页小说,也写了点札记,此外就是做了三次气象探测。过的是修士般平静的日子。明天我要去领一筒氢气。我要绕道去一个大城市,在那里理发,换我的眼镜架。告诉您,《想象的事物》将在二月上半月出版,人家请我出席首发式,如果我届时在巴黎。我将趁您在中学的时间做这件事;我,一个士兵,在所有这些书上签名题词,会感到很开心。有家日本杂志邀我供稿,我婉言谢绝了,因为日本人很坏。今天没有巴黎的信,您的信是我应该昨天收到的。就这些了,我的爱人。这封信谈的也是日常琐事。不过您知道,我满心喜悦想到即将动身,即将见到您。

明天见,我的小可人儿,我甜蜜的小花儿。等您收到这封信的时候,离我们见面只有四天了。我吻您的小脸蛋。

一月二十六日

我迷人的海狸:

我困极了,试图写几页小说,发现自己对着词句遐想,我写下"橱窗",仿佛又和您一起待在阿拉松。于是我放弃了。我给您写信,但这也不能使我清醒过来,我这就去睡觉,也不给别人写信了。困到这种地步,似乎要脱离地面,这种感觉挺受用的。

今天上午,我与凯勒坐一辆经过伪装的卡车去领氢气筒。司机是个有趣的角色,他入伍前是摄影师,大概因为这个才当了卡车司机。他披一件漂亮的羊皮大衣,有一张表情丰富的黑脸蛋。然后我们到大城去,费了好大劲才抵达。天上下雪,车子的前玻璃窗结了霜。当然没有雨刷,司机说"我们要采取重大措施了",接着他在一块抹布上撒尿,用它去擦玻璃窗。结果令人满意。我在大城买了眼镜,理了发,不过没有过分。我让人修剪了胡子和颊须,只为我不能抵御看到自己变成那副模样时的乐趣。不过您放心,到了适当时间,这些累赘都会去掉的。天色阴暗而壮美,灰色的天空,大雪如崩,成群的乌鸦停在农田里甚至公路上,还有许多小雪橇。我们中午回来,我在夏洛特那里吃了酸菜猪肉土豆。然后,下午,我等待信件。来了一大堆信,有塔妮娅一封、母亲一封,两封是您的。这令人愉快。保尔回来时跟我说,穆尼埃上尉为我休假的事亲自去了司令部,人们答应他让我二月一日走,这样二号晚上我就在巴黎了。出于谨慎,他还要我把出发日期大致预计在一号和三号之间,以免失望。无论如何,下周是走定了。所以我星期五或星期六就到了。您将及时得到确认,我的小花儿。我很熟悉老人咖啡馆。大厅比路面低,要下两级台阶。您务必在大厅里等我。不过,如果您有别的事,用不着四点半到那儿。理论上,列车抵达时间略晚于五点,但它从未有过不晚点一两小时的先例。您五点一刻或五点半到,就可以了。我的小亲亲,我的爱人,不到一星期我就能见到您了。

我高兴您喜欢《城堡》,而且觉得它比《诉讼》好。我的看法跟您完全一致。不过您认为,人们只应该写卡夫卡那样令人不安的作品,这想法太古怪了。这不是绝对必需的。这取决于每个人的本性。多斯·帕索斯那里就没有丝毫这样的东西——福克纳那里,实质上也没有。我忙着读您的小说,我很希望它一开头就是杰作。是的,我的爱人,我们有那么多话要说,嘴巴会忙不过来,就是这样,我们也不能完全补足失去的时间。

再见,我的小甜甜,明天见,我爱您。我们将多么幸福。

一月二十九日

我迷人的海狸:

这一天过得愉快,但没有内容。是那种以后不会记起的日子。我做了几次气象探测,读完《二十二班》,在札记里漫不经心记下我对《吉勒》的看法,还写了几段小说。这期间,我在夏洛特那里吃中饭,晚上与米斯特莱聊了一会儿。我对他的影响那么大——由于他的软弱——以至于从前天起,他再也不敢夜里在房间里使用尿壶。我跟他说这太臭,他郑重其事向我道歉,说他年纪大了,但是我不接受他的道歉。前天他开始往窗外撒尿,还得意扬扬地告诉我。打这以后,每天早晨在他窗户底下的雪地上都开着黄花。保尔每天看到时都感到恶心。然而,由于他的驯顺,我不再喜欢他,也不觉得他有趣。我再也不能与他面对面说话。我要把这事儿记下来。我不是阴险小人,我总是正眼看人。可惜这是徒劳,因为我有一只眼斜视,他们以为我望着他们的耳朵。不过,当一个人冲我散发某种恶臭时,我会躲开他的目光,傻乎乎地赞成他说的一切。今天晚上,我实在无法正眼看他。有时我强迫自己端正眼神,但是我的目光会自动移开。现在他走了,一切归于平静。凯勒看书睡着了,皮特用"香芹"在脸盆里洗衣物,那东西出泡沫,还咝咝作响,他把手帕泡在里头揉搓。保尔睡下了,他九点准时睡觉,他的睡意和胃口一样大。猫也在,凯勒说它是"书记员"。这会儿很安静也有趣,但日复一日,天天重演。我把自己设想成一年或两年后我变成的那个人,他与您一起重读这些信,他想通过每封信找出写信那一天与其他日子的差别所在,可就今天而言,我实在帮不了他,我找不到任何能标志这一天,使它具有某种特殊性的东西。这一天无非是与许多别的日子加在一起,组成一个无区分的整体,我将把它称为我的战争时期。这大概是因为我就要休假了,我对这里的一切更加不关心了。我的爱人啊,当您收到这封信时,可能再过一两天我就回来了。我们俩将有多幸福……跟您说,我们要选供应肉食的一天到维莱特的达高诺饭店去吃一顿,听说那里的菜好极了。然后,下一次,我们去梅尼蒙唐和美丽城。我发现,我晚回来也有小小的好处:咖啡馆将一直开到半夜,我们将有与和平时期同样长的夜晚。我爱您,我亲爱的小花儿。

明天见,我再给您写两封信,就回到您身边了。

一月三十日

我迷人的海狸:

收到您二十八日的信。您说这是最后一封了。事实上,我还能收到两封信,如果您已经写了,因为假定我一号出发,动身时间是十九点,而信件抵达是十四点。所以我还能收到,我希望读到这两封信,因为昨天和前天的信没有抵达,我想明天能到。现在,我究竟是一号,还是二号三号出发?我心中无数。但肯定不晚于三号。军队行政部门善于事先糟践它赐给你的小小快乐,直到最后一分钟它就是不让你心里踏实。所以,我的小花儿,您要像我一样有点儿摇摆,有点儿含糊,不要太执着。重要的,是过五六天我就在您身边了,我将把您可爱的纤瘦的小身子搂在怀里,我们将无比幸福。我那么爱您。您给我写了一封很甜蜜的信,我的爱人,想到我一回来,您就能找回"有重要意义的东西",这令我大为感动。能像我们俩一样开心,不必担心会有来自我们自己的任何失望,这事儿很有趣。哦,我无瑕的宝石。

此间有什么可说的?白天下雪,我们借机不去探测阴霾的天空,上午我专心写札记,下午写小说。我写完关于鲍里斯以及他和丹尼尔见面那一章,明天我必定要润饰一遍。后面的日子——如果后面还有日子——我将修改这七十五页中几处明显薄弱的地方。这期间在夏洛特那里吃午饭,并读完《沃尔热与基奈特反目》。这书有点儿趣味,而且我更喜欢听罗曼,而不是德里厄议论超现实主义者。总的说来,罗曼比较高明。在最近几封信里,您想必不无恼怒地发现我说德里厄,就像凡杜林夫人说里姆斯基一样。① 这不是我故示亲热——虽然《新法兰西杂志》的人都这么说——而是因为这个名字真的太长,我懒得写全了。听您的劝告,今晚我还用心读了阿拉贡发表在《新法兰西杂志》上的小说开头部分。确实写得很好,而且,虽然我们没有在那个时代生活过,但感到他抓住了某种"一八八九"特性,不过心理学方面很贫弱。就这些。全都是文学新闻,我的小可怜,不过您还能要求我说别的什么呢?好像有些日子是这样的,你望着它们,它们就为你提供一些小东西,比如寒冷或者房屋的某一面貌,或者此间的人际关系。然后有另一种日子,如前天和今天,你没去望着它们,它们也过去了。其实它们并不缺少内容。不过您知道,这里所有的日子都有暗藏的财富,必须全身心投入,才能发现它们。我们肯定要从这里搬走。等我休假结束,不会重返这个闹鬼的小旅馆的。我们的继承者已经前来侦察,用既不好意思又挑剔的目光"访问"各个场所,完全像是参观一套出租的房间。"啊!啊!这一间如何?您打算怎么使用?您怎么安排?等等。"

就这些,我的小可人儿。自从我知道就要见到您了,给您写信就不那么有趣了。我寄给您的或者收到的信,对我都像是骗骗肚子的小点心。我要见到的是您本人和您的微笑,我的小可人儿,我要亲口为您讲述我的故事,从您嘴上听到您的故事。我爱您,我非常需要见到您。有个想法您觉得怎样:第一天晚上我们到杜科泰去吃晚饭,这是个理想的重逢场所。

我温柔地吻您,我的小花儿。

我将继续给您写信,直到出发那一天——或者直到前一天,您

---

① 凡杜林夫人,普鲁斯特《追忆逝水年华》中的人物,爱好音乐。里姆斯基全名里姆斯基-科萨可夫(1844—1908),俄国音乐家。

会收到电报。

一月三十一日

嘿,我可怜的好小海狸!

我要让您大大失望了。我急着跟您说,其实不过是推迟一周,至多十天。不过事情就是这样,您在等我,等我的电报,您已经准备好到那家比路面低的咖啡馆去等我,现在却还要您一天一天数日子。我的小可人儿,我亲爱的小可人儿,我多么希望您不要太难受。而且我知道这不会是真正的痛苦,因为您知道我要来了,不过这事儿带给您强烈的失望,我想您都哭鼻子了,再则它使人对未来产生一种没有理由的不信任感;我怕您再也高兴不起来,怕您那等待的乐趣全都败坏了。我的小人儿,我亲爱的小人儿,您得跟自己说,不管这事情有多么可恶,它不过是延期,不过是要您再等十来天,它不是意味我们的休假绝对取消了。不过他们真是擅长败坏他们赐给你的小小快乐,因为,如果他们慷慨地爽气地给了你,你本来会觉得这十天很充实美满,可现在,一再希望又一再失望之后,人们最终会想,这事儿也没多大意思。可是您别也这么想,我的小亲亲。您要想,仅仅为了看摩天楼,为了把它们掺入您的生活,您也愿意在纽约待上两天。我的爱人,道理是一样的。这十天的时间不算长,但是它意义重大,因为我们将能相互触摸,彼此为对方而存在,把我们的生活掺和在一起。这以后,我们有耐心再等待,然后共享从您离开我起我们经历的一切。我那么爱您。

需要跟您说说发生的事情:实际上什么也没发生。只是因为什么都不知道,我们感到事情有点儿蹊跷。保尔于是去见穆尼埃上尉,后者前一天派了一个居心不良的大笨蛋去解决问题。穆尼埃上尉曾满口答应让我二月一日出发(要不然我不会允许自己让您抱这个希望),那一天他事情很忙,回答说:"您叫我有什么办法?事情不顺。我不知道他什么时候能走。""可是这一来,我们的假期就交叉了,您不是不愿意这样吗?"他做了个手势表示无所谓:"您叫我有什么办法?你们的假期会交叉。不管怎么说,我们可以休息。"就这样。我什么时候动身?最晚十五号:所有休假者必须三月一日前归队。我不敢让您指望我早几天回来,因为我已为让您空欢喜一场而深感内疚,不过我不以为我将是最后一个休假。所以,不妨指望我八日或二十日回来。别太烦躁,我的小甜甜。

剩下查佐里奇的问题。跟她怎么说?我以为最好的办法是迎难而上,跟她说您不知道我什么时候回来(明天我给塔妮娅写信,也这么说),您在知道我的确切日期之前不能决定动身。

对于我,这个打击自然非同小可,然而我决心如岩石一般坚强,我在二十分钟内就恢复了冷静。我只是为您担心。还有,我将两三天没有您的信,没有书,没有钱,这日子不好过。我的小花儿,您得继续每天给我写信。然后,一收到这封信,就寄五百法郎给我,然后在书单上选三本书,迅速寄出。如果我没时间在出发前读,至少我在路上需要读书。

我的小亲亲,我的小花儿,我那么爱您,我那么想见您。您要有耐心,无论如何,我们从未比现在离重逢之日更近。我用全身力量拥抱您。

您将有八本,而不是七本札记要读。

二月一日

我迷人的海狸:

只说几句话。一切都变了,我三号或四号出发。不过这一次是当真的。我去过司令部,明天上午我要做体检。所以,四号或五号晚上我准能抵达。在您约定的地点见面,我对这家小咖啡馆记得很清楚。我的爱人,与您重逢我多开心。您将在我抵达前一天,也可能当天收到这封信。您还将收到一份电报,以便最后敲定。不过,如果四号收不到信,您最好仍旧去约会地点,因为有时候信件寄达费时。

我很开心,我的爱人。这是最后一封信,三天后我将吻您的小脸蛋。我爱您。

二月十五日

我亲爱的小海狸,我的爱:

我一直说不清楚自己心里的某种感情,但是我可以跟您说,当我越过同一车室士兵们的后背,望到您泪眼模糊的小脸蛋时,我整个身心被爱情震撼了。这张脸是那么美,我迷人的海狸。想到它是为了我才这样美,这使我变得既强大又十分谦卑。我的爱人,我丝毫不感到忧伤,而是处于一种奇怪的温馨状态,直到现在,想到您的脸,我仍禁不住泪湿眼眶。我不要您忧伤,我的爱人。我以为给学生上课必定能使您忘掉一些忧愁。但是毕竟有过这个难受的激动时刻(我看见您慢慢转过身躯,然后走开),每想到您当时那么难过,我却不能把您搂在怀里,紧紧拥抱您,我就会一阵心酸。现在都过去了,而且这事情本是不可挽回的。然而我们已合二为一,成为一个人。如果这是可能的,我在这次休假后比休假前更爱您。我不说您是十全十美的,因为这会令您不快,而且确实只有格扎维埃尔与皮埃尔①才怀着阴险的默契,彼此说这类话。但您是我以所有方式认识的最优秀的人,您具备我喜爱的一切,而且在最好的程度上具备。我用全身力量爱您。我写的这些,并不是"符号"。

---

① 格扎维埃尔与皮埃尔,西蒙娜·德·波伏瓦的小说《女宾》的主人公。

在车上,伙伴们有点儿迷瞪,心气不顺。临了,有人弹奏班卓琴,他们唱起歌来。挺有意思的。我读侦探小说(平平),睡觉,吃饭,开始读《俾斯麦》,这一切都是在一种既骚动又温柔,有时接近悔恨的心情下做的。我害怕自己在假期中对您不够体贴。我的爱人,我终于找到一个悔恨的理由:我把您的小刀送给塔妮娅了。我的小可人儿,您知道,我在防区时十分珍惜这件东西。不过它已不能切割,尤其是,当我不在防区,而是在巴黎的时候,它就失去价值了。但我还是错了,我开始怀念它顶端镀金的小刀柄。我的小可人儿,给您写信变得很不方便。我还有一件小小的后悔事,容后再说。我此刻待在一个棚子里,跟我为您描写过的那种棚子一模一样,趴在一个汽油桶上写信,周围老有人走来走去,闹得厉害。我是四点到站的,现在五点,今晚九点再次上车。明天早晨四点我将抵达"军列专站",我想八点左右可以到达目的地。

我的爱人,我用整个身心的力量拥抱您,我真希望您就在我身边。我吻您的小脸蛋。

您写了一部很好的小说。

二月十六日

我迷人的海狸:

我抵达了。给您写信特有意思。尤其是重新开始每天源源不断写信。我的视野里唯有您,小亲亲。我多么爱您,我的小甜甜,与您一起度过的假期,对我是无价的珍宝。

我们可能三月二日动身,作三或六个月的休整。这件事必定让您高兴,我的小亲亲。您要知道,此事很有可能。我不赘述各种迹象,但是这里人们只谈这个话题,在列车上也是。事情好像有根据,何况在前线待了六个月之后,部队确实需要到后方好好休息休息。您可以开心了,理由很多,其中一条是我将不时有四十八小时或二十四小时的假期。我还得跟您说,我在抵达时得到的这些消息,大大有助于巩固我原本努力保持的镇定。

旅程如下:从九点四十分到十六点左右,火车。我不忧伤(许多人很消沉,大家都不说话。后来有人弹奏班卓琴,给人很深的印象),但是内心骚动。主要是对您的柔情;间或闪过塔妮娅的影子——然后是一种巨大的背井离乡感,然后又恢复了在假期中形成的习惯——直到看见的习惯,比如有一些感知模式,使我看见您正在微笑,然后这个微笑被新的现实撞得粉碎。不过我再说一遍,这不是忧伤,我甚至几乎感到幸福。如果有一种状态配得上这个名称,我以为我的状态可以叫做哀婉。

我读了点书。然后我下车,走进一些阴暗的棚子,人们在那里像牲口一样塞得满满当当。全是些垂头丧气或满嘴牢骚的人。不过我很快感到,阴沉和忧伤与否是意志问题,因为我感到眼前存在这种气氛,但我不在其内,我不愿意被卷进去。天哪,我的小甜甜,当我想到,在我服兵役期间,竟然也曾垂头丧气,只因我回到圣西尔待了五天,真丢人!那里有罐装啤酒,我喝了,还有循环放映的电影院,我动了去看电影的念头,终于未去,因为我觉得这是懦弱的表现,是逃避棚子里的黑色气氛的方式。于是我回到棚子里,那里有一股湿木材的气味,可是最后我觉得它挺有诗意。我开始写我的信,然后挨近炉子,与别的士兵一起,屁股靠着屁股取暖,一边抽烟,一边怀着幸福感想念您。我也不时想起塔妮娅,想起她紧紧抱住我,跟我说:"我的小亲亲,我的小亲亲。"这也使我异常激动。可是很奇怪,对塔妮娅的回忆今天冷下来了,现在我心里只有您。我的爱人,如果您知道这两天我是多么爱您,您就不会问我心里到底是什么感情,您就永远不会管我叫刷白的坟墓了。不过我应该说,有关自己的感情我始终不愿畅言,它们本可以得到更多的表露。尤其是昨天,因为那时候我快陷入可怜的境地了。

到二十一点二十分,我们被叫出棚子,登上拥挤不堪、黑洞洞、冷冰冰的火车(暖气管道冻坏了)。这列火车在黑暗中开动,我的邻座们开始抖动身体,骂骂咧咧,因为他们的脚冻得厉害。我劝他们到下一个停靠点就下车,改乘列车前几节车厢,因为那边的管道可能没有故障。我带头下车,踩着雪沿着列车往前跑。果然,第一节车暖和极了,我美美睡了一觉,直到早晨七点。然后我跟邻座攀谈,他告诉我,他的连长对物体的放射有特殊感应能力,用摆钟来检查各排所在的位置。如果摆钟告诉他,某个排不在他指定的位置上,他就拿起电话训斥他们。他用客观态度叙述这些事情,不作评判。可是,等讲完了,他补了一句:"此外,他是个混蛋。"

七点半左右,下车,又是棚子,我在那里喝了一杯咖啡,还是与几个脸色阴沉的家伙交谈,然后一辆卡车把我送到这里。我一个人下车,其他人在我之前或者之后下车。

这是一座小城,有曲曲弯弯的、沿着山坡建造的街巷,许多坡道很陡。在那里走动要费点力气,但有意思。我随意选了一条街往下走,走到底下,连人带行李摔了个大跟斗。一个路过的士兵认出我来,把我领到司令部。从司令部我来到 A. D.,那里的人用冷漠的微笑迎接我,这是意料之中的。除了皮特,他一把抓住我,立刻带我去小酒馆,然后跟我聊起每个人的情况。保尔在休假,米斯特莱调到军部去了。关于目前的形势,我明天跟您细说。至于眼前:挺好的餐厅,有趣的小城,绝对无事可做。不过我们这些探测兵没有自己的住所。我们十四个人挤在一间与您的房间差不多大的屋子里,很不好过。所以我马上要去找个住所。我看中了几个地方。今天我重新开始写札记。我不忧伤,但感到空空如也:重要的是要养成新的习惯,或者用米斯特莱的话说,"建造自己的小窝"。

就这些,我的小可人儿,这十天充满激情,但已成过去。以后还会有相同的日子，可能不久就有。我的小亲亲，我想您现在不太忧伤了。我要让您感觉到我多么爱您，我的小可人儿，感到我怎样与您心心相印。我跟您从前一样，总觉得我没有说够我有多么爱您。

我用全身力量吻您的小脸蛋。

……

二月十七日

我迷人的海狸：

今天无信。我跟自己讲道理说，今天不会有信的，十五号的信，必须在十四点三十分之前付邮，才能十七号抵达，而这是您做不到的。所以我并不失望，但是我只有收到信后，才能感到自己与这里的生活接上关系了。眼前我有点儿无所适从，我没有建成自己的小窝。一切皆空，不过这是一种有趣的印象，感到在你眼皮底下，虚空正在慢慢地填满。比如今天下午，我感到诺丹低头写信的身影在我的生活中重新获得一种价值，它在这个新的光照下，这间新的屋子里，延续了我的生活。我在这里的生活开始形成。产生一些新的印象，一些路径变得亲切（通向太阳旅馆的路，皮特把这家旅馆叫作 A.D. 总部）。

不过总体上说，这地点不太可亲，缺少一个 querencia①。我们在莫斯布隆那个窄小的 querencia 太可爱了，我们四个人住一起，照文书们的说法，闹得像口"炖锅"。这里的村庄倒不招人讨厌，人们绝对不打扰我们。只是无处可去。我们十个人挤在一个小房间里。……

军士第十遍讲他的故事，现在他要"刮掉小老爹斯大林的胡

---

① 见本书第 269 页注①。

子",梦想着派遣我们远征芬兰。真要到了那里,他必定送命,因为他像老太婆一样怕冷。为了让您放心,我得告诉您,如同我客客气气反驳他的那样,只有事先履行一个不足挂齿的向俄国宣战的手续之后,我们才能向芬兰派遣远征军。其他人不怎么说话,但是他们既然活着,就要制造许多响声。

上午我待在一家不怎么景气的大咖啡馆里。虽然那地方不准接待军人,人们还是容忍我了。中午我到隔壁餐厅去吃饭。吃得不坏,花十一法郎。一点半要赶人。于是我只能到文书办公室去。他们占据一幢豪华小楼的底层,很舒适,但没有神秘感,不像我们的美景旅馆有那种败落的魅力。这幢房子位于"大街"边上,与其他七座一模一样的房子排成一行,漆成蓝灰色,十足的德国风格。这个地盘从前属于一个王子,现在归资产阶级居住。其中一个资产者家庭把底层让给我们。可以听到他们在我们头顶上活动。所以从两点到五点我待在那里,读点书报——今天我写札记,谈到您说的"不可能实现的境遇"——您知道伊莉莎白①对周围环境的感受。我把我的休假归在此类境遇里。我也谈到我归队的情况(昨天在信里说了)。五点我回到咖啡馆,里面坐满了军人,不过他们的喧闹限于他们之间,不是冲着我来的(A.D.的可怕之处,在于每人特意向其他人发送响声,这种喧闹令人心乱。咖啡馆里的喧闹却像是泡沫),我可以在那里写信。最后——像十一月份那样——我自愿在 A.D. 值夜,因为能一个人待着。就这些。补充一点,今天上午我做了体检,每个人休假归来都要过这一关。下午我把需要锯开的木料送到木匠那里。所以我做不了什么事情。从明天起我或许接着写我的书,为了争取时间我将写雅克-马蒂厄那一章。我不忧伤,我的小人儿,但是我需要收到来信。我要您重

---

① 伊莉莎白,《女宾》中的人物。

新像把魔鬼关在瓶子里一样,把您的小身体关在信里;眼下它在自由游荡,因为它离我那么远,我不止一次感到没着没落。我那么强烈地爱您,我的小可人儿,那么强烈,那么强烈,由于我在这里绝对无事可做,连最小的气象探测也不做,我觉得我离您那么远太荒谬了。

我用全身力量爱您。

……

日本大使馆(宣传处)通知我,我的小说集《墙》已译成日文。但是此处有误:被翻译的仅短篇小说《墙》。

雅克·沙尔多纳寄给我他的近作《私人记事》。他在书中写道:"我敢说,马赛尔·阿尔朗的《最美丽的日子》、亨利·福科尼埃的《诺埃尔·马莱》、保尔·莫朗的《我的夫人》、让-保尔·萨特的《卧室》……都具有旧时小说的神秘和历劫不磨的品格,值得我们永远阅读。"我有点儿晕了。我高兴,尽管在战时,这一切仍在酝酿。

二月十八日

我迷人的海狸:

刚才,我终于收到您的长信。看到您没有因为我离去而过分难受,我实在太高兴了,我的小甜甜。我看到您悄悄走开,迈着滑稽的如机器一般灵活的步子,当时我真害怕自己过于激动。我的爱人,我很高兴自己对于您是幸福的源泉,永远不是(甚至现在)您忧伤的根源。我的小人儿,是的,我特想吻您的老脸颊,我那么熟悉那张脸,我喜欢它甚于世上的一切。我爱您。您知道,近来我徒然绷足劲儿追求本真境界,说来也害臊,有无数次我因为远离您而感到没着落。不过我依然是个不折不扣的前休假士兵。其他人,比如昂格和军士,都筋疲力尽了。昂格变成失败主义者。一般说,我在列车上和营房里看到的休假士兵都很邋遢,正好证明我母亲那句冒失话不无道理:"看来不应该放他们的假,因为他们回去时情绪更加低落。"所以我也有权允许自己不修边幅。不过事情成了,您知道,我建造了自己的小窝。而且这主要是个知识分子的小窝。我有活干,这令我开心:我窥见一个关于时间的理论。今晚我开始把它写下来。多亏了什么,您知道吗?多亏弗朗索瓦丝的一个挥之不去的想法:她认为,当皮埃尔不在的时候,格扎维埃尔的房间里有个物体独自存在,没有任何意识能看到它。我急于让您知道我的理论,不知道有没有耐心等人把我的札记本带给您。顺便说,我的爱人,您来不及告诉我您对于我有关接触和缺席的理论的想法。现在告诉我吧。

今天是这样度过的:首先,这是星期天。这里又有星期天的气氛了。整个上午我在太阳旅馆工作和读书;屋子有点儿冷,因为女仆没有来生炉子。我对一八七〇年的战争着了迷。您给了我杜伏的有关著作(我通过马厄了解他的情况,此人生性抑郁,他记日记,但是他的书很有见地),我在这里找到舒盖写的关于这场战争的书,然后读了路德维希的《俾斯麦》,这就完整了,而且很有意思。中午,皮特那帮打猎的朋友来了,我们一起吃饭。这次出了奇迹,他们很有趣。出于谨慎,他们说的话我还是写在札记里为好。几个我不认识的猎人也来参加谈话,也很有趣。然后我去取信:有您一封长信,有塔妮娅一封。您的信令我感动,但塔妮娅的信令我恼火。不知为什么,我觉得这封信不如另外两封令人愉快,尤其我怀疑她这封信是第二天写的,却填了前一天的日期。这事原本无关紧要,但这一来就失去了我给予她的那种信任,而我信任她也纯属愚蠢。

为了恢复平静,我出去遛了一圈。我见到一个迷人的场景:几个士兵,几个男孩和女孩坐小雪橇滑下一条街的陡坡,两旁围观的士兵向他们抛掷雪球。然后我回来,神清气爽,写关于时间的理论直到去咖啡馆吃晚饭。我把咖啡馆权当 querencia 了。顺便说,我又身无分文了。假如不让您特别为难的话,请寄给我一百法郎,我的小可人儿。也别忘了寄包裹。

今天就写这么多。此刻我独自一人,精力充沛。我给您写信。我那么强烈、那么强烈地爱您。是的,我的爱人,小奥尔嘉·柯萨凯维契的晚会很带劲,以后我们还要去参加,我度过了一个精彩的假期。(但是并非"珍贵",我在札记里悄悄抱怨。)

下面讲个小故事,以便您明白这里的局势。我认识的士兵 C 的妻子来探望他,带着合格的证件。她在本地有真正的表亲。她在附近的一个大城市下车,要某人给她找出租车。那人是宪兵队的,他逮捕了她。人们审讯她三小时。最后她招供了,人们倒是格外和善,准许她探望丈夫二十四小时(她出门一星期了,带着她的猫,因为没有人代她照管)。在别的场合,人们不会那么和善,被探望的士兵会受惩罚。这是因为我们离前线太近了。如果我们在后方,娘儿们想来就可以来的。

我的小亲亲,我的小海狸,我用全身力量爱您。

二月十九日

我迷人的海狸:

今天没有您的信。只有塔妮娅一封短信。现在,军邮官不知怎么想的,要亲自分发邮件,结果只是添乱,信件总是迟到。我很想知道您变成什么样了,我的小甜甜。可能您没有时间写信,那您不必介意。但是您不要误了给拳击手写信。您给保险公司回信了吗?我收到他们两封信,今晚给他们答复。您也要这么做,想想那个可怜的俄国司机吧,他那么可亲,谢绝了我给他的小费。

今天我在太阳旅馆的餐厅里度过了一天。不瞒您说,我觉得日子有点儿太长了。休假使其享受者多少出了点毛病。这里有三个人精神失常了。我倒没有,不过我不时会想,将来很长时间我都见不到您了,我怎么开导自己也觉得这太苦了。您想不到吧,我有点儿留恋我的气象探测,它们赋予白天一种意义,而且每段工作和阅读的时间不长,紧密衔接,很充实。现在是松松垮垮,时间太多。

然而我还是开始构建一个关于时间的理论,我相信它蛮不错的;它很伤脑筋,但是有好处。再说,它还没有完成。我一门心思都在札记上,但是我想,从明天上午起,我要回到小说上去。我还能写两件事:雅克与马蒂厄,然后是丹尼尔离开鲍里斯去见玛赛儿,一路疾走狂奔。玩具娃娃那边,您最好催一下,虽然打字显然要耗费许多时间。不过我喜爱做精确的、愉快的工作,这会使我发生很大的变化。至于书籍,现在用不着寄来,但到二十八日领到薪水,您得赶紧给我寄一大批。明天我把书单寄给您。关于我们可能的休整,始终没有任何消息。假如您此刻没有钱,我的小可怜,那就不必张罗。我可以在皮特那儿想办法。只是三月一日必须寄来一千法郎。这是不是太苛求了?

告诉您,塔妮娅跟我说(婉转地),我的札记里有几段文字令她"大为反感",而且因为我有"隐私",她感到窘迫,她本以为我没有的。

就这些,亲爱的小人儿,一封空空如也的信。可是还能说别的什么呢?说实话,空空如也的是我。我设想,换个日子,我会自然而然跟您谈起我所在的咖啡馆、昂齐格休假归队等等,不是因为我此刻没有兴致,而是我不想做。您可别嫉妒我的札记本,那上头,今天除了时间理论,别的什么也没有。千万别以为我变了个人:这是个小小的忧郁时期,很快会过去的。必须为自己造个窝,如此而已。

我用全身力量爱您,我的小人儿。我要您就在我身边,这样一切都会好的。

二月二十日

我迷人的海狸：

刚收到您感人的信。想到你们俩交谈时我好像始终在场，一直在谈论我，我真是万分感动。我觉得小博斯特很可亲；您想我们应该在战后为他生活，尽最大努力防止他这样的年轻人变成布里斯·帕兰那类人，我认为您是对的。

我的小可人儿啊，我仍在为我与您一起度过的短暂时刻而感动；我从未，即便在布鲁马斯也没有那么强烈地感到我爱您，完美无缺的小海狸。您知道，一开始我故作姿态，没有提起您对苏门答腊夜总会那一章①的赞扬，其实我绝非无动于衷。像我老外公说的那样，这给我鼓励，我今天起就接着写小说。我想这一章确实很成功。我要从头到尾重写一遍，以便一切都与这一章相称。当我有点儿失去生活乐趣的时候，我的小可人儿，是您让我把它找回来。也感谢那个漂亮的烟斗，我一边写信，一边用它抽烟，它很好用。我把哈瓦蛋糕给皮特了，他先是客气一番，我训了他一顿。现在他吃了一大块，很是满意。至于墨水和信封，都没问题，不过包裹领到时已经破了。没有碰坏。

我真是离不开太阳旅馆了。虽说禁止军人入内，但是白天人们容忍我们。我不时到 A. D. 走一趟，看看是否一切正常，然后我回到这里。今天上午我写札记，把我们俩在巴黎产生的几个想法写了下来，诸如对本真的渴望，要么是完全非本真的，要么就是本真本身（顺便说，不是您寄给我的笔记本在途中丢失了，就是您忘了寄出。不过我手头还有两本备用的，这事情不急）。今天下午

---

① 见《不惑之年》。

我为亚历山大三世桥上的事故给保险商写了信。您也得写,小坏蛋,如果您还没有写的话。然后我给布里斯·帕兰写信,谈论代际差别问题。现在我要读一点书,然后写小说。今天没有塔妮娅的信。她曾如此讨人喜欢,连着两天不写信有点儿奇怪,必定有原因。可能她不相信您不和别的男人睡觉。这事情昨天和前天令我心烦,不过今天我无所谓了,我心情好,工作有效率。您跟小博斯特说——或者,如果您见不到他,写信告诉他——我很喜欢他,要给他写信。

明天见,我温柔的小海狸,我的小亲亲,我用全身力量爱您。我怀着"宗教的"柔情吻您的老面孔,我的小可人儿。

二月二十一日

我迷人的海狸:

一位诚实的陌生人把您那封丢失的信寄给我了。这封信里没有我不知道的内容,但是我很高兴收到它,既然是您写的——然后我收到另一封更长的,叫我很感动,我的小甜甜。您别担心,我见到您还是那天上午的亲爱的小模样,我的小海狸。您的小脸蛋不会很快被抹掉的,我那么爱它。

我的小可人儿,您考虑重新工作,这就让我心里轻松多了。我心情很好,但是缺乏工作。我将用心去写雅克与马蒂厄的对话,不过这是苦差使。我曾考虑取消它,但我不能,我有点儿遗憾没把手稿带走。至少您得让玩具娃娃尽快打出来。我读了一本令人着迷的书,它的观点与我不谋而合,即:《普鲁塔克说了谎》,我想您在拉普埃兹读过它。这个皮埃尔弗聪明绝顶,简直像一部军事理性批判,可以在里面找到许多我在札记里预感到的东西。我刚读完这本书,又读杜伏的《巴黎围城记》,是从您那儿抄走的,写得很有趣。告诉我您是否读过,以便我寄给您。德里厄乃至基耶一类乌托邦主义者认为从前是黄金时代,对他们这种人,这本书能提供许多教训,比如说至少一八七〇年的情况与现在完全一样。等您读了这本书,您会更好地理解我的意思。

我整天关在这个咖啡馆兼餐厅里。早晨我透过房间窗户窥探它的百叶窗是否已经打开。然后我穿过街道,走进去。屋子还是冰凉的,没有人,刚点燃一个巨大的铸铁炉子。我站在炉子前,这工夫有个女仆在打扫长方形的大厅。这是旅馆附设的咖啡馆,从一些细节上能感觉到这一点——比如桌子上铺着彩色桌布,比如某种阴森的氛围和气流。为了激发情绪,我站着读德文的歌德和席勒,仿佛置身于十八世纪某个耶稣会大厅,而在莫斯布隆和布鲁马斯,我则像置身中世纪。户外,解冻天气咨啬的阳光更使我回到过去。女老板来了——她的丈夫在部队,她与公婆经营旅馆——然后是她六岁的孩子来跟我聊天。早餐:一杯咖啡,三个像在布鲁马斯吃的那种小面包,一点黄油。然后我读书,工作。昨天晚上和今天上午,我接着写小说。难得有几个军人顾客。然后皮特来了,边吃饭边说话。他跟我讲了许多迷人的故事,他自己说那是他"猎取"女孩子的时期。明天我跟您讲这些故事,因为我预见,在描述了我典型的一天之后,就没有什么可说的了。

我读书。假如您想知道,我此刻坐在屋子尽里头一张大桌子边,挨着窗户,离炉子两步远。我每天来。我周围有许多书和纸张,像个办公桌。中午我们去餐厅。这是个军民"混合"餐厅。给人的印象很古怪,平民那边,吃的是包饭。他们每顿饭必到,其中有一对上了岁数的先生和夫人,穿整齐的黑衣服。还有一对神秘的年轻男女,女的奇丑,男的驼背,瘸腿,穿着讲究,不丑,表情忧郁。他们彼此不说话,各自从不同的门进出,但是每天必定坐同一张桌子吃饭,相互怀着由来已久的仇恨。尔后有路过的几家人,像和平时期一样喧闹快乐。然后是军人掺和进去,人数不多,神色严峻,像您在十一月见到的那样。可是这两组人的反差并不如想象的那么大,他们的色彩彼此抵消。到一点半人们驱逐军人,平民忙自己的事,而我留了下来。

自我当兵以来,凡经过的地方,我都能得到某种有趣的优待。这事情一直令我纳闷,天主知道,我长得一点也不讨人喜欢。然而事实就是如此。整个下午我沉浸在这种古怪气氛里。您熟悉这种气氛,因为您在鲁昂有时曾透过窗户看到,一家经营包饭的餐厅在午饭结束、晚饭已经准备好的时候是什么样子。透过一扇大窗子,我看到士兵从街上走过。在那里,我一般是写信,或者读书。五点左右,天黑了,军人有权进咖啡馆。于是我再去咖啡馆,那里满是士兵。我边读歌德,边喝咖啡。然后,在一片喧闹中我写札记,有时停下来看人打台球,一会儿是军人在玩,一会儿换了平民。到七点我吃两个小面包(不知道出于哪种奇怪的羞耻心,我写了两个,其实我吃了三个)。之后我读《巴黎围城记》。然后再写点东西,到九点我回到文书办公室,在那里独自工作,然后去睡觉。不像在莫斯布隆过的那种修道院生活,现在的日子不那么艰难,也少了些诗意——这里的日子什么也不是,或者不妨说像公务员的日子。不过从昨天起上了轨道,一切都获得某种亲和感,使我感到这是"属于我"的。

有个大好消息:第二轮休假今天开始。我确信五月一日左右能回来,可能还要早一些,四月底。这一回可不是做美梦了:名单没有变动,从十一月二十日算起。我上次是二月三日走的。所以,既然这一轮从二月二十二日开始,我应该五月五日出发。此外,休假是按部门轮流的,米斯特莱和凯勒上次走得比我早,现在他们已不属于 A. D.。所以到四月二十五日我差不多就能轮上。这样,等待的时间真的不算太长。何况人们老说要放个长假。

我收到塔妮娅一封激情洋溢的信。"我爱你像一个无处不在的存在,满怀热情爱你……我体内全是你。"此外,她承认前几天没有写信,"我爱你还没爱到这个程度"。我觉得她们行事奇怪,但是总的说来可以理解(这不等于说:可以接受)。对于我们,别离使感情达到顶点。但是她们需要让感情打个盹,晾上三四天,以便回避可能使她们难受的那个短暂时刻。不管怎么说,她对我还算是有情意的。

上面写的算是信吗?我的小甜甜,我那么爱您,我那么想把您搂在怀里。我用全身力量爱您。

二月二十二日

我迷人的海狸:

有个大好消息:皮特明天晚上动身休假。我简直不敢指望有这样的好事。上次我是在他归队整整一个月后出发的,这次我就大致能在四月一日走人,也就是一个半月后。出于一大堆理由,他们现在忙着给假。(万一您跟查佐说这事,别忘了说您觉得我四月十日前后回来很自然——而且在意料之中。我不是说过,我走后两个月就能回来吗?我们仍旧宣称只有五天假。不过这一次,因为天气好,也为了不让您不明不白去找一趟玩具娃娃,我只在晚上去看望父母——或者至少某几个晚上;我们将整天见面,您与查佐一起外出直到十一点,然后,与往常一样,您到西北风旅馆与我会合。)这样安排是否妥当?此外,若要了解所有有用的情况,您必须打电话给皮特(比利牛斯街二五五号"加斯东"商店——MEN.63—59),或者去看他。不过,如果接电话的是他妻子,或者您在他家里见到她了,他要求您假装不认识他,因为他跟妻子隐瞒了您十一月那次闲游。您收到这封信时,他已到家了。他也没有什么特别紧要的事情要告诉您,只是提供一些细节罢了。

我的小甜甜,您的信封封迷人,真令我开心。如果如您说的那样,您略微有点儿不舒服,那您正处于最恰当的状态。您也是一个小乖乖。我的小乖乖,想到一个半月后我又能见到您,我顿时浑身是劲。而且那时候将是好天气,我将挽着您的小胳膊,一起散步。像一对活宝,您记得吗?我的爱人,从这个时候起,我更加依恋您了。

至于那一百法郎,我的小可人儿,您不必再为难了。皮特动身前会借给我的。不要寄来。等您领到工资后,马上电汇一百法郎。

今天我做了什么?我读了海涅诗的德文原著,是很好的消遣。还读了几页歌德的《浮士德》和《巴黎围城记》的结尾(我让皮特把这本书带给您),还有尚福尔的隽言妙语。我写了几节关于未来的札记,写得费劲,但是表达准确。由此我开始完全理解了海德格尔关于未来存在的理论,同时我自己建造一个理论,它的长处在于赋予未来一种现实性,同时使意识保持其半透明性。最后,这个关于虚无的理论更有实效,我以为它是真实的。例如(在这个基础上我有许多发挥,不过我在这里只能简单说说),是否可能不把欲望设想成基于某一缺憾才产生的?但是,人的存在若是缺乏某种东西,必定是某种东西在原则上就是为人的存在所缺少的。可是,无论是情绪心理学,还是胡塞尔或海德格尔,都没有揭示这一明显的真理。若是一般的意识应该可能缺少某种东西,那么意识的存在本性应该是一种缺憾。您好好想想,除了从这一点出发,不可能以别的方式设想欲望。您得把您的想法告诉我。

我把皮特吐露的"猎艳"经历也记下来了。我本想给您转述,转而一想,札记上有十四页,不如让您读札记吧。此刻,军人们在咖啡馆的各个角落专心玩纸牌。皮特打了伤寒预防针,因他即将休假,竟霍然而愈。他和善地看着他们打牌,我则给您写信。此刻八点半,我还得给塔妮娅和母亲写信。您给卡瓦耶斯回信了吗?我也要回他的信。

我的小甜甜,我爱您,您是我的小不点儿,不点小儿。我吻您的小脸蛋和小眼睛。

二月二十三日

我迷人的海狸:

如您所料,布丹的事令我恼火。此事有如晴天霹雳,上天知道我压根儿没想到会出这种乱子。我读到塔妮娅四页狂怒的信。麻烦的是我有几封信在布丹手上,她拿给穆鲁基看了,您记得,我在信里闹着玩,大肆渲染自己的雄风,所以现在很难给塔妮娅回信。大体上,如您所说,塔妮娅没有获知任何她以前不知道的情况。幸亏有两件事情不属实,我可以反驳。据穆鲁基说,她怀疑我现在还跟布丹保持关系,以为我跟她睡觉的那些日子,还跟布丹上床,这不是事实。其次,她以为我跟布丹说过她(塔妮娅)爱上我了,我跟她上床了,这也不是事实,因为我跟布丹提起她的时候,我不认为她爱上我了,我们还没有肉体关系。在这两点上我是完全真诚的。至于与布丹的肉体关系,我坚决否认自己像公羊一样撒野;这很容易,因为没有证据。然后我干了一件卑劣的勾当,不过布丹也只配受到这种对待:我给布丹写了封公开信,委托塔妮娅寄给她。在信里我跟布丹如实讲述我与她的事情。我把草稿寄给您。正式的信写得更好一些,但是信稿足以让您知道大概。您曾说我"还要犯错误",告诉我,这是您所说的"错误",还是灾难?我不知道。如果我人在巴黎,我会处理好的,可是我不在,而穆鲁基将继续利用他的优势——另一方面,还有札记的问题。如果人们存心找碴,这些东西会让人恶心。塔妮娅的信肯定寻求避免最坏的情况发生,它是这样结束的:

"请原谅,我尽力不让自己为这些下流行径而恶心。可是我不能阻止自己在生理上感到可怕的不自在,这就像人家把一些肉摊在我面前,然后我想到自己在一无所知的情况下,参加了一场肉体的混战。明天见,我仍然爱你,但是我很为难,事情必须有个交代。——塔妮娅"

她在信末附言:"请注意,我把一切都说了,其实如果我把一切都留在心里,事情就更容易过去。可是我以为,即便我用全力掩饰,我也做不到。"

这最后几行字留给我许多希望,因为她已经提醒自己不要吵架,同时要求坦率带来回报(因为去年我跟她说过,与其自己心慌意乱,不如什么都说出来)。

至于您,我的小亲亲,您要注意几点。对小查,您得说:1)我对布丹只说了些无关紧要的事情,我只是含糊地提到塔妮娅,称她为某人。这也是事实。有个晚上我大略讲过小查的事,没有指名。2)我与布丹的关系于十月一日终止,以后,十月份内我去看过她五六次,但未上床。这是事实。后来我在六月份见过她一次,觉得她神经不正常。这也是事实。以后她追逐我,我根本不理睬她。这全是真的。3)至于札记,您要记住,大部分札记您还没有读过。甚至您不妨尽早跟她要回来读,以免她多想。4)随时告诉我事情的进展。收到这封信的第二天或第三天,您要引小查开口,以便大致了解在我作了解释之后,她那边是否平静了。收到这封信后立即告诉我,您认为这事情有多么严重。我觉得对于小查她们,任何事情都不严重,任何事情都可以原谅。

至于我个人的情况,是这样的:这事自然令我震撼,因为我对塔妮娅有情意,其次我也够坏的,认为这样对我不公平。事实上与布丹的故事已经结束。由于我对她火冒三丈,才灵机一动给她写信,让塔妮娅读到。对于布丹,我这么做很卑劣,但眼看自己变得狠心,也怪有意思。我受够了进退两难的处境,但求安静。我佯作怜香惜玉,可这个角色曾长期束缚我,令我恶心。同时,幸亏,这件事情使我对塔妮娅也硬下心肠,她不再是我在假期里见到的那个可爱的小角色了。不过我依旧心里烦躁,我不该为这件事跟您这么唠叨。

这是因为,我的小甜甜,除此之外我没有什么可说的。今天上午我用心写我的小说,有了进展,我也在札记上记下一些小事,然后我忙里忙外帮皮特收拾行李。我的小可人儿,看到他出发我心里有点儿乱,我真想跟他换个位置,能在东站那家小咖啡馆里与您重逢。您啊,小迷人精,我多么爱您,多么想念您,上一次假期我们过得多好啊!我的小可人儿,有次我跟您说过,您是我对生活乐观的理由,现在也如此。只要您存在,任何事情都不可能糟糕。不过我那么想见到您有血有肉的小脸蛋,然后吻它。

我的海狸,以下是给布丹的信的草稿:

如果你愿意对我保持崇拜,你用不着与别人分享您对我的回忆,我的玛蒂娜。尤其用不着到处讲述经你修订的我们俩的故事。你的失言我已有传闻,迫使我跟你说明我对我们的事情的确切看法,以便你能够合适地讲述它,如果你不能阻止自己不去讲述。

我从未爱过你,我觉得你粗俗,只是肉体讨人喜欢,不过由于我的某种色情狂,甚至你的粗俗也吸引我。除了露水姻缘,我从未——从第一天开始——打算跟你有其他关系。你在自己浪漫的头脑里编造了一出美丽的爱情喜剧,认为我们心心相印,只可惜我以前的海誓山盟禁止我们结合。我听任你这么想,因为我以为这会使我们的分手对你不那么残酷。但是事实要简单得多。九月里,我对你已经有点儿厌倦,你该记得多少次你埋怨我白天去看父母或朋友。这是因为和你在一起我不太开心。我写给你的信是激情文学练习,海狸和我曾拿来作笑谈,当时也没有完全瞒你。你在内心深处也想到我并不爱你。有个约会我迟到时,你以为我根本不会来,我把你甩了。这事情理应在十月一日结束。由于战争迫在眉睫,海狸赶了回来,我提前一星期,过早停止去看望你。后来,出于一种我承认是愚蠢的想法,作为补偿,我提出在十月份见你四五次。结果很尴尬,你在我身边,你似乎要跟我恢复肉体关系,你扑到我身上,然后你猛地把我推开,指责我食言,说我想恢复我们决定终止的关系。我过于礼貌,不想使你不快,但这使我很恼火。我来得越来越少,我忘了给你写信,你寄给我一封苦涩的决裂信,我就顺水推舟。

我想这个故事可能并非始终干净,但却干干净净地了结了。我得承认,你的身体曾对我产生的吸引力早就不存在了,人们对粗俗和色情会厌倦的。此外,我还要忍受你高贵的扯淡,你的哲学杂拌,我脑袋都涨了。你谈论戏剧的时候尤其令我无法忍受,这我应该承认。最后,我们有几个月不见面,你在六月份给我写信时,我已把你忘了,你好像很不幸,海狸劝我去看你。我见了你两小时,觉得你完全疯了。我们约定下次再见,我没有赴约。这以后,你以为应该常给我写信,我不回信,除了一次,那是因为好奇,你好像遇上一些相当奇怪的事情。所以我回了信,但我让你明白我们之间结束了。你在信里说:"萨特,萨特,你不再要我拥抱你了?"我回答说:"为什么不?拥抱你又不是不愉快。"这封信绝对粗野,你认为它是"开玩笑",从这一刻起你明白了,虽然你还写过两封信。所以,如果你重新讲述这件事,你别说我们继续保持关系。你不如说,我把你完全忘了。如果你没有更好的消遣,以在朋友中间讲述我们在九月里的肉体关系为乐,这是你的事情,虽然我对之深为厌恶。无论如何,请你不要编造四分之三的内容,拜托了。

　　我已告诉你应该怎样讲故事。此外,你在最后一封信上说:"为什么你觉得我卑贱?"那好,现在你知道了:因为你讲下流的、无耻的、编造的,而且掺了滥情罗曼史的故事。

二月二十四日

我迷人的海狸:

　　我多么高兴给您写信,这就像我见到您一样。我真想您在我身边,让我握住您的小手,跟您讲述我所过的怪诞日子。我正处在一种怪诞的状态。这倒不是由于外部原因,虽然有外部原因——既然我与塔妮娅的关系变得岌岌可危,一想到会失去塔妮娅我就难过,但这不是主要的。主要原因是,由于这一切,我对自己感到非常恶心。您知道我很少有这种情况,即便出现这种情况,我会与自己若即若离,事情就可以忍受。可是,归根结底,您是我的小审判官,我想知道您的意见。我把我所有的想法都告诉您,我不求您赦免我,而是要您好好思索。然后您斟酌轻重,开金口,告诉我您是怎么想的。

　　我同意您的看法,塔妮娅竟然恶心到要晕倒的地步,这就令人不快了,因为人们给她讲述的事情她早就知道。她本人,我以为她已经过许多男人的手,不应该大惊小怪。她的故事当然并不下流,可是其中有几桩也未必光彩。我不质疑她的人格,但是要说,她和她姐姐都具有某种判断和发现丑恶的能力,这种能力可以不涉及她本人,而予以抽象研究。好吧,第一,从感情的角度反省我自己,我认为我与玛蒂娜·布丹的关系是无耻的。首先是这段私情无足轻重。我对她从未有过幻想。即使我有过,跟她交谈几个小时就足以让我睁开眼睛。我其实是自愿蒙上眼睛的。我需要从这女人得到什么?难道不是想扮演乡村唐璜的角色?如果您因为我好色而原谅我,我得说,首先我不好色,而且皮肉之欢不能成为辩解的理由。其次,我与她的肉体关系是卑鄙的。我在这里更多指控的,不是当时与她在一起的那个我,而是我的总的性趋向。我觉得,迄今为止,我在两性关系中一直充当坏孩子。在这一方面,很少有女人不因我而尴尬的(好笑的是,塔妮娅恰恰例外)。您自己,我的小海狸,我对您始终尊重,您也常常感到尴尬,尤其在我们相好的初期,您曾觉得我下流。当然,不是觉得我是头公羊。我肯定不是。只是下流而已。好像我身上有种很坏的东西,您知道,最近以来我隐约感到这一点,所以我休假期间我们在巴黎做爱时,您发觉我变了。我们的肉体关系可能丧失一些力量,但是它变得更加干净。

总之,与玛蒂娜·布丹在一起时我确实无耻,对她我既不像对您那样尊重,也不像对塔妮娅那样顾惜。不过您别去想象淫乱的场面,除了我跟您说过的,别的什么也没有。今天令我恶心的,是重新浮现的那重色情狂的下流气氛。以至于,从昨天起我深有感触,不管在这件事情里塔妮娅有多大的不是,我应该付出代价。不仅为了与布丹的关系,而且为了我过去的全部性生活。必须改变它。您是否同意,您怎么想?我感到自己被这件事弄得肮脏不堪,同时我觉得绝对不能怪此事。再说它在卑污中收场(在它事实上已经结束后一年半),如同它以布丹津津乐道的下流故事开场,也以我写给她的同样下流的信结束。

以上是第一项指控。还要加上另一项令我担忧的指控:既然我的札记使查佐姐妹如此反感,我在她们眼中成了什么人了?哦!当然我对她们的裁判不抱幻想。可这毕竟是件事。塔妮娅开始读札记时,显然对我满怀好感,可她随即变了脸。您对此怎么想?不过这是次要的。

最后,我迷人的海狸,塔妮娅昨天给我写了封怒不可遏的信,让她特别冒火的是布丹谈到我对您'奉若神明'。我今天回信说:"你很明白,为了能与你好,我可以从大家的肚皮上(甚至包括海狸,尽管我对她'奉若神明')踩过去。"要达到目的就不计手段,但是我这么写时不感到自豪。由于您,也由于塔妮娅。

结论,我从未处理好自己的性生活和感情生活;我深刻地、真诚地感到自己是混蛋。而且是一个小打小闹的混蛋,某种令人恶心的教书匠色情狂,公务员唐璜。必须改变这一点。我必须:1)严禁再拈花惹草:吕西尔、布丹等等;2)不得再有后果严重的轻率举动。如果事情有转机,我保留塔妮娅,因为我依恋她;假如没有转机,那就算了,我的浪荡生涯将画上句号。您的意见呢?

我的小甜甜,这不妨碍我今天上午写了几页小说,晚上写了许多页札记,都是关于一个我很感兴趣的题目:我如何缺乏财产意识。不过,我敢说,我对自己毫不留情。您读到前几本札记,曾责备我有点儿顾影自怜。我跟您起誓,我不是这样的。

别的没有了。表面上,有个我在一间咖啡店里读书写作,然后有个我在一间餐厅里写作读书,不过我脑子里净想着那事。应该承认,到三十四岁才知道羞耻,也够新鲜的。

我的小人儿,小亲亲,我只有与您在一起才是干净的,而且这不来自我,而是来自您,我无瑕的宝石。我那么强烈地爱您,我的小甜甜,我那么想搂紧您的小胳膊,吻遍您的小老脸蛋。

千万别以为我垂头丧气了,我其实内心平静。但是对自己严厉。

明天我会给您开一个书单。等您有了钱就为我购买。

这一切,归根结底是因为我曾以为没有什么能把我搞脏搞臭,而现在发觉并非如此。

今天没有塔妮娅的信:这是意料之中的。可是也没有您的信,我只得独自面对困境。

二月二十五日

我迷人的海狸：

以下是书单。知道您心好,请您一有钱就为我买下。至少买一部分。

《公社》,利沙加莱著。

《公社》,作者不详,收在《革命解剖》丛书里,卡苏关于四八年的书也在这套丛书里。明白吗？

《歌德传》——路德维希著

《威廉二世》——路德维希著

《日记》——勒那尔著

龚古尔兄弟日记中有关巴黎围城和一八七〇年战争的那一卷（两三年前出过一个相当便宜的版本）。

《堂吉诃德》

《波德莱尔传》——包歇著

查一下,加利马的《伟人传》丛书是否出了同一个作者的别的传记。如有,也买下。

谢谢,我的小人儿。我那么爱您。

*（写在信纸边上）此刻我最需要这些书。

二月二十五日

我迷人的海狸：

我很开心：收到您两封信。我好多了。只要您给我写信,我就越来越好。今天我感到与您在一起,我想,既然您对我那么好,我不应该老哭丧着脸。

您知道吗？今天我收到一个名叫阿兰·包恩的通信崇拜者寄

来的诗集,题为《梦中的伤痕》。我读了这些诗,因为不能理解其诗意甚是恼火,一气之下,我自己写了一首"试试看"。下面是我的作品,请您评判。为跟自己过不去,我也把它抄在札记里:

> 融化了,枯树底下光的嚓嚓响声。
> 化成水了,隐藏自己名字的千道水光
> 融化了,冬天纯洁的雪,我的手干燥。
> 我在房舍间沥干空气油腻柔和的乱麻
> 而天空是散发草木复苏气味的植物园。
> 在空旷的大厅的窗口
> 涂粉的幽灵看到黑色胶水在街上缓慢流淌

> 融化了,我心中白色快乐的细针
> 我的心有鱼的气味。
> 有毒素的春天开始了
> 别让我难受
> 我的心曾毫不在意痛苦
> 现在它因春天而呕吐

> 春天在我心中开始
> 愿你如火炬一般燃烧
> 愿夏天滚烫的石头
> 触碰和烤干柔软的小草

> 我是掠过石头的燃烧的气息
> 草芽在热风中烧焦
> 我是冰冷的气息
> 坚硬透明掠过石头

世界是大理石而我是风
然而流放已从春天归来。

您尽管批评,措辞怎么伤人都不要紧。我不感到自豪,生下这个孩子我自己也吃惊,我居然敢谈论自己的心,用你来称呼春天。不过这是诗体的要求。不过它也有价值,因为它使您从内部窥见什么是诗境。

此外,今天上午一名宪兵干净利落把我轰出咖啡馆,于是我上二楼,到救世军开办的士兵之家去。从此以后,只要我们不移防,那地方将是我唯一的避难所。这是个大厅,从前用来放电影,尽里头的墙上还挂着白银幕。收拾得很俏,带点宗教气氛:有几张铺格子桌布的长桌子,想想看,桌上还摆着鲜花!五十名士兵默默待在那里,读报,写信,打牌。像是英国俱乐部、养老院和市立图书馆。一个举止灵活的小老太婆,模样凶恶,在屋里走来走去,很卖力气地监视一切。您别可怜我,我在这里肯定比在 A.D. 好多了,事实上也比在咖啡馆要好。老太太迈着小碎步,不让人觉察到她,士兵们不弄出很大的响声,他们有那种我说不清的常去教堂的男人的黯淡神色。有一台收音机低声播放音乐,今天上午我在那里几乎感到幸福。星期二我第一次打伤寒预防针。有的人有反应,有的没有。如果有一天您没有我的信,必定是我起了反应。我相当高兴终于没事了。我将跟皮特一样在这里订个房间过夜,如果我感到累。

我的爱人,您为我的假期担心一件事:怎样藏掖五天?我想好了:比如说您在五个晚上里有三个晚上去见查佐,这个时间我去见父母。这样,首先我们整个白天直到晚上七点半都能见面(您在中学吃饭),然后十一点半您离开查佐(别住在她的旅馆里,以便我们放心地在外面过夜),我们还有整整一夜。我们将比二月份见面的次数多,而且过得更愉快,可以长时间散步。此外,我们毕竟有两个晚上属于自己,这将带来变化,使我们能过夜生活。不过我并不觉得巴黎的生活方式特别愉快。您认为我的办法行得通吗?我觉得,只要脸皮厚,是行得通的。更何况,可能我到那个时候完全自由;我与塔妮娅的关系很糟:她寄给我一封怒气冲天的信,把我骂得狗血淋头,然后连续两天不写信。她必定对我非常怨恨。我给她写了无数页信为自己辩解,我甚至把布丹的一封信寄给她看,证明我与布丹不再有关系,但我不知道她怎么看。我知道塔妮娅不可能下决心与我决裂。但是她会跟她的克里奥尔男友,或者任何其他人干下丑事,这我不能容忍。

就这些,我的小甜甜。我与您不可分离,您的信给我力量。我用全身力量爱您。照顾好您自己,不要糟蹋身体,好好休息,工作别太累。

我吻您的小眼睛,我迷人的海狸。

二月二十六日

我迷人的海狸:

又有一个人偷了您的题材?科克托,在《大明星》里。第二幕里有个三人小集团。不过写得不行。我以为您要依旧写您自己的。您没有受损。第一幕看来相当有趣。

此外,您得欣赏这个信封,是我亲手用打字机打的。昨天晚上,A.D.有几个讨厌鬼,妨碍我睡觉,也做不成其他事情,于是我拿起机器,为您打了六个信封,为塔妮娅打了六个,为父母打了两个。今天没收到任何人来信。没有巴黎的信件,所以我与塔妮娅的事情原地踏步。尽管我为她打了信封,在得到她对我的解释的回复之前,我不再给她写信。我以为这是好的策略:我在第一天和第二天寄出的信里尽量有力地为自己辩解,提供证据(因为她的两项重大指控都不成立:我从未跟布丹谈论她,至少我没有说她爱上我了，与我上了床——从去年十月十五日起我断了与布丹的关系)——然后第三封信语气平静，我从她的观点看问题：我理解你感到受了玷污，我也万万不能容忍你受此委屈，等等——第四封信开头很温柔，结尾却带点威胁：我不理解你听到这些流言时没有任何对我有利的反应，竟然相信了，也不想一想近在昨天，我是怎样对待你的。现在，假设这许多信能收到效果，在她回信之前我保持沉默。最后我想，事情没有那么严重，不过是把这三天内获得的好处一笔勾销，使我们的关系倒退六个月罢了。等我下次休假，事情将最终妥善解决。您的意见呢？不过我以为，能把这些想法从她头脑里完全清除的唯一办法，是让她因为有过这些想法而不安、羞愧。所以我要有一段时间不搭理她。这个期间，她可能会做出傻事，不过这正是最好的出路。如果她在一次酗酒和投怀送抱之后——这类事她很擅长——对自己恶心，她就不会再对我感到恶心。

您看，虽然没有小圈子的消息，我在任何方面都平静多了。今天我最遗憾的是与您失去联系，我拿不到信(我收到您的二百法郎，谢谢，我的小可人儿，我担心这会使您手头拮据？)，两手空空从 A.D. 出来时，整个人像傻了一样。我一直在救世军之家干活，不过这地方到星期天变得像地狱，与红色咖啡馆一样。因为他们在银幕上方安装了高音喇叭，于是本来响声不大的收音机从早到晚都在吼叫。幸亏经过十年咖啡馆生活的磨炼，我有了抗毒性。像在第一天一样，我回忆起自己在勒阿弗尔的梯也尔咖啡馆里写作《恶心》时，一台收音机如何搅得我心烦意乱，其实它的声音很小，断断续续，也想起我借老先生之口表述的我对工艺进步的思索。那可是段幸福时光，我的小可人儿。您在鲁昂，我在勒阿弗尔，还没有去柏林。那一年是我生命中最甜蜜的岁月。那时光会回来的，我的小甜甜，我们将在和平咖啡馆体验我们的牧歌，我们两个老"大明星"。(请原谅,我太糊涂,没有明白收音机之所以吼叫,是因为人们在银幕上放电影。一部颂扬芬兰的电影。我想许多人跟我一样没有弄清这是怎么一回事。因为白昼的光线和电灯光充溢大厅,人们只看到白色底子上几个灰色的影子。白色的底子,当然是雪。我现在明白为什么音乐不连贯,不时插进可怕的爆炸声;我以为是空气中放电,其实是炮声。我也明白了为什么有个人不时说话,我还以为他在评论足球比赛呢。)

明天我要打针,想必不应该有什么问题。昨天,为防万一,我预先告诉您我可能不写信了,但是我还会尽力写几句的。我在旅馆租了一个房间,如果发烧,可以有一张床安静休息,否则我将不知道把自己搁在哪儿。我觉得这挺有意思的,因为我想,轻度发烧也是写札记的材料。

此外还有什么?什么也没了,我的小可人儿。(电影演完又接着放另一部,这有点儿可怕。以至我想,等我写完这封信,是不是也去看,这可能是最好的忍受它的办法。)所以没有了:昨晚我出于好奇,读了米歇尔·杜朗的《巴巴拉》,想要知道这位杜朗批评别人那么厉害,自己做得怎样。他的剧作简直下流,是林萌道戏剧的低级趣味,既不真实又没意思,还多少抄袭了美国轻型影片,如《纽约—迈阿密》和《怪人狄得先生》(他剽窃了后者利用大号制造的逗笑场面),也袭用法国的老套如《我老婆若赛特小姐》。然后我裹着被子睡着了。今天早晨司机克兰喊醒我,接着我去咖啡馆吃早饭,然后去救世军之家。再后去餐厅吃午饭,再后又去救世军之家,直到此刻。昨天我读了《大仲马传》,是在房东的书架上找到的。完了我还想读《三个火枪手》,刚才我读得有滋有味,很佩服。我还读了《巴马修道院》,《马拉》和《俾斯麦》的结尾。小说进展很慢。写得轻松,但是不太有趣。不会激动人心,也不应该激动人心。这是必须有的一章,如此而已。半个月后可以写完。

您顺便跟玩具娃娃说,要她打完字后,把手稿和打字本清稿一起寄给我,因为到这个阶段,在手稿上作改动比在打印稿上更容易下手。手稿像是不完美的,而打印稿俨然有一种平庸的完美性,不容接近。札记毫无进展。本来有许多事情可说,但此刻我只有感情生活,却又不允许自己在札记里提到。

就这些,我的小甜甜。全在这里了,除非再说我那么强烈地爱您,我感到自己与您完全心心相印。我急于见到您。

我爱您。

与您分别已经十天了。

二月二十七日

我迷人的海狸:

现在是一点一刻,我十点打了针,您看,我没有任何不适。不过我还是赶紧给您写信,只怕过会儿会变得全身无力。但是我还是要等到您的信后再回信。讨厌的是我没收到星期六的信。

塔妮娅一直不写信,我也不给她写。对这件事情,我很想了解更多的情况,并且知道您的看法。不过看来您知道的不比我多。她应在星期一收到我的解释,如果她答复,我应在明天或星期一收到回信。可是您,您可以告诉我这事情有多严重。您必定在那封丢失的信中谈到,通过查佐里奇的叙述,您怎样理解博斯特和她的关系。不过我对您这个小圈子里的动态一无所知,这叫人恼火,因为那边非常活跃:在头脑里和交谈间"发生着一些事情",我却得不到任何情报。

我的小甜甜,您问我是否不再情绪低落。现在没事了。但也不是真的没事。星期五和六两天神经紧张之后,星期天和星期一我明显平静下来;现在,在救世军之家,我抽烟斗、读书等等,这就在我周围重新形成一层厚厚的屏障;我在札记里写道,我正在品尝一种"沉闷的生之乐趣"。不过日子过得很慢,因为它完全以信件抵达的时间为中心,而邮班偏偏令人失望:昨天没有您的信,今天有一封"事后"的信,您知道,我觉得这是人们在写了一封长信,把所有题材都谈透了,把自己也弄得筋疲力尽之后,接着又写的那种信。所以我十分生气另一封信丢失了,那封信必定很长。没有塔妮娅的信。于是乎,只有等待下一个邮班。耐心等待,不过这种等待毕竟使时间缓慢地推移到此刻。您得跟我多谈一些,说什么都行。

保尔今天上午回来了,出乎我的意料,他那么快活,我以为他喝醉了。我带他去喝咖啡,然后九点半,我到楼下的旅馆去,有二十来个人在那里等着打针,是最后一批。等的时间比我预料的要长,正因为是最后一拨,所以剩下的人都在内;人们在一条阴暗的走廊里等候,照明来自涂上蓝色的玻璃窗;我与当过摄影师的司机议论政治,就是为了擦汽车玻璃而在抹布上撒尿的那位老兄。然后,十点半,我被推进一个小房间,军医在那里打针。针扎得很快,我甚至没有觉察到。我感到轻轻一刺,心想:他在用针头寻找合适的位置。其实不然,他扎完了。这是胖人的好处:瘦子都感到疼。然后,我难得一次裹上大衣,回到救世军之家。我写小说很顺手,直到十二点半,这是我去领信件的时间(您知道第一天需要节食),然后我回来给您写信。此刻两点,我未感任何不适,除了腋下有个小淋巴结,背部略微酸痛。扎针的部位在左肩胛,我左手有凉意,相反右手感到热,不过这不难受,相反。这便是最后新闻。就这些,我的小甜甜。我有没有跟您说过,我重读了《巴马修道院》,不胜钦佩?写得真出色。必须像小博斯特那样心怀成见,才会把苏门答腊与司汤达相提并论。这部小说里有丰富的创新和细节,着实令我吃惊。

我的小甜甜,您说得对,我们的爱情从未像现在这样必须和强烈。我每天感到这一点。您是个妙不可言的小人儿。是的,我的小亲亲,我们将有非常美丽的假期。您知道,人们现在说一个月后就放假,到四月一日前后我就能回到您身边了。

我那么强烈,那么强烈地爱您,我迷人的,甜蜜的小海狸。

二月二十八日

我迷人的海狸:

我同时收到您星期六那封被丢失的信和星期一的信。(以后您要把军邮的每一个字母都写清楚,您写的那个 S 无法辨认,所以误了事。)天啊,我的小爱人,您引起我那么大的兴趣,教给我那么多的东西。我马上给您写长长的回信,谈论一切,因为我也想跟您好好聊一下。首先告诉您,我收到塔妮娅一封颠三倒四、情绪激动的信,她甚至不再寻求保持您说的那种固执的优越感。她为自己好像发了疯而道歉,这一来,我的札记就被她热情地接受了:"这三个月令人烦躁,时间从我的指缝间溜走,什么也没给我留下,没有丰富我的生活。你的札记是唯一充实的东西,它们在几天内给予我的东西超过这三个月所有的其余日子。"这事就此了结了。顺便说,如果查佐重提此事,您跟她说,但不必强调,我作了必要的解释,您相信我是无辜的(假如她似乎以为您知情——但是我没有说过任何一句话能使她这样猜想)。

不过,关于您的信又该说什么呢?它感动了我。我正在改变。今后我只要纯洁的东西,您明白我想说什么:我对塔妮娅的感情毫不高尚,但是这感情存在着。每当她责骂我,我就有一肚子委屈,我为她不安,她温柔的时候我为之感动,等等。诚然,很遗憾我把事情弄成这样,每逢我需要表达缠绵之情的时刻,我必须说"我满腔激情爱着您";也很遗憾与您有关的事情我不得不对她撒谎,等等。不过,不管这关系包含多少小小的卑劣行为和不严重的谎言,它仍是诚实的,因为我在乎塔妮娅。战争使我切身感受到等级差别。您别抱怨,并非战争让我看到我对您的感情与所有其他感情有天壤之别——这我早就知道——而是它教会我不允许对您有任何疏忽或怠慢,既然这份爱情如此强烈,我的所作所为必须配得上它。不过,尔后,战争使我发现,我对塔妮娅怀有完满的感情,尽管分量不大。我难得产生完满的感情,所以它对我很珍贵。也是它使我决定从此不再拈花惹草。

如果我设想自己战后依然活着,那不是为了过腐化堕落的生活,而是做些完全不同的事情。不过,到那时候,正因为我的感情生活结束了,我的意思是一刀两断,我必须保留其中我可以为自己承担的部分。我指的不是您,而是塔妮娅。我要与这种暧昧的宽厚态度决裂,宽厚使我虚耗了许多时间与一些我视同粪土的人周旋,只为"别让他们难过,这太不够意思了"。从此我要硬下心肠。我要在乎一些东西,我已经当够了冷血的鱼或一座坟墓。所以我不愿意再分散精力,对一些我根本不在乎的人说许多好话,从而浪费我爱人和爱物的可能性。我完全同意您的意见:人们只应该做自己能承担的事情。然而迄今为止我没有这样做。我知道:我与塔妮娅的关系里有不光彩的成分。我不得不跟她说我不再爱您,这不光彩;同样不光彩的,是我以为必须在信里说:"我不惜踩过所有人的肚子(包括海狸在内,尽管我对她'奉若神明')。"不过我得跟您解释——这就把话题引向布丹了——在这些卑劣行为里有某种对我是全新的东西。我并非漫不经心,像我从前做"好事"那样:我很投入。我也觉得这令人反感,但是我需要这样表达,这是充沛的感情。我想:欲达目的不择手段。我要的正是目的。

我写给布丹的信很卑鄙。完全同意。不过您不知道,当我跳出自身,干了一件下流勾当时,我感到一种热辣辣的快乐。说到底,我是破天荒第一次做这种事情。我经常由于轻率、轻佻而沦于下流,但是,确切说,我从未有过如寄出这封信那样的特征明显的卑鄙行径。迄今为止,我始终足够冷静,不至于如此行事。我想我跟您说过,在鲁昂一家咖啡馆里,当我盛怒之下与一个顾客当着众人动起手来时,我曾感到怎样一种内心充实。那一天,我产生了类似的冲动。您看,让我恶心的是这个世界满是不痛不痒的措施和吞吞吐吐的谎言,我们(您亦在内,我的小可人儿——可能是由于我的过错)却让自己的生命陷入其间。可是,突然有件东西我看得比一切更重要。这是塔妮娅,您得明白,我对塔妮娅谈不上激情,您知道我真实的感情。不过我想的是:不能糟践这对我毕竟重要的三天(是我的谎言糟践了这几天),别让这些日子给她留下不愉快的回忆,必须找回我花了三年工夫才使她产生的柔情,不在她眼里丢尽体面。您能否理解,在几小时内,一个人可以把这一点看得比世上任何东西更重要,其实对那个女人并非爱得死去活来?那个星期五,我正是处于这种奇怪的状态。我不是当下就想这么做,而是过不久,在与保尔一起散步时。我在那个星期五感到,如果做几桩有效的下流勾当就有可能重获塔妮娅的欢心,那我马上去做。此外,我自然对布丹气不打一处来——您也会认为她过于下作:为挑逗一个十八岁的孩子,她竟然对他详细讲述我与她如何上床。其次,她知道穆鲁基是塔妮娅的密友,因此我不好说她脑子里是否有过一番算计——即使没有,她的轻率也是不能原谅的。

　　我跟您说这些不是为了辩解,我很明白您有理,她眼下活该挨骂,但是这并没给我权利去算旧账。我只给您解释,这个女人把她的故事讲给所有人听,等于小便失禁,所以我觉得她下流、心术不正。此外,是的,我曾经器重她。不过这是一年以前,现在结束了。去年六月她叫我恶心——我见过她一次,您该记得;您可是毫不留情,在圆顶咖啡馆见到她之后,您对她的评论一直在破坏她给我的印象,而她最近几封信语无伦次,终于毁掉一切。我早就想到,对她我是看错了,她不是好货;以前我没有对自己完全承认这一点,星期五我在盛怒之下恍然大悟,对自己说她是贱货中的贱货,这对我是一个解脱。从对自己的不满,并非从对她的不满得到解脱。这些话都不是辩解,而是描述。于是我想到写这封信。当下我就知道这样做是卑鄙的,但是我甘愿卑鄙,以致我为求完美,把信稿抄了两遍。请注意,首要的目的不是让布丹收到这封信,而是让塔妮娅在读信时相信我说的是实情。其次——因为人没有那么简单——在确信自己卑劣透顶,为取悦塔妮娅而使布丹难堪的同时,我深信塔妮娅不会把信送出去,一则她太懒,再则她会害怕布丹猜出这一招来自何处,从而抓住她的把柄,也因为查佐里奇姐妹满足于象征性的惩罚。我甚至强烈希望她不把信寄走——不是出于道德上的顾忌,或者为了不使布丹伤心——而是因为那人本可以援用证据,改正给穆鲁基的信里的某些细节。事情比这还要复杂:我忘了布丹的地址,所以我寄出的信封上只写了"玛蒂娜·布丹",我跟塔妮娅说,要么让穆鲁基转交,要么她把地址告诉我,我再寄给她一个写明地址的信封。当我想到她可能委托穆鲁基转信时,我担心他根本不转交,因为他有可能假装交了信,编造一套谎言说布丹如何反应。而当我设想塔妮娅告诉我地址,那封信最终将会邮寄出去时,我反而希望塔妮娅不发信,因为这能避免布丹有任何危险的举动。第二天,我想到布丹会垮下来时心中不快,不过不是很内疚,因为我身在远方,难以评估事情的后果。但是,重要的是我急于做这件我自认卑劣的勾当,好像我为了犯下错误,为了能跳出自身去犯错误而感到无比幸福似的。

此外,我以为我与奥尔嘉的关系剩下一些东西:我的心肠变硬,使我不愿意重续旧情,从而由于道德考虑而失去我现在拥有的。这倒不是因为在查佐里奇的事情里我完全赞同自己——我在这件事里没有过失,如果可以推倒重来,我还会那么做——而是因为牵涉到您。换句话说,我明白我决定:1)只等您一个信号就牺牲塔妮娅;2)为塔妮娅牺牲其余一切。这在某种意义上是一次道德体验。在巴黎休假时,我已隐约感到这一点。我要您把自己的想法都告诉我,我的小可人儿。

结论:我与塔妮娅的关系恢复正常,我与星期五的那个我完全不搭界了(自然如此)。似乎这场危机以我最满意的方式结束。从此我再也不会拈花惹草、行径卑劣了(至少长时期不会)。等我下次休假时,我们将一起总结这一切的教训。

我亲爱的小可人儿,这封信写得太长,以致我没时间跟您说我多么爱您。您知道,我在写信的时候真怕它会吓着您,怕您觉得我这个人阴险、卑鄙。我的小可人儿,您的判断对我来说比世上一切更重要;如果我该骂,您就痛骂我一顿好了,求您了。我爱您,我亲爱的小海狸。

我有望于四月一日到十五日之间回来。

二月二十九日

我迷人的海狸:

今天没有您的信,也没有塔妮娅的,应该是邮局延误。我很需要跟您说话,可是,好像是存心的,您的来信从未那么稀少。不是由于您的错,我的小甜甜,而是邮局的错(要写明:军邮108)。您可知道,我产生一种非常令人不快的恐惧心理,我驱除它,佯作认为它是荒谬的,其实不然,它着实令我不安。我害怕,处于您当前对我的严厉状态(您有理),您在我上一封信里读到我给塔妮娅写过"我不惜踩过所有人的肚子等等",定会极其反感,而且并非因为这是针对您的,而是因为这话透着弥天大谎。我的爱人,如果您对我的反感足以使您一整天不能给我写信,那将是最严重的打击。您知道此刻我处于一种古怪状态,自从我曾经发疯以来,我从未如现在这样没着落。我的意思是说:我现在完全不疯不癫,但是想法太多,应付不过来,有一种被人从背后抓住、被鸡奸的感觉,一种感情上和道德上的失衡,是我上次发疯以来从未感受过的。我无意博取您的怜悯,我知道自己无可辩解。但是请想象当我休假归队,我还沉醉于平民生活的回忆时,塔妮娅这封信打断了我对她的甜蜜思念。

昨天起,我不知道我想要什么,确切说是感觉到什么。假如塔妮娅如一开始那样写有趣的信,假如没有布丹的事情,我会继续对她怀有如在巴黎一样充盈的柔情,这份感情有一种价值。但是,在她写了那封火冒三丈的信,继以五天沉默之后,我只有一个想法:硬下心肠,于是我变得神经紧张,热心工作。我读书,写作,我不愿想这件事。正当我把自己置身于这件事之外的时候,我又收到她的信,可是我没有感到预期的喜悦,我只是放下心来而已。总之是那种属于粗人的反应,我希望自己不会如此反应,可我未能免俗。尤其是同时收到您的信,您说:"她只想到自己在穆鲁基眼中的形象",这句话恰如其分道出塔妮娅情绪波动的原委,并且使我面对和解采取更粗野、更玩世不恭的态度。您那封严厉的信同时对我也是敲打。这一切构成一种古怪的氛围,从昨天一整天延续到今天上午。不过我不再像前几天那样神经紧张。今天上午我曾"多情善感"得有点儿好笑。我第二十遍读法布里斯和克莱莉娅的爱情故事①,真的眼泪汪汪,同时我因自己在想象领域变得伤感而恼火。这当口,信件到了。没有您的,也没有塔妮娅的,我又开始神经紧张;给您写信的那一刻,我非常紧张,主要是由于您,因为我不太认为塔妮娅会再度发火。尤其是此刻我觉得您的信太短(其实它们写得很长,我的爱人)。我想询问您,与您透彻地讨论一切问

---

① 见司汤达的《巴马修道院》。

题。所幸这个时间快来了。我的小甜甜,我多么需要您,您在场就对我产生巨大的魅力,您的见解对我极其重要。我爱您。我担心,因为我撒了那么多谎而不能自拔,您会觉得我心术不正,我害怕我真正的形象以及我与您的关系因此受到玷污——如同布丹那件事玷污了我在塔妮娅心目中的形象,不过对她来说更有理由。我害怕,既然我玩了那么多手法,撒了那么多谎,尤其是那么多半真半假的话,您会不时自问:难道他没有对我撒谎,对我说的话也是半真半假?您会不时自问。我的小可人儿,我的小海狸,我跟您发誓,我与您的关系是完全纯洁的。如果我对您不纯洁,世上就没有任何东西我对之不能撒谎了,我就会在谎言中迷失自身了。我的爱人,您不仅是我的生命,也是我生命中唯一的诚实所在。因为您就是您。我爱您。

我开始思考并写下我与别人的关系,不过在这个问题上仍旧要说谎,因为塔妮娅想读我的札记。我尽量不作掩饰,但结果还是弄得我很累。

我昨天的信很愚蠢。不过,除了我上面说的,原因还在于我夜里有点儿发烧,后来勉强醒来,一整天昏昏沉沉,使我低于自己的常态。您在信里说了那么多有意思的事情,我想回应这些事情,不知怎的我答非所问,结果我的信成了自己的辩护状。尤其令我震惊的,是您说我自以为高人一等,明知说的话于我自己是谎言,却认为对于别人是足够的事实。这一点绝对真实。但是我多么想跟您说话。

我的爱人,您别为这封信过于担心。明天我将收到您的信,我将是好人一个。我用全身力量爱您,我多么愿意您在我身边。

三月一日

我迷人的海狸:

收到您星期二的信,顿时感到异常轻松。可是您不必过于担心信里的训斥太严厉,您应该仔细看看我都做了些什么,否则您就不再是我的道德良知了。我度过了一些怪诞的日子,我敢保证,这个城市将留给我怪诞的回忆,那里从早到晚不发生任何事情,我待在救世军之家不挪窝,不离开座椅就经历了情欲、激情和悔恨,我在那里津津有味完成平生第一桩卑劣行为(我指的是给布丹的信)。我想,总的说来,这里的日子将使我沾上点诗意;其次我只是半个人在这里而已,因为四月一日已经把我的魂儿勾走了,从一日到十五日我将与您在一起,我的小甜甜。我觉得整个这段时间只有到我们能在一起谈论它的时候,才能解决、核准、埋葬。这需要您有个小印章,在我经历的一切之上盖章。您也是我的绝对。并非形而上的绝对,因为我独自一人在搞形而上学,俨然是个大师,不过探讨的是道德方面。归结起来,我以为您的想法是:1)我对布丹做出了不值当的卑劣行为(我想这封信不会寄发:塔妮娅不再提起此事);2)此类事情从此再也不能出现在我们的生活里。我说得对吗?我完全同意。我向您许诺,从现在起很长一个时期内(当然说的是从战后起很长一个时期,否则这也太容易了),不会有任何故事。何况我真的倒了胃口。且不说这要占去我许多时间。我相信我变了:我不再想"勾引"人。这一切无非是勾引女人,在我给您写信的此刻,我心里很明白,一旦那女人上了钩,我便奇怪怎么就添上累赘了。我没有预见这一点。现在这事了结了,因为我喜欢有完满的关系,而这种关系相反却是在勾引仪式完成后来临的。不仅是您,而且是我与您的关系,变得越来越宝贵。至于所谓的"夫妻生活"的诱惑,我想说的是在正式建立的关系之内,塔妮娅对我已足够了。

顺便说,我也收到她的信。信里有假,因为它标的日期是星期二,但显然是星期三写的(从什么迹象看出来的,我不赘述了)。她显然想要隐瞒与克里奥尔人度过的一个夜晚,或者其他什么

（不过我不担心，这一切都是无邪的）。主要是她对我愧疚万分，自己说"于心不安，反躬自省"，现在一切都很好。事情之所以能解决，是因为，如她长篇累牍向我解释的那样，她在发狂的时候意识到自己在发狂，她从中得到他虐的快乐，但并非心安理得。一切都好。

这种追问真相的游戏极其逗乐。如果我理解得对，若想玩好这种游戏，更需要的是机智，而不是证明自己的真诚。

明天见，我的小甜甜，我非常温柔地吻您的小老脸蛋，我用全身力量爱您。

三月二日

我迷人的海狸：

怎么回事，您没收到我星期二的信？至于我这方面，明天您应该收到我两封信，因为我写信严守时间。我情况很好。近来信件不是提前到，就是晚到，怪得很，像是拉手风琴。

我的小甜甜，您真好心，劝我租个小房间住。可是需要考虑：1）那样至少每月要多开支二百五十法郎。2）我在救世军之家感到自在，我喜欢在那里工作，因为有响声。3）小房间不生火，直到四月一日，这至少也是个令人打消念头的决定因素。

因此我在这里待下来。告诉您。已经确定，我们不久将去后方，可能在后方度过整个夏天。若是这样，我们不过是个冬季师团。我见到某个消息灵通人士，他昨天晚上告诉我这件事。他是阿尔萨斯人，我跟他有一席相当奇特的交谈（关于一个完全不同的题目），但是不能在信里为您转述。我还没有把这席谈话记在札记里，因为我忙于写关于我和其他人的关系那个题目。从前天起，我写了一百页，话还没有说完。这很可惜，但是需要讲到奥尔嘉、博斯特和您，我只能不光彩地有所掩饰。在写到奥尔嘉的故事之前停下来时,我有几句简略的话针对塔妮娅,预告不久将发生彻底的变化。这挺逗的。我看到我的专横和所有这一切的起因,不过现在,就像人家谈论自己过多时一样,我感到有点儿恶心。不过从现在起,我将有段时间不再想自己,所有这些故事都被埋葬,等我们见面的时候再重提吧。

我的小亲亲,整个上午我工作和读书,猜我读什么来着?爱弥尔·奥里维的《墨西哥远征》(第二帝国)。这事很有趣,与俾斯麦和一八七〇年战争很相配,我开始感受到那个时代的古怪气氛了。然后我去吃午饭,收到您的信和海尔曼一封信,他说我那本关于情感的书出版了。还告诉您,关于季洛杜的文章发表在三月份的《新法兰西杂志》上,这是《文学新闻》预告的。您将收到多册《情感》样书。麻烦您:1)在塔尼娅的信箱里放一本;2)送一本给玩具娃娃,如果她还在巴黎,另外让她转交一本给布莱;3)寄一本给比斯特①,如果他感兴趣;4)有机会时,在我父母的信箱里放一本。

别的事:需要寄我一千法郎,我的小爱人。如果我们打发查佐里奇姐妹到莱格勒去,是否行得通?

最后一件小事:要发各种配给卡了。我想这对您不会带来不便。不过请您帮一下塔妮娅,留心她别干傻事(同时您也得帮一下奥尔嘉,她同样不会办事。了解一下,是否先要有身份证,然后才能领到配给卡)。我觉得我现在的食物供应够了,而且很不错。有趣的是,这里像昂格那样有钱的军人,以个人自由的名义抗议每餐定量,同时他们认为建立信件检查制度是很好的决定。另外,新闻检查部撤消了,您知道吗?您可以读几份报纸,现在有点儿内容了。

就这些。我的小可人儿。这封信只谈了些想法。可我又能怎

---

① 比斯特,即博斯特。——原注

样呢？什么也没发生,我待在那儿,读书,写作。可我真想让您感到我多么强烈地爱您,感到这一段时间我离您那么近。

我用全身力量拥抱您,我亲爱的,亲爱的小可人儿。

三月三日

我迷人的海狸：

  这一天从我手指缝里流走。户外是真正的星期天,天高云淡,阳光灿烂,闲人在街上散步,一个令人心醉的星期天。不过我几乎没有觉察到。在救世军之家,也是星期天,来了大量进城的"农民"。因为,由于工作需要而常驻司令部的一百六十个人,代表了贵族阶级。每逢星期天,驻扎在附近村庄的炮兵和轻步兵部队的倒霉蛋们都会赶过来。于是救世军之家里满是迟钝、无表情的面容,结实但不匀称的身材,骨节粗壮的手,他们像是在待命,一味发呆,像煞我们在有驻军的城市街头见到的那些可怜的现役士兵,只不过他们年龄更大,使人想到法国士兵就是农民,虽说人们在这里通常看不清这一点。

  我忘了告诉您,上星期天有三个大兵仰着脖子在街上闲逛。他们突然发现我："喂,伙计,这里有电影院吗？""没有,这里没有。"于是他们压低嗓门："那么窑子呢,在哪儿？"这场景活像《八点四十七分的列车》。我跟他们说此地没有窑子,他们大为不满。所以这里的星期天很特别。不过这一天完全偏离中心,这些日子信件都是中午到达的,而今天,军邮官休假归队,他按他的规矩办事,到四点才把信件送来。直到四点,我过了一个漫长的上午,下午集中在四点与夜幕降临之间的时段里,我用来下棋了。何况今天无信。不,有封《费加罗文学报》的信,我转寄给您,因为它极其珍贵。还收到两册《情感理论》,我重读一遍,有点儿失望。这个理论被展示了,却丝毫没有被证明。写得最好的是序言。可是没有您的信。原因在于星期天。这一天纯属虚度,熬过一段"无信的时间",不是太长,很快就是明天了。虽说有这么多耽搁,这些争论,这些如洪水一般泼到我头上的斥责,我倒是借此打发了时间。我绝对不是不幸的,每一天都有它特殊的魅力,不过我没有找回休假以前的那种宁静。

今天就这些,我的小可人儿。我捡起小说,有点儿冷落了札记。写小说挺好玩的。刚才我听到无线电播送乐曲,走过去侧耳细听——是那种令我感动的低级音乐,类似《乔尼·帕默》,而且更糟糕的是让·特朗尚唱的,我敢担保。这都不要紧,它使我深受感动,是那种久违了的感动,因为平时我不爱动感情,我怀着某种敌意在札记里剖析自己。您知道,是某个晚上我们在蒙马特尔喝了酒之后,向我们袭来,或者不如说向我袭来然后感染了您的那种感动,我的小甜甜。比如说:我以前也写过一些能感动人的东西(人们会想,为什么是以前),这使我顾影自怜。必须说,十五天以来,我严格遵循您的命令和塔妮娅的命令,把自己看作大恶人。不过您放心,我也切记是一个大恶人。然后,救世军的那位夫人必定觉得这些歌曲亵渎神明,转动了旋钮。我于是回来给您写信。我的小可人儿,我多么需要您在我身边,多么愿意我们跟过去一样,为我们的命运而落泪。我多么想把您瘦小的身体搂在怀里。我的小海狸,我的您,我那么爱您。

没有用打字机打好的信封了。我今晚就赶制一些,既然您喜欢。

三月四日

我迷人的海狸:

今天收到您二号的信(一号写的),它让我着迷,因为它告诉我您被我的信说服了。我的小甜甜,如果您能看到您的责难对我是多么难以承受,您必定会很得意的。我难过得好像在天使长圣米迦勒脚下挣扎的魔鬼。

不过,您可知道,我完全记不起我写了些什么竟把您给说服了。倒不是因为我写的内容是当时现编的,而是因为有关这个题目我写得太多,以致想不起我在第一封信里用了什么论据。

您看,这正是两个月以前我想跟您说的,那时我说,这里的人只要有点儿诚实,都会认为自己被埋葬了。您想想,有那么多人现在只以这种方式被爱。他们很清楚自己的老婆对他们是忠诚的,知道老婆见到他们时满怀喜悦,战争结束时他们将恢复共同生活。不过,如果他们略微精明一点,他们也会感到,当他们在这里苦熬的时候,他们在老婆心中的地位,无非是一根沾满尘土的小骨头。幸亏您,我的小可人儿,不可能以这种方式爱我,把我当作一根骨头;要这样的话,我会生病的,我需要感到您的爱情,我强烈地,深深地,从最小的细节上感到您的爱情。我爱您。我应该说,遇到塔妮娅那种古怪的感情,人经常觉得被背叛,但从不感到像是被防腐香料保存起来了,这我也说不清。顺便说,她那一方面现在好些了。她在信里说:"我只有你,你是我在世上认识的最好的人:我就是这样爱你的。"塔妮娅意志薄弱,对自己不太满意,在世上感到迷失,她需要我,即便我在远方,她也需要不时想到我的存在。

毕南费尔德跟您说了对美国小说的看法,您问我是怎么想的。没什么可说的:是的,美国小说是这个样子,而我们的小说是另一种样子。当我们考虑写一部小说,关心技巧问题时,问题在于需要知道,在多大程度上我们可以吸收美国技巧——它很出色——以便服务于我们的目的。我的意思是说——不过这个问题已经一劳永逸地解决了——在多大程度上,把思想放进小说的做法与这种没有思想的小说的技巧可以兼容。现在我们知道了:这是个调节问题,等等。不过那种说法是荒谬的:海明威的小说没有思想,却有好的技巧,所以应该写没有思想的小说。现在回到随意性的问题上,这上头需要谨慎:事实上,在艺术领域没有任何东西可以是随意的,既然艺术首先是统一。无论是一幅毕加索的画,或者一部司汤达或卡夫卡的小说,您永远找不到任何不起作用的东西。我在读《永别了武器》时注意到,海明威的艺术远远没有为随意性留出一席之地。比如,他不吝笔墨写了在佛罗伦萨购买手枪这个无所谓的细节,后来这把手枪起了作用,证明它并非没有意义。您自己也不会同意把随便什么东西放进小说。需要看到的,是必然性有时候——不是始终——能够以随意的面貌出现。它在人们遇见它时,首先呈现随意的面貌:例如您谈到一个以前从未提及的人物,您描写与主题无关的一次散步。但是一百页之后它将变得必然而然,因为它将以一百种方式与其他部分相关联。剩下唯一的问题:您是否成功地做到使一些事实上必需的情节看起来像是随意的?我有把握回答:做到了。不过我得说清楚,当我祝贺您做到使一切都有着落时,我给了它"在偶然和随意的外表下"的意思。否则就需要做数学求证,太麻烦了。最后,如果读了一百页,通过千变万化的情节,读者产生被必然性压得透不过气来的感觉(人物的"活力"——即随意性——被保存了),我要请教,这又有什么不好呢?无论如何,您要想到这不是风格问题。

比斯特想当准尉?我担心他会得到一种不那么艰苦,但令人百倍反感的生活。我不知道,蔑视上司而不与他们共谋,是否比冲着同一级别的人发火但与他们保持某种共谋关系更好一些。不过我以为他不会在那里找到安赛伦那样的人,也不会遇到像美丽城那个家伙一样有趣的人——他派他去看望他的老婆和伙伴。此外,"有志于此"的人也是要吃苦的。他们没有闲暇,不能像士兵那样瞎胡混。其次他们往往遭遇更多的危险。不管怎样,必须明确跟他说,没有任何道德理由阻止他去做他认为最不令人不快的事情。对于服兵役,这是明摆着的。对于战争,尤其对于这场战争,必须以那么多方式重新考虑问题,以致这不再可能。

我的爱人,现在我寄几册书给您。幸亏昨天没有发生任何事情,否则我要多写六页为您讲述。我只告诉您,明天我要打针,今天我身体很好。

另外:一切似乎都在表明,我最晚可在三月二十四或二十五日休假。

也就是说,我们肯定将好好休息。可能整个夏天。

我的爱人,我迷人的海狸,如果我能在三周后见到您,然后舒舒服服地度假,这对我太够意思了。

我用全身力量爱您。

三月五日

我迷人的海狸:

今天有您两封来信,其中一封特别甜蜜,是星期六写的,您跟我解释您认为我是个不太坏的配偶。我的爱人,我是那么幸福,因为我们心心相印,因为您强烈地感到我多么依恋您。您说得对,今年"至关重要",我们必须牢牢把握它。这对我们是"考验"。我想,我们的人生必定多少带些盲目性介入各种事情,我们在建构它的时候看不到前景,或者只看到虚幻的前景,在这样的人生中有一段考验时间,能使我们审核一切,重新整理一切,这是件大好事。我的小亲亲,我的小可人儿,想到唯一不需要作任何改变的东西,唯一完全真实和令人满意的东西是我俩的爱情,这很了不起。

上午我第二次打针。五个小时过去了,未见任何反应。硬要找些什么的话,可能是脑子不太清爽。我吃了一份香肠三明治。我此刻在救世军之家,马上要写小说(您知道吗,用打字机打地址很成功,我大受鼓舞,晚上用打字机打小说,所以等玩具娃娃的打字稿拿到之后,把我新打的加进去就行了)。今晚我睡旅馆。我储备的书读完了,需要您再寄一些。近日内我将把您点名要的书寄给您。我需要结束《俾斯麦》,这是唯一没读完的。假期内,我将选择一些小说,因为这个月我读的都是历史书和严肃著作。不过我想到一点:假如我二十五日前后到,头几天必须有钱。至少一千法郎(假如您三十日领工资)。我们想什么办法?万不得已,我可以跟我母亲借五百法郎,度过几天。

我的小甜甜,我特想见到您,我要像挤柠檬一样抱紧您。我那么爱您,甜蜜的小海狸。

三月五日

我迷人的海狸:

加一句话,补足我开的书单。我想要玛格丽特·肯尼迪的《共同的孤独》。

还有一本路德维希的书,可能叫《一九一四年八月》或《一九一四年八月的悲剧》,是关于一九一四年宣战的。

我刚收到《威廉二世》和《公社》。《威廉二世》看来激动人心。我希望能在里面找到一些材料有助于思考这个令人不安的问题:一个人在一个社会事件里的作用。我知道阿隆会说,这不过是若干意义中的一层意义而已。即便接受他的说法,这层意义也不简单。

我爱您。

三月六日

我迷人的海狸:

今天只给您一封短信,因为我没什么可说的,但是我心里有您。我不知道该怎样形容我在这里的生活,我整天待在救世军之家，但难得有一张归我单独使用的桌子，人们听到各种响声，包括赛璐珞乒乓球的声音。这不是修士或隐士的生活。而且救世军之家本身的面目对我说来也很不稳定，有时候它很可亲（上午，人不多的时候），有时候，我没有自己的空间，四周响声不绝，它令我失望。这是个古怪场所，其主要特点是它与我吃饭的那家阿尔萨斯旅馆有机连接。所以我要吃饭就下一层楼，想小便就上一层楼，走进一个两侧是旅馆房间的过道。这种场所，只有在战时才会出现，由于这一切，它很不平衡，我不知道该怎么想。需要补充说，对于那么大一个厅堂而言，它的窗户太少，而且是朝院子开的，所以从早到晚要开电灯，这倒另有魅力。还要补充，大厅里的温度变化很怪，比如今天很冷，昨天却异常闷热。这种情况还要持续几天，因为有一拨一拨的人来打针。这使它变得不那么有趣。顺便说，我昨天打了针，您已知道。我在旅馆四层的一个房间里睡了一夜，完全是乡村情调，居然角落里还有一面展开的法国国旗，必定是阅兵时用的。与这个被崇拜的物件一起过夜，我觉得有点儿不祥，不过我从十点到七点睡得香极了，而且午饭吃得很多。打针的事，到此为止。

此外，我读了许多书，写得不多——除了札记，我写下一个警句："我是资本主义、议会制、中央集权和官僚制度的畸形产物。"最要命的在于，这是事实。我读路德维希的《威廉二世》着了迷，写得出色，极其有意思。如果您没有读过，我把它与《俾斯麦》一起寄给您。我开始读《公社》，有点儿失望，不过您可能会喜欢，既然您曾经喜欢卡苏的《一八四八年》。无论如何，所有这类书使人们隐约看到历史本来应该是什么面目。例如，在《公社》里成功证明了巴黎作为大城市的神话（引用了卡约瓦）对于公社社员的影响。我也写了几段小说，不过我不急，既然在收到打字稿之前我总有时间完成可以做的部分。就这些。时间有点儿像手风琴，有时候它过得很快,有时候我得消磨它。在那个刚结束不久的假期和下一个离我三周远的假期之间,在这个根本闻不到战争气息的养老院里(说不清它是什么味儿),我还没有找回我的战时平衡。古怪的生活。我交了一个朋友,是个卖报的孩子,十四岁,老跟我推销香烟。他围着我打转,跟我攀谈,用的词儿我完全不懂;我还怀疑他为士兵拉皮条。

今天就这些,我亲爱的小海狸,我的爱人。真的,您的信总是不够长,不过您知道这不是您的错,因为读您的信是我心情最好的时候。您写上十五页,我也不会满足的,我每封信都重读三四遍。

我亲爱的小海狸,我温柔地爱您。

三月七日

我迷人的海狸:

今天没有您的信,这本是意料之中。不过还是令我失魂落魄,我的小甜甜。我那么喜欢您的苍蝇爪子字体。您依旧顽固地使用这种"南海蓝"墨水,它很难看。每当看到从信件包中露出一个信封角,上面用这种表面堂皇其实恶俗的颜色写着 F. M. 字样,我便预先知道有您的信。今天我以为有您的信了,不料塔妮娅也用同样的墨水,那封信是她的。

此外,这一天我过得挺美。上午稍差一点,因为军官们开会,征用了救世军之家。他们就是这副德行:所有的场所都归他们,如果他们愿意,还有军官专用餐厅归他们支配。可是这还不够,还得给人证明,任何东西都不属于士兵,一名军官随时可以夺走士兵的东西。更成问题的是,今天上午恰好有二十多名士兵来打预防针,他们简直没地儿可待。

故此我只好到楼下 A. D. 去,与文书们混了一小时。这帮人可说堕落到了极点,甚至不再有逗乐的一面。然后,到十一点,我又上楼去救世军之家。在那里,事情开始变得有趣,因为我产生一些有关历史的想法,把它们记下来了。我去吃午饭,领取信件,然后重返救世军之家,开始写作和阅读《威廉二世》。那本书确实令人惊奇,倒不是由于路德维希,而是由于传主和他周围的人。然后我又写作。一个戴眼镜的年轻人来跟我聊天。当我又想投入工作时,在这里当主持人的一位红头发俄罗斯老太太对我说:"您老是写啊写啊,您最好跟我打一盘乒乓。"上午她已经围着我转——我读那么多书令她纳闷——发现了奥里维埃的《公社》。"哦!哦!共产党?"她说。"不是的,夫人。""那好,我跟您说:应该把共产党人统统送到俄国去。我在那里待了四年,我知道是怎么一回事。要像美国人那样做:在这里不高兴吗?那好,到那边去吧。而且不给他们旅费:自己擦屁股吧!"从她嘴里吐出大兵用语,令我吃惊。其实这位不避粗话的太太不是救世军成员。她是自愿服务的,我猜她年轻时所征服的男人的数目,超过法国军队穿旧的鞋子。说了归齐,她绝不让人反感。

所以我同意打乒乓。第一局她赢了,第二局我胜,第三局刚开场,球飞出去滚进舞台底下。我们为找球,搬开不知多少厚木板,费尽力气,流汗出血。正忙的工夫,有人喊她,比赛就此结束,我们明日再战。我的小可人儿,您还记得我们俩在鲁昂,去宇宙啤酒馆(我想是叫这个名字)楼上打球的事吗?不过您知道,我怀念的不是那段时光,而是您,我的小爱人。打过球之后,我写小说,很顺。然后我给您写信。我仍把信寄到瓦文街,但是我想到:塔妮娅三四天后将搬走,奥尔嘉已经不在,所以一周后我按时把信寄往旅馆就没有任何问题了。自然要她们都去莱格勒。

再见,我的小甜甜,我的爱情。我那么爱您。我那么想见到您的小脸蛋。您知道,每当我想起我动身那天早晨您脸上的表情,我总是万分激动。

三月八日

我迷人的海狸：

您今天的信令我万分感动，您跟我解释说，您后悔责骂我太狠了。不过，我的小可人儿，告诉您，我不再感到难过了。何况我该当挨骂时，您必须责骂我，就像我的小说如果写得不好，您应该严厉批评。我那么爱您，我的小花儿。是的，我能感到您多么爱我，我那么喜欢您爱我的那种方式。我真想见到您。只不过，有个小小的意外，可能什么事也没有：皮特十四天前出发休假，本该昨天上午归队，却没有他的任何消息。他想必病了。一有消息，昂格就能动身休假，也就是耽误两天。可是，假如轮到我休假的时候他仍然生病，人家会让我动身吗？这样的话，十四天内将只留下保尔单独一人。如果需要做气象探测呢？总之，情况如此。如果您想知道得更多，您可以用我的名义给皮特夫人打电话问候她丈夫。她告诉您的情况，可能会比我在同一时间知道的更多。

此外，什么事也没有，我的小可人儿。塔妮娅搬家了。从此我将把信寄往丹麦旅馆（不过要在确认她搬走之后）。我在这里专心写作，内容是有关威廉二世的。不过这不是您感兴趣的题材，小家伙！您不感兴趣，不过应该什么题材都写。其次，我几乎完成了有关雅克那一章。但可能要彻底重写一遍。我还干了点锯木劈柴的活，因为明天轮到我生火。上一次我没有把火生好，文书们不得不重生一次。

这封信内容贫乏，我的爱人，可这是因为我没有新的话可说。我给您写了许多那么长的信，您可以原谅我这一次。

我的爱人，我跟您在一起时感觉那么好，我那么想搂紧您的小胳膊。我尽一切可能爱您。

三月九日

我迷人的海狸：

　　这封信只谈事务。其实我对您满怀柔情，但是这一天发生的事情太多，我们必须商量。

　　首先，我被召回内线。不是今天或明天，而是从现在起最多一两个月内。事情是这样的：穆尼埃上尉给气象兵的上校司令写了封信，问他能否把我们的步枪收走，因为我们是辅助兵种，用不着枪。今天收到上校的答复："不可能收回枪支，但是我要收回人员。"探测哨是气象部队离前线最近的岗位，应由现役士兵，而不是辅助人员占据，他将采取必要措施以便我们能在最短时间内调回内线。穆尼埃上尉急得直搓手，他要我们签名抗议，但是保尔珍惜自己的性命，毫不动摇。所以我们将离开这个师了。现在有一个可能，即把我们撤到离此地仅五十公里的地点。不过，首先这已经好多了。其次，这几乎不可能。看来我将到圣西尔实习六周，每周可以有二十四小时的假和两夜不归队。您能猜到我们有多高兴。我的小甜甜，我们将永远不会长期分离了。

　　接下去谈休假的事。我最早（多亏皮特神奇的迟到，今天上午他容光焕发抵达）三月二十六日到巴黎。我以为，由于调动在即，以尽早休假为宜，免得夜长梦多。最好的安排，是我在假期后直接回圣西尔。因此需要立即，比如说，跟洁洁（或者跟那位夫人）借一千法郎。

　　我收到民众小说奖评委会（成员有杜阿曼、罗曼、杜尔丹、泰里夫等）主席一封信，通知我已被提名，但要求我写一封信正式申请参加评选。奖金为两千法郎，不是个小数。只不过，如果我写了申请书，我就贴上民众主义者的标签了。或者拒绝？您得立即帮我出主意。我第一个反应是拒绝，不过可能您觉得标签问题其实无所谓，两千法郎却是实实在在的。您负有守护灵魂的重责。代我决定吧,我的良知。

波朗来信说:瓦尔和布伦什维克决定把《想象的事物》作为博士论文发表,但要取消第一部分(已在《梅塔杂志》上发表)。我接受这个做法,但以不写副论文为条件。这样好吗?

此外,收到莫尼埃①的信,她说我的签名变了,变得"空灵"了。塔妮娅有封信,跟我要钱。您原本要寄给我二百法郎。能否等您有钱时(尽快)把这笔钱给她?皮特那边我另想办法。

嘿!当我补充说,我收到《新法兰西杂志》,里面登载了我关于季洛杜的那篇文章②,(还有,大家以为皮特死了,今天上午他回来了。)您可想而知这一天发生多少令人兴奋的事件。

另一方面,空空如也。这正是悖论之所在。因为,除此以外,便是海德格尔说的虚无。也不尽然。部队剧院的演员们在幕布后排演,阵阵音乐从那边传过来。颇有诗意,令人感动。

我的爱人,今晚我有多幸福。半个月后我就能见到您,而且可能从此我们将不再分离——至少很长时间不分离。

我那么强烈地爱您,我的小甜甜,那么强烈。

……

三月十日

我迷人的海狸:

今天收到您两封信,最近的那一封是昨天寄出的——就是说您必定是昨天上午七点,在去学校的路上把信投入邮箱的。得到那么新鲜的消息,很有意思。这是两封短信,但是加在一起就是一封长信。我很赞同您跟图卢兹借钱(一千二百法郎)的想法。反

---

① 指阿德连娜·莫尼埃。她主持"书友书店"。当时许多作家是这家书店的常客。——原注
② 此文收入《处境种种》第一集。——原注

正是半个月后归还,我想这应该可以办到。否则,就跟那位夫人借。波朗这个人很有趣。根据您八日的信,《想象的事物》已经出版了。那很好,不过波朗的信是七号在巴黎寄发的,因此他知道,在他建议我推迟发表的时候,书已在出售了。我倒是不在乎,不过您得承认,此人确实古怪。一个半月前,当瓦尔为这件事跟您接触时,为什么他不跟我谈这一点?瓦尔自己之所以没有说,想必是因为波朗揽了下来。我猜想这位马基雅弗利①出于一些我不知道的原因,不同意这种安排。我跟您说这些是为了描绘这个人物,因为就我个人而言,这本无所谓,尤其因为我总可以,只要我有这个欲望,提交一篇有关虚无或其他任何题材的文章。关于民众奖,我一直犹豫不决。我看到特罗亚拿了这个奖,而特罗亚与民众主义根本沾不上边。我等待您的决定。不过,我若提出申请,必须有把握得到这个奖才行。我不能永远当候选人,眼看着一个又一个奖从鼻子底下溜走。老是这样的话,事情就滑稽了。

此外,我的小甜甜,昨天发生那么多震撼人心的事情之后,今天没有任何新鲜事,这很自然。整个上午,我在救世军之家写那篇关于威廉二世的东西,开始感到腻烦透了。我已写完,随后要做别的事。我读了《威廉二世》,与皮特聊天,然后,不知道为什么没去吃午饭(啊,想起来了,因为皮特拿来许多蛋糕塞给我吃)。我在救世军之家一直工作到两点。此时皮特得意扬扬来找我,因为他在饭桌上曾威胁要狠揍一名下士长。那位仁兄与此地许多人一样,因为餐厅女老板拒绝把已经预订的两个位置让给他,一气之下就宣称:"阿尔萨斯公猪,全是普鲁士人,我们凭什么为他们打仗!"这口号很怪,因为,首先是人们一门心思要得到阿尔萨斯,现在又抱怨不已;其次因为人们完全不是为他们而打仗。皮特听了

---

① 马基雅弗利(1469—1527),意大利政治家,此处意谓波朗其人善权谋。

这话已经怒不可遏,那老兄又发挥一通,顺口补充说:"为他们和犹太人。"皮特庆幸终于找到出手的借口:"此地就有一个犹太人,你跟他有什么过不去?该他扇你两个大耳光,等等,等等。"那人就此闭口。我恰如其分地对彼得表示赞同,然后我们被赶出来,我到咖啡馆去读书,因为星期天咖啡馆是开放的。救世军轰我们走,是因为要给军人演电影。

五点半,咖啡馆里人太多,我只能回到救世军之家,不过那里宣布还有一场电影。我已疲劳不堪,坐定后不想动弹。我看到哈里·兰顿一部可爱的默片,没有字幕,以及半部《少见的人》,马克斯·迪利与布拉索主演,普雷维尔的脚本。这片子有点儿乏味,不过就一部战争片而言,还算差强人意。这以前,有部关于前线岗位的纪录片——从旁白来看,显然是为后方制作的,可也因此不成功。我们这些人已在前线过了两三个月,听到别人当着我们的面提到"我们英勇的士兵",我感到滑稽。不过其他人没有留意,他们不听旁白,主要关注日常细节,比如看到一辆汽车在薄冰上打滑,十个大兵喊着"嗨哦嗨",使劲推它,他们无不报以同情的笑声。

总的说来,这一天过得很好。还有,昂格昨晚出发,两周后就轮到我了。我特想见到您,我的小甜甜。

我的小甜甜,我的小亲亲,我那么强烈地爱您。半个月后——至多十八天,我将把您搂在怀里。

三月十一日

我迷人的海狸:

为什么我不在您面前也展示展示我的才能呢?我已经用打字机给我继父写了封信;给塔妮娅也写了一封;我之所以不给您寄打字信,是因为怕您会觉得打字符号过于冷漠。其次,迄今为止,我打字还不能得心应手;我打出来的文字颠三倒四,因为我忙于在手指尖下找到字母:在这方面,给塔妮娅的信可谓幼稚的典型,以致我不得不再用笔写一句话,以免她误以为我倒退成儿童了。不过现在有好转,我已轻松自如,就像您每年跟学生们解释的那样,这是习惯问题。我有点儿要让别人钦佩的意思。我答应您,除非您专门请求,我不再会给您写打字信。我知道人们喜欢看到所爱的人苍蝇爪子一般的笔迹,我也偏爱您那难看到家的缺笔少画的书法,而不是印刷字体。

今天没有收到任何信。从您那方面来说,这是有道理的,因为我昨天收到您两封。不过这仍使我觉得这个下午长得难熬,直到我产生一个有关游戏和严肃精神的小小想法。然后皮特来了,他总有讲不完的故事,还有昂齐格,他一片天真,既可笑又不知羞耻,给我们讲他在休假期间怎样与老婆和好。也没什么新鲜的:一个人活到三十七岁,有了个现成的家,就不舍得抛弃它;比如说,他在老婆家有架钢琴,天知道能否在别处找到同样好的;其次,他老婆自己挣钱,也不乱花钱,人在前线时,能不时收到一个小包裹或者一小笔汇款,毕竟是很惬意的。事实上,他休假归队时钱包胀得鼓鼓的;他老婆给了他一千法郎,他立即去买漂亮衣服,叫皮特好不生气。您看,都是老一套,不过逗他说话很好玩,他那口气,活脱一位终于改邪归正、由于做了一件好事而灵魂卸下包袱的君子在现身说法。此外,似乎文书们曾使劲规劝他:尼佩尔每天晚上给他念大段的《圣经》,内容都是有关夫妻相互忠诚的。他回来时充满自豪,跟他们说(几乎是原话):"孩子们,我要给你们一个惊喜:我与妻子和好了。"他们就请他吃饭表示庆贺。

这以后,我与红头发老太太打乒乓球,赢了她。然后给您写信。今天上午我完成了雅克与马蒂厄那一章,写完这封信后我要把它打出来。我想,我读这一章时感到的乐趣会比我写它的时候更大。就这些,我的小可人儿,只有这些。我觉得写得有点儿长,但是,好像是存心捣乱,现在我分明可以去睡觉,打字的瘾头却发作了,我要熬夜,至少直到十一点。

我的小甜甜,我将寄书给您:《巴黎围城记》《俾斯麦》与《威廉》。周末前寄出,以便您星期六收到。

明天见,我的小甜甜;您不可能知道我多么想见到您:唯有这件事情对我才是重要的。我们将到处散步;我爱您,我的小花儿,我吻您的小老脸蛋。

您讲的拳击手的故事很好玩。我的爱人,我们将有多少话要说呀。

我以手书补充:我用全身力量爱您。这样您就能看到我一鳞半爪的笔迹。我花三刻钟打这封信(同时构思)。

三月十二日

我迷人的海狸:

我答应您,这是我最后一次给您寄打字信。不过您要看到,我今天打完第八章清稿之后,再也没有什么可打的了。可是我有瘾;您还记得我曾玩约约球入迷吗?事情是一样的。您当时曾惊吓、生气,现在您可能也会生气。我有时会对某些东西入迷,这挺好玩的;您也该记得去年这个晚上,我们为寻觅一期《兴致》而满城奔走。我必须在札记里作出解释。再说,我打字大有进步。

今天有您两封来信;您说我明天不会有信,不过我昨天没收到信,因此希望明天不会空等。有一封长信很有趣。索洛济娜对我的蔑视令我很是难过。

钱的方面,我跟您一样有点儿为难。现在跟那位夫人开口已经太晚了。听着,为您自己和查佐里奇姐妹,您当尽力张罗;为我们俩,如果您搞不到钱,我将试着跟皮特商量,虽然这事有点儿难,因为我们想必不会同时被召回圣西尔,他可能担心自己的钱会打水漂。不过可以试试。

告诉您,我们突然获悉,我们将于四五天内出发(我说的是整个师)。上哪儿去?回到我们去年十一月的驻地。我很高兴能重睹那个地方。它给我留下诗情洋溢的回忆:玫瑰屋的早餐;黑公牛旅馆;您,我的爱人;然后是那场危机,实际上,我那个关于本真性的理论是从那场危机诞生的;我也是在那个地方读了一些重要作品:莎士比亚、圣埃克苏佩里、《西班牙遗嘱》。不过我在那里待的时间不会超过八天,因为昂格二十五号回来,然后我动身。休假归来时,我可能被调回后方;我与这个师的关系已经结束,迄今为止,我的命运曾与它紧密相连,现在我感到它与我脱钩;与平时一样,人们议论它未来如何如何,可我对之漠不关心了。我跟您说过,我们可能要在圣西尔受训六周,因为从那个时期以来,气象学已有巨大的进展。那儿将是天堂,我会获准有许多次在外面过夜,耍点花招的话,还能增加次数。总之,与美丽的和平时期一样。

这一天过得很快,不太慢:上午有个军官会议占用了救世军之家大厅,于是我到这里来用打字机打我的小说;然后我把老大不乐意的保尔拉进一家新的饭馆,他猛烈批评这家饭馆,只因为它是新开的。这一家的饭菜其实不比另一家高明,但是跟北国餐厅一样,满墙都是细木护壁板,很是可爱,那情调像是一家阿尔萨斯酒馆。假如我早知道这个场所,我就不会有置身十八世纪耶稣会全盛时期的印象,小比斯特曾因我产生这个印象笑个不停。今后我会常去。

今天下午打乒乓,还是跟红头发女人对局。现在我稳操胜算。然后我在札记里写下关于历史的思考;札记的内容按问题分类;一周以来,我以历史为题材,自然要批驳阿隆。我也读了莱奥·菲雷罗的一个剧本,是彼多埃夫剧团上演过的《安琪莉卡》。写得很糟,不过它使我在片刻间有写剧本的冲动;其实我急于了解自己的局限所在,我指的是戏剧和诗歌。对于诗歌,我已不抱任何希望,对于戏剧我犹存希望。然后我给您写信。

……

明天见,我的小甜甜;我得去睡觉了;因为明天轮到我生火:我没有跟您说,第一次生火失败之后,第二次我极其成功。下一次是第三局,决胜的一局。

再见,吻您亲爱的小眼睛,我的爱人。我爱您。

明天我把书寄走;但是您也得寄一包书给我,我的小可人儿。

三月十三日

我迷人的海狸:

我刚写完十九封信,统统按照同一个范本。还剩一封是寄给您的,供您读着玩。信是写给民众奖评委会的。有了您的授权,我立即开始工作,我没有做过比这更招人厌的事情,它满值两千法郎。我两点开始写,现在四点一刻。我给您写信换换脑子。

钱的问题,我对斯苔法不太放心。她会把钱寄出吗?能及时寄出吗?您要求她准时于二十号寄出。或者让她用我的钱叫辆出租车,把钱装在信封里代我交给我父母的门房,这样做可能好一些,她可在下决心办事之前再拖延一两天。我这方面,可以跟皮特借三百法郎;加上这里发给我的一百二十五法郎,我可以"翻个身"了。

今天我给塔妮娅写了封语气很生硬的信(她一直不给我写信,必定处于最消沉的阶段)。我在信中通知她,很可能二十六日七点在圆顶咖啡馆露面。

关于圣西尔,您老爱担心,告诉您这事没有问题。您想,我每见塔妮娅一次就见您两次,而且这两次里只有一次是公开的,另一次您可以对别人隐瞒。这是对于在巴黎的假期和游玩而言。在日常生活里,即每天从五点到八点——因为我希望天天见到您,约会更不难安排。不对吗?

我的小可人儿,我真想见到您的小脑瓜子,想拥抱您。

今天,如战情公报常用的说法,无事可陈。上午我读书,下午写了二十封信,然后给您写信。就这些,我的小亲亲。我只能多读一些书,因为我已完成一章小说,又没有新的思想可以写札记。我的情绪平稳,头脑不是敏感而是跳不出成见,我在等待。

我用全身力量爱您。

三月十四日　星期四

我迷人的海狸:

我们明天三点出发,我想我已经跟您说过了。

我们指望能回到去年十一月住过的小房子里去,但是没有把握。那房子空着,但被"征用",我们不一定能住进去,除非有住宿许可。不成的话,我就在黑公牛旅馆租个房间,解决问题。可能我更喜欢后一种安排。无论如何,我住不了十来天,因为我随即休假。归队时我肯定见不到他们了,因为他们将"在防区"。

昨天我写了十七封信和给您的信之后,那位救世军女军官走进大厅:"没打过预防针的人里,谁愿意帮忙把啤酒瓶箱卸下来?"一片沉寂,人人指望别人自告奋勇。我觉得自己与所有士兵休戚相关,我隐约有羞耻感,这种感觉正是前线上许多"自愿的英雄行为"的根源。这很愚蠢,我因此受到惩罚。我站起身,去搭一把手。需要把空啤酒瓶箱搬下楼,放在卡车边上,然后把啤酒瓶箱搬上来。直到最后一箱啤酒,都没发生问题,可是轮到最后一箱(是装满的,我搬上楼),卡车司机要帮我把箱子搁在肩膀上,我服从了,但在爬楼梯时一脚踩空,啪嚓一声,瓶子统统打翻,啤酒像瀑布从梯级上泻下来。一共二十瓶,我打碎了八瓶,其余的瓶子掉了下来,但是老天保佑没有打碎。人们围上来安慰我,救世军女军官也慰问几句,让我喝一杯黑咖啡"压压惊",然后把楼梯打扫干净。一开始,面对狼藉满地的碎玻璃片我直发呆:想做好事反惹笑,应了我在"开罗号"①上跟那个希腊人说的话。

今天上午七点半左右,乌里奇中尉准备出发为我们打前站的时候,一位胖夫人哭哭啼啼走进来,像是出了什么大事:"先生,您得赶紧通知楼上的房客,出大事了。"她重复两遍,当我们决定照她的话去做时,她补充一句,"警察局长让·西亚普先生受了重伤,他躺在地下室。"我们马上明白了,当即好言相劝请她走。她整个儿是一疯子,只管在我们的屋子里走来走去。前几天晚上,保尔进厕所后忘了关门,她走进来跟他说了一大堆话,全不顾他的尴尬处境。这几天我们还被一个神秘的艺术破坏者骚扰,此人在厕所墙上涂满粪便,我怀疑就是她。

下午收到信件。有您一封长信。您知道,我绝对禁止索罗济娜散布谣言说我阳痿。您跟她说,假如她继续这样做,我会好好教训她一顿,比如说我下次一见到她就"跟她试试"。反之,我同意她把我当作"假天才"②,只要她愿意。

我还收到一个大包裹:我的手稿三分之一的打字清稿,我花一下午时间重读了一遍。我既满意又失望:细节上写得不坏,甚至是我写得最好的,但是列维的话有点儿道理,他说各章之间缺乏联系,有点儿叫人摸不着头脑,而且主题也不是很明确。我必须重新审查一遍,给头几章一个清晰的框架。比如需要回到老技巧上:马蒂厄重忆过去,否则这个人物不确实,也不连贯。必须让读者知道

---

① 即送我们回雅典的那条船。——原注
② 索罗济娜说得更逗:"您那位萨特自以为是假天才。"——原注

他从哪儿来,在哪儿教过书,怎样认识鲍里斯和依维什的,等等。这一切可以简短,但是必须使人马上知道;一般说来,人物缺少根基,而您所有的人物都把根扎得很深。这工作不会很重,但是细致。

始终没有塔妮娅的信。我星期五或星期六收到最后一封,她从未那么长时间不来信。她是否消沉绝望,或者有别的情况?您知道吗?不过此刻我对这事已无所谓。

就这样,我的小可人儿。此地已是出发的气氛,因为甚至对于士兵,出发也不是小事一桩。特别对我,我像停在枝头待飞的小鸟,我的心已不在布克斯维勒,可是另一方面,我已不觉得自己和这个师紧密相连,既然我将被召回,而且我的休假使我从战争脱身,回到巴黎和您的身边。总之,感到不习惯。我打乒乓球,不干别的。后天起,我将修改这部小说。我还没有改动有关玛赛儿的段落,不过我要试试,如我跟您说的那样,要给各章"定位"。

明天见,我的小可人儿,想一想吧,您收到这封信时,再过一周我们就见面了。

我吻您漂亮的小老脸颊。

三月十五日

我迷人的海狸:

我一下子回到四个月前的局面。整个上午,人们在救世军之家包呀捆呀,中间有短暂的休息,然后,午饭后,人们穿上军大衣,背着背包,戴着防毒面罩和钢盔,在中学附近的一个大广场上等候。我外公曾在那所中学读书,不过现在校舍已是笨重的德国式本地白石和砂岩建筑。我们看着卡车出发、学生进校——是混合中学,男孩子英俊,女孩子太胖——以打发时间。我们看到学生放学,最后,差二十分四点的时候,驶来两辆卡车,我们全都挤上去了。等候的时间很长,旅程却很短。我利用这时间设想如何给《不惑之年》加个楔子,这是最好的介绍人物的方式。时间定在一九二八年六月十日(故事开始前十年),包括三章:第一章依维什:人们将看到依维什和她父母的婚床。将知道她是移民,将看到鲍里斯和母亲。将听到他们谈论父亲。这将是她与母亲共寝的那张床的故事。——第二章马蒂厄:他将准备大中学教师资格考试,人们将看到他风华正茂,与布吕内和丹尼尔说说笑笑——他跟他们解释,他想做个自由的人。这样既能为他十年后再出现做个铺垫,下文也可不必同时阐明他想做自由的人,却不再是自由的,以免犯一个技术错误。——第三章玛赛儿:玛赛儿青年时代的某个故事,这将使她更吸引人。人们从而将对以后的青春消逝、年届不惑有更深的印象。我对这个设想极其满意。您的意见呢?我不知道我这样为它辩护是否合适,但我向您保证:我觉得它是个奇思妙想,具备所有的优点:这将使我的人物有本有源,也能减轻下文的负担。我明天就动手做。

刚一抵达,我们就得打开行李和包裹。我们仍住一所学校,不过换了二楼一间大教室,漂亮但空空荡荡——因为我们的前任把固定长凳的螺丝统统卸掉,然后在屋子尽里头把它们一个一个摞起来,结果就看不出像什么了。一块黑板,一个十字架,一张法国地图,一张阿尔萨斯地图,一张度量衡计算表,此外是我们的折叠桌子(维泽里斯啤酒),我们的打字机,我们的钢盔和屋子中央一个巨大的空间。我将在这里一直生活到休假。我甚至将睡在这里——因为皮特去找房子,我们不能住进原来的房子,他在一对满怀戒心的老人家里找到一间狭窄的凹室,在另一家找到一个房间,已有一名随军神甫住在那个人家。不管哪一家,都要求在九点前回家。我万万受不了,宁可自愿值班守夜。这几天就是这样过的。屋子里有我一张小床,四块木板上面铺点麦秸,我觉得挺合适的。

做完这些,我就去取信。有个名叫费雷的西班牙人来信。他要我免费寄他一本《想象的事物》,以便他用来证明洛特雷阿蒙在虚无内部快乐地运动。还有一封您的来信。

　　塔妮娅一周以来音信全无。您能提供一些情况吗？是否遇到新的麻烦？或者她只是情绪消沉？告诉您,我今天曾害怕她怀孕了,是自己吓自己,但是吓得厉害。真有事的话,麻烦透了。不过,即便如此,我也能及时回来,让她说出来。

　　读完信件之后,我闲逛片刻,然后到久违的金狮饭店去吃晚饭。那里坐满了军官,不过还是很有趣。四个月以来(假期除外),我从没那么好的胃口,在读到《威廉二世》结尾时,还喝了一杯樱桃酒。明天我把这本书和别的书一起寄给您。可是,小坏蛋,我现在无书可读了。我该做什么？您答应寄别的书给我,可是一本也没收到。可能我会找到一两件小事情去做,反正我在这里也待不长了。

　　就这些,我的小甜甜。我有点儿累,因为一整天都忙于归置行李。睡在我身边的公猪们聊了一个小时还没有完,只要他们闭嘴,我会睡得很死。明天一早,我动手写婚床那一章,彻底修改。

　　我那么爱您,我的小可人儿,此刻我也特别需要见到您,一种难以承受的、真正的需要,我要把您的小脑袋贴在我的脑袋上,我的小花儿。

三月十六日

我迷人的海狸：

　　今天没有您的信。

　　今天去玫瑰屋吃早餐。想想看,那个漂亮的红头发姑娘涂脂抹粉,穿着撩人的裙子,变得有点儿像妓女。反之,那个棕发胖女人结婚了。诺丹尝过她的甜头,他说:"戴绿帽的有好戏了。"然后我回去工作,干劲十足开始写楔子。我越写越觉得有必要。不过对于一部你以为已经完工的小说,需要有勇气才能重写五十页。但是进展顺利,现在我融入其中了,觉得很有意思。今天晚上,我用打字机打出两页。

中午在巨蟹座吃饭。下午,由于无所事事(我已无书可读,已寄出《威廉二世》《巴黎围城记》《公社》和《俾斯麦》,混在一起很有趣),我自告奋勇跟卡车到城里去拉煤,我们昨天刚离开那个城市。去的路上还可以,我与住在勒皮克街的一个巴黎人坐在车子后部,人家不无道理给他取个外号叫"雨云"。尽管我们迎着尖刀一般刺人的寒风,屁股不停颠簸,还是觉得好玩。返程大为不妙,车速掀起的煤末形成一阵又一阵旋风,把雨云和我变成不折不扣的黑人,那模样真好笑。这期间,我抽空去跟救世军之家的夫人们逐一告别,昨天忘了向她们致意。我五点回来,从头到脚洗个干净,工作片刻,七点与同伙一起去喝樱桃酒,八点半回来,然后一直工作。现在十一点,我给您写信。

我吻您的小眼睛和脸蛋,我的小可人儿,我的爱。

三月十七日

我迷人的海狸:

我再次用打字机给您写信,既然您喜欢。……我父母来了一封信,对我的技艺大为赞扬;当然,既然玩具娃娃有信来,而且我应该感谢她为我打了小说稿,我抓住机会,作为同行对她半认真半开玩笑恭维一番,给她寄了六页打字信。她觉得我的小说有股阴森之气,这令我惊奇;您曾说人们可能为它的平淡无味而失望,您怎么想?

今天星期日。到处在举行弥撒和婚礼。至于我,在这个浣洗日,我如果做不到灵魂干净,至少需要身体干净,于是我去洗澡。

我休假归队后没洗过澡,不是偷懒,而是因为"凡我所到之处"都没有澡堂。然后,九点左右我回到学校,一直工作到中午。我正在写依维什的童年,很感兴趣;当然我把查佐在鲁昂讲给我们听的事情写进去了;我越往下写,就越觉得这将给我的人物打下根基。比如,如果人们了解她的父母,那么有关依维什的考试和她对爱情关系的恐惧的章节,就会更有力量;特别是婚床的故事,将成为她对涉及性的事物的态度的原因。人们还将看到青年时代充满自信的马蒂厄,他将抛弃一个女人,因为他害怕她损害他的自由;他将嘲笑他的哥哥,因为后者拥有一套住房;等等。还能看到青年时代的丹尼尔,他有贞洁的名声,而马蒂厄与布吕内的友谊也将更加动人,如果人们首先看到他们之间毫无芥蒂。显然,这样写将迫使我放弃我写好的开头,我喜欢那个开头,但是那个开头仍将是第一部分的开头,只不过在它之前有个楔子。

中午去取信,我急于知道您的消息。昨天晚上我见到司令部的人,我跟他们明说,必须让我在二十四号昂格回来的当天就出发。他们似乎乐意帮忙。保尔今天下午兴高采烈地动身了,因为他妻子也在这段时间放假。临走前,我们在巨蟹座为他饯行,点了美酒佳肴。今天下午我读了几页在这里买的一本侦探小说(面具丛书),写得很差,然后我接着工作,我在打字机上誊录和修改,也就是说第三稿和第四稿是打字稿。这更有意思。

钱的问题,您不必担心了,我的小甜甜,您已尽了最大努力。是这样的,保尔临走前借给我三百法郎;皮特也会借点给我,所以我将带着四百或五百法郎到巴黎。到了以后,我可以跟热拉西或洁洁借钱,我母亲必要时也会帮我一把;重要的,是有钱足资"周转"。

塔妮娅来信了,既亲切又可怜兮兮;假如她不写信来,事情就不可收拾了。我心里卸下一块石头。我并非在感情方面不胜其烦,而是由于,天知道为什么,我总担心会发生我跟您讲过的那种事情;必须说,假如真的出了事,她只会这样反应:缄口不言,人整个儿走了样,不想任何法子摆脱困境。您知道,我们家的人老是担心远方的亲友会出什么事情;我母亲就一直如此。

我多么想见到您。我们在马拉喀什曾把一棵棕榈树的叶子缠在一起,您还记得我们当时发下的誓愿吗?今天我又想到那个誓愿,大为感动。我那么爱您,我的小可人儿。

这封信打得不如上次好,不过是打字机不好使。

三月十八日

我迷人的海狸:

今日无信,令人心烦。因为没有您的消息,我便作许多猜测。我多么愿意您的假期过得愉快。不过,除此之外,我心情很好。上一次乡居令人沉闷:始终待在救世军之家,最后我烦透了。那里的咖啡馆也引人反感。这里一切都可爱。我恢复了老习惯,在玫瑰屋吃早饭,在巨蟹座用正餐,我重遇所有的老熟人。不过这勾起太多的回忆,天啊,回忆的分量有多重啊。我竟然也有"战争回忆"了。您知道,这些回忆既强烈又有趣,我毫不遗憾我经历过的这段生活,这是我生命中最充实的时期。我甚至想跟今天收到他来信的那个拳击手一样,说这是必需的。他管您叫"美妙的女友",对您赞不绝口,但又损您一句,说您的政治见解纯属一派胡言。我觉得,您也同样看待他的政治观点。他是个爽快人,我要给他回信。

此外,我干了不少活。我不再写札记。我在写小说,关于依维什的那一章(楔子)我越写越有兴致。我想把它写完,或者至少进展到相当程度,以便拿给您看。它属于这种类型:富有魅力的童年掩盖下的残酷。我手书草稿,然后修改、打字,接下去再用笔改打字稿,然后打出改正稿。我觉得,这个程序使我更容易发现差错,同时能变换操作方式。跟您说,战后我要买一台打字机,与尼赞一样打自己的文章。这期间,我跟昂齐格下了几盘棋,大获全胜,还听了皮特诉苦,他情绪很不安,因为他家商店的大玻璃橱窗倒塌了。

我的小可人儿,我的小甜甜,我多么急于见到您;我真爱您!我多么想挽起您的小胳膊,跟您一起散步,多么想从早到晚与您一起过生命中真正的日子。我爱您。为什么我跟父母说我要来了?因为我可怜的母亲为我不在而十分难过,我深受感动。当时我不知道自己将重返圣西尔,否则我不会告诉她的。

再见,我的小可人儿,我吻您的小老脸蛋。

三月十九日

我迷人的海狸:

现在十点,我一个人与格雷内待在学校大厅里。他累垮了,躺在一条垫子上熟睡,鼾声之大,足以震碎玻璃窗。那张垫子是火车座位专用的,怎么来到此地,是个谜。我收到您的书。我很高兴重读勒那尔,不过这家伙令人厌恶。我要在札记里写几句关于他的话。不过这些日子我把札记撂下了,全部精力投入写依维什的童年时代,进展顺利。我以为,随后让她在二十岁时重新出场,就很有小说味道。整天我忙于书写、打字,打字、书写,然后在午饭时休息片刻,读勒那尔的《日记》。我已经读了一百页。读来令人疲劳,因为他卖弄机智,而他的奇思妙语仅是把现成的说法倒过来说而已。他一本正经管这个叫:有思想。那个时代的作家圈子真令人厌恶。我读的时候老想起悲哀儿博斯特[①]的那句话,他大致写道:"伟大的勒那尔那部洋溢着人性的《日记》。"

---

① 指彼埃尔·博斯特,雅克·博斯特的哥哥。——原注

关于我自己,就这些。我收到塔妮娅第三封信,她有点儿矜持,因为我训斥了她,但是看得出她满心喜欢。我想跟您多说一些,可是找不出别的话,除了说我那么强烈地爱着您,我的小甜甜,为能看到您,我感到幸福,极其幸福。

明天见。我用全身力量拥抱您。

三月二十日

我迷人的海狸:

今天上午是我去取信。信件还没有分拣。人家先把您的一封来信交给我。

至于我自己,说什么呢?没有新鲜的,我的小可人儿。我完成大量工作。我想让您读到这篇楔子的整整一章(依维什),以便您能有个透视角度。我七点起身,与去年十一月的好时光一样,骑上自行车前往玫瑰屋,在那里读勒那尔的《日记》,思考有关的问题。产生许多想法。然后我回到学校,从九点到中午,使劲打字。我的文字包含许多意愿,不过它们能被发现吗?现在您也为传达意愿而写作?是的,我的小可人儿,这表明我们老了。

然后我要与皮特到巨蟹座去吃饭。您知道,我们跟那里的女招待索菲说过,我们以后不要她为我们服务了,我们只喜欢玛丽丝为我们端菜斟酒。玛丽丝是个未婚母亲,很可爱。她闻言大喜,因为这对索菲是很好的教训。玛丽丝二十二岁,有一个十六个月大的孩子。索菲年方十八,处处叫人讨厌,却拿玛丽丝当傻瓜。不过皮特说过:"据说玛丽丝被赶出家门,是因为她逮着谁跟谁上床。"我臭骂他一通。我们喜欢玛丽丝,她对我们也好。这些是有关巨蟹座的。

一点半我们回来,我读几页勒那尔,写下关于他的思考,然后我打字一直到七点。七点我脑袋发涨,不是由于思考过度,而是由于打字机的键盘,我的眼睛必须紧盯着手指,结果弄得头昏脑涨。于是我陪皮特到巨蟹座,他扎扎实实吃了一顿,我吃得不多。今晚的顾客里有重步兵——他们不如轻步兵可亲。他们中有一位发了酒疯,高喊:"此地只有一个法国人,就是我。法国军队万岁!法国阿尔萨斯万岁!"然后我们回来。我写下关于勒那尔的想法,直到十一点,然后与穆尼埃上尉谈论政治,继续写作,接着就是给您写信;此刻是半夜,今晚我不给塔妮娅写信。可能明天上午给她写。

关于休假的事,我没有新的消息。不过快轮到我了。

明天见,我的小甜甜,您写给我的信极其迷人,我用全身力量爱您。

三月二十二日

我迷人的海狸:

首先,随信附上四张照片。是穆尼埃上尉在一月份拍的,看上去很滑稽。照片上,据皮特说,我像是犹太人。他可是这方面的行家。

然后让我向您诉说我的不安:我有两天没有您的信。想必是您那个 bled 的邮班三天两头不工作。您可能会怪我用了 bled 这个词,对于您,它和 toubib 一样,属于最下流的新殖民语汇。① 我很抱歉这个词在这里被广泛应用,它的功能很明确:比如说我们现在所处的地方不是 bled,因为能找到咖啡馆、剃刀片和缝衣针。但是离我们十公里处的某炮兵部队的士兵抱怨自己驻在 bled,因为他们找不到那些东西。我无非是说,您那里的邮局差劲。唯其如

---

① bled 源自北非阿拉伯语,义为穷乡僻壤;toubib 源自阿尔及利亚阿拉伯语,原义是"巫师""江湖郎中",转义为"医生"。

此,所以今天上午塔妮娅还在生我的气,因为正当她特别需要我对她好的时候,我却为她连续一星期不来信而责骂她,您瞧我真是不懂策略。我发觉自己直冒傻气,因为是我去取信,我为别人带回来一大摞信件,唯独没有自己的。不过现在这对我也无所谓了,因为在最好的情况下,后天——如果情况对我不利则在三四天后——我就出发休假了。

我的日子始终既勤奋又空虚。今天我继续读我憎恨的勒那尔,用心写依维什那一章。我想把它写完或大致完成后拿给您看。我在巨蟹座吃午饭,然后整个下午继续工作。我还要给父母写信,再过一小时后就去睡觉。您不知道,在我倒数第二个驻地一天常常像一年,而在这里时间过得飞快,就像这里的空气具有这种特性似的。我刚起床,一天就结束了。

格雷内等不及军官们离开隔壁的房间,此刻在一条长凳上打呼(他居然怪我睡着了吹口哨)。这是个粗人,打嗝,放屁,一个劲儿吐痰;他是斯特拉斯堡附近的铸工。休假归队时,他满意地扪着肚皮说:"我干了老婆子。"(意思是说:我跟老婆睡觉了。)接着跟我们解释他是怎么干的。然而,为了得到他的敬重我不惜作践自己,仅仅因为他是工人。而且我做到了,因为谁请他喝酒他就敬重谁。

就这些,我的小甜甜。我希望明天至少有您两封信。我爱您。一周后,我就见到您了。

三月二十三日

我迷人的海狸:

幸亏同时收到您二十一日和二十二日的信,我放心了。我已回到原先的驻地,感觉很好,颇有诗意。这里的时间过得飞快,叫我害怕。我刚起床,转眼就到了晚上。这是因为我铆足了劲儿干活。每天十小时写小说的楔子。我已经看到您在皱眉头了。不过这个楔子不可缺少,否则人物就缺乏根基。楔子包括三章。第一章:依维什;第二章:马蒂厄;第三章:玛赛儿。时间定在十年前,一九二八年六月。我正在结束第一章:依维什,会带回来给您看的。这将使我减少马蒂厄无休止的独白。您别嘀咕,我确信这是个好的设想。依维什,这一章自成一篇短篇小说,我的小甜甜,至少有一次您将从头到尾读到我的作品。这是我的人物十年前的三个生活片段,我要写他们的青年时代(或童年)、他们的希望。这一来,我就不再写札记了。我收到您的书,怀着兴趣和厌恶读勒那尔。勤奋而且没有任何故事的生活(我的生活——事实上也是勒那尔的生活)。皮特不久将被召回圣西尔,由他开头。我在巨蟹座吃午饭,早饭自然在玫瑰屋吃。不过我无情无义,还没有到"黑公牛"去过。可能我会去旧地重游的。

此外,还跟您说什么呢,我的小甜甜?说我希望经常见到您,过一种不那么严峻的生活?这个自然。今天在玫瑰屋,我的邻座是个士兵,带着他的老婆。男人模样诚实憨厚,女的长得像母猪,说话有阿尔萨斯口音,为了装嫩故意把团音念成尖音。尽管如此,我仍受到感动,因为是一个士兵在这里见到他老婆。这勾起我一些回忆。为向他们道贺,我连喝了两大杯阿尔萨斯葡萄酒,结果是,回来的路上我用口哨吹起"骆驼队",觉得路上的月亮非常美丽。我们仍驻扎在学校,不过住在二层。我自愿睡在教室里,本想能有一点独处的时间,其实还是没有,因为格雷内,那个打呼的家伙(他居然怪我睡着了吹口哨)也睡那儿。我要他到军官们专用的房间去睡,可他不听,晚上八点起就躺在长凳上直到十一点。到十一点,军官们走了,我把他叫醒,他背着沉重的褥子(火车座位的垫子)弯腰走开,我才能有五分钟的孤独,此时我活跃起来,边唱歌边卸下绑腿,但是时间已晚,于是睡觉。我在前几封信里还讲了这个小镇的一些丑闻，不过我想您总有一天能收到的，在此就不说了。

我给玩具娃娃写了信。她明天寄给我小说的下文和结尾。这很好。小说将在十月杀青，我数了一下，有六百页。写了这么长，我感到骄傲，因为迄今为止，我写的都是小作品。我一直把写鸿篇巨制看作能耐。不过还要做许多工作，才能使这六百页像模像样。我在一封信里说，我在重读小说的细节时感到满意，但是赞同列维的看法，觉得整体结构不均衡。您收到那封信了吗？因此我才写一个楔子。

就这些，我的小甜甜。补充一句，我爱您十分强烈，十分强烈，我只想见到您，把您的小手握在我的手里。您是我迷人的海狸，我的爱人。

三月二十四日

我迷人的海狸：

今天没有您的来信。不过这完全没有关系了，我很快就能见到您了。说实话，我不太知道确切日期——早或晚两天——我肯定在昂格归队后出发，但可能不是在他回来后立即出发，因为常有休假者迟归。总之，无非是晚走一两天的问题，我不着急。我情绪极好，努力工作。六天内我写了十七页，对我这种惜墨如金的人，这可是个纪录。现在完工了，要听听您的意见。我把小说的头一百页也带给您，我们将一起讨论。有些部分很好，不过整体性差一点。

除了工作，什么事也没有。我收到卡纳帕一封信，把其中一段抄给您看（我曾授权他在一次讲课中使用《普绪喀》[①]的一章）。

[①] 《普绪喀》，萨特不愿发表的心理学研究著作，除了关于"情感理论"的那一章。——原注

"为了省事,我在课堂上原文照读您的打字稿。课后,瓦尔先生来问我能否把讲稿借给他。我把稿子给他了,事后才想起来那几页的编号是46—47。就我个人而言,这也没什么。但是我知道,瓦尔将要读到的思想已不再是您的看法,而他却会认为您今天还是这个观点。于是我立即给他写信:'我提醒您,这些笔记是萨特先生写的,他现在正式收回其中表述的看法。'"

您难道不觉得,这家伙真的徒具外表了?我是否收回自己过去的看法,跟他有什么相干?如果只是为了逐字朗读别人的思想而要求做一次讲演,这想法有多古怪。他怎么看不到,我完全不在乎瓦尔认为或不认为我现在仍坚持这些理论?剩了个空架子。一个人瘦过头了,结果会有点儿惨。我确信他去年遇上的事故把他掏空了;两年前他不是这样的。最终,这帮老同学维持的仅是表象。奇怪的世界。没有别的信。也不是,受莫尼埃照拂的萨耶来了一封信,跟我索要《想象的事物》。昨天波朗来信,确认书已出版,论文的事泡了汤,他"深感抱歉"。我对此抱怀疑。他将寄给我马尔罗的"全集",让我写篇评论。我很乐意,对此事我有兴趣。

我一直在巨蟹座吃饭,我读勒那尔。您知道吗,我在这里买到龚古尔兄弟一八七〇至一八七一年的《日记》,这将扩大我有关巴黎围城和公社的阅读范围。也买到勒那尔的《食客》,我想与《日记》同时读它。还花一百苏买到史隆伯格的《背信弃义的同学》。那书还未裁开,我昨天晚上读了。当我被介绍给这位大耳朵的同性恋者时,他行了个滑稽的屈膝礼——他竟然是"高乃依式的人物",我感到好笑。那本书倒是写得绝对不坏——不过没有我想象的那么好。马丁·杜加尔、纪德、史隆伯格,统统属于过去的时代。勒那尔、老龚古尔等等,他们标志另一个过去的时代。想到我们也将和别人一起标志一个时代,这挺好玩的。我预先感到自己死气沉沉了。

不过,我的小可人儿,白天主要的事情是工作。我写作,打字,弄得头昏脑涨。今天晚上,由于疲劳过度,我对自己从星期六以来写的东西感到恶心,不过总体上说我还是满意的,我在开始工作前有很强的欲望。

就这些了,我亲爱的小可人儿,我的小花儿。这封信净谈文学,可是我又能说别的什么呢?我的生活里没有任何军事内容。

我用力拥抱您,我亲爱的小海狸。您收到这封信的时候,如果一切顺利,再过四五天我们就见面了。

我爱您。

三月二十四日

我迷人的海狸:

今天没有您的来信。您可知道勒那尔关于海狸说过的话:"海狸那样子像是产下一只鞋底。"我读来莫名其妙。可能您知道他的意思?除非他是在说您那只漂亮鞋子①,我满心喜欢将在几天后读到它。

今天上午我可是激动了。诺丹来通知我说,等尼佩尔二十七日回来后,他们想让昂齐格先走。至于我,只考虑保尔回来后才让我走,谁知道是什么时候?(保尔三十一日回来。)最麻烦的,是昂齐格有一切权利走在我前头。年龄是理由之一。我的借口是,如果他走在我前头:一、A.D.将只剩下单独一名文书(因为尼佩尔在休假);二、我将不得不与保尔同时出发(既然只有我们俩需要走)。于是 A.D.将只剩下一名气象探测兵。可是这些论据反过来对我不利,因为我没在昂格之后出发,而保尔已经走了:尼佩尔

---

① 鞋子是我们对自己作品的称呼,源自斯苔芬斯的《金罐》,那本书里的雷普利高纳人制造小鞋子。——原注

一回来,昂齐格走时 A.D. 还有两名文书——保尔已经走了,如果我也走,那么 A.D. 在几天内将只有一名探测兵。我的事情不好办。但是我要求走人。八点半我就冲到总部,说道:"应该是我走呀!何况昂齐格也同意的。""啊!如果昂齐格同意,你就不用担心。我们不强制谁走谁不走,你们可以互换。"于是需要说服昂齐格。我做了,假装怒不可遏,这样可以避免作解释:"昂齐格!你偷偷到总部去叨唠!一星期前说好的,应该我先走,可现在他们要让你走人。你是个混蛋!你本可以跟我商量,也好让我有工夫安排。"等等。昂齐格一头雾水:"没有啊,我没到总部去过。当然是你先走咯。"我说:"你担保自己没去过总部?真的没有?那我就可以跟他们说,你同意让我先走?""我担保。""那好。我马上给家里发电报。"第三幕,上尉。我去找他,要他转发电报给塔妮娅:"长官,这事情取决于您同意我的出发日期。总部让我二十七日走。您看是否合适?""没问题。需要的时候,我们会设法找人顶替,不过您别太张扬。"接着我回到总部:"昂齐格是同意的,上尉也同意。"故此我二十七日出发,二十八日星期四将回到巴黎。

复活节的星期天我都在工作,您将看到完成的《依维什》。对于第二章《马蒂厄》,我已经有些想法了。但是玛赛儿那一章还没有谱。我与皮特一起在巨蟹座吃午饭,一个人在"金狮"边吃晚饭边读勒那尔。波朗寄来《人的境遇》《轻蔑的时代》和《希望》,要我写一篇关于马尔罗的评论;您看,有活干了,还不算一千页《堂吉诃德》和波德莱尔,我需要重读。

就这些,我的小甜甜,又过了一天僧侣生活。这种日子快满七个月了。此刻很安静,适宜工作。我干得顺手,我喜欢这个城市。好像我昨天跟您说过,皮特马上就会被调回去。这是开头。

我的小甜甜,我那么强烈地爱您,此刻我因您而脆弱。我想有您的消息。我爱您。

三月二十五日

我的小甜甜：

　　……您收到这封信的时候，再过三天我就回来了。因为我相信二十七日真的能出发，最晚也不过二十八日。明天我就知道了。

　　跟您说什么呢？今天上午我又去总部，最终解决了休假问题。总部里的人觉得我难缠。我完成了《依维什》，足足三十五页，加上二十三页《马蒂厄-雅克》，您将有五十八页可读。（还有四本札记。不过我有一星期未写札记了。我专心写小说。）今天下午我也工作，晚上与穆尼埃上尉讨论政治。就这些。这几天我什么也不想，脑子里只考虑怎样理顺关于依维什的叙述，只有为即将出发而感到的快乐和对您的温情，我迷人的小爱人。

　　就这么着了。我要给父母写封短信。时间太晚，我想睡觉了。明天我再给您写信。我那么想见到您。我爱您。我吻遍您可爱的小脑袋。

　　我又读了您一百页小说①，为之欣喜。

　　　　　　　　　　　三月二十六日

我迷人的海狸：

　　明天上午我做体检，明晚出发——最晚后天（这不太可能）。我很高兴。

　　今天没什么可说的。我写完《依维什》那一章，可能有点儿仓促，因为我想拿给您看。然后，我下了许多盘棋。近来我打败了A.D.所有的棋手，不经意中赢得象棋圣手的名声，很是受用。殊不知今天，先是初学下棋的皮特，然后是昂格，都赢了我。面子攸

---

① 指《女宾》。——原注

关,我拼命反击直到获胜为止,结果是一下午数不清下了多少盘棋。我读龚古尔兄弟的《日记》消遣。明天我能读完,想把这书带给您,只要行囊里还有位置,以便您看到一八七〇至一八七一年间的巴黎全貌。

　　再见,我的小甜甜,我那么深沉、那么强烈地爱您。现在您必定收到我许多封信了。再见,那么爱我的、那么可亲的小可人儿。我用全身力量爱您。我急于见到您。

三月二十七日

我迷人的海狸:

　　就写几句,告诉您我明天——二十八日动身。我通过了军医的检查,我知道不会有问题。二十九日星期五六点我将抵达巴黎。

　　我那么高兴能出发,尤其高兴能见到你,我的爱人。哦,我的小可人儿,我那么爱您,那么需要您。

　　我用全身力量拥抱您。

四月十日　星期三

我迷人的海狸:

　　我很遗憾,昨天我未能写信,火车时刻表变更了。刚到阿特里埃港,人家就让我们换车,我于零点一刻抵达一个集合地点,睡在一张草垫子上。七点,我们从那里登上大汽车出发。所以我连一分钟写信的时间也没有。在某种意义上,比起上一次旅行我更喜欢这一次:我不需要在阿特里埃港没完没了地等待。老在火车上。这更有趣,我不知道为什么,或许是由于节奏。我在阿特里埃港遇见同师的两个人,一名下士和一名工兵,后来又添上一个坎佩尔的布列塔尼人,标准的布列塔尼面孔——很像海尔朗——我们一起旅行。这很好玩,虽然我们挤得像鲱鱼,三个人合坐一个位子,轮流让坐;我在过道里待了四小时,我宁可这样,尽管从厕所里冒出触鼻的臭气,也不妨碍我吃饭很香。不过我睡得很少——整整四小时躺在破草垫上挨冻,所以今天整日昏昏沉沉,只能给您写封草率的信(我还得写两封信给塔妮娅,她郑重其事关照我在出发后天天写信,收不到我的信就会担忧,不过我只写一封,我没有心思)。我饶有兴味读完了《陀思妥耶夫斯基传》,书写得肤浅(不比莫洛亚的《雪莱传》更浅薄),但是追求"生动"效果,而且提供了有关这个非凡的人一生的大量资料。结果是,旅程很快就结束了。我们在夜里三点就获悉入侵丹麦和挪威的消息,这给我们的旅行添上浪漫色彩,人人都在议论这件事。然后,夜里十二点半抵达宿营地后,我们收听了英国电台的法语广播,今天早晨六点半,出发前,在喝热咖啡时又收听一次。您必须读报,这不能决定战争的结局,但能决定它的持续时间。这一次,大家倒不是愁眉苦脸。而是有点儿各想各的心事,不过也挺有趣。之后,从四点半起,人人只关心这场奇特的冒险,破天荒第一次人们急于到达目的地,以便得到消息。这场景令人难忘,暗蓝色灯光下缓慢行驶的巨大列车里塞满士兵,从第一节车厢到最后一节,都在谈论挪威海面的神秘海战。

……听着,这是为了讨您喜欢,陀思妥耶夫斯基写过而且在灵魂深处想过:"在所有人面前,对于所有人和对于一切,我们每个人都是有罪的。"可是,恰恰相反,想到我对您是什么,您对我是什么,我就感到厚重、丰盈、充实和幸福。我是那么强烈地爱您,我的小花儿,我可爱的海狸。您知道,您在站台上挥舞胳膊时与上一次一样动人,而我也同样地被感动,而且两个形象,昨天的和上一次的融成一片了。……

我的爱人,我此刻昏昏欲睡,我想我若再写下去就要倒下来了。我还得给塔妮娅写几行字,然后去睡觉。我用全身的力量爱您。我如此温柔、如此虔诚地亲您的小脸蛋,您是所有海狸中最完美的。

1) 别忘了寄钱。

2) 别忘了寄书给西班牙人和萨耶。

四月十一日　星期四

我迷人的海狸:

今天早晨真是奇迹:我与皮特一起上邮局,有您的来信。我的小可人儿,我因您感到幸福而倍感幸福。我也很高兴,我满脑子只有您和我们的爱情;我不相信曾经有人比我们更心心相印,而且,看到您那么关心我关心的事情,把它们当作您自己的事情,时而跟踪它们的进展,时而又想得比我更深更远,看到您时刻不忘我们共同的想法,这叫我既有点儿忧虑,又感到特别有趣(对于一个从此害怕责任的人来说)。我的小爱人,我不以为我可以没有您;我不带浪漫情绪,而是怀着枯燥的精确性想过,万一您死了,我不会去自杀,而是会整个儿发疯。所以,您得好好活着,我的爱人。您在报上读到了吗?战况对我们有利,德国人犯了一个大错误,他们正在为之付出代价。我想象,不久将要四处开火(不过可能不在法国),我开始希望战争不要如我担心的那样拖得太长。

昨夜我睡得很香。像一块铅。头一落枕我就打呼了。我睡了九个钟头,整个白天依旧犯困。不过我还是工作了,写布吕内、马蒂厄那一章的结尾,只是写得不太好。明天我将写完,然后就会好一些。像每次休假回来后一样,我要到许多地方去办事,这里那里,总部,参谋部,等等。然后人们在玫瑰屋听广播,在中午和七点。这很好玩,满屋子情绪激昂的军人高呼雅静,喊声淹没了收音机的响声,还有那个漂亮的红头发女侍踩着轻轻的步子走来走去,还有另一个漂亮女侍,然后新闻来了,夹杂着斯卡杰拉克和卡特加特这样的野蛮地名,人们激动地倾听,然后,一待播音结束,大家就七嘴八舌议论开了。这很有趣,像读侦探小说,看到透过被否认、被确认、又被否认的假消息织成的薄雾,真相逐渐显露。现在日子很有生气:八点半听广播——十二点收信——十二点三十分广播,十九点三十分广播——这期间,工作。我像一头虱子那样活跃,或者不如说,假如我不犯困,我会像虱子一样活跃。再过一两天,我就会完全清醒了。

……

明天见,我的小爱人,我用全身的力量爱您,您是我甜蜜的海狸,我的小花儿。

1)我不再写札记了。

2)行行好,尽快把钱筹到。我想保尔也需要钱。

四月十二日　星期五

我迷人的海狸:

……

此外,我整天埋头工作,写完布吕内、马蒂厄那一章(一头一尾)。可是我不知道自己是否满意,要到明天才知道。我们对无线电广播的兴趣减弱了,因为几乎没有新消息,我只在中午听一次,且看明天如何。此间下雨,间或太阳穿过云层,露出微光。我们每天上午九点左右为防空部门做一次气象探测。今天早晨我与保尔做了一次,我变得笨手笨脚,因为从二月三日以来我没有做过。后来总算顺了。您可知道当个物理学家给保尔带来的幸运?海军部请他在整个战争期间加入设在土伦的物理研究中心。假如是您,这必定是天大的好事。可是您看他那副样子:他犹豫不决,脸色发青,双手颤抖。在他身上,这个消息带来的感情冲击延续了三刻钟到一小时,他必须过了这段时间才明白幸运降临了。他想给妻子发电报征求她的意见,但是我做主让他接受。保尔到土伦去,皮特被召回,我将单独一人在这里待一个时期,与新来的人共事。我觉得这事情挺逗的。我想我会怀念皮特,他为人可亲,是个乐天派。

我甜蜜的小爱人,今天上午我收到您一封表示失望的信。您并非忧伤,而是困倦。您期待着第二天会有转机。可是转机没有发生,我可怜的小爱人。您等待的必定是我的信,然而星期二我没有写信,现在您知道了。很好玩,您为我讲述的日子都已过去。我很高兴您对我的札记感兴趣(可是为什么您不去读《威廉二世》?),可是您知道,我现在根本不写札记了。我急于完成那部小说。不过我要把许多东西放进去,只是没有时间。

我甜蜜的小人儿,亲爱的小人儿,我多么爱您。我感到在您所有的故事和所有的关注里,您离我是那么近。您是我的爱情。

四月十三日　星期六

我迷人的海狸:

想不到吧,今晚我要去看"马其诺小伙们"的演出。是抽签决定谁去,我抽中了。我有点儿得意。米斯特莱在军部工作,他跟我说起歌舞团的人,神情带着忧郁:"这帮家伙倒是找了个好差使。"他们自然是专业歌舞演员。他们在军部管辖区域内巡回演出,娱乐军官们,有富余座位时也招待士兵。我与皮特中了签,一刻钟后去看戏,在布鲁玛斯之家的大厅里。

此外,这一天我很用功。修订工作竟然很快完成了。是否我对自己太宽容?(自从"楔子"失败以后,我有自卑心理①。)或者因为本来接近完工,只须稍加修饰就可以了?今天我写洛拉之死

---

① 我觉得它写得很糟,萨特把它取消了。——原注

那一章。一名上尉走过来——步伐矫健,军校出身,曾与将军共餐——跟我说:"这一位像垮了似的,在做什么呀?"我丝毫没有垮掉的模样,但是我一工作就拉长了脸。"一项个人工作,报告长官。""究竟是什么?""写东西。""一部小说?""是的,长官。""关于什么的?""三言两语说不清楚。""那么,有没有偷汉子的女人和戴绿帽的丈夫?""当然有。""那很好。您能写作,真是幸运。"说到这里,我走出去买晚餐的小面包,他带着一丝惋惜对文书们说:"作家嘛,不能近观。""那是因为他的衣服不合身。"好心的皮特生了气,顶了一句。……

无线电可真逗。我们先派皮特去听,他回来时满脸喜色,说是德军大败,奥斯陆港漂着无数德国人的尸体。后来让保尔去,他沉着脸回来说:"没有新闻,不过好像事情不太妙。"然后他两手交叉放在背后,踱来踱去,神情沮丧又像要找碴。

我在读《人的境遇》,我明白他企图使人感受的东西:被意志接过来并且承担的一种宿命。怎么说这也像海德格尔的思想。不过有些可笑的段落(费拉尔的"情色主义"以及其他令人极端生厌的片段)。我想写文章解释,这本书里一方面有一种对"境遇"的哲学把握,很值得称赞,另一方面却是陈旧的艺术手法,需要责难。总之我既有赞扬,也有批评。不过我不会很快动笔的。知道出了许多新书,真想一读为快。卡夫卡的《美国》、克雷门斯·达恩的《消逝的浪涛》——萨缪耳·佩皮斯的《日记》第二卷(顺便说,五月初您为什么不给我买第一卷?),假如您看到,您就帮我买吧。不过,假如我们手头拮据,您就不必花这么多钱,不如为我在莫尼埃那里订阅一份杂志吧。……

我亲爱的小海狸,我甜蜜的小花儿,我用全身力量爱您,您是我的爱。

四月十四日　星期日

我迷人的海狸：

怎么搞的,您星期五没有收到信?星期三我可是写了信。信确实是星期四上午寄出的。不过通常它会准时寄达。知道您没收到,我有点儿难过,但我转念一想,这些事情都属于过去了。我们的生活没有共时性,倒也滑稽。什么是最真实的:是我每天学到而您却感受不到的,还是在我想念您的时候您感受到而我却不知道的?我一屁股坐在两把椅子中间。无论如何,星期五您曾经不痛快,这是无可奈何的。我的小可人儿,您那么长时间没有我的消息。然而那时候我那么强烈地爱着您,我在给您写信。最糟糕的,如您说的那样,是您不能冲我发火。您知道,我在读《人的境遇》里京和梅令人生厌的对话时,曾经有点儿感动。不是因为马尔罗,而是因为我想,我们用不着那么拿腔拿调,却是牢牢地结合在一起,而且恰如其分。我爱您,我甜蜜的小可人儿,我的小花儿。

昨天我去看演出,不过很快就退场了。表演不算太坏,就是特别无聊。跟您说实话,他们在入伍前都是专业演员,不过是第四流的。除了没穿上装,他们一副大兵的装束登台(最时髦的土黄色高尔夫长裤、土黄色柔软的衬衫、土黄色领带),不化妆,效果显得暗淡。他们演了必不可少的马克斯·莫雷的《夜间庇护所》,唱了几首歌,奏了几首爵士乐曲。我们在狭小的厅堂里挤得像鲱鱼。天气太热,皮特差点没晕过去,我没座位,一直站着。我们在幕间休息时退场。我十点钟上床睡觉,心满意足。

今天我干了许多活。我重写了有关洛拉之死和一些琐事的段落。有意思的,是我听凭兴之所至改写这一句那一段;假如有一处改不好,我就放在一边,先改别处。这很好玩,我在两个月后能完工。到时候我把手稿挂号寄给您,您读一遍,然后交给布里斯·帕兰,假如他身体健康。想到这么一部长篇快要完成了,我也感到惊奇。中午收到您的信，没有塔妮娅的。她第三天没来信了。……我从无线电获知英国人在那维克大获全胜（击沉七艘德国驱逐舰），收听广播时我竟然也怀着那种被我谴责的不合适的热情，既然事关别人的生命；然后是吃饭，工作，与皮特下棋。Z中尉来跟我借书，询问有关尼采的事情。他洒香水，把脚指甲染成红色，但是不洗澡。我也不洗澡，但是我不洒香水，所以我有理由感到气愤。尤其因为他临走行了个老虔婆的屈膝礼，不跟我握手。大家都在议论出发的事，我们将要到离此地几公里的地方去，可能是所营房，不过我不在乎，我们总会有一间办公室的。这是本星期内的事情。今晚我们在玫瑰屋听广播——但是没有新消息，于是我回来给您写信。

我的小爱人，寄点钱来吧，他们也缺钱花，只是不好意思明说。不必再担心待遇问题了，起因是有个提案要求削减待遇，未获多数票通过，一家右翼报纸作了别有用心的报道。不管好赖，到战争结束不会有问题了。我收到杜阿曼一封信，转给您看，博您一笑：内容没什么意思，但是签名一字千金。书法介乎医生的处方与伟人的便条之间。

明天见，我的小爱人，我的小花儿。我吻您的小脸蛋，您的小嘴和您的眼睛，我紧紧拥抱您。您是我唯一的迷人的海狸。

四月十五日　星期一

我迷人的海狸：

今天没有您的来信。不过我很高兴读到您终于收到我第一封信，然后没有任何来信。但是我不为您担心，而且我感到自己与您如此心心相印，即便有一天收不到您的信也没有关系。我在所有时间都以全部身心与您保持接触，我的小甜甜。我全部时间都在修改小说，您像一个严格的审查官站在我身边，我在写第一稿的时候老想着您的意见,现在我更是为了您而修改——这可以理解,因为我改动的是您指出的不足之处,我要做的是让您这个小裁判满意。我以为这段时间我做的工作又快又好。您不久就可以判断。其余时间,我感到您那么贴近我的心,我迷人的海狸。我希望您在情绪不振之前收到我一封信,以便如您说的发生转机。

此外,我还有什么新鲜事告诉您?今天上午我到玫瑰屋去听无线电广播(我不吃小面包了:只喝一杯黑咖啡,因为我身无分文),消息很好。现在我与其他许多人一样,相信战争的结束会比人们预料的来得早(可惜并不是说就在明天或三个月后)。然后我工作到中午。与皮特在"金狮"吃午饭,他越来越可亲,甚至有点儿令人怜悯。我们多时议论一名女侍的大腿,然后谈论一般而言的女人大腿。然后我们回来,我与他下棋,胜四负一。接着又下棋,再后来,我要值班,一个人留下来,他们都到玫瑰屋去听广播。我利用这个时间又工作一小时。我读完《轻蔑的时代》,糟透了,与《人的境遇》相比差了十万八千里。我不知道他怎么会写出这种东西。可是在《人的境遇》里有相当好的段落,我很赞同他那种与别人格格不入的反心理主义(从下面来解释):只有一个人物,同一个人物(他,马尔罗)处在不同的境遇里,以及(从上面来解释)他的如下想法:人的存在是由他存在于世界这一事实来界定的一个整体。他确实离我们很近。他甚至说"人想当上帝"……

我的小甜甜,这封信很严肃。其实我的生活根本谈不上严肃。无非是一个宁静的劳动者的生活。自从我回来,与您重晤,自从我看到这部小说即将完成,我心里一片平静。您知道,这部小说是我生命的一个阶段。我那么害怕不能完成它。现在好了,我开始感到它差不多就完工了。再过两三个月,我就用不着拼命了。我将休息一段时间,然后动手写《九月》。

我用全身力量爱您,我的小甜甜,我亲爱的小花儿。我的宁静有四分之三来自您。您那么甜蜜,那么温柔,我的小花儿。您知道,这一次您非常可爱,您对我解释了您有多么爱我。

四月十六日　星期二

我迷人的海狸:

现在是十点。我勤奋工作了一天。格雷内给我的金属杯里倒了一点"家制"樱桃酒。味道好极了。此刻他在打呼,而我给您写信。我喜欢在这个时间给您写信,挺有诗意的。我只给您写信。事实上,给您写信是我的乐事。我刚读完我作的改动,有的很好,有的要重来。我改到结尾部分马蒂厄与丹尼尔的对话。我可谓全力以赴,相信能改好,可是很难改。我又找回去年写论战文章时的全部兴致,我整天想着这事。这事、您和挪威。挪威,意思是说我不同情这个被入侵的国家的命运;它卖身投靠德国人了,等到下一次我再怜悯它吧。不过我特别希望德国人在那里狠狠挨揍,这将加快战争的结束。至于您,其实从休假回来后我一直想念您。您觉得别人从您那里抢走了我的假期,我不这么认为。对于我,这个假期短而充实,给我留下许多回忆:杜科泰、马约高地、军校的咖啡馆、维莱特运河的滨河路,以及共和国广场那家咖啡馆,我们莫名其妙摔了一跤。所有这一切让我感到充实和有趣。且慢,我还有单独的回忆:荣军院广场一家咖啡馆里挤满了军官,我在那里等着与您在军校会面。我爱您,我的小爱人。就是那一次,您的小鞋跟突然脱落,如同十年前在植物园一样。当时我乐不可支。在我心里,您与那个时候一样年轻,我的老废铁,而且我一千倍地爱您。

话说回来,以上这些情话有点儿填补空白的意思,因为我乏善可陈:打扫办公室之后,七点半到八点半我在玫瑰屋。我想过要在札记里记下这件事,转念一想与其记札记,不如告诉您:我在打扫时耍了花招,当时想的是给军官们来个恶作剧,让他们以为我打扫了。可是我这个恶作剧做得那么精致,结果把办公室收拾得一尘不染。接着,去玫瑰屋,听广播。然后下起小雨,免了气象探测。写到中午,与皮特下了一盘棋。然后吃饭(从明天起我不去了,因为我一文不名,又不想再借钱。我等候您弄到一些钱,可怜的小倒霉蛋);有白汁小牛肉,我不爱吃。然后,继续干活。我特别高兴工作,希望我干的活也能体现我的心情。按照这个速度,六月一日就能完工了。我在读《希望》——写得不好。这个月,等您有钱了,要寄给我梵迪讷的《花园凶杀案》和尚松那本书,因为我眼看除了《堂吉诃德》就无书可读了,而我害怕这部书。然后我吃了两个小面包,然后去玫瑰屋,喝了四分之一升葡萄酒,听新闻。然后我回来,又工作,吃了昂齐格的枣子和克兰的圆顶奶油蛋糕,边抽保尔的香烟,边饮格雷内的德国烧酒,随后给您写信。我遗憾您星期天没有收到来信,我的小爱人。可是我给您写信像钟摆一样有规律。我多么爱您。

再见,我的老路、老废铁,今晚我多么想把您搂在怀里,吻您的小脸蛋。我爱您。

四月十七日　星期三

我迷人的海狸:

您给我的信又长又情意绵绵,而我寄给您的都是擦桌布。不是我缺乏感情或者不想写好,而是没有材料,我可怜的小海狸!我脑子里和身外什么也没发生。外面是玫瑰屋,是学校大厅。不过,我们组成的这个共同生活团体倒是有点儿意思。我们十个人:三个文书,两个勤务兵,两个司机,三个气象探测员——外加两个 S. R. A. 的人,诺丹和军士,他俩老是走来走去。所有这些人自然相互憎恨,但是被共同的事务结合在一起,分成小组。象棋联合了皮特、昂齐格和我;皮特、格雷内、克兰和弗朗索瓦玩纸牌,等等。今晚很有趣:格雷内、克兰、库尔西和博汝安在玩伯劳特牌戏;保尔又不知抽什么疯,低着头,圆睁着眼睛,撇着嘴,使劲敲打字机以消磨时间;皮特和昂齐格在下棋;我修改自己的小说。我不太清楚把这一切比做什么(办公室、共同生活团体、托儿所、残废军人养老院)才能让您感受到我得出的古怪印象。不过人们懒得深究——我的意思是懒得从这里面寻求精致的印象,因为这种日子很过得去——我甚至不再打开札记本。因为我的脑子空空如也,我的小爱人。说句实话,只要我愿意,我的脑子就会满满当当,我觉得只要拧开一个水龙头,就够流上六个月的。不过现在我不感兴趣:我全部精力用在修改小说上,我只做这件事,只想这件事。

中午我没有吃饭,没有钱。我存心等待晚上有人付账的快餐。晚上,带着十五军用法郎,我在玫瑰屋听广播的时候吃了两根大香肠。明天我将如法炮制,此外我将洗个澡。您不必为我担心。后天我将吃随军炊事车提供的伙食。如果您能寄一百法郎钞票来,那就再好不过了。否则算我倒霉。至于伙计们,我尽力让他们耐心等到五月一日,说到底这不是遥远的事情。您一领到钱,可电汇给我。

关于待遇,问题似乎不那么严重。您不必从您可怜的生活费里省下钱来了,我的小花儿,这会让我难过死的。

还能给您说些别的什么,我的小爱人?我说《希望》不仅蹩脚,而且表明马尔罗的思想颓废。《人的境遇》另有意义。他在《希望》的某处提到一个变成共产党人的无政府主义者:"我变成共产党人是因为我老了。我是无政府主义者的时候,我比现在更爱别人。"这句话一字不差可以用在他自己身上。这也是他自找的。我想这可以成为我的文章的主题:从《人的境遇》到《希望》。实质上,《希望》像一部蹩脚的苏联小说,您知道在这种小说里人物像泥塑木雕,散发唯物主义的臭味。但是眼前我没有时间写这篇文章。先得完成小说。下一次该皮特休假,我想让他把小说带给您。我的小爱人,我很高兴您自己的小说进展那么顺利,您在写格扎维埃尔与弗朗索瓦丝的那一章时感到快活。至于我,我觉得马蒂厄对玛赛儿不够关心,人们感觉不到他很在乎她。为了说明这一点,把玛赛儿写得更值得关心还不够,必须让马蒂厄更加受困于玛赛儿。我将按照这个想法改写:必须让玛赛儿成为像是马蒂厄全部舒适的精神和道德生活的象征,他在这个生活里失去了自由。

明天见,我的小甜甜,温柔的小爱人。昨天,您的鞋后跟翘起来了,真叫我怜悯。我那么强烈地爱您。您是我迷人的海狸。

四月十八日　星期四

我迷人的海狸:

今晚我整个儿昏头昏脑。昏头昏脑,但很开心。我刚才跟皮特下棋,输了三局。我不能工作,脑袋沉重,也不知为什么。不过我吃了晚饭,甚至胃口不坏,花十法郎吃了煎鸡蛋和土豆。皮特借给我五法郎,现在我只剩下明天早晨喝咖啡的四十个苏。以后……如果您能寄来五十法郎,那就太好了,我将节省着用,支撑到月底。如果您不能,那也没办法,我熬到下月一号问题不大,我有烟草,而且随军炊事车现在干得很好,应该享用它。我还找到许多纸,一些墨水笔芯。只是手头的书眼看就要读完了。如果您有梵迪讷那本书,请寄来。不过此刻我用来消遣的不是图书,而是象棋。我培养了皮特,他开始赢我的棋,促使我更与他较劲。于是乎,一天下十盘棋也不稀奇了。我又变成相当高明的棋手,能算到五六步。这没什么了不起的,可是会产生占有了棋盘的印象,很惬意。

此外,当然没有事。塔妮娅今天来信说:"你很少谈到自己的生活。"她给我添乱,但是我必须回她一封充满细节的信。到哪里去寻找生动的细节?一张桌子,一台打字机,周围有几个混蛋:就这些。然后有件有关军事的小事:昨天有人来,要求我们紧急交还这个冬天部队发给我们的套头毛衣。大家很不情愿地交出去了。今天又紧急召集我们,要我们把毛衣拿回去。时间就这样过去了。我还用一台号码机,给部队剧院发给军官们的戏票打号码。这是我自愿干的,只为试一下机器。自从电台不再每天宣布击沉多少驱逐舰,我们对它失去了兴趣,对报纸也一样。我绝对不再思考战争问题。不过,由于我的小说——虽然我完全抛弃了自己在作战的幻想——我的脑子整天都很活跃。我改完了小说结尾马蒂厄与丹尼尔的大场面,自以为改好了。至少比初稿好。现在要改玛赛儿那一部分,我觉得挺好玩的。到六月我肯定能完工,假如人们依旧无所事事,而且这非常可能。至于调回圣西尔一事,没有消息。不过皮特的妻子写信说,此事有进展。我的小爱人,您问我是否老不刮胡子。这么说吧,直到今天我一直胡子拉碴的,不过收到您的信后,我想您一定更喜欢想象我那副尊容跟我们分别时一样,于是我赶快去洗澡刮脸。我在身体完全清洁的状态下给您写信(精神方面本来没有问题)。不过天知道您收到我的信的时候,我又会是什么样子。无论如何,我得略事修饰。我人清爽了,心情也会改变。我的手那么脏,以致我不敢做某些动作:例如跟人握手,把钱平摊在手掌上递给年轻的女售货员等等。我甚至不好意思行军礼,因为长官们觉得我的手像黑炭。今天我却昂着头,自豪到产生幻觉的程度:我自以为是个摩登公子哥儿。……

我的小甜甜,您过的小日子也令我感到有诗意,您多乖啊,一会儿在"马约",一会儿在蒙马特尔的"杜邦",转眼又在巴黎的上千个地点,在我眼中您始终那么诗意洋溢,带着您的文件、您的稿本、您的小说。我那么爱您。我真想跟您在一起,您知道,您将带我去蒙马特尔高地勒皮克街那家没有顾客的小饭馆——以及那家有酒吧气味的咖啡歌厅。我用全身力量爱您。

四月十九日　星期五

我迷人的海狸：

今天我用打字机写信，以便您判断我的进步。我真的认为现在我打字的速度与手写一样。不过我还是感到技不如人，因为保尔——他最近迷上了打字——比我快得多。不过他使用一些不公正的、荒谬的方法，原始的方法。您马上会看到我没有形容过分。您要知道他背熟了饶雷斯的几段演说。这事情本身已经很古怪，且不去说它。他打这几段演说，每次都是这几段；他先用手抄，看好表，然后记下他花掉的时间。然后他在打字机上打出相同的段落，每次都计算时间；因为他用气象分析纸打字，我们待着的屋子里就塞满一面记载风力、另一面印着饶雷斯火热的散文的纸张。而且总是相同的号召，因为保尔抄录的是相同的内容。

我的小甜甜，昨天我收到您宣告我们财政破产的那封倒霉的信。我立即通知伙计们，他们倒没说什么。我立刻跟皮特商量借一百法郎。所以您不用管我。一百法郎够我愉快地过到月底，有时吃军队的伙食，有时换口味。何况我们如今在玫瑰屋吃中饭，那里比"金狮"便宜，而且更有趣，因为有无线电和那些好玩的半拉小婊子——应该用高雅的说法：半海狸——她们听任士兵动手动脚，总在闹失恋，把眼泪洒在她们端上来的饮料里。前两天加入一个胖胖的四十多岁的娘儿们，她硕大的胸部一个劲儿颤动，然后在给我们上汤的时候失声痛哭。再说我们不久就要换防了。我曾相信并传播的那些谣言已烟消云散（您在这封信里随处可见的错误空白并非由于我技术不行，而是机器有毛病）。所以这个月的开支不成问题。想到下个月，我却有点儿发怵。不过我向您承认，我的小爱人,看到这回轮到您被经济问题困扰,我有幸灾乐祸的心理。去年您曾嘲笑我,但不记恨。我想,我只有拿到民众小说奖才能解决困难,可是我不知道为了获奖应该做些什么。……

今天上午,我对马蒂厄、玛赛儿那一章,第一章,感到不满。我有许多麻烦:首先,如果玛赛儿真的有病,她生孩子的事情就变得复杂;搞不好她会送命,可我不想增加麻烦。其次,她的新性格在多大程度上与她那些小小的背叛不相矛盾?处理好这一切需要掌握分寸,可是这很麻烦。所以我尽管作了修改,却兴味索然。对了,还有一点:如果她真的想要孩子,怎样解释她在第一章里的恶劣情绪?从叹息到叹息,从一盘棋到下一盘棋,到白天结束时,我完成了对小说的部分修改。实质上需要找到的,毋宁是在谈到玛赛儿时应该把握的语调。此外,我收到您一封迷人的信,它令我喜欢,因为抛开钱的问题,您似乎很开心。您真乖,亲爱的小海狸。您理应获得幸福。我爱您。(用打字机写这句话我觉得挺滑稽的。)明天见,我的小甜甜;眼看就到十点了。我要去睡觉了。今天天气很好,这第一个春日令我感伤。我想起巴黎的街道,滨河路,我真想与您一起享受花神咖啡馆的露天座。我温柔地吻您的小脸蛋。

四月二十日　星期六

我迷人的海狸:

今天您只能收到一封短信:现在是十二点,我刚从部队剧院回来,真正的部队剧院,如士兵们所说的"文职"剧院。我本想十点半出来给您写信。可是那里的人挤得像鲱鱼,我站在尽里头,出不来。明天我给您写封长信叙述这场娱乐,它在不止一个方面都很好玩。我收到您一封信,它使我大为感动,我的小甜甜,我明天讲这件事。我用全身力量爱您。您是我亲爱的,亲爱的爱人。

四月二十一日　星期日

我迷人的海狸：

昨天我给您写了封很差劲的短信，我为之内疚，因为我知道我的信对您意味着什么，以及您的信对我意味着什么。可是我太累了，我站了那么长时间。我的小亲亲，我悔恨交集。我的小亲亲，这很逗，您在我今天上午收到的信里说，读我的信的时候，您觉得自己写的信不够亲切。可是，我甜蜜的小花儿，八个月来我也一样，我觉得您的信那么温柔，那么有趣，而我写给您的都不堪一读，很是丢脸。然而我用全身力量爱您，我给您写信的时候，我觉得自己满怀柔情。可是您应该在我身边，把您的小胳膊搁在我的胳膊底下。原因应是话写下来就变了样。您把话写下来，它们就像碎屑废料，您觉得它们像剔骨肉一样是从感情上刮下来的（这是所谓准观察现象，假如您读过我的文章，您会对这个问题了解更多，坏家伙）。相反，当您读信的时候，意义在词语后面，这是真正的观察，词语充分显示其意义。您没准会满腹狐疑地说道，这番话底下又藏着什么花招？……

闲话少说，您要知道，民众小说奖后天——二十三日星期二颁发。现在我所有的虚荣念头都消失了，我真的只想得到钱，否则五月份怎么过？奖金足足两千法郎。我不以为获奖会使我的小说增加一名读者。您要读星期三的报纸——如果报上没有任何报道，因为这是个不起眼的小奖，那么要买星期六的《文学新闻报》，因为，即便我有幸得奖，星期六之前我什么也不知道。自然我会请求他们，假如我获奖，把未划线的支票寄给您。但愿我们能赢。竞争者中有勒内·勒费弗尔，他的《天上的音乐家》是危险的对手。可能（说来不好意思）我当兵的身份将起作用，可是他参加了上次大战。还有乔治·布隆的《普罗米修斯》，该书曾问鼎龚古尔奖。

昨天晚上我去看部队剧院的演出。我们都被安排在 A. D. 区,因为我们曾用一台漂亮的机器给戏票打号码——那机器带给我快乐,这是给我们的奖励。那是真正的部队剧院,成员有平民也有娘儿们。他们想必在做为期半月的巡回演出,这一定很累人,因为他们每个人在独白时都埋怨巡回演出使他们喊坏了嗓子。他们不在这里睡,而是在附近的一个大城市,有车在八点钟把他们送到,等夜里三点,将军接见他们之后,再送他们回去。他们已经演了一下午,晚上接着演,场子挤得满满当当,乌烟瘴气,值勤的军官命令熄灭烟卷也不管用。我跟您明说,娱乐节目和唱歌的水平明显低于巴黎小卡西诺剧场。这是最下等的。当家明星皮埃蕾特·玛德是电影和轻歌剧演员,一九二〇年出过名,在《三个火枪手》里扮演贡斯当丝·博那修。大部分演员都有一把年纪。女的,按照这里的说法,是"因伤残提前退役"的。男的被解除任何军事义务,个个秃顶、肥胖,或者走了样。是当爹妈的人在演出。

八点一刻我进入这个不大的四方形场子,它在战前是电影院,现在是军人之家;演出九点开始。士兵们挤在池座里,军官们有专用的楼座。挤到这种程度,乃至椅子之间没留出过道,必须踩着坐下来的人的肩膀,跃过椅子靠背,才能找到自己的座位。从一个靠背跳到另一个靠背,踩着一个又一个肩膀,我们来到大厅尽头,一路上没少挨骂。我们,就是说皮特、蒙当治和我。蒙当治是新来的,他接替调到军部去的米斯特莱。他三十八岁,羞涩,给人好感,有点儿胆小怕事,但是特别好心眼。他是"绿本",三个月前被动员入伍。先以参谋部文书的名义被派到蒙德马桑,那里有上千名文书等着分配。有一天,一名中士跟他说:"我给你找了个位子:去朗城当文书,离巴黎一百五十公里。如果你接受,你每周有二十四小时休假,肯定的。""那敢情好。"此人说。他接受了,路上走了六天:波尔多-普瓦蒂埃-巴黎-朗。到了朗城人家跟他说:"您还没到目的地,应该去维苏尔。"到了维苏尔,人家又说:"您得上前线。"(就是说:到我们这儿。)那几位(他们一共四人,属于同一情况)脸都变青了,在火车上度过他们一生中最悲伤的夜晚。最后他们抵达此地。两天以来,蒙当治整天寻找炸弹和窒息性毒气的痕迹,他很惊讶这里的房屋依然矗立。他像见到鬼魂一样看着我们,这使我们多少意识到自己的浪漫态度。我们白白跟他说:"不,你会看到,我们在这里比后方还悠闲。"说实话,我们大家心里都很受用,当他跟我们说:"你们真是倒霉!我真可怜你们,你们没有运气。"简单说,蒙当治在这个拥挤不堪的大厅里突然朝全体士兵挥了挥手,高声说:"只要一颗炸弹,大家完蛋。"当下全场惊愕。大家望着他,觉得此人古怪。他又说:"这是真的:你们不再这么想,可我还在想。"事实上,除了头几天,我们往这上头想过吗?我们感到不知所措,有点儿像您给我描绘我的存在主义焦虑时我那副模样。从此人们叫他"胆小鬼",带着哥们儿的情谊,也有点儿自负的意思。皮特自然照顾他。假如不是我嘘他,他很乐意让蒙当治明白,我们的生命并非没有危险。可是这个皮特,您拿他没有办法,他今天上午跟我说:"你看,我承认自己的缺点:我努力不在蒙当治跟前显摆自己。"

总之,我们在四十度高温下挤在这个大厅里,感到气闷,像鲤鱼一样张大着嘴,被各种气味熏蒸——主要是酒气,因为多数人都喝醉了。他们像去法兰西剧院看戏一样,七点钟就带着灌满酒的军用水壶来排队,为了解闷不时喝上一口。九点开演:第一个节目:《白雪公主》选曲,团部乐队演奏。然后是男女歌唱演员,男女朗诵家,杂技。我心中狂喜,因为我明白了,参加过一九一四年大战的资产者们谈到的博爱是怎么一回事。确实需要指出,资产者们对之津津乐道,他们解释阶级如何不再存在——比如说,我的上尉就对我发了一大通议论——还有您那位社会服务队的情人①。可是工人和农民不谈博爱。我认为这个博爱，无非是穿着与别人一样的制服，不管你做什么，不管你到哪里去，都不必为你的装束检点自己。昨晚我强烈感到我们大家穿得一模一样，每个人的第一反应是对邻人的友好，因为他穿着同样的制服。大家感到特自在，因为人们对你没有任何想法。这是某种您难以想象的东西，这使人发生巨大的变化，以致无须捍卫外表上的个性。人们只有内在的个性（这绝非渗透现象或者某种集体现象），人们只是卸下了自己的肉身。总之，一个可容纳二百人的大厅里塞进了五百个人。许多人是来"看点儿女人"的。不是因为此间没有女人，或者她们不是很放得开；但是自从上次休假回来以后，他们身边少了女演员，那种作为女人的象征性表象引导他们，充当他们的欲望的主题的女人。当一名女服装师突然在幕布前匆匆走过时，你能看到这一点。他们齐声大叫："一个女人！一个女人！"掌声和嘘声。这很好玩，因为说到底他们没有被关在马其诺防线的碉堡里，他们只要转到街角上就能见到女人。可是这一位是地道的女人，虽然他们只是瞥见她的背部和栗色的头发。他们少不了寻花问柳，但是当他们睡女人时，他们需要由艺术在和平时期给予他们的那种赞同。

我接下去说，然后一个胖男人上台报幕，他佯装针对士兵发话，但斜眼瞟着将军，而且那语调有点儿像父亲对孩子说话。他肥胖，肤色透明像猪头肉冻。这形象与士兵不合拍。士兵们对他不太友好。他们跟他赌气，因为他们遇到了后方的平民。本地居民虽然照样度日，可是万一战争打到此地，居民将与他们一样挨炸，

---

① 萨特开玩笑。指的是罗贝尔·加里克，我曾在圣玛丽德纳依听过他的课，一度为他倾倒。——原注

就这么简单。对于这个家伙,他们有一种否定情绪:一个不被理解而且知道在自己与后方之间隔着鸿沟的人的抵触心理。然后轮到滑稽朗诵家上场,他身材高大,一圈白发围绕着秃顶。他说:"大家好。您怎么样,好吗?"一个士兵喊道:"您不是当兵的?"哄堂大笑,怀着报复的快意。他们也佯装只对女演员的形体魅力感兴趣。我邻座一名士兵说:"我要跟她干这个,干那个……"这些赤裸裸的细节也是一种报复。不过他们只是表面上赌气,像索洛济娜的赌气,实际上他们需要人们帮助他们走出困境。当他们看到一个柔术演员像蛇一样从道具骰子里钻出来,对立情绪便消弭了。人们毕竟还是为他们朗诵了几首关于士兵的诗,不过他们反应冷淡。他们确实过分了。其中有一首可以说是一九一四年的老兵对四〇年的新兵的劝告。"你感到沮丧?那么装满你的烟斗。"然后人们用讲究的词汇说,烟斗驱散沮丧的云雾。不过,就像他们在和平时期选择吕西娜·布瓦耶的《像我们那样的爱情》作为他们的脉脉情意的象征,他们本来也可以选择这些诗作为他们现在的感受的象征。可他们就是不愿意,他们很固执。其他方面,他们倒是很配合,每当人们要求他们加入合唱时,他们都开口唱了。他们觉得演出"不错",除了格雷内那样的专横家伙,他觉得它愚蠢。

最逗的是娘儿们,尤其是皮埃蕾特·玛德,她们使劲制造全场的气氛,颇有点儿以将军自居的意思,既雄赳赳又好脾气。为清一色的男人,而且是被她们想象为饥不择食的男性组成的公众唱歌,她们自然要做些下流动作并且肯定感到异常刺激。皮埃蕾特·玛德这女人自命不凡,扭动身体挑逗观众,暗示大家服用镇静药,以为有多少色狼的目光盯着她的身体(其实当兵的都很安静。让他们入迷的,是接触到一般意义上的"高雅女性")。特别逗的是,她一猛子扎进强烈的男人气味中之后,将与高雅的军官们共饮香槟酒。除了军乐,没有乐队。所有歌曲都由一名拙劣的女钢琴家伴奏,为了她个人也能出彩,人们允许她在演出开始时演奏肖邦的《序曲》。她演奏时十分投入,脑袋缩在两肩之间。这些青春已逝的蹩脚演员叫人想得很多,面对这么热烈的掌声,他们必定找回一点往昔的光荣。可他们脑子里的想法未必光彩:豪情,被爱国心感动,最终是——隔了那么多年之后——老家伙们可以重出江湖了。

就这些,我的小甜甜。然后我回来睡觉。我给您写信。

明天见。我通知您,我将在给塔妮娅的信里大段抄录这封信的内容(有关剧团的一切)。我请您原谅我只有这些事情可说,而且,如果我不照抄,我也会写出同样的词语。今天没有值得一说的。

我甜蜜的小花儿,我用全身力量爱您。您是我亲爱的、亲爱的爱人。明天见,我甜蜜的小爱人。

四月二十二日

我迷人的海狸:

我收到您一封令我感动得流泪的信。可怜的小爱人啊,我看到您为搞到五十法郎寄给我而满城奔走。我不想虚伪地说,我现在不需要钱了。这太假,何况等您收到这封信时,钱已经寄走了。……这些钱对我很有用,您知道。不必特别压缩,我把开支节省到每天十或十二法郎:早晨花两法郎喝一大杯咖啡(不带小面包),这样我仍能享受早餐的乐趣。回办公室后,我吃点军用面包。中午花七法郎在玫瑰屋用餐,当日主菜和奶酪(小费在内),或者花五法郎吃一对红肠加四分之一升葡萄酒(皮特把他那盘蔬菜分一半给我),晚上花十八苏吃三个小面包,然后到玫瑰屋喝四分之一升白葡萄酒,听收音机。下个月我也维持这样的生活水准。我依然幸福,可是省下不少钱。再说下月将有变化。我们将移驻离此二十公里的一个较大的城市。该城出过一个有名的美人,老鸽舍剧院演过关于她的戏。我们将住进国民别动队的营房。不过这也不坏:气象探测员有专用的办公室和宿舍。所以我们将单独过。当然,出入完全自由。我想当年国民别动队的营房应该很漂亮。通常他们是备受照顾的。我改完了玛赛儿、马蒂厄的第一章。我多么需要您,我的小爱人。我多么需要知道您的意见。不过您不可能在六月十五日前把意见告诉我。如果仍需修改,完稿的日期将大大推迟。对于以后各章我有许多绝妙的想法。明天我着手第三章,即以玛赛儿为中心的那一大章,需要重新改写。

……

此间天气极佳,夏季的天气,静谧晴好,满载着回忆。生活因此改变,晚上我骑自行车出去兜了一圈,只为享受在这橙红色的光明中活动的乐趣。那会儿我觉得自己容易感动,很幸福。我爱您。

就这些,我的小甜甜。我安静而幸福,我努力工作,我爱您。我的小说使我充满活力,可我觉得您在巴黎的日子有点儿过于平静,一切都好。

我用整个心灵拥抱您,我亲爱的小花儿。

四月二十三日 星期二

我迷人的海狸:

为了换换花样,这封信是用打字机写的。我预先告诉您,这也是一封有关文学的信,因为我有操心的事。不过我先感谢您随信寄来的五十法郎,那是今天上午收到的。我大为感动,我的小甜甜。您知道,您因不能寄钱给我而深感内疚时,我也因要求您给我寄钱而责备自己。你们——这里包括两位查佐里奇——若身无分文,就连饭也吃不上。而我怎么说也有吃有睡。我可耻,我像土耳其的帕夏夺走你们所剩无几的钱,其实我满可以抛下自尊心,向皮特借钱。总之,我审判了自己。当我小小的道德意识缺席的时候,除了我自己,谁还能审判我?谢谢,我的小甜甜,谢谢您寄来的来之不易的钱,它将帮助我很顺利地过到月底。

下面要说文学上的磨难。当然与马尔罗有关。他烦我,因为他与我太像:他做得像施洗者圣约翰,我就是他的耶稣,您懂了吗?他在《希望》中很糟糕的一章里写道:

"根基的时代重新开始……理性应该重新确立……"

自然,他的小说从头到尾本想让人体味到这一点,可是没人理会。只不过,从我现在的观点出发,我也要求我的小说让人感觉到我们处于根基时代。您知道我是这么想的;这几天我想,只有现在人们才看到丧失信仰的后果。可是在小说第一卷里,这一切丝毫看不出来,令人泄气。这并非由于技术缺陷,而是因为战争爆发时我正处于一种玷污状态。这是一部胡塞尔式的著作,当您变成海德格尔的狂热信徒,这就有点儿令人恶心了。所以我的小说倒我自己的胃口。我试图尽可能在马蒂厄的独白里放进这部分内容,我应重写这一章,不过我担心小说在整体上完全不是存在主义的。幸亏现在完成了。不过我羡慕卡夫卡一类人的勇气,他们可以冷冷地对友人们说:"我死后,烧掉我的文字。"至于我,不管我对自己的文章有多么不满意,既然我把它写成了,那就不能不发表。这很逗,我不能容忍我的文字带着技术缺陷发表,但可以让它带着本质的缺陷出版。

此外,今天我几乎什么也没做,因为我开始了玛赛儿那一章,这绝非修修补补。我身上又产生您知道的那种恶心感。于是,为了逃避工作,任何借口对我都是好的,包括洗澡,而平时我不太在乎洗不洗澡。总之,下午三点,我抛下工作去洗澡。然后,借口脑子上午更好使,我除了下棋没做别的。再后来我去玫瑰屋,在那里过了一段饶有诗意的时光,您说是存在主义的时光也行。夏天到了,我的小海狸,好玩的愚人节夏天。大伙都在那里,热得要命。

厅堂很暗,像是夏天为了挡热而关上百叶窗。就这么简单。不:请您想象,在那里,我花您来之不易的小钱吃煎鸡蛋的时候,这份煎鸡蛋的乡村风味掺上新鲜面包心的味道,使我记起很久以前的事情:那个炎热的晚上,在美人圣日耳曼①,我在一张同样的长桌子尽头,与一位利穆赞女教师一起吃煎鸡蛋。我的小花儿,这有多遥远啊!当下我感动极了。我爱您,我甜蜜的小海狸,我用全身的力量爱您,这既是全新的情感,同时也是一份反复煎熬、年代悠久的爱情。我们那时候多年轻,我们有多年轻。

明天见,我的小甜甜。我用全身力量拥抱您。

四月二十四日　星期三

我迷人的海狸:

好消息源源不断。首先是我们获奖了。今天上午我在玫瑰屋买了六种报纸以便了解结果,但是连一条花边新闻都没有。于是我采取了高姿态面对失败:"这是怎么回事?不过这也好,我没获奖,不过这很自然。"等等。我骑自行车回来,遇上保尔正在给一个气球充气,他跟我说:"祝贺你。"《新法兰西杂志》的伊尔什发给我一份电报:"很高兴祝贺成功。忠诚的友谊。"可是我还没有得到正式的确认。我对这个消息反应冷淡,最多想到我们下个月将不愁开销,我的小甜甜。我不知道为什么会这样;也许我对这个奖项的看法过于复杂,也许我的高姿态束缚了我。再者,这正是我的性格:我希望得到的幸福来临时带给我的快乐,不及我因得不到它而感到的不快的百分之一。这不仅发生在感情生活里。再说,我马上像被钉在软木塞子上的昆虫一样,为"顾忌舆论"而焦头烂

---

① 一九二九年夏天,萨特通过大中学校教师资格考试后,曾到利穆赞去看我。——原注

额:是否应该表示感谢,向谁? 如皮特建议的那样,向全体十七名评委,还是只向一个人(比如泰里夫)表示感谢,同时请他以我的名义感谢其他人? 您的意见呢? 您总有时间把您的意见告诉我,因为无论如何,在得到正式通知之前我不会写感谢信。我不知道支票如何兑付。

另一则消息:今天起恢复休假。根据非官方然而可信的说法,我们将于五月一日开始第三轮休假。如果属实,我将在六月底回来,即便圣西尔那边不调我回去。

最后——不过这纯属我个人——我的自尊心刚才得到小小的满足,令我很是得意:您知道我每天下六七盘棋。我进步很大,于是我壮着胆子跟此间的冠军说,我很想请教几盘。别太夸大,他不是冠军,是亚军。冠军在邮局,他可是国际级的棋手。不过我的对手赢过他一局。他过来跟我说:"今晚八点如果你愿意,把你的棋盘带来,因为我同时下两盘棋。"他跟我解释说,他同时跟三四个人下棋。说着,看到我的棋盘,他说:"先下一盘快棋,测试彼此的实力。"我们坐下来交手,您好好听着,我的小花儿:我赢了他。不过这不算什么:我是攻其不备。但是我发现,他的棋路与我相差不大。可能他更深思熟虑,更善算计,但是他对象棋没有那种我害怕并感到好奇的神秘天赋。我下了一着臭棋——不太明显,但是我马上就发觉了——他竟然没有察觉。如果我今晚还能赢他,我跟您发誓明天我会找冠军对局。您想想看:这家伙从十四岁起每天下六盘棋! 他难过得要死,不过很讲棋品,临走时说了声"好样的!"

以上是好消息。此外,从我这儿借走于勒·勒那尔《日记》的Z中尉拉住我絮叨了一小时。他满脸神秘,一本正经跟我解释说,勒那尔是个温柔多情的人。然后另一名中尉,是个大学教师,来借阅我的哲学著作。昨天我做气象探测时,他老在我们身边转悠。

所以,我的小甜甜,请您收到此信后邮寄两册《想象的事物》。……

明天见。我温柔地吻您,我的小花儿。

我跟皮特说:"我很得意收拾了那个家伙,这就写信告诉我的女友。"皮特说:"允许我附上一笔,说没什么可得意的,那家伙原本是个笨蛋。"我把纸递过去,说道:"写吧。"他回答说:"不了。又该批评我文笔太差了。"

玛赛儿的形象丰满起来了(厚脸皮女人活得长那种类型)。

四月二十五日　星期四

我迷人的海狸:

部队剧团之后,轮到部队法院上场了。今天上午——说实话我本是老大不乐意——我去旁听军事法庭的审判。他们在三小时内断了四桩案子,我是中途到场的。地点是民事法庭的大厅。听众不多,值勤的士兵戴着钢盔,上了刺刀,身后有十二名大兵,我在其中。陪审团由六名成员组成,上校、少校等等,直到士兵(因为必须有一名成员与被告同一级别),外加一名政府特派员,以上尉身份行使检察官的职责,一名书记员,一名律师。他们都把钢盔放在面前。钢盔代替法官的直筒无边高帽。陪审团合议后,上校戴着钢盔回来,然后摘下钢盔宣读判决。他的发音不分尖团音,模样倒是不凶。他身边的少校一言不发,满脸凶相,像有胃病。在一个角落里,那位戴夹鼻眼镜、嘴唇湿漉漉的大胡子检察官正酝酿他的义愤。

我看到被告的背影,他是士兵。他在距离前线十公里处当自行车兵,职务是把信件递送给十公里外的炮兵指挥官。罪名:临阵脱逃。这是最严重的指控。他怀孕的情妇住在附近一个城市里

(真麻烦,我记不下人名和地名,只能像十八世纪的诗歌那样借用迂回的说法),战前他与她同居。九月份入伍时他想与她结婚,但是办手续拖了很长时间,证件在那个城市的市政府里等他去领。有一天,确切说是一月七日,他心情不快而且喝得醉醺醺,就骑车去那个城市,找到情妇,与她一起过了十天,很少出门。不过他还是常去饭店,因为兜里有钱。有一天他遇见同团的一名士兵。那人跟他说:"回来吧。你要挨整的。""好吧。"他说。于是他回来了。人家要知道他在×城与未婚妻同居时脑子里想些什么,想弄清他明知每过一天都会加重他的罪名,为什么依旧不愿归队。其实法庭不关心这些细节。上校以慈爱的口气询问他,只关心攻破他的辩护。此人的辩护确实拙劣,他一味说:"我到那里去领我的证件,我想结婚。"他的声音很低,吐字不清,人们一再要求他大声点。人们反驳说:第一,如果您是去领证件,您没有必要与您的情妇待上十天。第二,您明知道通过委托,不离开岗位也可以登记结婚。——确实不容辩驳。不过他脑子里在想什么?我只看见他的黑头发,有时看到一只红色的大鼻子。最后他放声大哭。听取证词。证人是把他列入逃兵名单的中尉。此公木头木脑,特别怯阵,费了半天劲才迸出几个不连贯的句子。不过他总算说出被告只要不喝醉酒,一直是个好兵。检察官宣读简短的起诉书,庭上的气氛倾向于宽恕。可乐的是看到一个大胖子义愤填膺的神态,而这个义愤却是预先定做的。他在庭间休息时和蔼可亲,快快乐乐,与律师们开玩笑,但他一旦发言,那双眼珠简直要夺眶而出。特别有趣的是,他接受减罪情节,他第一个要求只判最轻的刑罚。我明白了,这是因为义愤在他们那里是一种艺术。它是真诚的,不过必须恰如其分把握它的剂量,小心地逐步拧开阀门,还要令人恐惧,这是巫师的舞蹈。必须对有利于从轻发落的论据视而不见,充耳不闻,装得如偶像一样固执。登峰造极的表演,是他先按照规定告知法庭,说将军肯定将把刑罚的执行推迟到战后(等于缓刑,因为假如被告表现良好,一待和平来临必将取消他的刑期),然后他象征性地做了个下跪的姿态,说道:"我恳请诸位,陪审团的先生们,我恳请诸位不给他缓刑。"他缺乏信心不在于流露善意或做出宽容的表情,而在于他的义愤有气无力,它老像准备抽身溜号,而且他有点儿结巴——尤其可乐的是,审理最后一件案子时他不要求宽恕,于是发言滔滔不绝,遣词造句正确无误。

这一切都发生在古怪的蓝光底下,因为窗户上都糊了防空的蓝纸。律师起立发言。是位女律师,被告家的友人。她韶华已逝,长一头金发,模样举止都是过分地道的阿尔萨斯人,若是头顶上扎一个大髻,在"巴黎阿尔萨斯"为顾客端酸菜猪蹄再合适不过了。被告有一位当律师的表兄,他应征入伍,不能前来,于是由她代替。她先对"临敌脱逃"的概念作经院哲学式的分析,话不长,但很高明。确实有两种脱逃行为:一种是内部脱逃,比如说,当事人逾假不归队;另一种是临敌脱逃,即擅离他在前线的岗位。这很有趣,因为我们由此看到现代战争怎样抽空了如脱逃这种简单概念的内容。当事人是否在敌人面前逃跑?在一八三〇年事情很简单:打仗时脱逃=临敌脱逃。可现在:那个团驻在前线,没错。可是它没有开过炮,也没有遭受敌人的炮击。然后,由于部队作纵深布置,他驻在离前线十公里一个未撤走居民的小城里。就跟我驻在此地一样。总之,他身在后方,但是属于一个战斗部队。女律师说:"无论在地理上、在军事上或者心理上,他都没有脱逃。"检察官不紧不慢地反驳:"距离与案情无关。在空军部队,离敌人一百公里也可以被认定为逃兵。"他招来如下的巧妙回答:"要那么说,内维尔或图尔的防空部队士兵永远是临敌脱逃者,因为没有任何东西可以保证当天没有敌方飞机飞越这部分领土。"逃兵的概念于是完全崩溃。总是老一套:旧的战争概念不再适用,除非遇上极少的特殊情况,例如三维几何学是四维几何学的一种特殊情况,即其中一个维＝0。

可是,她转而描述被告的性格,这对我很宝贵,对法庭却是笨招。"先生们,我要求你们宽恕。这个人受的教育很糟糕;他一直有太多的钱,没有任何意志力和责任感。"她不明白,这些"辩解"对于民事法庭能起作用,因为在那里人们就人论人,人们从一个人的历史出发来解释他的行为。可是对于军事法庭,这反而成了加重罪名的情节,因为在那里人们看重的是人应该怎样(根据他们的说法),就是说从最低限度的要求出发。换言之,士兵的概念模棱两可:他既是一个事实,也是一个理想。所以法官们即便本来愿意轻判,顿时也皱起眉头。女律师本应该限于向他们解释,他是个好士兵。总之,被告的父母相处不睦。父亲是个富商,对他百依百顺,没有时间教育他。母亲酗酒。他十四岁时偷走家里所有能找到的钱,逃到巴黎,在那里待了六年,结交一些"行为不端的人"。父亲死了,他没回去参加葬礼,"看他有多软弱。"女律师说。殊不知所有在场的法官都是早晚要下葬的父亲,她因此大大冒犯了他们。然后,此人回到阿尔萨斯,与那个女人同居。那女人是厉害角色,治得他服服帖帖,但管不住他酗酒。女律师发言时,此人一直哭个不停。当然他在开庭前夕曾要求加入独立部队,他们在开庭前都这样表示。女律师有点儿大舌头,她是阿尔萨斯人,法语说不好,嘴里含含乎乎的。不过大家都明白,所有这些人,检察官和律师,都不起作用。判决已在事先做出。律师说完,重新坐下,法庭问被告还有什么要说的。他依旧哭哭啼啼,但用相当坚定的口气说他希望得到昭雪。法官退席,尔后戴着头盔回来,卫兵举枪致敬,然后上校结结巴巴,口齿不清地宣读判决:监禁一年半,无缓刑。被告显然不会真的服刑。旁听席上的士兵们觉得这不过分。他们说:"这是个笨蛋"或者"他做了蠢事"。这个泪流满面、沮丧万分的人的人格根本不被考虑。只有钟爱他的父亲、与他相好的女人才会把他当回事,想到这一层令人好笑。同样好笑的,是想到征兵体格检查委员会上某人赤裸裸的身体可以使一个女人心动,可以使他因其细部而被爱。像这样远远地在法庭这种具折射功能的环境里看一个人,只能给人一个笼统的印象。必须做出努力,才能想到他具有人的状况,这一点虽然可以解释法官们和政治家们为何铁石心肠,却不能为他们开脱。

今天我在这里见到 A.D. 一个勤务兵,以前他在被告所属的那个团里服役。他补充了几个细节:被告事实上——法庭不知其情,或者忽略不计——每天晚上骑自行车进城去找他的女人,第二天上午才回来。他的同伴们掩护他。后来,有天晚上他像平时一样走了,一待就是十天。头四天大家依旧掩护他,代他干活。第四天遇到点名,这下他就栽了。不过伙伴们说他是当天离开的。第十天他回来了,人们一直在守候着他,当下跟他说:"你被列在逃兵名册已经六天了。大伙儿掩护过你,别把我们给卖了。"他吓坏了,可是说:"我不在乎。"他去向上校承认自己离队十天。他这么做很受指责,因为伙伴们因此关了禁闭。然后那勤务兵低声问我:"那个……他那个娘儿们没被提起?""没有。她与本案无关。""真的?那好。因为她不是好基督徒。""为什么?""我听说……她搞政治宣传。还有,我想问你,他俩待在一起十天,都做了些什么呀?"我问:"他自己是什么政治立场?"勤务兵避而不答,所以我一无所知。这就是全部故事,我的小爱人。还有另一起有趣的案子,不过您得明白:如果我开始讲这个故事,这封信写到哪儿才能收场?明天可能跟您讲,因为明天我不会有什么事。……

告诉您,我的小甜甜,昨天我大获全胜之后,今天我的冠军对手狠狠赢了我三盘。可是请耐心:结局尚未见分晓。好心的皮特沉不住气,他在桌子底下踢我,最后他跟我说:"你不能再下了,今晚你走的都是臭棋。我知道我下得不好,不过还是让我接替你吧。"于是,为了让我有时间休整,他义无返顾上场了。等我休整过来已是十点半,那家伙干脆轰我们走了。

就这样,我的小甜甜。《日报》宣布《行列》的作者让-保尔·萨特获得五千法郎奖金。——我真怕这短短一句话里有两个错误。

我们将于三四天后出发。前往冬季驻地。那地方在春天好像很可爱。我很高兴能故地重游。我们还将住在美景旅馆。请把这件事看做一个好消息。

再见,我甜蜜的、亲爱的小爱人。我爱您。

四月二十六日　星期五

我迷人的海狸:

如我昨天预见的那样,今天没有故事。天气相当好,空气新鲜,我有甜蜜、闲适的时光。我去玫瑰屋,从广播里获悉盟军在挪威挨揍了。——不过这无关紧要,重要的是整个战局,不是地区性的得失。我读了报纸,在《时代报》上看到以九票多数授予我民众奖。这句话写得叫人无法明白,是我得到的票数超过对手九票——那样的话我该有十三票,还是总共只有九票。不管怎么说,我找到关键了:杜阿曼是评委会主席,我给他写一封信等于写给全体评委。我有点儿厌恶给此人写信,但是我绝不是对他个人致谢(很可能他没投我的票,波朗说他根本就敌视我)。我为民众奖评委会,为他是主席而感谢他。这难道不是我应该做的吗?不过我还在等待正式通知。今天上午,除了您的信和塔妮娅的信,我没有别的信件。

咖啡馆之后,气象探测与工作。下午我等候头牌象棋冠军(真正的冠军),可是他想必认为我们水平太低,不愿屈尊。于是我埋头工作,不久我就能完成玛赛儿那一章。我以为她的性格还要好一些。因此我把它写得不是很细,但使它更加哀婉动人。总之,第一个玛赛儿是用一些喜剧性格特点拼凑起来的角色。现在玛赛儿毋宁是一种境遇:一个有病的、人老珠黄的女人,她自感一事无成,因病而不出门,因马蒂厄身体健康而对他有点儿忌妒,而且——并非女权主义,只是反抗自己身为女人和病人的处境——不愿意被控制,尤其渴望生个孩子以便赋予自己的生命一个意义,但却因此陷入困境,因为他们早就约定,如果怀上孩子就得把他打掉。此外,她厌恶自己,因为有病,因为知道自己缺乏魅力,等等。尤其因为她的生活是荒谬的。她也是,以她悲观的方式生活,不过这不是表象。其次,她有表达困难:她不能谈论自己。她很爱丹尼尔,因为丹尼尔是唯一能使她对自己感兴趣的人。我以为,既然她身处如此哀婉的境遇中,把她的性格描绘得更典型而不是特殊,就足够了。您的看法呢?您必定会说,先要看看。我保留了一段马蒂厄与母亲的谈话,但是他们的关系很不同(我不知道他们的关系将来会怎样,这并非完美,不过这一节很短:六七页)。这一章总共不会超过十页。这样行吗?但是我会把马蒂厄和玛赛儿通的两次电话放进小说,以便提醒这一段对话(我已写了一次通话),然后,在第一章里,我强调马蒂厄和玛赛儿的关系(他们准备摊牌,但是他独自达到了清醒,因为他有此倾向,不过他不明白玛赛儿跟不上他)。这将使局面略为平衡。不过我很高兴把小说写完了:以后我不会这样写了。您那一天说的话给我印象很深,我的小爱人,您说您看到我独自思考世界的渴望怎样通过我的生活而历史化。我斗胆说,就我本人而言(人要谦虚),此话没有令我惊奇,令我惊奇的是这一点正是马蒂厄缺少的。他不历史化。我的意思是:一、他不处于危机时期;二、他将在以后几卷里历史化。不过这里涉及的正是这部书的总体设计问题。其实应该从主人公的童年写起——或者用些技巧。您的作品的主人公比我的更历史化。

关于您的主人公,我很高兴您很快就能交四百页给好心的布里斯·帕兰。要不要我给他写封信?别忘了他是士兵(在巴黎当自行车兵),我想我们可以在五日到九日之间或在星期天见面。如果您在我带回来的那一大堆信中寻找,您必定能找到他的部队地址。要不然就让《新法兰西杂志》转信,也就是晚到一天。

今晚我又干了点活。我把札记捡起来了。只是为了,针对马尔罗,明确伦理学的基本范畴是:存在、有和做。而且指出,三者之间有微妙的辩证联系。例如:马尔罗,应该在存在与做之间作出选择——罗日蒙关于唐璜的说法:他的存在不足以成为有。我隔三岔五插进一条短小的批注。休假回来,我可能写了十页。不过这很好。我休三个月的假:我完成小说。然后我续写札记。我将用全新的姿态接着写,已写完的十五本札记都属于过去。这很好玩:当你没在背后留下一本札记的时候,你活得更加自然;事件一旦已被经历,它们就自行消灭;实质上,在某种意义上,本真性是私人日记里的事情(不过不要认为我瞧不起它)。

我的小爱人,就这样我如同《贝蕾妮丝》,言之无物地写了四页。我本想为您叙述昨天的第二桩案子,这更有意义,不过对我来说,这道菜已经凉了。

听着,小花儿。等您领到中学的工资,必须立即寄给我一千五百法郎。这刚刚够,因为我欠皮特和保尔一千法郎,还需要五百法郎生活费。此外,除了我已经开列的书单(约有八本),还要加上莫里斯·缪莱的《威廉二世》。读完路德维希那本之后,我很想看到这一本。我很需要书籍,我的小爱人。我对《希望》感到乏味,此书包含许多想法,但是令人厌烦。此人少了点东西,可是天啊,这点东西他缺得太多。

我的小甜甜,给您写信真叫我开心。今天比昨天还开心,因为昨天是叙述逸事,而实际上我最爱在无话可说的时候给您写信。您会说,这是不良嗜好。不是的,这使我想起我们的神聊,给我一种跟您当面说话的感觉。我多么爱您。我跟您说过,我将于七月十五日到巴黎,因为休假即将恢复,第三轮将于五月十五日正式开始。就是说我要过两个月才能动身,您说该怎么办?

明天见,我的小甜甜。我用全身力量爱您。

四月二十七日　星期六

我迷人的海狸:

换换口味,用打字机写信。这也是因为,为获奖的事我将亲笔写正式的感谢信。我收到出钱的那家杂志——《巴黎笔记》社长一封很客气的信。可惜同时收到《巴黎笔记》三月号。民众诗歌奖得主在那期杂志上发表了诗作。如果我在散文上与这位获奖诗人对等,我跟您起誓,和平来临后我将投身实业。那杂志叫人读不下去。像是药房老板们为登自己的文章,跟教会一样出资办刊物。那里面就只缺米迪牌栓剂的广告了。我有点儿不好受,因为我毕竟受到牵连,而礼貌要求我,散文获奖者为给钱的杂志写点废话。就这么着吧。

说到钱,皮卡先生在这封客气的信里只字不提钱的事。到时候会寄来的,我希望。可要等到什么时候?总之,加上您增加课时的收入,我们可望有四千法郎。

此外,我没有什么可说了,除非说我用全身力量爱您,我的小花儿。我们时刻准备移驻美景旅馆,有点儿激动。对于我,这太迷人了。我将有自己的房间,随时可以把自己关起来。而且这个地点被其他啮齿动物居住三个月之后,我很想看到它现在变成什么样子了。然后我们将重逢夏洛特,二月份她目送我们出发,曾说:"哎呀,我再也见不到那么漂亮的小飞行员了。"如果您以为这与本真性不相悖,我将对她献点殷勤。她很诚实,我们很想知道接替我们的波尔多师把她弄成什么样子了。

我整天工作,然后,黄昏时分,我去找象棋冠军挨杀。工作进展顺利。我以为玛赛儿将走出困境。不管怎样,我想人们会理解马蒂厄是珍惜她的:这是他的美德。违反玛赛儿的意愿。今晚在玫瑰屋有十来个英国海军陆战队士兵,他们驻扎在几公里外的地点。人人都喝醉了,一句法国话也不会说,很可爱。法国兵跟他们逗趣。他们有点儿保护英国人的意思,跟他们解释一些事情,可是听的人越听越糊涂;同时,因为遇到了英国人,他们像小孩一样惊叹不已。一名英国人与我们同桌。他赞扬我们的波尔多酒。"是的,"一个法国兵说,"可第二天……"然后他装出头疼难忍的样子。"No!"英国人说。他喜滋滋地从口袋里掏出一小盒阿司匹林。大家都被他迷住了,包括女侍,于是人们挨个儿传递阿司匹林,说道:"这就叫英国式幽默。"我们回来后,看见保尔正埋头与库尔西对局。他老是恶狠狠地跟我较劲。打字,象棋,他什么都跟在我后面学,只比我晚半个月。可是这仅仅因为他是学士,而我有大中学校教师资格。昨天,在一个细小的字体问题上我们争论起来:我错了,他有理。那时候他脸上显露无比幸福的神情,文书们看到了都喊出声来,虽然他们对脸部表情谈不上敏感。

就这些,我的小甜甜。收获微薄到极点。可是我不能写得更多,除非编造。何况这几天您收到好些长信。我爱您,我的爱人,我全心全意爱您。我多么想见到您。我急于知道布里斯·帕兰对您的小说的看法。明天见。我用全身力量拥抱您。

附言:我们大概星期二出发。那一天您可能没有我的信。

四月二十八日　星期日

我迷人的海狸：

又一天无事可述。我工作,下棋。今天上午我斗胆同时与两个人下棋,结果两盘都赢了。相反,晚上与昂齐格下棋,他毫不费力就连赢我三盘。您在信里说的话很有道理,我的小审判官。您怎么说来着? 大概是：要么你那位冠军货真价实,你就赢不了他；要么你赢他,那他就不是冠军。事实上,我亲爱的小人儿,他不是冠军,他赢了我。我把您信里有关他的那一小段念给皮特听,他特别受用,今天立马改口管您叫"波伏瓦小姐",而不是习惯的"你的女友"。他也认为,没有理由可以骄傲。实际上我只赢了他一盘,是出其不意。以后我每次都惨败。在离开象棋这个话题之前,我想告诉您蒙当治一个奇特的想法。他是新来的文书,一位好好先生,但是脑子不太好使。这几天,他费了好大劲学会棋子的走法和基本棋路,兴趣盎然地看我们下棋。今天上午,我同时与昂齐格和皮特对局,我说："我走白棋,理应是我。"他们说："是的,理应是你。"蒙当治感到惊奇："你走白棋,对你有什么好处? 白棋可是让别人看得更清呀。"我觉得这够伟大的。

您提到布里斯·帕兰的那封短信叫我很开心。总之,他说事情成了,对吗? 他一秒钟也不怀疑。在与克莱尔·法兰西雍相比较之后,现在您满可以在您心情不好的时候,把自己与玛丽-安娜·高乃讷比较个够。她是《新法兰西杂志》的大牌女作者,写了一部与您的小说一样长的《格拉斯卡》。我太想看到那厚厚一大本《西蒙娜·德·波伏瓦——和书名》了。取什么书名? 这不重要,《新法兰西杂志》会代劳的。他们总能找到作者的第一部小说的标题。顺便说,您愿意我来取名吗(您要叫起来了。您想象我一副贼兮兮的样子,斜着眼睛看您)。我给马蒂厄系列取名《伟大》,您喜欢吗? 我知道这是疯狂和妄想。因为说到底,书里讲的毋宁是本真性,不是严格意义上的自由。请把《巴黎午报》上那篇有边框的短文寄给我:此间从来收不到《巴黎午报》。

我收到民众奖评委莱昂·勒莫尼埃一封信,他将寄给我两千法郎。皮特说他绝不会把钱寄给您的。所以我要他把钱寄给我,然后我再寄给您。这么折腾下来,您十天以后才能收到钱。他跟我说:我寄邮政支票给您,或者转到您的个人银行账户上,如果您有账号的话。我当然没有。所以这将是邮政支票。不过您要解除我的顾虑:邮政支票是立即兑付的,对吗?

玛赛儿的形象在展开,我相信她将是感人的,还有点儿叫人厌恶。我以为这就相当好了,但是我在写楔子时犯了大错,所以不敢再打保票。远离您对我没有任何好处,我的小顾问。不管怎样,我找到了省事的法子:母亲什么也不知道。用不着把事情搞得那么复杂。何况母亲只是在那一章的结尾短暂地露面。昨天晚上,因为用心描绘玛赛儿的恶心,我自己也感到恶心了。我把舌头往后拽,嘴唇向前噘,以便观看动作。

……

您要我开个书单。以下便是:

克尔凯郭尔:《诱惑者日记》

G.布林:《波德莱尔》

《想象的事物》两册

尚松:战时日记(书名是《四个月》,我以为。弗拉玛里翁出版)

夏尔·布莱邦:《蓝光》(战时日记,三九年八月二十四日至十二月十五日)

眼下我想到这一些。不过我在修改小说,每天还要做四次探测,这够我读一个月了。噢,还有:

梵迪讷:《花园谋杀案》

您再看看,《印痕丛书》本月有没有推出好作品,我想读一两部侦探小说。

明天见,我的至爱。您的信令我着迷,它们为我重现整个巴黎以及我俩深爱的快乐时光。您始终为我活着,您知道。我像那天晚上一样,与您同在花神咖啡馆,或在圣心教堂(想到我们一定再去,我很开心)。您是我的小花儿。我爱您。

四月二十九日　星期一

我迷人的海狸:

终于,我们明天出发。清晨四点半就动起来了,人们堆放行李直到五点半——这是真正的搬家,家具和杂物统统带走。然后,六点半出发。我们真的很高兴。我在学校大厅里给您写信,这地方成了真正的战场,桌子都搬走了,现在一件摞一件堆积着大大小小的包裹和木箱。我们曾去与城市告别,那里已能在每个街角听到波尔多口音。以前在街上闲逛的是金发大个子士兵(我们这个师阿尔萨斯人与巴黎人各一半),现在我们看到黑头发棕色皮肤、鼓着胖胖的蓝色脸颊的小个子,这个城市不再属于我们。波尔多人在这个对于他们是陌生的城市里探头探脑;他们满怀好奇,贪婪地望着所有这些我们熟视无睹乃至厌恶的东西;他们与玫瑰屋的红发女侍相处还有点儿腼腆,他们不知道端菜的高大金发海豹名叫安娜。其次,他们全都喝得半醉,因为他们刚从防区退下来,快有三个月没见过咖啡馆和女人了。这令我们惊奇。我们感到城市不再属于我们,他们将逐渐习惯它,先是偷偷地,然后是公开地去拧红发女侍的屁股,最后他们将像在自己家里一样安顿下来。而我已经看到从美景旅馆望出去的景色,这使我产生诗情。再者,此间的蚊子季节来临,我很高兴离开。

……

我们将每天做四次气象探测：八点、十一点、十六点、二十一点，我们只有三个人，工作量不小，但是我每天仍有五六个小时归自己支配，修改我的小说。将减少下棋的时间，这件事正在使我们上瘾；您知道，这就像一个老调，人们整天都摆脱不了。今天我下了九盘（因我的小说已经打包）。我过足了瘾。早餐没有了，广播没有了，不过这样更好。以后将是乡下的日子。不过我需要几本书才能完全幸福。

就这些，我的小爱人。我一点一滴地删除有关马蒂厄的母亲的文字，直到完全取消这个人物。事实上，既然人家什么也没告诉她，她不起任何作用。这样一来，这一章就紧凑了，我希望它产生效果（八页）。它完成了。现在我修改第三章（马蒂厄—萨拉—布吕内），觉得更有趣。

我的小甜甜，我那么爱您，没有您的信我就缺了什么。不过我知道，信正在路上，我无可非议的爱人，我预先为明天将有两封信而喜悦。我爱您，我用全身力量吻您可爱的小脸蛋，我多么想见到您，把您搂在怀里。

四月三十日　星期二

我迷人的海狸：

一路平安，我已在美景旅馆安顿下来。为什么这是一条好消息？噢，这没有秘密：这是因为，比如说，我一个人有间房间，可以整天待在里面。今天我只在屋子里打盹，因为昨夜睡得很少。不过您知道，在自己周围拥有四堵墙，而且只有你一个人在里面，这事情太好了。我有八个月没有享受到了。这是个漂亮的小房间，糊着碧玉色的墙纸，有一张床，一张小桌子，一个水罐，一个脸盆，一个床头柜，一个花瓶。我不由狂喜。不过我白天还是写作了一小会儿,为了感到独自工作的乐趣。这太好了;以前我不得不经常在我的工作与伙伴们的叫喊与喧嚣之间建立屏障,精神上大受损伤。这屋子很可爱,我做了几项巧妙的小安排。

我们从五点起搬运行李,七点启程。我肝区有点儿痛,不厉害,但令人不安,现在没事了。我们八点抵达,然后整个上午再次搬运箱子,然后我刮脸,洗澡,以便漂漂亮亮去见夏洛特。那时候我还没得到自己的房间,将近中午才拿到,我喜欢极了。窗户朝向温泉公园。我离开这片田野时它覆盖着冰雪,重逢时它满目葱绿,我甚至能嗅到绿意。我在生命中的任何时间,都不像现在这样感到季节的转换。这给我强烈的印象。人在任何年龄都能发现原始的真理。

我们去看望夏洛特了。可是大失所望:她勉强冲我们微笑——我们期待着她喜滋滋迎上来——而且面容憔悴,撇着嘴,样子很难看。我们以为是某个波尔多人把她的心带走了,然后,为了进一步折磨自己,我们甚至想象那位仁兄也是气象兵,我们曾使她对这个兵种产生敬意,而他却把这种敬意转变为更温柔的有利于他的情感。不过,最后得到的情报是,她三天来一直牙痛,三夜没有合眼。

我两点钟回来,下了两盘棋,修改几页小说(没轮到我值勤),然后在床上睡着了。皮特唤醒我,递给我您的两封信,一封长信和一封短信,叫我十分开心。我的小爱人,一千二百法郎够用了,因为我将从民众奖的奖金扣除我需要的钱,把剩下的寄给您。您能在五号或六号收到一千六百法郎。我过几天就寄给您于勒·勒那尔的《日记》。至于陀思妥耶夫斯基的书,我有点儿犹豫;我答应过塔妮娅把书寄给她,可是要这样做的话,您什么时候才能拿到?可能最好的办法是寄给您,您很快读完,然后转给她。当然,卡夫卡的《日记》一出版就要买一本。

今天就这些,我的小爱人。写得不多,我困极了。噢,想起来了:您要紧急寄出两包信封和两三本像这样的纸,因为在这里买不到,而我几乎用完了,我甚至不知道怎样维持到您的包裹抵达的时候。买下卡夫卡的书后,还要加上《恐惧与战栗》和《论绝望》①。

我亲爱的爱人,我甜蜜的小花,我用全身力量爱您。明天见,我吻遍您可爱的脸蛋。

五月一日

我迷人的海狸:

今天一大早就给您写信,此刻不到六点。这是因为我刚修改完第三章,今晚九点,做完探测后,我将用打字机打出来。我进展神速。如果保持这个速度,我肯定能在六月一日完工。皮特回到巴黎休假时会把稿子带给您,然后您要立即转给帕兰,以便他交给加利马和波朗。不过您要事先读一遍。提出批评。有两种性质的批评:一方面是需要删除的词语或段落。您知道总有需要删节的地方。这种地方,您可以马上动手。您有全权划掉、勾掉所有您想取消的文字。另一种批评意见比较重要,范围较广,是关于"不行"的段落。逢上这类批评,请您把它全部写下来寄给我,容我日后在校样上修改,以便争取时间。因为,如果等我到了巴黎,把手稿带走,修改,再寄回来,我们将永远做不完。这样做的话,小说应能在十月份出版,并且从七月或八月起在《新法兰西杂志》上连载。我只剩下五十来页需要写或重写:马蒂厄和丹尼尔那一章,丹尼尔和马蒂厄那一章,玛赛儿单独一章。这是五月份的工作。

我收到《巴黎午报》上那篇小文章,是"全读"为吊我的胃口而寄来的。不过,如果这家杂志像对待我那样对待所有潜在的订户,

---

① 都是克尔凯郭尔的著作。——原注

就是说它总是为吊胃口而把最好玩的或者最稀奇的文章成批寄给非订户,它不会有许多客户的。如果终我一生,"全读"都把报刊上的珍品寄给我读,这对我再合适不过了。那篇文章很有趣。是谁写的?谁能知道我在写札记?莫非是肖奈?煞费猜测。

为分配房间的事,众人乱成一团;要给士官们找房间,我怕最终不得不与皮特合住一间。这叫我心里别扭,我在这个房间里很幸福。我不是直接受到攻击的,但是皮特为单独占用一个有两张床的房间要了小聪明,可能被请出去,让位给两名士官。如果这样安排,他会要我住进去以便保住房间(事情还要复杂一些,军士与电台中士吵了起来,不过这无关紧要。对我重要的,只是我们可能要两个人合住那个有两张床的房间)。我将不顾一切维护自己的利益,您别担心。奇怪的是,我做老百姓时像普吕默先生①,一当兵就爱占便宜,凶恶好斗。他们都有点儿怕我,我也跟他们闹着玩。

此外我还做了点什么?气象探测——不过现在我们的小办公室装了电话,很有趣,我们不必跑路,用电话向炮兵报告探测结果就行了。我们不再离开驻地。我在自己房间里一张半月形的桌子上给您写信,窗户对着温泉公园;我看到绿色、灰色和紫色的树,看到汽车和摩托车经过,我还听到人语声和脚步声,很有意思。祈祷天主吧,我的小可人儿,祈祷上帝为我保全这一切!事实上,等您收到这封信的时候,我的命运就被决定了。不过现在,我跟您发誓,这种生活很有意思:有了电话,有了小房间,我们过的日子绝对像修道院;看不见一名军官、一个士兵。彼此也难得见面。然后,唯一的社交活动:在夏洛特那里吃饭。今天她比较可爱,带着嗔意跟我说:"你们离开了布鲁玛斯,是不是感到遗憾?因为布鲁玛斯

---

① 普吕默,米肖笔下的人物。——原注

有女人。"本可以得寸进尺的,偏生皮特要做大情人,反而弄巧成拙。

……

别的没有了。挪威的战局好像不妙。不过这是天生悲观的保尔从广播里听到的。我等明天的报纸。真要那样,就坏事了。

还有什么,我的小甜甜?没了。我多么爱读您的信,多么需要它们。我爱您。我也经常那么需要见到您,以致我想,假如我不能很快见到您,我就没法过了。但是我立刻开导自己。不成,我的小花儿。我怕七月十五日前见不到您。调到圣西尔的事好像搁置了。不过我想,到十五日我们将离开这个修道院一样的住所,休个大假,到时候您可以见到我了。

吻您的小脸蛋。

五月二日　星期四

我迷人的海狸:

信纸不像样,您别介意;我等您寄信纸来,以便重新使用像样的纸张。这是旧的气象记录用纸。现在换了更漂亮的新纸,供我们每人画出个性化的曲线。

我的小亲亲,今天我有许多小小的幸福。首先是上午,发了一笔小财:《新法兰西杂志》终于寄来我那篇关于季洛杜的文章的稿费:五百法郎。因此您将全额得到两千法郎,可以安度到月末。我还将寄回您打算寄给我的三百法郎,如果您已经寄出。一切顺当,这个月底您不会像四月底那样拮据度日了,我可怜的小花儿——那叫我着实难过。您说"我口袋里只剩下十四个苏","我吃一块大米点心当饭"。不,我的小可人儿:这个月不会,您将有牛排和圆顶咖啡馆的图卢兹点心。我多么喜欢您跟我谈论您吃过的"鲜美"或"美味"的菜肴。尤其使我几乎落泪的,是那天您说您在父母家里"海吃"一顿。我知道您母亲的厨艺,不得不想您实在是饿怕了。第二个小幸福:您星期二的信,那么温柔,那么感人,我的小亲亲。我要说,我"因您的受难而悲伤,因您的爱情而喜悦,我可爱的海狸"。我想的和您一样,等到七月十五日才能见面,时间太长了。不过,如果调到圣西尔的事吹了,至少我们肯定将有很长一段时间休息。您肯定可以腾出许多时间与我共度。我的小可人儿,您是我的世界。我不认为有人可以比我们更紧密,更深入,以更多的方式结合在一起。我们实在幸运。第三个小幸福:书籍。我立即读缪莱那本书,他不如路德维希写得机智,带着更多愚蠢的偏见,但是他讲述了另一本书里没有的故事,因此我将对威廉二世有透彻的了解。您读过路德维希的书吗?应该读。等我读完缪莱,我会寄回给您的。今晚我在床头桌上点了蜡烛,开始读梵迪讷的书。为什么点蜡烛,既然我有电灯?因为我喜欢入睡前在烛光下读书,这更亲切,有乡村风味。

　　您知道,您不应该为我的命运而感伤,我的小人儿。我与您分离,日子过得像居丧。不过您因与我分离而感受的愁苦,甚于我所感受的,我们两下相抵了。此外,首先我自认为是世上最少为那些小小的欠缺(缺少娱乐、交谈等等)而痛苦的人,因为我冷血,我总在内心培育西尔维奥·佩利科那种隐士式的诗意境界(我记得,在监狱院子里见到的一朵花曾使他大为感动)。再者,我们在这里过得好极了。首先——老天保佑——我想我能保留自己的房间。唯一的侥幸:军官们为自己留下温泉旅馆的漂亮房间,把这家二流旅馆拨给我们。不过他们的高级旅馆里有臭虫,害得他们整天挠痒痒。我们住的房间设备简陋,但是没有臭虫,我们就怕他们打我们的主意。于是,当他们挠着痒痒从我们跟前走过时,我们也装模作样地挠起来。还有,您知道,春天普降大地。看到士兵们三三两两在树荫下闲谈,或者带着您欣赏的阿拉伯人的沉思神情坐

521

在台阶上或树林里，您会感动的。这也使我感动，令我入迷，我是幸福的。其次，修改自己的小说是很好的消遣。我今天修订马蒂厄从萨拉家出来时的长篇独白。我试图把他"历史化"。我有了些想法。

……

我久久亲吻您那亲爱的小脑袋。

那个贪婪的新教徒尼佩尔见了士官们就低声下气，士官们作践他也是活该。昨天库尔西军士跟他说："到洗衣房去给我取衣服。"他站起身，乖乖地准备走人。于是蒙当治跟他说，其实他没有别的意思："想起来了，我也有要取的衣服。"尼佩尔顿时恶狠狠转身对他说："休想！我不是大家的当差。"

五月三日　星期五

我迷人的海狸：

对于我，这是平常的一天，我"休息"。就是说我去领果汁和吃食，如此而已。我利用空闲加紧工作，也出于懒散，捧起梵迪讷的书读下去。书写得很好。此外，没有新鲜的。我收到民众奖评委，一个叫玛赛尔·贝尔瑞的人的热情过头的信："塞林纳与您相比是小儿学语。"等等。只是，我从另一位评委处获悉，这位热情过头的崇拜者未能准时到会，只在投票结束、文件已经签字时才光临。如果我还缺一票，我就没戏了。不过我仍要很礼貌地给他回信。评奖委员会司库写信来，要我为他们的杂志——我劫数难逃——撰稿。他客气地说，只需随便寄一篇，因为杂志不付稿费。"足下或能赐一节已废弃不用的文字，或正在写作的书中的一段……"我准备给他们《不惑之年》中轰炸巴伦西亚那一段。这是唯一可以割下来的。最后，终于有一封有意义的信，来自卡特松医生,他问我为什么不回信(就是写过文章评论梵高和《虚无》的那位医生)。我回了信。

明天见,我的小甜甜,我的小花儿,我纯洁的小花儿,我用全身力量爱您。这一点在这封偏重理性的信里看不出来,但这是被真切感受的。

五月四日　星期六

我迷人的海狸:

我什么时候给您寄过那么短的信?想必是星期二晚上,但是我不记得写得那么短。我很遗憾。您写的信总是又长又情意绵绵。

……

今天是修道院的生活,超级修道院。皮特对大气的变化并不敏感,却对我说:"这个礼拜六,糟透了。"我说:"为什么?"他说:"我不知道。"同时朝天做了个含糊的手势。昂茨无精打采(昂茨就是昂齐格)。他整个下午待在台阶上,瞪着粉红色的大眼睛朝温泉公园望去,为安慰自己,早晚去了两次餐厅。不过我对这种忧郁无动于衷。我知道原因:天气叫人提不起精神,软绵绵的(皱状高层云,连续晴天,西风,十分之九的天空被云层覆盖,能见度二十到五十公里,16℃,气压 740mm^3)灰暗的天空,不会降雷雨,是不可救药的那一种。伙计们不知道怎样打发时光。我知道该做什么。我工作,我在打字机上誊清五页乱糟糟的手稿,惊喜地发现它们变成清晰、干净的定稿。明天我写完马蒂厄的独白,我把他写成一个绝对有存在主义焦虑的人。总之,他将从罗冈丹①停留下来的那一点出发前进。先后做过的事情:早起,早餐,探测。工作两

---

① 《恶心》的主人公。

小时，探测，工作一小时，在夏洛特那里吃饭。在我与夏洛特之间存在某种难以捉摸的、温馨的东西：她见我戴着防毒面罩（一个带点官衔的笨蛋跟我说，新发布的命令严格要求戴面罩）快步走来，便纵声大笑。不过我不认为我们会走得更远。我有过类似的以目传情的柏拉图式牧歌回忆。您记得勒阿弗尔图书馆那个姑娘吗？她令我动情是因为她长得有点儿像您。然后工作，四点左右，我进城去买信纸，就是现在用的纸，因为我讨厌用画抛物线的纸写我的信和文学作品。我做探测，然后打字，但是，我打字的时候，一时心情别扭，甚至觉得文学声望不值一提。不过我还是为之高兴的，因为尽管如此，我打字和写作的时候兴致很好，为了小说本身，为了它将成为一大本书。……

就这些，我的小可人儿，小亲亲。此刻我真想与您在一起，比如说睡觉以前待在蕾咖啡馆，说悄悄话评论白天发生的事情。我多么爱您，我的小可人儿。今天我有片刻的软弱，因为我离您太远。

明天见，我的小可人儿，我吻遍您的小脸蛋，我把您紧紧搂在怀里。

五月五日　星期日

我迷人的海狸：

今天收到您寄出的漂亮信纸，我本该用它来写信，但是我昨天买了这些难看的带横线的纸，为了节约不得不使用它。也谢谢您寄来的书。《波德莱尔》看来不错，佩皮斯的书也是，不过我刚读了尚松那一本，无耻而且夸夸其谈，布莱邦那本好像毫无意义。相反，我觉得我将寄回给您的《共同的孤独》①与《陀思妥耶夫斯基》

---

① 玛格丽特·肯尼迪的作品。——原注

（皮特正在读,星期二或星期四可还我）那里,多少找回了《忠贞的水仙》的魅力。不是全部魅力:题材不够有趣——不过今天上午我在餐厅里边吃边读,不由入迷。

我不跟您讲述今天的生活,因为几乎无事(象棋、工作、探测)。明天我跟您谈谈我收到的信和工作进展,现在我要去睡觉了,因为今晚我莫名其妙感到疲劳。有点儿头痛,不知原因。

我的小可人儿,我甜蜜的小花儿,我不愿意您过于劳神。我绝不喜欢看到您伤心的样子。我吻您的小嘴巴和小眼睛,我的小人儿。

五月六日　星期一

我迷人的海狸:

今天您没有长信——我只给您写信——因为我有点儿不舒服;不知为什么,全世界的腹痛和绞痛昨天夜里向我袭击(我大概腹部着凉),我清晨四点醒来时发烧——轻微的热度,随着天亮逐渐减弱,但是我脑子不灵,身上不舒服。今晚好好睡一觉,明天就没事了。我做了什么?我几乎整天躺在床上,读一会儿书,闭一会儿眼睛,回忆起一大堆往事,与您在一起的事情。尤其是去年夏天,我们坐汽车到夫人镇的事。我的小甜甜,这个下午我是多么爱您,我多想见到您,把您抱在怀里;与您共度的即便最短的瞬间,回想起来有多么宝贵,多么富于诗意。我有无限柔情,甜蜜的小爱人,不过您别认为这是因为我精神不济了。我也想起一些与您无关的往事:我祖母在圣雅克街的房间,等等。您知道,大白天病歪歪地、昏昏沉沉地躺在床上,这多有意思。不过今天没有您的信。只有我母亲一封,还有一位杜里先生的(您记得这个人吗?),他不合时宜地赞扬我那篇关于季洛杜的文章。我说不合时宜,因为这篇文章已发表两个月了,而杜里跟我说他"不由自主,等等"。提一句尼赞,他研究英国军队很有心得,做这事对他很合适。他想调到英国军队里的事办成了,这对他很合适。

还有,我的小亲亲,关于小说,今天我做的工作全都白费:马蒂厄的独白没写好,需要重写,不过我也太笨了。明天我重新来过,其实活儿不多。我还是喜欢《共同的孤独》。中间部分写得差一点,不过她让人同时感到一个家族的演变及其每个成员的个人命运,这了不起。她有技巧和优雅的文笔。有时候流于浮浅,就这些。

这就是病人的生活。我没去看夏洛特,我很不高兴,因为保尔代替我去了,而她把他当作我了。现在九点,我真的要去睡觉了。此地此刻很冷。

我甜蜜的小海狸,我要您感到我怀着怎样的柔情给您写这封可怜的短信,感到我多么需要您。我那么爱您,我的小甜甜。我那么想看到您一瘸一拐来到我跟前,把您搂进怀抱。

五月七日　星期二

我迷人的海狸:

我的病好了,不过还有轻微的腹痛。收到您两封信。这就是幸福。因为病愈是一种幸福,你找回自己的位置,然后你享有一些单纯的快乐。我一整天都很高兴。……

您的照片很美,您知道,我看了很是感动。我的小亲亲,您穿这件漂亮的短大衣那么合身,我真遗憾没能见到它。不过我会看见您穿的。或者我们把它带到西北风旅馆去,假如过了季节,您就在房间里,为我一个人穿它一回。我们结婚十一年,这是第一次您有一件我根本没见过的漂亮衣服。

今天风和日丽,养病的好天气。我写完马蒂厄的独白。写得不优美,但结结实实,不太费力就提出所有的主要问题,我以为整部小说将由此得到解释。至于优美,我做不到,由它去吧。我吃了东西——四十八小时没怎么进食,这给我快乐——下了棋,做了气象探测,尤其是我美美地感到自己身体健康。收到塔妮娅一封可爱的短信,我得给她回信——不是今天晚上,而是明天天亮时(我六点起身)。

关于您的钱,我不太明白。您说有那两千法郎奖金,就不成问题了。我今天领到钱了,明天会寄给您。不过有个劝告:除非收到扣押财产前的最后催欠书(我不知道应该怎么说,是命令吧,我以为)不要缴税。处在您的位置上,我会平静地等到月底,然后寄出一般税款。如果您仍有顾虑,那么写信说您将于月底寄出一半,他们会宽容的。这样您就没事了。

我的小亲亲,您不知道我多么爱您。或者毋宁说,即使您知道一般情况,您却不知道我在这里,在此刻,有多么爱您——当这封信告诉您的时候,已是十天之后了。我多么愿意把您搂在怀里,让您在我脸上读出我的爱情。我多么想看到您的小脸蛋并且吻它。我爱您。

五月八日　星期三

我迷人的海狸:

听着,关于您的小说,我焦急地想知道帕兰好老爹(我用这个词逗自己乐,也能把您逗乐,我为之高兴)将说些什么。我的小甜甜,我多么愿意他发表热情洋溢的意见。您看我有多蠢:我写这句话好像他还没有发表意见,事实上他的意见昨天就知道了,只不过我还没有收到您的信。假如您有小小的失望,那么您读我这封信也打不起精神来。不过我确信您不曾失望:您的小说写得极好,连笨蛋也看得出来,而他绝非笨蛋,他无非对两件事特别上心:语言和两代人的差别。逢到举行庆典的日子,他会综合议论这两个话题,不过我以为您的小说不会给他提供机会。

　　明天见,我的小花儿。此地没有值得一说的事。有了:夏洛特爱上了另一个人,我想。她边笑边朝我看,同时用肘部捅她的女伴(天晓得,此举对我可能绝无欣赏之意,尤其是我脸上脏了一大片,外带胡子拉碴的),而对他,一个漂亮的小轻步兵,她送了铃兰。

　　我爱您,我迷人的小爱人,您是我宝贵的爱情。

五月九日　星期四

我迷人的海狸:

　　……

　　我的小可人儿,我那么爱您。每逢您遇上什么事,我都会心跳加快。我曾那么急于知道帕兰说了什么。大体上都是好话:他觉得主要段落写得最好——他有把握小说将被接受(如果第二部分不比第一部分逊色,而这一点不容怀疑,既然在第二部分不需要作交代或其他铺垫)。我们能要求他做的,也就是这些。有些地方写得太长,那就听他的——即便他认为过长的段落比我看到的还多——把它们删掉;您也不愿意我把《恶心》的开头删掉五十页,可是结果证明这个劝告是对的。至于他提出的倾向问题,我根本不去理睬。首先他不理解小说的主题。其次,他认为写彩排那一节(或者是另一次排演)死气沉沉,我觉得这个意见挺逗的。他想必不认为《吉勒》里的超现实主义聚会也死气沉沉吧。事实上是他不喜欢这个圈子。假如他从政,他可以试图遏止或者摧毁这个圈子,但他只是读者,这个圈子存在,您的小说描写这个圈子,他无话可说。当然人们可以拿一个父亲、一个母亲、一个女儿做小说题材。在外省,在隆勒索尼埃。不过这就变成另一部小说了。您千万不要在意这个批评。他的看法只反映他本人的趣味,甚至不是加利马出版社的趣味。我深信,如果他不是对您有好感,他不会指责这个倾向问题的。我以为这意见更多的是针对您作为一个女人,而不是针对小说本身。如果他不认识作者,他会更公正一些。我将给他写一封短信。

……

调到圣西尔去的事有点儿希望了。但不知道在什么时候。

您要寄给我两册《想象的事物》,我的小可人儿,您把这事给忘了。还请加上克洛德·莫里亚克关于茹昂多的那本书,书名里有地狱一词。

五月十日　星期五

我迷人的海狸:

我多么强烈地感到您的柔情,又因为这份柔情同时带着痛苦而感到难过。我那么想见到您,我的小人儿,您从阿伯拉罕的焦虑转到离别的愁苦。小爱人,您活得过于猛烈,两头点蜡,我爱您。我多想把您的小身材搂在怀里,使劲地、久久地拥抱您,然后我们再长长地交谈。现在您感到自己被人"从外部观看",这使您焦虑。在这一点上,我们之间也是同步的。收到您讲述与布里斯·帕兰会晤的那封信时,我也产生焦虑,感到自己也被人打量。在我的小说里也是,马蒂厄与其他人使用这种"草率"的语言,掺杂哲学词汇和俚语,什么都有,而这其实正是我们的语言。不过首先,说这是蒙巴那斯语言是毫无意义的,因为首先,我们在蒙巴那斯交往的人不可能与我们共同铸造一种语言;其次,蒙巴那斯有多少小团体就有多少种语言,在布布们的语言、占星家的语言和(比如说)冷月婆娘的语言、尤基的语言之间,根本没有多少共同之处;最后,我们的语言可以上溯到更远的年代。不过这种语言,它确实就是我们。这里面显然有某些东西源自我们的资产者出身。您曾是名门闺秀,我曾是"自由派"家庭的小男孩。就我而言,在这个基础上又增添了大学生和高等师范学校的俚语,然后是同一类型的,首先由我和尼赞,后来由我、马厄和吉尔,再往后由我、吉尔和那位夫人一起建造的"秘密"语言。这以后您来了,我把所有这一切带给您,我们一起把它重新熔炼,最后是查佐里奇,她塞进一些矫揉造作的说法,诸如"我着实愿意"等等,或者不如说我们把这种语言染上矫揉造作的色彩,以便与她一起使用。结果它就是现在这种样子。它肯定以"学生俚语"为主——因为这不是行业俚语,也不是家族俚语——它之所以被我们保留下来,是因为我们真的是"被隔开的"。我在札记里详细分析民主、公务员制度和中央集权,加上我那种类型的骄傲与我的知识分子兼作家职业,怎样把我变成一个封闭的、无根的人。您也是,您过着您的生活,作为巴黎人,与我一样的公务员,您也在很大程度上被隔开,尤其是,照您的说法,您禁锢在我们的世界里,习惯于把我对您的评价看作金科玉律(我也一样)。这一切完全准确,我理解这会使索洛济娜起鸡皮疙瘩,她显然有一种野草语言,那是她独自打造的语言,它应该有个奇特的,属于流亡者、无祖国者和准无家者的故事——尤其对她而言,她对我们的语言里不由我们自主而包含的暗示和隐语极其反感。从您的叙述来看,她对我们的语言做的分析很不高明——不过她不可能很好地分析它,因为她是通过她自己的语言来分析我们的。只不过,我们又能做什么呢?到我们的年龄——而且我们曾用全力锻造这个工具,这个我俩的关系的象征——我们的语言真的就是我们。所以必须按照我们现在的样子接受我们,或者,如果我们不应该像现在这样,就必须从内部改变我们,然后语言会跟着发生变化。我们对自己使用的词语过于重视(您还记得吗?我们曾无休止地讨论 dégotter① 这个词,我们讨厌它,"有

---

① 意为:觅得,找到。

时候"您妹妹也与我们一起表示厌恶)。我们贬斥某些词,接纳另一些词,以致这些词不可能不反映我们自身的某些东西。比如说,假如弗朗索瓦丝跟伊莉莎白说话,她不说"你倒了邪霉"①,而是说"你不好过","你有麻烦",或者说"你心里难受","事儿不顺",乃至"你被缠上了",那就成了另一个弗朗索瓦丝了。对于您——也对于我——"你倒了邪霉"意思是"深表同情,但要控制情绪"。在这里,粗俗同时用于掩盖和象征柔情的颤音。这句话猛一下甩出去,干净利落。帕兰说它"草率",整个儿一笨伯。相反,这正是美国小说那种刻意为之的粗暴外加不容否认的感人力量。它代表我们对别人表示的那种同情。它同时是对客观性的召唤:你倒了邪霉,我对你深表同情,但我请你务必克制,情绪不要外露,等等。我们身上发生的事情,是我们把自己放进小说里去了。……

今天,德军入侵比利时和荷兰。上午我们听到传闻,后来从邻居的无线电获知正式消息。邻人客气地邀请我们随时去听新闻。不过像半个月前在红发女郎那里一样,我们只在中午和七点去一次。这个消息给人古怪的印象,与袭击挪威时大家的反应大不相同:它几乎让人松了一口气。经历了八个月的"腐败"战争之后,人们感到终于碰到实质了——即便是灾难性的。像戈培尔说的那样,战争终于来了。对于我们的生活,这个事件带来的变化不大,无非命令我们到任何地方去都要戴上头盔,以便抵挡防空火炮散落的弹片。十之八九,过一星期这个命令就不起作用了。有没有博斯特的消息?这是我唯一关心的。他在北部还是东部?您在巴黎怎样?动荡不安,灾难临头,还是像有时候那样,幸福地淡然处之?无论如何,战争现在与过去不一样了。

此外,这一天对我是平静的工作日。丹尼尔与鲍里斯会晤后

---

① "你倒了邪霉"(Tu es emmerdée),本义是"你沾上臭屎了"。

勃然大怒,以及玛赛儿和丹尼尔那一章的一半,我已写完初稿。现在我要修改。估计需要一星期。我很高兴可以有一星期不用打字机,我开始讨厌它了。今天就是这些,我的小可人儿。现在我要去做探测,然后我将给塔妮娅写信,然后去睡觉。我的病彻底好了,现在完全健康。但是我晚上绝不吃东西,为了减肥(我这样做有四天了)。

我爱您,我的小甜甜,小亲亲。我满怀激情地爱您,我之所以允许自己这样写,因为这是真的,在这里。

五月十二日　星期日

我迷人的海狸:

我在想,尽管局势动乱,您是否在奥弗涅休假。教育部长萨罗发出指令,要求"教职人员不得远离其居住地点"。我为您难过,天气那么好,本来迈开双腿随意走走将对您大有好处。今天我应能知道确实消息。

我的小人儿,昨天弄得我很紧张:我收到塔妮娅一封信,因为要拍X光片,她吓破了胆。她在信里说:"主啊,我多么希望你回来,你无论如何要回来。"说得容易,她总不见得要我当逃兵吧。不过,知道她面对疾病会像查佐那样恐慌,这对我是很不愉快的事情——何况这一次可能她真有理由恐慌(我不认为她的病情严重,但她可能有一处小小的病变),而且完全孤独。她立即向我求助(虽然她没有收到我的信),好像这是天经地义的:从本真性角度看问题,这一点也给我很大的震撼。这使我心情沉重,同时使我对她公正:我要负起责任,不过我随即回到休假问题的亚伯拉罕式焦虑上去。然后我又担心她的病情。她对我什么也没说,您知道多少,我的小人儿?这很滑稽,她越来越变成"我的孩子",就像查佐有个时期像是您的孩子一样。每次她需要我的时候,我总是说几句空话后就扔下她不管,这次我不能这样了。我刚给她写了一封信,说如果她愿意,如果审批的期限不太长,我准备娶她以便得到三天假期。我想您会感到不快,虽然这纯粹是象征性的,这会使我"陷到脖根"。这对我来说也很不愉快,原因主要不在承诺本身,而在于我必须向我的家庭隐瞒此事,而他们迟早总会知道的。不过我跟您说,我决心已下:从现在起我要为塔妮娅做我能做的一切。作为补偿,我仍可腾出一天时间去看您。如果她的病情不严重,如果她放心了,我将以自从荷兰被占领以后不再批准婚假,或者以审批期限太长为由向她道歉,说只怕劳而无功,还是放弃的好。何况我确实认为审批至少需要一个半月。到那时候,这个计划怎么说也会泡汤。您的意见呢?您责怪我吗?

休假再次被取消(甚至召回正在休假的军人),这个消息必定使您恼火。昨天人们在等待中度过古怪的一天,天空布满灰色的棉絮,空气黏乎乎的,很热,真正的春天,草木繁茂,花蕾初现。上午,飞机在离此地十五公里的一座城市扔下一枚炸弹,消息立刻传开,六点半拉响警报,防空火力开炮;我从窗口看到炮火追逐飞机,小蚊子不时闪现,然后天空重又被遮蔽,然后有巨大的白色条纹尾随它,却老是追不上。我以为,炸弹没有造成任何破坏。接着,天空浓云密布。就事态"观点"而言:等待。中午时分,一名中尉向我们宣布法国人和德国人在卢森堡恶战,但是我们没得到任何证实。消息很少。这时候收到塔妮娅的信。您可以想象,一下子我好像整个儿换了环境。尽管如此,我还是干了不少活,不过我必须重写丹尼尔的独白。我给塔妮娅写信,然后我躺下睡觉,把闹钟拨到六点。现在我给您写信,我的小甜甜。天气迷人,我说不清楚为什么心里如此宁静——或许因为天气好,又在早晨。而且今天我休息。此刻六点四十五分,我将跨上自行车,背着水桶,到女面包师那里去领"果汁"和小面包。

再见,我的小甜甜。明天见——或者不如今晚见,因为晚上我要给您写信。我用全身力量爱您,我迷人的海狸,我的爱人。

五月十二日　星期日晚上

我迷人的海狸:

我的小亲亲,您寄来一封充满焦虑的短信。我该怎么说呢?说我这里根本不存在焦虑,人们都说:"这就是战争,早晚总要爆发的。"不过这丝毫不能让您放心。或者我说,运气好的话,这场战争就要见分晓了。是的,这能给您一点希望。不过需要了解:在比利时与荷兰边境后面,有德国的齐格非防线。所以我们最多只能指望在边境上阻止德国人,但不能打过去。只不过,他们将要防守一条极长的前线,这对我们有利,因为他们的兵员储备并非无穷尽,物资储备更加有限。博斯特这会儿在什么地方?您没告诉我。他是否属于北方军团?好像不是。如果我没记错,他曾在阿尔萨斯前线?如果是这样,派他到那里去的可能性不大。您想,在比利时边境已有随时待命的大部队。我很高兴获悉您没在克莱蒙-费朗——您知道那里被轰炸了。巴黎似乎防守得更好,敌机更难接近,但是我开始为您担心。万一我在报上读到:"巴黎被炸,伤亡二十人",尽管您在这二十人里的可能性微乎其微,我也活不下去了。您这四天怎么过的,我的小可人儿?最安全的办法是到拉普埃兹去。但是我明白,您留在巴黎就感到自己"更靠近"。巴黎人惊呆了——我是从皮特那里知道的:他妻子每天营业额五千法郎,五月十日那天"一个子儿也没见",可想而知。此地人们很平静,除了几个职业的悲观主义者,他们已经看到德国人占领巴黎了。我认为他们已忘了自己的平民生活。至少我已经把它忘了,今天上午我这么想。我的意思是说,我没有忘记任何我眷恋的人,战争没有使我抛弃旧的关系,不过人们之间产生一些新的关系,那是战争的关系,另一种相互看待的方式、相互想念的方式,更多思考,在重逢时更加郑重其事,等待时更多耐心,更多庄严,更明确的等级观念,等等。我现在那么习惯这种新的关系,以致我通过它们才看到世界。我再也不知道什么叫与所爱的人一起生活,对我来说这不再是自然的事情:自然的事情,那是你郑重其事,不时带着一点疯狂劲头见到你所爱的人,然后你无时无刻不从远方思念他们。我把自己的祝愿限于获得更多的假期。不过连这一点也不可能了,既然您知道,休假暂时被取消了。

我想,正是完全遗忘和平时期的生活,在帮助人们承受战争。现在,假如炸弹落在我身边,我肯定会恐惧万分,但也像面临自然灾害一样。恰是由于这个原因,而不是由于缺乏想象,正在北方准备的大屠杀对我们的触动才那么小。我记得九月三日或四日,在报上读到法国人流了第一滴血的消息时,我得到的印象既凄惨又神圣。那只是平民百姓的感动。现在,赞美天主,我们流的血还不多,但是我们已习惯这样的想法:热血生来就是为战争而流淌的。我理解一九一四年战争的老兵,他们回归平民生活颇为费劲——然而我们这场战争才八个月,而且它至今还是一个准战争。

轮到我的休息日,我工作了一天。不过我觉得活儿太做作,针线太粗。这是因为,我以为,这部小说的生命已造成了,我太知道自己想说什么,现在我对它不怎么感兴趣了,所做的无非是修修补补。该是结束它的时候了,何况一个月内它将完成。我将拾起我的札记,然后,稍事休息之后,我想写一本关于虚无的哲学书。这还有点儿意思。可能我将写一篇论文。我读了布莱邦的《蓝光》。主人公是个混蛋,大个子北方人,自满,激进,容易动感情,既虚伪又自负(因为写过几部小说,他自称"诗人",当需要征用他的乡间别墅时,他抱怨自己居住的城市不容他在墙上张贴"诗人居所,军人免入"),家庭观念极重,双料的法国人,不过这个人物还是很有意思,因为我从中看到九月到十二月的巴黎。您大概不觉得这有趣,但是我不同,我没有见到这个。我收到塔妮娅两封信,其中一封是在她写了那封诉说她的焦虑的信之后,同一天晚上写的。她刚收到我那封把她臭骂一顿的信——我特别后悔——可是跟我害怕的事情相反,那封信起到抽了她一鞭子的效果。我冒犯了她的尊严,健康问题变成次要的了。她写道:"对今天下午发出的那封愚蠢的信,我深表遗憾。我产生恐慌,心情烦躁。我不知道等待。无论如何我离死亡还远着呢。"我不会理解错,她的意思是说:"我刚才向你求救。但是你不配。也好,这没什么。我没病。"不过好在第二天她就跟我重归于好,很有趣地与我谈论一切,只是含糊地暗示她的疾病。关于结婚计划,我得紧急刹车,因为她完全可能跟我说:"我身体好了,不过你还得娶我,我们见面三天也行。"……

此外,没有新鲜事,我的小甜甜。此刻是晚上十点,我给您写信。明天早晨六点我将给我父母和塔妮娅写信。我在夏洛特那里吃了饭,下了棋。我一点也不闷,我活得幸福,我对事件感兴趣。我多么愿意把我的宁静传递一点给您。真的,如果巴黎遭到空袭,我将完全失去这份宁静。我的小甜甜,我那么爱您。如果我能见您两天,只要两天,我也将大喜若狂。

明天见,我的小人儿,我用全身力量拥抱您,迷人的小爱人,小迷人爱人,小爱人迷人。

五月十三日　星期一

我迷人的海狸:

今天无信。只有一封短信,母亲的。我想这一时期邮局会耽误投递。此地,在我们的防区左右,整天炮声不断,从我们这里开的炮声音沉闷结实(大伙说"走了一个"),德国人发射的炮弹先是一声尖叫,随后有干净利落的爆炸声(大伙说"来了一个")。现在这成了连续的低音,成了客体,我的意思是说这响声在目光尽处形成屏障,像许多树木融成一片,挡在天际。人们想听的时候就去听,就是说人们举起一个手指说"它走了"或"它来了"。剩下的时间,人们照旧过日子。此外,当然还有飞机。今天从黎明到上午十点,防空火力干脆的撕裂声和机关枪的噼噼啪啪声掩盖了大炮的低音,不时出现动听的轰鸣声,比汽车的鼾声更有规律:那是飞机。运气好的时候,我们能看见它。我们今天上午运气很好,既然有架飞机在我们头顶,在一千米高度转了个大弯,一架漂亮的黑色飞机,炮弹的奶油色弹片对它紧追不舍。大家都出来仰着脖子看,厨师们、军官们、我们这些探测兵,以及上校的司机。不过皮特刚给一个气球充了气,他抬头站在那儿,手里拿着漂亮的红气球,突然害了怕。他说:"我的气球会让你们成为目标的。"说着,他拔腿跑进楼梯,躲在屋子里不出来。同时,从离我们十米的一个高射机枪位置——我们对它很熟悉,因为日复一日,他们闲着无聊就观看我们做探测,我们也让他们放气球——升起伴随噼啪声响的黑烟,以及我们期待的火光。当下那飞机就逃跑,一架机枪卡壳了,只射出两发子弹,另一架朝它打了个连发,我们失望地喊道:"没中!"不过,流动炊车的厨师在两百米外用望远镜观看——他忘了给保尔端咖啡——说它"着了",他发誓说看到淡红色火苗蹿出机舱。保尔说没有。到中午我们获悉飞机着了火,在十公里外坠毁。需要知道是否我们的机枪击中的。事关自尊心。出于公正,我们以为不是。五个机组成员里,两个毙命,两个被俘,一名在逃。……

我们准备搬家,乱成一团。A.D.部队的一部分要与 I.D.部队和司令部的人一起转移,进驻离此地十五公里,更接近前线的一个地下工事:这是预先安排好的,一旦局势不妙就实施。我们这里有一个上尉与上校、将军,一个中尉和两名文书一起走。我们则与穆尼埃上尉一起留下来——或者我们搬到附近一个小农庄去。所以没有增加任何危险（就是说没有危险：所有从我们头顶飞过的飞机绝对不会理睬我们，别处有的是活够它们忙的）。不过到决定哪两名文书该走的时候，局面有点儿尴尬。昂齐格自愿报名。需要找到另一个，在尼佩尔与蒙当治之间作出选择。尼佩尔是那个新教徒小蟊贼，蒙当治是新来的，他本来在朗德省的腹地过着平静日子，原以为找到了藏身之地，却被发配到战区。他谦虚、仁爱，具备紫罗兰的全部美德，唯独缺乏勇气。他俩都表示有困难。尼佩尔说他有痔疮，还有孩子（痔疮排在前头，有痔疮对他再合适不过了）；蒙当治说他年长。最后库尔西说："那就抓阄吧。"抓阄的时候，尼佩尔的脸色特难看。他解开领子，坐到一把椅子上，面色发青，喉咙哽住，连话都说不出来。结果是蒙当治抓了不利的阄，当晚出发——而尼佩尔有五分钟时间依旧瘫在椅子上，不能说话。最后他哽咽着说："这才公正。"军士也要走。上星期他在听到炮声时说："大炮召唤我了。"不过整个上午他的嘴唇一直在哆嗦。实际上他们根本不用害怕。敌方的炮位离他们相当近，有颗炮弹落在距他们的地堡八十米处，但是他们位于地下十米。不好过的，是他们将要过的日子：明令禁止到地面上去，难闻的气味，只能用煤油灯照明，一百个人挤在一起。我感谢天主让我当气象探测兵，就是说做一份要求自由空气的工作。我有哮喘病，在地底下我坚持不了。以上是新闻，我的小亲亲。此外，今天上午，尤其是下午，我干了许多活（玛赛儿和丹尼尔那一场）；这回可是清新、新鲜，没有人为的痕迹，如泉水喷涌，使我兴致勃勃。我真想收到您一封信，我的爱人，昨天晚上您有点儿让我担心。

我怀着激情（始终就这个词的充分意义而言）爱您。以后我不再这么说了，因为我不喜欢这个词，但是您要好生记住它，我的小甜甜，我的小花儿。我温柔地吻您的小脸蛋。

五月十四日　星期二

我迷人的海狸：

今天收到您两封信，它们包含惊奇。一封信里有女疯子的十四行诗，另一封附有您妹妹的信。玩具娃娃的信我读来很感兴趣，她做了一次好玩的旅行，那三位旅伴，胖先生、海关关员和士兵，像小说人物。西班牙看来很凄惨。

听着，小海狸，下面的事情头等重要，我越想越要紧——这迫使我给所有人写信，太累了。从二十号起我们改了邮区。所以您二十号写的信应寄到如下地址：

士兵萨特

气象探测——A. D. 参谋部

邮区14459(一万四千四百五十九)

今天我把钱汇走了，您将于后天十七日，最晚十八日收到。真对不起，我寄走钱才收到您哭穷的信；由于我的疏忽，您还得过一两天苦日子。不过我真的以为您在二十号前不等钱用。请原谅，我迷人的海狸——您穷得叮当响，我就心如刀割。我只寄了一千九百五十法郎，以便月底不必跟皮特借钱。

我很高兴知道您不那么焦虑了，我的小可人儿。说到消息，不好也不坏。最好的情况下，我们能守住从列日到安特卫普的防线，列日可能陷落，不过这大体上是预料中事。如果它能守住，再好也没有。总之是他们占了主动。我觉得，时间长了，战局应该对我们有利。请您读皮埃尔弗在《事业》上的专栏，这算是写得最好的战局评论。我能跟您说的最令人宽慰的话是，目前出现一个转机，使战争有可能在四一年冬天前结束。不过等您收到这封信的时候，我说的这些已经过时了。公共的紧张与个人的紧张之间有个时间差，这带来麻烦。

至于我自己，我的小甜甜，我仅是一个小说匠而已。我只做这件事，很快就能做完了。而这以后，天主啊，将是多大的空白！我以为玛赛儿和丹尼尔那一场写得很好，明天能写完。我只做这件事，因为我没有新书可读，然后不知为什么，下午我睡了一会儿。今晚我破例去夏洛特那里吃晚饭；回来的路上，天气出奇地晴好安谧，天高云淡，远方传来乡野的声响，闻到强烈的青草气味，但听到一个村子里的警报汽笛声，从公路上能望见村子里的钟楼。这给人奇怪的印象，使这片安静的田野变得隐含毒素，有点儿像酸味的糖果。此地空空荡荡，至少一半人已动身前往那个恶臭的地窖。那里似乎有怪味，潮湿；上校的司机今天上午回来取东西，他说他们刚到那里就呛了一鼻子：要往地下走九十五级台阶，每天只供电三小时。禁止外出。全体军官在一间屋子里一起吃饭——全体士兵在另一间屋子——官兵吃同样的伙食。唯一的优点是，伙食不坏。但是我们，我们留在这里，而且要待下去。由于他们走了，这几天有点儿像假期临近结束的味道，您知道，好比四分之三的度假者已经离去，剩下几个顽固分子坚守在空荡荡的旅馆里。军官们坐在安乐椅里无所事事，只剩两名文书，而在归我们使用的附属建筑里，我们这几个气象兵完全孤独。我不太担心您会遇到空袭，除非有新的命令：他们不轰炸平民，他们轰炸军事目标（主要是机场），但不操心避免殃及平民。这并非微小的差别，因为它排除了对巴黎的任何空袭。他们不担心在这方面会遭受报复。

　　我的小甜甜，想到您的小脑袋里七上八下的（您知道，我太了解您了），真教我不好过。我多么想跟您谈论这一切。可惜休假被取消了，而且只要大战役未见分晓，无疑将一直被取消。您要耐心，我的小可人儿，非常耐心。我那么强烈地爱您，我与您紧紧相连。明天见，小花儿，我用全身力量拥抱您。我爱您。

五月十六日

我迷人的海狸：

今天没有您的来信，没有任何人的。邮件大受耽误，想必是空袭破坏了南锡到吕内维尔的一段铁路。报纸要到四点才送到，军官们的收音机也不灵，以致我一整天与世隔绝。说真的，我的生活没有太大的改变。我们在这里同样孤立和无能为力，就像还是平民一样：不仅国家的命运，还包括我自己的和您的命运，正在北方某处被决定；但是我在这里，平静地每天做四次探测，不冒任何危险，也不起任何作用；必须使自己的灵魂适应这种状态：人们躲避，人们怀着某种深沉的忍让期待着。很奇怪，战争可以要求那么多的不同心态：如果我本人遭遇轰炸，我会以完全不同的方式看待世界，那就会有另一种承担责任的方式——如果我是飞行员或独立部队的士兵，那就还有另外一种。可是现在，人们只能要求我以某种顽强的精神种我自己的园地，这正是我在做的。我的工作大有进展。明天能完成马蒂厄和丹尼尔那一场，那是您让我增添的，然后是马蒂厄和玛赛儿的最后一场，最终是关于玛赛儿的那一章，用十页写她等待丹尼尔的电话。我计划用一个月完成这一切。我很少读书——这部《波德莱尔》糟透了，净是布里肖那种学院派的优雅文体，却不说明任何问题；不过它比包歇写的那一部略微高明。佩皮斯的日记很迷人，我将寄给您读。然后读了《当我焦虑时》，我找出这本书，以前从未打开过，真不好意思。作为娱乐，自然每天上演火力追逐飞机的场面。不过高射炮总是打不准；我们看到天上有几股傻乎乎的白烟徒然跟在飞机后面，真叫人心急火燎，最后我们干脆不出去看了（每天有七八次）。美好的是响声，发动机有规律的美好响声，它像在空气中膨胀，以地平线为起点画出一个抛物线，然后加上防空火炮发射声，偶尔还有一挺机枪的咳嗽声。一响就是一整天。有空降兵在附近降落，上面居然要求我们拿起步枪出去搜捕,遇到我们的消极抵抗。只有一个布列塔尼人夹着步枪,煞有介事地在公路上走动,样子像在打猎。他是一名少校的儿子,在 I. D. 部队当文书,平时一听到飞机声就吓破了胆躲进地窖。不再提起要撤离第二区了,所以我们还有一些日子能在夏洛特那里吃饭。不时听到 A. D. 部队藏在地堡里的那些人的消息:他们好像适应了自己的命运,现在延长了供电时间,他们只抱怨潮湿。假如有什么事情能使您对我个人的命运感到放心,那么我告诉您,我的小花儿,昨夜敌人袭击了我们的防区——其猛烈程度足以使我们荣幸地登上战事通报——而我们竟然毫无觉察,就像您躺在床上一无所知一样。我们甚至没有听到炮声。这就是说我们离战场还远着呢。

我不时把札记写下去的欲望。于是我在战局平静的时候写札记,在适当的时候放弃。但是我更愿意尽早完成小说。我本来打算让皮特把小说带给您。可天晓得他什么时候动身。第三轮休假本该从五月二十五日开始。也就是十天后。现在我怕要等很久了。可怜的皮特,最伤心的是他。可是也不必太绝望:"马斯河战役"结束前,显然不可能恢复休假。不过战事既然那么激烈,战役也不可能没完没了地打下去。我知道人们引用凡尔登战役的先例,那一仗打了六个月,但是此地的条件完全不同。或者他们突破我们的防线——我绝不相信有此可能——我们就完蛋。或者他们停下来喘口气,于是重新开始阵地战。到那时候,休假的士兵就将悄悄地重新出现。需要耐心,尤其要对自己说,这证明德国人想在冬季前结束战争。所以很可能,战争不至于像开头预料的那样拖上三四年。我的小亲亲,我多么愿意您有耐心,不过分忧虑。我不想没有您的信。

没有别的事情。除了晚上有一次断电,迫使我们点蜡烛探测——偏巧天气突然变冷,冻得我们连骨头都麻木了:今晚有风,气温八度。冬天倒是不太冷,而现在寒气一直渗进房间。幸亏我的房间是最暖和的。

我的小甜甜,对我们过去的甜蜜生活的回忆不断涌上我的心头。战争使反刍功能发达起来,人们真的变得更深沉了。至少在感情上如此。默默展开的回忆每天更新。今天我想起我们在锡耶那挽着胳膊。昨天是玩具娃娃用的信纸使我想起西班牙。在我们的冥想状态中这既有趣又不正常,记起最琐碎的事件也像石头掉进水潭,激起一圈一圈的水纹,越来越弱,但是越来越大。而您总在这里面出现。我的爱人,是您充满了我的生命。

明天见,小海狸。我用全身力量爱您。

五月十七日　星期五

我迷人的海狸:

今天无信,也无报。没有任何信件。我们去领取邮件的那个大城,早晨八点的火车没有进站,要到晚上八点再去一次。我有两天与世隔绝了。此外,无线电广播的新闻本来已经混乱而且经过删节,由于人们是用耳朵贴着收音机(军官电台)收听的,就变得更加残缺不全了。听到一些断片,一会儿是"大获全胜",一会儿是"形势绝望",我们往往不知道是谁在说话(斯图加特电台? 意大利电台? 英国电台?),说了些什么。一般都是失败的消息。然后,北方籍的人忧心忡忡,因为他们有四五天没有家人的消息。奇怪的是,他们能收到汇票,却收不到信。我由此推断,邮件检查部门扣发了所有寄自北方的信件。寒冷阴霾的天气,细雨,气温早晚八度。跟您说真话,这一切给人绝对沮丧的印象。自然免不了大炮连续不断的伴奏。显然这就是战争——至少对于最幸运的、不身受其害的人是这样:等待,完全没有消息,谣言。皮特坚强的乐观主义经受严重的考验。他突然迸出一句:"假如他们赢了呢。

人们从未想到这一点。"这句话是他的心声。然后,他一下子恢复了乐观:"哦!无论如何,他们不会像对待波兰一样对待法国:总还过得去。"从收音机听到的消息总是叫我泄气。意大利电台宣告——至少我以为听明白了——"德国人突破了一百公里马其诺防线"。由于他们已在雷泰尔附近出现,我有点儿害怕,虽然我担心的事情不太可能。事实上,他们在色当附近撕开一个口子。一九一四年的战争证明,一个人即便长上类似的疝,也可以长期活下去。今天晚上,我们向穆尼埃上尉打听消息之后——他拥有那台收音机——大家略微放心了。我们明确知道——在公报让人明白的范围之内——形势究竟如何。保尔自然是最平静的。他乐呵呵地对法国军队的组织缺陷表示愤慨,然后,他自认处于一场与自己相称的灾难之中,平静地去锄花园里那一小块地,要不就去打字,不时哼起精神分裂症患者的小调。我在这个环境中干自己的活,我完成丹尼尔和玛赛儿那一章,不过把它搁置一段时间之后,我还要修改它,因为如洁洁必定会说的那样,它太"复杂"。然后是日常生活:气象探测、夏洛特、象棋。我们现在逐日记录胜败。我赢了皮特九次,他赢我两次。大家都有点儿烦躁,今天上午我们彼此严厉地责备对方的缺点。我说了一百遍:"你那副德行,说到底你是头笨手笨脚嗡嗡飞、到处拉屎的大苍蝇。"他也回敬我一百遍:"萨特,你对别人很严格,对自己很宽容。"不过下午我们和好如初。楼下的电话既然撤了,也用不着电话员了。我们将轮流值夜班,每五天一次,不过也就是睡觉罢了。可是 I. D. 部队的人倒了邪霉,上尉突发奇想,要他们带着子弹上膛的步枪,站着值班。他们靠收听无线电里的爵士乐来排遣时光。我不知道您是否欣赏这个场面的魅力:一名大兵待在空空如也的旅馆餐厅里,上了子弹的步枪放在桌子上,聆听提诺·罗西唱的《我将等待》。

就这些,我的小可人儿。我担心您也有些焦虑、烦躁。我希望

544

我的信不像您的信一样被延误,因为这很令人不快。尤其对您,您可能产生一些想法。可我们有什么办法呢?我们在战争中。我们现在遇到一生中最坏的日子。不会老是这样的,我的小亲亲。我用全身力量爱您。此刻,战争激化了人们的等级观念,以致这世界上唯有您对我才是重要的;我永远只想念您一个人。

我吻您的小脸蛋。

五月十八日　星期六

我迷人的海狸:

今天是好天气,我收到您两封信,我不能跟您说有好消息,不过总算有消息了:我在军官办公室的大地图上,看到用小旗子标明的前线位置。所以我有点儿放心了。不过您的信过于消沉,我的小花儿,这让我很伤心。天啊,我多想见到您,哪怕只有一小时,跟您说话,把您搂在怀里。感到您孤单一人在那里,依赖我报告平安的信支撑下去,而我的信您要三天后才能收到,这太叫我忧虑了。不仅如此,我知道我现在写的信也不能按时抵达。我打听过了,不是轰炸延误了火车运行,而是因为必须向北方运送整列的士兵和给养。所以是同一个原因耽误了您的信和我的信。我希望将会形成一种节奏:应于昨天上午到站的火车今天半夜三点抵达,晚点二十小时。我希望以后维持这二十小时的时差。如果这样,您多等一天就行了。我的小可人儿,我跟您一样感到诱惑,想把自己的命运投入一个无比巨大的集体命运,让它在其中融化,但是我认为应该抗拒这一诱惑。人们无比强烈感受到的,而且应该珍惜的感受,是一个国家的命运在多大程度上也是某种个人的、唯一的东西——像对一个人一样——是某种以死亡为边界的东西——像对所有人一样(我的意思不是说我们将输掉这场战争,但只要我们有打输的危险就足够了)——感到在多大程度上我们自己的命运

545

处于国家的可能灭亡的命运之中。不过这不重要,国家是一种处境,然后有数以百万计的自由的人,对于每个人,胜利或失败将是一段个人历史,而国家的死亡与回到太平日子一样,同样也是一段历史。所以,我的小亲亲,我在想您的和我自己的命运,我不能阻止自己去想,我们将经历这个命运直到其尽头。我绝对没与您分开,恰恰相反,我从未像现在这样与您紧密相连,不管环境会发生什么变化,我们将紧密相连,同甘共苦,我的爱人。您别以为所有这些在本质上都是悲观情绪。我只是考虑到各种可能性才这样想,因为今天可能性变得更加生动,更容易被感知,但是实质上我们应该在战争刚开始时就这样想,甚至,总的说来,永远这样想。

总之,今天天气好,比较热,是休息日。我工作,完成一章。工作使人忘我,你可以全身心地投入,不过我担心尤其在用字上,对别的事情的关注在某种程度上妨碍了创造性。在夏洛特那里吃午饭。下午我下棋,然后洗了个澡。伙计们议论局势。"我很想多活半个月,"皮特说。他是死不悔改的乐观主义者。保尔极其漂亮地回敬他一句:"谁知道过了半个月你不想再多活二十年。"今晚我在无线电里听到保尔·雷诺,然后,我给您写信。收到塔妮娅两封信,她好像病得没那么严重。既然如此,我以为用不着和她结婚了,我将写信跟她说,这解决不了任何问题。

明天见,我的小甜甜,我的小花儿,我要您感到我多么爱您,我以怎样的力量眷恋着您。我们是不可分离的。

五月十九日　星期日

我迷人的海狸:

刚才获悉德国人推进到朗城了,我为您担心到极点。您该怎么办?巴黎将被撤空?我很愿意相信局势会有转机,但是我怕马恩河战役不可能出现第二次。第一次是封·克鲁克犯了严重的错误,我想他们已从那次错误得到教训,不会重蹈覆辙。我的小人儿,这封信将大大迟到——三天后抵达。到那个时候,他们将在哪里?假如来得及,我求您离开。您得把两个查佐里奇送到莱格勒去,而您自己,如果政府(它肯定不会这么做的)不要求中学教师留在巴黎,或者随校撤退到外省去,那您要到拉普埃兹那位夫人家去。为了我就这样做吧,我的爱人,我的小花儿。您想想,对于我,知道巴黎被轰炸、包围乃至入侵,而您困在里面,孤单一人,可怕地孤独,我却得不到您的任何消息,这对我将有多残酷。我只想到那位夫人可以收留您。去吧,这将是我唯一的安慰。我认为您应该立即把两个查佐里奇送到莱格勒去。我将把同样的想法写信告诉塔妮娅。即便由于您的职业,您必须还在巴黎待几天,先得把她们送走。别忘了您可能会没有盘缠。我希望您终于收到我的汇票。在那位夫人家里您不需要花钱,她会供给饮食,并且借点钱给您。想到您今天写的信我要三天后才收到,我简直绝望了。我的小可人儿,小甜甜,我从骨髓最深处眷恋您,知道您在那里绝对孤独,我撕心裂肺般地痛苦。我从未如此痛苦地感到我对您的眷恋。我只为您担心。不管发生什么,如果我能与您相会——这是肯定的,只要您及时离开——我的日子就还过得下去。

我们这里是一阵喜,一阵忧。八点我听广播里说,德国人的推进放慢了。中午,乌里奇中尉听了收音机后说:"我们开始遏制他们了。"一点半,在夏洛特那里宽心地吃过饭后回去,我们遇上一名惊慌失措的无线电兵。他说:"刚听到广播,他们在朗城。"当下保尔宣告:"得,这下完了。希望我们尽早变成德国人。"我们训了他一顿,然后我给您写信。关于局势我不能跟您说什么,我不了解:我有前天的报纸,我只看到军官们的地图上的绸带、别针和那个被标出来的总在膨胀、越胀越大的口袋。过不久这张地图就不够用了,需要第二张。您肯定比我更清楚目前的局势。我确信您会听我的劝告。我不以为我们输了全局。但是我想您应该谨慎。此刻您遭到的危险超过我。而且我相信,万一局势恶化,那位夫人是唯一能帮您的人——毕竟需要考虑到这一点,即便您不信局势会恶化。

我的小甜甜,没有别的可说了,除了说我爱您的强烈程度达到了可能性的极限,说您是我珍贵的、唯一的爱情。当我考虑到——纯粹出于诚实,请相信——未来的日子里我将不可能写作,不可能发表我的作品,只要我想到我将与您一起过这样的日子,我觉得我还能在其中找到幸福。

我补充几句——两小时后。即便发生最坏的情况(巴黎被占领),战争也没有打输。舰队封锁了港口,而德国人没有舰队。只要我们保有一支完整的军队(阿尔萨斯方面军)和空军部队,只要英国人能实行封锁,那我们就没有打输,就有理由抱有希望。人们不可能打垮"几百万士兵"——罗曼说到他们时,就像他们是职业军队——人们也不可能像占领荷兰一样,占领一个拥有舰队和无数殖民地资源的帝国。不过巴黎可能被占领(您知道,若弗尔在一九一四年考虑过退到中央高原继续作战),因此您必须尽早离开。我爱您。

五月二十日

我迷人的海狸:

我开着窗给您写信,此刻是晚上八点半,天色还很亮,我没有点儿灯,今天天气晴好,富有乡村情调。皮特前天说:"浪费了这么好的天气,真叫人遗憾。"我回敬他一句:"夏天的星期日,这么好的天气,你本想去什么地方?""乡下。""那好,你就在乡下。""是的,可是我不会与你这种混蛋待在一起。"今天晚上,他这句话对我也适用,不过在和平时期,我不会到乡下去。我会与您坐在花神咖啡馆的露天座上吃吐司摊鸡蛋,竖起耳朵偷听索尼娅、普雷维尔和阿涅斯·卡普里的谈话。您知道,我说这句话不带忧伤,我开始完全丧失"和平意识",但没有获得"战争意识"作为补偿。今天我平静、空闲,没有过多的焦虑,因为对您所在的巴黎中心区,这次轰炸似乎没有造成任何人员伤害。我没怎么干活,只为玛赛儿等待丹尼尔的电话那一章搭了个架子。也没怎么下棋,因为保尔与皮特突然懒于对局。皮特很烦恼,因为巴黎遭轰炸,他暗自哼哼唧唧的声音倒不难听,他老是那个劲儿,眼睛里有一种深不可测的温柔,舔着嘴唇,然后,到下午,他扑到床上睡了三个钟头。我理解他的烦恼,何况他妻子刚动了一次手术,躺在床上,万一需要疏散,他一点忙也帮不上。再说,从五月十五日起,他的铺子没赚到一分钱,女人没有心思买帽子了。作为补偿,有许多难民到他的另一家铺子去买长袜子。保尔平静地对待这次轰炸——上次南锡遭受轰炸着实叫他惊吓。皮特冷静地说:"乡土感情。"保尔也不下棋,他动手洗自己的制服。我们看到他使出一股邪劲,整天敲打一块湿淋淋的木板。既然如此,今天上午我骑上自行车,到两公里外的邻村转了一圈。这像是一次出征,因为各条道路都有巡逻队把守,村庄入口处用圆木设置了障碍,等等。但是我没遇到任何麻烦,我看到清新的乡村景色。特别有一只鹳不知从哪儿被赶出来,就在我头顶上展开双翅盘旋、滑翔,看到真正的鹳与阿尔萨斯的纪念品商店里出售的木头鹳一模一样,这既壮观又好笑,但也令人惊奇,你会觉得自然又一次模仿艺术。一笑。我跳下车;西维特,那位要为自己的生父报仇的私生子(我跟您讲过他的故事吗?),也跳下车(他从反方向来),我们长时间望着这只鸟。然后我回来,我东摸摸西碰碰,不知做了些什么。有那种时刻,你觉得你的躯壳装不下你,你的本事太大;你不伤感,但是你会既顾影自怜又对自己不满,我当平民时常有这种感觉,但是当了兵就少得多。最后我去读《堂吉诃德》,这书写得真好,有时令我大笑,这一点了不起,因为钦佩是事后产生的,而笑却是当下的。其次,这书富有诗意,有一段写他们与几个牧羊人一起吃饭,把皮袋里的葡萄酒倒进一个牛角,彼此传递着喝,然后桑科睡着了,堂吉诃德守夜,这一段好玩极了。下午收到您两封信,知道您心里宁静,但是它们多少有点儿过时,仍旧略微令人不安,因为中间隔了昨天,而昨天发生的事情在某种程度上可以使您说的话失效。不过,读到那么多页您写的信,我毕竟感到满足。

……

我跟保尔下了一盘棋,赢了他。然后我把小说从头到尾重读一遍。很满意:不是因为我觉得它好或不好,我已不在乎了:这是个事实,我不加评论予以接受。但是我不需要对已做的修改再做许多修改。半个月后将真正杀青,除非这期间得到巴黎陷落的消息。我确实想,这段时间巴黎人过着幼虫一般的日子。经历了这次轰炸,人们又要逃难了。

根据我刚获悉的最后消息(纽约二十一点四十分),轰炸伤害的人数约为一万。我重新感到焦虑。倒不是因为您有可能在数内,既然差不多可以确定德国人只瞄准军事目标——虽然他们投弹时很是大意。所以是在巴黎四周,不在中心。不过,如果他们再次这么做,您所冒的危险对我而言就是实实在在的了。我的爱人,如果人家建议您撤离,您就照办吧。您要听话,顺从,求您了。和平总要来临的,到那个时候,如果您少了一条腿,或者可能丢了脑袋,我们又怎样共享太平呢?

我爱您,我的小甜甜,我的小花儿。我无时无刻不想念您。除了在下棋的时候。我紧紧地把您搂在怀里。

我从不跟您谈《马拉》，那是因为我厌恶这本书。作者是美国人，我极其瞧不起美国的学术。

我想到，我的小说主题是信奉民主的人的光荣和奴役。我不会忘记在插页的文字里指出这一点，以便为这本可能显得过于和平的书添加现实意味。

五月二十三日　星期四

我迷人的海狸：

今天无信。但是不应该埋怨：北方的信抵达了；有几个可怜人九天没有收到家信。保尔的妻子在北方，一个被马其诺防线保护得很好的地区。他一下子收到七封信。至于消息，不好也不坏：混乱。德国人到了阿布维尔，正向布洛涅推进，但是从比利时下来的盟军夺回阿拉，守住了康布雷近郊；我不再担心比利时军队的退路被切断，既然现在与他们接触的进入北方的德国部队为数不多。不过人们还是不踏实，仍旧时忧时喜。只有等待。在这里等待，除了一天四次不打紧的气象探测，有点儿叫人恼火。不过这一天总的说来是快活的。六点左右来了坏消息——但比前天少得多。天气晴和，我下了棋，读了几页昨天出行带回来的那本侦探小说，还干了点活。我现在不急于写完我的书，因为，即便写完了，我也寄不出去，两个方向的包裹都已停止收寄。我但愿您已经寄出书籍和笔芯，可是我不太相信您来得及办这件事。由它去吧。无论如何，过几天将恢复正常，而我还有几本破书可读，是好几本书的结尾，我几次吞进去又吐出来，始终咽不下去。您经常责备我不把书读完，现在我学会有始有终了。

我们明天要与夏洛特和莫斯布隆告别。不过您放心，我们将去四公里外另一个村庄，那里与此地一样舒适。我们对移防已无所谓，或者不如说我们感到兴趣，因为它带来变化。而且那个村子里有个军人合作社，可以买到需要的东西。由于居民没有撤离，仍有一家饭馆在营业。这次移防的原因不明：上午接到命令要疏散居民，随即下达了相反的命令。然后开来两辆卡车，许多有间谍嫌疑的平民被塞进车里，包括村长秘书和一名女护士，她与我隔壁房间的那个电台兵睡觉。最后，我们被送到这个新村庄，与从地堡里回来的文书们和全体军官又碰头了。

局势又有变化：正当我给您写信的时候，一个电台兵叫我们出来，递给我们最新的公告；我们守住亚眠和康布雷，比利时军队虽然被隔断，但他们只要前进三十公里就能反过来隔断德国人。这一天开头好，结尾也好。不过这一仗不像上次战争那样只打二十四小时，它已延续好几天，每隔三小时传来的消息时好时坏，这就给你一种奇怪的印象。

我的小甜甜，不管发生什么，我永远与您在一起。我多想待在您身边，与您分享这一切。我用全身力量爱您，我亲爱的小甜甜，我的小花儿。我吻您甜蜜的小脸蛋，您是我的爱情。

五月二十四日　星期五

我迷人的海狸：

今天无事。难民潮和运兵高峰过去之后，邮政基本上恢复正常。今天我收到您星期三的信，但没收到星期二的信和前天的报纸。您那封信太悲观，我的小甜甜，我的小花儿，它令我心碎。想到您在巴黎奔走，满怀焦虑，头疼、心跳、烦躁不安，这太叫我难过了。我的小甜甜，我希望您今天不那么悲观：昨天的消息要好一些，今天没有进展。您听到别人说德国人"在"布洛涅或阿布维尔时，不要太在意这些地名。这不过是袭击而已，如果步兵和重炮兵不跟上来，就不会造成后果，而敌人无论如何远没有这个能力。人们可以说的，是我们今天在不利的条件下进行一场战役。如果没有犯下那些愚蠢的错误,条件本可以好得多,但是目前的处境根本谈不上惨。我们在装备上居某种劣势,不过德国人缺乏汽油,彼此扯平。您不要认为比利时军队与北方军团失去联络:首先是局势错综复杂,我们包围德国人,德国人反包围我们。其次是,两支盟军事实上——在圣冈丹与康布雷之间——隔开三十公里,那个地区正好是主力部队的战场。现在必须等待,不要过分焦虑,我的爱人。别的事情——与十天来发生的事情不同的事情——正在开始,这次是真正的决战。

我特别理解您说的那种怯懦行为:轻信任何假造的好消息、最微不足道最缺乏根据的乐观理由。可是您又能怎么做呢?使机器出了毛病的,是在您身外发生的一切。如果您需要自己做决定,这一切都会消失。比如今天晚上,我看到打上午起从前线撤下来的士兵。他们个个茫然若失,垂头丧气,迟至今日他们才被告知这一周的战况,可他们刚在精确的密集轰炸下熬了八天,曾经冒着连续五十小时的轰炸坚守阵地,整整四天除了偶尔有面包夹沙丁鱼,他们得不到食物,所以他们容易如此轻信。这是两种完全不同的态度。我之所以不轻信谣言,我以为并非本性使然,而是因为直到最近几天,传到这里的都是清一色的悲观消息。内心活动不一样;我必须修修补补,堵塞每道裂缝,每次都对自己说:这必定是谣传。我像那个军官。他到 A. D. 来办事,听到我告诉一名文书德国人占领圣冈丹的消息,当下冲到我面前,脸色发白,神情不安:"您从哪儿听来的?是传闻吧?""我从广播里听来的,报告长官。""哎呀!糟了糟了!"然后他抬起下巴,"不,这是德国人的广播。"然后他匆忙跑下楼梯,根本不容我回答说,是一家法国电台发布的公告。我自己在这一周内跟着玩同样的花样,我不下十次看地图上的地点,用铅笔测量德国人推进的距离以便缩小其重要性,等等。我偏爱的科目之一是说服悲观主义者保尔,让他相信事情没有那么糟。我使出浑身自欺欺人的本领,运用我的全部辩证法,只为事后能对自己说:"既然像他那样悲观的人听到事实真相后,也相信形势没有那么坏,那么……"不过这一切不能阻止我产生一种不带烦躁的、真正的海德格尔式的焦虑。塔妮娅来信说:"不得了,现在我觉得人们都是被压扁的臭虫。唯有你还是一个人。"而我感觉到的也正是这一属于人的状况本身的矛盾,即我们同时既是完全自由的、能控制自身欲望的人,也是一个被压扁的臭虫。有一两天,我只能思考在遥远的将来,即尔后将怎样生活的问题——每次都想得出一身冷汗。我在读《希特勒对我说》,我读了一篇关于德国人如何在波兰大规模杀害平民的文章(五月一日的《巴黎杂志》。值得您读,如果能在卡米叶-塞的图书馆找到),这可不是让人宽心的读物。不过这两三天情况不同。我在内心深处很平静,只是偶尔有烦躁情绪,那也几乎是事后袭来的。这里的人很消沉。保尔与皮特很和气,也讲规矩,其他人完全不是这样,可是我不能跟您说。过几天我将继续写我的札记,详细地讲述这一切。想说的比在这封信里写的要多得多。

今日平淡,我休息,直到明天中午,我不需要做探测。我读书——一部写得不坏的侦探小说,一篇关于俄国人在比萨拉比亚的宣传活动的文章——然后工作;我完成了马蒂厄和丹尼尔那一章(丹尼尔承认他私下去看望玛赛儿)。夏洛特那里来了些有趣的人:他们从前线回来,在前线他们曾遭受密集的炮轰。我又见到了瞭望兵西维特,就是上次假期与我同行的那个俊美、文弱的年轻人。炮弹像雨点落在他的瞭望哨上,而他看到,根据他的指示,我们的炮兵也猛烈轰炸德国人。我开玩笑跟他说:"你要为许多人的死亡担当责任。"他回答说:"我很乐意,老兄。我乐意接受。"这一位倒是陶醉于他在那边过的日子。他完全抛弃了那副俊美的模样,当他从此地回顾他在那边承受的一切时(敌人的炮火十分准确地射向他们的瞭望哨,所以许多人说,他们能活下来真是奇迹),他变得既凶悍又自豪。我听任他冲着一个和善的、胖胖的犹太人的耳朵叫喊,后者一边吃着果酱,一边温和地抗议:"求生的本能,老兄,难道它不该存在?"而那位仁兄回答:"嗨!你不能不这样做,身不由己啊。"

……

我的小花儿,我多么爱您。每想到您生活在焦虑之中,我就五内俱焚。我多么希望您能找回一点宁静。我爱您。

五月二十五日　星期六

我迷人的海狸:

从今天收到的信获悉,您完全恢复了平静。我们这里,大家也都恢复了平静(不怀任何乐观),甚至不再收听广播,除了中午那一次。局势的变化似乎停顿了;这正是时候。您应该重新工作,振作精神。我的小甜甜,我的小花儿,我多么希望您那个激情燃烧的灵魂能获得少许安宁。可怜的迷人的海狸,我能想象您坐立不安的样子。

……

这里准备搬家。先是间谍。到处有间谍,他们被成批地逮捕,人们随便找个地方就枪毙他们。常有人说:"你知道,某地车站的站长,你那天路过,不是见过他吗?告诉你,他被枪毙了。"等等。每人都见过一名间谍,眼看就要抓住他了,然后,那名间谍当然逃脱了。事实上,间谍是有的,我们这个师正在进行的内部调动,与他们的存在必定有关。我想邮检部门不会允许泄露更多的消息,所以我只跟您说,我们就要走了。不过将在三四天后。去的地点离这里不远。不过总还是一次搬家。这期间,虽然还待在这里,我们已不再位于"防区"。这对我们意味着完全自由。从今晚十九点起直到出发,我们不需要做探测了。所以我可以安心工作。这一天过得挺好,平静,没发生什么事。先是探测,之后在夏洛特那里吃午饭,接着读了几页侦探小说,然后工作,晚上大家三三两两议论间谍和搬家的事,在各个角落里悄悄说话,认真地相互告诫,不要把听到的零散情报告诉其他人。传闻甘末林将军已自杀,可是电台刚才辟了谣。

今天就这些,我的小亲亲。一个幸福的人写了一封报告平安的信。我多么希望收到您写的同样的信。

现在我要去睡觉了。我要点着蜡烛读一本挪威简史,以便了解背景。明天不需要做什么,这太有趣了。

明天见,我的小甜甜,我用全身力量拥抱您,我无时无刻不想念您,我亲爱的小海狸。

注意看报,以便知道什么时候将重新允许给军人寄包裹。我想不久就可以了,既然邮政已恢复正常。到时候别忘了寄书和笔芯给我。

五月二十六日

我迷人的海狸:

今天准时收到您的信。昨天两点左右,我收到星期五的信,令人愉快。尤其因为那封信要快乐得多,说明您的生活恢复正常了。从星期五起消息一直不坏,我想您过了三天太平日子。我的小甜甜,我多么愿意看到您满意,每当您不幸福,对我便是灾难。您列举您将要寄出的书,叫我大吃一惊:我要过一本法布尔-吕斯的书吗?除非我疯了。我认为法布尔-吕斯的两本书都是胡说八道。其次,我的爱人,千万不要寄来魏尔兰的部分著作,我要收入七星文库的魏尔兰诗全集,或者什么都不要。然后,要加上克洛岱尔的

《缎子鞋》,比起其他书,我更愿意读这一本。您倒是有时间,既然邮寄包裹一直没有恢复。

……

至于我这一天,我的小亲亲,没有什么事情发生。我们不再做探测,一下子成了闲人,反而有点儿不自在。人们随意走走,下棋,我干了点活,但是那股冲劲被刹住了,这几天我出活不多,我也下棋,主要是读书。天气沉闷,要下雷雨,我躺到床上去,下午读一本不错的侦探小说:《死在退潮时》。恐谍症仍在蔓延。你会听到你最意想不到的人被枪毙的传闻。刚才,十一点左右,我下楼去小便,诺丹下士抓住我的胳膊说:"来看打光。"一小时以来他待在一个土丘上看"打光"。我确实看到一个光点在远方的雾气中出现,然后消失。他说:"我守候它们有三天了。它们一闹就是整夜,你知道。"他继续看了一段时间,然后跟我说,"是摩斯电码。"

就这些,我的小甜甜。始终没有出发的消息,据说我们将进驻附近一个极为平静的防区。

我爱您,我的小花儿,知道您安下心来了,我顿时振作了精神。您是我珍贵的爱,我吻您亲爱的小脸蛋。

五月二十七日　星期一

我迷人的海狸:

今天的消息不太好,但是您要到明天才知道,我是一小时前从美国电台的广播获悉的:人们在加莱交战,埃南被围。不过跟一周前最坏的局势相比,这不算很坏。即便被包围的比利时军队最后投降,我们从蒙特梅第到大海有一道连续的防线,它在不断加固——德国人将损失的人员和装备,不会少于他们因俘获比利时方面军而从盟军得到的。何况我们不在其内。这支军队里似乎法国人不多:主要是比利时人(约六十万),还有相当数量的英国远征军(二到三万人),可能有十万法国人。那里主要是比利时现役部队。一百万比利时人将在法国组建后备役军队。是皮埃罗正式宣布的。我以为韦冈想的主要是重组并加强他的防线。一开始必定打了奇怪的败仗。我母亲来信说,她同一楼层的邻居的儿子灰头土脸,筋疲力尽,只穿一身军装回来了。他到处寻找自己的部队。而今天我们获悉,此地一名士兵的兄弟突然在朗布依埃出现,战争打响时他属于比利时方面军。一定发生过可怕的事情,重组一切绝非易事。不过我以为局势远未到绝望的境地,对比利时方面军而言是日益恶化,对北方方面军而言是日益好转。不过我们面前仍有一些苦日子。

……等到准许邮寄包裹时,您得寄本棋谱给我,我要提高棋艺。我也写小说,进展顺利。我刚才以批判态度重读一遍,仍感满意。此外就是听新闻了。六点一刻 B. B. C.,七点半 P. T. T. 电台,二十一点纽约,二十一点三十分巴黎电台。我们手头有几张地图,与商务咖啡馆的老先生们一样,我们在两次广播之间发表评论。我用打字机打出十页。这部小说历尽变故,经过和平,"古怪战争"和真正的战争,正在慢慢地收尾。有时我觉得我与您都像有怪癖:当别人像苍蝇一样在北方死去,当整个欧洲的命运危在旦夕,我却固执地写我的小说。可我有什么办法呢?何况这是我的命运,我狭隘的个人命运,任何巨大的集体恐怖事件都不应该使我放弃自己的命运。所以这些日子我继续写作,除了心情特别坏的时候(十八到十九点)。但是我始终看不到这部小说的未来。我关心的是目前。我根本不去想它将会出版或以别的形式发表,有人将读到它。不,但有一点:必须在六月十五日前后结束。这是它唯一的未来。这以后,它就不由我做主了。形势使然,我现在以相当纯洁的心态写作——我不再有作者的小小的虚荣心和小小的希望,那是我去年不能摆脱的。我像在写作《恶心》或《墙》的头几个短篇时一样纯洁,默默无闻,甚至不知道有没有出版商愿意接受。不过现在还有别的东西,它更加"存在主义",更加阴沉,毕竟我是在不顾民主与自由破产,不顾盟军败退的情况下,象征性地从事写作。我做到底,似乎一切都将恢复原状一样。

此外,我的小甜甜,没有新东西了。为什么我怀着那么强烈的爱情想念您?我心里像在翻江倒海。稍等。是的,自然是由于旅行的经历。我回忆游历过的地方,您总在其中,于是我渴望把您紧紧搂入怀抱。我不知道这是怎么一回事。不管怎么说,我的小花儿,您不可能知道当我想您的时候,我有多么滋润。我的小可人儿,您是我的血和肉,我的皮肤和骨骼,我的骨髓,我身体的任何部分。您得为我而保全您自己,我甜蜜的海狸。没有出发的消息。我想日子不远了,不过肯定不是明天,否则我们就知道了。可能我们将休整或撤到第二道防线。所以您丝毫不必为我担心。

明天见,我的小花儿。我以全部温情吻您。

五月二十八日

[开头部分缺失]

您还记得有名的 C. S. A. K. 和星形广场谋杀案吗?此公曾受牵连,被盘问。他是个怪人。瘦高个子,丑陋,一条奇长的弯弯曲曲的鼻子,骄傲、阴郁、满腹牢骚、性情烦躁。此刻他万分焦虑,因为他母亲住的地方距离雷泰尔只有三十公里,而且有残疾。一周来他没有母亲的消息。他夜里只睡一小时,老在担心,喜欢夸张,有次说:"德国人到巴黎大门口了。那帮政客把我们给坑了,我们完蛋了。"他收听他不懂其语言的电台,听到一句荷兰话时吓得像兔子一样跳起来。播音员大致上说 d'esten van Cambrai,他把意思听反了,惊叫:"在康布雷以西,他们越过康布雷了!"接着宣称,"我兄弟在总参谋部当上尉,他要把我调到他身边去。不过我看到此地在打仗,我要求留下来。别人都在前线,我不能忍受自己待在后方。"皮特当下反驳他:"没错,不过你选择待在一个不打仗的前线。"他就是这样自欺欺人,整个儿一偏执狂。我觉得挺有意思:我想象 C. S. A. K. 的人——不是头儿们,而是其他人——都是这副德行。他是电台兵,我们跟他有互惠协定:我们借给他自行车,方便他进城,他招呼我们来听广播的公告。这很宝贵。

此外,平安无事。昨天晚上人家把我们当间谍了:我们做夜间探测,这要求每三十秒打开手电,以便照亮游标,读取方位角和倾斜度。黑暗与光亮像这样有规律地交替,从远处看来显然可以被认为是发送信号。我们做完探测,收起经纬仪,正当我们平静地往回走,勒莫尔上尉——去年冬天,为伙食问题我跟他打过交道——拦住我们的去路。"什么人?"他喊道。我们没有认出他。我说:"探测。""什么?""气象,我们刚做完探测。""姓名?""皮特和萨特。""啊?萨特……"然后,带着那种绵里藏针的讽刺,"萨特啊,您想想,打着手电散步是否太鲁莽了,别人还当是发信号呢。"这当口,我靠近他身边,发现他握着手枪。我跟他说:"我们要读数据,没有办法。""啊!不打手电就不能读?""不能,报告长官。""啊!你们不能找个有屋顶的地方?""很难,长官。气球会撞天花板的。""啊!算了。"他没辙,只得放我们走。今天上午我们把这件事讲给军官们听,他们无不大笑。

就这些,我的小可人儿。我很平静。我想在这同一时刻,您必定也卸下一个重负。小傻瓜,不要为我担忧;我跟您说,我不过是马其诺防线上守护圣火的贞女,如此而已。

我的爱人,我极其强烈地爱您。昨天晚上我以哀婉的心情这么说,今天晚上我怀着宁静的心情重复说。您是我迷人的海狸。

五月二十九日

我迷人的海狸：

……

若不是那个小无赖尼佩尔到宿舍里来看我，这一天本来什么事也没有。他带来《新约》，让我读了有关预言的十来页，要我确信希特勒是启示录里的一号怪兽，就是那头受了重创又治愈了，为第二号怪兽或反基督铺平道路的怪物。大体上，我们会遇到以下事情。首先是基督第一次降临凡间。"许多信徒把这次降临与末日审判混为一谈。"他带着悲悯的微笑跟我说。基督让已故的义人们复活，把他们带走。那些还活着的义人们也被带走，个个活蹦乱跳。至于不义者们，就让他们留在世上独自挣扎。义人们猛一下子被排空，这事令我入迷。我想象这是个卡夫卡式的故事，几乎要用这个题材写一篇荒诞小说。但是尼佩尔消除了这个故事的荒诞意味，有一天他向一位大行家提问："不过，在我们这个科学和经济（原话如此）世纪，这事儿怎么可能呢？"一个信徒提出这个问题，够有意思的。因为说到底，在最早的基督徒生活的野蛮时代曾有奇迹发生，这是他乐意接受的。但是在我们这个知识昌明的时代，他要求为奇迹涂一层实证的釉彩。大行家回答说："天主将把活着的义人从我们中间带走，但是人们不会觉察，因为人们的注意力用在别的地方。"比如说，人们可以在此刻把玩具娃娃劫走，但是我们要在很久以后才知道她失踪了。基督降临过后，大磨难的时代将要来临。遭受磨难的是犹太人。他们将统统待在耶路撒冷（您想象阿拉伯人该是什么表情）。而且，您记好了，他们将作为基督徒被迫害。因为他们的不幸使他们都改信基督了。天主将对他们有点儿偏爱："因为，你明白，他们那么聪明，那么有商业头脑，假如他们想让别人改变信仰，肯定做得比任何人更成功。"在大磨难之后，第一头怪兽将要出场。然后是第二头怪兽,最后是主。主一口气把两头怪兽杀死,然后作末日审判。这一切将在很短的时间内发生,因为,尼佩尔说:"我们生活在速度时代。"至于希特勒的本性,他有点儿拿不准:一切似乎表明,他就是第一头怪兽。但是他也说,在第二头怪兽统治下,每个人都要被烙上一个记号,没有记号的人不能经商或从事其他职业。怪兽的记号当然是纳粹万字,这使人想到希特勒就是第二号怪兽。只不过,在另一方面,已经明确所有这一切都将在基督降临后发生,而基督尚未降临。我对他说:"你知道什么?如果你认为他已经来了,那么一切都好解释:大磨难,这是纳粹迫害犹太人,第一头怪兽是希特勒,天上掉下铁雹子,那是战争,第二号怪兽是斯大林。"他垂下眼睛,像姑娘一样红了脸,柔声说道:"是是,我知道基督还没有降临。""你凭什么知道?因为你亲口跟我说过,我们将不会觉察义人们已被带走。"他始终眼睛低垂,内心怀着微笑说道:"这一点我知道。""那又凭什么?""因为他若来了,就会把我与义人们一起带走。"

所以,我有罕见的幸运,每天能与一个确信自己将活着被主带上天堂的人讲话。假如把精神病院里的人排除在外,世上像这样的活宝不会太多。他绝对没有精神病,不过他尽管有此确信,仍旧对炸弹、炮弹等等怕得要命。他似乎对我们这番交谈十分满意,把我算在天主将在最后关头拯救的不义者之列。

就这些,我的小甜甜。这一天剩下的时间,我下棋和工作。皮特居然赢了冠军。他乐得不可开交。我收到我继父一封信,有这么一句:"我不为你保有旺盛的士气而祝贺你,你会觉得这是对你的侮辱,但是我可以跟你说,我为之十分高兴。"真叫我捧腹大笑。

明天见,我的小甜甜,我的小花儿。我用全身力量爱您。

五月二十九日　星期三

我迷人的海狸：

此刻是早晨六点。早晨给您写信是个不错的办法,因为这样做——八个月以来一直如此——我们总能赶上上午的邮班。因为最后一次开箱时间是早晨七点四十分,而每天只发一个邮班：上午八点。我的信迟到的原因在于铁路交通堵塞。

昨天获悉比利时军队投降。前天晚上我们预感到,第二天将有很坏的消息：公报发布延迟了,评论措辞含混,令人不安,我第一次感到烦躁焦虑（以前遇到坏日子,我感到焦虑但不烦躁）,以致睡不着觉。第二天六点半,电台宣告保尔·雷诺将于八点发表讲话,这预示形势越来越坏。终于等到八点,讲话。我跟您说实话,我听了没有任何反应。几天以来,我已经认定这支军队的灾难无可挽回。您别误会：每一想到被包围在敦刻尔克和加莱之间的英国远征军和法国师团的命运,我都感到恐怖,想到他们陷在那边——这一次,我感到同时性确实存在——这一整天大家都有某种不祥的预感,就像,比如说,巴塞罗那陷落那一天我感到的那种不祥。不过这种不祥预兆主要存在于周围的物体和当前的气氛中。我个人以为,比利时投降对战局的发展不会有大的影响。现在一切取决于我们在埃纳—索姆一线的抵抗,以及我们是否能在这条战线上把运动战变成阵地战。尽管局势不妙,昨天我们还是下了许多盘都不高明的棋。我下八盘,赢了五盘。

此外没有什么了。我们遇到的事情很古怪,很刺激：我们的日子过得充实,有滋有味,任何时候都不感到无聊；我们好像在经历一次冒险,但是我们的个人生活被简约到与植物一样：吃饭,睡觉——干一点活,从这一角度来看,每天都是前一天的重复。这是种古怪的状态；而且我不相信自己还能把集体意识发展到更高的程度。您的情况不同,因为您有自己的生活,有故事,有喜怒哀乐,有与别人讨论的机会。生活要丰富一些。至于我,现在既然我对您和塔妮娅的命运可以放心了(您说得对,应该让她走),我只关心集体的命运了。

昨天我干了点活,干得不错。自然不做探测了,这使我们在这里过的日子更加荒谬。我收到您一封很短的信,我理解您,我的小可人儿,您无意写得更多,因为没有一吐为快的心情。

再给您说点什么呢,我的小甜甜。我也没有需要倾诉的心里话。但是我从未如此强烈地爱您,想到您,我几乎要流眼泪了。明天见,我的小可人儿,我用全身力量爱您。

所有发生的事情中给我印象最深的,是希特勒主义罕见的历史机遇,甚至可以说,由于各个国家处于一种深度的、不可救药的解体状态,它们理应受到希特勒主义的惩罚。

五月三十日　星期四

我迷人的海狸:

我为您忧虑,您会病倒的,如果您总是那么劳神。我能想象您的样子,您在一个噩梦般的城市里大步行走,焦躁不安,惊恐万状。想必您已看到我昨天的信,我希望您今天能比较放心,可是形势几乎更糟了。真的,从现在起两个月内,或者德国人进入巴黎,战争就此结束(我完全不相信这种可能),或者我们守住索姆—埃纳一线,于是将有相当长时间的阵地战。因为您别忘了,他们开始难以为继,他们损失了几十万兵员,五千辆坦克中的两千辆,还有两千架飞机。现在起到七月一日,这个战役将决定胜负。对于我们,前景倒是不坏,因为对于德国人,这将意味着付出致命的代价换取四分之三的成功。消耗不计其数的人员和物资,从而取得一条比齐格非防线更容易攻破的前线,这肯定不是他们想要的结果。所以,这两三天以来我相当乐观——而且在博斯特的事情上感到特别宽慰。他若遭遇麻烦,我会受不了的。我把闹钟拨到六点以便明天一早给他写信(因为塔妮娅不再寄信来,按照来往对等的默契,我也不给她写信了)。唯一的阴影是意大利。假如意大利参战,事情就会棘手,很棘手。不过说到底也不至于导致局势严重恶化。我预先告诉您,如果这个事情发生,您不必过于惊慌,因为现在人们可以预见坏消息,误差不超过两天。好消息,如果有,它们的迷人之处在于比较出乎意料。

您不必过于为我着想,替我担心。我并不比在罗摩朗丹当个巡道工更危险。您在巴黎面临的危险比我更大。我很遗憾,我愿意自己有理由让别人为我担心,但是我得跟您说实话:笼统说,战争一开始,人们就谨慎地把我撤出流通领域,以免我遭遇麻烦。这种状态将延续下去。

今天没有新鲜事:下了七盘棋,读报,收信,其中有您一封,干了点活,还挺好。自然,还听了七八次广播。我准是讨夏洛特喜欢。今天尼佩尔去餐厅吃饭,因为食堂的饭菜太难吃。正巧我也在那里,还带着他借给我的《新约》。由于他害怕女人,我动了一个念头,请夏洛特把书还给他,向他道谢,就像这本书是他借给她的。同时我向三个伙伴眨眼示意,他们当即在她还书时起哄:"你居然用《圣经》勾引妇女。"等等。恶作剧闹得厉害,他已经涨红了脸,而我还不善罢甘休,撺掇夏洛特再次上阵。她走过去,把手插进他的头发,递给他一杯德国烧酒(他从来不喝烧酒),跟他说:"我请客。"自始至终,这个场面以我与夏洛特的千般调情和无数废话作伴奏。我与她不会有什么结果,但是我相当自豪,因为她眼界颇高,有许多人追求。假如您也在场,我的海狸,看到我能够唤起嘲笑和厌恶之外的感情,您会吃惊的。我的邋遢出了名,不过,保尔跟我说过,大家"几乎带着温情"接受我的不整洁。这是他的原话。我没有理由感到不自在。只有皮特有过责怪,他跟我说:"不行,你脏得太不像话。"而当我跟他借些日常用具,比如指甲刀什么的,他却说:"等你洗干净了。"

就这些,我的小甜甜。我不感到烦闷,我的生活不像您想的那样枯燥。首先我对象棋着了迷,这是那种我有时会产生的、招您厌恶的怪癖。然后是我们通过广播投入其中的这场大战,它有某种既凶险又激动人心的东西。再次,我还有书可读:我节省着读佩皮斯;此间烟草店的女老板有印痕丛书,我能找到几本没读过的侦探小说。

我的爱人,我急不可耐地等待明天来临,我希望您寄来一封比较平静的信。我用全身力量爱您,我整个儿与您在一起。

我吻您亲爱的小脸蛋。

我为尼赞担心。他"巧妙地"把自己调到英国远征军去,我怕他此刻在比利时①。

五月三十一日

我迷人的海狸:

今天只写一封短信。不是不想多写,而是没有材料。昨天无信,没有坏消息——也没有好消息,没干活。我觉得这一天过得慢——略微漫长一点:尤其从四点到七点;反之,七到十点像做梦一样过去了。我还是干了点活,不过我现在厌恶自己的小说了,我看到所有的针脚,所有的重复和缺点。再者,我没有什么可说的了,所有这些章节都是节骨眼儿。它们必须存在以便故事能够展

---

① 他果真在比利时,而且被一颗德国子弹打死。——原注

开,但是它们本身不带来什么新东西。我有个想法:我将尽可能删节,然后我把稿子寄给您(好像我们可以寄出包裹但不能收取)。如果这个办法可行,您就改正错误并删除累赘的字句。如果您认为这样做的结果仍不完美,就别把稿子交出去。您把它留在自己身边直到战争结束,我将开始写另一部,然后,作过总的修改之后,我们将同时发表两部小说。您以为如何?您准会说,要这么做,您的责任就太重了。

没有您的信,叫我心里很烦。昨天我让您宽解您的坏心情,可怜的小海狸,我多么愿意您今天能振作起来。昨天我给博斯特写了信。您还要受到一次打击:意大利宣战,大概就在这一两天。它可能在最后一分钟迟疑不决(罗斯福对墨索里尼施加了压力),也可能它仅采取重大的外交行动。不过,无论如何,我以为这将是最后一击,于是我们就探到了谷底。这以后,我们只需要等候好消息,它们总要来的。

我的小甜甜,我再也没什么可以告诉您了:我下棋,有输有赢,赢多输少。我完成了马蒂厄和丹尼尔那一章,然后,我突然很想说话,我跟伙计们交谈一小时,他们感到惊奇和满意。然后我给您写信。

我的爱人,我用全身力量爱您,我不停地想念您,自从我感到您心情很坏,您成了我心上隐隐作痛的伤口。我把您紧紧搂在怀里,我的小花儿。

六月一日

我迷人的海狸:

从今天收到的信来看,您心情好多了,我也完全放心了。另一件事也令我放下心来,原来法布尔-吕斯就是吕卡-杜布勒东;我怕我一时糊涂,曾要您寄一本什么书来,现在我声明作废。昨天收到您的信后,我的小海狸,我想到我那些札记本现在怎么样了?它们是否埋在某处地下,化成碎片了?① 如果被遗失,那就由它去吧,您有什么办法,那是因为它们不应该问世,我不会因此而不幸。不过,如果它们幸而还在,我会高兴的。我不愿意丢失的,是我最后完成的哲学笔记,而不是关于我自己的胡思乱想。可是,实际上,留在您那里的札记里应该有许多哲学方面的文字,所以我还能补救。您不必为这件事过于不安。

昨天我没怎么干活。考虑之后,我决定保留马蒂厄到公务员基金会去借款那一段,但要改得紧凑一点,从十八页变成八页。因为,在丹尼尔与马蒂厄谈话,认真地建议他娶玛赛儿之后,看到他突然去找一个高利贷者,不作任何说明就向他借钱,这样安排也不坏。不过您可以判断。我有个想法:我最后一卷书的情节将全部发生在马蒂厄一次休假期间。您的意见呢?将来反正少不了描写战争本身的书。

……

就这些。没有新闻;好像人们将把布朗沙部队的大部分人员救出来,这很了不起。今天还有个暧昧的消息,罗马尼亚外交部长加芬科辞职。这里人们已恢复平静,日常生活又走上轨道。我们听广播的次数减少了:早晨六点半,中午十二点,晚上七点。昨天我连七点的广播也没去听。……

就写到这里吧。我始终与您血肉相连,我感到您的身体紧贴着我,您占据了我的每一天,您比任何时候都离我更近。我用全身力量爱您。我与您一样,每天无数次产生小小的欲望,只想待在您身边,吻您的小脸蛋。

---

① 我在博斯特最后一次休假时借给他读的那些札记(三四本),他在受伤被撤离时都丢失了。但还剩下几本,后来都发表了。——原注

我爱您。

六月二日　星期日

我迷人的海狸：

……您知道为什么塔妮娅十天不给我写信吗？我有小小的风流韵事（战争时期，这是允许的），与夏洛特。哦！小事一桩，纯属柏拉图式的，含蓄节制，正是这样我才觉得好玩。我们只是以面部表情，以眼色传情。她不出格，而我保持本真。不过我逐渐赢得她的好感。同时为了逗乐，我努力使皮特相信是他有望获得佳人的青睐。最后他将信将疑，嘴上却说他没有这个意思。今天他跟我说："不，老兄，假如说我欺骗老婆，我不反驳，这将是肉体上的事情，但是不能在感情上。在感情上我要对她忠诚。"您得想象这场面：她与她的胖嫂子站在柜台后面，我们在大厅另一头，一张桌子边上。她不离开柜台，我们也坐着不动。相互之间，一切都是隔着整个大厅，在震耳欲聋的喧闹声中进行的。每天约一小时，吃一顿饭的时间。不过，时不时地，每当她为邻桌端来德国烧酒，她会凑到我们的桌子跟前，说几句体己话。无非如此，不过这毕竟带给我们一点轻松，使得日子有张有弛。我们管它叫"夏洛特时间"。

此外，我今天干了点活。不多，但是不错。是关于《亚伯拉罕的焦虑》的，因为总要走到这一步。我以为两三天后可以写完，但是这很难，必须理解，如果人是自由的，人自由选择的不仅是他的行为，而且是他的善，虽然（卡夫卡，克尔凯郭尔）善不是专断的，虽然人在选择善的时候总是有罪的。有很具体的例子：娶不娶玛赛儿，这毕竟很清楚，也不过于哲学化。

……我开始认真地读《堂吉诃德》，读了一百页。您知道，这很有趣。不必读太多，但是我想，全书八百页读完三四百页，这应该很迷人。作者有一种完全现代化的叙事方式，而且它没有受到意在讽刺的浮华风格的牵累。所以我还要读下去,然后,我看到烟草店女老板那里有一两本印痕丛书,等收到您的钱之后,我将买下它们。

……

我的小人儿,我的小花儿,无论过水波不兴的平静日子还是面临劫难,我都与您紧密相连,您知道我更愿意共度患难。我用全身力量爱您,我吻您亲爱的又小又老的脸蛋。

六月三日　星期一

我迷人的海狸:

这次打击,我真为您担心,我本来不相信事情会发生,可它来了。今晚传闻巴黎被轰炸,一开始我不相信,尤其因为德国人撒过传单:"我们无意轰炸巴黎,我们要进入。"但是法国电台报道,二到三点巴黎地区发布警报,扔了炸弹,但没有任何确切的情报。伦敦电台二十点的广播更详细,后来到十点,军士回来,他说有人收到纽约的广播:投下一千枚炸弹,八十个地点着火,死四十人,伤一百五十人。说实话,这里有矛盾。一千枚炸弹只造成八十处火灾,令人惊讶。不过,这叫我心乱如麻,我深怀焦虑。前几天,事关您的命运的时候,我也感到焦虑。不过这一次的焦虑不一样,它不那么厉害,因为如果真有二百人遭难,您在其内的可能性只有一万五千分之一,也就是说几乎是零。不过我仍旧害怕极了,我的小可人儿。其次我想,这事儿可能给您刺激。为宽慰自己,我对自己说,您可能跟我一样只是听到消息,如果您那个街区安然无事。您可能听到熟悉的防空炮火声,接着有几阵更猛烈的爆炸声,然后,几小时以后,您获悉真的扔了炸弹。不过这不肯定,爆炸也可能就在您附近发生。再一说,叫我害怕的不是这次爆炸,而是不久将要来临的其他爆炸。我的小亲亲,要听话,要躲进防空洞,这总要好一些。然后,一有可能动身,您得到昂热那位夫人那里去看看。幸亏您留在巴黎的时间不多了,假期即将开始。我的爱人,担心另一个人遭遇危险,比自己经历危险更令人不快。很可能您活得很好,我却忧心忡忡。赶紧打发查佐里奇们离开,您自然不必顾及她们的脸色:必须把她们塞进火车,一了百了。前一阵子我不给塔妮娅写信了(来往对等),但是我将给她发信,要她立即走人;但愿我的信到巴黎时,她已经动身了。

我在楼下的文书办公室那间大玻璃阳台里给您写信。那里很暗,只点两盏灯。老鼠肆无忌惮到处乱窜,有的爬上扫帚柄,有的在啃箱子。皮特和诺丹望着它们,这里只有他们两个人。皮特也有点儿紧张,他在等二十二点半的最后一次新闻广播,不过电台迄今为止一直遵守出言谨慎的指令,它想必不会多说。显然,大家面前还有好几个月的艰难日子。

此外,什么也没有。这一天,直到晚上,总的说来平安无事。我洗了个澡,刮了脸。人人都说我年轻了二十岁。我与冠军下了三盘棋,赢他一盘,尾巴翘到天上去了——不过他让了我一个骑士。我不是出奇制胜,而是苦战加上计谋。他被将死时说了句"恭喜了",叫我特别受用。我在夏洛特那里吃饭,没有故事也没调情:她很忙,有许多人,我顾不上。然后我又下棋,然后老老实实干活到晚上,然后到这里来,因为轮到我值班,我要等大家都走了以后才睡觉。上一次我睡在这里时,德国人刚占领阿布维尔。今天巴黎被轰炸,这个阳台间总带给我厄运。……

明天见,我宝贵的爱,您要保重。我用全身力量爱您,假如您遭遇不幸,我不知道我会变成什么样子。我吻您的小脸蛋。

六月五日　星期三

我迷人的海狸:

这么说,您还活着。您的信甚至有点儿奇怪,警报在那里只占据很小的位置——不比前几次警报占的位置更多。您写信时还什么都不知道,甚至觉得这事儿很好玩,为您提供了到毕南费尔德公馆去探望友人、花更多时间听唱片的借口。您要等到晚上或第二天,才从报上获悉死伤九百人,新闻传到您那里需要的时间,跟传到我这里一样长。此间收到的信,几乎全是一个样。只有我母亲说她看见雪铁龙工厂爆炸。还有一位住在凡尔赛门那边的老太太知道,敌人对米什莱中学、旺弗和巴黎交易会投了炸弹。我现在可以解释巴黎居民为何表现了"奇妙的冷静":在百分之九十的情况下是由于不知情。对于您——我不知为什么——我倒是更加放心了。首先有您的信,然后,不管怎么说,尽管敌机投弹有点儿随随便便,他们的借口总是轰炸军事目标。

我的小甜甜,您不必为我的札记本如此担心。您不知道,我想到自己可能丢失它们时,心里十分轻松。说到底,最重要的东西在我脑子里,那是关于虚无的想法——拿它写一本书更为合适。至于战争,我的许多看法都已过时。剩下来的是我的性格。不过这也不会丢失的。再说,您又有什么办法呢?我们与未来如此隔绝——特别是与文学的未来——在这个时候,几本小小的札记微不足道。可能有一天我会怀念它们,就像我怀念在戈斯丢失的那篇小说——诗意的怀念。但是此刻我丝毫不感遗憾。我只是想知道,万一我在完成小说之后想继续这项小小的工作,这几本札记是否存在。

我很高兴尼佩尔把您逗乐了,不过您不要把他当作一个有幻觉者或怪人。最奇怪的是他根本不奇怪。他是个平庸的小混混,满脑子过分虔诚却又低级的思想,他相信主会把他与义人们一起带走,可是若要他在离前线十公里的混凝土掩体里待上一个星期,他又会吓出一身冷汗。实际上,他那些妄想带有社会性,是各种各样的《圣经》研究会塞进他脑子里的。他的本性其实是不解享受的新教徒那种有点儿学究气的、不怀好意的严格作风,其他想法只是嫁接在那上头。

关于我自己,没有太多的事可说。天气好,我干了点活,复读一遍自己的文章,下了几盘棋。我不得不与季节性的懒惰作斗争。您知道,春天我干不了多少活。我急于完成这部小说。穆尼埃上尉表示了对我们的敌意,他告诫库尔西,除了文书,不能让其他任何人使用打字机。我倒是无所谓,一共六百五十页,最多只剩三十来页没有打出来。何况,轮到我值夜班的时候,只要我愿意,谁能阻止我打字呢?不过这就像奥尔嘉的说法,总觉得缺了点什么。今天没有塔妮娅的信,她应该知道透视的结果了。在目前情况下,如果她真有什么病,麻烦就大了;我不知道人们将怎样照料她。

德国人又发动进攻了。大清早我们从广播里知道的。这预示新的严重打击,以及像五月份那样的苦日子。不过我们开始习惯了。我们没有任何其他消息,于是利用这段时间磨炼自己,以便对付明天可能来的坏消息。象棋冠军科里斯来下棋,他赢了我,不过我差一步就把他将死了。现在我每走一步都叫他为难:我进步很大。他带给我两本书。他读的书令人吃惊。上一次他借给我《教皇》(我会对教廷史感兴趣,不过这一部书净是空话)。这一次,是阿布杜尔-哈米德的私生活。还有劳①的传记。后一本更有趣,可惜作者是个下流坏,他用了小说手法,添加许多矫揉造作的描写和调情的对话。不过我还是要读的。

就这些,我的小亲亲。我过着这种闲适日子,夜里睡得不多(从十一点到六点半),经常在午后小睡。大白天睡觉,特别惬意。

我的爱,我用全身力量拥抱您。我知道您健康,内心平静,若

---

① 指约翰·劳(1671—1729),苏格兰金融家,曾于一七一六年获准在法国实施其货币改革计划,起始颇见成效,后因受投机倒把及政治阴谋干扰,于一七二〇年被迫逃离法国,后死在威尼斯。

有需要,毕南费尔德先生会把汽车借给您用。这一切大大有助于我的内心平静。您不幸福,我就很不好过,我的小花儿。我爱您。

我还没有收到月规钱。您寄了吗,我的小可人儿?假如还没有,那就赶紧寄。五天以来我靠皮特的钱过日子。我忘了跟您说,好心的皮特面临悲惨的两难境地:他爱妻子,也爱他的商店,他刚知道,出乎他的意料,商店的生意火到极点。可是,如果他的妻子离开巴黎,就必须关店。他极力使自己相信,危险并不严重。"而且她到了那边(在佩皮尼翁,他儿子身边)无所事事,会苦恼的",他说这句话时的狡诈神情,值得画下来。

六月七日

我迷人的海狸:

您的信透着健康和快乐,令人愉快。我们在这里变得越来越多余,闲得发霉,但是心里宁静。我们抱着希望收听新闻,但愿别人为我们"守住"。此刻的消息不是太坏,但这仅仅是开始。我以为,一部分军队长期搁置,继续他们的古怪战争,而另一部分在打硬仗,一九一四年不会有这种情况。今天上午我到离前线两公里处走了一趟,就是说到了这样一个地方,换上一九一四至一九一八年的战争,那里必定炮弹如雨点般掉在头上,巨大沉闷的响声接连不断,像日本的地震一样撼动大地。我们的任务是接收一些气象器材,派了一辆卡车把我们三个人作为"专家"送过去——我以为是免得我们无所事事。我们师有一个团驻扎在一个村庄附近的树林里,他们在村里(已疏散)一所房屋里设立应急修理站,发现一个神秘的箱子,内有一个经纬仪,一些探测气球、小油灯和图表纸,总之,足够装备一个气象探测站。负责人之间经过长期磋商(用了一星期),决定通知师参谋部。只要能捞到什么东西,参谋部的人会顿时变得贪婪,赶紧派一辆卡车和三个人去接收那个箱子。

其实我们要过来也没什么用,我们自己的装备绰绰有余。保尔甚至犯愁,他认为我们经常移动,从此多了一口箱子的累赘。

总之,八点半我们与一名中尉一起出发,此人大个子,懒洋洋,好脾气,完全秃顶,名叫穆诺。他坐在司机旁边——我们待在车厢尽后头,多亏皮特讲舒适,事先从旅馆里拿了三把椅子,放在车上。远远看来,这三把沐着阳光、搁在一辆破旧的沾满尘土的卡车里的漂亮椅子,比放在手术台上的雨伞和缝纫机更像超现实主义绘画。我想,我们三人坐上去的样子一定很滑稽。为了给这次远征增加一点趣味,派给我们的司机——冬天,就是这位老兄尿湿一块布用来擦玻璃——是摄影专家,却不会开车;他有撞一个人和两辆车的记录。我们就这样出发了;我们穿过几个富饶的村庄,看到正在戏耍的儿童、漂亮姑娘、葡萄园和啤酒花田,然后突然进入一个门窗紧闭的村子,依旧很整洁,每家门上挂了一块牌子:"抢劫者处以死刑"。最后一个村子同样死气沉沉,还算整洁,但是墙上有许多弹痕。不过战争也就是偶尔波及这里罢了,因为您不能想象这个富庶小镇的安静,各家的花园看上去仍旧有人照料,街巷十分干净,镇子尽头有家停工的大工厂,当然还有头顶上一碧如洗的蓝天。我们要取的箱子就在这里。中尉顺便告诉我们,此地距前线两公里。这一切再次令人想到一场卡夫卡式的战争:战线摸不着也听不到响声,像是为了表示它的抽象性,人们称之为"前线",不管它近在咫尺或是离你十公里二十公里,你同样感觉不到。看到这些士兵在搞营房内务,有的打扫院子,有的削土豆,个个像上了岁数的人服兵役那样慢吞吞、懒洋洋,当你想到同一时刻,在同一个太阳底下,所有那些在真正的战场上流血牺牲的年轻人,你会产生古怪的感觉。至于箱子的故事,它的结局与它的开头同样神秘。我们抵达目的地时,人家对我们说:"啊!你们是来取箱子的?已经有辆车来取走了。""是什么车?""是一辆……"他们含糊其词。

575

由于中尉坚持问个明白,他们不耐烦了:"你们知道,这事儿跟我们没有关系。"这话倒是完全在理。总之,有一口装气象器材的箱子埋在地下少说也有三四个月,无人知道是谁留下来的,然后,在它被发现后没几天,开来一辆神秘的车,把它取走了。我们观看片刻一条小河急湍的流水,然后我们爬上卡车,坐到椅子上,到中午时分顺利归来。然后我去夏洛特那里,她比上次客气——我曾跟她吵过几句。然后我睡了两个钟头,因为天气很闷,然后我干活。但是我有点儿恼火,因为活儿没干好,只图省事。这一章表面上简单,其实难写,明天我必须找到一个方法,接着写。我屋子里极其闷热,七点左右,我们去夏洛特的餐厅,在院子里露天吃下两个鸡蛋。和平时期那院子是当舞场用的。我睡觉的时候,皮特在一条小河里洗澡。明天我也去,可以游会儿泳。唉!我的小甜甜,大假开始了,我希望您去游泳。您打算做什么?您的小脑袋里不可能没有计划。晚饭后,下棋:与保尔下一盘,我赢了;与昂齐格下两盘,一和一胜。然后,给您写信。您已经看到,我有预见,即便"巴黎被炸"四个字印在报上,它与没有直接遭遇轰炸的人的感受之间仍存在巨大的差别。不过您还是要小心,我的小花儿,要乖乖地躲进防空洞,直到警报解除。

明天见,我甜蜜的海狸,我的爱。我用全身力量拥抱您。

六月八日

我迷人的海狸:

您有没有一时糊涂,把钱寄到我以前的防区,第 108 区去了?皮特昨天(星期一)收到巴黎的汇票,我什么也没有。是怎么回事,我的小甜甜?听着,您要电汇给我一百法郎,我不好意思老跟皮特零敲碎打地借钱。不过,您也不必担心,我总不至于饿死。我以为,六月份你们会有好日子过了。既然查佐里奇她们已在莱格勒安顿下来,您就轻松了。您从音乐得到小小的乐趣,这叫我感动,我的小可人儿。眼看您变得学识渊博了,等我们见面,您将跟我解释一切,解释您对浪漫派音乐的看法。至于什么时候见面,我不知道。我以为,我们这里六月份的天气相当热。最后,前线的消息还算好。您知道,当我获悉"我们英勇的士兵坚守阵地",当我因为他们在某地阻止了德国人的推进而欣喜时,我感到自己有点儿像老人了。说到底,我感到自己受到"保护",就像您可能感到的那样。这不对劲,可我又该怎么办?

今天我很舒坦。小查她们已在莱格勒安顿下来,消息不坏,博斯特没有危险,您心情平静,我的熟人圈子统统平安无事。我从塔妮娅和您那里知道,电台广播的消息令人安心,一切都好,可是从五月五日以来出了多少事啊!每天都有事。有那么一两天我特别消沉,后来我逐渐适应,心肠变硬了。不过今天,我们在等待雷诺发表讲话时彼此斜眼相觑,因为他的专长是宣布坏消息,就像普鲁斯特以守灵为专长。可这一次他名不副实。此外无事,只有天气闷热,从早晨开始直到此刻,烤得我的房间像火炉。天色湛蓝,一个完全可以承受的世界。我为消遣,写作马蒂厄与玛赛儿最后一次见面那个大场面;很久以来,我不曾对自己写的东西那么感兴趣。象棋方面:我赢了所有人,除了冠军。我与夏洛特的牧歌结束了,我们怒目相视,我也不知道是为什么。有一帮子人来把事情搅乱了:他们粗野,对夏洛特动手动脚,她害怕了——另一方面,他们经常跟我们一起吃饭,她以为我们是串通一气的。由她去吧。我在读一个混蛋写的《约翰·劳传》,不过他的一生本身极其有趣——然后,我插空读《堂吉诃德》。经典作品的好处在于给你读它们的那个时期打上印记,而这是事后才显示的。比如对于我,一月份是莎士比亚时期。现在是《堂吉诃德》时期。当然,这不是因为你想它们比想别的作品更多,也不是因为它们比别的作品更打动你。而是因为,由于反复阅读,它们几乎成了自然现象,成为与风和雨一样陪你打发日子的伴侣。……

就这些,我亲爱的小人儿,我的小花儿,就这么多,除了再说我用全身力量爱您,说我有许多小小的 erlebnis① 要跟您说,就像您此刻在我面前一样。我想起您在马拉喀什面对一棵棕榈树许愿,盼我能得到龚古尔奖,当时我差一点没流泪。主啊,您对我那么好,我们是那么心心相印。我用全身力量拥抱您。

六月八日　星期六晚

我迷人的海狸:

今天晚上的消息比较好。意大利犹豫不决,德国人在索姆停滞不前。我还听到一个"来自最高层"的乐观消息,信件检查不允许我转告。您会想我从哪儿来的情报,其实纯属偶然。总之,与半个月以前相比,局势确实改变了。其次,我觉得韦冈的纵深布防——瑞士人称之为"弹性战线"——很是高明,这是消耗敌人的锐气又避免已方过多伤亡的最佳方法。像雷诺说的那样"思考战争",或者像韦冈本人说的那样打一个"有部署的战役",真需要很大的努力。

博斯特那封信特别引起我的关注。尤其令我吃惊的,是连续二十四小时有溃兵过境。这真是灾难。信中提到色当要塞陷落,已被许多原籍北方和东部的人证实。即便归咎于缺乏经验和运气太坏,他们也不理解要塞会在三天内拱手让人。因此,这一天大家惴惴不安,但依旧平静。您跟我谈到怪就怪在最坏的情况可能发生,我在这里,在十八日与二十日之间,也有两三天的切身感受。我经历了最坏的局势,我做好了准备。我尤其被这个念头纠缠,即

---

① 德语:经历,或"留下深刻印象的事件"。

这是可能发生的。面对这个历史必然性,我们所有的意识形态堤坝都可能不起任何作用。我们借助这些意识形态把德国人想象成彻头彻尾的疯子和下流坯,而一旦德国人获得胜利,这些想法就统统过时:那时候,我们的意识形态无助于思考现实,将变成历史思维的老古董。所以,后来我不再执着于这些想法,我只有依靠单纯的本真性来把握住自己。何况本真性给我一些奇怪的劝告,我会当面跟您说的,而且可以把这些劝告归在诱惑一类。就这样过了两三天,局势未见明显好转,我变得心肠硬了,也就是说最坏的情况失去了它的奇怪性质,变成一种正常的可能,如同死亡一样,被整合在我的可能性里。到今天它已被完全整合,以致任何希望都显得不合时宜。我不再确实地希望我们打赢战争(我也不以为我们将打败:我什么也不想,未来被勾销了),我限于保留消极的希望,即我们不会打输这个战役。您会说赢了这个战役就赢了战争。说得对,如果我们不输掉这个战役,我们就离打赢战争不远了。不过这是逻辑推理,而我跟您说的是我此刻的感受。等您收到这封信,它已经过时了。那时候人们可能真正有理由乐观,也可能相反陷入最绝望的悲观主义。……

博斯特天真地管德国人叫"鬼子",我看了直乐。不知多少次,他曾跟我说他厌恶这一类外号。可他现在这样也十分自然。至于我自己,我基本上避免这种称呼,可我有时候也抵挡不住诱惑,会叫他们弗里茨或弗里多利斯。有些句子要求这么做。

对于我,这一天没有故事,过得有趣。首先我洗了澡刮了脸,因为我想照相。我需要有证据证明我现在的苗条,这可是晚上完全禁食的结果。早晨三个小面包,中午一顿正餐,经常没有肉,晚上什么也不吃。完全不吃——每周五次,其余两次在夏洛特那里吃两个鸡蛋。这个办法很成功。所以我让皮特给我照相,在夏洛特那里。我带给她一点巧克力,她大为感动,红着脸跟我说:"他多么漂亮,胡子刮得多干净啊!"然后,听到我吹口哨,她说:"您吹得真好。"这代表我们之间牧歌的高潮。皮特也感到惊奇。当然,所有剩下的时间,我们没有交换一句话、一个眼色、一个微笑。还有:今天我干了不少活,我捡起马蒂厄与玛赛儿那一章,我以为找到我需要的调子了。还要加工,但是主体部分已经妥帖了。仍旧没收到钱,我的小海狸,这是什么意思?我以为,由于情绪激动,您干脆忘了给我寄钱。因为六月二日和三日,我收到寄往原先的108防区的商业广告。所以,即便您寄错了地址,汇票也应该抵达的。假如不是您这一方面的问题,您应该到邮局去查询,因为如果您三十日领到工资,汇票已经寄出十天了。

总之,今天下午我干了活,读了几页《包法利夫人》——很丑陋;然后,到五点,我与皮特去喝一杯。不过夏洛特不在。之后与保尔和昂齐格下棋。赢了四盘,其中两盘我使了高招。现在我在触摸棋子时有快感,这是棋艺进步的标志,我对这些木头块感到一种肌肤的亲昵。我突然想起,十六岁时我喝着热巧克力,与沙戴尔在所有的咖啡馆里下棋,我(真的)还把牛角面包浸在巧克力里。这叫我很开心。时至今日,沙戴尔想必已死于战场,而我在给您写信。我的小亲亲,为什么这只鹳的故事那么令您感动?其实这不关我的事:我看到一只鹳,它像是木头雕的,不过这全是它自己的功劳。不管怎样,无论您为什么理由而感动,受到感动总是好事,而当我在您的一封信里读到,您在我的一封信里又找到过去的我时,我感到特别有意思,感到浑身温暖。至于我,我在您的信里强烈感受到您这个人,您使我变得浪漫,我的小花儿。真的,您现在过的日子很有趣,日后,如果局势好转,您回想起来定会感到满足的。您有没有在五月号的《新法兰西杂志》上读到贝那诺斯写的关于一九一四至一九一八年战争中的士兵的文字(文章的前十页。里面有极好的东西)。

明天见。我没有太多的话可说,何况这封信已经很长了,像这样东拉西扯的很好玩,我好像感到您就在我面前。我爱您。

六月九日

我迷人的海狸:

今天收到您一封诗意盎然的信,您讲述自己大清早怎样在圆顶咖啡馆里读报,却不消费。这很迷人。关于钱的事,是这样的。那封信确实丢失了。那时候我抱怨,因为您在夜里写信,所以您每封信都晚到一天。我记起有封信未收到,我等着第二天收到两封,可是只来了一封。下一天又没有信,然后这一次同时收到两封。我越算越糊涂,我以为自己算错了,其实该到的信都到了。我记得我有过那种小小的失望,那是当一个人发现钱包里的钱比他以为的要少的时候,他会想:"我没有多付钱,必定是我算错了。"更使我确信不疑的,是我看了信封上的日期,而不是信里的日期。有两封信上的邮戳日期是三十至三十一和一至二。可是今天我注意您写下的日期,我发现少了三十一日星期五的信。所以我从未收到它,错在邮局。您应该去投诉。我的小花儿,您现在是怎么想的,竟会把汇票随信寄出?这样一来,我就得跑到军邮管理员那里去领取,而且汇票容易丢失。您以前的做法是明寄,由管理员上门付款,这要省好多事。尤其是现在,邮局迁到临近一个我无权去的地点了。所以我想您只要带着收据到邮局去投诉,他们会去查,会从军邮管理员那里知道我未领取第×号汇票的款项,从而在加盖止付印记之后,把钱退还给您。只有您能办成这件事。明天我寄几本书给您。我将寄出《陀思妥耶夫斯基》和佩皮斯的日记,然后再看有没有别的。

昨天,大家都很乐观。可是昨天晚上和今天上午的消息(上午六点半和十一点半的电台广播),虽说不至于引起恐慌,却令人不安。德国人穿过埃纳省,向努阿雍推进。他们出动六十个师,在阿尔贡发起进攻。我们的大部队派到比利时去了,把他们调回来需要时间,而那些放弃了色当的部队需要改组后才能使用——此外我们缺少装备。这些都不是令人宽心的情况。我感到害臊。我在昨天的信里情不自禁装出大人物的样子,向您提到一个神秘的、令人放心的情报。其实我演了一个可笑的自以为是的角色。说起来也不是我的错。一个归将军直接调遣的士兵在桌子上看到韦冈将军的个人通告,里面说德国人的钢铁和燃料只够维持六个星期,只要我们坚持到那个时候,我们就赢了。他过来跟我们讲这件事,满脸的神秘,还要求我们别在信里透露,因为一旦信被查到,他的罪名可就不轻了,等等。我想此人有点儿疯癫。总之,我和皮特作了承诺,而且遵守了。同时我们也感到奇怪,那么令人鼓舞的消息竟然不传达给士兵。然后,说了归齐,今天下午我们在报告上读到这个通告。我们曾神秘兮兮告诉了保尔,只得由他嘲笑了。

现在是晚上六点半,我给您写信。我干了不少活,完成了玛赛儿和马蒂厄那一章的最新稿,最后再修改一次就定稿了。我觉得玛赛儿现在活了起来,她忘恩负义,明白事理但狡诈,有激情,爱生气,多病,认真,美丽但缺乏韵味,像我外婆那样骄傲,给人负面印象。您不久就能收到手稿,但是把它交给邮局我有点儿担心。我读了几页玛克斯与阿莱克斯·费舍写的《为了在家取乐》。那是我在厕所里找到的,它被用于最终的用途,除了有三页已被使用,其余的基本完好无损。我还做了什么?吃了午饭,但与夏洛特没有关系。我们大家都忧心忡忡,是那种慢性的、沉默的焦虑,使你整天揪心,但不一定非想着局势的进展。

此外还有什么?冠军照例杀了我三盘臭棋,用的时间之短创了纪录;邮局的司机从城里带给我一包蓝黑墨水笔芯(事情很小,但让我高兴),最后,我在札记本上写了几页。是关于虚无的。

我的小可人儿,我用全身力量爱您。我很高兴明天开始中学毕业会考:八天或十天后您就完全自由了。这对您是愉快的事情,而且,万一要疏散,也好放心。我有许多 Erlebnis① 而且满怀柔情。我真想与您一起散步,在哪儿都行。不过这一天总会来的。我尽最大可能强烈地、温柔地拥抱您,我的小人精,精小人,人小精。

六月十日

我迷人的海狸:

今天不能多说:我们正在搬家,但我担心邮局走在我们前面,所以我匆匆写上几句。我们要去的地点不远——距此地十一公里,一个已经疏散居民的相当大的城市。我不知道人们将把我们安置在什么地方。消息不好。放弃纳尔维克,意大利宣战——然后,十八点半,广播一条令人不安的新闻:"巴黎北方"正在激战。难道我们真的后撤那么远?直到贡比涅?到十九点四十五分我们将知道确讯。就这样,消息一天比一天坏。不过我今天还是干了不少活,玛赛儿和马蒂厄那一章杀青了。此外无事。我想我们将怀念我们在美景旅馆度过的日子。此时此刻我极其爱您,我的小可人儿,我的焦虑里有您在场,我与您在一起。

我吻您亲爱的整个儿小脸蛋。

六月十日以后

我迷人的海狸:

明天可能停战,不久就会有和平了。这使我们处于一种古怪境地,同时感到绝望与轻松。老天做证,只要能避免这样的和平,我甘愿牺牲自己四年的生命,乃至更多。然而它来了,人们已经在

---

① 德语:经历。

想:今后怎样生活?我以为,我的小亲亲,生活还是可能的,如果我们有意志和勇气,而且我们还可能活得不懦弱卑怯(但是毕竟要承受许多屈辱)。不过我想很快就能见到您了。半个月后,可能一个月后——而且将长相厮守。想到这里,由不得我不感到一种快乐。

我们这里开始撤退了。缓慢地、懒洋洋地撤退,不过总还是撤退。人们逐段后撤,以免被近在圣迪齐埃的德国人切断。军官们依旧傲慢,其实是硬充好汉。轻步兵为减轻负担,一路上乱扔备用的鞋子。公路上到处是鞋子。我们的队伍成了很容易攻击的目标,德国飞机懒洋洋地在上空飞过,不扔炸弹。大家都明白,仗打完了。至于我们这些气象探测兵,我们干脆被遗忘了——三天以来我们一直待在阿格诺。我们的上尉跟我们说:"六点起床。你们第二批出发,六点半。"六点半我们已在男子中学的院子里等候,但是卡车没有来。原来他们在最后一分钟决定,所有人同时出发,不分批。我们在被疏散的城市里转悠,吃了一顿丰盛的早餐,然后正巧拦住一辆卡车,它把我们送到离我们应该抵达的村庄五公里的地点。不过保尔倒霉:卡车转弯的时候,一块铸铁掉下来砸了他的脚,伤势很重。此间乱成一团。人们从电台广播获悉,马上就要停战了(谁也不相信美国)。大家客客气气,还开玩笑,但是,就像皮特说的,他们"该着后悔了"。皮特自己倒是挺住了,但是他脸色发青,因为他是犹太人。我猜,我们正在撤回中心位置,为了避免被德国人包围,每次移动距离都不长。将军低着头走在街上,嘴里嘀咕些什么。不过我感到军官们没有充分意识到形势的严重。他们会明白的。我们在一个农庄的院子里美餐了一顿,有个白痴姑娘把残疾的小鸡狠狠往地上摔,直到摔死。此刻,我们心里一点没谱。瑞士电台刚才宣告,德国先头部队已进入巴黎。我心头一紧,虽然三天以来我精神上对之已有准备。

我用全身力量爱您。有您在,我的爱人,生活就还有可能继续下去。我很快就能见到您了。代我向那位夫人致意。

六月二十八日

我迷人的海狸:

我身体很好,我很快就能见到您了。您要回巴黎来,乖乖地等我。

我用全身力量爱您。

七月二日
让-保尔·萨特
二十号列车
十六组
一号过路战俘营
巴卡拉。

我迷人的海狸:

我当了战俘,受到很好的待遇,我可以干点活,不太无聊,其次我想,过不久我就能见到您了。我多么想见您,我甜蜜的小海狸。听着,您可以给我写信:士兵让-保尔·萨特,二十号列车,一号过路战俘营——巴卡拉。如果您还在拉普埃兹,最好一周后回巴黎,在那里等我。赶紧给我写信,告诉我您遇到的一切。我用全身力量爱您,我只想见到您。代我向那位夫人和那位先生致意。

我把您紧紧搂在怀里,我吻您的小老脸蛋,我的爱人。

尽快寄一包食物给我,因为这里的人都瘦了。我保持了体形,但是我不愿意线条下陷成凹形。

七月八日

我的爱：

我当了战俘，一点也谈不上不幸。我希望能在月底前回去。给我写信。

一号过路战俘营——第九连，巴卡拉。

我用全身力量爱您。

七月八日

我迷人的海狸：

我从六月二十一日，我生日那一天起，当了战俘。不过您不必担心：我受到很好的待遇，身体很好，四肢无损。我用铅笔写信，这不是因为子弹打碎了我的钢笔，而是我昨天把笔给丢了。此刻我躺在帐篷的阴影下，总而言之，我的俘虏生活也就是野营。我大有希望很快就见到您，我一切都好。皮特与保尔当然和我一起当俘虏。

我用全身力量爱您。

七月二十二日

我迷人的海狸：

我一直没有您的信，也不知道您是否收到我的信。因此我利用一个机会再给您写信，告诉您我当了战俘或者不如说"被拘押"，就是说受到尊重，有望不久被释放。我要您知道我完全谈不上不幸，我平静地面对眼下甚至未来的日子。我的小甜甜，只要我们俩在一起，我们总能生活下去。我爱您。您可以写信到巴卡拉（墨特-摩泽尔省）。一号战俘营，第九连。

我用全身力量爱您。我怕您过于为我担心。但愿您没有离开拉普埃兹。我把您紧紧搂在怀里，我甜蜜的小海狸。

我开始写一部哲学论著:《存在与虚无》。

七月二十三日

我迷人的海狸:

巴黎的邮件昨天突然抵达,数量之多,好比痢疾患者拉稀,寄到巴卡拉的有四千封,像是肠子完全失控,其中有七封是您寄给我的。这对我太重要了,我的爱人,我的生活因此而改变。您很安全,您知道我还活着,我将要见到您:想到这一切,我幸福到了极点。我爱您,我觉得,自从我与您恢复联系,一种深厚的结实的东西重又充溢我的身心。我将每天给您写信,困难在于我必须通过民用邮局发信,因为战俘营的邮局现在只接受明信片(当然只限于战俘发出的——在反方向,最大的包裹也被接受,您的信没有一封曾被检查)。需要耍花招,托平民来访者代寄。所以如果有几天没信,您不要奇怪。而且我想您将断断续续同时收到好几封信。我的小甜甜,我马上让您放心。我要您安安稳稳,相对平静,这对我太要紧了,所以我急着告诉您一些好消息。我经历了不同的状态,从产生最强烈的兴趣到一味昏昏沉沉,在后一种状态下我过日子像做梦,外加轻度的疲劳,那是由于一开头食物不足。现在伙食正常了,我的体力全部恢复,我有几本书可读,我在写一部形而上学著作《存在与虚无》,我的小说正在杀青。我有急躁的时候,有时候内心深处会冒起一股柔情,使我眼眶湿润,不过所有这些情绪从不完全流露在表面。我既非斯多葛派哲人,也做不到本真,而是像弗洛伊德的病人那样被锁住了,不费任何劲。于是时间像在养病期间一样流逝,我们会有间发性的绝对天真的快乐。对于自己的未来,我始终抱有不容纠正的乐观,这不是轻率,请您相信,因为从五月二十五日到六月二十日我有时间考虑一切。我确信我们将活下去,我的爱人,我丝毫没有放弃自己的命运。我甚至将设法发表马蒂厄——这一切应该在很大程度上取决于掌握分寸。不过我显然不能在这里发挥这个问题。

我在这里最难受的——不过并未为之痛苦——是失去了优雅的姿态和心灵的滋润。谁见到我,都看到我与继父一起散步时的模样,而且多了五星期未刮的胡子。不刮胡子出于我个人的固执,因为这里有理发师,你可以把自己打扮成公子哥儿。顺便说,你为什么想象我剃了光头?这里留什么发型悉听尊便,我的发型越来越像圣女贞德。但是我失去了我在莫斯布隆仍保留的那种内在优雅,原因不在不能外出——对我们的限制极其有限,而是在于周围的法国人。您可以想象这是些什么人:愚蠢、低贱、嫉妒、无聊的玩笑、喜爱谈论粪便等等。我周围的人对我倒是比较恭敬,不过这叫人笑不出来。至于日子,是这样过的:在一个巨大的营房里和一圈很大的围墙里,我们想做什么都可以。早晨六点(德国时间五点)咖啡——是炒焦的大麦——十一点吃饭:德国面包(四个人分一个)——大麦粒、白菜或猪油浓汤——五点钟浓汤,这就是一天。几天以来,六点点名,大家在院子里列队。十点睡觉。这期间,人们做什么悉听尊便:读书、散步、洗涮、写信等等。逢到好天气,您可以看到成组的战俘,每组约二十来名,一丝不挂躺在毯子上晒太阳,很像海滩景象。只不过,不管做什么,都是成千人一起做。行动单位是一千人。您无法想象更加浓密、更多载负的气氛。自然这一切极为有趣。尤其在开始时。我把一切都记在札记本上,因为我们不是在莫斯布隆冷不防被俘的,我的小甜甜;这以前,我们经历了十天的溃退,后撤到埃皮纳尔附近。我读到或听到的故事没有比这场溃退更奇怪的。我把一切都记在札记本上了,我继续记札记,甚至在这里,当有事情值得一说的时候。

至于释放问题,事情是这样的:在您收到的那封信里,我显得过于乐观,但是我依旧相信,九月一日前我将与您在一起了。释放我们似乎不成问题。对于在二十号(停战谈判开始的日子)之前与之后被俘者作了明确的区分。我根本不相信德国人特别愿意留住我们,他们有别的事情需要操心。不过我想法国政府不急于接受我们,原因很多,首先,当务之急是让所有被疏散的居民返回原地。其次,必须重新雇用他们,否则旦夕之间就会产生几十万无业人员。还必须重组铁路和运输部门,恢复向工厂供应动力,等等。这一切有待逐步完成,每天的消息都带来更大的希望。从今天起我们没有烟草了。我的小甜甜,请您寄给我两个包裹——不是通过邮局,而是通过红十字会,星形广场附近的牛顿路十二号,您得亲自去。第一包是食物,第二包是书籍(路易-菲力普和魏尔兰的作品,《想象的事物》)和烟草。您要尽量说好话。假如人们只接受一个包裹,那么首先寄书和烟草,食物等第二天再寄。

我的小甜甜,我有许多话要跟您说,但要等到明天。保尔和皮特自然跟我一起当了俘虏。我们六个人共度患难:一名叫博茹安的送货卡车司机,一名叫西韦特的地铁司机,一名叫龙日皮埃尔的间接税收税员,外加保尔、皮特和我。明天起,我逐日告诉您每天发生的事情。

我的爱人,我用全身力量爱您;我一直跟您说,只要我们俩在一起,我一定还能感到幸福。收到您的信,我就找回了快乐。您是我的生命,我的小甜甜,我的全部生命。明天见。

寄来的食物包裹里,务必放进香料蜜糖面包和巧克力。

别对查佐里奇说您收到我好几封长信,尤其不要说我每天给您写信,因为我给塔妮娅只写了两三封短信,她没回信。我给您写了五次信,您只收到一封。

七月二十八日

我迷人的海狸：

　　我可怜的小人儿，您必定觉得我疼您不够，没有经常给您写信。您得明白，这不是我的错。官方只允许我们每周写两张明信片，星期三和星期六。所以要把信写得长一点，通过民用邮局寄走，这就需要耍点花招，寻找机会。我的爱人，所以您不能每天收到一封信。然而我多么想给您写信啊，我那么想念您，那么爱您，我的小甜甜。您目前在巴黎过的日子，我觉得它很有诗意。您住在当菲尔-罗什罗街，这使我想起一个迷人的、如今那么遥远的过去，那时候，巴黎给我的印象像一片坟地，我们胸怀大志但默默无闻。给我写信吧，我迷人的海狸，我有六天没有您的任何消息（收到九封信，最后一封是十九号的）。我最怕您因为不知道我能否收到您的信，就心生厌倦了。我没有我父母的任何消息，这令我不安，因为这里的人慢慢地都收到家人来信，唯我没有。圣索弗尔①那个地方确实偏僻了一点。我很希望他们没有为逃避德国人的推进，逃到非占领区去了。因为这么一来，返回巴黎就难于登天。此外，我母亲长时间得不到我的消息也叫我烦心。不过想到我们这个小圈子的人都平安无事，包括博斯特、索洛济娜和那位夫人，真叫我高兴。博斯特在干什么？这是另一个问题，总之他活着。我还想，我们大家将在一起度过以后的岁月，而我们俩，我的小可人儿，将在一个严峻的时代肩负非常沉重的担子。不过这丝毫不令我泄气，我要使自己与这个时代一样严峻。我对未来感兴趣，而且满怀希望。您跟我说的有关普遍与特殊的看法很有意思，不过我不是这样思考问题的，您的看法太多冥想的成分。我真想见到您，

---

① 萨特的父母战时住在圣索弗尔。

跟您谈论这一切。最后要说的,是我怀着极大的好奇心和一种欢乐的期待去观察这个新世界。

从我写信以来,我在这里的待遇大有改善(它原来就不坏)。《存在与虚无》占用了我的全部时间,像在莫斯布隆一样,每天晚上我满怀兴味等待第二天早晨的来临,因为第二天早晨,我将写作关于否定或自为的新的一章。不过有些记在札记里的想法,我现在记不起来了。想到它们可能被保全了,我感到欣慰。

人们改换了我们的编组方式:按职业分类,我属于自由职业类。我遇到一个戴眼镜的小个子,他那神气像是花神咖啡馆的常客。他果然是花神的老主顾,认识莱里斯、卡约瓦等人。他被调到我们这一组,像是虱子掉在汤里。他走过来问我是否是作家萨特的亲戚。我说,我们这个家族里只有我在写作。他回答说:"我钦佩您。"此刻他就在我对面,正襟危坐读《两世界杂志》。他带点娘娘腔,我不乐意在这里找到花神的氛围。我习惯了农民黝黑的脸和声似呻吟的长屁,我与他们相处融洽。他是超现实主义者。不过他不张扬,不显摆。有两个人推门进来,好奇地望着我。发生这事情之后,我赶紧去刮脸洗澡——尽管有长虱子的危险(上百个人身上长了虱子),我在这里很少刮脸洗澡。后来我在院子里再次露面时,被大家当新鲜事看。

好像开始释放战俘了——不是这里,而是别的战俘营(听说是在塞纳省、塞纳-马恩省等地,当然只是传闻而已)。有关此间的"传闻"问题,值得做一个小小的社会学研究。无论就其丰富性、精确性或传播速度而言,这件事都了不起。传闻有其节奏。而且它们倾向于每时每刻相互抵消,就是说一条乐观的传闻立即被一条悲观的传闻抵消,前者越是乐观,后者就越是悲观。有些时候人们"去听传闻",就是说到院子里去。我必须跟您说说战俘营这个完整的、不同寻常的社会。总之,现在这个时候,只能说释放战俘很可能已经开始。我大有希望。您得逆来顺受,我的小亲亲,我一定能在和平之前回到巴黎。第一封信里我做了过于乐观的推算,但是您若把日期确定在九月一日到十五日之间,您就不会弄错。再说,晚一个月或一个半月又有什么关系,既然两个月以前人们担心战争可以打上三年?以后我们将不再分离,我们将是幸福的。因为最后留给我们的将是幸福,我的小亲亲。

拜托您办以下事情:

我曾在一张明信片里要您到牛顿街十二号美国红十字会去托付包裹。我需要两个包裹:

1)烟草——巧克力——香料蜜糖面包(相当大的数量,因为我们分享一切);

2)书籍:魏尔兰——克洛岱尔——路易-菲力普。

我还需要一笔汇款。您去问邮局能否寄钱。这取决于您手头有多少钱。如果您有钱,请寄五百法郎,因为我欠着债。否则就尽您所能,高于五十法郎就行了。

我宝贵的爱人,您说得有理,我们的爱情经历了种种坎坷。但是它现在比任何时候更稳固,更温柔,我的小亲亲。证据是它抵抗了一切。我爱您,我无时无刻不思念您,我有耐心,坚定而温柔地确信很快就能见到您,从此不再分离。

七月二十九日

我迷人的海狸:

唉!您给我写信却老没有回音,终于厌倦了。您最后一封信流露出疑虑和绝望。我可怜的小海狸啊,昨天我收到二十四日的信,您说您那么需要我,叫我难受极了。我也需要您,那么需要您,我生命的魅力。许多天,许多月以来,对于我周围的人和我自己,我未曾有过片刻的倾诉衷肠或显示温情,甚至没有表露友情。我丝毫谈不上不幸,我甚至有许多愉快的瞬间,但是我像石头一样坚硬。我只有重新见到您,温柔的小海狸,才能融化成水。如果我与您重逢,我就能找回我的幸福,找回我自己。我的小可人儿,这一天为期不远了。我们俩在一起将有多幸福啊。可能这将是暑假期间,我们将一起,挽着胳膊,在巴黎散步,我真想见到这个发生了那么大变化的巴黎。

想起来了,您说总务处的人对您态度生硬?在这个解除公务员职务的时期,这可不是好兆头。这里所有的公务员都吓得全身哆嗦。您得说具体一点:见到谁了?人们说了什么?至于我,倒不是很担心:我没有过错,又是士兵。不过谁知道呢?

这里开始收到家人的消息。这些消息不总是令人愉快的。有人获悉一个孩子死了,有人得知家里的房屋塌了。我一直没有父母的消息,我不知道他们是怎么搞的。另一件事:有火车停靠巴卡拉,我们可以接受探望,但是我不敢让您来。根据最近的消息,旅程长达十六小时,但是探视时间每次只有二十分钟,在会客室里。假定我在上午和晚上各会见您一次,您要在两天内坐三十二小时火车(因为您要授课,再说也不允许您留在这里),只为在公开场合与我会面四十分钟。此外,经常发生意外情况,导致某天的探视被取消。如果您运气不好,就会碰一鼻子灰。您自己拿主意吧,我的小可人儿。自然,我没有比见到您更高的愿望了,可是二十分钟……您会说:那么雅典卫城上那三个小时呢?随您怎么做吧,我可是预先提醒您了。不过在这个时候您不要缺课,我听到好些因此惹下的麻烦。应该星期天来。

我身上脏得吓人,出于喜好和准神秘主义,我存心招人厌恶。可是您看这结果:我不能忍受一个花神咖啡馆的常客看到自己这副模样,那是个油头粉面的小知识分子,除了记住几本书的名字,他脑子里什么也没有装进去。我一被他认出来,就立即去洗澡。

现在我每天洗澡。

听说巴黎附近的战俘营开始放人了。是真的吗?也有人说,从现在起一个月内,所有战俘都将被释放。在获释前,被俘的现役军官和士官们要被送到德国去。我以为这不是个坏消息。

我的小甜甜,您必须把《普绪喀》找回来,然后保管好,不再借出去,我最近就要用。

我宝贵的爱人,您过的小日子有多清苦,叫我落泪,不要老与索洛济娜吵架。您说的关于图卢兹和杜兰的事,叫我倒足胃口。我只想见您一人,长时间在一起。我们唯一要做的事情是去拉普埃兹,在那位夫人家住几天。我很想见到她。如果您有尼赞、吉尔、马厄和阿隆等人的消息,写信告诉我。

明天见,我亲爱的,亲爱的小海狸,我用全身力量爱您,您是我的绝对。

八月三日

我迷人的海狸:

有便人回巴黎,我托他带封信给您。信不长,因为总是到最后一分钟才知道有这类机会,只能匆忙写几句。昨天又收到您一封信;您的信令我十分感动,我的小甜甜,我那么强烈地感受到您的爱情;叫我恼火的,是我一直在给您写信,您却一封也收不到。我的小可人儿,我要您收到我的信,要您知道我在读您的信。听着,我的小甜甜,您的信改变了我的生活,使我幸福、平静,我耐心地等待。

这里一片忙乱。我们一共有七千人,四千人将要出发。有人说是去德国——另一些人说他们将被释放。我认为他们无非是被转移到别的战俘营。无论如何,我留在这里。能感到形势开始好转。人们需要某些公务员(国营铁道的)的服务,他们今天出发,不久可能会轮到我。营地像开了锅似的,谣言随着传闻飞快地扩散,倒也解闷。我一直在写自己的哲学著作,然后我找到一个与我势均力敌的棋手(总之是个高手),借此打发时间。我在花神咖啡馆里的崇拜者是个混蛋。这叫人伤心,可这是事实。皮特的状态很坏,我很少见到他,不过我找到两个南方人,波梅和高默东,可爱极了。我周围都是间接税监督员。我住在一间明亮的大屋子里,有书(我在读阿尔贝·马莱的《现代志》,是为四年级学生编写的),天气晴朗。总之,我心情很好,工作也有效率。我的小可人儿,假如我能见到您,我就十分幸福了。我爱您。

听着,我觉得您与索洛济娜的事情挺逗的。她是个辣妹子。她让人发笑,讨人喜欢。我只对您怀有柔情,我的小可人儿,世界上余下的一切对我都不存在。您的信透着通情达理。最后几封信几乎达到宁静,您始终体现真正的完美,您总在合适的时间做合适的事情,有合适的想法,说合适的话。

明天见,或者过几天见,我的小甜甜。您记得吗?一年前的今天我们在马赛,可能正好赶上赛牛的日子。我爱您。如果我的生命中存在有价值的东西,那一定是所有与您有关的东西。

如果您见到我母亲,您劝她去见莫诺,这很重要。

八月十二日

我迷人的海狸:

我只能给您写这封短信,表达对您写的长信的感谢。不过,我的小甜甜,我特想跟您长时间说话,我希望这个日子很近了,希望很大。肯定有一天您会看到我出现在巴尔扎克像的背后。可能我会穿蓝色工作服,戴顶鸭舌帽。这里一切都好,我在读保尔·布尔热(我们占用了机动保安队的营房,这是他们偏爱的读物),我一直在写自己的哲学书(写了七十六页,开始像样了)。此刻,有童子军在院子里为我们演出。您看,我们什么也不缺。不过我特想感觉到您的小胳膊紧贴着我的,与您一起散步。千万别来,假如您有来看我的想法。我们可能要离开这里。我爱您。

我迷人的海狸:

我在两天内收到您九封信,这改变了我的生活。给我写信,我的小甜甜,越多越好。我将尽可能常写,但是我们只被允许寄明信片,所以篇幅有限。可是我有许多事情想告诉您。目前我被安置在机动保安队的一套房间里,不过没有家具,只有印在四壁墙纸上的热带花卉。我们十五个人睡在地板上,大部分时间是躺着,我躺着读书,躺着写字,想象自己是古代的罗马人。其实,若不是连绵不断地下雨,我们可以在围墙内一个宽敞的院子里自由散步。我不感到无聊,我心里一片宁静。听着,我的小甜甜:要通过牛顿街十二号的美国红十字会给我寄一包书(魏尔兰——克洛岱尔——路易-菲力普等等)和烟草,一包食物(尤其需要巧克力和香料蜜糖面包)。我用全身力量拥抱您。

[开头部分无法辨认]

……从那里能看到很美的风景。打从巴卡拉以来,我的处境大为好转。我有张床,一个房间(三人合住),一桌,一柜,一椅。我在医务室当翻译。我开始一项令我激动的新工作,而且每天早晨有半小时文体活动——那项工作是每星期二做一次讲演,听众几乎全是神甫(与一位多明我会修士合作)。我的生活古怪,离奇,有趣,非常充实。我不放弃培养弟子。我们在这里受到很好的待遇,而且我作为护士编入卫生队,不被视为战俘,而是中立人员。可是,我的小甜甜,我不在您身边。我怕您因为不知道我身在何处而忧心如焚。您跟我父母说,您收到我一张明信片了。我爱您。

十月二十六日

我迷人的海狸:

  一直没有您的信,我怀疑您是否收到我的明信片。我的营房位于一座小山顶上,我先是当护士,然后是"艺术家",我编剧本,还当导演,星期天上演。我最好的朋友是一位耶稣会修士和一位多明我会修士,我现在要多好有多好。我的爱人,这是我们定情的第十一个周年,我感到自己就在您身边。我爱您。

我迷人的海狸:

  这封信全是蝇头细字,因为我没法把我的散文塞给邮局,何况还得给塔妮娅写几句——她没有收到我一个字,再给母亲写几句。您得沿着画下的线,细心剪开,分别把归她们的部分给她们。我多么爱您,我的小甜甜。要知道您每一封信我都收到了。您别太谦虚。每天写一封信,这是允许的。我亲爱的小海狸,我的爱人,您简短的信带给我巨大的乐趣。它们那么短,以致人们需要根据一个词构建一个故事,就像研究法国历史的时候一样。不过这些相互矛盾的故事富有诗意和神秘的意味。比如您说:"比昂卡嫁了一个年轻的美国人。"读到这里,我笑出眼泪来了。此外,这个小圈子能做到一成不变,真了不起。而您,我的小可人儿,您那样子有多乖,您有多么爱我呀。您需要有耐心。您在一封信里说我将于一个月后被释放。我一点也不相信,我可以心平气和地估计办理这类事情有多缓慢。您设想有只虱子轻轻贴在您的皮肤上,它咬住您更多是出于惰性,而不是其他原因,可它就是不松口,不过它终归要掉下来的。我多么想见到您,与您挽着胳膊散步。可是,我可怜的小海狸,您要失望了。我没有新的理论。只有许多故事。

我要告诉您许多事情。首先是我跌进一个奇怪的圈子:营房的贵族阶层,医务室。还有厨房里强大的富豪寡头,政客或棚屋的头头们。有人搞阴谋,把我从医务室踢出来。我既想躲开迄今为止我对之缺乏天赋的体力活,便加入与世无争的艺术家团体,他们是只知唱歌、不知储备冬粮的蝉,也是路易十四治下的拉辛。逢人必行屈膝礼,以及可想而知的其他种种。其实他们挺可亲的。是战争以来我遇到的最可亲的人。他们有个真正的小剧场,每月有两个星期日为一千五百名战俘演出。他们因此得到报酬,上午可以晚起,整天什么也不做。我与他们合住一个大房间,墙上挂满吉他、班卓琴、笛子和喇叭,此外有架钢琴,几个比利时人整天弹奏。比利时人以学院酒店钢琴家的手法弹出强劲的节奏,待会儿我将利用这个细节向塔妮娅暗示一件事情,心照不宣。我为他们写了几个剧本,从未上演。我也得到报酬。此外,与我经常来往的都是神甫。尤其是一个年轻的助理司铎,一个耶稣会初学修士,他们俩相互憎恨,为了有关马利亚的神学问题争论不休甚至动武,最后请我裁决。我作了裁决。昨天我判断教皇庇护九世在无暇受孕的认识上有误。他们俩在庇护九世与我之间无所适从。您要知道,我写了第一个认真的剧本,全身心地投入(兼任剧作家、导演和演员)。以耶稣诞生为题材。您别害怕,我的小甜甜,我不会变得像盖翁那样的,既然我没像他那样开头。不过您要知道,我确实有剧作家的才能。我有一场戏写天使对牧羊人宣告基督诞生,他们大家都屏住呼吸观看。您把这事告诉杜兰,有人还流了眼泪呢。我记得他当导演是怎么做的,我借鉴他的做法,不过我比他要礼貌得多,既然不是我给演员们发钱。这戏将在十二月二十四日演出,演员戴面具,将有六十个人物,剧名叫《巴里奥那》或《雷电之子》。上星期天,我也戴着面具上台,在一出闹剧里演个喜剧角色。还有许多更滑稽的闹剧,这一切叫我很开心。以后我要搞戏剧。我的爱人,我没有烦恼,我很快活,我耐心地、坚定地等待着,如果上天不帮助我,我就自助。我每天做三刻钟体操,与几名拳击手和摔跤运动员一起。从上周起,除此以外,我还负责在这里筹备一个民众大学,对这个计划我很感兴趣。再者,我长了虱子,但是与所有自然界的奇怪东西一样,虱子叫我失望。它们不咬人,它们只是在你身上爬,只因为繁殖异常迅速才引起你的注意。

我收到了我的老烟斗。谢谢,这使我感动到流泪,我的小甜甜,我生命的魅力所在。我一直与您融为一体。我的爱人,囚徒有点儿像老人,他们在内心反复咀嚼陈旧的故事,而在我所有的故事里都有您。我们曾是那么幸福,我的小甜甜,我们还将那么幸福(但是我绝对不要丁尼生那种生活)。我吻您的全身,您的小脸蛋,小脸颊,我爱您。

十二月十日

我迷人的海狸:

我收到您所有的信,您不会知道它们给我带来多大的快乐。您要写更多更多的信,每天都写,如果您愿意,没有限制。收到您的信,我的一切都改变了。我爱您,我的小甜甜。您最后几封信过于忧愁。要有耐心,尤其不要认为愁闷体现虔敬之心。我的小花儿,您要想,到我回到您身边那一天,我们将永远不分离。还要想,我在这里丝毫不感到不幸。相反,您要想象对于一个作家,认识他所有的读者,而且正好在为这个读者群而写作,这意味着什么——对于一个剧作家,亲自导演和演出他的剧本又意味着什么。我为圣诞节写了一部神秘剧,看来它令公众大受感动,以致一名演员在表演时想哭。至于我自己,我演朝圣的博士。我上午写了剧本,下午就排练。三十个人物。我在这里遇到两三个叫我真正感兴趣的人,接触到一种全新的戏剧形式,为了发展这种形式我们大有可为。我在读海德格尔,我从未感到自己像现在这样自由。我用全身力量爱您,我的小甜甜。

我迷人的海狸:

有人叫您害怕了,而我有十天没收到您的信。这叫我嘟囔不已。我那么喜欢您的短信,我的爱人。我收到所有的信,您知道,每次一小包,有五六封。您在信里逐日分析汇报您每天怎样过,因为我对您说到的人和事了如指掌,我能根据您的叙述发挥想象。我的爱人,您不应该猜想我不再爱您了,如果您知道这对我有多么不公平。我从未像现在这样爱您。此外,如果您感到自己太孤独,您就想,普洛曾写信告诉我,说他不久要到巴黎来,将与您久久待在一起。我希望这可以做到。至于我,我告诉您我一直与神甫们待在一起,我给他们上哲学课。作为交换,他们给我许多食物,让我与他们一起住。我一点没有挨冻,我经常想,我可怜的小人儿,您那里比我这里要冷得多。对于许多人,我正在变成他们的精神导师,这是必然的。我的小甜甜,要有耐心和信心。我用全身力量爱您,您永远在我心里。我一点也不寡情,恰恰相反,您是我的小花儿。

我迷人的海狸:

近来您的信变得忧郁了。我请您不要灰心丧气,要想到我不久就能回来。即便在知识领域,您也别觉得自己是孤独的。您要想我爱您,我丝毫没有改变,我们在一切方面都是联为一体的,我的小可人儿。再说,我们有理由满怀希望。您要知道,我在这里从未感到绝望,也不忧伤。我对自己做的事情越来越感兴趣。您可别以为我在这里挨冻,或者我的健康状况很坏。相反,我们有足够的煤,我还经常想,我可怜的小人儿,这个冬天您那边比我这里要冷得多。我什么也不缺,而且神甫们接纳了我,给我吃不完的食物。至于归期,它不远了,既然如您知道的情况,人们正在把文职人员遣送回家。我重读海德格尔,是圣艾蒂安一个神甫买的书。以他的哲学为内容,我每天讲三小时课。检查部门归还了我所有的文稿,包括小说、哲学著作和札记。您可想而知,这叫我很开心。不过我有太多的事情要做,读书的时间就不多了。您不必为塔妮娅担心。她后来收到我几封信,事情也就妥善解决了。我的小可人儿,我始终同样坚定地、深沉地爱您。我与您活在一起。问候博斯特。

我迷人的海狸:

再写几句,虽说我真的没有什么可说的了。事实上有太多的事情可说,不过需要每天都写才行,而这又不可能。不过我什么都不会遗忘,等我回来,我将把一切都告诉您。此外,我的爱人,您不要认为我的生活中有什么经历把您隔开,以致日后您需要弥补差距。您会看到,当我们重逢时,我们将是并驾齐驱的,虽然您可能对我的新计划感到惊讶。您还记得吗?我跟您说过一个作家到了成熟阶段,他身上应该发生什么事情。现在我身上发生的正是这种事情,而且我有良好的理由(动机)。您将看到,当我回来时,这将使我们多么激动。我的小甜甜,我始终在想念您,我在这里过的有意义的生活,是与您一起经历的。我们没有分离。这里释放了无法医治的病人,其中有一位是尼赞的朋友,他会去看您,带给您我的消息。至于我,此刻我在建立一个新的有关时间的理论。进展顺利。再见,我的小甜甜,快见面了。我爱您。

施康强 译

1941 年

致西蒙娜·德·波伏瓦

二　月

我迷人的海狸：

　　近来我收不到您甜蜜的书信。随信附上空白的专用回信纸。不过您知道,不能相信人家的说法,您还是继续用普通信纸写信,装在信封里寄出为好。这种信的优点无非是被邮局优先投递。不要被邮局职员们说得失去主见。比如说,您不要寄钱给我。首先因为,我希望文职身份的人不久将被释放。不过,即便我们还要在这里待一些时间,您也留下您的钱,我什么都不缺。您很快将见到马可·贝那尔,他是护士,为人很有趣,刚被释放。我将为您详细叙述我想的和做的事情,所以到我回来的时候,我将没有什么可补充了。不要告诉别人马可将来探访。利用这段等待动身的时间,我又着手研究哲学,正在艰难地建立一个关于时间性的理论。圣母在上,这比搞现象学要难一些,我在探讨现象学的时候,文思流畅如泉涌。不过我会形成自己的看法的。我很高兴能为您阐述一个哲学理论。我爱您。

三月二日

我迷人的海狸：

　　您见到贝那尔了？他跟您说的话,您对任何人都要守口如瓶,除了对博斯特。要让博斯特干活。继续给我写信,我父母的信寄达了。我一直整装待发。我的小甜甜,应该快乐。我认为您有一切理由感到快乐。我用全身力量爱您,我很快乐。

三月九日

我迷人的海狸:

少安毋躁。运载第一批平民的车队开始出发了,我想我是排在第二批。我爱您。塔妮娅来信说她正在接受治疗(或将要接受),费用为三千法郎。您能否问问《新法兰西杂志》,我那本《想象的事物》的版税够不够支付这笔钱。您把钱交给她。天气很好,我完成了一整套关于时间性的理论(二百页)。我多想待在您身边。

三月中旬

我迷人的海狸:

我们马上就要动身回法国。到了法国境内,我们先要待在一个遣送营里,然后被送回各自的居住地。整个过程最多不过十五天。今天是星期五。等您收到这封信时,离我抵达的日期就很近了。别跟别人说我就要回来了,因为我要把开头的时间全部献给您。(当然小博斯特除外,我喜欢与他重逢。)我收到您的明信片,我高兴您见到了比耶。他也是我派去见您的,是护士,总算他们都回来了。这里天气晴好,而且您可以想见,我们的心情也好。我所有有关巴黎的记忆逐一显现,不过是悄悄地浮现。我的小甜甜,真的我很快就能见到您,重睹您的小脸颊?我是那么爱您,我的小亲亲。等您收到这封信后,请与丹麦旅馆保持联系,因为我一回来,就从那里打电话跟您约会。我用全身力量拥抱您。

我迷人的海狸:①

我一直在那儿,没有人绑架我,我始终用全身力量爱您,与星期天晚上我们在卢森堡公园分手时一样。我不知道自己曾否经历过您说的那种诱惑,无论如何,今天我比任何时候更远离那种诱惑。

有个特大的好消息,我的小花儿,它会使您的每一根骨头快乐得发出声响来:《新法兰西杂志》欠我们 12855 法郎;我说的是一万二千八百五十五。您就花吧,我的小甜甜,把您的钱都花掉。我不敢寄钱给您,我要到星期六才领到钱。这一来,所有的困难都解决了。

我见到帕兰、加利马和格诺。他们很奇怪我不发表任何东西。他们面面相觑,满腹狐疑,以后我会跟您解释。他们知道的有关我的事情之多,叫我不可思议。我会讲给您听的。我见到梅洛-庞蒂和华格纳②。卡瓦耶斯③与我们走在一起了,确实有我一部日记形式的手稿(一本札记?)在一条铁路上被找到,肯定是要交还给我的。

我与塔妮娅的关系极好。她对我绝对亲切,是那种业主对财物的态度;我觉得自己像只备受疼爱的猫或哈巴狗,令人飘飘然。我对她很温柔,因为她既楚楚动人,又很有趣。……

我知道塔妮娅的故事,我会讲给您听的。她是无辜的,但这对她有危险,不过目前没有产生任何后果。我决定让她放弃她厌恶的绘画,改学戏剧。这事以后再谈。请原谅我写了一封干巴巴的短信,她出去一刻钟,我在写信的时候眼睛盯着房门,因为绝对不

---

① 此时萨特已回到巴黎。——原注
② 华格纳,文学教授,萨特的老同学,梅洛-庞蒂的妹夫。——原注
③ 卡瓦耶斯,哲学教授,在抵抗运动中曾发挥重要作用并被枪杀。——原注

能让她看到这封信。我的小甜甜,这封干巴巴的信与我心里的感情完全不对应,我看到您亲爱的小脸蛋,我那么想见到您。好好玩儿吧,我的小可人儿。我用全身力量爱您。

施康强 译

1943 年

致西蒙娜·德·波伏瓦

星期六（夏天）

我迷人的海狸：

您离我那么远了。我想您，亲爱的小人儿。您不在我身边，不能与我同时看到我见到的东西，巴黎就变得乏味了。为了安慰自己，我一直在想您玩得很开心。不过您的开心不是我能够共享的；这就像我想象您正在吃一盘淡菜蘸番茄酱，努力让自己也感到津津有味。

我的情绪时好时坏。不过始终做到通情达理。自然，一些人的幸福正是另一些人的不幸：她说这个假期被搅浑了。她老在路上，如果我见到她五分钟，就必须让她复习台词，这倒不叫我厌烦。

有好消息，脚本①大概就要被接受了。在佐罗家里一夜未眠之后，由于疲劳，我的情绪恶劣，对这个没完没了的故事产生厌倦；我躺下睡觉，但事先就知道不会睡着。可是星期五上午睡了九个小时后，我又精神焕发。我从容不迫地朗读那个小故事，唯一的担心是让别人看到我袜子上有三个大如落日的窟窿；我的鞋子上星星点点撒满白色的旧斑点，是白肥皂和牙膏的痕迹，它们紧挨着德拉诺瓦②那双漂亮的原色皮鞋。我朗读了我写成的部分——约为全部故事的一半，之后在讲述后续部分时我有点儿口吃，因为我不

---

① 指《大局已定》的脚本。——原注
② 德拉诺瓦，《伤寒》一剧拟聘的导演。——原注

太清楚后面应该发生什么事情。先是有一段冷场,令我尴尬,然后季洛杜提出批评,内容大致如下:人物的性格不够鲜明,现在需要加强心理描写。不过博德里(制片人)随即表示抗议:他觉得一切都好,而且存心不求甚解,虽然事实上也没有什么需要理解的。这是因为他脑子里有些小小的古怪的模式,他要把他听到的一切都纳入这些模式。他跟我说:"女人是下贱坯子,这是个完全堕落的女子,对吗?"我说:"那要分人。"我出言谨慎,因为我想得到钱,不过季洛杜和德朗治①(他不愿意他的相好演一个婊子)出面修正他的意见。于是他叹了口气说:"可惜了,如果写一个男人由于一个荡妇而振作起来,这该有多好玩。"这便是所谓苦涩的讥讽。他的水平不过如此。不过德拉诺瓦似乎满意,虽然他也要求心理分析。他要把脚本拍成电影。大家讨论演员的人选,这是好兆头;人人对我赞不绝口。不好解释的,是公共汽车上的死者最吸引他们。总之,他们要求我尽快完成脚本(比如星期五交稿),我想它会被接受的。唯一的麻烦是,付给我的钱(我希望有 37500 法郎)不能在十七日或十八日前领取。他们需要这段时间开支票、订合同——加上邮局背书支票的时间,我们可能要到二十号才能领到钱。不过,如果情况必定是这样,我可以说服我父母垫这笔钱,然后他们到二十号去兑现邮政支票。您不必担心。我还没有跟他们说起"我的合伙人斯密斯先生"。我想到星期五再说。

格雷尼埃②跟我要您的手稿③。我这就把手稿寄给他,同时要他转交《新法兰西杂志》,以便帕兰八月份回来就能看到。我把您的校样(《女宾》)带给菲斯蒂④了。可是您没有校好,我的小可

---

① 德朗治,新闻记者,《喜剧》杂志社长,电影圈内很有影响的人物。——原注
② 格雷尼埃,哲学家,加利马出版社审读员。——原注
③ 指《皮吕斯与西奈阿斯》。——原注
④ 菲斯蒂,加利马出版社出版部主任。——原注

人儿。出于好玩,我读了一百页,找出许多错,顺手帮您改了。总之,脚本被接受了,不必担心:明年您将不需要做任何事情,我们将过上安稳日子。

为了您的大箱子,旅馆的门房训了我一顿。我结结巴巴跟他说,我把一切都带走了,房间腾出来了,可他说:"那口大箱子呢,天晓得!您要我拿它做什么用?再说波伏瓦小姐整整一年没给我一分钱的小费,总不能要我把它扛下去吧。"我走的时候拿不定主意。博斯特不在,我无法独自把它搬下来,然后独自把它带到路易斯安娜旅馆。怎么办?如果我明天逮住博斯特,我跟他一起回旅馆一趟。

说了这么多,归根结底,我的爱人,无非是为了跟您说我爱您,说我的脚本被看好。以后几天我会写得更好,将描绘情绪和气氛。现在是五点钟,星期六,我在花神咖啡馆楼上,阳光穿进窗户,塔妮娅在朗克里剧院排练。今晚我们会见马罗依黛丝①。

明天或后天再写信,我的爱人,我迷人的海狸,我吻您晒成古铜色的漂亮脸蛋。

八日,星期四(夏天)

我迷人的海狸:

我有许多时间给您写信。我必须到朗克里剧院去看塔妮娅演出(这是她第三场演出,她不愿意我去看前两场);可是您介绍给我的那个守夜人不讲情面,拒绝为我订票。梅洛-庞蒂愿意帮忙:他跟我一起出发,但是不在乌泽施,而是在蒙托邦下车。我们将结伴旅行。不过我逮不住他,而这事至关紧要。于是我赶回来,在花神咖啡馆安营扎寨,他必定会到那里去的,既然我拿着他的身份证。我将等他直到十一点,同时不断到他家里(圣日耳曼大街一

---

① 马罗依黛丝,女演员,塔妮娅的朋友。——原注

八八号)看一眼。实在碰不到他的话,我只好明天五点起身,去排队买票。我急于见到您,我的小甜甜,我的小亲亲,我特想跟您一起散步,甚至骑自行车。我非常想念您。

德朗治真是个妙人儿,今天上午他跟我说,他将为您找一个活:明年写十二部广播短剧,每月一本(别人为您提供构想,您写对话——每部十分钟),您的报酬将在一千五百到两千法郎之间。这很不错了。为此您得每月花上四小时工夫。我十分高兴代您答应了。明天他将与电台①台长商量。脚本已脱稿,只等通过:明天下午最后审定之后,晚上我与他和克罗姆林克一起吃饭。为了做得漂亮,同一个德朗治前天到花神咖啡馆找我,说是要让人把脚本打出来。我接受了,今天上午已把稿子交给他。我不知道他的打字员有没有时间打完这密密麻麻的七十页手稿。他跟我说他又一次与博德里碰头,后者似乎对题材很感兴趣。所以有望成功。我们真的可以啐大学一口吐沫了②。

杜兰的谈话和计划都含糊其词。昨天我跟他通了电话,他在费罗尔,样子有点儿不好意思。我明白他不好意思的原因:据博诺说,他大概已决定八月十五日上演《布索涅克》作为九月份开始的演出季节的开场戏,而《苍蝇》只是每周演一场。我根本不在乎。但是我将劝奥尔嘉拒绝出演:她将每周领到一百法郎,但不能在别处演出。另一方面,阿尼娜的牙医情人皮卡尔——阿尼娜刚在埃贝托那里签了三出戏的合同——接到拉尼埃③一个电话,后者情绪很坏:杜兰给他写了封尴尬的长信,实际上是告诉他明年不再用他。这事情不可思议,因为在《苍蝇》彩排前三天,杜林在提到拉尼埃时热情洋溢,甚至在椅子里都坐不住了。他说:"他是个伟大

---

① 指维希电台。德方准许非占领区的电台播放节目。——原注
② 意思是可以辞去教师职位,靠卖文为生了。
③ 他在《苍蝇》里扮演俄瑞斯忒斯。——原注

的浪漫演员。"这一切我总会弄明白的,因为我星期一要跟塔妮娅一起去费罗尔餐厅。我当然会美餐一顿,但是我要把他的所作所为向图卢兹汇报。如果杜兰面对我良心有愧,那也好玩,我们大家都落个不自在。

　　塔妮娅在《圣徒泉》里扮演莫丽·比恩。虽然她自称毫不怯场,反倒"非常冷静",她还是神经病发作,眼泪汪汪——不过最后,我以为在角色允许的范围内,她演得很好。头几天排练时,我不得不在幕后扮演好心的老爷爷的角色;人们对我很尊重,要我为他们写个剧本。不过这无助于我变得年轻。现在人家把我归入重要人物一流,我不得不接受。这是个很不起眼的小剧团,在一家很不起眼的小剧场演出。他们统统极其脆弱,一点小事就能使他们不知所措,他们有自己小小的自尊心,既骄傲又谦卑的尊严,而且,尽管有几个人很热情,如索法①、达朋和德拉吕②,他们自然彼此憎恨。莱西亚③埋怨人家没有付给她报酬,说她是空着肚子演戏的;头牌小生维拉尔离开了剧团,因为人们对他缺乏尊重;团长兼导演卡维用自己的名义借了许多钱,每天晚上大把花出去。他因此很难过;何况他生性郁郁寡欢,只有一个叫奥黛丽的丑女子的私情给他带来安慰。奥黛丽跑龙套之余,勉强胜任舞台监督的职务。塔妮娅自然觉得这一切死气沉沉,而且您知道,她最怕的是贫困、死亡或不幸。她一到剧场就打不起精神,必须亮起全部脚灯才能使她振作起来。剧场在朗克里街,靠近共和国广场。附近没有任何标志,除了一块小得可怜的黄栗两色小牌子,行人难以发现,更难看清那上头几乎重叠的字母。它位于一幢大楼的院子里,那大楼曾是工会联合会的会所。大门很普通,略微有点儿马车门的意

---

① 索法,萨特从前的学生,后来投身戏剧。——原注
② 达朋和德拉吕,两人都是演员,杜兰的学生。——原注
③ 莱西亚,演员,杜兰的学生。——原注

思。人们从那里进去,穿过一个过道,越过一个院子,进入一个穹廊底下,就抵达一个电影院。通常它几乎不上座。每晚将近八十人。它散发的不仅是一个死亡,而是连续多个死亡的气息。首先是工会联合会的死亡,其次,它所在的街区(圣马丁门)从一八三〇年起就死亡了。每晚七点左右我们在那里消磨时光,或在火烧腰子,或在路易十四喝四分之一升维泰尔酒。这两家酒吧破破烂烂,与它们辉煌的名字毫不相称。然后我就没事了,到十点半我去花神咖啡馆或到塔妮娅家里找她。所以我从十二点到十九点与她在一起。一开始她表示抗议,我想我们曾经狠狠吵过一架。可是教皇陛下终究占了上风,现在没有问题了。这些日子我上午写脚本(今天上午杀青),然后去看索法或莱斯居①(后者给了我五十克金黄烟草,是一个瑞士崇拜者通过外交信使特地捎给我的),或者去买点食品。面条没到货,不过有八公斤土豆。这对我也合适,因为我没有面包了。塔妮娅用她的配给卡给了我七百克面包,可是不够。下午我帮她排演,我们在房间里转来转去,然后步行(不过兴致不高,因为天气阴沉,下雨,天色灰暗,有寒意,微颤)去朗克里剧场。从那里,我坐地铁回到花神咖啡馆,昨天晚上我在那里见到帕什,他观察病人,告诉我一些很有趣的情况,还答应明年带我到圣安娜医院去见一些病人。前天晚上我见了莱斯居,明晚要见克罗姆林克和德拉吕,星期六要在莱里斯家吃晚饭。星期天下午我去见父母,晚上去见佐罗。

几条小消息:穆鲁基找到一份工作,在一家德国电视公司;比朗向我提出一些有意思的建议;奥特利接管一个剧院(昂必居剧院),向我订购一个剧本——我不置可否;费伟夫人被加利马解雇了,幸亏维宁弗雷德·莫德保全了职位;格诺来看我,代表加利马

---

① 莱斯居,诗人和法语出版家,在瑞士出版了法国抵抗者的作品。——原注

要我把自己的评论文章编一个集子,不过我说还不到时间;维奥莱特·布罗沙现在巴黎,与塔妮娅约定星期六下午两点半见面,所以我将有一个下午的自由;洛拉不去见索洛济娜,她要每星期一与塔妮娅一起到一个天体主义者营地去,塔妮娅同意去,条件是她不脱掉袍子。然后,您想不到吧,济娜①头脑发热,想与索法结一段情缘。她甚至要求我与索法订一个约会,在索法毫不知情的情况下,她本人晚到一刻钟,假装没有这个企图,只是来托我办一件事。她将坐下来,卖弄半小时才情却不看索法一眼,只在临走时向他投去深情的目光。这当口,图卢兹闯进来,找个借口请索法当天晚上去她家喝咖啡。塔妮娅、佐罗和我于是到图卢兹家去,在那里饱餐一顿。图卢兹端上咖啡,索法会准时来,喝咖啡,闲聊,而济娜送他到门厅时,将会亲他的嘴。幸亏情况有变,不允许图卢兹实现这个惊人的计划。她需要提前去费罗尔,这个会面只能推迟到明年。

就这些。查佐里奇收到您一封信,她比我幸运。我昨天和前天去过邮局,空手而返。明天上午我还要去,如果仍旧无信,明天下午再去。我真想再见到您那一笔破字。

再见,我温柔的小海狸。梅洛-庞蒂来了,他拿走我的身份证和钱,明天将老老实实为我去排队。一切都好。我将及时赶到。我想我还会写封短信。依旧寄到克莱蒙-费朗;如果您不在那里,请关照转信。

我用全身力量拥抱您,我迷人的海狸,我全心全意地爱您。

星期三(四三年底)

我迷人的海狸:

此刻三点二十五分,我在花神咖啡馆,小心翼翼地写信。您

---

① 济娜,图卢兹(西蒙娜·若利维)的铁姐们儿。

成了广播剧编导了,这是怎么一回事?没有人能告诉我事情的经过。可今天您又对电波根本瞧不上了;您的热情大起大落。我曾在旅途中,在到站时,一直想念您,我想起许多清晨到站的情景——有一次是在圣热尔韦。我还是有点儿羡慕您。玩个痛快吧。

星期一我见塔妮娅一脸苦相,她自己也弄不清,"人间痛苦莫过/不知原因为何/既无爱也无恨/我心如此痛苦"①;眼泪、呻吟、扭曲双手、长时间的沉默,我头皮发麻。后来佐罗来了一会儿,带来一包茶叶。她总算高兴了,有力量去睡觉了。昨天上午,我在父母那里工作,吃饭。下午从三点到五点半在花神咖啡馆工作,然后陪罗阿②——他整个儿疯疯癫癫——到摩根那里去。然后到塔妮娅家。我到后两分钟她就哭起来,在床上折腾,喊叫:"你给剧院打个电话③,说我不去演戏了。"我不知道她的动机,但知道原因:她服了八片奥台特林。这种药,吃一两片使人高兴,三片让人做梦,八片,您想这效果。我拒绝打电话,喉咙也响了一点。最后,我陪她去乘地铁,她不停地喊叫。进了地铁,她的泪水像喷泉,仿佛她的双目是被切断的主动脉。她要求我承诺不在大学城剧院露面,"因为我看见你,就要喊叫,就会跳到台下去。"我答应了。其实我也不是特别想去。我到花神咖啡馆去工作,直到九点。到了九点,维索里斯和一位女友来跟我唠叨个没完。九点半我去看杜兰,他在化装室里,穿了朱庇特的服装,冷漠如十月的雨,迸着字说话,抱怨他的孤独。我笑了,只顾喋喋不休,假装什么也没有觉察。

---

① 魏尔兰的名句。
② 罗阿,萨特从前的学生。——原注
③ 她在《苍蝇》里演一个小角色。——原注

正当他的表情开始舒展时,我起身告辞,答应下星期二再来看他。这是因为尼诺·弗兰克①在过道里转来转去,打听哪间是奥尔嘉·多明尼克②的化装室。我见过他,他对她很满意,他说《伤寒》③有望成功,星期五他将跟我谈这件事。我会告诉您以后的进展的。十点,我见到面带微笑、喜气洋洋的塔妮娅。她刚才扮演少妇的角色很传神。我陪她乘地铁回去,查佐里奇与我们同行,她泪流满面,因为她没有演好(她自己说的),因为居尼在台下看戏。可是居尼并没因此不到化装室来找她,跟她说他计划与她同台演出(但是缺乏资金)。她借给我博斯特的一个烟斗,因为我打坏了自己那个当假奶头咬在嘴里的漂亮烟斗。我在塔妮娅那里待了五分钟,正好容她有点儿时间悲叹自己的命运。她边哭边说:"我的日子过得那么舒适,嘿嘿!我要什么有什么,嘿嘿!我有钱,我有戏可演!我必定遇到特别可怕的事情,以致条件那么好了,仍然感到身世凄惨。"我略微恭维她几句,然后告辞。我来到路易斯安娜旅馆,但是没有钥匙。您把钥匙带走了?门将一直开着,由它去吧。我跟孩子们④打了招呼,吃了三个鸡蛋。我给布拉的父亲写了封信,我跟上帝一样美美地睡了一觉。今天上午,我在中学待了四小时,然后吃了三个鸡蛋一包面。我跟孩子们讨论《他人的血》直到三点差二十分,他们不喜欢这本书,我以为这很愚蠢。不过他们都是好心肠,每天都在虎皮纹的桌布上为我摆好全套餐具,一个大勺,一个碗,一把汤匙,一把刀,叫我很感动。这会儿我写信。在梅洛-庞蒂未到之前,我要干点活。

~~~~~~~~~~

① 尼诺·弗兰克,电影评论家,在电影圈里很有影响。——原注
② 奥尔嘉·多明尼克,奥尔嘉的艺名。——原注
③ 《伤寒》,萨特编剧的电影。摄制时被改得面目全非,而且不署萨特的名。——原注
④ 指索洛济娜和布拉。布拉是萨特从前的学生,犹太人,我们很喜欢他。后来被德国人枪杀。——原注

再见,我的小迷人精。我星期六再写信。您就上上下下,多出些汗吧。我用全身力量爱您,我吻您的小脸蛋(您回来时,两颊肯定晒黑了。我在街上见到一些滑雪回来,晒成古铜色的人)。

问候傻家伙们①。

施康强 译

---

① 当时西蒙娜·德·波伏瓦和博斯特等几个朋友在莫津滑雪。

1944年

致西蒙娜·德·波伏瓦

一九四四年初

我迷人的海狸：

……

　　星期天以来，没有什么事。工作方面，我完成了帕兰要我写的那篇东西①，然后重新开始写小说，兴致很高。我已经写了十五页，等您回来时就有五十页了，这比谈论语言问题要有趣多了。

　　心情方面：看到我的脚本被拒绝，我有点儿难受。我习惯被人赞扬，现在人们不称赞我，我感到茫然。直到星期天晚上，我的心情很坏。星期天晚上是情绪最坏的时候，因为那天下雨，我在米斯特莱的妻子那里吃饭。没有更倒胃口的事了。晚饭结束时她满脸通红，那张本来就很丑的脸五官挪位，简直可怕。在座有两个孩子，一个梳辫子的小女孩和一个纤弱的男孩。男孩想当小说家，由于有病，学习受到影响。米斯特莱当然在场，家里人都叫他爱德加，还有一只猫，唯一好玩的因素，它跟人一样，的的确确用卫生纸擦屁股。您必定不相信这件事，因为别人的奇妙举动使您恼火，可这是千真万确的，证据是人们在擦屁股纸的哗啦声中进餐，因为这畜生要擦几次才能擦干净，它的技巧与它的良好愿望不相称。菜谱：美味的白菜浓汤、牛排骨、家制糕点和果酱。咖啡和真正的樱桃酒。

　　我回到您的住所睡觉，醒来时心情转佳。我见到勒费弗尔-

---

① 指《往返》，收入《处境种种》第一集。——原注

蓬塔利斯①,他下定决心要结婚;我到塞纳街去吃鸡蛋和面条,然后到特雷维斯街去看排演(《隔离审讯》)。排得越来越好了。加缪和塔妮娅缺席,撇下凯塞列维奇一人在场。热内将于明天被解雇,因为他的能力不够。索法可能取代他。我拿不定主意要他脱离杜兰,只要加利马剧院不作保证。格诺将写一个独幕剧作为开场戏。这很好。

排演结束后,塔妮娅、凯塞列维奇和我到花神咖啡馆去喝茶。然后回到演员休息室,直到夜半。塔妮娅变得像羊羔一样温柔,因为她姐姐开导过她,问她怎么想到去追求加缪的? 她想从他那里得到什么? 我不是比他好得多,而且那么可亲吗? 要她小心。何况,勾引男人果真那么有趣? 她,奥尔嘉,早就这么做过,可现在她完全不感兴趣。塔妮娅先是勃然大怒,不过她还是听进去了。这才有那些媚态,我是说她放了几张唱片,从七点到十点围着我跳色情舞。我听唱片。星期二:工作到十一点,从十一到十二点会见索法与罗阿。罗阿整个儿疯了。他津津有味地听人家讲疯子的故事,只要话题转到别的方面,他就沉默不语,无精打采。他会给自己造成不幸的,除非,我希望,他的疯狂与我曾经有过的那样,在于自以为疯狂。总之他的面容慢慢地改变,很奇怪,变得像人们在疯人院里见到的面容。他自称已经出色地向他的一个朋友证明,疯子是有理的,他这位朋友被他说服后,就把自己关起来,自觉地发起疯来。与像蛇一样骚动的塔妮娅做伴——总共一小时,从一点到两点——然后工作,然后是七星文库评奖会,相互比赛机智、微妙、深刻、狡狯与讽刺。穆鲁基得奖的可能性很大。人们进行淘汰性表决:投票者根据自己喜爱的次序列出三个姓名。我们七个人

---

① 勒费弗尔-蓬塔利斯,萨特从前的学生,后来成为著名的精神分析学家。——原注

投票。大家都提名穆鲁基,但是次序不同,四个人把他列为第一。于是他获得多数。不过艾吕雅、马尔罗和布斯盖不在场。只要去掉《石匠》,我们会得到马尔罗那一票,那篇东西涉及同性恋,他不喜欢。人们将拿掉《哲学》卷中的伦理学部分,单独出一本书,由我们(您、加缪、梅洛、莱里斯和我)来写一个集体宣言——表明一种与当前形势相适应的道德立场。加缪闲着,跟我去了花神咖啡馆,与我一直待到九点。事情变得好玩:他对塔妮娅有点儿动心了。我们已经探索到俄罗斯灵魂最隐秘的部分,而他对之还是陌生的。他谈到塔妮娅的"天才"和"人文价值"。而塔妮娅却嘲笑他,她在一个记事本里记下她在加缪心里的得分。是这样写的:

星期天:III,星期一:III,等等。

她走后,我留下来读书。到十点,我上楼去看孩子们。我给他们讲了各种趣事,逗得他们异常兴奋。我以后会把这些事情告诉您的。我在他们那里吃了面条和布拉做的巧克力,然后,到半夜,我躺下睡觉。今天上午讲了四小时课,没有警报,可惜了。下午与塔妮娅在一起,十点起,工作与阅读手稿。然后给您写信。

各个街区正在相继熄灯,我的小甜甜。我该打住了。我强烈地爱您:我头几天产生的小小的焦虑,一大部分原因来自您的离开,我的小伙伴。现在我习惯了,但是我觉得自己单独一人待在花神咖啡馆特别傻,而我多么高兴跟您闲聊啊。再见,小人儿,我用全身力量拥抱您。

您知道吗,在您上星期一的广播节目中,查佐里奇朗诵了《美丽的女头盔商》①。

施康强 译

---

① 维庸的名诗。

1945 年

致西蒙娜·德·波伏瓦

> 萨特在美国旅行期间很少给我写信,而且这些信都丢失了。当时还没有航空信。信走海路,很久以后才能抵达。他为《费加罗报》和《战斗报》写的报道是由报社出资,打电报发回来的。

我迷人的海狸:

海狸不再那么迷人,既然她在戛纳连一行字也不肯写给我。总算来了一封长信,您被原谅了,因为看来您玩得很开心。获悉您此刻在维希,这使我发笑——并且因为您又不在那里了。我猜您将要去伏雷地区,去我们四一年到过的那边走一趟?玩个尽兴吧,您还没有失去自己的青春(我的青春也没有消逝)。我有一大堆事情要告诉您。先说能带给您一点快乐的事情。八月份的伦敦之旅重新提起了。路过巴黎时,我找到马西格利先生一封信,他要我推迟到九月再去,没有提到您。不过我遇到导演科恩,他想推出《大局已定》;他跟我说,有家英国公司想拍一部展示残酷行为的影片,他们拥有很有价值的文献,但是难以确定一条主线;他跟英国人说:只有一个人能干这个活,他是萨特。我回答说我接受,但提出一个特别条件,即也要邀请您,因为您是我的顾问。报酬多少倒不要紧:我在那里的一切费用由他们负担,所以我可以请您去住几天。他说他的兄弟负责电影方面的事情,这个条件不成问题。只是需要英国人那边同意由一个法国人编写脚本。他将于八月十日前后给我答复,我们到二十日左右就能出发。事情还未成定局,不过总算……随信附上多里安的信,他属于欧美公司,对您的剧本感兴趣。您应该接受:他组织人到南美洲去演讲。这些是好消息。再说也没有坏消息。

此外,塔妮娅最近几天脾气特好,除了在我动身前夜,她突然攥紧拳头跟我说:"我刚发现,我跟世界上任何人相处,都比在你身边有意思。"不过她作这个概括未免太晚,后来她又给了我更公正的评价。我没有为买火车票排队,一个神秘人物分文不取给我一张许可证。不过那张纸片做得太假,售票员在递票给我时满脸惊讶,以致我不敢在检票口出示它。总之我购到去安吉堡的车票,开车前一个半小时与塔妮娅一起坐在车站的长凳上。然后我在一列塞满人的火车里待了二十六小时,我站在过道上,很不舒服。而且他们把蒸汽锅炉烧到极限,弄得旅客身上落满煤灰,我抵达时筋疲力尽,黑得像黑人的屁股。不过我还是(虽然二十四小时没有吃东西)在里昂车站问讯处排队,打听怎样前往圣索弗尔。事实上去那儿没有直通车,最省事的办法是不去。可以假道奥克塞尔前往,在奥克塞尔当地可以换车(需要穿过整个城市),只是需要许可证,所以要重新等待,尤其是要耽误四天。到基安去倒是不要许可证;有六点零五分的慢车,不过正当你在巴黎上车的时刻,从基安开往圣救世主的唯一一班火车刚好出发。九点十五分你抵达这个凄凉的小城,然后必须停留二十四小时,等待第二天六点的那班小火车。我还是决定从基安走,因为我想到了那儿我总有别的办法。不过,经过二十四小时的旅行之后还要在四点十五分起床,这未免太辛苦了,于是我决定在巴黎过星期天,星期一上午再动身。在巴黎,我到您的旅馆去了一趟。人们自然跟我说:"钥匙在索洛济娜小姐手上。"我上楼撞见她被可爱的摩法特①搂在怀里,

---

① 摩法特,年轻的美国军官,后来在好莱坞当编剧,娶了索罗济娜。——原注

后者在巴黎定居直到回国,除了与她待在一起不做任何事情。我喜欢他。

箱子①抵达了,还有信件:您需要交纳三千法郎的税;另有多洛雷丝的一封信,令我很高兴。那封信的语气很矜持,因为她没有收到我让克诺普夫太太转交的信,她的意思是说:小家伙,给我写信啊。当然她用一种精心设计的冷淡语气来抵消这层意思,但是可以在这一切背后感受到她的热诚。昨晚我给她写信,接着还要写下去。箱子完好无损,您的六米布料和两双鞋子平安无恙。我送巧克力和蛋糕给索洛济娜,茶叶给奥尔嘉(她特地回来跟博斯特道别,他这两天就要动身)。然后我到邮局去兑支票(等候一个半小时),接着用电汇给塔妮娅寄钱。您想想:从两点在夏纳到六点在巴黎,我可是马不停蹄。作为对自己的补偿,我独自在国王桥待了一小时,然后我带索洛济娜去吃饭,然后我与摩法特和索洛济娜一起在国王桥度过晚上。这一晚很亲切,但也很累,因为语言的差别导致沟通困难。十点左右,索洛济娜显得有点儿不耐烦,于是我留下他们,自己到歇拉米②去。在那里,阿斯特吕克向我倾吐衷肠,同时递给我一本他写的关于金钱的小册子。"您有运气,可以讲道德。"他坦陈自己不择手段向上爬,叹了口气跟我说。接着我去睡觉。星期天我见到索法、娜塔丽·萨罗特、维奥莱特·勒杜克和维托尔德,我写了几封信,为自己的书写了供报刊采用的介绍文字,然后,到晚上,我把索法、维托尔德和达朋以及他的唱机带到索洛济娜那里。我把带给杜阿曼的唱片统统放了一遍。然后我到夏普兰旅馆去取自己的信件,在那里遇到奥尔嘉。我原先不知道她在巴黎,于是我邀请她和博斯特第二天吃午饭。必须跟您说,我那

---

① 萨特从纽约寄给西蒙娜·德·波伏瓦的箱子。——原注
② 歇拉米,草场圣日耳曼的酒吧餐厅。——原注

时候刚发了一场高烧,胃痛剧烈,不能考虑四点半起来再赶火车。事实上,我回去睡觉,熬过一夜,几乎没有入眠。第二天,状态仍旧很坏,我在中午会见科恩,然后与奥尔嘉和博斯特一起吃饭。接着会见马丁-绍费埃,他将在九月十五日交给我们四十来页关于集中营的文章,因此我们必须改变十一月与十二月那两期杂志的编排(因为那篇文章将于一月份出书)。之后再次与博斯特见面,跟他一起度过晚上(直到十点)。然后我去见索洛济娜和摩法特,然后睡觉。四点半醒来,背着背包步行到里昂车站,因为地铁首班车五点半才开出。我还有点儿虚弱,不过大清早在街上步行挺有意思。我买了一期《迷宫》,那上头有安德烈·卢梭一篇评论我的文章,占了四栏,说我是个新超现实主义者,缺乏爱心。说得真巧,我正因为富于爱心,才给自己增添许多麻烦。不过我们说的不是同一种爱心。

　　旅途顺利,我甚至坐了两个半小时,然后从蒙塔基开始,站在一个没有过道的分隔车室里。终于抵达基安。一个劫后的小城,奄奄一息,没有面包,没有公共汽车,拦车是笑话,因为根本无车可拦。我走了好久,才找到一辆老雷诺车,司机把我送到距此五十五公里的圣索弗尔,要我付一万一千法郎。我终于抵达目的地,受到热烈的欢迎,过着城堡主的生活。周围的人我一个也不认识,但是他们给我完全的自由。我母亲真是好心肠,很让我感动。她自然相信我在圣封的车祸中遇难了(事故发生在我回巴黎那天的夜间。列车因此晚点四小时),哭了一夜。我觉得她需要一些想象的忧虑以便充实自己的生活。不过,说到这里的生活,等我习惯之后,我会跟您谈得更好一些。我很满意在这里找到您的一封信,我的小海狸,除了有关在索洛济娜那里找到的一篇蹩脚文章,我什么情况都不知道,因而烦恼。我很高兴知道您由着自己猛烈的性子,在公路上奔驶。您的自行车怎么会那么结实?索洛济娜说那车没法骑。可别摔坏您的小脸蛋。

再见,我的小甜甜,我用全身力量拥抱您。我渴望见到您,没有您,我在巴黎感到特别孤独。

您愿意的话,请尽快告知(可以打电报)一个地址,以便我还有机会通过信件与您联系。

十二月三十一日

我迷人的海狸:

您在哪里?必定在突尼斯,而且玩得很开心。今天是十二月三十一日,我还在这条不幸的船上①。根据最乐观的假设,我们将于航行十八天之后,三号星期四白天上岸。且不说我们在波尔多耗了三天,从星期五到星期天,差一点要等到星期二或星期三才出发。必须跟您说,所谓 Liberty ship,这是一条货船,甚至更糟糕,是军用货船。此外您要想象,这条船太轻,经不住海浪的颠簸,每逢比较严重的纵向摇晃,它的螺旋桨就会超出水面,发出吓人的噪声,您可以想见,这不利于加快速度。我在纸上为您写了几条札记,不过一开始我还不知道能否利用它写一段文章,因为乘一艘自由船航海,这事毕竟有点儿滋味,值得说说。我保持客观语调,对自己只字不提。后来我放弃了,因为人们不可能在海上写作。这可不同一般,你会觉得海风和颠簸把你的头脑都掏空了。人们什么也做不了,除了无休止地聊天,或者无休止地观望大海,让海浪的运动取代脑子里思想的运动。我二十次试图写关于唯物主义和革命的文章,每次面对白纸我都感到一种无法忍受的烦心,一种恶心。我甚至不能读书:我说的不是马尔罗的书,而是我带走的侦探

---

① 送萨特到纽约去的一条"自由船"。——原注

小说。精神无法集中。有些人练习英语,另一些人用纸牌算命。更常见的,是从甲板这一头走到另一头,连续采取多种能保持身体站稳的姿势。

　　早晨八点半穿着睡衣起身,吃早餐。然后磨磨蹭蹭,在甲板上走几趟,然后淋浴,刮脸,穿衣服,这就耗到中午了。十二点午饭。午后的时间更难打发,你找一个人说话,然后找另一个人,你看一眼表:才过了半小时。五点吃晚饭,饭后下棋或去探望"女士们"。我们买了点干邑白兰地,每两个晚上喝醉一次。我完全置身天地之间,几乎不知道自己离开了巴黎,浑然不知正在向纽约前进。我不想任何人和任何事。这是一种不寻常的、萎靡不振的状态,使人一无所求。幸亏是这样,要不然,整日里面对单调的大海,如果在烦躁和悔恨中度过这十八天,人们只有跳海的份儿了。总之,请您设想我完全不再是我自己,而那些认为我过于"紧张"的人,只要与我一起坐货船航海,就会改变看法。此外,我不晕船,尽管他们把我安排在船尾的房舱,颠簸特别厉害。这是一个意志问题。不过到最后,这也变成存在的真实、自然的滋味,以致人们想不起曾经有过另一种存在。再往后,这一切都消失了,要不然就是我习惯了这一切,我说不清楚。您知道我们经历了坏天气和暴风雨。船体在一次暴风雨中受损,船长眼看就要发出求救信号了,不过最后还是修复了受损部位。您在突尼斯可以想象,但人们在巴黎难以置信的,是我们在船上彼此客客气气。圣母啊,我们进入南方海洋,而且是到了马尾藻海。您回去后跟穆鲁基说,我见到那么多马尾藻像是下雨一样落下来,其形状像成串的干葡萄。我必定真的很出名,我可怜的小海狸,因为尽管只有旅行箱上破烂的签条显示我的姓名,全船人都知道我是谁,人们要求我做关于存在主义的演讲,抢着跟我借书,可恶的是他们爱在书页上折角。他们全是贝当主义者和附敌分子,好些人梦想在法国推行专制政体,他们有些想法令人毛骨悚然。有一天,一个中央工艺学校毕业的混蛋跟我讲了些趣闻,有意嘲弄维尔高尔的抵抗战士,我气得当下发作,离开饭桌。我们忘了还有这类人,我的小海狸。这种人真可怕。不过还得跟他们相处、说话。我跟一个叫里布的人处得不错,他在美国住了十年,将要申请入籍。他已经有美国式的民主观念。另有一人很可爱,他穿蓝地黄条衬衫,留金色胡子,戴一顶有小绒球的软帽,喜欢幻想,是业余画家。我跟他谈得拢。我在札记里提到的安杰利为人也不错,他是根深蒂固的保守派,不过是海员式的,而不是业主式的保守主义。外加一位医生,名叫巴特勒米,大个子,饭量惊人,假装脾气粗暴但与人为善,骨子里却虚伪、怀有恶意。是最坏的那种人。他们自称"存在主义办公厅"。

然后是女人。整整八天,巴西领事的太太向我送秋波。她三十五岁,模样儿漂亮,举止娇滴滴,像埃及舞女。不过愚蠢,一味卖弄风情,想让船长、安杰利、画家博丹和我这位作家拜倒在她裙下。我跟她周旋了八天,足以证明人们在天与海之间是何等空虚无聊,尤其证明人们的存在已与一切隔绝,人们发现自己有生以来,而且将终生介入这条船。有过一些骚动,作过许诺,握过手,然后,圣诞之夜,我喝醉了,把她痛骂一顿。我不太清楚发生了什么,但我记得自己在她的房舱里,睡在她上铺的小个子古巴女人对我说:"假如我是T夫人,我会给您一巴掌。"其余的事情记不清了,我喝醉了总是这样的;只记得我在一条救生艇里睡了一会儿,别人到处找我。这以后,我们彼此冷淡,重新接近,再次冷淡,但是我确信她要收我做第二号追求者,她最为中意的是安杰利(我不认为她跟他上床了)。于是我了结这个愚蠢的故事,它毫无意义,引我骚动却又对此人没有最起码的敬意,而且,假如它发展下去,只会带给我不快,对多洛雷丝也将是个侮辱,其结局有可能让我丢尽脸面,至少也是可鄙的。就是说,我采取礼貌的、保持距离的态度。那位女士对安杰利却是情意绵绵,在对我卖弄两天风情之后,她不再理睬我,跟他如胶似漆了。这是典型的既愚蠢又不合时宜的故事,我老觉得自己行事像只昆虫,很是惊愕。必定是海上的空气使人神经不正常:人们在这位夫人的房舱里度过整个晚上,有个同性恋者总是依偎在她脚下,像是她的侍童。此人体态优雅,颇有意思,深褐色头发,很少开口,想去好莱坞碰运气,不招我讨厌。他二十岁。时间就是这样消磨的。三天来,我下决心读书,但没有太大的兴趣。不过,主要的是旅行快结束了。我开始感觉到纽约。其他人也一样。人们开始相互讲述有关美国的故事,请求里布做一个有关美国生活的讲演(为法国人讲入门课)。杜阿曼的弟弟也在这里。他活脱是他有名的兄长的翻版,但是很平庸。在饭桌上他常闹出些趣闻。他特想与我们建立联系,但我们尽可能躲避他。

就这些,我迷人的海狸。这一切当然包含许多细节,容我日后道来。不过您要看重我写了四页这个事实,我已经累得拿不住笔了。有滑稽的情节:有一夜,人们在那位夫人那里喝得酩酊大醉,她曲意讨好我,我不为所动。夜里三点,我们回到船尾自己的房舱去。我那时醉了,对夫人的殷勤有点儿动心,轻轻关好房门,走到她的房舱,敲门:"我想跟您说两句话。您肯出来一趟吗?""好的。"她亲切地说。她走上驾驶台,我跟在她后面。她刚在驾驶台上站定,从她左右各蹿出一个人,他们彼此没有看见,也没有看见我,同时低声跟她说:"我想跟您说话。"于是我亮了相,我说:"我们是四个小丑。"接着我笑着下去睡觉,留下他们自己解决问题。

我希望在抵达时收到您的信,小好人儿。我感到无聊,因为旅途太长,您要在预期的日子后一周才收到信或电报。实际上,如果我们四号抵达纽约,就是好运气。到那时,您在突尼斯已经半个月了。玩个痛快吧,我的小甜甜,要享受好时光。我用全身力量爱您,我拥抱您。

星期四前,我还将补充几句。

施康强 译

1946 年

致西蒙娜·德·波伏瓦

一　月

我迷人的海狸：

　　我越来越不知道该往哪儿寄信。您跟我说要到一月底才离开。可您走了没有？我给您寄了许多信到突尼斯。我把这封信寄到法国。不过您得要人家把寄到突尼斯的信件转给您。有一整套我写的航行日志，还有从这里发出的信。

　　您的信带给我极大的快乐，因为您在麦热夫玩得开心，我也感到幸福。一个名叫佩拉日的黑人带给我拉斯凡尼雅斯的那几篇文章，我读的时候，与您有同样的感受：这事情既奇怪又好笑，所有这些人继续关注我们，而我们俩都各自在另一个世界活动。我的想法跟您一样，应该改变生活。唯有塔妮娅和我母亲的存在拖住了我，使我不能跟您出门，每年到不管什么地方去工作六个月。不过，在果真这样做与每天在花神咖啡馆逗留之间，有一些中间状态。此间的生活安逸，没有故事。我九点起身，不管怎么努力，也做不到在十一点前准备好出门（洗澡，刮脸，早餐），我去赴几个约会，与多洛雷丝一起吃饭，或者见几个想见我的人。午饭后我独自在纽约散步，直到近六点，现在我熟悉纽约不亚于巴黎；我在某一地点重晤多洛雷丝，待在她家里，或者去一个安静的酒吧直到半夜两点。我喝得很多，不过迄今为止没有不适。星期五晚上我到她家里，直到星期天下午四点才离开（顾忌门房）。她管我叫她的囚徒。不过这个星期五周末我们要去看雅克琳娜·勃勒东（星期三和星期四:波士顿——星期五到星期一:康涅狄克州雅·勃勒东)。从星期一起,我在第七十九街有半套公寓,我会给您地址的。是多洛雷丝的一个朋友转让给我的,房租每周十五美元。钱有点儿周转不灵,我有足够的生活费,但是无钱购物。今天我要去见一个文学经纪人,托她帮我售出一些文稿。我在这里名声不小,但是没有人出钱要我的文章。我至少要买七百美元的物品带回来(我挣的钱需要缴百分之二十五给国家)。我每场讲演只有五十美元报酬,但要准备一整天,有时还搭上夜里和第二天。

无事可述,除了多洛雷丝爱我爱到令我害怕的地步。此外她倒是绝对迷人,我们从不红脸。不过这一切的前景很是暗淡。我不知道怎样写信,才能做到既不对她显得粗野(由于文字本身的冷漠)又让您感受到这些事情。我会跟您细说的。(我不逐日记事,因为从来无事。)

再见,我宝贵的爱,我迷人的小海狸,再见。我与您在一起感觉最好,我强烈地爱您。再见,小人儿,我将很高兴能与您重逢。

我想三月初(三或四日)回来,搭二月底(二十七至二十八日)的船。

星期一,二月

我迷人的海狸:

我等您的信有一个月了,但是我什么也没有等到。我倒不是太担心,因为信件寄达的时间很长,而且我从二月十日以来没有我母亲的消息。我不假设你们俩都死了。我想突尼斯的邮政谈不上发达。令我不安的,是我不知道您是否在突尼斯城收到了我的信。我写得很多,除了最近两周,因为我真不知道把信往哪儿寄。我以为此刻您已经回来了。我三月十五日乘飞机回来(十四日从纽约出发)。我只有两个选择:坐船,一日左右出发,航行十或十五天,或者十五日的飞机（还有一个位子）。我写文章和找钱都不顺。现在才有点儿苗头。必须写文章和买东西。所以我还需要几天时间。您丢了香槟酒，但是我可以用《隔离审讯》的三十万法郎送您一瓶。我将去加拿大做报酬丰厚的演讲，乘飞机（多伦多、渥太华、蒙特利尔：八、九、十日三天）。我不能接待索洛济娜①。不过多洛雷丝将照管她，留她住，带她上街。如果她十一日还在，我回来后可以带她逛纽约。不过，您为什么不通过领事馆发电报通知我她的抵达日期？是摩法特告诉我的。我不太明白您的沉默。您在哪里？

我从早忙到晚：文章，演讲，《隔离审讯》，整个儿陷进去了。再也不能随意散步了。不过关于雅克琳娜·勃勒东与大卫·海尔②和我的乡下生活，我有许多事情要说。您知道，我们的汽车返程时在高速公路上翻了车。海尔压在最底下，他上面是多洛雷丝，然后是我。无人受伤，只须支付三百美元修理费。不过这毕竟是个重大事故。我还要跟您说多洛雷丝，她实在令人怜爱，是我认识的仅次于您的最好的人。现在我们进入别离前的悲情时期，我不再每天嘻嘻哈哈。害怕引起门房的注意，我们搬到下城区大卫·海尔的画室去住。她对这个叫波厄里的街区有种神经质的恐惧。您难以想象她的性格，那是一种奇怪的混合：恐惧与决心、深层的悲观和细节上的乐观、激情与审慎、腼腆与大胆。她的激情实在令我害怕，尤其是这方面我很不在行。她用她的激情来损害自己，但是当她幸福的时候，她会像孩子一样天真无邪。

此间与巴黎一样：人人都在议论我，到处都在毁损我的名誉。我想这是我的命运。列维-斯特劳斯假装不知道我与多洛雷丝的

---

① 她到美国去找摩法特。——原注
② 大卫·海尔，美国雕塑家雅克琳娜·勃勒东的第二任丈夫。——原注

关系,有一天她问他是否觉得我这个人可亲,他跟她说:"在我读过《女宾》之后,您怎能让我觉得他可亲?那里面有对他的描写,是个无耻之尤的混蛋。"谢了,小迷人精,谢谢您为我画的像。我在与一些骗子干架,他们想靠我吃饭,剥削我。多洛雷丝要我在钱的问题上寸步不让,她说这是美国规则。我不在行。我刚见过律师,讨论如何重签《隔离审讯》的合同。我自以为分文不让了,实际上我像儿童一样幼稚。向您汇报我怎样度过一天:九点半,为给《时尚》拍一张照,去见著名的摄影师比登(他在纽约相当于达尔古在巴黎),然后去《时尚》,讨论我为他们写的一篇文章。十一点在诺普夫家写一封信给汉密尔顿,他是我的英文出版商,我劝他不要在《缓期执行》之前出版《不惑之年》。十二点半在饭店与奥利维·斯密斯见面,他是《隔离审讯》的制作人。两点半到四点:见律师签合同。四到六点,给您和我母亲写信。六点要到我从前的房东里契家去赴鸡尾酒会。七点四十五分,去瑞士精神分析学家索绪尔(您知道:他眨巴眼睛模仿阳具)家吃饭。明天,十一到十二点见 O.W.I. 的一个人,十二点半与理查·赖特吃饭——三点在卡内基大厅演讲。我从新英格兰回来,在那里,我曾在两家女子中学讲话。挺有意思。后天,几个法裔加拿大人将在巴比松广场剧院排演《隔离审讯》。他们要我授权他们在纽约演出,所以我要去看看。带着加拿大口音演出《隔离审讯》,这必定不坏。此外,我想回来,激情与演讲把我累死了。我想安安静静望着您,写我的《最后的机会》。我见到皮贡的文章:不公正,胡说八道。他声称我没有资格谈论英雄主义,否认我小说家的身份,因为我知道自己的人物将在第三卷做什么。真是混蛋透顶。是的,我想见您,跟您说话,与您一起散步(突尼斯、比利时)和工作。《死无葬身之地》怎样了?我什么也不知道。不过,假如我不是已经写了十几封信,我连一封信也不会写。

再见,我迷人的海狸,我爱您。您收到这封信的时候,再过三四天我就回巴黎了。我用全身力量拥抱您,我的小甜甜。

三　月

我迷人的海狸:

真是不巧。欢迎,我的小甜甜,欢迎。您在我之前几个小时走了。写这封短信,权当我在您可爱的小脸蛋(想必晒黑、脱皮了)上留下的第一个吻。

这里一切顺利——可是有过多少麻烦!尤其在安东尼剧院方面。发生了无数次纠纷之后,最后我需要写个独幕剧。塔妮娅回来了——脾气很好。她似乎大有进步,维托尔德跟她说:"你演《死无葬身之地》一定出彩。"但愿这是真的。我见了博斯特,奥尔嘉,加科梅蒂,安奈特(加科梅蒂的妻子),克洛德·戴,佐罗,皮埃雷特·劳伦斯,吉尔,黎蕾特·尼赞,卡约瓦,艾琼伯,勒费弗尔-蓬塔利斯等人。我玩得很开心,但我担心我可怜的母亲会怀念斯特拉斯堡和阿尔萨斯的孤独。热奈写了个出色的剧本:《女仆》——他大声为我朗读,哎呀。《现代》糟践拉隆德的诗,闯下大祸,他快气疯了。

我马上过来,小海狸,等着我,我这就来把您搂在怀里。

我收到您的信了,我很想您,我用全身力量爱您。

星期五(夏天)

我迷人的海狸:

我回来了。下雨和缺钱把我们从比利时赶出来。我特想见到您。我亲爱的,当然我以为您是爱我的——而我也是爱您的。意大利真好,我们在那里很开心。您别担心。我们将躲起来,谁也不见。

十点左右(可能稍微晚一点)我去双怪咖啡馆。在那里我将与您一直待到十二点。灾难在于,塔妮娅对"直到二十四号"的理解与我们不同。她认为意思是"包括二十四号"。所以,为了有始有终,我以为最好把这一天留给她——因为她此刻脾气很好(戏剧、新的旅馆)。二是五日上午我与您会合,直到星期一晚上我们将不见任何人(除了可怜的博斯特;奥尔嘉做第二次人工气胸),也不分开。

我甜蜜的小海狸,与您在一起我感觉真好,我那么想跟您共度很长一段时光。排演从九月四日开始——我想我们可以二十五日出发去拉普埃兹。

一会儿见,我的小海狸(我星期五写信——不过您明天才能收到,这时候我离您不远了),待会儿双怪咖啡馆见。

别因为我对塔妮娅让步而怪罪我,也别难过:她刚知道她姐姐做了人工气胸,这事对她震撼很大,眼看她就要发作,我只能让步。

施康强 译

1947 年

致西蒙娜·德·波伏瓦

(春天)

我的小甜甜,我的心肝:

我马上要到罗马去,没时间给您写像样的信。只不过您要知道,想到十四日①就能见到您,令我欣喜万分。届时我将在荣军院车站等您。我在路易斯安娜旅馆为您订了房间。我们俩将一起散步。我出门旅行——给小女孩的告别礼物;我们待到十号。十号晚上或十一号上午回巴黎。只待在罗马。

我太高兴获悉您到了纽约。此间一切都好:多洛雷丝那边,情况稳定。其余方面的问题(缺钱,纳杰尔出版社威胁要跟我打官司,等等)正在妥善解决。没有新鲜事,除了一些逸闻。人们在维富尔餐厅彻夜庆祝第一百场演出(《死无葬身之地》)。令我厌烦。最后,我诋毁阿斯特吕克的名誉(由于酒醉和恶意),他当下发作。

再见,小人儿:十二天后我又能见到您了,真叫我高兴。我们将像昨天才分手那样重逢。我跟您在一起感觉最好,我的小人儿。

施康强 译

---

① 十四日西蒙娜·德·波伏瓦从美国回来。

1948 年

致西蒙娜·德·波伏瓦

十八日星期二（春天）

我的小甜甜：

我一直担心寄往辛辛那提的信会迟到，这封信您什么时候能收到？现在是十八日上午，这个日期是算准的，因为十六和十七日（圣灵降临节）不发信。其实应该十五日写信。可那又早了一点，因为我此刻没有时间概念：日子天天相似；我突然记起日历上的日期，于是给您写信。我觉得特好玩，我的小可人儿，与此同时您却不断换乘轮船和飞机，过着每天不同的日子。我在多洛雷丝一封信中读到："某人（一个我不认识的人，她在那些快乐的信里详细地描写他）从墨西哥匆忙赶来，因为那边雨季来临。"这使我想到，您明白吧，他住在她家里，那里有他的衣物，每当雨季开始，他就插翅飞来。而您，在这个时候，您正慢慢走向这个气候的灾难。由于缺钱，由于学校的假期等等，我们每次旅行总有点儿冒傻气，去的地方不是炎热难熬，就是连日淫雨。现在依旧如此。我们总在最不舒适，也是最打动人的时刻看到新的土地，不是土地干旱开裂，就是被雨水泡成稀泥。不过，墨西哥每年这个时候总是这个样子，没有宜人的 Abschattung①。

对于我，每天的日子都是重复。生活围绕主题展开，而不是常有逸事发生。所有的主题天天出现，重复昨天，几乎没有任何改

---

① 德语：遮阴。

变。有好天气主题:同样的蓝天,五月与七月一样炎热,大家都说:要下雷雨了。可是始终没下,而人们——我也在内——仍不肯接受夏季提前来到这个事实。人们穿衬衫外出,脱光衣服睡觉。然后,随着好天气的出现,是风雅的主题:伊莉莎白公主正在巴黎。此事在今天的重要性,几乎与勒克莱尔去世相等。人群争着观看,交通堵塞,相关新闻充斥报纸的篇幅(标题用的字体,比有关巴勒斯坦发生的可耻行径①的报道大一倍),晚上星形广场发射三色光束,凯旋门被照得通明。人人都在想:今晚她会做什么?每个人的脑子里尽是赛马、舞会、宫殿等等,这些地方平时谁也不会去的。作为背景的主题——对于我和少数其他人——是巴勒斯坦。这种事情激发的愤慨不亚于西班牙战争,而且其中含有令人无法忍受的对于犹太人的诅咒。比如说,你设想某个犹太人幸免于集中营和毒气室,也躲过了英国人的关照,经过秘密旅行后在那里安顿下来,与他劈面相逢的却是反犹太大军、被侵占的国家和绝望。然后,当然是联合国;这事可耻。此间人们还是有些议论,人们感到不自在:幸亏有伊丽莎白。

好了。以上是为了让您多少了解情况。现在轮到个人主题,按其重要程度排列:

一、工作。在巴黎,我总有身陷泥淖的印象,努力要把双腿拔出来。有电话和反电话的斗争(星期六、星期天和星期一我把戈打发走,拔掉电话线,于是在巴黎我从未工作得如此顺利。我决定把电话骚扰限于十二点与十三点之间,我洗澡的工夫。戈本人将于十一点半来到)。有约会。总是太多,而且总是那些你在答应时以为不能推托,到时候却大为后悔,觉得多余的约会。比如,为

---

① 英国人千方百计阻止犹太人建立以色列国。——原注

什么我今天中午应该会见斯佩伯①?是的,他要向我提一些紧迫的问题。但这些问题对于他才是紧迫的。实际上是我对他心里有鬼,因为我们没让他参与那期德国专号。不过我还是避开了不必要的会见:从九点到十二点,下午从三点到七点,工作总不顺当,这可不比拉玛图爱②的王家大道,你的感觉总像在巴黎驾车:起动,刹车,换挡,突然停车,等等。结果是焦虑和拼命。我在写关于马蒂厄的部分:我完全重写他们在帕杜(在阿尔萨斯)等待德国人的那一段,我将写完他的结局,然后再做其他事情。这样做的好处是,您不是陷入一个长梦(拉玛图爱),而是采取一种持久的反省态度。我读了点书:勃洛克有关道德问题的著作(依赖关系的形成),是戈在高师图书馆找到的,同时还有卡美特的书(中世纪),那是出于兴趣;有马拉梅的书和有关他的书(蒂博岱、蒙多尔、努莱、鲁莱等人);《骰子一掷》(严谨的存在主义诗篇,源自黑格尔的一个主题:原因与智性动物)令我倾倒。我有抱怨的地方,但总的说来过得去。

二、多洛雷丝。状态稳定。她的来信讨人喜欢,温柔,充满信任,有时还兴高采烈。我从内心跟她很要好,不过由于我与小女孩③的关系,我对她有愧(自然也是从内心)。您说,我的小亲亲,她怎么会没有收到《面面观》。我跟她说要送给她的,她现在强烈要求。您给热拉西他们寄一册,托他们给她送去吧。她写信说我必须活下去,说她为T④而牺牲自己不能成为我活不下去的理由。我作出强烈反应:我觉得这种精神状态对她不好。不过她说我已正式获准去阿根廷。这时机不合适:我一直没有相关的消息,这证

---

① 斯佩伯,作家,科斯特勒的朋友。——原注
② 春天我们在那里安静地住了几天。——原注
③ 指一个年轻的美国女记者。——原注
④ 指她的丈夫。——原注

明他们有点儿为难,并非特别愿意接待我,我想您会同意我的决定,放弃一次别人并非乐意提供的旅行。何况还要花那么多钱,还提了、讨论了那么多条件。即便他们撤消那些条件,我还是感到不是味儿,对吗?我们不如到冰岛去,我的小甜甜,既然您喜欢那边的大胡子男人,然后去英国和爱尔兰。(我先是从信上获悉您在爱尔兰,那个地方的奇特和美妙显然给您深刻的印象,可我难以体会①。)

三、小女孩。她可爱而且有趣,我对她有真正的友情,可是在某一方面,她要了我的命。这事与波多-里希的一个剧本有关。我一丝不苟做了她要求我做的,可是,事情一旦需要一丝不苟,就变得讨厌了,不对吗?是这样的:她晚上五点左右来到我家(波拿巴特街),记者的职业弄得她精疲力竭,衣冠不整,小腿被抓伤,脚上起水疱,脸上灰一块黑一块的:为了能在伊丽莎白进餐时出其不意采访她,她穿越了特里亚侬的荆棘丛,而等她累死累活抵达目的地,已有五十名记者从大门进去了;要不然就是她与警察争斗了。按照我们一开始形成的惯例,她倒在我的床上,立即像索洛济娜那样死睡过去,就是说,我走来走去,咳嗽,点我的烟斗,直到八点我才能把她摇醒。有时候,七点半,我弹钢琴时她拉小提琴,奏出刺耳的音符。我们每次都演奏舒伯特的同一首曲子。然后她在我母亲那里洗个澡,母亲容忍她,因为有了她等于与巴黎多了一层联系。八点半她离开,找出租车,吃饭。(昨天在蒙马特尔山顶广场,前天在小山羊餐厅——与博斯特、凯尼②和帕列罗③一起。大前天:蜗牛。她喜爱美餐。)然后,到十一点,再打车,她总把一件东西落在车上(前天是她的手袋,内有五千法郎,昨天丢了帽子)。

① 西蒙娜·德·波伏瓦乘飞机去芝加哥途中,曾在冰岛停留。
② 凯尼,女演员,多洛雷丝的友人。——原注
③ 帕列罗,意大利演员和导演,曾在《大局已定》中演主角。——原注

于是我们去找或不去找,找到或找不到失物(帽子找回来了,手袋丢了)。然后,一成不变,不管想回母亲那儿,还是睡在小女孩那儿,我得听话,上楼。早晨很有趣:太阳,远处的凯旋门,浓密的树叶,屋顶,她的阳台,然后是美国橙汁,美国咖啡,出门:我雇出租车回母亲家里,喝多洛雷丝的美国咖啡,工作。我的感情温柔真挚:她完全值得敬重;我喜欢她,尤其是她的敬业精神。她自然缠着我不放,不过一再声明以后会离开的。我想她会难过的,但她会安排好的。她将难舍难分地离开我,不过对于您,我的小甜甜,她不会又回来令您为难的。不,不会的,我的小可人儿。不会有令您为难的归来。我等着您,我想见到您,跟您讲述一切。

四、《脏手》。每天客满。电影:一波三折,说来心烦。人人都想要我,纳杰尔感到绝望,布朗戴尔束手无策,帕斯卡快气疯了,他们相互辱骂,然后背着我达成谅解,事情没有进展,一再拖延,等等。总之是乌七八糟。他们寄给我无数封信,简直要了我的命,每封信重复同样的内容。

五、博斯特、奥尔嘉等等。我很少见他们,不过他们对我很好。

六、梅洛-庞蒂。他在莱波维奇家扇了西比翁的耳光。然后在清醒状态下要求为自己醉后的行为承担责任。事情是这样的:他正在小便(夜里两点半,娱乐性聚会),听到西比翁的声音:"你混蛋。"他发火了,想了一下,断定:"西比翁,阿斯特吕克等人,都是受宠的动物。他们自以为可以不负责任,为所欲为。必须给他们点颜色看看。"他系着扣子出来,走进房间,发现屋里只有他妻子,西比翁那句话无疑是冲她说的。他说:"您说我妻子混蛋?"西比翁说:"没有啊。"梅洛-庞蒂说:"您说过就忘了。"然后给了他一记耳光。西比翁捂着脸走开,一边说:"哎呀呀!"梅洛-庞蒂夫人对梅洛-庞蒂说:"他的确骂我是混蛋,可在这以前,我骂了他二十次混蛋。""如果是这样,亲爱的,我遗憾您做了这种事情,我只能向西比翁赔礼道歉。"他去了:"您还我一手吧。""什么?""耳光。""不,不,我不想报复。""您要。""不。"结果,他还是还他一记耳光。梅洛-庞蒂满足了自己的荣誉感之后,就带西比翁出去喝酒。正当他们成为好朋友分手时,西比翁不该做了个总结:"总之,您在厕所里偷听别人说话。"梅洛-庞蒂当下脱掉上装,西比翁也脱了。他俩穿着衬衫,长时间对视,然后各自穿好上装,分手时又翻了脸。梅洛-庞蒂宣称:"说到底,我四十三岁了,是伦理学教授。我应该教他们怎样生活。"这底下隐藏着多少情结呀。去年,因为阿斯特吕克辱骂了苏祖,他也扇了他耳光。莱波维奇的母亲曾对同一事件发表评论,她说:"梅洛-庞蒂只要喝醉了,马上就想女人,他向三四个不同的女人表达愿望,她们都拒绝他——不是因为他招人讨厌,而是他太性急了——于是他气得发狂,动手打人。"事实上,这要复杂得多。

就这些,我的小可人儿,主要就这些。我与您在一起感觉最好,我丝毫没有失去您,母系社会一直延续,我既不感到不习惯,也不是无所事事;我用全身力量爱您,想到您在多雨季节作绝妙的旅行,我乐得笑出声来。您是我亲爱的小海狸,我的灵魂。

施康强 译

1959 年

致西蒙娜·德·波伏瓦

十 月

我的小甜甜：

谢谢您的文章和信。是的，那几篇文章①写得很好，我很开心。真的开心，小海狸。在有点儿困难的情况下——回头我跟您细说——我在内心深处拥有好心情，这个好心情肯定来自《隐居者》遇到好运。说实话，我想不到您会那么写——我本以为您至少会持一些保留意见（这不要紧），少一些真正的热情。我跟您说这些，是为了让您知道，我离您那么远，但很开心。我很高兴这能使您幸福。感谢您，我的小可人儿，非常感谢。

回头我跟您发电报（旅馆房间的电话不好使，必须从大堂打出去），要您接受卡雅特②，尤其是如果您觉得这事情好玩。再说，这与小说接近。卡雅特并非聪明过人，但他会做到您要求他做到的地步。不过您肯定能在星期二以前收到这封信。我认为您应该拍这部电影，我们这样的多面手应该什么都碰一碰。我只是想（除了如您母亲所说的"从电影角度"获得的成功），应该想到将有许多人看这部电影，他们读过您的书，愿意在另一个领域见到您：故事应该尽可能深刻。我的意思是说：您要全身心投入，就像这是一部您想写的关于夫妻生活的小说。如果您这么想——我假定您

---

① 是关于《阿尔托纳的隐居者》的。——原注
② 他想跟我合作写个电影脚本。这个计划没有成功。——原注

也是这么想的,您不会把这件事仅仅看成挣钱的工作——我百分之百地同意。三百万:肯定有这么多,甚至更多。改编米勒的作品,博德里——他富得流油——给我六百万。总之,您考虑吧。至于罗赞:给他百分之十,明白告诉他,他就会卖力去做。

再说我自己,我先说两句话让您放心。两小时愉快的旅程(十九点三十分至二十一点三十分),然后坐一小时汽车,夜间在灰色的矮墙之间穿行。我什么也没看到。从那以后,我从未走出这巨大无比的建筑。从我房间的窗户,我看到一片绿油油的草地,人人都说它伸展到不知多少公里外的远方。在这片草地上,我看到几头牛和几匹马。主人①每天下午戴着鸭舌帽骑马——一会儿骑这一匹,一会儿换那一匹——围绕他的房子或是小跑,或是奔驰,后面蹦蹦跳跳跟着一头固执的毛驴,使这骑马运动变得很滑稽。也看到树:不知是什么树。至于房子本身,没有比它更古怪的:各种货真价实的构件(前哥伦布时代的、非洲的、日本的,甚至有法国的)拼凑在一起,相互对比显得很不协调,每种风格使另一种风格陷入最彻底的非真实性。仅就我的房间而言,有一个墨西哥的木雕基督像,几盏意大利和墨西哥灯,一尊印度雕像(湿婆大神),几架日本屏风,几块雕花彩绘的镶板(在我床后,在镜子周围——玫瑰色和绿色已经褪色——我以为来自欧洲,但可能搞错)。外加一幅小丑像(带点立体主义风格,地道的赝品毕加索),几件舒适、无特色的家具(既大又深的白色安乐椅——米色割绒地毯,灰色的墙壁,白色天花板——带着意大利吊灯)。我忘了跟您说,人在这所屋子里会迷路。卫生间也铺着米色割绒地毯,直到浴缸底下。马桶高踞在地毯上。面对马桶和浴缸,背朝窗户,有把舒坦的安乐椅,可以坐上去观看这两件东西。在许多类似的房间

---

① 指休斯顿,萨特与他一起搞一部关于弗洛伊德的电影。——原注

中间,一位忧郁、孤独的浪漫主义者,我们的朋友休斯顿踱来踱去。他衰老,绝对无所事事,确实没有能力与他邀请的客人说话。客人络绎不绝:前天有匹克密尔少校,他是"狗师傅"(意思是猎狐大师);昨天有一个中国和日本古董专家(结果发现他是骗子,休斯顿说),今天来了一个制片人和他的妻子。没有人——您听好了——没有人照管他们,休斯顿本人和他的妻子,从前的舞女,三十二岁,相当漂亮,疯疯癫癫,都不管他们。结果是菲力普夫人(莱因哈特的女友,您认识的)行使女主人的职责。小海狸,此刻十七点三十分。开会。关于弗洛伊德,事情可能进展更不顺利。关于饮料:我不喝烈性酒(除了一小杯,有时两杯马提尼。不喝威士忌,除了头两个晚上)。阿莱特将告诉您这一切,她比我说得好。再见,我的小甜甜。两三天后我再写一封信,为您描述接待我们的这对有名的夫妇。啊!忘了说一句:不知为什么,我不感到无聊。

我用全身力量拥抱您,我甜蜜的小海狸,非常,非常温柔地。

星期四(十月)

我甜蜜的小海狸:

什么事啊!哦!什么事啊!这里有这么多的意念飘忽。人人都有情结,从受虐狂到残酷心理,不过您别认为我们待在地狱里。不如说待在一个异常巨大的坟地里。大家都死了,带着被冷冻的情结。很少,很少有生气。除了房子,它在我们脚下生长。我跟您说过它"正在施工"。工人们在我头顶上唱着歌跑来跑去,闯进我的房间敲敲打打,给卫生间的门刷油漆,走时留下一块写着"油漆未干"的粉红色牌子。出了一些附加东西:前天,音乐沿着墙壁流淌;人们刚安装了无线电(补充说:音色和音量惊人),瘦高个子的主人在他老婆陪同下,不时到我房间里来摘下一幅画,说是要换画框(他要镀金的,她"更为讲究",要素雅的),——谁也不管绘画本身,画幅只是选择画框的借口,虽然他们无疑拥有莫奈最丑陋的画作(价值十五万美元——是幅简略的速写,可能是为《睡莲》做准备的)。所有客人都理解这无休止的折腾(除了我,喜欢法国文化的法国人),整天不关房门。这些王室或皇家气派的房间令人目眩,房门全都开向一个气势非凡的楼梯平台(有两座可怕的偶像作装饰),每间屋子里住着一个感到自己正在死去的衣冠禽兽。

事实上,在不寻常的爱尔兰乡下与房子主人的灵魂之间,存在毋庸置疑的适应关系。您懂我的意思:一九○○年有八九百万爱尔兰人;今天只有三百万。其他人统统移民到美国去了;他们养活留下来的爱尔兰人。其次,教会和习俗都提倡晚婚(女人三十岁后结婚,男子要过了四十)。当然人们尽快生育六个晚来子女,但是他们不是夭亡,就是移民。没有苦难,只有贫穷,尤其是死亡。想一想:五十年内,三个人中走了两个。请想象这片被抛荒的土地。到处是坚持不塌的矮墙围着一块块田地,有的仍有生意,有的已完全死去,回归自然。无论往哪儿走,都是废墟。这些废墟层层叠叠,从六世纪到二十世纪,胡乱凑在一起。每有两座用美国汇来的钱建造的油漆小房子,就有一座倒塌的房子(一般是上个世纪或十八世纪的)。废墟令人过目难忘,一般说其正面屹然矗立,像是炸弹的气浪掀走了屋顶和内部。透过窗户,可以看见天空。大多数情况下,这些废墟都是小房子,但有时也有大房子,正是这一点体现了这一地区的本色,它们的气势压倒那些两层小屋子:死者抓住生者。此外有些奇特的圆塔,它们位于一片类似潟湖(这里是高威湾)的阴沉的死水边上。另外,有高塔(人们自然说是象征阳具的)屹立在倾圮的教堂和坟地边上:它们想必是六世纪的斯堪的纳维亚入侵者建造的。然后,到处是这些拒不倒塌的灰色围墙,毫无用处(最高的围墙建于饥荒年间,是为农民提供工作机会的"大工程"),你真的有了一个死去的地区的印象:唯有野草证明这里没有投过原子弹,放射线没有杀死生命。好玩的是,这片乡野带有深厚的人性(由于所有这些废墟),而且,正因为这一点,它才奄奄一息。人们只要望一眼爱尔兰土地(很少有人这么做,尽管巴雷斯说过),就见到爱尔兰人了。而且人们只能以这种方式见到他,因为他不爱露面。这么说吧:是变成月球前的一个阶段。而这也正是我的老板,伟大的休斯顿的内心景色。硕大的废墟,被遗弃的房屋,抛荒的土地,沼泽,人类活动留下的无数遗迹。但是人迁走了。我不知道迁往哪里。他甚至不忧伤:他只是空了,除了在他萌发天真的虚荣心的时刻,那时候他会穿红色晚礼服,骑马(骑术不高明),清点他的藏画,指挥干活的工人。不可能吸引他的注意力持续五分钟:他不再知道如何工作,他避免思考。但是别以为在维富尔饭店的那个晚上,他曾用这种令我反感的阴郁的迟钝招待我们。他几乎每天晚上请客(一些最古怪的人):英格兰最有钱的女继承人,一位兼营旅馆(克什米尔一家大饭店)的印度王公,一名爱尔兰"狗师傅",一个美国制片人,一个英国导演。可是他对他们一言不发。

正当他无精打采地与"狗师傅"交谈时,阿莱特和我走进客厅。那位师傅是个壮健的年轻人,红鼻子,一副乡下绅士的派头。他把我们介绍给他,"少校"说他不会说法语。于是休斯顿带着……[字迹不清]拍拍他的肩膀,跟他说:"那好,我让您练习法语。"他随即走开,留下我们三人目瞪口呆。少校不知所措,左顾右盼像是求助,终于用英语说:"丘吉尔说法语时很滑稽。"我说:"嘿嘿!"然后彼此沉默。直到有人叫我们去吃晚饭。必须说,经常在晚饭之后,我们分成两组面面相觑:一边是阿莱特,菲力普夫人(这几天莱因哈特在慕尼黑)和我三个,另一边是制片人、休斯顿和他的妻子三人。谁也不开腔。何况休斯顿显得极其疲劳。昨天出游四小时(唯一的一次,因为他妻子今天出发去伦敦),妻子开车,而休斯顿——对这个前月球景色他一无所见——一上车就睡着了,整个旅程几乎没有睁眼。前些日子,人们搞来他拍的两部纪录片,是他老挂在嘴边的:圣彼德罗(卡西诺山战役之前不久,为争夺一个村庄进行的战斗)和《要有光》(部队里的精神病医生如何治疗战争神经官能症)。两部片子都令人大为失望。极其平庸,纯属宣传。可是,片子演完,客厅里有光的时候,人们发现(尤其是莱因哈特,他很了解他)他的眼睛满含泪水。他之所以在这里定居,似乎不是为了在爱尔兰的景色里体察自己的情绪,而是躲避纳税。在爱尔兰他不纳税,或几乎不纳。出于一个令人伤心的误会,他以前喜爱富有的业主们在都柏林四郊过的那种"绅士"生活。他在无意中选择了这片距都柏林三小时车程的荒地。他在这里每次居留的时间难得超过半个月,而且大家认为,一旦这房子完工,他就不会回来了。这里是纯粹的虚空,甚至比死亡更虚空。

有一天,谈起弗洛伊德的时候,他提到自己的"无意识",说了一句有趣的话:"我的无意识里,什么也没有。"语调指示意义:再也没有什么了,甚至不再有古老的不能承认的欲望。一个硕大的空白。您可以想象,要他干活谈何容易。他躲避思想,因为思想使他不快。我们全都在吸烟室里,我们抢着说话,突然,讨论正热烈的时候,他消失了。他妻子是个古怪娘儿们,三十岁,当过舞女(舞蹈班的初学生),十七岁时被他引诱,怀孕,嫁给他,事实上被遗弃,于是做出极其强硬的反应,从她苍白的脸色和一双母鹿眼睛来看,她似乎不至于那么厉害。她始终怀着怨恨,我以为她用蔑视作自卫手段。是她在建造,而他,按照多洛雷丝的说法,只是来视察完成的工程。她有点儿疯癫,想入非非,而且酗酒。我真的不感到无聊。我打住了:这仅是开头,还有其他许多事情。有时我快气疯了:活儿干得太笨(由于崇拜休斯顿,莱因哈特本人也变得很愚蠢)。不过我对您起誓,这种共同孤独的滋味,一生中值得领受一次。阿莱特未产生任何影响:人们已在那里了,于是就留下来,如此而已。人们客客气气离开她,跟离开其他人一样。我不饮酒(我遗憾这一点):只喝一杯马提尼,偶尔一杯威士忌。我休息,睡觉,我知道过这种孤独生活应注意卫生。我星期四十一点半回来。不幸的是,每周只有两个航班飞巴黎。乘第一个航班(星期天)多少会留下遗憾:通过这种相互不理解,可能产生某种东西(关于电影脚本)。我将把阿莱特送回家,然后我立即去找您。我没告诉任何人我的抵达日期;我抵达后跟您约个碰头时间。我这就给埃芙林娜写信,那是为了跟她约个时间,当天黄昏时分。跟她说您不知道。

敬礼,我的小甜甜。我用力,用大力拥抱您。我一直在说自己的事情,但这是为了让您一乐。星期四见,小海狸。

施康强 译

1963 年

致西蒙娜·德·波伏瓦

七月十八日

我亲爱的小人儿阁下：

我很高兴（也很不好意思）收到您昨天的信。我遗憾您遇上下雨：在阿维侬，雨下得不是时候；我们这里也下雨，但是本来如此。说实在的，这里的雨不大，但是常有细雨，有长时间的暴雨，然后是阴天。有时候，到晚上，太阳出来。对于阿姆斯特丹，这已经够了：他们从未见过更好的天气（我们当年在此地，天气是否好一些？这坏天气像是理所当然的，以致我不相信在荷兰见过别的天气）。很奇怪，阿莱特不抱怨，而是喜欢：她终于找到了她要的异国情调，她在这里感到那么新鲜，那么像旅游者，好比我们在刚果。需要考虑，过些年，一直推进到挪威的北角。

我们做出努力要认真对待这次旅行：我们看了哈莱姆、海牙、阿姆斯特丹老城、阿姆斯特丹新城，明天去莱登。可以看更多的地方，但是我们这样做更合适。主要的不是漫步，而是博物馆（我们参观了几次阿姆斯特丹博物馆，我很开心在海牙再次见到伦勃朗的《扫罗》，①以及弗美尔的代尔夫特风景。如果我没有记错，我们——至少是我——那时候更喜欢他别的作品；我以为我们当时的看法是不公正的）。而且我下定决心喜欢一切；这带给你回报：你找到许多东西，你出来后在街上重逢这些东西。我们找到一本

---

① 指伦勃朗的画《扫罗与大卫》。

极好的书:《伦勃朗时代荷兰的日常生活》:这本书、画作、今天的生活,构成令我喜欢的对位。不过我得跟您说,阿姆斯特丹有它令人怜悯的一面,当年我没有注意到。是否阿莱特有悲惨主义倾向?伦勃朗广场,整个儿一比利时小商品市场!我还要说:买不到威士忌。你到处——我说到处——寻觅苏格兰威士忌,你说出一种品牌,让人知道你是内行,人们冲你微笑,带着默契的神情重复这个品牌,然后端给你一种乏味的羹汤,它与威士忌的相似程度不比烩碎肉更像皇家烤兔。

六天来我什么也没做。由于手头的法文书只有西默农的作品,我每天读两本西默农,有时读三本。每天安排如下:十点睡醒,穿上衣服,去叫醒阿莱特,她总能赖到十点四十五才起床。早餐,她穿衣服的工夫,我读第一本西默农(开始)。我们出去。在伦勃朗广场再喝一杯茶或咖啡。然后,十一点半到十七点半,履行当游客的责任,往往有收获(正餐——通常是印尼餐——包括在日程里)。十七点半,空闲的下午,西默农,茶,西默农,九点半起身,晚饭——不在印度尼西亚——劳而无功地寻觅威士忌,夜里十二点半归来,读完西默农,睡觉。

三个伤口:

最小的:热内亚稳定剧院——其实并不稳定——正在荷兰巡回演出。应该去见见他们,看他们的演出。戏不错,是哥尔多尼,很卖力气,我同意。但是他们在拥抱我的时候,让人拍了一张照片。结果是:

第二个伤口:记者们。他们上蹿下跳,采访我,随心所欲写报道。我刚才打了个电话,要他们删除一位金发女士硬塞在我嘴里的所有政治宣言。不过我还需要跟另外两个记者较劲。这是最大的病痛,因为我既然谦逊,不把自己鼻子上一处红肿的溃疡当一回事(塔妮娅是否用别针刺过我照片上的鼻子?),结果那个伤口把它变成一个熟透的西红柿,难看死了。昨天人们使劲给我这段盲肠拍照,跟我说它在照片上看不出来,我认为是胡说八道:如果摄影艺术不能复制这颗红果子——硕大,发烫——那就是说该艺术还在襁褓之中。现在好一些了。但是人们还是斜眼瞧我的鼻子;前天,酒吧老板盯着它看,然后主动给我一点碘剂。

写信给我,好小海狸,我喜欢读您的信。好好工作,读书,散步吧,我急于见到您(三十一日晚上九点,在您家里),我用全身力量拥抱您。

又及:是否因为我决定给您写信谈这本书?我重读了十九页《福楼拜》。

七月二十五日

我的小亲亲:①

谢谢您可爱的来信——继之以沉默,跟我的信一样。这么说,尽管有雷雨,您那里的天气比这里好。这里有点儿古怪,中午下雨,到黄昏放晴。我想这是北方常见的天气。于是我们只能在灰色的天空下晃悠,在一轮无用的冰冷的太阳的余晖中读西默农。除此之外,都很有趣:鹿特丹、海牙、哈莱姆,尤其是莱登,它在蔚蓝的天空下风姿迷人——有过两小时的蓝天。最终是阿姆斯特丹,明珠般的城市。它应有尽有,还有那种只适宜于它的忧伤情调——最后的小名家们(十八世纪初)看到这一情调。您可知道,十七世纪的荷兰人不洗澡?他们的臭味,十步之内都能闻到。某个姓萨特的教士在他写的荷兰游记里说,那时候荷兰人吃的食物

---

① 这封信是我收到的萨特最后一封信。以后,在我们短暂分离期间,我们互通电话。

跟猪一样。这情况没有改变。阿莱特对贫民生活的同情和关注禁止我们进高级饭店,我们在普通饭店里用餐,端上桌的自然都是猪食。这里没人存幻想;事情甚至被夸大了,以致所有记者采访我时,首先带着怀疑提的问题是:"可是荷兰有什么东西吸引您?您觉得这个国家怎么样?"说实话,我喜欢这个国家,除了在古巴人们可以比在阿姆斯特丹更好地工作。笛卡儿说过:这个国家不宜于智力劳作。告诉您:我保留了我的工作时间,阿莱特也采用同一时间表:我们读了五十七部最低级的侦探和间谍小说。最丢人的,是我津津有味读那位可亲的 OSS117 如何为让人开口,对他们使用各种酷刑。不过荷兰的气氛令人昏昏欲睡,减弱了我的愤慨。我不时想:"可是,两年前,为什么人们不抗议这种行为呢?"然后总有睡意袭来,使我悬置我的判断力。再说西默农,这鬼家伙!连续读了二十本西默农之后,作者的肖像就浮现出来了:他不是个好年轻人。他以前不是,现在也不是一个善人。"他是反犹太主义者",阿莱特有时会把鼻子从一本梅格雷探长上移开,纯粹为了向我传达这个信息,然后继续埋头读下去。

皮依格六三年七月二十一日的信里只讲了一件事:"我要告诉你一个坏消息:我在爱因遭遇车祸,我转弯没成功,撞了一棵树,胳膊受了轻伤。至于车子,我怕它要报废了。"信是从瑞克斯发出的。是不是说得很漂亮?此外没有别的话。这些冠军通常言辞简短。我开始担心了:阿莱特的休假要泡汤了,她觉得他们的关系至多允许他们一起旅行,而不是在别墅度假。后来,一个简短的推理既说服了我,也说服了她:既然有个转弯注定不成功——如果不是这一次转弯,那就是另一次,可能产生更严重的后果——那还不如他一开始就遇上,而且阿莱特不在身边:因此,此事故预告了阿莱特的休假旅行本来会是怎样的,而且同时它使休假旅行变得不可能,实属幸运。"他留在爱因做什么呢?"她问我。我对法国各省所知甚少，无力回答她的问题。

您怎么样，小可人儿？我知道您给我母亲打过电话。我发了电报，人家还挂念她，——记得她有八十一岁了——乐得她心花怒放。她似乎习惯了她的房间，寄给我一封生动的信，是那种她从前用心练习过的"书信体"，多年前已放弃了。说到拉斯帕依大街的噪声，她说那噪声经过筛滤了，被窗帘和她的耳聋筛滤了。她说："你只需听见而不必去注意。"

小可人儿，我很开心，很开心能见到您。我买了火车票，三十一日二十一点将来到您面前。我非常用力地拥抱您。

我给苏尔科夫发了电报：不可能一号到列宁格勒，四号才能到。至于皮依格，他行动不便，我不知道他拿我们的机票做什么荒唐事。我们会拿到机票的。

施康强 译

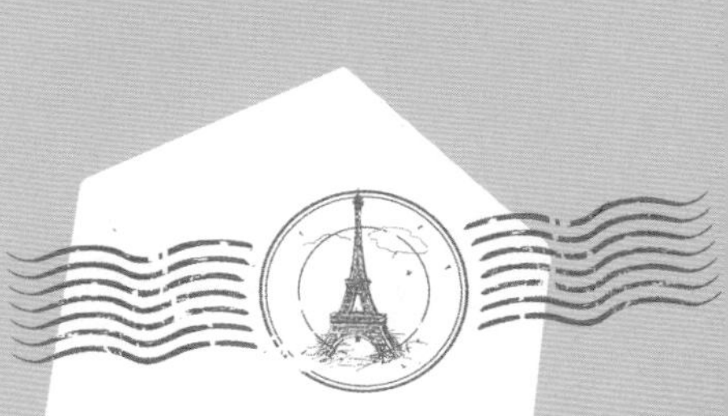

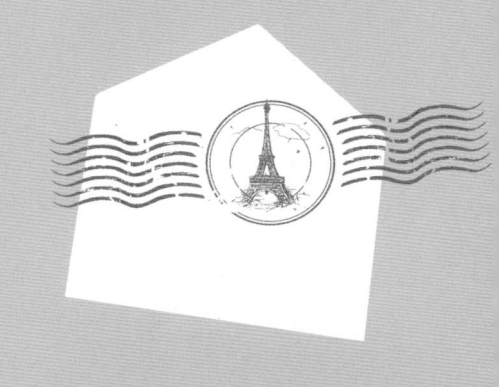